Rainer Merkel

Bo

Roman

S. Fischer

MIX
Papier aus verantwortungsvollen Quellen
FSC® C083411

Typografie und Satz: Katja v. Ruville, Frankfurt am Main
Druck und Bindung: CPI – Clausen & Bosse, Leck
Printed in Germany
ISBN 978-3-10-048444-4

Für meine Mutter

I.
Tausch

1.

Jetzt konnte Benjamin nicht länger warten. Er musste noch ein Stück weiterkriechen. Ein kleines Stück nur, er konnte den Zipfel der Tüte schon sehen. Direkt unter den Füßen der alten Frau. Einer ihrer Füße steckte in den blauen Wollsocken, die die Fluggesellschaft den Reisenden zur Verfügung gestellt hatte. Ihr blauer Fuß hielt die blaue Papiertüte fest, in der sich der Abschiedsbrief seiner Mutter und der hässliche khakifarbene Sommerhut befanden, den seine Mutter ihm am Flughafen in Frankfurt in letzter Sekunde gekauft hatte. Er musste also nur an der Tüte ziehen. Er musste nur noch ein kleines Stück weiterkriechen. Niemand sah ihm zu. Die Reisenden schliefen. Er kroch auf der Suche nach seiner Tüte zwischen den Stuhlreihen herum. Er hatte erst unter den hinteren Sitzreihen gesucht, dort, wo eigentlich niemand saß. Irgendwo musste die Tüte ja sein. Es war typisch für seine Mutter, dass er mit einer Papiertüte reisen musste. Seinen Rucksack hatten sie zu Hause vergessen, aber einen neuen wollte sie ihm nicht kaufen. Sie hatte ihm einfach die blaue Papiertüte gegeben, in der sich ein Pullover befand, den sie sich gekauft hatte, und in aller Eile seine Sachen, seinen Sonnenhut und den Abschiedsbrief hineingestopft. Benjamin war eingeschlafen. Als er aufwachte, war die Tüte weg. »Was steht in dem Abschiedsbrief drin?«, hatte er seine Mutter gefragt.

»Frag deinen Vater«, hatte sie gesagt. »Er ist für ihn, nicht für dich.«

Sein Vater würde ihn abholen. Er würde seinen Vater in wenigen Stunden am Flughafen in Monrovia begrüßen, und dann sollte er ihm einen Brief geben, in dem seine Mutter Auf Wiedersehen sagte.

»Ich sage Auf Wiedersehen zu ihm«, hatte seine Mutter erklärt. »Aber du wirst bestimmt eine schöne Zeit dort haben. Sollen wir wetten?«

Die Tüte war weg. Es war eine blau glänzende, eigentlich sehr elegante Tüte, auf der in großer, goldener Schrift ZARA stand. Benjamin lief zuerst durch den schmalen Gang zwischen den Sitzreihen zum hinteren Ende des Flugzeugs. Es dröhnte und summte in seinen Ohren. Durch die kleinen, ovalen Fenster konnte man nichts sehen. Es war schwärzeste Nacht. Als er auf den Sitzen nichts gefunden hatte, durchsuchte er die Gepäckfächer. Das war nicht einfach. Er musste auf die Sitze steigen, um die Klappen zu öffnen. Auch die Stewardessen schienen zu schlafen, jedenfalls war keine von ihnen zu sehen. Hatte irgendjemand seine Tüte in einem der Gepäckfächer verstaut? Die Gepäckfächer sahen wie Mäuler aus. Große Mäuler von Tieren, die ins Flugzeug hineingekrochen waren und jetzt um einen leckeren Happen bettelten. Und all diese Mäuler waren leer. Er öffnete nacheinander alle Gepäckfächer im hinteren Teil des Flugzeugs, sie waren alle leer.

»Und warum willst du ihm Auf Wiedersehen sagen?«, hatte er seine Mutter gefragt.

»Weil ich genug von ihm habe«, hatte sie ihm geantwortet und ihm über die Haare gestrichen, als wollte sie sich bei ihm dafür entschuldigen, dass sie seinem Vater Auf Wiedersehen sagen musste. Jetzt aber war der Abschiedsbrief nicht mehr da. Benjamin suchte unter den Sitzen weiter. Er kroch den schmalen Gang zwischen den Sitzen entlang und tastete den Boden ab. Er war jetzt auch ein Tier, wenn auch ein kleines und stummes, das von niemandem gesehen werden durfte. Zum ersten Mal in seinem Leben flog er allein mit dem Flugzeug. Und auch in Afrika war er noch nie gewesen.

»Warum ist denn deine Mutter nicht mitgekommen?«, hatte die alte Frau gefragt, die neben ihm saß. Benjamin wusste nicht, was er antworten sollte. Er wollte irgendetwas sagen, er wollte sie anlügen und eine Geschichte erzählen, damit sie ihn in Ruhe ließe, aber ihm fiel keine Geschichte ein.

»Sie sagt eben Auf Wiedersehen.«

»Wer?«

»Meine Mutter. Sie hat mich geschickt, um ihm einen Brief zu geben.«

Die alte Frau schüttelte den Kopf. Sie war so alt, dass sie schon Enkelkinder haben musste, und bevor sie eingeschlafen war, hatte sie den alten, grauen Mantel mit dem Fischgrätenmuster auf ihren Beinen ausgebreitet, und dann waren nur noch ein paar komische Geräusche aus ihrem Mund gekommen. Benjamin hatte sie ganz fasziniert angestarrt, bis auch er eingeschlafen war. Aber warum hatte sie nur eine Socke an? Sie hatte die Schuhe ausgezogen und umständlich und langsam die Socken angezogen, die ihnen die Stewardessen in kleinen Plastiksäckchen überreicht hatten. Benjamin hatte auch Socken bekommen, sie aber in die Papiertüte gesteckt. Jetzt bekam er kalte Füße. Seine Schuhe standen unter seinem Sitz, er kroch langsam auf den blauen, wollenen Fuß der alten Frau zu. Der andere Fuß steckte noch in ihrem Schuh. Sie hatte also nur eine Socke angezogen, und mit dieser Socke stand sie jetzt auf seiner ZARA-Tüte, dem Sonnenhut, der furchtbar hässlich war, dem Pullover, den seine Mutter wieder umtauschen wollte, aber samt Quittung in der Tüte vergessen hatte, der herabgesetzt und trotzdem, wie seine Mutter fand, viel zu teuer gewesen war, und dem Abschiedsbrief, auf dem in krakeliger Schrift »Dr. Franz Pingel« stand, mit einem verwischten und eigentlich unleserlichen »Ping«. Denn seine Mutter hatte sich in der Eile seinen Füllfederhalter ausgeliehen und vergessen, dass die Tinte erst trocknen musste.

»Hast du einen ... Tintentod?«, hatte ihn seine Mutter gefragt.

»Einen ... Was?«, fragte Benjamin.

»Verstehst du nicht? Einen Tintenkiller?«

Er sah sie verständnislos an, und während er durch die Sicherheitsschleuse ging und sich nach seiner Mutter umdrehte, sah er, wie sie sich mit großen, aufgerissenen Augen an die Schultern fasste und mit ihrem Mund das Wort »Pullover« formte. Benjamin rechnete damit, dass sie ihm hinterherlaufen und ihn dazu zwingen würde, ihr den Pullover und die Quittung zuzuwerfen, während Hunderte von ungeduldigen Reisenden auf ihre Abfertigung warteten. Aber er schüttelte schnell den Kopf und formte mit seinem Mund die Worte »Ich weiß«, und dann: »Ich bringe ihn wieder mit.« Seine Mutter, er war sich darüber nicht ganz sicher, formte die Worte: »Aber die Quittung« oder »Vergiss die Quittung nicht!« Im Lippenlesen hatten er und seine Mutter eine große Meisterschaft entwickelt. Angefangen hatte es, als sich seine Mutter und sein Vater, wann immer sie sich sahen, und das war selten genug, nur noch anschrien, weswegen seine Mutter ihm zwischendurch zuflüsterte, dass er keine Angst haben oder besser gehen solle. Oft formte sie mit den Lippen dann nur noch die Worte »Geh jetzt besser«, und dann verließ Benjamin den Raum. Wie an Weihnachten vor zwei Jahren, das sie an der

Ostsee verbracht hatten, als sein Vater seiner Mutter erklärt hatte, dass sie das Haus verkaufen müssten, weil seine Mutter so viele Schulden gemacht habe. »Vergiss die Quittung nicht«, formte ihr Mund, und sie griff sich immer wieder an die Schultern und faltete dann die Arme frierend zusammen, als wollte sie ihm noch einmal klarmachen, dass er jetzt drauf und dran war, einen zwar herabgesetzten, doch noch viel zu teuren Kaschmirpullover von ZARA mit nach Afrika zu nehmen, wo es, wie sein Vater gesagt hatte, so heiß war, dass man am besten nackt rumlaufe.

»Ich möchte mir einmal was Gutes tun«, hatte seine Mutter gesagt, als sie auf dem Weg zum Flughafen den Pullover kaufte. »Jetzt, wo ich von dir Abschied nehmen muss.«

»Aber ich komm doch zurück«, hatte er gesagt.

»Natürlich kommst du zurück«, hatte sie gesagt und ihn schnell umarmt. Aber irgendetwas stimmte nicht. Und es musste mit dem Brief und der Tüte zu tun haben. Benjamin hielt jetzt einen Moment inne, während er auf dem Teppichboden des Flugzeugs herumkroch wie ein Hund, der einen Knochen sucht. Er richtete sich auf. Vielleicht war es besser, wenn er den Brief und die Tüte nicht fand. Vielleicht war es ganz gut, wenn er sie überhaupt nicht mitnehmen würde nach Afrika, mit in die Sommerferien, die er mit seinem Vater in Monrovia, der Hauptstadt von Liberia, verbringen sollte, um endlich zu sehen, was sein Vater den ganzen Tag machte und wie er so lebte. Aber dann fielen ihm die hundert Dollar ein. Sie waren auch in der Tüte, und auf die hundert Dollar konnte er nicht verzichten.

»Ich hole dich ab«, hatte sein Vater am Telefon gesagt. »Wenn irgendwas schiefgeht, hast du die hundert Dollar.« Sein Vater hatte sie ihm schon an Weihnachten gegeben und ihm eingeschärft, seiner Mutter nichts davon zu sagen: »Es sind deine hundert Dollar, und du brauchst sie, wenn du mich besuchst. Wenn irgendwas schiefgeht.« Benjamin hatte die fünf Zwanzig-Dollar-Noten so zusammengerollt, dass sie wie eine Zigarette aussahen, dann ein Gummi darumgewickelt und sie in sein Federmäppchen gesteckt, das auch in der Tüte war. Im Federmäppchen waren sein Füllfederhalter und zwei Ersatzpatronen, um die seine Mutter auch Gummibänder gewickelt hatte, obwohl Benjamin das nicht leiden konnte und Gummibänder eigentlich hasste, und vor allem die seiner Mutter. Bevor sein Vater ihm ein ledernes Federmäppchen von seiner letzten Arbeitsstelle im Kongo mitgebracht hatte, hatte seine Mutter ihn eine Zeitlang davon zu überzeugen versucht, dass es ausreichte, wenn er seine Stifte für die Schule mit Gummis zusammenband und einfach in die Schultasche steckte, damit sie das Geld für ein neues Federmäppchen sparen konnten. So war seine Mutter. Sie kaufte Kaschmirpullover und vergaß sie in Papiertüten, in die sie Sonnenhüte und Sonnenmilch stopfte, weil sie Angst hatte, er könnte sich in der heißen afrikanischen Sonne verbrennen. Das Federmäppchen war auch in der Tüte. Also war der Füllfederhalter auch weg, und die Ersatzpatronen ebenfalls. Benjamin kroch weiter. Die blaue Socke der alten Frau thronte auf der Tüte wie ein blauer Elefant. Benjamin tastete sich vorwärts. Er streckte seine Hand aus. Der blaue Elefantenfuß zuckte ein bisschen. Benjamin zog an der Tüte, doch dann hatte er bloß die Folie, in der die Schlafdecken eingewickelt waren, in der Hand. Die alte Frau schreckte auf. Benjamin zog die Hand zurück. Er knüllte die Plastikfolie zusammen und kroch behände wie eine Katze zurück in die Reihe hinter seinem Sitz. Die alte Frau hustete.

»Was machst du denn da unten?«, fragte sie. Benjamin hustete auch. Husten, das war jetzt vielleicht das Beste, was man tun konnte.

»Nichts«, sagte er. Aber das war keine gute Antwort. Er hatte sich geirrt. Sie hatte die Tüte nicht. Vielleicht könnte er sie aber fragen, ob sie sie gesehen hatte. Die alte Frau stützte sich auf den Armlehnen auf, er konnte ihre alten, knochigen Hände sehen, wie sie bei ihrem Versuch, sich aufzurichten, zitterten. Als sie sich zu ihm drehte, sah er für einen Moment ihre wirren, weißen Haare im Schein der kleinen Leselampe. Sie sah aus wie eine Hexe. Nicht wie ein Elefant. Und er selbst war keine Katze, sondern von allen guten Geistern verlassen, wie sein Vater manchmal sagte, wenn er eine Erklärung dafür suchte, warum seine Frau zwanzig verschiedene Kaschmirpullover besaß, die sie nie anzog, damit die Pullover nicht kaputt gingen, während sie auf dem Bankkonto ein fettes Minus hatte, oder, wie sein Vater sagte, ein großes schwarzes Loch.

»Sie ist von allen guten Geistern verlassen«, hatte sein Vater am Telefon gesagt, »aber ich liebe sie. Warum kommt sie nicht mit? Sie hat mir versprochen, dass sie mitkommt.«

»Ich überrede sie«, hatte Benjamin gesagt.

»Versprochen?«

»Ja, versprochen«, hatte er gesagt, aber es hatte nicht geklappt. Stattdessen hatte sie ihm einen Abschiedsbrief mitgegeben. Und der war jetzt hier irgendwo in diesem Flugzeug, mit dem er nach Liberia flog, mitten in der Nacht.

Die großen, grauen Augen der alten Frau schauten ihn skeptisch an.

»Hast du geschlafen?«, fragte sie. Benjamin schüttelte den Kopf. Vielleicht sollte er ihr von der Tüte erzählen, ihr erklären, wie wertvoll die Tüte war oder das, was sich in ihr befand. Vielleicht hatte sie sie ja versehentlich eingesteckt. Aber dann traute er sich nicht. Und wozu auch? Außerdem schämte er sich, dass er, wie seine Mutter, ständig alles verlor.

»Komm, setz dich zu mir«, sagte die alte Frau mit ihrer eigenartigen mädchenhaften Stimme. Sie stopfte sich einen Keks in den Mund. Ihre knochige Hand winkte ihm zu. »Komm.« Sie duldete keinen Widerspruch. Benjamin zwängte sich an ihr vorbei und setzte sich auf seinen Platz neben dem Fenster.

»Wo waren wir stehengeblieben?«, fragte sie. Sie hatte ihm schon ihr ganzes Leben erzählt, schon in den ersten zwei oder drei Stunden nach dem Start. Und da hatte die Tüte noch zwischen seinen Füßen gelegen. Sie hatte ihm alles erzählt. Ihr Mann war Botschafter von Liberia gewesen, und sie hatte zwei Söhne, die aber beide tot waren. Ihr Mann war auch tot, eigentlich waren alle Menschen, die ihr etwas bedeuteten, gestorben.

»Die Leute reden mich immer noch mit Frau Botschafterin an«, sagte sie. »Aber wenn ich in Deutschland bin, kennt mich niemand. Weißt du, dass ich dort niemanden habe?« Sie beugte sich zu ihm herunter und grinste. Er verstand nicht, warum sie grinste. Sie deckte sich mit ihrem Mantel die Beine zu, aber dann wurde es ihr wieder zu warm, sie nahm den Mantel und legte ihn auf den Boden zu ihren Füßen. »Was hast du denn in der Tüte?«, hatte sie ihn gleich am Anfang gefragt. Sie hatte in ihrer kleinen, silbernen Handtasche nach ihrem Kamm gesucht, um sich die Haare zu kämmen. »Hilfst du mir, meinen Kamm zu suchen?«, fragte sie und gab ihm die silberne Handtasche. Sie hatte zwar eine Brille auf, aber sie sah nichts mehr. »Eigentlich bin ich blind«, erklärte sie, und dann grinste sie ihn wieder an. Benjamin nahm die Tasche und suchte nach dem Kamm. Es dauerte eine Weile, bis er ihn gefunden hatte. Es war ein großer Metallkamm. Er gab ihn ihr, und dann hatte sie sich die Haare gekämmt.

»Wo waren wir stehengeblieben?«, fragte sie jetzt wieder, während sie auf ihrem Sitz herumtastete, um die zweite blaue Socke zu suchen. »Habe ich dir schon von meinen Enkelkindern erzählt?« Benjamin schüttelte den Kopf. Er sah die blaue Socke. Sie steckte in der Gepäcktasche direkt vor ihm. Er griff nach ihr, und auf einmal hatte er eine Idee, wo die Tüte mit dem Abschiedsbrief sein konnte. Es war eine Idee, die ihn beruhigte und gleichzeitig beunruhigte.

»Kann ich kurz aufstehen?«, fragte er.

»Du willst aufstehen?«, fragte die Botschafterin. Sie legte ihre knochige Hand auf seinen Unterarm. Die Hand war auf einmal so schwer wie ein Stein.

»Ja, ich wollte nur ... Ich suche meine Tüte. Ich glaube, ich habe sie auf der Toilette vergessen.«

»Nein, das geht jetzt nicht.« Sie schüttelte ihren Kopf. Ihre schlohweißen, strubbeligen Haare fielen ihr ins Gesicht. Sie muss sie wieder kämmen, dachte Benjamin. »Du bleibst schön hier. Du lässt mich jetzt doch nicht allein.« Benjamin nickte. Er drehte sich um. Er würde die Tüte später holen, dachte er, solange sie noch in der Luft waren, konnte ja nichts passieren. Er versuchte sich zu beruhigen.

»Soll ich dir sagen, wie sie heißen?«

»Wer?«

»Meine Enkelkinder ... Weißt du, dass eines meiner Enkelkinder Brilliant heißt?« Sie kicherte. »Und das andere heißt Sternchen. Und dann habe ich noch eins ... ja ... das heißt Gemütlich.« Sie lachte. »Natürlich auf Englisch.«

Benjamin nickte.

»Kannst du Englisch?«

»Ja«, sagte Benjamin. Er sprach sehr gut Englisch, das lag an seiner Mutter. Seine Eltern hatten sich immer darüber gestritten, ob sie zu Hause Englisch oder Deutsch sprechen sollten, als er noch in Donnybrook, im Süden Dublins, auf die Schule gegangen war. Sein Vater war für Deutsch, seine Mutter war für Englisch.

»Das ist ja toll«, sagte die Botschafterin, die aus Wuppertal kam, aber die meiste Zeit ihres Lebens in Liberia gelebt hatte, »dann sprechen wir von jetzt an auf Englisch weiter.«

Benjamin dachte an seine Tüte. Er dachte auf einmal: Wenn ich sie finde, dann nehme ich den Brief und mache ihn auf. Er schaute die alte Frau an. Sie fuhr sich selbstverloren mit den knochigen Fingern durch die langen, weißen Haare. Es sah so aus, als bildeten ihre Finger einen Kamm. Sie erzählte von ihren Enkelkindern, ihren komischen Namen und wie sie alle im Haus ihrer Schwiegertochter auf dem Boden liegen und schlafen würden, denn die afrikanischen Kinder schliefen überall da, wo es ihnen gerade gefiel.

»Aber ich schimpfe dann immer mit ihnen. Sie liegen einfach auf dem Steinboden, und das ist doch viel zu kalt. Ich hab schon gedacht, dass du auch ein afrikanisches Kind bist, als ich dich da eben auf dem Fußboden gesehen habe.«

»Ich hab nicht auf dem Fußboden gelegen«, protestierte Benjamin.

»Wie alt bist du denn?«, fragte sie.

»Vierzehn«, sagte er schnell, aber das war gelogen, und er wunderte sich, wie er auf einmal ganz leicht und ohne Anstrengung lügen konnte.

»Und dann darfst du schon ganz allein reisen?«

»Ab zwölf darf man das schon«, erklärte er ihr feierlich. Seine Mutter hatte sich eigens erkundigt. Mit zwölf war es erlaubt, und schließlich war er vor ein paar Monaten dreizehn geworden.

»Und dann lassen sie dich ganz allein nach Liberia fliegen?«

»Ganz allein«, erwiderte er stolz.

»Und du bist wirklich schon vierzehn?«, fragte sie. Sie sah ihn von der Seite an.

»Ich bin gerade vierzehn geworden«, sagte er und überlegte, ob er nicht doch besser die Wahrheit sagen sollte. Irgendetwas veränderte sich. Irgendetwas fühlte sich ganz komisch an.

Und dann fiel ihm sein Pass ein. Sein Pass war auch in der Tüte. Sein Reisepass. Ausgestellt auf den Namen Benjamin Pingel-Greenhammer. Ein Name, den man auf den Schulhöfen dieser Welt besser nicht zum Besten gab. Jetzt bekam er es auf einmal mit der Angst zu tun. Ohne Pass würde er ja gar nicht in das Land hineinkommen. Ohne Pass würden sie ihn gleich wieder zurückschicken. Er musste aufstehen, er musste zur Stewardess.

»Ich muss jetzt wirklich ...«, sagte er. »Ich muss meine Tüte holen.«

»Wie kann man denn so ungeduldig sein«, beklagte sich die alte Frau. »Wir Deutschen sind einfach zu ungeduldig. Du bist ja auch schon so. Wir unterhalten uns doch gerade.«

Er wusste nicht, was er sagen sollte.

»Du kannst deine Tüte auch später holen«, sagte sie.

Er war schon halb aufgestanden. Jetzt setzte er sich wieder hin. Er hörte ihr zu. Er hörte die Stimme der alten Frau, wie sie von ihrem erstgeborenen Sohn erzählte und wie der damals, als ihr Mann noch gelebt hatte, im Auftrag des liberianischen Präsidenten nach Amerika geflogen war, um ein Flugzeug zu kaufen.

»So war das damals«, sagte sie und kämmte sich mit ihren langen Fingern die Haare. Im Licht der Leselampe konnte Benjamin die bräunlichen Altersflecken auf ihrer Hand sehen. Er starrte die Hand an. Er dachte an seine Tüte, den Abschiedsbrief, den Pass, das Geld und den Sonnenhut. Wenn man genau hinschaute, sahen die braunen Flecken so aus, als würde im Inneren der Hand ein Käfer hocken, der mit seinem trompetenartigen Rüssel das Blut aufsaugte und dann wieder ausspuckte, so dass auf der Hautoberfläche überall, wo er hingespuckt hatte, braune Flecken waren. Benjamin starrte auf die Hand der alten Frau. Er ekelte sich ein bisschen.

»Der Präsident hatte damals kein eigenes Flugzeug«, erklärte die alte Frau. »Und mein Sohn sollte eins kaufen.«

Benjamin drehte sich um. Er musste die Tüte finden, bevor das Flugzeug zur Landung ansetzte. Jeden Moment konnte die Ansage kommen, dass sie sich anschnallen mussten, und dann durfte man nicht mehr aufstehen.

»Und was macht mein Sohn? Er setzt sich ins Flugzeug, fliegt nach Amerika und kauft die Maschine.« Sie breitete ihre Hände aus, als wären sie Tragflächen.

»Und jetzt ist er tot?«, fragte Benjamin.

»Er ist bei einem Verkehrsunfall gestorben«, sagte sie beinahe etwas stolz. »Aber nicht in Liberia, sondern in Deutschland.« Sie schüttelte den Kopf. »In Liberia kann man nicht sterben.«

»Wieso?«

»Wieso?« Sie lachte. »Na, weil man in Liberia nicht sterben kann. Wusstest du das nicht? Sieh mich doch an, warum, glaubst du, fliege ich immer wieder zurück? Warum lebe ich noch immer in diesem heißen, schrecklichen Land?« Sie beugte sich zu ihm herunter. Er bemerkte einen etwas komischen Geruch. Sie roch wie ein Schrank, wie ein alter Schrank, in dem viele Kleider hingen, die niemand mehr tragen wollte.

»Wirklich?«, fragte Benjamin.

»Ganz bestimmt«, sagte sie. »Es ist unmöglich. Solange du *weiß* bist.« Sie strich sich eine Haarsträhne zurück. »Weiß musst du schon sein.« Sie grinste und schaute ihn an. »Du bist doch weiß, oder?« Das Licht fiel auf ihre magere Nase, die so aussah, als könnte sie jederzeit abbrechen und ihr aus dem Gesicht fallen.

»Du bist sehr weiß«, flüsterte sie, hob ihre rechte Hand und fuhr ihm vorsichtig über die Schläfe. »Du siehst aus wie mein erstgeborener Sohn.« Benjamin schauderte es.

»Ich hab ein Geschenk.« Sie beugte sich vor. »Wo ist meine Tasche?« Sie griff nach ihrer Reisetasche, die sie auf den freien Sitz neben sich gestellt hatte. Benjamin glaubte auf einmal seine Tüte zu sehen, aber das konnte unmöglich sein, sie würde sie doch nicht so einfach in ihre Tasche stecken. Wahrscheinlich täuschte er sich. Er sollte vielleicht lieber schlafen, wenn er so müde war.

»Ich zeige es dir.« Sie kramte in ihrer Tasche herum und holte einen Gummiball heraus. »Hier«, sagte sie, »probier mal aus.«

Benjamin nahm den Gummiball und betrachtete ihn.

»Du musst aufstehen. Los!«

Er stand auf und ging auf den Gang.

»Und jetzt«, sagte sie, »lass ihn fallen und mach die Augen zu.« Sie war ganz aufgeregt, ihre Augen leuchteten, ihr ganzes Gesicht vibrierte. Und als Benjamin den Ball fallen gelassen hatte und die Augen wieder öffnete, sah er, was sie gemeint hatte. Der Gummiball tänzelte vor seinen Augen durch den Gang im Halbdunkel des Flugzeugbauches, und jedes Mal, wenn er den Boden berührte, leuchtete er in zahllosen Farben auf und erstrahlte wie eine große magische Kugel. Er leuchtete violett, grün und rot und orange. Die Farben zuckten und tanzten vor ihm, als würden Hunderte von Sonnen auf- und untergehen, und Benjamin beobachtete, wie der Ball durch den Flugzeugbauch sprang und sich immer mehr entfernte.

Die Maschine neigte sich etwas. Mit Schrecken dachte Benjamin, dass sie in Kürze landen würden. Er hörte ein Knistern in den Lautsprechern und schaute gebannt dem leuchtenden Ball hinterher, wie er auf- und abspringend durch den Gang tanzte.

»Los«, flüsterte die alte Frau, »hinterher. Bring ihn mir zurück.«

2.

Der Ball verschwand, er schlug mehrmals auf, machte einen gewaltigen, unerwarteten Sprung und rollte dann, ohne dass die Botschafterin oder Benjamin ihn noch einmal zu Gesicht bekamen, unter den Sitzen entlang weiter durch das Flugzeug, an allen Sitzreihen vorbei bis in die erste Klasse hinein, wo er durch die Beine der Stewardess, die gerade einem Mann mit einer goldenen Brille Tomatensaft servierte, weiter bis zum Sitz mit der Nummer 21c rollte und dort schließlich liegenblieb. Über Lautsprecher wurden die Reisenden aufgefordert, ihre Sitzplätze einzunehmen und sich anzugurten, da die Landung in Monrovia kurz bevorstand. Das Mädchen in Sitz Nummer 21c drehte sich um. Brilliant Hope Gwenigale-Johnson, sie hätte eine der Enkeltöchter der Botschafterin sein können, sah den Ball, sah ihn, wie er erloschen, grau, aber noch geheimnisvoll neben ihr auf dem Boden lag. Sie überlegte einen Moment, dann löste sie ihren Gurt, sprang auf und schnappte sich den Ball. Sie stopfte ihn ganz schnell in ihr kleines, samtenes Kopfkissen hinein. Es war ein silbernes Kopfkissen, das Brilliant Hope Gwenigale-Johnson immer mit sich herumtrug und dessen Bezug jeden Tag gewaschen werden musste, damit das Kissen immer wieder aufs

Neue nach Zimt und Oleander roch, denn damit sprühte ihre Großmutter das Kissen ein, bevor Brilliant ihr Köpfchen auf ihm betten konnte. Es hatte einen Reißverschluss, und der Ball verschwand in ihm, als hätte er nie existiert.

Brilliant machte sich keine Gedanken, woher der Ball kam. Es war eben ein Gummiball, ein Geschenk von irgendwoher, etwas, das sich jemand für sie ausgedacht hatte, denn sie bekam viele Geschenke, und es wunderte sie deswegen nicht, dass ihr ein Geschenk einfach so vor die Füße rollte und sie noch nicht einmal Danke schön zu sagen brauchte. Sie hatte eine Reihe ganz für sich allein, sie saß nicht gerne neben ihrem Onkel, und am allerwenigsten mochte sie es, wenn ihr Onkel schnarchte. Das tat er mehr oder weniger immer, wenn sie im Flugzeug saßen. Brilliant Hope Gwenigale-Johnson. Hope, das hieß Hoffnung. Gwenigale, das hätte man auch übersetzen können, aber Brilliant hatte die Bedeutung des Namens vergessen. Sie lebte in Amerika, ihre Familie hatte das Land wegen des Bürgerkriegs schon vor vielen Jahren verlassen, und ihr Onkel, der in Liberia geblieben war, besuchte sie ab und zu. Jetzt, da ihr fünfzehnter Geburtstag bevorstand, sollte sie endlich das Geburtsland ihrer Mutter kennenlernen, und dafür war ihr Onkel eigens nach Amerika geflogen, um sie abzuholen. Es spielte keine Rolle, wie viel das kostete. Es war so, wie wenn andere Leute einen Bus nahmen oder sich ein Taxi riefen, so stieg ihr Onkel ins Flugzeug und flog über den Atlantischen Ozean, um sie zu holen. Der Ball bildete einen kleinen Knubbel in ihrem Kopfkissen. Sie würde es schnell in ihren Rucksack stecken, der auch silbern war und dem sie einen Namen gegeben hatte, wie sie überhaupt allen Dingen, die ihr gehörten, Namen gab. Auch Dingen, die ihr nicht gehörten, gab sie manchmal Namen. Sie tat dies, weil sie sich langweilte und weil sie, wenn sie Dingen einen Namen gab, sie in etwas anderes verwandelte. Und so hieß ihr Kissen Justin Timberlake, und ihre Schuhe hießen Kanye West, jedenfalls ihre Wanderschuhe, die schweren kamelfarbenen Wildlederschuhe, die sie jetzt trug, weil man ihr gesagt hatte, Liberia sei sehr dreckig, voller Scherben und spitzer Steine, gefährlicher Löcher, und überhaupt dürfe man auf keinen Fall barfuß laufen, schon gar nicht nachts. Aber Brilliant würde sicherlich nicht viel herumlaufen. Die meiste Zeit würde ihr ein Fahrer zur Verfügung stehen, und sie würde letztendlich, wie ihr Onkel ihren Großeltern, die sich um sie kümmerten, versichert hatte, das Haus möglichst überhaupt nicht verlassen, weil es viel zu gefährlich war.

»Du siehst zwar aus wie eine Liberianerin«, hatte ihr Onkel gesagt, »aber du bist eigentlich keine. Schließlich bist du unsere Prinzessin, und wenn dir irgendetwas auf der Straße passiert, und sei es nur, dass dich irgendein doofer Hund anbellt, bricht es deinen Großeltern das Herz.« Dann war er wieder eingeschlafen. Brilliant schaute Filme mit einem kleinen tragbaren DVD-Player oder stocherte mit einer Nadel in ihrem silbernen Kissen herum, was eigentlich nicht sehr sinnvoll war. Aber Brilliant tat das manchmal. Sie machte die Sachen, die ihr gehörten, einfach kaputt, aber warum sie das tat, das wusste sie selbst auch nicht so genau.

»Ist da nicht gerade ein Ball durch die Luft geflogen?«, hörte sie ihren Onkel hinter sich. Er schlürfte seinen Tomatensaft.

»Was für ein Ball?«, fragte sie.

»Na ein Ball, mein Kind.« Er räusperte sich.

»Weiß *ich* doch nicht. Wann landen wir eigentlich?«

»Gleich, mein Liebes.«

»Soll ich jetzt Kanye West anziehen?«

»Wie bitte?«, fragte der Onkel.

»Meine Schuhe, du Schlauberger. Wir landen doch gleich.«

Ihr Onkel schüttelte den Kopf. »Ich trage dich, mein Liebes. Du tust keinen Schritt mehr. Es ist mitten in der Nacht. Ich trag dich zum Wagen, und morgen früh wachst du dann im Coconut Jungle auf.« So hieß das Strandhaus ihres Onkels. Aber auf dem Foto, das sie in ihrem Telefon gespeichert hatte, sah es wie eine Hütte im Wald aus. Sie hatte es nur »die Bretterbude« genannt und ihren Onkel gefragt, ob er denn von dort Füchse und Bären schießen wolle, sonst würde sie lieber zu Hause bleiben. Überhaupt war sie schlechter Laune, weil sie gehört hatte, in Liberia würde es die ganze Zeit regnen, und wenn sie eins nicht leiden konnte, dann war es Regen. Davon gab es nicht besonders viel in Kalifornien, und es half auch nichts, dass ihr Onkel ihr einen riesigen, rosafarbenen Regenschirm gekauft hatte, den sie Rosa Riese nannte und in den sie mit einer Nagelschere kleine Schäfchenwolken hineingeschnitten hatte, so dass ein paar Tage später Rosa Riese II vor ihrem Zimmer stand. Rosa Riese II lag jetzt in Folie eingepackt in dem Gepäckfach über ihr, aber sie war entschlossen, ihn einfach im Flugzeug liegenzulassen. Denn er gefiel ihr nicht mehr, genauso wenig wie ihr durchlöchertes Kissen mit der komischen Beule. Und schon im nächsten Moment, als die Maschine sich mit einem Dröhnen nach unten senkte und dann einen Ruck nach vorne machte, weil sie in irgendeinem Luftloch gelandet war, schleuderte sie es neben sich auf den Boden, so dass ein kurzes, blitzartiges Zucken durch das Kissen ging, als entzündete sich in seinem Inneren ein Feuer. Brilliant erschrak. Ihr Onkel schnarchte, und die Stewardess, die vorbeikam, hob das Kissen auf und legte es ihr in den Schoß.

»Du bist nicht angegurtet. Möchtest du, dass du durch die Luft fliegst?« Brilliant kniff die Augen zusammen. So eine

Unverschämtheit, dachte sie, wie spricht die denn mit mir? Prinzessin Brilliant Hope Gwenigale-Johnson schüttelte erbost den Kopf. Die Stewardess griff nach dem Gurt und zog ihn an Brilliants Bauch fest. Das Kissen lag auf dem freien Sitz neben ihr. Sie schaute es an. Irgendetwas war faul an der Sache. Irgendetwas war mit Justin Timberlake passiert. Sie überlegte, ob sie eine Operation vornehmen und ihn in Stücke schneiden sollte. Den Ball würde sie behalten, aber das weiche, flauschige Innenleben von Justin war ihr auf einmal zuwider. Die kleine Nadel hatte sie an Bord geschmuggelt. Sie hatte immer eine kleine Nadel dabei, und diese hatte sie unter einem Pflaster auf ihrem Handrücken versteckt. Sie hieß Miss Marple 21. Oder Miss Marple 22. Es hatte ein bisschen gepiepst bei der Kontrolle am Flughafen, doch Brilliant hatte den Mitarbeiter des Sicherheitsdienstes mit funkelnden Augen drohend angesehen und war dann einfach weitergegangen. Sie zog vorsichtig das Pflaster von ihrem Handrücken, um Miss Marple freizulassen. Sie sollte sich auf das Kissen, auf Justin Timberlake stürzen.

»Zerhack ihn«, flüsterte Brilliant, obwohl das eine schwierige Aufgabe für eine so kleine Nadel war. Brilliant schaute das Kissen an.

»Na und«, sagte sie zu Justin, »das ist mir doch egal.«

Sie konnte sehen, wie Justin vor Angst den Bauch einzog, denn darauf hatte es Miss Marple zuerst abgesehen. Brilliant schüttelte den Kopf. Irgendetwas stimmte nicht mit ihm. Justin war die Reise nicht bekommen, und sie dachte, sie sollte ihm besser eine Lektion erteilen und ihn zusammen mit dem Rosa Riesen im Flugzeug zurücklassen. Sie war jetzt alt genug, sie brauchte kein Kissen mehr. Sie schaute ihn noch einmal an. Er war ihr nicht geheuer, er hatte geblitzt und geleuchtet, als wäre ein magisches Wesen in ihm.

»Bist du schwanger? Justin!« Sie beugte sich zu ihm hinunter. Sie wollte schon mit ihrer Nadel der Sache auf den Grund gehen, da sah sie auf einmal ein Gesicht. Es war direkt vor ihr. Es war das Gesicht eines weißen Jungen. Er hatte Sommersprossen, rötliche Haare und große, etwas ängstliche Augen. Seine Hand tastete an dem Sitz hoch und griff nach ihrem Kissen. Sie traute ihren Augen nicht.

»Entschuldige«, sagte Benjamin, »aber das muss ich wieder zurückbringen.« Dann nahm er das Kissen, und noch bevor sie mit ihrer Nadel zustechen konnte, war er verschwunden. Sie löste ihren Gurt und wollte ihm hinterher. Der Vorhang, der die erste von der zweiten Klasse trennte, bewegte sich noch leicht hin und her. Er war also aus der zweiten Klasse einfach zu ihr nach vorne gekommen, um ihr Justin wegzunehmen. Sie drehte sich nach der Stewardess um.

»Was hast du denn?«, fragte ihr Onkel. Hier sind Diebe und Verbrecher an Bord, dachte sie. Sie überlegte, ob sie schreien oder heulen sollte, oder ob es nicht möglich wäre, beides auf einmal zu tun. Sie überlegte noch, wie sie das zustande bringen könnte, da sagte ihr Onkel: »Aber du hast doch nicht etwa Angst, mein Liebes?« Seine große Hand tätschelte sie. »Das ganze Land wird dir zu Füßen liegen.« Er wollte ihr über den Kopf streicheln, aber dann war auf einmal die freche Stewardess bei ihr, packte sie und setzte sie, als wäre sie ein strampelndes Baby, zurück auf ihren Platz und schnallte sie fest. Na, die kann was erleben, dachte Brilliant wütend. Sie spürte auf einmal einen stechenden Schmerz im Bein. Es war Miss Marple. Jetzt wusste sie immerhin, dass sie doch besser heulen und nicht schreien musste. Aber dann tat sie es doch nicht. Sie biss die Zähne aufeinander. Denn obwohl Brilliant Hope Gwenigale-Johnson sehr schwierig und kompliziert sein konnte, eines war sie auf jeden Fall nicht: dumm. Und wenn jemand Miss

Marple in ihrem Bein fand, würde es nur neuen Ärger geben. Jetzt musste sie nur Justin wiederfinden, und diesem komischen weißen Jungen würde sie eine richtige Lektion erteilen. »Aber erst«, flüsterte sie vor sich hin, »gebe ich ihm einen Namen.« Und ihr Gesicht verzog sich zu einem Grinsen.

3.

Die Botschafterin hielt das Kissen in den Händen, als wäre es zerbrechlich. Sie betrachtete es von allen Seiten, und dann sagte sie: »Es ist ein wunderschönes Kissen. Ich glaube, ich behalte es.«

»Aber wir müssen es zurückgeben«, protestierte Benjamin.

»Das hast du gut gemacht«, sagte die alte Frau. »Es gefällt mir.«

»Es gehört mir doch nicht«, widersprach ihr Benjamin. »Ich muss es zurückbringen. Wir müssen nur irgendwie den Gummiball herausbekommen.«

»Hol jetzt lieber deine Tüte«, sagte die alte Frau und lächelte vor sich hin. Genau in diesem Moment kam durch die Lautsprecher die Ansage, dass sich alle anschnallen mussten. Bald würden sie landen. Eine Stewardess kam auf Benjamin zu und zeigte auf seinen Sitz.

»Willst du dich nicht lieber hinsetzen?«, fragte sie.

Die alte Frau schaute auf das Kissen. »Herausbekommen ...«, murmelte sie und wiegte das Kissen hin und her. Der Lärm der Motoren wurde jetzt immer stärker, und mit einem großen Gepolter wurde das Fahrwerk ausgefahren. Benjamin dachte an die Tüte und dass er sie bald aus der Toilette holen musste, wenn er sie dort wirklich vergessen hatte. In wenigen Minuten würden sie landen.

»Ich hatte mal so ein Kissen«, sagte die Botschafterin. »Ich musste nur meinen Kopf darauflegen, und schon hatte ich schöne Träume.« Benjamin dachte an das Mädchen, und er fragte sich, ob wohl alle Mädchen in Liberia so aussehen würden wie sie. Sie hatte sehr schöne Haare. Sie waren zu einem Kranz geflochten, der auf ihrem Kopf lag wie ein Schneckenhaus aus schwarzem Samt. Sie hatte ihn angelächelt. Allerdings war es ein Lächeln, bei dem einem das Blut in den Adern gefror.

»Ich vergesse meine Träume immer gleich wieder«, sagte er.

»Wie bitte?«, fragte die alte Frau und hob das Kissen hoch.

»Der Ball ist da drin«, erklärte Benjamin. Er zeigte auf die Beule in dem Kissen, aber die Botschafterin interessierte sich nicht dafür. »Sie müssen das Kissen nur irgendwie aufmachen ...«

Dann setzte die Maschine auf. Es war eine sanfte Landung. Die Botschafterin schaute ihn an und lächelte. Benjamin vermutete, sie sei vielleicht verrückt, überhaupt waren sehr viele komische Menschen an Bord.

»In einem Traum stand ich einmal an einem Wasserfall«, erzählte sie, »ein großer Schmetterling kam, und ich hab mich einfach an ihm festgehalten ... und flutsch, war ich weg. Ich flog davon.« Sie kramte in ihrer Tasche herum, um den Kamm zu suchen. Während sie suchte, hielt Benjamin ihren Mantel. Sie hatte ihm den Mantel einfach wortlos über die Beine gelegt, und Benjamin hatte auf einmal den Eindruck, sie behandele ihn wie einen Dienstboten.

»Kannst du mich kämmen?«, fragte sie und hielt ihm den schweren Kamm entgegen. »Meine Hände zittern so.« Das Kissen fiel zu Boden. Ein kurzes Blau-Grün-Rot glomm in seinem Inneren auf. Benjamin tastete mit den Füßen nach dem Kissen. Er wollte es dem Mädchen wieder zurückgeben. Es saß in der ersten Klasse, und auf dem Weg nach draußen würde er unweigerlich an ihr vorbeikommen. Außerdem war sie bestimmt nicht allein. Sie hatte einen Beschützer, und während Benjamin den Metallkamm in der Hand hielt und überlegte, ob er der Botschafterin die Haare kämmen sollte, dachte er an seinen Vater. Und auf einmal freute er sich. Benjamin freute sich, ihn wiederzusehen, er hatte ihn ein halbes Jahr nicht gesehen. Sein Vater arbeitete für die GTZ, die Gesellschaft für Technische Zusammenarbeit, aber das verstand niemand, und wann immer Benjamin zu erklären versuchte, was er dort machte, verhaspelte er sich. Sein Vater erklärte es ihm auch nicht, er war zu faul zum Schreiben, und wenn er in Deutschland war, um Benjamin zu besuchen, sprach er über alles Mögliche, nur nicht über seine Arbeit.

»Mein Vater baut Brücken. Er hat bestimmt auch schon mal eine über einen Wasserfall gebaut.« Die alte Frau lächelte und nickte. Benjamin dachte, sie sei womöglich wirklich verrückt oder schon sehr alt. Er kämmte vorsichtig ihre Haare, wie er es bei den Puppen seiner Cousine schon einmal getan hatte. Er dachte an das Mädchen mit der Schneckenhaus-Frisur. Er kämmte langsam von ganz oben, von der Kopfmitte herunter bis zur Schulter. Die Haare waren sehr dünn, er hatte Angst, dass er sie alle herausreißen würde, wenn er zu stark kämmte. Mit seinem Fuß tastete er nach dem Ball, der im Kissen steckte. Irgendwie musste er da hineingekommen sein. Doch wie nur? Vielleicht, dachte er, hatte das Kissen einen Reißverschluss.

»Was wirst du denn in Monrovia machen?«, fragte die alte Frau.

»Wir fahren aufs Land, und dann gleich weiter in den Dschungel. Mein Vater hat da ein Haus. Er wohnt nicht in

Monrovia.« Da die Maschine immer langsamer wurde, kämmte er etwas schneller.

»Du fährst in den Dschungel?« Der Blick der alten Frau verfinsterte sich.

»Ja«, sagte Benjamin leichthin, als hätte er das schon oft gemacht und als wäre nichts Besonderes dabei. Der Kamm blieb plötzlich in einer Haarsträhne stecken. Es gab einen Ruck. Die Maschine kam zum Stillstand.

»Na endlich«, murmelte die alte Frau und stand auf.

»Moment!«, rief Benjamin. Der Kamm hing in ihren Haaren. Aber auf einmal war alles in Bewegung. Alle sprangen auf und öffneten die Gepäckfächer, um ihre Koffer und Taschen herauszuholen. Benjamin ließ das Kissen, die alte Frau und den Kamm in ihren Haaren zurück und lief zur Toilette. Es war die hintere Toilette, und da dort auf den Plätzen niemand mehr saß, konnte er sicher sein, dass die Tüte noch immer neben dem Waschbecken auf der Ablage stünde und dass Zahnbürste und die Zahnpasta noch immer am Waschbeckenrand liegen würden. Denn Zahnpasta und Zahnbürste, das war seiner Mutter in letzter Sekunde eingefallen, hatten sie auch vergessen. Eigentlich hatten sie mehr oder weniger alles vergessen. Nur das Anti-Insekten-Spray nicht. Seine Mutter hatte fünf große Flaschen davon gekauft. Vier waren in seinem Koffer und eine war in der Tüte. Am Telefon hatte sein Vater gesagt: »Das Letzte, was du machst, bevor du das Flugzeug verlässt, du gehst auf die Toilette und sprühst dich mit Anti-Insekten-Spray ein. Hörst du? Vergiss das nicht.« Draußen warteten die Moskitos. Man konnte sie nicht sehen und eigentlich auch nicht hören. Das war der Unterschied. Die deutschen Moskitos, die Mücken hießen, hörte man, und manchmal konnte man sie auch sehen. »Das ist eigentlich das Wichtigste«, hatte sein Vater gesagt. »Und deinen Pass. Den darfst du natürlich auch nicht vergessen.« Es ist alles in der Tüte und die ist in der Toilette, beruhigte sich Benjamin. Er drehte sich noch einmal um. Die Maschine stand jetzt. Die alte Frau lief ohne ihren Mantel Richtung Ausgang. »Wie kann man so vergesslich sein«, murmelte Benjamin vor sich hin und zog voller Erwartung die Toilettentür auf. Er sah den Kamm in ihrem Haar stecken und ihre langen, knochigen Finger, mit denen sie sich an den Kopfstützen der Sitze entlanghangelte, um zum Ausgang zu kommen. Dann gab es einen eigentümlichen Sog, einen Luftzug. Eine der Türen der Maschine wurde geöffnet, und mit einem Mal strömten alle nach draußen. Benjamin zwängte sich durch die Tür in die Toilettenkabine.

4.

Das Kissen war also fort. Brilliant war nicht besonders traurig. Traurig zu sein, damit gab sie sich nicht ab. Sie konnte wütend sein, sie konnte sauer sein. Stinksauer. Aber nicht traurig. Sie hatte zu Hause in ihrem kleinen Garten eines Morgens ihre beiden Schildkröten gefunden, die, auf dem Rücken liegend, die ganze Nacht nicht mehr von der Stelle gekommen waren. Sie war zu ihnen gegangen und hatte eine Portion Cornflakes um sie herum verteilt, dass es so aussah, als hätten die beiden Schildkröten einen Heiligenschein. Ihre kurzen, stummeligen Eidechsenfüße kreisten langsam in der Luft. Sie lagen noch im Schatten. Brilliant goss ein wenig Milch über die Cornflakes, und dann ließ sie sich von ihrer Großmutter zur Schule bringen. Sie war gespannt, wie die Schildkröten, die Cornflakes und die Milch wohl den Tag in der heißen Sonne überstehen würden. Als sie aber aus der Schule zurückkam, war sie viel zu müde, um in den Garten zu gehen, sie kehrte erst drei Tage später zu ihrer Forschungsstätte zurück. Die Milch war verschwunden, und die Sonne hatte aus den Cornflakes verschrumpelte, komisch knisternde Krümel gemacht, die man einfach so zertreten konnte. Die Schildkröten waren tot. Brilliant hatte sich vor ihnen aufgebaut und gesagt: »Ihr dummen Viecher, ihr seid ja zu überhaupt nichts nutze!« Der Tod der Schildkröten hatte sie wütend gemacht. Sie ärgerte sich, dass sie einfach, ohne sie zu fragen, gestorben waren. Und als sie das Kissen im Flugzeug der königlich-niederländischen Fluggesellschaft zurücklassen musste, dachte sie nur: Justin Timberlake wollte sowieso nicht nach Afrika, weil Justin sonst Sonnenbrand bekommen hätte, und dann dachte sie schon wieder an ihre bevorstehende Schiffsreise. Ihr Onkel hatte ihr von seiner neuen Jacht erzählt, und dass sie am Sonntag eine kleine Bootstour unternehmen würden.

Als auf einmal Benjamin in der Eingangshalle des Flughafens auftauchte, hätte sie ihn gar nicht erkannt, wenn er nicht das Kissen in der Hand gehabt hätte. Er sprach mit ihrem Onkel, er hielt ihm das Kissen hin. Dann fiel ihr noch etwas auf. Er trug einen sonderbaren Mantel, der ihm viel zu groß war. Es war ein schwerer, grauer Mantel. Er reichte ihm bis zu den Knien. Er hatte ihn zugeknöpft und den Mantelkragen hochgestellt, und mit dem silbernen Samtkissen sah er auf einmal, fand Brilliant, gar nicht so uninteressant aus.

»Und dein Pass ist auch in der Tüte?«, fragte ihr Onkel.

Benjamin nickte. »Alles«, jammerte er, »auch der Brief. Von meiner Mutter.«

»Mmh. Von deiner Mutter.« Brilliants Onkel schaute besorgt. Er war sehr gutmütig, das mochte Brilliant nicht besonders an ihm. Es sei denn, seine Gutmütigkeit kam ihr zugute.

Aber wenn er anderen Menschen half, war sie schnell gelangweilt und wurde ungeduldig.

»Was können wir denn da machen?«, überlegte er, und winkte ihr zu. »Das ist Brilliant. Meine Nichte.« Brilliant ging auf Benjamin zu und wollte ihm die Hand geben, aber Benjamins Hände steckten so tief in den Ärmeln des riesigen Mantels, dass sich ihre Hände nicht fanden und Brilliants Onkel zu lachen anfing.

»Wer ist denn hier jetzt zuständig für dich?«, fragte der Onkel. Nicht weit von ihnen entfernt stand ein Beamter der Einwanderungsbehörde, der Benjamin argwöhnisch beobachtete. Brilliants Onkel dachte einen Moment nach. Brilliant war es schon jetzt langweilig, aber dann dachte sie, so ein komischer Junge mit einem Mantel und ohne Pass, das könnte schon lustig werden, und sie stellte sich vor, wie sie ihn während der Ferien herumscheuchen würde und er alles für sie tun müsste.

»Wir nehmen ihn mit«, sagte sie und legte den Kopf schief. Er war ungefähr so groß wie sie. Im Grunde hatte es ihr gefallen, dass er ihr einfach das Kissen weggenommen hatte. Er hielt es immer noch in der Hand. Ihr Onkel hatte die Hände voll mit Taschen und Tüten, mit all den Geschenken, die er seiner Familie mitgebracht hatte. Brilliants Onkel schaute zu dem Beamten der Einwanderungsbehörde und dachte nach.

»Ich hab sie gesehen«, sagte Benjamin, noch immer atemlos, »die alte Frau. Sie ist die Frau des Botschafters, aber der ist ja tot.«

»Ja klar«, sagte Brilliant gelangweilt.

»Sie muss die Tüte haben, ich bin ganz sicher ... Sie hat sie bestimmt in die Tasche gesteckt.«

Und tatsächlich hatte er sie gesehen, als er als Letzter die Maschine verlassen hatte und auf der steil nach unten führenden Gangway stand, von der schwülen Hitze wie von einem Würgegriff erfasst und damit beschäftigt, den Mantel zuzuknöpfen, die Worte seines Vaters in den Ohren: »Das ist wirklich das Schlimmste, was passieren kann. Malaria, schon in der ersten Woche.« Und wie seine Mutter am Telefon gesagt hatte: »Wenn er Malaria bekommt, lass ich mich scheiden. Darauf kannst du Gift nehmen.« Er durfte keines von diesen gefährlichen Tieren an sich heranlassen, deshalb knöpfte er sorgfältig den Mantel zu und stellte den Kragen hoch, obwohl schon jetzt der Schweiß in Strömen an ihm herunterlief. Er hatte sie noch gesehen. Ihre schlohweißen Haare, das elfenbeinfarbene, dünne Kleid und ihre linke, knochige Hand, mit der sie ihre große, lederne Tasche festgehalten hatte. In dieser Tasche musste die Tüte sein. Die schwarze ZARA-Tüte, mit dem Abschiedsbrief seiner Mutter, dem Anti-Insekten-Spray, den hundert Dollar und den ganzen anderen Dingen, an die er gar nicht denken wollte. Sie ging sehr schnell, eigentlich lief sie, und er dachte noch, das ist die Frau des Botschafters, eine ganz gemeine Diebin, und er rief: »Das geht doch nicht! Das ist *meine* Tüte.« Aber in der Eile hatte er Deutsch gesprochen, und ohnehin war niemand da, um ihn zu hören. Die Stewardessen waren hinter ihm in der Maschine gewesen, und die anderen Reisenden hatten längst das merkwurdig niedrige Haus erreicht, das offensichtlich das Empfangsgebäude war. Wo war sein Vater? Würde sein Vater ihn nicht hören? Aber er erinnerte sich, dass er erst seinen Pass vorzeigen und auf sein Gepäck warten musste, das war überall auf der Welt so. Selbst in Liberia. Vor ihm lag ein großes, schwarzes Stück feuchten, etwas buckeligen Asphalts. Er musste also zu Fuß gehen. Es gab keinen Bus, keine Rolltreppe und erst recht kein Laufband, so wie er es in anderen Flughäfen schon gesehen hatte. Es gab gar nichts. Nur die stickige Luft und das

Gefühl, als sei er in eine heiße Badewanne gesprungen. Er wischte sich den Schweiß vom Gesicht. Das Mädchen mit der schneckenförmigen Frisur grinste ihn an. Langsam kam der Beamte der Einwanderungsbehörde auf ihn zu.

»Und zu wem gehörst du?«, fragte der Beamte mit einem gefährlichen Unterton. Der freundliche Mann, mit dem Benjamin gesprochen hatte, stand jetzt etwas abseits und telefonierte. Er schaute das Mädchen an.

»Also eigentlich ...«, überlegte Brilliant und zupfte an ihrem rosafarbenen Schirm herum, auf den sie sich stützte. Sie sah wirklich aus wie eine Prinzessin. An den Handgelenken trug sie goldene Armreife, und an beiden Ohren baumelten Ohrringe, die so groß waren, dass sie gegen ihre Schultern stießen. »Eigentlich ist er ein Dieb. Ja! Er hat mein Kissen gestohlen.«

»Es ist hier«, rief Benjamin und hielt das Kissen dem Beamten unter die Nase. »Ich habe es nicht gestohlen. Es ist nur wegen diesem Gummiball. Den muss ich wieder zurückgeben. Es ist so ein Ding für kleine Kinder ... Und er leuchtet, wenn man ihn gegen die Wand wirft.«

Der Beamte sah ihn an.

»Ja«, wiederholte Brilliant, »eigentlich ist er wirklich ein ganz kleiner, fieser Dieb.« Sie lächelte erst formvollendet und grinste ihn dann so an, dass er ganz verwirrt wurde. Und er war beinahe noch mehr verwirrt, als dass er Angst hatte. Was hatte dieses komische Mädchen denn bloß vor? Er hielt nach seinem Vater Ausschau. Aber das Einzige, was er sehen konnte, waren die kleinen Polizistenhäuschen, in denen die Beamten saßen und die Pässe kontrollierten. An der Decke hing eine Glühbirne, um die Hunderte von Insekten herumflogen. Der grüne Linoleumboden hatte einige Risse und Löcher. Außer Brilliant und ihrem Onkel waren nur noch wenige Reisende übrig geblieben. Es waren ohnehin nur ein Dutzend an Bord gewesen. Eine Frau und ein Mann zeigten gerade ihre Pässe vor. »Willkommen in Liberia«, hörte Benjamin eine dunkle, fröhliche Stimme. Die alte Frau war längst weg. Benjamin wusste von seinem Vater, dass Diplomaten immer sehr schnell durch solche Kontrollen hindurchkamen, wahrscheinlich hatte sie sogar den Flughafen schon verlassen.

»Was hat er denn gestohlen?«, fragte der Beamte und grinste.

»Na, dieses Kissen hier.« Brilliant zeigte auf das Samtkissen, das Benjamin in der Hand hielt.

»Mmh«, meinte der Beamte und nickte.

»Und den Mantel da.« Sie zeigte auf Benjamins Mantel mit einem Ausdruck der Begeisterung, als habe sie auf einmal etwas ganz Ausgezeichnetes und Wunderbares entdeckt. »Den hat er auch geklaut. Ja, ganz bestimmt.« Sie drehte sich zu ihrem Onkel. »Onkel«, rief sie. »Du musst eine Zeugenaussage machen.« Sie zupfte ihn an seinem Hemd. Aber ihr Onkel ließ sich nicht beirren und telefonierte weiter. Es schien ein wichtiges Gespräch zu sein, er schaute noch nicht einmal auf, während Brilliant jetzt mit ihrem riesigen, noch in Folie verpackten, rosafarbenen Schirm auf das Bein des Polizisten zielte.

»Also«, sagte sie, »wird er jetzt verhaftet?«

Der Beamte dachte nach. Er schaute Benjamin an, betrachtete den Mantel, dann schaute er zu dem Onkel des Mädchens.

»Ich *bitte* darum«, sagte Brilliant und grinste ihn an. Dann schaute sie zu Benjamin, plötzlich unschlüssig, wie sie ihn anschauen, ob sie ihn anlächeln oder ob sie ganz finster und ernst schauen sollte. Tatsächlich hatte sie ihre Meinung nicht geändert. Sie wollte alles nur ein bisschen komplizierter machen. Das war überhaupt der größte Spaß. Dinge kompliziert machen. Und zwar so kompliziert, dass den Erwachsenen graue Haare wuchsen. Ihr Onkel hatte schon einige. Aber die hatte er im Krieg bekommen, wie er immer wieder erzählte. Der Krieg, der jahrelang in Liberia getobt hatte, und der letztlich auch der Grund dafür war, dass Brilliant Hope Gwenigale-Johnson in Amerika groß geworden war. Wenn der Krieg nicht gewesen wäre, dann wärst du jetzt ein richtiges liberianisches Mädchen, sagten sie bei ihr zu Hause. Das klang immer ein bisschen bedrohlich, so dass selbst Brilliant nervös wurde, wenn sie daran dachte, wie es denn nun sein würde, wenn sie wirklich ein liberianisches Mädchen wäre.

»Haben Sie kein Kindergefängnis?«, fragte sie jetzt. Es würde einen Heidenspaß machen, ihn aus dem Gefängnis wieder herauszubekommen, und teuer würde es auch werden. Richtig teuer.

»Ich meine für eine Nacht.«

»Ein Kindergefängnis?«, fragte der Beamte.

»Ja, wir haben so etwas in Los Angeles.« Sie nickte. Los Angeles, es klang, als wäre das eine Stadt aus einem Märchen und als müsste sie jeden einzelnen Buchstaben ganz genau aussprechen, damit der Zauber dieser Stadt sich nur ja auch richtig entfalten könnte. »In der Wüste. Da sind die Kindergefängnisse. Hast du noch nie davon gehört? Es gibt nämlich verschieden große Löcher in der Wüste, je nachdem, ob ein Kind zwei Jahre alt ist, dann ist das Loch natürlich kleiner, oder zehn, dann ist es größer.« Sie machte mit ihren Armen ausholende Bewegungen, um dem Beamten eine Vorstellung von der Größe der Kindergefängniszellen zu geben.

»Da kommen sie rein, und dann kommt der Deckel drauf.« Sie überlegte kurz. »Der Deckel ist natürlich überall gleich groß.« Sie schaute ihn an. Benjamin wurde etwas unbehaglich zumute. Nicht, dass er ihr auch nur ein einziges Wort glaubte, aber so langsam leerte sich die Empfangshalle, und die Polizistenhäuschen standen bedrohlich vor ihm. Die Beamten saßen dort gelangweilt hinter den Plexiglas-Fenstern und schauten zu ihm herüber. Irgendetwas Unangenehmes würde passieren, dachte Benjamin. Im Gegensatz zu Brilliant hatte er keine große Freude an Dingen, die kompliziert waren. Kompliziert, das war seine Mutter, und kompliziert war sein Leben schon genug.

»Oder«, schlug Brilliant vor, »Sie hängen ihn in einen Baum. Denn ...«, sie schabte mit der Schirmspitze auf dem zerkratzten Linoleumboden herum. »Denn eine Wüste haben Sie hier ja nicht, oder?«

»Nein, Entschuldigung«, sagte der Beamte. Er wirkte leicht verwirrt. Immer wieder schaute er zu dem Onkel des Mädchens, und Benjamin sagte sich, dass dieser Onkel offensichtlich eine bedeutende Persönlichkeit sein musste, wenn Brilliant es sich erlauben konnte, so mit einem Polizisten zu reden. Der Onkel hatte ein paar Schritte in Richtung eines der Polizeihäuschen gemacht und wedelte mit seinem Pass herum. Offensichtlich hatte er Benjamin vollkommen vergessen. Dem Mädchen gab er jetzt ein Zeichen, ihm zu folgen. Sie machte einen Knicks, lächelte Benjamin zu, und für einen Moment flammte wieder Hoffnung in Benjamin auf. Beinahe schien es, als sei sie traurig, aber schon im nächsten Moment hellten sich ihre Gesichtszüge wieder auf.

»Hier«, sagte sie, »den kannst du gebrauchen, wenn du aus dem Gefängnis wieder rauskommst. Hier regnet es nämlich ganz schön viel. Richtig ekelhaft ist das.« Sie schüttelte sich und überreichte ihm den Schirm.

»Das Kissen«, sagte der Beamte. Sie machte eine wegwerfende Handbewegung und lief zu ihrem Onkel. Sie drehte sich noch einmal nach Benjamin um. Lächelte ihm zu. Ihr Lächeln war, wie Benjamin jetzt dachte, wirklich bezaubernd, aber schon im nächsten Moment hatte sie zu lächeln aufgehört und streckte ihm die Zunge heraus. Der Beamte sah ihn voller Mitleid an.

»Mein Vater wartet draußen«, sagte Benjamin schnell. Er hatte eigentlich keine Angst. Er wusste, dass sich alles aufklären würde, wenn sein Vater ins Spiel kam. Sein Vater war gut darin, Sachen aufzuklären und Probleme zu lösen, solange nicht seine Mutter beteiligt war.

»Aha«, sagte der Beamte. »Dein Vater wartet draußen. Wie sieht er denn aus?«

»Er hat einen Bart«, sagte Benjamin. Er hielt das Kopfkissen und den rosafarbenen Regenschirm in der Hand und dachte, auf einen Außenstehenden müsse das sicher einen komischen Eindruck machen. Und dann der Mantel, der alte, graue Mantel mit dem Fischgrätenmuster. Er roch nicht besonders gut. Er roch, wenn man es genau nahm, nicht nach einem Kleiderschrank, in dem alte Kleider hingen, sondern nach einem Keller. Er roch nach einem uralten, dreckigen Kartoffelkeller, so wie sie ihn zu Hause in Lichtenberg in Berlin hatten. Ein alter Kartoffelkeller, in dem es keine Kartoffeln mehr gab, sondern Kohle. Und immer musste er die Kohle nach oben tragen, damit sie im Winter den Ofen heizen konnten. Danach roch der Mantel. Nach Winter, nach Kartoffelkeller und nach Berlin.

»Er hat ganz viele Sommersprossen«, sagte Benjamin. »Er arbeitet bei der GTZ. Gesellschaft ...«, aber weiter kam er nicht. Der Beamte schüttelte nur entschieden den Kopf.

»Draußen wartet niemand, der so aussieht, mein Lieber«, sagte der Beamte auf einmal ganz streng und packte ihn am Arm. »Das weiß ich genau. So jemand habe ich den ganzen Tag hier noch nicht gesehen. Russell!«, rief er. »Russell!« Ein düster aussehender Beamter in Uniform, der am Ende des Raums neben einem der Polizistenhäuschen stand, nickte bedächtig mit dem Kopf.

»Russell, wir haben hier ein Problem.« Der Griff des Beamten verstärkte sich. Auf einmal bekam es Benjamin mit der Angst zu tun. Russell, der angesprochene Beamte, war so groß wie ein Baum. Er machte einen außerordentlich unangenehmen Eindruck. Reglos stand er unter einer Deckenlampe, von einem Schwarm Insekten umgeben, als wäre er der König von Liberia, dem alle Tiere, die fliegen konnten, jetzt die Ehre erwiesen. Während er langsam auf ihn zugeschritten kam, mit der finstersten Miene, die man sich denken konnte, und mit der linken Hand, die in einem schmuddeligen weißen Handschuh steckte, die Moskitos vertreibend, wusste Benjamin, dass er sich etwas einfallen lassen musste, und zwar schnell.

»Vielleicht hast du ja ein paar Dollar«, hörte er die flüsternde Stimme des Beamten neben ihm, dessen Griff sich jetzt etwas lockerte. »So jemand wie du, ein Junge aus Amerika ... Du hast bestimmt einen Dollar dabei, was?«, flüsterte er. Der Schweiß lief in Strömen an Benjamin herunter. »Du brauchst keine Angst zu haben«, flüsterte der Beamte jetzt wieder. »Wir hängen dich nicht in einen Baum. Wenn du ein paar Dollar hast ... So jemand wie du wird doch nicht in einen Baum gehängt.« Er gab ein komisches wieherndes Lachen von sich, während der große, düster dreinblickende Uniformierte Benjamin fast erreicht hatte. »Keine Angst«, flüsterte der Beamte. »Willkommen in Liberia.«

5.

Brilliant und ihr Onkel hatten Benjamin schon fast wieder vergessen, als sie in ihrem bequem gepolsterten, klimatisierten Jeep saßen, um von ihrem Fahrer in die Stadt gebracht zu werden. Die Stadt war eine Stunde entfernt. Hier draußen wirkte der Flughafen wie ein kleiner Schuppen, ein Gebäude in der heißen tropischen Nacht, aus dem man am besten mit festem Schritt hinaustrat, seinen Koffer im Wagen verstaute und sich auf den Heimweg machte. Brilliant war schrecklich müde. Sie gähnte. Es war ihr gefürchtetes Raubtiergähnen, bei dem sie ihren schönen Mund weit aufriss, um ihn dann ganz schnell wieder zuschnappen zu lassen und mit ihren kleinen Augen nach einem neuen Opfer Ausschau zu halten.

»Warum kann er den Wagen nicht schieben?«, fragte sie, als sie immer noch nicht von der Stelle gekommen waren. »Wir bleiben sitzen und er schiebt, schließlich bezahlst du ihn doch. Oder? Oder etwa nicht?«

»Aber mein Liebes«, sagte ihr Onkel ruhig. »Er kann ihn doch nicht schieben. Er muss doch zuerst den Reifen wechseln.« Ihr Onkel hatte sein Jackett ausgezogen und seine Ärmel hochgekrempelt. Er hatte beschlossen, dem Fahrer zu helfen. Es würde so schneller gehen, von einem kaputten Reifen wollte er sich seine Laune jedenfalls nicht verderben lassen.

»Er kann mich doch tragen«, rief Brilliant. »Er soll mich Huckepack nehmen, und dann gehen wir eben zu Fuß.« Sie klopfte von innen gegen das Fenster. Das freundliche Gesicht ihres Onkels verschwand, er bückte sich, um mit anzupacken. Brilliants Gesicht verfinsterte sich. Das war der Moment, in dem ihr Benjamin wieder einfiel. Sie schaute zum Flughafengebäude zurück. Er musste dort noch irgendwo sein. Ob sie wohl aussteigen und das Gebäude erforschen sollte?

Ihr Onkel war einer der reichsten Männer Liberias, er besaß mehrere Häuser und Grundstücke, über die ganze Stadt verteilt, und nebenbei war er auch noch Chef der größten Petroleum-Firma des Landes. All die schicken roten TOTAL-Tankstellen, die es in der Hauptstadt gab, unterstanden seinem Befehl. Und mit dem Flughafen würde es ja wohl kaum anders sein, dachte sie sich. Ohne dass ihr Onkel es bemerkte, stieg sie aus und machte sich auf den Weg. Der Fahrer lag irgendwo unter dem Wagen und versuchte, den Wagenheber anzubringen, während ihr Onkel vor dem kaputten Reifen kniete und ihn mit strenger Miene musterte. Sie hatte noch keine Idee, wie sie Benjamin finden sollte, aber eigentlich wollte sie ihn auch nicht suchen, sie stellte sich eher vor, einem der Beamten zu sagen, er solle ihn zu ihr bringen, am liebsten, ohne dass sie auch nur einen Finger krümmen musste. Ein kleiner, hinkender Mann mit einer knallroten Baseballmütze und einer beeindruckenden Zahnlücke lächelte sie an, als sie an ihm vorüberlief.

»Hallo, meine Süße«, säuselte er, als sie schon fast an ihm vorbei war. »Wohin so eilig?« Sie drehte sich nach ihm um. Er sah nicht gerade wie ein Polizeibeamter aus, aber er war auch kein Kofferträger oder Taxifahrer. Sie ging auf ihn zu und betrachtete ihn.

»Wer bist denn du?«, fragte sie.

Darauf hatte Harris gewartet. Er wusste, wer sie war. Er kannte ihren Onkel, und er kannte den Jeep und den linken hinteren Reifen, in dem ein zeigefingergroßer, rostiger Nagel steckte. Nur seinen Namen hatte er vergessen. Er wischte sich die Hände an den Hosenbeinen ab. Er hatte schon einen halben Tag auf diesen Moment gewartet. Er war seit Mittag am Flughafen, jetzt war es schon Mitternacht. Einmal hatte er einen Nagel in den Reifen eines Autos gesteckt und es war gar nichts passiert. Der Wagen stand immer noch da, dann hatte er einen weiteren Nagel in einen Reifen gesteckt, und dieser Wagen war davongefahren, wie durch ein Wunder ohne jeden Schaden. Er hatte drei Nägel mitgenommen. Das reichte in der Regel aus. Er wollte es nicht übertreiben. Sein Freund, der Milchmann, wartete auf seinem Motorrad in der Nähe, und ein anderer Freund, der Gummiquetscher, wartete einen Kilometer entfernt in einem kleinen Dorf und schlief bestimmt schon. Das kleine Mädchen kam ihm gerade recht, denn die Kunst bestand darin, alles ganz unauffällig und ganz nebenbei zu erledigen. Das Gute und das Böse. Das kleine Mädchen hob den Kopf und kniff die Augen zusammen.

»Wer ich bin?«, fragte er und grinste. »Hoppla, du bist aber neugierig.«

»Und? Wer bist du?«

»Ich bin ein Engel.« Er nickte und machte ein ganz feierliches Gesicht. Brilliant schaute zum Wagen ihres Onkels zurück. Vielleicht, dachte Harris, war ihr die Sache nicht ganz geheuer.

»Heute«, sagte Harris leise, »hat meine Wolke einen Platten, und da musste ich hier herabsteigen.« Er drehte sich um, als schaute er, ob er seine Wolke irgendwo im Dunkeln sehen konnte. »Sie ist da vorne irgendwo. Ich glaube, dort über dem Wald. Sie hat sich bestimmt auf den Baumwipfeln abgestützt. Faules Biest.«

Brilliant schaute ihn an. Sie zeigte keine Reaktion. Sie war sehr schlau. Sie spürte, dass mit Harris etwas nicht stimmte und dass man ihm nicht über den Weg trauen durfte.

»Du Witzbold«, sagte sie und wollte sich gerade von ihm abwenden und weiter nach Benjamin suchen, da packte sie Harris am Arm. Harris konnte das gut. Er konnte blitzschnell von einer außerordentlichen Boshaftigkeit sein, er packte sie an ihrem Ellbogen und zog sie zu sich heran, dass ihre Füße in der Luft hingen und ihr ein Schrei in der Kehle steckenblieb.

»Du nennst mich nicht Witzbold«, fauchte er sie an und hob sie hoch. »Wie heißt du? Du freches Stück. Ich werde mich bei deinem Vater beschweren.«

»O ja«, sagte sie. »Das kannst du *gerne* tun. Beschwer dich gleich da vorne bei meinem Onkel. Ich heiße Brilliant Hope Gwenigale-Johnson.«

Er ließ sie sofort wieder herunter.

»Aber das kannst du dir bestimmt nicht merken«, rief sie hämisch und lief davon. Doch da war es schon passiert. Harris grinste. »Brilliant Hope Gwenigale-Johnson«, murmelte er vor sich hin. Er hatte noch einen Nagel, es war der längste und rostigste, aber es würde kein Flugzeug mehr kommen in dieser Nacht. Er dachte scharf nach und hatte seinen besten Einfall an diesem Tag, und zwar in Sekundenschnelle. Während das Mädchen zum Flughafengebäude lief und sich ihre Haarschnecke vom Kopf löste und auf einmal zwei sehr lange schwarze Zöpfe auf ihren Rücken trommelten, rieb sich Harris genüsslich die Hände und schlenderte in aller Seelenruhe zu dem braunen, nagelneuen Jeep hinüber und pfiff seine Lieblingsmelodie vor sich hin.

Brilliant hatte derweil das Flughafengebäude erreicht und baute sich vor einem Beamten auf, der gelangweilt am Eingang stand und darauf wartete, dass er zuschließen und nach Hause gehen konnte. Auf dem Kopf trug er einen khakifarbenen Sommerhut. Davon konnte Benjamin natürlich nichts wissen. Er konnte nicht ahnen, dass die alte Frau seine Tüte zwar noch hatte, aber einige wenige Dinge daraus schon verlorengegangen waren. Bei der Passkontrolle hatte sie ihre Tasche einen Moment unbeaufsichtigt gelassen, und dann hatte jemand die Tüte durchsucht. Sie wäre nie darauf gekommen, dass sie Benjamin gehören könnte. Benjamin versuchte, unter dem grellen Licht der Deckenlampe den zwei dicken, großen Männern in einem kleinen, stickigen Büroraum zu erklären, warum er weder einen Pass noch eine Zahnbürste und auch nicht den klitzekleinsten Dollarschein dabeihatte. Die Männer waren freundlich, sie hatten alle Zeit der Welt, und sie waren sicher, dass irgendwann, auch wenn es bis zum Morgengrauen dauerte, jemand vorbeikommen würde und diesen komischen weißen Jungen mit dem alten Mantel und dem Samtkissen abholen würde. Und dann würden die Dollarscheine nur so um sie herumflattern und sie würden Schwierigkeiten haben, sie alle aufzufangen.

»Vielleicht müssen wir dich doch einsperren«, sagte der eine, der einen großen Goldzahn hatte, zu Benjamin. »Wir haben ein Bett im Keller.« Die Männer sahen ihn mitleidig an. Sie waren alles andere als bösartig. Und sie würden Benjamin kein Haar krümmen, im Gegenteil, sie überlegten schon, wer in ihren großen Familien wohl einen Schlafplatz für ihn hätte, falls am Ende ihn doch niemand mehr abholte. Aber das wollten sie selbst nicht glauben. Er war ein Junge, so weiß wie eine Schneeflocke. Er war zum ersten Mal in seinem Leben in Afrika. Das sahen sie ihm sofort an, und sie würden ihn hüten wie ihren Augapfel.

»Hast du etwas dagegen, wenn wir dich fesseln?«, fragte der eine freundlich. Benjamin sah ihn erschrocken an. »Das ist nur eine Sicherheitsmaßnahme.« Sie riefen nach Mister Blah, der draußen den Eingang bewachte. Er sollte kommen und eine Schnur mitbringen. Mister Blah, da er sich nicht anders zu helfen wusste, packte das anstrengende kleine Mädchen, das nicht aufhörte, ihn um Einlass zu bitten, bei der Hand und ging hinein zu seinen Kollegen. Bevor er das Zimmer betrat, in dem sein Opfer, mit dem Kissen auf dem Schoß auf einem wackeligen Hocker sitzend, auf ihn wartete, verstaute er das Geld, das er in der schwarzen Tüte gefunden hatte, schnell in seiner Tasche, denn es war besser, wenn seine Kollegen es nicht zu Gesicht bekämen. Auch Benjamin bekam davon nichts mit. Und das einzige Dokument, das er jetzt vorweisen konnte, war ein Fahrschein aus Berlin, den seine Mutter an der S-Bahn-Station Lichtenberg gelöst hatte. Die beiden liberianischen Beamten sahen ihn sich lange an, als gingen von ihm magische Kräfte aus, aber dann nahm der mit dem Goldzahn den Fahrschein, spießte ihn auf seiner Büronadel auf und klatschte in die Hände.

»So, jetzt ist aber Schluss mit dem Spaß. Jetzt bin ich mit meiner Geduld am Ende.«

6.

Aber wer hatte überhaupt noch Geduld in dieser Nacht? Wer konnte das schon von sich sagen? Benjamin war todmüde. Seine Geduld war längst erschöpft. Seine neue Freundin Brilliant schaukelte auf dem weißen Plastikstuhl, auf den sie sich hatte setzen müssen, so ungeduldig hin und her, dass der Beamte mit dem Goldzahn schon fürchtete, sie würde früher oder später vom Stuhl fallen. Brilliants Onkel kniete vor dem kaputten Reifen seines Jeeps und bemühte sich zu verstehen, was sein Fahrer vor sich hinmurmelte, der irgendwo unter dem Wagen lag und eine Stelle zu finden versuchte, wo er den Wagenheber ansetzen konnte. Selbst Tausende Kilometer entfernt, in Kalifornien, ganz in der Nähe von Los Angeles, in einer kleinen Stadt namens Orange, machte sich eine gewisse Ungeduld breit, denn Brilliants Großmutter, die ehrwürdige Professorin Dr. Marleen T. S. Gwenigale-Johnson, wartete schon seit einer Stunde auf den erlösenden Anruf ihrer Enkelin, dass sie gut angekommen und alles in Ordnung sei. Prof. Dr. Gwenigale-Johnson hielt ein großes, blutrotes Wärmekissen auf dem Bauch und scharrte mit ihren kleinen, in Fellhausschuhen steckenden Füßen auf dem Parkettboden und starrte das Telefon an. Sie ahnte, was alles passieren konnte, und eigentlich rechnete sie schon damit, dass Brilliant unterwegs aus dem Flugzeug gesprungen war, weil ihr wieder irgendetwas nicht gepasst hatte, aber diese Sorgen waren dann vielleicht doch etwas übertrieben. Und Benjamin? War seine Mutter nicht auch ungeduldig? Benjamin dachte an sie, an ihr zufriedenes Lächeln, als sie den hässlichen khakifarbenen Hut, an dem noch das Preisschild hing, in die schwarze Tüte gesteckt hatte. Der Hut, der so ähnlich aussah wie jener, den der magere, schläfrige Beamte auf dem Kopf hatte, der mit Brilliant auf einmal im Büro aufgetaucht war.

»Jetzt befreien Sie ihn doch endlich«, schimpfte Brilliant, als sei ihr die Einwanderungsbehörde unterstellt und Benjamin in den Händen von Gangstern und Verbrechern. Der Mann mit dem Khaki-Hut gähnte.

»Oder soll ich meinen ... Onkel holen«, drohte sie.

Der große Beamte, der nie lächelte, so dass man nicht sehen konnte, ob er auch einen Goldzahn hatte wie sein Kollege, schaute sie ausdruckslos an. Er konnte es nicht leiden, wenn die etwas wohlhabenderen Bürger von Liberia meinten, ihnen gehöre das ganze Land, und sie könnten tun und lassen, was sie wollten. Wenn er es nicht mit Kindern zu tun gehabt hätte, hätte er sie beide wegen Beleidigung und Respektlosigkeit eingesperrt. Benjamin stellte sich seine Mutter vor. Er dachte daran, wie sie den Namen seines Vaters auf den Briefumschlag ihres Abschiedsbriefes geschrieben hatte, und zwar mit seinem Füllfederhalter. Und es war ihm ein bisschen peinlich gewesen, dass er, aber das war ja nur Zufall gewesen, eine Patrone mit türkisfarbener Tinte in seinem Füller hatte.

»Und wo *ist* dein Pass?«, fragte der Beamte, der nie lächelte. Es musste ja schließlich alles seine Richtigkeit haben, und diese beiden Quälgeister sollten nicht denken, dass sie ihn hier zum Narren halten konnten.

»Mein Pass ist in der Tüte«, sagte Benjamin. Hätte er doch bloß »schwarze Tüte« gesagt. Dann hätte sich der Beamte mit dem Khaki-Hut vielleicht umgedreht. Schließlich wusste er, wo sie sich befand. Die hundert Dollar, die in der Tüte gewesen waren, waren allerdings schon verschwunden.

»Ich werde euch die Ohren langziehen«, sagte Brilliant und stand auf. Der Stuhl fiel um. Benjamin griff nach dem Mantel. Er hatte ihn so auf den Beinen ausgebreitet, dass er seine Hände bedeckte. Er fühlte sich so etwas sicherer. Seine Hände tasteten ziellos unter dem Mantel herum. Gerade in dem Augenblick, als Brilliant aufstand und wütend mit dem Fuß aufstampfte, entdeckte er etwas. Es war in der Innentasche des Mantels, direkt unter dem weichen, glänzenden Innenfutter, und vorsichtig tasteten sich seine Hände weiter vor. Im gleichen Moment schrillte in Berlin, im Schlafzimmer von Benjamins Mutter, der Wecker. Sie hatte ihn so eingestellt, dass er sie genau um fünf Uhr weckte, denn dann konnte sie sicher sein, dass Benjamin schon gelandet und bei seinem Vater im Hotel war. Sie hatte zwei Stunden Vorsprung. Während es in Berlin fünf Uhr war, war es in Monrovia, der Hauptstadt von Liberia, drei Uhr. Das war der Moment, als der Stuhl umfiel, auf dem Brilliant gesessen hatte, und als Benjamin in der Innentasche des Mantels der alten Botschafterin plötzlich Geldscheine fand. Jedenfalls fühlte es sich so an. Und es fühlte sich so an, als wären es sehr viele Geldscheine. Sollte er einfach das Geld nehmen und es den Beamten geben? Vielleicht würden sie ihn dann laufen lassen. Zur gleichen Zeit zog sich seine Mutter in Berlin einen Bademantel an und wählte die Nummer des Mobiltelefons von Benjamins Vater. Brilliant stampfte noch einmal mit dem Fuß auf. Es war aber niemand da, der so gute Ohren hatte, um es zu hören, denn Brilliant hatte inzwischen nur ihre Ballettschuhe an.

Es klopfte jemand an der Tür. Tausende Kilometer von Berlin entfernt. An der Bürotür der Einwanderungsbehörde von Liberia. Der Beamte mit dem Goldzahn grinste. Zahltag, dachte er bei sich. Die Eltern waren gekommen und würden die beiden Quälgeister auszulösen versuchen. Benjamin hatte das Geldbündel schon in der Hand, als sich mit einem Mal die Tür öffnete, ein großer, wichtig aussehender Mann mit verschwitztem Hemd, einem Wagenheber und einem silbernen Koffer in der Hand, auftauchte und rief: »Kann jemand von euch einen Reifen wechseln?« Beinahe hätte Benjamin in seinem Eifer den Arm gehoben wie in der Schule, und mit dem Geldbündel gewedelt, aber dann hatte er sich zusammengerissen und nur genickt.

»Ich«, sagte er leise. Und das stimmte sogar. Wenn man es genau nahm, war Benjamin in diesem Moment der Einzige auf dem ganzen Flughafen, der einen Reifen wechseln konnte oder zumindest wollte, wenn man einmal von Cleophus Harris absah, der ganz andere Pläne hatte. Und in diese, wenn auch niederträchtigen und düsteren Pläne waren jetzt mehr oder weniger alle verwickelt, ohne allerdings die geringste Ahnung davon zu haben.

7.

Irgendwo klingelte das Telefon seines Vaters. Irgendwo dort draußen, in der geheimnisvollen liberianischen Landschaft, von der Benjamin nur ein paar krumme, dunkelgrüne Bäume zu sehen bekam, die am Rand der Straße im Licht der Scheinwerfer kurz aufblitzten, dann aber schnell wieder verschwanden. Wie erschrocken, als seien sie es nicht gewohnt, dass ihnen jemand zu nahe kam. Sie hatten keine Gesichter, ihre Stämme waren wie Beine von dünnen, großen Tieren, die am Rand der Straße in der Erde steckengeblieben und einfach nicht weitergekommen waren. Vielleicht würden sie, wenn das schwere Motorrad in der Dunkelheit verschwunden war, still und leise die Straße überqueren und sich zu den Bäumen auf die andere Seite stellen. Oder diese würden sich ihrerseits auf den Weg machen, um vielleicht einfach nur für eine Nacht den Platz zu tauschen und ihre langen Wurzeln in ein anderes Erdloch zu stecken und ihre dunkelgrünen, feuchten Umhänge an sich herunterhängen zu lassen, so dass man nicht sehen konnte, wer sich hinter ihnen verbarg. War dort irgendwo sein Vater? Hörte er dort das Telefon klingeln, die Anrufe von Benjamins Mutter, die zu Hause in Lichtenberg auf ihrem Bett saß und immer wieder dieselbe Nummer wählte? Einmal sah Benjamin einen kurzen hellen Blitz weiter hinten im Wald, und er stellte sich vor, sein Vater habe in diesem Moment den Anruf seiner Mutter erhalten, und das Display seines Telefons habe aufgeleuchtet, als wäre ein kleiner Mond vom Himmel heruntergestürzt und sein Vater hätte ihn geschickt aufgefangen und in die Tasche gesteckt. Und dann würde er zu ihm auf die Straße gelaufen kommen, er würde sich ihnen einfach in den Weg stellen, und der Milchmann, der das Motorrad fuhr, würde stehenbleiben. Aber der

Milchmann blieb nicht stehen. Die Maschine dröhnte laut, und Benjamin spürte die Hitze des Auspuffes an seinem Bein. Machte er auch nur eine falsche Bewegung, würde er sich an dem heißen Metall die Haut verbrennen. Er klammerte sich an dem fremden Mann fest und wartete darauf, dass irgendwann die Lichter der Stadt auftauchten, in die sie fuhren. Monrovia. Das hörte sich nicht gerade beruhigend an. Vor ihnen fuhr mit gleichbleibender Geschwindigkeit das Taxi, in dem Harris saß. Er konnte es nicht richtig sehen, denn das Motorrad hatte kein Licht. Er sah nur die Scheinwerfer des Taxis, immer ein paar hundert Meter vor ihnen. Womöglich würde er mit diesem verrückten, lebensmüden Motorradfahrer, den Harris den Milchmann genannt hatte, immer weiterfahren, und hinter ihnen würden sich die Bäume immer enger aneinanderstellen, bis sie schließlich von einem dichten und riesigen Wald umgeben waren. Dem tropischen Regenwald, von dem ihm sein Vater schon erzählt hatte. »Der ist so dicht und zugewachsen«, hatte sein Vater gesagt, »dass man nur mit einem Messer durch das Dickicht hindurchkommt.« Und genau so ein Messer, ein großes, leicht gebogenes Messer hatte er eine Stunde zuvor in der Hand von Harris gesehen. Er hatte es auf einmal aus seiner Hose gezogen, in der er es offenbar die ganze Zeit versteckt gehalten hatte. Eine Machete. Mit so einer Machete, hatte sein Vater gesagt, haust du dir eine Schneise durch den Wald, sonst bist du verloren. Und ein so großes Messer steckte jemand wie Harris einfach in sein Hosenbein hinein und zauberte es dann ganz plötzlich hervor. »Du brauchst keine Angst zu haben«, hatte Harris gesagt, »das habe ich nur zur Sicherheit dabei.« Es war alles ungeheuer schnell gegangen, und während Benjamin jetzt auf dem Motorrad saß, den Wind um die Ohren und den silbernen Aluminiumkoffer hinter sich auf dem Gepäckträger festgeschnallt, versuchte er Ordnung in seine

Gedanken zu bringen. Der Reihe nach ging er alles noch einmal durch, Schritt für Schritt, Minute für Minute. »Du musst tief durchatmen«, pflegte seine Mutter zu sagen. »Ganz tief ein- und ausatmen, und dann denkst du in Ruhe nach.« Benjamin versuchte nachzudenken. Er versuchte es mit aller Kraft. Aber das Erste, das ihm einfiel, war sein Vater, dann der Wald rechts und links von ihm, der eigentlich nicht so dicht und undurchdringlich aussah. Und er überlegte, ob er sich einfach fallen lassen sollte, um dann, wie er es einmal im Kino gesehen hatte, über die Straße zu kullern, irgendwo kurz liegenzubleiben und dann einfach wegzulaufen. Er hatte es in Filmen schon ein paarmal so gesehen. Aber solche Filme spielten ja nicht in Liberia, und außerdem hatte Benjamin keine Übung darin, sich von einem durch die Dunkelheit rasenden Motorrad herunterfallen zu lassen. Wie sollte das auch gehen? Würde man einfach zur Seite kippen und mit den Beinen ein bisschen in der Luft herumrudern und dann so eine Art Purzelbaum machen?

Am Anfang schien alles gutzugehen. Plötzlich war Brilliants Onkel aufgetaucht und hatte sie im Nu aus dem Büro der Einwanderungsbehörde befreit. Alle kannten ihn, waren sehr höflich zu ihm, und plötzlich war Benjamins fehlender Pass gar kein Problem mehr. Draußen stand der Mann mit der Machete. Seine Machete hatte er noch im Hosenbein versteckt, und man konnte sie nicht sehen. Er humpelte ein bisschen. Er gab Benjamin die Hand und sagte: »Ich bin Cleophus Harris, wenn du hier einen Freund brauchst, dann nimm einfach mich.« Und dann hatte er den Arm um ihn gelegt. Er erklärte Brilliants Onkel, dass sie am besten alle zusammen zu einer Werkstatt fahren sollten, und dann würde man den Reifen sofort reparieren.

»Aber man muss ihn doch nur wechseln«, sagte der Onkel, dessen gute Laune verflogen war.

»Na ja«, sagte Harris. »Der Ersatzreifen ist ja leider auch kaputt.«

Niemand wusste so recht, warum der Ersatzreifen auch kaputt war. Das war eines der Geheimnisse, das Harris lieber für sich behielt. Deshalb bekam Benjamin keine Gelegenheit, seine Reparaturkünste vorzuführen, die ihm sein Vater beigebracht hatte. Die gesamte Gesellschaft machte sich dann im Schritttempo auf den Weg zur Werkstatt: Benjamin, Brilliant, ihr Onkel, Harris und zwei Beamte aus der Einwanderungsbehörde, die die Einladung, mit in die Stadt zu fahren, dankend angenommen hatten. Harris hatte sich freundlich bereiterklärt, ihnen den Weg zu weisen, und fuhr zusammen mit dem Milchmann auf dessen Motorrad vorne weg. Und so saß Benjamin zunächst neben Brilliant und den beiden Polizeibeamten auf dem Rücksitz des Jeeps, vorne am Steuer der verschwitzte und schlecht gelaunte Onkel und neben ihm sein Fahrer, auf den der Onkel so sauer war, dass er ihm verboten hatte, zu fahren. »Dieses Auto«, hatte der Onkel gesagt, »fasst *du* mir nicht noch mal an.« Und tatsächlich wagte der Fahrer nichts mehr im Auto zu berühren außer seinen schmutzigen Hosenbeinen. So waren sie unendlich langsam vorwärtsgerollt, denn der linke hintere Reifen war ja kaputt.

»Meine Liebe, das ist alles gar kein Problem. Du wirst schon sehen, wir sind noch vor dem Morgengrauen zu Hause«, sagte er beschwichtigend zu Brilliant, die sich mal wieder überlegte, ob sie sofort schreien oder doch besser heulen sollte. Aber da Benjamin neben ihr saß, hielt sie sich ein bisschen zurück und grummelte nur etwas vor sich hin. Sie waren nur ein paar Meter weit gekommen, da befahl der Onkel, dass alle aussteigen und zu Fuß weitergehen sollten. Er befürchtete, das Auto würde Schaden nehmen, wenn er zu lange mit einem platten Reifen weiterfuhr. Nun liefen sie also alle neben dem Wagen her, auch Harris war vom Motorrad abgesprungen, und es dauerte fast eine halbe Stunde, bis sie endlich eine kleine, spärlich beleuchtete Hütte erreicht hatten, von der Harris stolz erklärte, dies sei die Werkstatt. Ein Mann lehnte schlafend an einem Stapel alter Autoreifen und schnarchte leise, während die Kerze neben ihm fast vollständig heruntergebrannt war. Eine andere Lichtquelle gab es nicht. Der Onkel holte eine Taschenlampe aus dem Wagen. Benjamin, der neben Harris stand, konnte hören, wie Harris dem Schlafenden etwas zuraunte.

»Wach auf. Es ist später geworden als geplant.« Harris rüttelte den Mann an der Schulter, so dass dieser aus dem Schlaf schreckte und sofort aufsprang. Es war zwar später geworden, aber trotzdem ging der Plan von Harris auf. Es war ein perfekter Plan, wie immer, wenn Harris sich etwas ausgedacht hatte. Die beiden Polizeibeamten kannten Harris, aber sie kannten seinen Plan nicht. Harris, das wusste in diesem Moment natürlich niemand, schreckte vor nichts zurück. Es war sogar so, dass ihn seine Waghalsigkeit manchmal selbst überraschte. Die Idee mit der Reifenpanne war an sich ganz harmlos: Man brachte das Opfer, sobald der Reifen kaputt und der Ersatzreifen unbrauchbar gemacht worden war, zu einer Werkstatt. Der Besitzer der Werkstatt verlangte natürlich einen ungeheuren Preis, der sogar so ungeheuer war, dass selbst Harris, der ja die Hälfte davon bekam, wütend wurde und den Mann anfuhr, wie er denn so skrupellos und gemein sein konnte, die Notlage seiner Freunde so schamlos auszunutzen. Am Ende konnten die Pannenopfer dann immer mit Harris' Hilfe den Preis für die Reparatur des Ersatzreifens, aus dem Harris selbst die Luft herausgelassen hatte, so weit herunterhandeln, dass sie Harris vor Dankbarkeit beinahe um den Hals fielen. Harris hatte, und das würde ihm tatsächlich niemand zutrauen, der ihn kannte, die ganze Sache sogar vorher eingeübt. Er sagte zum Milchmann und dem Mann, der den Mechaniker spielte, dass Menschen, die mit Flugzeugen unterwegs waren, intelligente und gebildete Menschen seien und dass man sich besonders viel Mühe geben müsse. Und so spielte auch dieses Mal Harris' Kumpan einen geldgierigen Mechaniker und Harris spielte einen Taxifahrer, der eine kleine Werkstatt kannte und bitter enttäuscht war, dass man für die gleiche Dienstleistung, für die er selbst noch vor Wochen einen einzigen Dollar bezahlt hatte, jetzt auf einmal das Zwanzigfache bezahlen musste.

»Bist du denn verrückt?«, brüllte Harris den falschen Mechaniker an. »So etwas tust du den Menschen an! Deinen Brüdern und Schwestern! So ein Betrüger bist du? Am Ende hast du die Reifen noch selbst kaputt gemacht, du Gauner!«

»Aber um Himmels willen«, rief der Beschuldigte, »ich habe doch geschlafen, und ich bin außerdem einen ganzen Kilometer vom Flughafen entfernt. Meine Frau ist meine Zeugin.«

»Das ist doch eine Lüge«, wetterte Harris und bestand darauf, die Frau auf der Stelle sehen zu wollen, und bekam sich überhaupt nicht mehr ein, so dass der Onkel und die beiden Polizeibeamten ihn schließlich beruhigen mussten.

So ging es eine Weile hin und her, und Harris hatte insgeheim seinen Spaß. Es war ein guter, ein beinahe perfekter Plan. Es gab nur eine kleine unerwartete Störung. Eine Komplikation, wie Harris sich sagte. Er hatte dieses schöne Wort einmal aufgeschnappt, als er im Exodus mit einem australischen Arzt ins Gespräch gekommen war. Eine Komplikation war etwas Kompliziertes. Etwas Unvorhergesehenes. Und das war eingetreten, als er Benjamin gesehen hatte. Benjamin und diesen alten, viel zu großen und komisch riechenden Mantel. Es war nur ein kurzer Moment gewesen. Benjamin hatte sich unbeobachtet gefühlt. Er saß etwas abseits, in der Nähe der Straße, während es sich alle an der Wellblechhütte auf den bereitgestellten Plastikstühlen, die der falsche Mechaniker herbeigezaubert hatte, gemütlich gemacht hatten.

Benjamin schaute in den Himmel, in diesen wunderbar strahlenden Sternenhimmel, der sich vor seinen Augen bis ins Unendliche erstreckte. Zwar hatte er seinen Pass und den Abschiedsbrief verloren, und sein Vater war auch nicht gekommen, aber er erlebte tatsächlich ein Abenteuer. Ein Abenteuer, wie er es zuvor noch nie erlebt hatte. Er wollte einen Moment allein sein, um zu schauen, was nun wirklich in diesem alten Mantel versteckt war. Er war mit dem Mantel ein paar Meter zur Seite gegangen und hatte das Geldbündel aus der Innentasche herausgeholt. Im fahlen Mondlicht, ein paar Schritte von neugierigen Blicken entfernt, zählte er die Geldscheine, die die alte Frau in ihrem Mantel vergessen hatte. Vielleicht war »vergessen« nicht der richtige Ausdruck, denn es handelte sich, wie er sich sagte, ja viel eher um einen Tausch. Sie hatte seine Tüte mit den hundert Dollar mitgenommen, und er hatte jetzt ihren Mantel. Er wollte das Geld zählen, und sollten es tatsächlich mehr als hundert Dollar sein, würde er ihr den Rest natürlich zurückgeben. Er hatte noch nicht lange gezählt, als sich schon abzeichnete, dass der Rest nicht ganz unerheblich war, und er zählte und zählte, und allmählich wurde er ein bisschen nervös. »500«, flüsterte er bei sich. »520, 540, 560.« Es waren Zwanzig-Dollar-Scheine. Schon hatte er wieder drei in der Hand. »580, 600, 620.« Und noch war kein Ende abzusehen. Vielleicht hätte er sich umdrehen sollen, so wie der Beamte, der seinen Khaki-Hut getragen hatte, sich hätte umdrehen sollen oder Brilliants Onkel, als Harris seinen Nagel Nummer drei in den Ersatzreifen des Jeeps hineingestochen hatte. Aber Benjamin drehte sich nicht um. Harris hielt die Luft an. Er stand, ganz in Habachtstellung, auf Zehenspitzen hinter diesem komischen weißen Jungen mit dem uralten Mantel. Es dauerte nicht lange, und Cleophus Harris, der größte Schauspieler, der sich jemals am Flughafen von Monrovia herumgetrieben hatte, hatte einen neuen, einen aufregenden, ja einen geradezu wahnwitzigen Plan.

8.

Natürlich wollte Harris niemanden umbringen. Das gehörte nicht zu seinem Plan. Die Machete hatte er nur zur Sicherheit dabei. Sie steckte in seinem rechten Hosenbein, und sie fiel nicht weiter auf, weil mit Harris' rechtem Bein ohnehin etwas nicht in Ordnung war. Harris humpelte. Und ob er jetzt humpelte, weil er immer eine Machete in seinem rechten Hosenbein stecken hatte oder weil etwas mit seinem Bein nicht stimmte, das konnte man nicht sagen. Laufen oder gar schnell rennen, das konnte er jedenfalls nicht. Sein Bein war steif und sperrig wie ein Kasten, den er mit sich herumschleppte, und manch einer behauptete, es sei gar kein Bein, sondern ein Stück Holz oder eine Prothese. »Das geht dich nichts an«, pflegte Harris zu sagen, wenn ihn jemand darauf ansprach. Aber wann immer er konnte, rief er sich ein Taxi, um nicht laufen zu müssen. Allerdings rief man sich in Liberia nicht einfach so ein Taxi. Man musste es heranwinken, oder genau gesagt, man musste dem Taxi Zeichen geben. Tausende von gelben Taxis fuhren durch Liberia, und immer wenn man von einem Haus zum anderen wollte, fuhr man mit dem Taxi. Ohne ein Taxi würde sein Plan nicht aufgehen, und so hatte er den Milchmann beauftragt, ihm eins zu besorgen, obwohl er gar kein Geld hatte, es zu bezahlen. Aber Benjamin wollte lieber nicht mit dem Taxi fahren. Davor hatte sein Vater ihn schon am Telefon gewarnt: »Nimm dir bloß kein Taxi. Halt dich bloß von den Taxis fern.« Schon allein deswegen hatte Benjamin Harris' Angebot, er könne doch mit dem Motorrad mitfahren, angenommen, während die anderen im Jeep fahren und später nachkommen sollten. Denn auf einmal hatte Benjamin seinen Platz im Jeep von Brilliant und ihrem Onkel wieder verloren. Auf einmal musste der Mann, der den Mechaniker spielte, auch noch mit nach Monrovia. Jedenfalls hatte Harris das behauptet. Und die beiden Beamten vom Flughafen wollten ihre Plätze im Jeep auch nicht aufgeben. »Unser kleiner weißer Prinz«, flüsterte Harris Benjamin zu, »der fährt mit dem Motorrad.« Das Taxi, das der Milchmann herangewunken hatte, war für Harris reserviert, er wollte damit ganz allein fahren, und das hätte Benjamin eigentlich verdächtig erscheinen müssen. »Fahr bloß nicht mit einem Taxi«, hatte sein Vater gesagt, aber von einem Motorrad war nie die Rede gewesen. Doch ein Motorrad ohne Licht ...

»Ihr bleibt hinter mir«, hatte Harris erklärt. »Ich fahr mit dem Taxi. Der Jeep überholt uns später sowieso.« Und so kam es, dass Harris, der Milchmann und Benjamin schon aufbrachen, bevor der Reifen richtig montiert und der Jeep wieder fahrtüchtig war. Benjamin vergaß seine Bedenken, seine innere Stimme, die ihm einen Rat geben wollte. Es hörte sich ungefähr so an: »Ohne Licht?«, fragte die innere Stimme. Benjamin antwortete nicht. »Und dieser Typ? Wieso ist der auf einmal dein Freund?« Benjamin wollte etwas antworten, aber die innere Stimme redete schon wieder weiter. »Den Regenschirm würde ich aber nicht mitnehmen. Wie willst du den denn auf dem Motorrad festhalten?« Aber Benjamin nahm den Regenschirm mit und auch den silbernen Aluminiumkoffer, den Harris ihm in die Hand gedrückt hatte, aber da saß er schon halb auf dem Motorrad. Der silberne Aluminiumkoffer gehörte eigentlich Brilliants Onkel, aber das hatte in der Hektik des Aufbruchs niemand bemerkt. Immerhin war er sich mit der inneren Stimme einig, dass er den Mantel nicht ausziehen würde. »Du kannst ihn mir geben. Wir legen ihn ins Taxi«, erklärte Harris. Das war der Moment, in dem Benjamin etwas ahnte, in dem ihm auf einmal Zweifel kamen, ob er nicht besser bei Brilliant und ihrem Onkel bleiben sollte. Aber Brilliant schlief auf dem Rücksitz, und ihr Onkel passte eine Weile nicht richtig auf, weil er sich mit seinem Fahrer stritt. Und so merkte er nicht, dass der komische weiße Junge, der mit seinem Mantel wie eine Vogelscheuche aussah, plötzlich mit dem Motorrad fuhr. Seinen silbernen Koffer vermisste er nicht. Noch nicht. Er war mit seinen öligen Fingern beschäftigt und seinem weißen Hemd, das auf keinen Fall irgendwelche Flecken bekommen sollte. »Wir schnallen den Koffer auf dem Gepäckträger fest«, sagte Harris zum Milchmann, der das Motorrad fuhr. Aber das bekam Benjamin nicht mit. Das Englisch, das Harris mit ihm sprach, war ein anderes Englisch als das, was Harris mit dem Milchmann sprach. Es war liberianisches Englisch, und das verstand selbst, wie er am Telefon gesagt hatte, sein Vater nicht.

Benjamin hielt den Regenschirm in der linken Hand. Den Mantel knöpfte er zu. Es beruhigte ihn wieder etwas, als Harris sagte: »Du hast ja recht, mein Lieber. Es könnte doch etwas kühl werden auf der Maschine. Die ist ja ganz schön schnell.

Was?« Er tätschelte ein bisschen seine Wange und grinste ihn an. Zwischen den oberen Schneidezähnen klaffte eine Lücke. Es sah so aus, als sei dort eine Öffnung, eine Art Tür, die die ganze Zeit offenstand. Es hatte etwas Einladendes, als wollte Harris, wenn er lächelte, sagen: »He, du bist eingeladen. Sei mein Gast.« Seine beiden schiefen Zähne grinsten ihn an. Er schnalzte mit der Zunge und half Benjamin, den Mantel bis oben hin zuzuknöpfen. Schon raste das Motorrad los. Das Taxi hatte Mühe, ihnen zu folgen und Benjamin und den Milchmann zu überholen, wie es eigentlich geplant war. Das Motorrad hatte kein Licht. Es hatte zumindest kein Vorderlicht. Benjamin schauderte ein bisschen, aber dann übertönte er die innere Stimme einfach und sagte sich: Das ist eben ein Abenteuer. Und Abenteuer können gar nicht anders, als aufregend zu sein. So richtig gut funktionierte das Taxi auch nicht. Die Schweinwerfer flackerten immer wieder, als würde das Auto tief ein- und ausatmen. Beim Einatmen ging das Licht an und beim Ausatmen wieder aus. Das muss irgendetwas mit der Lichtmaschine zu tun haben, dachte Benjamin und beschloss, den Fahrer später darauf anzusprechen. »Fahr bloß nicht mit dem Taxi«, hatte sein Vater gesagt. Benjamin dachte: Na gut, dann eben nicht. Dann fahr ich eben mit dem Motorrad. Schließlich bist du ja nicht gekommen. Er saß hinter dem Milchmann, das Dröhnen der Maschine in den Ohren und den Wind im Gesicht, als er auf einmal ganz laut, ohne dass es jemand verstehen konnte, rief: »Wofür habe ich dich denn?«, rief er auf Deutsch. »Wofür denn? So einen Vater kann man doch gar nicht gebrauchen. Mit so einem Vater kann ich doch gar nichts anfangen. Verflucht!« Und er begann insgeheim ein bisschen zu weinen. Aber dann veranstaltete der Wind, der kühle und zugleich warme, der sich sanft einschmeichelnde liberianische Wind solch einen wilden Tanz um ihn herum, dass seine Tränen schon bald trockneten und sich seine Stimmung schnell wieder besserte, bis er schließlich sogar ausrief, diesmal auf Englisch, damit der Fahrer des Motorrades ihn auch verstehen konnte: »He«, rief er, »Milchmann! Kannst du nicht schneller fahren?« Die Maschine jaulte auf, und sie fuhren ein bisschen schneller, aber schon bald passierte etwas, was in dem perfekten Plan, den Harris sich ausgedacht hatte, nicht vorgesehen war. Der Taxifahrer fuhr zu schnell, das Taxi hatte sie längst überholt, und der Milchmann konnte das Taxi nicht mehr sehen. Hatte der Milchmann vielleicht einen eigenen, noch viel ausgefuchsteren Plan? Harris fragte sich das später. Benjamin fiel nur auf, dass das Scheinwerferlicht, das vor ihnen die Straße erleuchtet hatte, plötzlich verschwunden war und sie knatternd und dröhnend in die schwarze Nacht hineinrasten. Und es kam ihm so vor, dass sie alle drei, das Motorrad, der Milchmann und er selbst, ein bisschen Angst bekamen und deswegen umso lauter schrien und riefen und die Maschine immer lauter dröhnte und knatterte. Und schließlich wurde es ganz still. Sie waren schon eine Viertelstunde gefahren, zuerst war es ihm gar nicht aufgefallen. Er hatte die Augen geschlossen, um den Wind zu genießen, der ihm jetzt, als wollte er ihn zum Einschlafen bringen, zärtlich über die Wangen strich. Auch die innere Stimme hatte beschlossen zu schweigen. Es war still, und Benjamin dachte schon, er wäre eingeschlafen, schließlich war es mitten in der Nacht. Ein Telefon klingelte irgendwo in der Ferne. Das Telefon seines Vaters? Oder das Telefon von Brilliants Onkel? Aber niemand hörte das Klingeln. Schon gar nicht Benjamin. Das Streicheln an seinem Ohr hörte auf. Der Wind verschwand. Entfernte sich. Zog sich in die nahen Wälder zurück. Die Maschine hustete, verschluckte sich, und dann rollte sie einfach nur langsam vor sich hin, bis sie plötzlich am Straßenrand stehenblieb.

»Los«, sagte der Milchmann und stieg vom Motorrad herunter. »Gib mir den Koffer. Ich möchte sehen, was in diesem gottverdammten Koffer drin ist.«

9.

Als das Motorrad zurückgeblieben war, hatte Harris dem Taxifahrer befohlen, anzuhalten und ihn aussteigen zu lassen. Er lief die Straße herunter, zu der Stelle, wo das Motorrad stehengeblieben war. Es war ein gutes Stück zu laufen. Die vielen Steine, die im Staub neben der Straße lagen, und natürlich die Dunkelheit ließen ihn schwierig vorankommen. Der Wagen parkte einen halben Kilometer hinter einer Kurve. Dem Fahrer hatte Harris eine große Summe in Aussicht gestellt, wenn er dort mit eingeschaltetem Licht auf ihn wartete, egal wie lange es dauern würde. »Zwanzig Dollar«, hatte er gesagt, »was hältst du davon?« Der Taxifahrer hatte gegrinst. Aber das Grinsen gefiel Harris nicht. Er überlegte noch eine ganze Weile, während er auf dem sandigen Streifen neben der Straße in die Dunkelheit hineinhumpelte, was ihm an dem Taxifahrer nicht gefiel. Aber er kam nicht darauf. Das Schlimmste, was passieren konnte, war, dass er einfach abhauen würde und dass dann drei Menschen mitten in der Nacht auf einem Motorrad, das kein Vorderlicht hatte, nach Monrovia fahren mussten. Drei, dachte Harris bei sich und grinste. Wieso eigentlich drei? Er blieb stehen und lauschte. Er war noch gut zwanzig Meter entfernt. Er hörte die Stimmen des Milchmanns und die erstaunlich kräftige und laute Stimme von Benjamin.

»Er hat ein Schloss«, rief Benjamin. »Siehst du das nicht?«

»Natürlich sehe ich das«, antwortete der Milchmann. Er beugte sich über den Koffer, der auf dem Asphalt neben dem

Motorrad stand. »Ich bin ja nicht blind.« Den Schlüssel hatten sie vergessen. Natürlich steckte der Schlüssel nicht im Schloss. Er befand sich bei dem Besitzer des Koffers, und der war meilenweit entfernt.

»So können wir ihn nicht aufmachen«, erklärte Benjamin.

»Heb ihn hoch«, befahl der Milchmann.

Benjamin hob den Koffer hoch, der gar nicht so schwer war, wie er gedacht hatte.

»Und jetzt schüttel ihn«, sagte der Milchmann.

Benjamin versuchte den Koffer zu schütteln, aber das gelang ihm nicht.

»Schüttel ihn«, wiederholte der Milchmann, nahm aber den Koffer selbst in die Hand und schüttelte ihn hin und her.

»Hörst du was?«

»Nein.«

»Nein?«, fragte der Milchmann und stellte den Koffer wieder auf den Asphalt. Sie standen mitten auf der Straße. Weit und breit war niemand zu sehen. Nicht einmal ein Licht war in der Ferne auszumachen. Eigentlich ist der Milchmann ganz nett, dachte Benjamin. Er trug eine Wollmütze auf dem Kopf, als wäre ihm kalt, während sein Oberkörper in ein weißes, schlabbriges T-Shirt gehüllt war. Auf seinem Kopf war also Winter und auf seinem Oberkörper Sommer. Benjamin fand das lustig, und auch dass er den Koffer hoch über sich stemmte, ihn hin- und herschüttelte und dann ans Ohr hielt. Es war aber einfach nichts zu hören. Es war ganz still. Das ganze Land schien zu schlafen. Der Milchmann starrte den Koffer an. Wie konnte er ahnen, was sich in ihm befand? Das wussten nur Brilliants Onkel und Harris. Obwohl Harris es auch nicht so genau wusste. In dem Koffer befand sich eine transportable Solaranlage. Harris hatte nur eine vage Idee, was das genau war. Als Brilliants Onkel erzählt hatte, dass er sein eigenes kleines Kraftwerk mit sich führte, war er allerdings neugierig geworden. Kraftwerke gab es in Liberia nicht, jedenfalls gab es keinen Strom. Es gab nicht den Strom, der aus langen, in der Luft hängenden Kabeln herausströmte und scheinbar vom Himmel fiel, der auf großen Masten hängend durchs Land jagte und jedes Haus und jede Laterne versorgte. Ein Kraftwerk, dachte Harris, während er sich heranschlich. Das lasse ich mir nicht entgehen. Es war dort in diesem silbernen Koffer verborgen, den der Milchmann hin- und herschüttelte. »Pass doch auf«, flüsterte Harris vor sich hin. »Willst du denn das schöne Kraftwerk kaputtmachen?« Er frohlockte bei dem Gedanken, dass er zwei Fliegen mit einer Klappe schlagen konnte. Beides würde ihm gehören. Der Junge, mit dem Mantel und dem Geld, und das Kraftwerk. Er musste es sich nur holen.

Benjamin setzte sich ins Gras, während der Milchmann sich weiter mit dem Koffer beschäftigte. Wenn ich mich jetzt hinlege, dachte Benjamin, schlafe ich ein. Und irgendwie übte diese Vorstellung einen großen Reiz auf ihn aus. Er dachte, er könnte zumindest einen kurzen Augenblick lang die Augen schließen, also lehnte er sich ein bisschen zurück, und dann lehnte er sich noch ein bisschen weiter zurück, und auf einmal lag er auf dem weichen, warmen Sandboden und fragte sich noch, wie dreckig er dann aussehen müsste, wenn er wieder aufstehen würde. Dann sah er den Sternenhimmel. Er sah auf einmal all diese silbernen, stecknadelgroßen Punkte über sich, und je länger er in den Himmel schaute, desto klarer blitzten die Sterne und erstrahlten über ihm wie ein großes, leuchtendes Geschenk. Das ist also Afrika, dachte er bei sich. Jetzt bin ich also hier. »Ist das nicht schön«, sagte die innere Stimme zu ihm. Er nickte. Und dann wollte sie noch etwas anderes sagen, etwas, was Benjamin nicht mehr hätte hören können, denn schon im nächsten Moment hatte er die Augen geschlossen und war eingeschlafen. Vielleicht waren es auch zwei Momente oder drei. Vielleicht vier? Niemand konnte das sagen. Es war ganz still. Niemand schien Benjamin zu stören. Auf einmal hielten alle den Atem an. Selbst Harris, der noch ein paar Meter entfernt und damit beschäftigt war, seine Machete aus seinem rechten Hosenbein herauszuziehen. Auch der Milchmann wurde ganz andächtig, während er auf den rätselhaften silbernen Koffer starrte. Und noch ein paar Meter weiter entfernt saß Brilliant in dem Wagen ihres Onkels und hatte auf einmal einen ganz furchtbaren Albtraum, der genau in dem Moment anfing, als Benjamin die Augen wieder öffnete und plötzlich Harris vor sich sah.

10.

Oh, das ist aber gar nicht schön, dachte Brilliant, das ist wirklich kein schöner Traum. Sie rieb sich die Augen. Und mein Regenschirm!, dachte sie. Der rosa Riesenschirm, den sie dem Jungen mit dem grauen Mäusemantel geschenkt hatte. Der Rosa Riese. Er flog in ihrem Traum durch die Luft. Jemand hatte ihn in der Hand und schlug damit wie wahnsinnig in der Luft herum. Wollte er wieder zu ihr zurück? Hatte er Sehnsucht nach ihr? Sie hatte ihm keinen Namen gegeben. Oder zumindest keinen richtigen. Rosa Riese. Doch das hatte ihrer Großmutter nicht gefallen. Sie hatte ihn Benjamin gegeben, und Benjamin war es auch, der ihn jetzt im Traum in der Hand hatte. Sie schüttelte sich. Das konnte ja nur ein Traum sein. Ein Mann mit einer Machete versuchte, Benjamin den Kopf abzuschlagen. Ein zischender Laut war zu hören. Das scharfe Messer sauste durch die Luft, Benjamin duckte sich. Der Schlag verfehlte ihn. Aber der nächste, das sah Brilliant ganz deutlich, würde diesen weißen, sommersprossigen Kopf glatt von seinem Rumpf trennen. Und sie sah schon, wie der Kopf mit einem erstaunten Gesichtsausdruck abknicken und dann herunterfallen und in die Wiese neben der Straße kullern würde. Denn alles, was sie in ihrem Traum sah, spielte sich an einer Straße ab, und Brilliant saß in einem Jeep und fuhr langsam an der Stelle vorbei, wo das alles passierte. Fast so wie in der Wirklichkeit, dachte Brilliant. Nur dass im Traum alles in Zeitlupe ablief und der Wagen so langsam fuhr, dass sie Benjamins aufgeregtes Gesicht und jede einzelne Sommersprosse auf seiner Stirn sehen konnte. Komisch. Es war ihr gar nicht recht, dass Benjamin der Kopf abgeschlagen wurde. Wie schade, dachte sie. Eigentlich ein ganz netter Junge. Aber es war genau das, was passieren würde, denn Träume konnte man bekanntlich nicht stoppen. Sie rasten einfach durch einen hindurch. Wie ein Schnellzug, der keine Haltestelle kannte.

Benjamin duckte sich. Die Machete fuhr in einem hohen, sichelförmigen Bogen durch die Luft wie ein wütender, großer Vogel, der seine Schwingen ausbreitete, und Brilliant gab einen Schrei von sich, um Benjamin zu warnen. Benjamin ging in die Hocke. Plötzlich entfaltete sich der Rosa Riese. Im Dunkeln am Straßenrand sah sie diesen großen, rosafarbenen Fleck noch eine ganze Weile, während sie schon weitergefahren waren. Sie hörte das Klirren der Machete, die auf dem Asphalt aufschlug. Die Machete hatte ihr Ziel verfehlt. So ein Glück, dachte Brilliant. Unwillkürlich drehte sie sich noch einmal um. War da nicht in der Ferne ein kleiner, rosafarbener Fleck zu sehen? Ging der Traum weiter? Sie schaute genau hin, versuchte, sich anzustrengen. Was passierte hier? Sie war doch wach und ganz klar im Kopf. Vor ihr saß ihr Onkel, der selbst fuhr und sich ab und zu mit seinem Fahrer unterhielt, der nicht aufhören konnte zu betteln, der Onkel möge ihn wieder fahren lassen, ihm tue das alles so leid. Das alles war also doch kein Traum. Es geschah wirklich. Sie konnte es mit ihren eigenen Augen sehen. Auch die beiden Beamten, die ihr Onkel eingeladen hatte, mit in die Stadt zu fahren, und die jetzt neben ihr saßen und natürlich beide eingeschlafen waren. Kein Traum. Trotzdem sah sie deutlich diesen rosafarbenen Fleck in der Ferne. Und darunter saß Benjamin und versteckte sich. Hatte sie im Vorüberfahren ihren eigenen Traum verloren? War er aus dem Fenster geflattert? Das Fenster war einen Spalt offen. Ein leichter Windzug drang ins Innere des Wagens. Oder war das die Klimaanlage? Hatte sie ihren Traum aus dem Fenster geworfen? War er einfach so aus dem Wagen verschwunden, weil er zu fürchterlich und schaurig war? Einem Jungen den Kopf abhauen, mit einer rostigen Machete. So etwas würde sie sich doch in ihren schlimmsten Träumen nicht einfallen lassen. War es gar nicht ihr Traum? Träumte sie den Traum eines anderen Menschen? Wie man auf der Third Promenade in der Fußgängerzone von Santa Monica manchmal jemanden kurz in der Menge an der Schulter berührte? Sie schaute zurück. Der rosafarbene Punkt wollte nicht verschwinden. Allenfalls wurde er mit jedem Augenblick etwas kleiner und sah schon bald wie ein riesiger Pilz aus, der dort mitten auf der Straße stehengeblieben war. So ein Quatsch, dachte Brilliant, also mein Traum ist das nicht. So etwas träume ich doch nicht. Ein weißer Junge im Mäusemantel, der sich unter einem kalifornischen Regenschirm von Macy's versteckt, noch dazu mitten in Liberia, im tiefsten Afrika. Mitten in der Nacht, an einer Straße im Nirgendwo. Sie grübelte ein bisschen vor sich hin.

»Hätten wir nicht doch anhalten sollen?«, hörte sie den Fahrer ihres Onkels sagen. »Ich meine doch nur. Es war doch …«

»Bist du denn verrückt?«, rief ihr Onkel, der mit großer Geschwindigkeit in die Nacht hineinfuhr. Auf dem Tacho konnte Brilliant sehen, dass sie 122 Kilometer in der Stunde fuhren.

»Aber ich meine doch nur«, hörte sie wieder den Fahrer sagen. »Wir hätten doch zumindest mal gucken sollen. Vielleicht hätten wir helfen können.«

»Quatsch«, sagte ihr Onkel, »da hätten wir ohnehin nichts mehr tun können. Da wäre jede Hilfe zu spät gekommen.« Aber seine Stimme klang so, als würde er sich doch nicht ganz wohlfühlen dabei. »Wir haben schließlich«, sagte er, »etwas ganz Wertvolles an Bord. Etwas, das mir sehr am Herzen liegt.« Er drehte sich zu Brilliant um. Sie schloss schnell die Augen und tat so, als würde sie schlafen. Sie sah die scharfe Klinge der Machete vor sich, wie sie durch die Dunkelheit rauschte. Und es lief ihr eiskalt über den Rücken.

11.

Harris schlug zu. Und dann noch einmal. Und noch einmal. Er schlug mit der stumpfen Seite der Machete. Aber das half auch nichts. Schließlich warf er die Machete weg und hob den Schirm hoch. Der Junge war weg. Wahrscheinlich hockte er jetzt irgendwo im Wald. Dass dieser kleine Kerl ihn tatsächlich ausgetrickst hatte und über alle Berge war! Er konnte es nicht fassen. Er hatte ihm nur Angst einjagen und ihn gefügig machen wollen, aber vielleicht hätte er wirklich zuschlagen sollen. Als plötzlich Autolichter aufgetaucht waren, wie aus dem Nichts, und ihn geblendet hatten, hatte der Junge die Gelegenheit genutzt. Blitzschnell hatte er den Schirm aufgespannt, und plötzlich war alles rosa. Und im nächsten Moment war der Junge wie vom Erdboden verschluckt. »Ich hätte dem Jungen den Kopf abhacken können, aber so etwas ist eben nicht mein Stil.« Er versuchte sich zu beruhigen. »Alter Cleophus Harris«, murmelte er vor sich hin und wollte sich Mut machen. Auf einmal sah er den Jungen wieder. Er lief wenige Meter von ihm entfernt auf die Straße. Er hatte den Mantel ausgezogen. Er sah ihn, wie er schnell, aber nicht zu schnell, auf der Straße Richtung Stadt lief. Harris rief den Milchmann. Der hatte schon die Verfolgung aufgenommen. Harris konnte ihn sehen, er hatte die Straße schon fast erreicht. Schnell war er nicht. Er war kräftig, aber nicht schnell. Er trank zu viel Milch. Jeden Tag einen Liter. Das war sehr ungewöhnlich für einen Liberianer. Milch kauften eigentlich nur die Weißen, die Mitarbeiter der internationalen Organisationen, die zu Tausenden die Hauptstadt bevölkerten. Die Milchtrinker und Käseesser. Harris ekelte sich vor Milch. Würde der Milchmann den Jungen einfangen? Harris humpelte zur Straße zurück. Der Junge hatte einen guten Vorsprung. Aber wo war der Mantel? Der Junge hatte den Mantel nicht mehr an. Der Milchmann war jetzt nur noch zehn Meter von ihm entfernt. Oder waren es fünfzehn? Dann, und Harris traute seinen Augen nicht, sah er auf einmal das Taxi. Es sollte auf ihn warten, aber es fuhr jetzt langsam auf den Jungen zu. Es fuhr rückwärts, näherte sich dem Jungen, der jetzt auf einmal wieder schneller wurde. Harris sah, wie sich eine Tür öffnete.

»He!«, Harris sprang auf. »Verdammt noch mal«, rief er. »Verdammt und verflucht.« Der Taxifahrer, der wie ein Student ausgesehen und so klug dahergeredet hatte. Das war das Problem. Er hatte es schon geahnt. Er humpelte dem rot leuchtenden Licht entgegen. Er ruderte mit den Armen und brüllte durch die Nacht. Aber es war vergebens. Benjamin hatte das

Taxi erreicht, das neben ihm stehengeblieben war, und schlug die Tür in dem Moment zu, als der Milchmann ihn fast am Hals gepackt hätte.

»Halt ihn fest«, schrie Harris. »Halt den Wagen fest.« Was für eine Schnapsidee, dachte Harris. Aber er hörte nicht auf zu brüllen.

»Halt den verdammten Wagen fest.«

Der Milchmann drehte sich um.

»Was soll ich tun?«, schrie er.

Der Wagen entfernte sich. Das humpelnde, ächzende Gefährt, dessen Fahrer zu intelligent und durchtrieben war. Ein verfluchter, dummer Student, murmelte Harris. Er überlegte, ob er sich den Namen gemerkt hatte. Max. So hieß er. Er war guter Laune gewesen, beinahe hätte er ihn in seine Pläne eingeweiht und ihm alles verraten. MAX RAKETE FLIEGT DICH ZU JESUS stand auf der Stoßstange. Ein Rücklicht war kaputt. Die Windschutzscheibe hatte einen großen Riss, der wie ein Spinnennetz aussah. Und am Rückspiegel baumelte ein kleiner Engel aus Metall. Ein Engel aus einem kleinen Stück Metall, das in seinem früheren Leben eine Patrone gewesen war. Das hatte Harris sich gemerkt. Er blieb stehen. Der Milchmann kam ihm entgegen. Er lief jetzt nicht mehr. Seine Arme schlenkerten hin und her. Er sollte besser mehr laufen und weniger Milch trinken.

»Max!«, rief er. »Ich werde dich schon kriegen!« Aber erst mussten sie den Wald durchsuchen. Sie mussten unbedingt den Mantel finden. Irgendwo hatte der Junge ihn versteckt. Und wenn sie bis zum Morgengrauen suchen müssten, sie würden ihn schon finden.

12.

Max erschrak. Sein Fahrgast hatte ihm nicht gesagt, wohin die Reise gehen sollte, und wenn man es genau nahm, war er ja auch kein richtiger Fahrgast. Max fuhr schneller. Er beeilte sich, obwohl er gar nicht wusste, was er mit dem Jungen tun sollte. »Ich bring dich erst mal in Sicherheit«, sagte er zu ihm. »Wir fahren einen Geheimweg.« Max redete drauflos, er erklärte, wo sie hinfahren würden, obwohl er nicht die geringste Idee hatte. Benjamin wollte sich jetzt nur noch ausruhen. Er wollte am liebsten zehn Stunden lang schlafen, oder hundert Stunden. Zehntausend Stunden schlafen. Mindestens. Zehntausend Stunden, dachte er, das ist genau das Richtige, und dann schloss er die Augen. Irgendwohin würde Max ihn schon bringen. Max, der freundliche Taxifahrer mit diesem glänzendem kleinen Metallengel, der am Rückspiegel hing und bei jeder Bewegung des Autos hin- und herbaumelte. Irgendwohin. Und dann war er schon fast eingeschlafen, sein Kopf senkte sich immer mehr nach links, und er rutschte auf dem Rücksitz des Taxis immer mehr nach unten. Der Metallengel pendelte hin und her, und dann fiel Benjamin in einen tiefen Schlaf.

Es war Regenzeit, und alle Straßen außerhalb der Hauptstadt waren unpassierbare Schlammpisten mit riesigen Pfützen, und oft verwandelte sich die Straße in einen kleinen See, aus dem sie, wenn es zu regnen aufhörte, als fürchterliche Schlammwüste wieder auftauchte. Selbst die großen Jeeps mit Allradantrieb und den riesigen Seilwinden an ihren Stoßstangen, mit denen sie sich selbst aus dem Matsch ziehen konnten, kamen dort manchmal nicht weiter. Max umkurvte zwei Wasserlöcher und schaltete in den ersten Gang, um sich langsam einen kleinen Hügel hinaufzuquälen. Das alte, klapprige Taxi ächzte und keuchte, die Windschutzscheibe wackelte und vibrierte, so dass Max befürchtete, sie würde aus ihrem Rahmen fallen und es würden sich Tausende kleine Scherben ins Wageninnere ergießen. Benjamin schüttelte den Kopf. Zumindest sah es so aus. »Na, wenn du meinst«, sagte Max. »Aber ich habe dich gewarnt. Bei dem Auto weiß man nie. Es kann jeden Moment den Geist aufgeben.« Er legte seine Hand auf das Armaturenbrett. Er wollte dem Auto gut zureden. Er wollte ihm Mut machen. Man musste Geduld mit ihm haben. Man musste sich überhaupt in Demut üben. Gott belohnte die Demut und die Geduld, hieß es in der Kirche. Und Max war oft in der Kirche. Gott vergab seine Geschenke nicht an diejenigen, die sich danach sehnten. Gott würde vielleicht auch ihn beschenken, wenn er Glück hatte und ihm helfen, dass Mrs. Grant, die Hausbesitzerin, sich noch ein bisschen in Geduld üben würde mit seinen Mietzahlungen, und dass ihre Magenoperation in Accra gut verlaufen und sich dann auch ihre Laune wieder bessern würde. Direkt vor ihnen tauchte ein Seil auf. Es war hundert Meter entfernt. Es war quer über die Straße gespannt, links und rechts von dem Seil standen zwei große Tonnen, in denen ein Feuer brannte. Männer mit Taschenlampen leuchteten in seine Richtung. Sie hatten ihn schon gesehen. Es war ein Kontrollpunkt. Max erschrak. Die Straße vom Flughafen in die Stadt wurde oft von der Polizei kontrolliert, und dann leuchteten sie mit ihren Taschenlampen in die Autos hinein und stellten unangenehme Fragen. Links von ihm führte ein kleiner Pfad an einem Haus vorbei. Max sah ein paar Hühner auftauchen, eine Wäscheleine und einen Kochtopf. Es war eine Meisterleistung, den Hühnern und dem Kochtopf auszuweichen, aber die Wäscheleine hing einfach zu niedrig. Zwei Hosenbeine blieben auf der Windschutzscheibe liegen, und jetzt musste Max auch noch zwischen den Hosenbeinen hindurchschauen, um nicht gegen eine der wackeligen Wellblechhütten zu fahren oder gegen einen Baum. Die Polizisten würden ihm nicht folgen. Dazu waren sie zu faul. Das wusste er. Aber wenn sie Benjamin gesehen hätten, dann wäre es sehr kompliziert geworden und es hätte wer weiß was passieren können. Am Ende würden sie ihn ins Gefängnis werfen oder er musste einen Haufen Geld bezahlen. Benjamin schlief. »Das hab ich nur dir zuliebe getan«, sagte Max, als er wieder in den Wagen einstieg. Er hatte auf einem Feldweg angehalten und die Hose von seinem Fenster gepflückt. Er sah sich die nähere Umgebung an, um sich zu merken, wo er hier gelandet war. Er würde die Hose morgen zurückbringen. Max war nicht nur ein gläubiger, er war auch ein sehr ehrlicher Mensch. Und deswegen konnte Benjamin von Glück reden, dass es ausgerechnet Max war, der ihn mitgenommen hatte. »Ich bringe ihn zu Precious«, beschloss Max. »Ich bringe ihn zu Bo und der kleinen Spinne.« Er steuerte den Wagen an zwei großen Schlaglöchern vorbei und fuhr in eine tiefe Mulde, so dass der Patronenengel, der am Rückspiegel aufgehängt war, wild hin- und herwackelte. »Psst«, machte Max. »Wir haben einen Gast ... Mach nicht so viel Lärm, sonst wacht er noch auf.«

13.

Irgendwann hielten sie an. Es gab einen Ruck, und der Wagen blieb stehen. War Benjamins Reise jetzt zu Ende? Sie hatte in Berlin angefangen, am frühen Morgen in seinem Zimmer, als er aufstehen, seinen Koffer nehmen und mit seiner Mutter zum Bahnhof fahren musste. Mit dem Zug war er nach Frankfurt gefahren, dort war er in ein Flugzeug gestiegen und nach

Casablanca geflogen, und in Casablanca war er in ein anderes Flugzeug gestiegen und nach Monrovia geflogen. Max schaltete den Motor aus und ging um den Wagen herum zu dem Haus, in dem Precious mit ihren Geschwistern wohnte. Benjamin schlief. Er war so lange gereist, so lange gefahren, geflogen und gelaufen, bis er nichts mehr hatte, bis er ganz leicht und schwerelos geworden war, wie ein Ballon, der immer höher steigt und nicht mehr zur Erde zurückkommen will. Max klopfte gegen das Tor. Es war früh am Morgen, obwohl es noch dunkel war. Precious würde jeden Moment aufwachen und das Feuer anmachen, um ihren Geschwistern das Essen zu kochen. Max sah sich nach Benjamin um. Er würde ihn einfach, ohne ihn zu wecken, aus dem Wagen ins Haus tragen, dann würde man ihn irgendwo hinlegen, wo noch Platz war, und darauf warten, dass er aufwachen würde. Wie er Benjamin da so liegen sah, dachte er: Ist das nicht komisch? Plötzlich landet ein Flugzeug in Monrovia, und dann sitzt ein kleiner, weißer Junge in meinem Taxi. Er hat keinen Namen und keinen Koffer, und jetzt ist er auch noch eingeschlafen. Er überlegte, ob er ihm die Hose geben sollte, die von der Wäscheleine auf die Windschutzscheibe gefallen war. Sie hatte ungefähr die richtige Größe. Sie könnte ihm passen. Sie hatte auffällige, silberne Nähte, und an diesen Nähten klebten kleine, halbmondförmige Metallstücke, und zwischen jedem Halbmond war ein kleiner Stern, der auch aus Metall war. Auf der ganzen Hose wanderten Monde und Sterne hoch und runter, und wenn man sie hochhielt, ins Mondlicht hinein, glitzerten sie sogar ein bisschen. Aber der Mond war jetzt schon fast untergegangen, bald würde die Sonne aufgehen. Man konnte es schon spüren. Die Luft veränderte sich, und überall war ein Knistern und Rascheln zu hören. Die ersten Menschen wankten bereits schlaftrunken durch die endende

Nacht. Dumpfe Schläge waren zu hören aus einem Nachbarhaus. Jemand schlug mit einem Beil auf einen Baum ein, um ein Stück Kleinholz zu bekommen und ein Feuer zu machen. Viele Bewohner der Stadt hatten keinen Herd und schon gar keinen Strom, deswegen mussten sie zum Kochen Feuer machen. Max hielt die Hose hoch. Es war eine schöne Hose. Ob er sie dem weißen Jungen geben sollte? Er könnte am nächsten Tag zu dem Besitzer der Hose fahren, er könnte ihm Geld geben, dann würde der sich eine neue kaufen. Plötzlich hörte er neben sich ein Geräusch. Einer der Nachbarn stand vor dem Wagen und schaute auf Benjamin.

»Weck ihn nicht auf«, flüsterte Max und lief zu dem Nachbarn hinüber. Es war der alte Okogo. Er war 90 Jahre alt, jedenfalls behauptete er das. Und es hieß, er sei der Großvater von Precious und ihren Geschwistern. Aber auch wenn er mit ihnen zusammen auf einem Grundstück wohnte, wollte er gar nicht ihr Großvater sein und behauptete jedes Mal, dass es nicht stimme. Und weil er sonst nicht viel zu tun hatte, saß er oft unter dem Baum im Schatten vor dem kleinen Haus und tippte für seine Nachbarn alles Mögliche in seine Schreibmaschine, Beschwerdebriefe und Liebesgedichte. Er tat dies mit so großer Langsamkeit, dass man schon viel Geduld mitbringen musste, wenn man von Okogo etwas getippt haben wollte. Aber er machte nie Fehler, und manchmal tippte er auch einen Satz in seine Maschine, über den man noch lange nachdenken musste. Max hatte so einen Satz. Er steckte in seiner Tasche. Der Satz stand auf einem gefalteten Stück Papier, und manchmal holte er ihn heraus, um diesen Satz zu lesen.

»Glaubst du, dass er hier richtig ist?«, fragte Okogo, er hatte eine heisere Stimme. Er hatte seine Schlappen irgendwo liegengelassen, denn er stand barfuß vor Max' Taxi.

»Warum nicht? Wohin sollte ich ihn sonst bringen.«

»Ist er vom Himmel gefallen?«, fragte Okogo.

»Ja«, antwortete Max, »aus dem Flugzeug.«

»Ich meine vom Himmel, nicht aus dem Flugzeug, du Dummkopf. Ist er einfach so auf die Straße gefallen?« Er schaute angestrengt durch das Seitenfenster ins Auto hinein.

»Genau das ist er«, antwortete Max.

»Du bist ein Dummkopf«, murmelte Okogo, aber es klang sehr freundlich. Okogo wurde nie laut, er sprach immer sehr langsam und bedächtig, und wenn er jemanden Dummkopf nannte, dann konnte man eigentlich froh sein, denn das bedeutete, dass er einen mochte und ins Herz geschlossen hatte, und Max mochte er besonders.

»Ich habe ihn gefunden. Er hatte einen Schirm, und außerdem ...« Max wollte die ganze Geschichte jetzt lieber doch nicht erzählen, die Nacht war schon bald vorbei, und er war müde und hungrig. Okogo schaltete seine Taschenlampe ein und leuchtete ins Auto. Okogo hatte immer eine Taschenlampe dabei, und wenn er abends, wenn es dunkel war, durch die Straßen lief, sah man ihn immer mit der Taschenlampe den Boden vor sich ableuchten, und es sah so aus, als hätte er einen Stock aus Licht, mit dem er vor sich hin- und herfuchtelte, um sich Platz zu verschaffen.

»Er ist nicht von hier«, murmelte Okogo.

»Vielleicht aus Amerika oder aus Europa«, überlegte Max. »Er spricht gut Englisch.«

»Aus Europa ...« Okogo leuchtete in das Gesicht des Jungen. Er schüttelte den Kopf.

»Oder er ist ein Außerirdischer. Weißt du ... Ein Alien. Von irgendeinem fremden Stern.« Max hatte die Hose noch in der Hand. Die Hose mit den Sternen und Monden, die so schön glitzerten, und vielleicht war er deswegen auf diese Idee gekommen. Okogo antwortete nicht.

»Weißt du, ich habe im Radio gehört, es gibt jetzt eine Frau bei der UN, eine Sonderbeauftragte, die für Außerirdische zuständig ist. Das habe ich im Radio gehört.« Sie schauten jetzt beide auf Benjamin. Sein Kopf lag schief auf dem Polster, und sein Mund stand offen. Er sah nicht besonders intelligent aus, sondern einfach wie ein Junge, der todmüde war und in Ruhe schlafen wollte.

»Was willst du mit ihm machen?«, fragte Okogo.

»Na, ich bringe ihn ins Haus, habe ich gedacht.«

Okogo schüttelte den Kopf.

»Meinst du nicht? Ich hebe ihn hoch, und dann ...«

Okogo schaltete die Taschenlampe aus und richtete sich auf.

»Und wer soll auf ihn aufpassen, du Dummkopf?« Max dachte nach. Okogo hatte recht. Precious musste zur Schule, er selbst musste Taxi fahren. Wer sollte auf den Jungen aufpassen?

»Eine Sonderbeauftragte, die für Außerirdische zuständig ist?«, fragte Okogo. »Und das hast du im Radio gehört?«

»Ja. Sie haben's im Radio gebracht. Falls die mal hier landen. Dann ist sie für die zuständig. Sie spricht mit denen, sie sagt denen Guten Tag und so. Besorgt ihnen ein Hotelzimmer und hängt überall Blumengirlanden auf. Was man so macht.«

»Du bist wirklich ein Dummkopf«, murmelte Okogo. »Es ist mein Radio. Du hast es von mir ausgeliehen, und jetzt hörst du so einen Quatsch.«

»Aber du hast doch gesagt, du willst kein Radio mehr hören.«

Okogo sagte nichts. Er betrachtete seine Taschenlampe und schaute auf seine Füße.

»Ich hab meine Schlappen vergessen«, sagte er auf einmal. Und dann ging er zurück zum Tor, wo er zuvor gesessen hatte, und ließ Max mit seinem Fahrgast alleine. Max trat einen Schritt näher an seinen Wagen heran und klopfte vorsichtig gegen die Scheibe. Benjamin rührte sich nicht.

»Wer soll bloß auf dich aufpassen?«, flüsterte er. Er atmete tief ein. Die Luft roch gut. Es würde gleich hell werden. Die Luft roch nach Helligkeit, Sonne und Hitze. Es würde heiß werden, furchtbar heiß. Das weiße Gesicht des Jungen würde verbrennen. Er musste etwas unternehmen. Er drehte sich zum Haus um.

Am Fenster stand Bo. Er schaute herunter und beobachtete Max. Er konnte nichts sehen. Bo war blind, seit er als Kleinkind einmal ein Fieber bekommen hatte. Aber Bo schaute trotzdem herunter. Er schaute mit den Ohren herunter. Max grinste. Er winkte ihm zu. Er hatte auf einmal Hunger, einen mächtigen Hunger. Er würde Eier essen. Viele Eier. Erst musste er diesen Jungen nach oben bringen. Bo würde auf ihn aufpassen. Warum war ihm das nicht gleich eingefallen? Bo würde gut auf ihn aufpassen, da war Max sich sicher. Er öffnete die Tür des Taxis und hob Benjamin vorsichtig aus dem Auto. Langsam trug er ihn zum Tor hinüber, und wie von Zauberhand öffnete es sich. Er sah Okogos Füße unter dem Metalltor hervorlugen. Er stand direkt hinter dem Tor. Also war er doch einverstanden. Jetzt würde es gleich etwas zu essen geben. Ob der Duft von gebratenen Eiern und frischem Brot den Jungen aufwecken würde? Irgendwo klingelte ein Telefon, ein Hahn krähte, und ein Auto fuhr mit dröhnendem Motor am Haus vorbei.

»Ich glaube«, flüsterte Max dem Jungen zu, »jetzt geht dein Abenteuer erst richtig los.« Benjamin nickte. Aber das lag daran, dass Max seinen Kopf nicht richtig festhielt. Er kletterte vorsichtig die Treppenstufen hoch. Die elfte Stufe war kaputt, da musste er aufpassen. Okogo half ihm. Okogos Taschenlampe leuchtete ihm den Weg. Das Licht hüpfte von Stufe zu Stufe, bei jeder Stufe nickte Benjamin. Sein Kopf hob und senkte sich. Er war einverstanden. Er war mit allem einverstanden. Er war angekommen. Seine Reise war zu Ende, jedenfalls vorerst.

»Na«, sagte Max. »Du wirst schon sehen. Man kann überall zu Hause sein. Du musst nur noch ein bisschen Geduld haben.« So etwas Ähnliches stand auf dem Zettel, den Okogo ihm einmal gegeben hatte. Aber ganz genau wusste er es jetzt auch nicht mehr. Wenn er oben angekommen war, würde er den Zettel noch einmal anschauen. Er stieg mit Benjamin langsam nach oben, und Okogo schaute ihm hinterher.

Okogo schüttelte den Kopf. So etwas hatte er in seinen ganzen neunzig Jahren noch nicht erlebt. Ein Junge, der vom Himmel gefallen war und noch nicht mal eine Schramme abbekommen hatte. Er schaltete die Taschenlampe aus und lief zum Tor, um es zu schließen. Ob er sich nicht auch noch einmal hinlegen sollte, überlegte er. Auf einmal war er wieder ganz schön müde. Dann würde dieser komische Traum zu Ende gehen, oder vielleicht, dachte er plötzlich ganz vergnügt, würde er auch weitergehen. Er entdeckte seine Schlappen. Sie standen vor der Treppe, er hatte sie dort stehengelassen und es ganz vergessen. Er bückte sich, hob sie auf und lief erstaunlich schnell für sein Alter die Stufen nach oben ins Haus. »So ein Dummkopf«, sagte er zu sich selbst, als er bei der elften Stufe beinahe gestolpert und hingefallen wäre. Er konnte noch nicht ahnen, dass er bald so tief und fest schlafen würde wie schon lange nicht mehr. Er schlief fast den ganzen Morgen, und von einer kurzen Unterbrechung abgesehen, auch noch den halben Vormittag. Und was als Nächstes passierte, davon bekam er überhaupt nichts mit. Das musste ihm nachher irgendjemand erzählen. Satz für Satz und Kapitel für Kapitel. Es würde eine ganz schön lange Geschichte werden.

II. Der Mantel

I.

Bo blieb noch einen Moment am Fenster stehen. Er wartete, bis es wieder still geworden war. Dann zog er sich ein T-Shirt über und ging ins Wohnzimmer. Okogo hatte sich auf die Couch gelegt. Bo lief zur Couch und tastete an der Couch entlang bis zur Kopfstütze und dann weiter bis zur Lehne. Er wollte herausfinden, wo sich der Kopf von Okogo befand und wo seine Füße waren. Er tastete über seine Füße, fühlte die schrumpelige Haut und tastete dann nacheinander alle Zehen ab, bis er am linken Fuß angekommen war und nach der kleinsten Zehe tastete, erst dann konnte er sicher sein, dass es wirklich Okogo war, und nicht Max. Die letzte Zehe nämlich fehlte. Okogo hatte sie im Krieg verloren. Max hatte zehn Zehen, Okogo aber nur neun.

»Wieso hast du denn nur neun Zehen?«, hatte Bo einmal gefragt, und Okogo hatte ihm die Geschichte erzählt, wie im Krieg die kleinste Zehe eines Tages einfach weggelaufen sei und dann nicht mehr zu seinem Fuß zurückgefunden habe. Bo hatte das natürlich nicht geglaubt. Er hatte gefragt: »Und wo ist die Zehe jetzt?«

»Sie hat es sich in einer Baumkrone gemütlich gemacht.«

»Aber sie kann doch nicht laufen.«

»Natürlich kann sie laufen«, hatte Okogo gesagt. »Sie ist ja eine Zehe. Aber jetzt hat sie eben keine Lust mehr.«

Bo fuhr nun mit seinen Zeigefinger über die Stelle, wo die

Zehe gewesen war. Es war seine Lieblingsstelle. Sie fühlte sich komisch an, sie war weich und nachgiebig, und wenn er etwas fester gegen sie drückte, dann zuckte der Fuß von Okogo, und wenn er noch etwas fester drückte, dann wachte Okogo auf. Aber Bo wollte ihn nicht aufwecken. Er wollte ja noch nach dem Jungen im Schlafzimmer schauen und sich seine Füße, den Kopf, die Arme und Beine ganz genau anschauen. Andererseits hatte er Max versprochen, ihn schlafen zu lassen, und es konnte sein, dass dieser komische Junge, dieser Außerirdische, der einfach vom Himmel gefallen war, sofort aufwachen würde, wenn man ihn anschaute. Das passierte leicht. Oft wachten die Leute auf, wenn Bo sie anschaute. Auch ganz normale Menschen, nicht nur Außerirdische. Selbst mit seiner großen Schwester, die jetzt nicht mehr bei ihnen wohnte, konnte das passieren. Sie wachte auf, manchmal schreckte sie aus ihrem tiefsten Schlaf auf, schrie, hustete oder verschluckte sich. Dabei hatte Bo sie doch nur ganz kurz angeschaut, nur einen ganz kurzen Blick auf sie geworfen. Aber so einfach war das eben nicht. Bos Augen waren seine Hände, seine Füße, seine Nase und manchmal auch sein Kopf. Am liebsten bohrte er sich mit dem ganzen Kopf in den Bauch von Okogo, um zu schauen, was Okogo gegessen hatte. Bo konnte es hören. Okogo mochte das überhaupt nicht. Es war ihm peinlich. Der große Okogo, der weise, alte Mann, den sie alle in der Nachbarschaft dafür bewunderten, wie viel er wusste und wie gut er Schreibmaschine schreiben konnte, war nicht gerade dafür bekannt, dass er sich mit Fufu oder Kassawa vollstopfte. Aber das tat er manchmal. Bo hörte es. Er hörte im Magen die Stimmen der verschiedenen Besucher, während er seinen Kopf gegen Okogos Bauch presste. »He, du verdammter alter Knochen! Aus dem Weg«, riefen die Reiskörner, während sie so schnell wie Radrennfahrer durch Okogo hindurchrasten. Ein kleines Stück von einem Hühnchenknochen hatte sich in ihren Weg gestellt. Sie rasten um es herum, aber dann blieben sie plötzlich in dem matschigen und trägen Fufu-Teig hängen und fielen von ihren schmalen eleganten Rennfahrersatteln herunter. Tief im Inneren von Okogo gab es ein großes Stöhnen und Jammern. Bo grinste. Den Fufu-Teig musste man einfach so herunterschlucken, Fufu durfte man nicht kauen. Und Hühnchenknochen wurden von den meisten Menschen in Liberia auch mitgegessen. Man warf sie nicht einfach weg, auch Okogo tat das nicht, er bearbeitete jeden einzelnen Knochen so lange mit seinen Zähnen, bis nur noch ein ganz kleines Stück übrig geblieben war, das Okogo in seiner Schüssel liegen ließ und das niemand anrühren durfte. Mit Ausnahme von Bo. Bo durfte alles Mögliche. Bo war eine Ausnahme. Aber es gab auch viele Regeln, die nur für ihn galten. Zum Beispiel: Schau die Leute nicht immer an. Seine große Schwester hatte ihm früher immer gesagt: »Kannst du nicht einfach die Augen zumachen, wenn jemand zu Besuch kommt? Immer muss ich den Leuten erklären, dass du blind bist, und dann wirst du ganz wütend und läufst aus dem Haus.« Und so war es. Bo konnte es nicht leiden, wenn jemand zu ihm sagte: »Oh. Entschuldigung, das wusste ich ja nicht. Wie konnte ich ahnen, dass du blind bist und nichts sehen kannst.« Manchmal geschah das auf der Straße, wenn Bo eilig nach draußen lief, mit jemandem zusammenstieß und es dann einen großen Ärger gab. Dann riefen die Leute: »Nimm doch deinen Blindenstock mit.« Aber nichts hasste Bo mehr als seinen Blindenstock, und deswegen lief er einfach so auf die Straße und schaute jeden an, der ihm entgegenkam, und manchmal schaute er jemanden auch ein bisschen zu lange an. Doch diesen Jungen, diesen komischen Außerirdischen, musste er sich jetzt unbedingt anschauen. Er stand schon vor der Schlafzimmertür und drückte vorsichtig die Klinke hinunter. Ob er auch neun Zehen hatte? Oder vielleicht hatte er elf? Er kommt schließlich aus Europa. Jedenfalls hatte ihm das Max so erklärt. Dort hatte man ja sehr viel Geld, und vielleicht hatten ihm seine Eltern eine Extra-Zehe gekauft, eine Ersatz-Zehe, wie manche Autos ein Ersatzrad hatten. Und dann wäre es ihm egal, wenn wie bei Okogo einfach eine Zehe weglief und nicht mehr wiederkam.

»Lass ihn bloß schlafen«, hatte ihm Max eingeschärft. »Er hat schon viel hinter sich. Eine sehr lange Reise ...« Bo öffnete vorsichtig die Tür. Der Junge würde wahrscheinlich auf dem Bett liegen. Das hatte Bo einmal im Radio, in der BBC gehört. Kinder in Afrika schliefen auf dem Steinboden, Kinder in Europa schliefen im Bett. Besonders gespannt war Bo auf seine Haare. Er hatte schon einmal Haare von einem Weißen angefasst. Sie fühlten sich komisch an. Wie das Fell eines Tieres. In etwa so wie das Fell von Teddy, der sehr faul war und am liebsten vor dem Haus auf der Straße lag und schlief. Aber eigentlich fühlten sich die Haare von Weißen sogar noch weicher an. Eher schon so wie das Fell einer Katze oder das Fell auf dem Armaturenbrett in Max' Taxi, das Max von einer Frau aus Schweden geschenkt bekommen hatte. Bo machte einen Schritt ins Schlafzimmer. Gleich, dachte er, werde ich es ja wissen, aber dann hörte er plötzlich ein lautes Stöhnen, jemand hustete, und dann räusperte sich eine tiefe, knarzige Stimme. Es war Okogo. Er hatte Hunger, er war wohl aufgewacht und griff nach den Eiern, die auf dem Tisch lagen. Precious hatte sie gekocht, bevor sie zur Schule gefahren war. Drei für Max und drei für Okogo. Bo hatte sie alle pellen müssen, und jetzt lagen drei gepellte, hartgekochte Eier auf dem Wohnzimmertisch, damit Okogo etwas zu essen hatte, wenn er aufwachen würde. Bo hielt die Luft an.

»Bo!«, hörte er Okogo rufen. »Wo sind die Eier?« Bo erschrak, er machte langsam einen Schritt zurück. Okogo hatte gute Ohren. Er würde merken, dass Bo im Schlafzimmer war und sich die Haare des Außerirdischen anschauen wollte.

»Bo«, rief jetzt Okogo wieder. »Schau ihn dir morgen an, ja? Gib mir jetzt die Eier. Ich habe einen Bärenhunger.« Er hörte, wie der Alte mit seiner linken Hand den Tisch abtastete. Der Tisch war aus Glas, man konnte bis auf den Steinboden gucken, wenn man vor ihm stand. Bo liebte den Tisch. Oft legte er sich zum Schlafen auf den Tisch. Er war kühl, und Bo hatte die besten Träume, wenn er auf ihm schlief. Bo hörte jetzt keine Geräusche mehr aus dem Wohnzimmer. Offenbar war Okogo gar nicht richtig aufgewacht. Noch nicht. Er hatte im Halbschlaf gesprochen, oder er träumte nur. Und solange er träumte, war Bo der Herr im Haus und konnte tun und lassen, was er wollte. Er musste nur die Eier finden, im schlimmsten Fall würde er Okogo ein Ei in den Mund stecken oder ihn auch nur ein bisschen daran schnuppern lassen. Langsam ging Bo rückwärts, Schritt für Schritt. Er wollte keinen Lärm machen, und um sich besser konzentrieren zu können, schloss er sogar die Augen. »Pass bloß gut auf ihn auf«, hatte Max zu ihm gesagt. »Versprochen?« Bo hatte genickt. »Ich lasse ihn nicht aus den Augen«, hatte er gesagt und gegrinst.

2.

Max musste alle Eier gegessen haben. Es war keins mehr da. Bo suchte überall nach ihnen, aber auf dem Tisch lagen nur noch Eierschalen, und der Topf in der Küche war leer. Jetzt war guter Rat teuer. Bo überlegte, ob er aus dem Haus gehen und Eier kaufen sollte. Gleich um die Ecke gab es ein kleines Geschäft, das gekochte Eier verkaufte. Bo hatte noch zehn liberianische Dollar. Das war ungefähr so viel wie zehn Cent, und dafür konnte man mit etwas Glück schon ein hartgekochtes Ei bekommen. Wenn man ein bisschen etwas erzählte, sich etwas ausdachte, vielleicht eine Geschichte, zum Beispiel von einem Jungen, der vom Himmel gefallen war und jetzt einfach bei ihnen zu Hause im Bett lag. »Stell dir das mal vor«, wollte Bo zu der Frau im Laden sagen. Er erzählte oft Geschichten, er lief in der Nachbarschaft herum und erzählte alles Mögliche. Zum Beispiel berichtete er den Leuten, wie die Fußballspiele ausgegangen waren. »Barcelona«, rief er. »Schon wieder verloren! In letzter Minute.« Manchmal stimmte das nicht, weil Bo schon vor Ende des Spiels nach draußen lief und überall herumerzählte, wie das Spiel ausgegangen sei. Bo war sehr ungeduldig. Er war so ungeduldig, dass er jetzt loslief, ohne das Geld mitzunehmen, und dann hatte er auch noch Okogo vergessen. Er konnte ihn nicht einfach so liegen lassen, während er von hartgekochten, gesalzenen und gepfefferten Eiern träumte. Er war schon auf der Treppe, und dann musste er wieder ins Haus zurück. »Weißt du«, wollte er zu der Frau in dem Laden sagen, »wir haben diesen Jungen, der ist mit dem Flugzeug gekommen, und er hat Haare wie ...«, aber dann war ihm Okogo eingefallen, und er lief wieder zurück. Er musste etwas tun. Er hatte schon eine Idee. Aber es war vielleicht etwas riskant. Doch schon lief er durch das Wohnzimmer und tastete mit Händen und Füßen den Boden ab. Er suchte den Tischtennisball. Der Tischtennisball war vielleicht gar nicht so schlecht. Die Verwandten aus Amerika hatten ihn geschickt, zusammen mit all den anderen Sachen, den alten Kleidern und Spielsachen, die sie in Amerika nicht mehr haben wollten. Aber was sollten sie schon mit einem Tischtennisball? Man konnte damit spielen, doch ohne Tischtennisplatte war das auf die Dauer gar nicht so lustig. Aber wenn er ihn Okogo jetzt in die Hand legen würde, dann wäre er doch zu etwas nütze, und solange ihn Okogo nicht aufessen würde, wäre es gar keine so schlechte Idee. Bo fand ihn und legte ihn Okogo in die Hand. Und einen Moment später stand er wieder draußen auf der Straße und erzählte der Frau, die die Eier verkaufte, seine Geschichte.

»Er hat diese Haare«, erzählte Bo. »Wirklich komische Haare.«

»Ach ja«, sagte die Frau, die gerade kleine Plastiktütchen mit Margarine füllte, die sie aus einem großen Eimer herauslöffelte. Ihr Geschäft war sehr klein. Es bestand aus einer einfachen Holzhütte, die noch nicht mal eine richtige Tür hatte.

»Ja. Sie sind so weich wie ... Du kennst doch das Fell im Taxi von Max.«

»Ja, das Fell im Taxi von Max«, rief die Frau und lachte, während sie eine der Plastiktüten, in die sie zwei Löffel Margarine gefüllt hatte, in ein Glas tat, das auf dem Verkaufstresen stand.

»Genau so«, rief Bo, die Schreie aus dem Haus ignorierend.

»Das er von der Schwedin bekommen hat?«

»Ja, von der verrückten Schwedin von der NGO«, rief Bo.

»Sie hat ihm dieses komische Fell ja erst geschenkt«, rief die Frau und warf ein weiteres Plastiksäckchen mit Margarine in das Glas. Bo tastete nach den Eiern, er hatte drei bekommen. Die Frau war guter Laune, und die Geschichte von dem schlafenden weißen Jungen mit den Haaren, die so weich waren wie das Fell im Taxi von Max, gefiel ihr.

»Und? Hast du ihn schon *angeschaut*?«

»Nein«, sagte Bo. Die Frau aus Schweden war nur ein paar Monate in Liberia gewesen, kurz nach dem Krieg. Sie war eine etwas dicke, freundliche Frau, die unbedingt hatte helfen wollen und überall Moskitonetze verschenkt hatte, obwohl niemand Moskitonetze wollte.

»Hat Max das Fell denn noch?«, fragte die Frau. Sie griff nach dem Eimer mit Mayonnaise.

»Natürlich hat er das Fell noch«, sagte Bo. Er hörte Okogo seinen Namen rufen. Irgendetwas stimmt nicht mit ihm, und er versuchte sich vorzustellen, was passiert war. Die Frau aus Schweden hätte Max Geld geben sollen, sagten die Leute. Er hatte sie herumgefahren, von Dorf zu Dorf, überall hatte sie Moskitonetze und Reissäcke verschenkt, aber Max hatte sie schlecht bezahlt. Immerhin hatte sie ihm das Fell gegeben. Sie hatte es sich jeden Abend um den Rücken gebunden, weil sie Schmerzen hatte, und am Schluss hatte sie es Max geschenkt. Es war ein weiches, braunes Fell. Bo legte manchmal seine Hand auf das Fell, wenn er mit Max' Taxi fuhr, und dann stellte er sich vor, er wäre in Schweden oder sonst irgendwo, wo es sehr kalt war und die Leute sich Fellmützen auf den Kopf setzen mussten oder Fellhandschuhe trugen.

»Ich muss zurück«, sagte er. Die Frau hatte den großen Eimer mit Mayonnaise geöffnet und begann jetzt, ihre kleinen Plastiktüten zu füllen. Es war eine gute Idee, diese kleinen Plastiktüten zu verkaufen, denn die meisten Leute hatten ja keinen Kühlschrank, und wenn man jetzt etwas Margarine oder Mayonnaise brauchte, dann ging man eben zu der Frau nebenan und kaufte sich ein Plastiksäckchen für fünf Dollar.

»Ich erzähle dir nachher weiter«, sagte Bo. »Ich muss zu Okogo. Meinst du, ich sollte ihm etwas Mayonnaise mitbringen?«

Die Frau schüttelte den Kopf. Sie kannte Okogos Geschmack. Er mochte keine Mayonnaise. Schon gar nicht am frühen Morgen. Außerdem hörte sie ihn rufen, sie hörte ihn laut und deutlich nach Bo rufen. Bo hatte etwas angestellt, das wusste sie. Es hörte sich so an, als hätte Okogo irgendetwas verschluckt. Ja, es hörte sich so an, als hätte Okogo ein hartgekochtes Ei verschluckt, das ihm nicht besonders gut schmeckte. Bestimmt würde der Junge mit den weichen Haaren jetzt aufwachen, dachte sie, und dann würde es bald wieder etwas zu erzählen geben.

Aber Benjamin schlief weiter. Er hatte nichts gehört. Nicht den geringsten Laut. Er träumte irgendeinen komplizierten Traum, und wenn man ihn jetzt aufgeweckt hätte, dann wäre er wahrscheinlich gerade dabei gewesen, in einem riesigen Baum irgendwo im endlosen Regenwald von Liberia herumzuklettern, um einen Mantel zu finden, den er zwischen den Zweigen versteckt hatte. Ganz hoch oben, mitten in der Baumkrone. So weit oben, dass ihm im Traum schon ganz schwindelig wurde, während der Mantel im Wind hin und her wehte, ein Ärmel mal nach links und ein Ärmel mal nach rechts, und er immer höher kletterte, immer weiter nach oben, denn im Traum nahm der Baum gar kein Ende mehr. Benjamin bekam nicht mit, was um ihn herum passierte. Wie Okogo immer wieder Bos Namen rief und Bo sich schließlich die Plastiktüte mit den drei Eiern um sein Handgelenk band, sich von der Verkäuferin verabschiedete und zum Haus zurücklief. Benjamin merkte davon nichts. Er schlief einfach weiter, er drehte sich auf die andere Seite und zog das Laken, mit dem er zugedeckt war, über seinen Kopf. Er war mit seinem Traum beschäftigt. Ihm fehlten jetzt nur noch ein paar Meter, dann hatte er den Mantel oder zumindest den linken Ärmel des Mantels fast erreicht. Vorsichtig streckte er den rechten Arm aus, aber das war gefährlich. Er schwankte.

In diesem Moment, und das war sein großes Glück, spuckte Okogo den Tischtennisball wieder aus. Er starrte auf den Ball, der ein paar Sprünge durchs Wohnzimmer machte und dann liegenblieb. Ein Ei, das auf dem Boden aufschlug, ohne kaputtzugehen? Ein Ei, das hoch- und runtersprang? Irgendetwas stimmte hier nicht. Dann hörte er Bo die Treppe hochkommen.

»Puh«, rief Okogo. Bo kam ins Wohnzimmer. »Weißt du, was passiert ist?«, fragte Okogo. »Ich bin doch wirklich ein alter Esel ... Also so etwas! Ich dachte schon, ich würde ersticken.« Er lief aufgeregt im Wohnzimmer herum und suchte nach dem Tischtennisball, konnte ihn aber nicht finden. Kurze Zeit später legte er sich wieder hin. Er musste sich noch ein bisschen ausruhen. Die Eier, die ihm Bo gekauft hatte, rührte er nicht an, und sie lagen auch noch am späten Vormittag unangetastet auf dem Tisch. Die Sonne war aufgegangen, und es wurde langsam so heiß, dass man es eigentlich nur noch im Schatten aushalten konnte.

3.

Bo blieb zu Hause. Irgendjemand musste ja schließlich aufpassen. Denn so war es mit Max vereinbart. Max wusste, dass Bo furchtbar gerne in die Schule ging und dass er keinen Tag versäumen wollte. Aber was sollte man machen? Der Junge, den Max vom Flughafen mitgebracht hatte, schlief, und wenn er aufwachte, musste ja jemand da sein, um ihm ein Frühstück zu machen und ihm zu erklären, was überhaupt los war und wo er sich befand. »Pass mal auf«, wollte Bo sagen, er hoffte, der Junge würde Englisch verstehen. »Du bist hier in einem Schloss, und ich bin Prinz Bo. Die kleine Spinne, meine Schwester, kocht Reis für dich, und dann werden wir mit unserem Schlosshund …« Aber Max hatte ihm gesagt, dass der Junge bestimmt keinen Reis essen würde, schließlich sei er aus Europa, und Bo sollte Precious sagen, sie solle Spaghetti kaufen, obwohl man so etwas in Liberia nur ganz selten aß. »Sollen wir dir Spaghetti kochen?«, wollte Bo fragen, aber der Junge wachte nicht auf. Selbst als die ersten Sonnenstrahlen das Bett von Benjamin erreicht hatten, rührte er sich nicht. Schließlich hatten sie Benjamin das schöne, große Bett überlassen, in dem sonst Bos große Schwester schlief, wenn sie zu Besuch aus Accra kam. Benjamin konnte sich in alle Himmelsrichtungen ausstrecken und mal in der Mitte, mal am Rand schlafen. Ein paarmal schlich sich Bo ins Zimmer und setzte sich ans Bett. Er hörte ihm zu, wie er schlief. Anschauen wollte er ihn nicht. Die Geschichte mit Okogo hatte ihm einen so großen Schreck eingejagt, dass er dachte: Dieser Junge scheint etwas Besonderes zu sein, und wer weiß, was noch alles passiert, wenn ich erst mal einen richtigen Blick auf ihn werfe. Und so saß er neben ihm, lauschte auf Benjamins Atem und wachte über seinen Schlaf, bis es immer heißer wurde und er die Vorhänge zuziehen musste, aber das nützte auch nicht viel. Also wartete Bo ganz einfach. Irgendwann würde er schon aufwachen. Während er wartete, wurde er selbst auch ganz schläfrig und müde. Erst streckte er seine Arme aus, dann seine Beine, und schließlich legte er den Kopf aufs Bett, schaute noch einmal zu Benjamin, und dann schloss er die Augen. Er nahm sich vor, ein bisschen von der Präsidentin zu träumen. Das war sein Lieblingstraum. Die Präsidentin würde nämlich nächste Woche zu ihm in die Schule kommen und seine Rede anhören. Und das war kein Traum. Die ganze Nachbarschaft wusste schon davon. Es gab über drei Millionen Einwohner in Liberia, und nun kam also die Präsidentin ausgerechnet zu ihm in die Schule. »Was wirst du ihr denn erzählen?«, fragte Okogo. Aber Bo wollte es nicht verraten. Es war sein Geheimnis, und er würde es nur ihr, der Präsidentin, sagen. Wie wird es eigentlich sein, wenn sie endlich kommt, fragte sich Bo. Wird sie allein kommen? Wahrscheinlich werden Männer in schwarzen Anzügen und Sonnenbrillen bei ihr sein, die um sie herumschwirren, und vielleicht werden sie auch einen Knopf im Ohr haben und mit dem Chef des Geheimdienstes verbunden sein, der ihnen dann sagen wird: »Passt auf. Jetzt geht sie nach links. Passt bloß auf. Und jetzt geht sie nach rechts. Achtung! Jetzt steht sie in der Sonne und braucht Schatten.« Aber in Liberia gab es so etwas nicht. Es gab keine Knöpfe im Ohr. So dass man mit irgendjemand verbunden war. Und die Männer, die die Präsidentin bewachten, trugen auch keine Sonnenbrillen. Das hatte ihm Okogo einmal erzählt. Die Präsidentin mochte das nicht. Sie mochte keine Männer mit Sonnenbrillen. Bo würde sagen: Setzen Sie sich doch, liebe Präsidentin. Und dann würde er die Hand heben, jemand würde einen Stuhl bringen, und sie würde sich hinsetzen. Und Bo würde mit seiner Rede beginnen.

4.

Das Licht blendete etwas. Benjamin ging langsam durch das Wohnzimmer. Es musste schon spät sein, vielleicht war es schon Nachmittag. Ganz leise, damit er den Jungen, der neben ihm lag und schlief, nicht aufweckte, war er aufgestanden und ins Wohnzimmer gegangen. Seine Hose war weg. Er hatte sie zuerst im Wohnzimmer gesucht. Dort lag ein alter Mann auf der Couch neben dem Glastisch und schlief. Er konnte sich nicht erinnern, sie ausgezogen zu haben. Ob sie jemand gestohlen hatte? Er lief vorsichtig über den Steinboden zur Terrasse. Er dachte: Aber was ist denn passiert? Was ist denn eigentlich los? Auf der Terrasse fand er einen Zettel. Darauf stand: *Lieber Außerirdischer. Leider wissen wir deinen Namen nicht. Aber diese Hose ist für dich.* Es war die Hose, die Max in der Nacht von der Windschutzscheibe seines Taxis gepflückt hatte. Sie hing an einer Leine, die quer über die Terrasse gespannt war. Ein Wind wehte, und die violetten Hosenbeine wirbelten durch die Luft. Silberne Metallhalbmonde klebten an den Hosenbeinen. Benjamin schaute die Hose an. Ihm war heiß. Er schwitzte und hatte furchtbaren Durst. Während seine innere Stimme sich über alles mögliche Gedanken machte, war es ihm selbst ganz egal, welche Farbe diese Hose hatte. Hauptsache, er hatte eine.

»Gefällt dir die Hose?«, hörte er plötzlich eine Stimme hinter sich. Ein Junge stand vor ihm. Er streckte seine Hand aus. Langsam kam er auf Benjamin zu, der vor Schreck beinahe zurückgewichen wäre.

»Darf ich dich anfassen?«, fragte der Junge. Er war ungefähr so groß wie Benjamin. Er schaute ihn an und hielt dabei den Kopf schief.

Benjamin sagte nichts, er nickte nur.

»Ich würde am liebsten mit den Haaren anfangen.« Der Junge sah ihn an. Aber eigentlich sah er ihn nicht wirklich an.

»Ich muss erst meine Hose anziehen«, sagte Benjamin und schaute zur Hose mit den Metallmonden, die auf der Wäscheleine hing.

Der Junge lächelte.

»Hast du den Zettel nicht gelesen?«

»Doch, schon ...«

»Ich heiße Bo, und du?«

»Benjamin.«

»Benjamin, das ist aber ein komischer Name.« Bo ging zur Wäscheleine, wollte nach der Hose greifen, aber er griff daneben und hatte stattdessen die Schlafanzughose seiner kleinen Schwester in der Hand.

»Und *die* soll ich anziehen?«

Bo hielt die viel zu kleine Schlafanzughose hoch.

»Warte«, sagte Bo feierlich. »Du darfst die Hose selbst von der Leine herunternehmen, schließlich ist es ja deine Hose.«

Bo sah sehr arm aus. Er hatte ein T-Shirt mit vielen Löchern an, und seine Plastiksandalen sahen aus, als hätte er sie auf einem Müllplatz gefunden. Auf der Schlafanzughose war ein Spiderman-Motiv. So eine Hose konnte Benjamin natürlich nicht anziehen. Bo trat einen Schritt näher und berührte seine Haare.

»Kennst du Spiderman?«, fragte Bo und tastete vorsichtig über Benjamins Kopf. »Er kann senkrecht die Wände hochlaufen.«

»Klar.« Benjamin nickte.

»Du hast nichts anzuziehen, oder?«

»Nein«, sagte Benjamin. Und dann erzählte er, was mit seinem Gepäck passiert war. Dass er alles verloren und nicht mal mehr einen Pass hatte. Von dem Geld, das in dem Mantel versteckt war, sagte er nichts.

Bo tastete nun seine beiden Ohren ab und grinste.

»Wir werden deinen Mantel schon finden«, sagte er.

»Meinst du?« Benjamin stutzte.

»Natürlich finden wir ihn«, erklärte Bo lächelnd. »Wir warten, bis meine Geschwister kommen, und dann fahren wir los. Und deine Eltern rufen wir auch an.« Er ließ von Benjamins Ohren ab und lauschte. Es hatte leicht zu regnen angefangen, und auf einmal war noch ein anderes Geräusch zu hören. Es war die elfte Stufe. Die elfte Stufe hatte sich gemeldet.

»Die elfte Stufe«, flüsterte Bo. »Jemand kommt, aber es sind nicht meine Schwestern. Du musst ins Haus gehen. Schnell.« Benjamin erschrak. Bo zog ihn von der Terrasse ins Wohnzimmer.

»Du stellst dich hinter den Vorhang«, sagte Bo leise, dann zog er seine Schlappen aus und lief wieder auf die Terrasse hinaus. Es regnete jetzt stärker. Es war ein Unwetter, wie es Benjamin noch nie erlebt hatte. Der Regen donnerte herunter, als würde jemand mit Fäusten auf das Dach schlagen, und in den nächsten Minuten, während Benjamin hinter dem Vorhang stand, konnte er nicht ein einziges Wort von dem verstehen, was draußen gesprochen wurde. Wer da wohl gekommen war? Ob es vielleicht die Eltern des Jungen waren? Später ärgerte sich Benjamin, dass er keinen Mut gehabt hatte, hinter dem Vorhang hervorzutreten, um zu sehen, was auf der Terrasse passierte. Nur einmal konnte er etwas verstehen, er hörte, wie Bo sagte: »Aus Schweden«, das Nächste konnte er nicht verstehen. »Ja, ein Schwedianer«, hörte er Bo sagen. »Er hat seinen Mantel verloren, aber wir finden ihn.« Dann war wieder nichts mehr zu verstehen, der Regen nahm zu, und als Bo völlig durchnässt wieder ins Wohnzimmer kam, war er sehr aufgeregt.

»Das war ein komischer Mann«, sagte Bo, während er nach einem Handtuch suchte. Als er keins fand, griff er einfach nach dem Vorhang und trocknete sich damit seinen Kopf ab. »Und er hat mir Geld gegeben.« Bos Stimme hörte sich ganz dumpf an unter dem Vorhang. Er lachte, und der Vorhang bewegte sich wild hin und her. Für einen Moment verfing sich Bo sogar in ihm. Benjamin fürchtete, er würde den Vorhang von der Decke reißen, aber dann befreite Bo sich wieder. Sein Kopf lugte zwischen dem Vorhangstoff hervor.

»Fünfzig Dollar!« Bo lachte. »Ich habe ihm von dir erzählt. Ich habe gesagt, du bist aus Schweden.«

»Aus Schweden?«

»Ja.« Bo lachte. »Er hat gefragt, ob du auf der Durchreise bist. Und ich habe von deinem Mantel erzählt. Dann hatte er es auf einmal ganz eilig, obwohl es ja noch geregnet hatte. Er hatte so einen komischen Schirm dabei. Und er hat gesagt, es wäre ein ganz besonderer Schirm. Er war rosa und ganz zerfetzt. Er wollte ihn mir schenken, aber ich habe abgelehnt ... Was will ich denn mit so einem verrückten Schirm!« Benjamin erschrak.

5.

»Aber ich komme doch gar nicht aus Schweden«, beschwerte sich Benjamin.

Bo hatte seine Haare getrocknet und setzte sich auf einen Stuhl auf der Terrasse. Benjamin hatte großen Hunger, aber er traute sich nicht, etwas zu sagen.

»Schweden. Das ist ein sehr schönes Land«, sagte Bo und lächelte.

»Warst du denn schon mal da?«, fragte Benjamin.

Bo lächelte vielsagend. Er überlegte, ob er schon einmal da gewesen sein könnte. Nicht, dass er jemals sein Heimatland verlassen hätte, aber er hörte viele Radiosendungen, und er hatte das Gefühl, sich ganz gut auszukennen. Er wusste etwas über das Land, aus dem die Frau mit dem Fell hergekommen war. Er hatte eine ungefähre Vorstellung, wie es da aussehen musste.

»Ja«, sagte Bo nach einer Weile, »ich war schon mal da.«

»In Schweden? Da war ich noch nie.«

»Sie haben Felle. Ich meine ... Fast jeder hat ein Fell. Sie binden es sich um den Bauch. In den Autos, da haben sie auch Felle. Und die Türen und Sitze sind aus Fell. Das ist ganz gemütlich.«

»Ja?«, fragte Benjamin. »So ein Auto habe ich noch nie gesehen.«

Bo lachte. »Ich zeig dir eins. Du musst nur Geduld haben.« Das war ein Satz von Okogo. »Du musst nur Geduld haben.« Bo mochte den Satz, er war froh, dass er jetzt so gut passte. »Du kannst den Kopf auf das Fell legen, und dann brauchst du nicht aus dem Fenster zu sehen. Das machen sie in Schweden so.«

»Aber ...«

»Sie haben wenig Zeit. Ich meine ... Sie müssen viel arbeiten. Sie schlafen sogar in ihren Autos. Ich kenne eine Frau, eine Schwedianerin, sie schläft immer im Taxi. Sie legt ein Fell vor sich hin und schläft dann ein. Und der Taxifahrer muss sie wecken, wenn sie angekommen sind.«

»Eine Schwedi...anerin?«

»Jedenfalls kommen sie aus der Eiszeit. So wie du. Ich habe davon im Radio gehört. Während der Eiszeit haben riesige Gletscher auf dem Kontinent gelegen und geschlafen. Und im Schlaf sind ihnen die Tränen gekommen, also, den Gletschern. Sie sind in Tränen ausgebrochen, weil sie so traurig waren über die kümmerliche Landschaft. Und einige Tränen sind zu Stein geworden. Sie heißen übrigens Findlinge. Hast du auch ein Radio?«

»Wie bitte?«

»Ein Radio. Gibt es so etwas in Schweden?«

Benjamin wusste nicht, was er sagen sollte.

»Ich bin doch noch nie in Schweden gewesen.«

»Du bist sehr bescheiden«, sagte Bo feierlich. »Das gefällt mir.«

Bo zeigte Benjamin das Haus. Während sie herumliefen und Bo ihm die kärglich eingerichteten Zimmer zeigte, fragte sich Benjamin, ob es sein könne, dass er im Schlaf redete. Hin und wieder redete er im Schlaf, da war er sich fast sicher. Denn manchmal wusste seine Mutter am nächsten Tag, worum es in seinen Träumen gegangen war. Er hatte offenbar alles erzählt. Bo wusste alles über ihn. Er wusste alles über den Mantel, über den Überfall, das Gepäck, das jetzt bei Brilliants Onkel war, und sogar von dem verlorenen Pass musste Benjamin erzählt haben. Nur von dem Geld hatte er keine Ahnung. Sein Vater hatte ihm am Telefon gesagt: »Die Menschen in Liberia haben kein Geld, jedenfalls die meisten. Deswegen ist es besser, du sagst, du hast auch kein Geld.« »Du musst teilen mit ihnen«, hatte dagegen seine Mutter gesagt. »Es spielt ja keine Rolle. Wenn du am Ende zurückkommst und du hast nichts mehr, können wir ja alles wieder kaufen.« Aber das war eine Lüge, das wusste Benjamin. Seine Mutter hatte so wenig Geld, dass sie noch nicht einmal das Flugticket bezahlen konnte, und das Geld, das sein Vater für das zweite Ticket überwiesen hatte, hatte sie schon ausgegeben. Und das war wahrscheinlich der Grund, warum sie nicht hatte mitkommen können. Bo zeigte ihm das Haus. Das kleine Zimmer mit Steinfußboden, in dem die Geschwister schliefen, und das Wohnzimmer, das einen Glastisch und ein paar Ledersessel hatte. Aber es gab keine Bilder an den Wänden, keine Teppiche, und in der Küche gab es noch nicht einmal einen Herd, geschweige denn einen Kühlschrank. Das Einzige, was in der Küche stand, war eine alte Spüle und ein großer Stapel mit Plastiktöpfen und Plastikeimern. Essen war überhaupt nicht zu sehen.

Wenig später hörte der Regen auf, und Bos Geschwister kamen nach Hause. Er blieb mit Benjamin auf der Terrasse stehen, und sie schauten hinunter in den Innenhof. Auch dort sah es nicht gerade einladend aus. Ein paar schrottreife Autos standen an der gegenüberliegenden Wand, und in einer Ecke stapelte sich Gerümpel. Auf einem kleinen Stück Wiese lag Wäsche zum Trocknen. Grüne, blaue und gelbe Hemden und lauter Unterhosen und Unterhemden, alles kunterbunt gemischt. Die Geschwister von Bo winkten. Sie trugen noch ihre Schuluniformen.

»Und wie viele Geschwister hast *du*?«, fragte Bo.

»Ich habe keine Geschwister«, antwortete Benjamin.

»Gar keine? Ach du Ärmster. Sind sie gestorben?«

»Nein, ich habe eben keine.«

»Vielleicht warten sie noch ... Sie sind bestimmt schon im Bauch deiner Mutter. Irgendwo müssen sie ja sein. Kannst du sehen? Da unten, das ist meine Schwester, die kleine Spinne, und meine große Schwester, die heißt Precious.«

Precious. Benjamin überlegte, dass das übersetzt ›wunderschön‹ bedeutete. Oder ›kostbar‹.

»Und sie heißt wirklich Precious?«, fragte er.

»Ja«, erklärte Bo. »Und die kleine Spinne heißt wirklich die kleine Spinne. Vielleicht können wir für dich auch Geschwister finden. Hättest du gerne einen Bruder?«

»Ich weiß nicht. Ich glaube, meine Mutter fände es nicht gut, wenn ich mit einem Bruder zurückkommen würde.«

»Vielleicht kannst du eine Schwester gebrauchen? Ich könnte dir die kleine Spinne geben, ich könnte sie dir ausleihen.«

Bo lief schnell die Treppe nach unten in den Innenhof, wo Precious und die kleine Spinne vor einer großen Pfütze standen. Er kann unmöglich blind sein, dachte Benjamin. Er läuft einfach so die Treppe hinunter, als wäre es nichts. Bo sprach mit seiner kleinen Schwester. Sie schüttelte den Kopf. Bo zeigte nach oben. Seine Hand zeigte genau auf ihn. Precious und die kleine Spinne schauten zu ihm hoch.

»Hallo«, riefen sie.

Benjamin winkte.

»Die kleine Spinne wäre gerne deine Schwester«, rief Bo.

Benjamin wusste nicht, was er sagen sollte.

»Willst du sie begrüßen?«

Benjamin überlegte, ob er auch die Treppe hinunterlaufen sollte. Aber er hatte noch nicht einmal Schlappen an.

»Warte, wir kommen zu dir«, rief Bo. Benjamin schaute zu, wie Bo und seine Geschwister zum Haus zurückliefen. Sie schlängelten sich durch die Wäschestücke hindurch, die auf dem Rasen lagen, und liefen an der Mauer zum Nachbargrundstück vorbei, wo ein kleines Haus neben einem Baum stand. Aber eigentlich war es gar kein richtiges Haus, fand Benjamin. Es war mehr eine Hütte. Sie hatte ein Wellblechdach und bestand aus ein paar Brettern. Die Tür war ein Vorhang, und das Fenster war einfach eine Öffnung. In diesem Moment kam ein alter Mann aus der Hütte. Er hielt einen Tischtennisball in der Hand.

»Wie möchtest du deine Schwester nennen?«, rief Bo, während er mit der kleinen Spinne an der Hand vor der Treppe stehengeblieben war.

»Hat sie denn keinen Namen?«, fragte Benjamin.

»Sie braucht einen neuen Namen«, rief Bo.

»Ich heiße Spinne«, beklagte sich die kleine Spinne.

»Du heißt *kleine* Spinne«, verbesserte Bo.

»Sie heißt Comfort«, rief Precious.

»Wie bitte?«, fragte Benjamin, der ganz verwirrt war.

»Wir müssen erst mal deinen Mantel finden«, rief Bo. Er wandte sich zur kleinen Spinne. »Den hat er nämlich im Wald verloren.«

Benjamin beobachtete, wie Bo mit seinen beiden Schwestern nach oben kam. Precious und Comfort trugen noch ihre Schuluniformen. Schnell zog Benjamin die Hose mit den Monden an. Sie passte ihm. Sie passte ihm so gut, als wäre sie für ihn gemacht. Er tastete über die Monde. Sie fühlten sich kalt und gleichzeitig warm an. An jedem Hosenbein waren mindestens zehn Monde. Benjamin wollte sie zählen, doch da war Bo schon wieder auf der Terrasse.

6.

Später saßen sie zusammen und überlegten, was zu tun sei.

»Wir müssen zuerst mal einen Plan machen«, schlug Benjamin vor. »Kommen alle mit?«

»Natürlich kommen alle mit. Wir brauchen jeden, der bei der Suche mithelfen kann. Aber einer muss der Anführer sein«, sagte Bo.

Benjamin wusste nicht, was er sagen sollte. Natürlich konnte er nicht gut sich selbst vorschlagen, aber wie sollten sie den Mantel finden, wenn sie gar keinen Plan hatten. Wie sollte das gehen? Precious hatte ihre eigene Schuluniform ausgezogen und bügelte jetzt Bos Uniform, die ganz zerknittert war. Sie sah jetzt auf einmal wie ein ganz normales sechzehnjähriges Mädchen aus, obwohl sie gut und gerne auch siebzehn hätte sein können. Sie war einen ganzen Kopf größer als Bo und Benjamin.

»Ich bin die Anführerin«, rief die kleine Spinne, die sich ihren Spiderman-Schlafanzug angezogen hatte.

»Ein Mädchen kann keine Anführerin sein«, erklärte Bo.

»Und die Präsidentin«, fragte Precious, »ist die etwa keine Anführerin?«

Benjamin sagte nichts. Von seinem Vater wusste er, dass Liberia das erste afrikanische Land war, dass eine Frau als Präsidentin hatte.

»Ohne Plan schaffen wir es aber nicht«, versuchte es Benjamin noch einmal.

»Wir brauchen keinen Plan«, erwiderte Bo. »Wir brauchen Mut.« Er dachte an Okogo, so etwas hatte Okogo auch schon einmal gesagt, als sie über den Krieg gesprochen hatten. »Wir brauchen den Mut der Verzweiflung«, hatte Okogo gesagt. Bo hatte das damals nicht richtig verstanden.

»Hast du schon mal einen Krieg erlebt?«, fragte er Benjamin.

»Ich?« Benjamin schüttelte den Kopf.

»Den Zweiten Weltkrieg? Hast du den Zweiten Weltkrieg erlebt?«

»Wir haben nämlich *auch* einen Weltkrieg gehabt«, erklärte Precious stolz. »Das war, als die LURD-Rebellen über die Brücke gekommen sind.«

»Nein ... Ich glaube nicht«, sagte Benjamin.

»Ich könnte doch die Anführerin sein«, schlug Precious vor.

Bo schüttelte den Kopf. »Wir sind hier nicht in der Politik. Sonst würde ich es dir erlauben. Wir würden dich dann auch wählen, und ich würde dich auch wählen.«

»Natürlich«, rief Benjamin aus, »das ist doch die Lösung. Wir machen eine Wahl, wir wählen einen Anführer oder eine Anführerin.«

»Das können wir nicht«, widersprach Bo. »Der Mann mit dem rosa Regenschirm ist bestimmt sehr gefährlich, oder? Er kämpft mit dem Mut der Verzweiflung.«

»Hast du nicht gesagt, wir kämpfen mit dem Mut der Verzweiflung?«, erwiderte Precious.

»*Ich* bin die Anführerin. *Ich* bin die Präsidentin«, rief die kleine Spinne wieder und zog das Oberteil ihres Schlafanzugs hoch. Sie wollte sich vergewissern, ob Spiderman noch zu sehen war. Befriedigt nickte sie und grinste ihm zu.

»Und deswegen haben wir gar keine Zeit, zu wählen«, sagte Bo. »Schließlich müssen die Stimmen gezählt werden.«

»Die Stimmen brauchen überhaupt nicht *gezählt* zu werden. Wir halten einfach unsere Hände hoch, und dann sehen wir das Ergebnis doch gleich.« Benjamin rückte näher an Bo heran.

»Und schließlich«, Bo fuchtelte wild mit seinen Arm herum, »ich meine ... Das Wichtigste ist doch der Wahlkampf.«

»Sollen wir nicht erst einen Plan machen und dann wählen?«, fragte Benjamin.

»Das soll der Anführer bestimmen«, erwiderte Bo. Für einen Moment wussten sie nicht weiter. Bo grinste, er senkte den Kopf, als schaute er vor sich auf den Boden, dann hob er den Kopf wieder und grinste abermals. Diesmal grinste er über das ganze Gesicht. »Ich habe eine Idee.«

»Bo hat eine Idee«, rief die kleine Spinne. »Hurra!«

Bo drehte sich um. Precious hielt einen Moment inne und hörte auf, Bos Schuluniform zu bügeln.

»Bist du fertig?«, fragte Bo. Precious schaute auf die Uniform. Sie hob das Bügeleisen ein Stück hoch. Jetzt erst konnte Benjamin sehen, dass das Bügeleisen überhaupt kein Kabel hatte. Allerdings sah er auch sofort, dass es kein Bügeleisen mit Fernsteuerung oder Infrarot-Steuerung war, es war etwas ganz anderes. Eigentlich war es gar kein Bügeleisen. Es war vielmehr ein Ofen. Wenn man genau hinschaute, konnte man sehen, dass es eine Öffnung hatte und sich im Inneren glühende Kohlestückchen befanden. Benjamin starrte auf die Glut, die jetzt ein paar Zentimeter über der blaugrünen Schuluniform von Bo schaukelte. Precious wiegte den Kopf hin und her, um ihr Werk zu begutachten.

»Und was für eine Idee hast du?«, fragte sie unwillig.

»Ich brauche erst meine Uniform«, verkündete Bo.

»Wieso brauchst du sie denn? Du gehst doch heute gar nicht mehr in die Schule.«

»Wir müssen den Mantel holen«, rief Bo. »Außerdem haben wir Feinde.«

»Aus dem Wald«, rief die kleine Spinne. »Wir holen ihn aus dem Wald.«

»Wo man eben einen Mantel herholt«, erklärte Bo.

»Ist ihm denn kalt?«, fragte Precious und schaute zu Benjamin. Bisher hatte sie ihn noch gar nicht richtig angeschaut und ihn nicht direkt angesprochen. Ob sie wohl etwas gegen mich hat?, fragte sich Benjamin.

»Du Dummkopf«, rief Bo. »Der Junge ist ein Außerirdischer, und sein Mantel ist ein magischer Mantel, mit dessen Hilfe man unsichtbar werden kann. Stimmt's?« Er wollte sich zu Benjamin hinwenden, allerdings schaute er knapp an ihm vorbei, da er vor Aufregung die Orientierung verloren hatte. Precious wurde neugierig. Sie stellte das Bügeleisen auf dem linken Uniformärmel ab und wartete darauf, dass Bo weitersprach. Okogo hatte Bo einmal erzählt, dass die großen Politiker bei ihren Reden immer sehr lange Pausen machten, damit es spannender wurde und die Zuhörer besser aufpassten. Außerdem hatten sie dann Zeit, ihre Worte gut abzuwägen. Und während Bo genau das tat, schaute ihn seine Schwester mit offenem Mund an und sah nicht, wie eine schlangenförmige Rauchwolke langsam von dem linken Ärmel der Uniformjacke nach oben stieg.

»Genauer gesagt«, fuhr Bo fort. »Ich meine …« Er kam aus dem Konzept. Er merkte, dass Benjamin ihm nicht zuhörte.

Er konnte es förmlich riechen. Benjamin hatte sich abgewandt und schaute auf den Innenhof. Der Plan nahm in seiner Phantasie Gestalt an, und in Gedanken sah er sich schon, wie er dort unten auf dem kleinen, sandigen Stück im Hof stand, zwischen den beiden fahruntüchtigen Autos, und mit dem langen, weißen Stock, der neben ihm auf der Terrasse an der Wand lehnte, seinen Schlachtplan in den Sand zeichnete. Es war wie zu Hause, wenn er eine Idee hatte und sich so in seinen Gedanken verlor, dass er sich schon selbst dabei zuschaute, wie er die Idee ausführte, während er sich keinen Zentimeter bewegte und immer noch an derselben Stelle stand. Bo beobachtete ihn. Er merkte, dass Benjamin mit seinen Gedanken ganz woanders war. Benjamin war schon unten im Innenhof, stand neben der großen Wasserlache, die vom Regen noch übrig geblieben war, und malte mit dem langen, weißen Stock zwei große Kreise nebeneinander. Dann erklärte er: Hier wirst du stehen, und hier wird deine Schwester stehen. Er hatte jetzt eine Idee, wie sie ihren Verfolger in die Irre führen könnten. Er wollte am liebsten sofort losfahren, den Plan ausführen und die große Schlacht gegen den Mann mit dem rosafarbenen Regenschirm beginnen. Wir tricksen ihn einfach aus, dachte Benjamin, während er vor seinem inneren Auge mit dem Stock eine lange Linie machte, als Bo ihn plötzlich am Arm fasste. Denn in Wirklichkeit saßen sie ja immer noch auf der Terrasse, es war alles nur Benjamins Phantasie.

»Das ist Bos Stock«, rief die kleine Spinne, als sie sah, wie Benjamin mit dem Stock zu hantieren begann. »Das ist ein Blindenstock!«

Bo kniff die Augen zusammen. Er war wütend. Schließlich war er nicht blind. Jedenfalls nicht wirklich. Ober besser gesagt: Er wollte nicht, dass irgendjemand davon wusste.

»Das ist mir alles viel zu kompliziert«, rief Precious, die

geistesgegenwärtig das Bügeleisen hob und blitzschnell die Uniformjacke umdrehte, um das Loch in dem versengten Ärmel zu verdecken. »Was ist denn jetzt die Idee?«

»Es brennt«, sagte Benjamin auf einmal. »Irgendwo brennt es.«

»Wo brennt es denn?«, fragte Bo, als wäre er gerade aus einem tiefen Schlaf aufgewacht. Er hatte zwar sehr gute Ohren, aber eine schlechte Nase.

»Es brennt nicht«, sagte Precious und bügelte seelenruhig am linken Hosenbein herum. »Du hast dich verriecht.«

»Ich habe mich nicht verriecht.«

»Doch«, rief die kleine Spinne, »verriecht. Verriecht hast du dich.«

»Vielleicht können wir kurz in den Hof hinuntergehen und den Plan aufzeichnen«, schlug Benjamin vor. »Da unten«, er zeigte in den Hof, »wir können eine Zeichnung im Sand machen. Wir müssen uns nämlich aufteilen. Wir teilen uns in zwei Gruppen auf, und dann schleichen wir uns von zwei Seiten an das Versteck heran.«

Bo drehte den Kopf zu Benjamin.

»Das ist eine gute Idee«, sagte er. »Wir teilen uns in zwei Gruppen auf und führen den Mann mit dem rosa Regenschirm an der Nase herum.« Bo erinnerte sich wieder an Okogo. Okogo hatte ihm nämlich auch erklärt, dass große Politiker und vor allem Präsidenten einem immer erst mal recht gaben und allem zustimmten, um dann doch etwas ganz anderes zu machen.

In diesem Moment hielt Max mit seinem Taxi vor dem Haus. Kaum hatte er die Wagentür geöffnet, da hörte er schon Bos laute, fröhliche Stimme.

»Wir brechen auf ... Die Schlacht beginnt.« Bo drehte sich

zur kleinen Spinne um. »Wo ist meine Uniform?« Er zog sie an ihrem Spiderman-Schlafanzug zu sich heran. »Hol dem Außerirdischen etwas zu schreiben«, befahl er. »Außerirdischer! Mit was für einer Farbe möchtest du deinen Plan zeichnen?«

»Ich weiß nicht«, erwiderte Benjamin. »Ist das denn so wichtig?«

»Natürlich ist die Farbe wichtig. Sonst bringt es noch Unglück.«

»Also gut, dann nehme ich Blau ...«

»Blau. Er nimmt Blau ... Auf geht's«, rief Bo, tastete sich an der kleinen Spinne vorbei und lief die Treppe hinunter. Und dann war von dem Plan gar nicht mehr die Rede. »Tragt mir die Uniform hinterher«, rief er noch und verschwand. Precious bügelte noch schnell den Hosenaufschlag und stellte das Bügeleisen dann auf den Boden.

»Warum braucht er denn überhaupt eine Uniform?«, fragte Benjamin.

Precious verdrehte die Augen. »Er ist eben verrückt. Er ist heute noch nicht in der Schule gewesen. Und wenn er nicht in der Schule gewesen ist, wird er eben verrückt. Wir nehmen sie lieber mit, sonst verliert er noch völlig den Verstand.« Sie drückte Benjamin die zusammengefaltete Hose in die Hand und zog die Tür hinter sich zu. Fünf Minuten später waren sie in Max' Taxi auf dem Weg zum Flughafen. Max war zwar furchtbar hungrig, aber er hatte Bo schon lange nicht mehr so begeistert und fröhlich gesehen, und so, dachte er sich, wollte er an diesem Abenteuer lieber teilhaben. Schließlich war da ja auch noch dieser komische Junge. Max hatte dem Patronenengel, der an dem Rückspiegel seines klapprigen, gelben Nissan Sunny baumelte, versprochen, immer auf den Jungen aufzupassen. Irgendwann würde sein Vater schon auftauchen oder sonst irgendjemand, der sich um ihn kümmerte. Aber darin täuschte er sich. Und das war schon das zweite Mal, dass Max das an diesem Tag passierte.

7.

Es war gar nicht so einfach, das Versteck zu finden. Einmal glaubten sie, die Stelle gefunden zu haben, an der der Milchmann mit Benjamin in der Nacht angehalten hatte. Aber dann lag dort nur ein rostiges Metallskelett im Gras, das früher mal ein Motorrad gewesen war. Fast eine Stunde fuhren sie herum. Schließlich schlug Max vor, es noch an einer anderen Stelle zu versuchen. Aber die Bäume am Straßenrand waren viel zu hoch, und tagsüber sah sowieso alles ganz anders aus. Benjamin hatte in der Nacht eine Reklametafel der Telefongesellschaft Lonestar gesehen, doch jetzt stellte sich heraus, dass an der gesamten Straße, die zum Flughafen führte, überall Reklametafeln von Lonestar standen. Sie wollten gerade aufgeben, als ein Taxi sie überholte und einige Meter vor ihnen kurz anhielt. Ein Junge wurde aus dem Wagen gestoßen und fiel am Straßenrand in den Staub. Eine Tasche schlug neben ihm auf, und der Junge blieb regungslos liegen. Benjamin wollte sofort hin und ihm helfen.

»Lass ihn«, flüsterte Max. »Wir mischen uns da besser nicht ein.«

»Aber das ist doch schrecklich«, sagte Benjamin. »Wir müssen ihm doch helfen.«

»Wahrscheinlich hat er etwas gestohlen«, erklärte Max.

»Er hat bestimmt etwas gestohlen«, pflichtete Bo ihm bei. »Ich habe schon mal einen Jungen gesehen, der hat Holzkohle gestohlen, und dann haben sie ihn eingefangen und ihm einen ganzen Eimer voll Staub und Dreck in den Mund gestopft.«

»Ganz genau«, stimmte ihm Precious zu.

»Und ihr wollt ihm nicht helfen?« Benjamin schaute wieder auf den Jungen, der jetzt ein Stückchen weitergekrochen war und Plastikteile aufzusammeln versuchte, die aus seiner Tasche herausgefallen waren.

»Ich muss bald zurück«, erklärte Max. »Wenn wir den Mantel noch finden wollen, müssen wir uns beeilen.«

»Der Außerirdische möchte dieser armen Kreatur helfen«, rief Bo.

»Wir können ihn doch da nicht liegen lassen«, sagte Benjamin beharrlich.

»Wir können ihn in den Kofferraum tun«, schlug die kleine Spinne vor.

Max schüttelte den Kopf. Benjamin schaute auf die andere Straßenseite. Der Junge kroch auf allen vieren am Straßenrand entlang und war damit beschäftigt, die Plastikteile aufzusammeln und in seine Tasche zu packen.

»Es ist besser, du lässt ihn allein«, erklärte Max. »Vielleicht kommen diese Leute zurück.«

»Welche Leute?«

»Na die, die ihn aus dem Wagen geworfen haben. Das ist sehr ungewöhnlich. Normalerweise wird ein Dieb sofort verprügelt, und zwar von allen, die gerade da sind, und da kann er froh sein, wenn er das überlebt.«

»Aber du weißt doch gar nicht, ob er ein Dieb ist.«

»Doch, ich kenne ihn. Er heißt Leo. Er wohnt bei einem Deutschen in Congo Town. Er lässt ihn auf seinem Grundstück schlafen. Ich habe ihn schon mal gesehen. Er beklaut nur Weiße. Deswegen lassen ihn die Leute normalerweise in Ruhe, aber jetzt hat er vielleicht einen Liberianer beklaut, und dann ist ihm sowieso nicht mehr zu helfen.«

Aber Benjamin hatte schon beschlossen, dem Jungen zu

helfen. Er schaute zu ihm hinüber. Der Junge hatte innegehalten und stützte sich auf seinen Ellbogen ab. Er blutete vielleicht oder war einfach nur erschöpft. Sie hatten ihn verprügelt und hier außerhalb der Stadt ausgesetzt. Benjamin war schon oft verprügelt worden. Kurz vor Weihnachten hatte ihn fast die halbe Klasse verprügelt, weil E ihn beschuldigt hatte, er sei im Umkleideraum nach dem Sportunterricht absichtlich auf sein Telefon getreten. Sie hatten einen Kreis gebildet, und jedes Mal, wenn er aus dem Kreis ausbrechen wollte, hatte ihn jemand aufgehalten und ihm einen Schlag versetzt. »Willst du nicht mal deine Mutter anrufen?«, hatte ihn einer der Freunde von E gefragt, ihm ein Telefon entgegengestreckt und, als er danach greifen wollte, es gleich wieder zurückgezogen. »Vielleicht kann sie dir ja helfen.« Alle hatten gelacht. Als er aufgegeben und sich einfach auf den Boden gesetzt hatte, war E gekommen und hatte ihm ins Gesicht gespuckt. Erst hatte er nichts gespürt, aber dann war ihm auf einmal ganz kalt geworden und er hatte gefroren und schließlich hatte er das Gefühl gehabt, sein Gesicht wäre verschwunden. Benjamin lief jetzt zu dem Jungen. Als er näher kam, sah er, dass alle Plastikteile, die er vom Boden aufsammelte, Telefone waren.

»Der Außerirdische kommt, um dich zu retten«, rief Bo, der Benjamin folgte.

»Ich kann ihn nicht mitnehmen«, rief Max von der anderen Straßenseite.

Benjamin blieb vor dem Jungen stehen. Er hatte sich seine Tasche um die Schulter gehängt und sah ihn an. Er sah nicht so aus, als hätte er Angst.

»Das ist der Außerirdische«, sagte Bo. »Darf ich euch vorstellen?« Er zeigte auf Benjamin.

»Ich heiße Leo«, sagte der Junge und hielt Benjamin die Hand hin. »Könnt ihr mir helfen? Ich ...«

»Der Außerirdische wird dir helfen, wenn ihm danach ist«, unterbrach ihn Bo. »Nicht wahr?«

»Ich heiße Benjamin.«

»Das ist der Name des Außerirdischen. Er ist aus Schwedianien. Er ist hier gelandet, und jetzt besucht er Liberia. Er muss den anderen Außerirdischen berichten, wie es hier aussieht.«

»Was hast du denn in deiner Tasche?«, fragte Benjamin.

»Das sind ... äh ... Geschenke«, sagte Leo.

Plötzlich hörten sie Max rufen. Sie hatten den Koffer gefunden. Den silbernen Aluminiumkoffer, den Harris auf dem Motorrad festgeschnallt hatte. Max und Precious hatten inzwischen weitergesucht und ihn plötzlich unter einem Dornengestrüpp entdeckt.

»Wir sind hier richtig«, rief Max. »Los. Beeilt euch!« Sofort liefen sie auf die andere Straßenseite. Sie erreichten das kleine Waldstück, in dem Benjamin den Mantel versteckt hatte. Sie mussten sich beeilen. Bo wollte, dass Leo an der Straße wartete, aber als sie das kleine Waldstück erreicht hatten, war er ihnen doch gefolgt.

»Wir müssen ihm die Augen verbinden«, rief Bo. »Er darf den Mantel nicht sehen. Denn der Mantel ist das Geheimnis des Außerirdischen«, erklärte er feierlich. »Sobald er ihn anzieht, verwandelt er sich in einen Bewohner des ... Wie heißt dein Planet?«

»Mein Planet?«, fragte Benjamin.

»Ja, der Planet, wo du herkommst. Wo du *eigentlich* herkommst.«

»Ich ...«

»Schwedianien«, rief Bo. »So heißt er ... Das liegt genau über Schweden, das ist nämlich der Planet, der Stern, der genau über Schweden im Himmel liegt, und zwar da oben.« Bo zeigte in den Himmel. »Deswegen heißt der Planet Schwedianien, und das Land, auf dem Benjamin gelandet ist, heißt Schweden.« Alle schauten Bo an. Leo zog die Augenbrauen zusammen, schaute erst zu Bo und dann wieder zu Benjamin.

»Ich muss los«, sagte Max. »Beeilt euch.«

»Aber wir müssen ihm noch die Augen verbinden«, erklärte Bo und zeigte auf Leo. Die kleine Spinne musste ihr Spiderman-Oberteil ausziehen, Precious legte es zu einem Band zusammen und wickelte es Leo um die Augen. Leo musste sich auf den Boden setzen. Benjamin lief ein paar Meter weiter und suchte nach dem richtigen Baum. Er hatte mit seinem Fahrradschlüssel ein kleines ›P‹ in die Baumrinde geritzt. Der Fahrradschlüssel war das Einzige gewesen, was er noch besessen hatte. Aber auch den hatte er irgendwo verloren. Vielleicht hatte er ihn auch in seiner Hosentasche vergessen. Doch das spielte nun keine Rolle mehr, bald würde er unermesslich reich sein. Und als Erstes würde er dem Jungen, dem sie die Augen verbunden hatten, ein Telefon abkaufen und seine Mutter anrufen.

8.

Und da standen nun die Bäume, lange, magere Gebilde mit grünen, glitschigen Blättern. Einige waren so dünn, dass sie sich im Wind zu bewegen schienen. Als könnten sie sich nicht aufrecht halten und würden bald umknicken. Wie hatte er nur wagen können, dort hochzuklettern? In der Nacht hatten sich die Bäume ganz weich und warm angefühlt, jetzt wirkten sie geradezu bedrohlich. Sie hatten zwar das richtige Waldstück gefunden, doch es dauerte, bis sie den richtigen Baum entdeckt hatten. Bo hatte die ganze Zeit gerufen: »Da ist er! Ich kann ihn sehen!« Aber dann war es natürlich doch der falsche gewesen. Als sie den Baum schließlich gefunden hatten, kletterte Bo einfach nach oben, als würde niemand sonst dafür in Frage kommen.

»Er darf auf keinen Fall noch höher steigen«, rief Precious.

»Er kann fliegen«, rief die kleine Spinne und breitete die Arme aus. Bo hielt sich an einem Ast fest und stieg dann noch einen halben Meter weiter hoch.

»Wo bin ich?«

»Komm wieder runter«, rief Precious.

»Ich kann den Mantel sehen«, rief Bo. Aber das stimmte natürlich nicht. Benjamin lief um den Baum herum, und zu seinem Erschrecken musste er feststellen, dass der Mantel sehr weit oben, fast im Wipfel des Baumes hing. Er war also in der Nacht fast bis nach ganz oben geklettert.

»Er ist festgeknotet«, rief Benjamin.

Bo stieg jetzt noch weiter hoch. Wie bloß sollte Bo einen Knoten aufbekommen, fragte sich Benjamin. Er würde ihn wahrscheinlich selbst nicht mehr aufbekommen. Auf einmal klingelte irgendwo ein Telefon, doch keiner von ihnen hatte ein Telefon dabei.

»Der Baum ruft dich an«, rief Bo von oben.

Precious drehte sich um. Irgendjemand war in ihrer Nähe. Irgendjemand beobachtete sie.

»Es ist der Baum«, rief Bo, während er sich umdrehte und mit einer Hand winkte.

»Du fällst herunter«, rief Precious.

»Ich kann nicht herunterfallen.«

»Er fliegt«, rief die kleine Spinne.

Benjamin sah den Mantel der alten Frau. Die Ärmel bewegten sich leicht im Wind hin und her. Er hatte beide Ärmel so festgeknotet, dass der Wind den Mantel nicht so ohne weiteres vom Baum herunterreißen konnte, aber er hatte gar nicht daran gedacht, wie er die Knoten wieder aufbekommen sollte.

»Nimm einfach das Geld heraus«, rief er.

»Welches Geld?«

»Es ist in der Innentasche.«

»Es hat keinen Sinn«, rief Precious. »Er muss wieder herunterkommen.«

Benjamin konnte unmöglich selbst nach oben steigen. Er hatte furchtbare Höhenangst. Lieber würde er auf das Geld verzichten, als jetzt noch einmal auf den Baum zu klettern. Er hatte es in der Nacht geschafft, aber es war wie in einem Traum, es war alles ganz unwirklich gewesen, und außerdem hatte er im Dunkeln nicht sehen können, wo er sich überhaupt befand. Wieder klingelte ein Telefon.

»Es ist in der Innentasche«, rief Benjamin.

»Ich hole ihn, ich werde den ganzen Mantel des Außerirdischen holen. Keine Sorge.«

»Komm besser herunter«, rief Benjamin.

Bo griff nach einem der Äste. Der Ast brach ab und Bo rutschte ein Stück nach unten.

»Bo!«, rief Precious.

»Der Baum fällt um«, rief Bo fröhlich. Er hielt sich nur noch am Baumstamm fest. »Der Baum will nicht mehr.«

Als jetzt zum dritten Mal ein Telefon klingelte, fasste Benjamin einen Entschluss. Er lief zum Baum und kletterte ohne nachzudenken nach oben.

»Du musst Bo retten«, rief Precious. Benjamin schaute sich um. War es eines der Telefone aus der Tasche des Jungen, das da klingelte? Aber Leo war nirgendwo zu sehen. Trotzdem war das Klingeln eindeutig zu hören. Benjamin hielt inne. Bo war jetzt einen Meter vom Mantel entfernt.

»Ich ziehe den Mantel an«, rief Bo, »und dann verschwinde ich.«

»Du musst ihn retten«, rief Precious. »Er ist verrückt. Er war heute nicht in der Schule. Dann ist er immer so.«

»Habt keine Angst«, rief Bo.

Benjamin hatte noch gar nicht überlegt, wie er ihm überhaupt helfen sollte. Er konnte ihn ja nicht einfach festhalten. Bo hatte jetzt den Mantel erreicht.

»Ich bekomme den Knoten nicht auf«, rief er. Er griff wieder nach dem Mantel. Auf einmal schien es, als würde er den Halt verlieren.

»Halt dich an dem Mantel fest«, rief Benjamin. Er überlegte, ob er weiter hochklettern sollte. Aber für sie beide war nicht genug Platz. Wenn Bo fiel, würde er auf ihn stürzen und ihn mir in die Tiefe reißen.

»Kann man mit dem Mantel wirklich unsichtbar werden?«, fragte Bo jetzt.

»Natürlich nicht, hör auf mit dem Quatsch«, sagte Benjamin. »Du musst dich festhalten.« Bo versuchte, sich an dem Baumstamm noch weiter nach oben zu ziehen. Benjamin kam nicht mehr weiter. In der Nacht war es ganz anders gewesen. Er hatte die Stimmen von Harris und dem Milchmann gehört. Also war er einfach hochgestiegen und hatte die Luft angehalten. Immer weiter und immer höher. Jetzt traute er sich noch nicht einmal, nach unten zu gucken.

»Mach dir keine Sorgen«, sagte Bo. »Ich bekomme jeden Knoten auf.«

»Lass uns umkehren. Es ist nicht so wichtig ... Pass auf!« Benjamin schaute nun doch für einen kurzen Moment nach unten. Er konnte Precious, die kleine Spinne und auch Leo sehen, aber eigentlich sah er nur ihre winzigen Köpfe, die zu ihnen nach oben schauten. Aber da war noch jemand. Nur ein paar Meter von Precious, Leo und der kleinen Spinne entfernt. Beinahe verdeckt von einem Gebüsch, stand dort jemand und beobachtete sie.

»Warte«, rief Benjamin.

»Ist es *dein* Geld?«, fragte Bo.

»Wir sollten vielleicht ...« Aber Bo hörte ihm nicht mehr zu. Er machte sich schon an dem Mantel zu schaffen, und im Nu hatte er das Geldbündel herausgezogen und hielt es in der Luft.

»Es fühlt sich gut an«, rief er.

»Warte«, rief Benjamin. Er sah plötzlich einen dunklen Schatten.

»Es fühlt sich wirklich gut an«, rief Bo, und im nächsten Moment warf er es zu Benjamins Entsetzen hoch in die Luft. Das dünne Bändchen, das um das Bündel herumgewickelt war, löste sich, und augenblicklich verteilten sich die Geldscheine überall in der Luft. Er konnte nur noch zusehen, wie sie über den Baumwipfeln und Büschen des Waldstückes flatterten und jeder für sich, langsam aber sicher, einen Weg nach unten fand. Im ersten Augenblick versuchte er noch den Flugbahnen der einzelnen Scheine zu folgen. Aber es waren zu viele. Sie flogen mal dahin und mal dorthin. Bald hatte Benjamin die meisten aus den Augen verloren und konzentrierte sich auf einige wenige, die in der Nähe des Baumes herunterfielen. Sobald er aber länger versuchte, ihren Weg nach unten zu verfolgen, wurde ihm schwindelig, und er musste sich wieder abwenden. Einige Scheine flogen so weit, dass sie es fast bis zur Straße schafften. Die meisten landeten aber auf Büschen oder Sträuchern, und nur wenige kamen wirklich auf dem Boden an. Ein einzelner Zwanzig-Dollar-Schein erreichte die Straße. Wie ein müde gewordener Vogel senkte er sich und hätte sicherlich ein geheimes Plätzchen in der Nähe der Straße gefunden, wenn nicht in genau diesem Moment jemand sehr aufmerksam aus dem Seitenfenster seines Autos geschaut und ihn entdeckt hätte.

9.

Es war Emily. Sie hatte es sich gerade auf der Rückbank des Land Cruisers gemütlich gemacht, als sie den Zwanzig-Dollar-Schein direkt auf sich zufliegen sah. Es war etwas windiger geworden, und der nächste Regenguss stand kurz bevor. Und so kam es, dass auf einmal ein Team von jungen Ärzten, mit denen Emily unterwegs war, den Wald bevölkerte und zusammen mit Bo, Max, Precious, der kleinen Spinne und Leo die gesamte Umgebung nach den Geldscheinen absuchte. Benjamin war oben auf dem Baum geblieben und dirigierte die Suche, er fühlte sich jetzt etwas sicherer. Die Gestalt im Gebüsch, die geheimnisvolle Figur, die im Schatten gelauert hatte, war verschwunden. Benjamin hatte sie schnell vergessen. Nur die kleine Spinne sah diesen eigentümlichen, humpelnden Mann auf sich zukommen. Er legte den Finger auf die Lippen und lächelte sie an, und dann war er auch schon im Dickicht verschwunden. Die kleine Spinne schaute wieder nach oben und winkte den Geldscheinen zu. Es dauerte fast eine Stunde, bis sie die meisten der Geldscheine wiedergefunden hatten. Die Ärzte hatten ihren Spaß. Sie arbeiteten für eine Hilfsorganisation und hatten sich diesen Tag ausnahmsweise freigenommen, um sich von der anstrengenden Arbeit zu erholen. Und bei der Suche nach verlorenen Geldscheinen zu helfen, das war wirklich eine Abwechslung für sie. Das unterschied sich doch sehr von der Arbeit im Krankenhaus. Emily stand schließlich mit einem etwas geschrumpften, aber immer noch eindrucksvollen Geldbündel vor ihnen und lächelte sie an.

»So, jetzt habt ihr euer Geld wieder«, sagte sie.

Benjamin bedankte sich.

»Du bist nicht aus Liberia. Oder?«

Benjamin schüttelte den Kopf.

»Wo bist du denn her?«

»Ich?«, fragte Benjamin. Er zögerte einen Moment. »Aus Schweden«, sagte er. Er wusste nicht, warum er schon wieder gelogen hatte. Es war einfach so passiert. Noch während sie zurück zum Land Cruiser liefen, dachte er an seine Mutter und daran, dass er sie anrufen musste. Er sollte auch in die Stadt zurückfahren und seinen Vater suchen. Aber von alledem tat er nichts. Max war schon zurückgefahren. Er hatte einen wichtigen Kunden, der abgeholt werden musste. Und so kam es, dass Benjamin, Bo und seine Schwestern zu Emily und den anderen in den Land Cruiser stiegen und mit ihnen in Richtung Innenstadt fuhren.

»Wo fahrt ihr denn hin?«, fragte Bo. Er hatte damit begonnen, die Knöpfe des Mantels zuzuknöpfen, einen nach dem anderen, obwohl er längst zu schwitzen angefangen hatte. Emily schaute ihm gebannt zu. Er war blind, das konnte sie sofort sehen.

»Wir fahren nach Mamba Point ins Blaue Haus«, sagte sie.

»Ins Blaue Haus?«

»Ja, da wohnen wir.«

Eigentlich war es nicht erlaubt, dass sie einfach Fremde in ihrem Wagen mitnahmen. Aber in diesem Moment dachte niemand daran. Sie hatten so viel Geld von den Bäumen und Sträuchern gepflückt, dass sie alle wie betrunken davon waren. Aber irgendetwas stimmt mit diesem Jungen nicht, dachte Emily, irgendetwas führt er im Schilde.

»Kannst du mich sehen?«, fragte Bo und grinste sie an. Er fuchtelte mit den viel zu langen Mantelärmeln vor ihren Augen herum.

Sie lächelte. »Natürlich kann ich dich sehen«, sagte sie.

»Aber nicht mehr lange!«, sagte er. Dann näherte sich ihr einer der Ärmel, und plötzlich spürte sie die Finger seiner kleinen Hand an ihrem Kinn. »Ich werde mir dein Gesicht merken.«

Bo musste noch den letzten Knopf zumachen. Den letzten Knopf dieses komischen schweren Mantels, der sich so anfühlte, als würde man einen Walfisch auf dem Rücken tragen. Bo fragte sich, warum die Schwedianer so etwas tragen mussten. Okogo hatte ihm einmal gesagt, die Weißen seien eben so. »Die Weißen«, hatte er gesagt, »machen sich viel zu viel Gedanken.« Okogo hatte ihn angegrinst, das hartgekochte Ei hoch gehalten, das er gerade gepellt hatte, sich vorgebeugt und ihm ins Ohr geflüstert: »Die Weißen *denken* zu viel. Das ist das Problem.« Bo tastete nach dem Knopf. Nur noch den letzten Knopf, dachte er, und dann ist es so weit.

III.
Am Strand

I.

Benjamin wachte auf. Er saß in einem Zimmer auf einem riesigen Bett. Das Moskitonetz war am oberen Ende zu einem Knoten zusammengebunden und hing über ihm. Er war eingeschlafen unter diesem großen, weißen Knoten, der ihn irgendwie an die wirren, weißen Haare der Botschafterin erinnerte, und er hatte gedacht: Ich muss die Botschafterin finden, ich muss herausfinden, wo sie wohnt. Dieser große, weiße Knoten an der Decke war im Wind leicht hin- und hergependelt, und dann war er aufgewacht. Es war mitten in der Nacht. Der große, weiße Haarknoten hing jetzt reglos über ihm. Er wollte aufstehen. Er schaute sich um. Das Zimmer war riesig. Es war dunkel, das Fenster oder die Wände waren kaum zu sehen. Es dauerte fast zehn Minuten, bis Benjamin feststellte, dass es keinen Ausgang gab und dass man das Netz einfach Stück für Stück unter der Matratze, unter der es befestigt war, hervorziehen musste. Benjamin schwitzte. Er hatte furchtbaren Durst und musste aufs Klo. Er war kaum unter dem Netz hervorgekrochen, da wusste er auch schon, dass er die Toilette nicht finden würde. Er hatte keine Taschenlampe, und selbst wenn er eine gehabt hätte, würde er sich kaum zurechtfinden in diesem riesigen Haus, in dem überall Krankenschwestern und Ärzte wohnten, wie Emily ihm erklärt hatte. An den Türen hingen Schilder »Orange Base. Lagerraum« oder »Victoria's Secret« oder »Stay away. Magic pills«.

»Das ist das Blaue Haus«, hatte Emily ihm erklärt. »Wenn du dich mal in der Stadt verirrst, sagst du einfach, du musst zum Blauen Haus.« Sie hatte ihn ganz streng angeschaut, als wäre er noch ein kleiner Junge, dem kaum etwas zuzutrauen war. »Ich sage dir das nur zu deiner Sicherheit, denn du darfst ja gar nicht raus. Ich meine nur, falls etwas passiert. Dann sagst du nicht, du willst zu Médecins Sans Frontières oder zum Haus von MSF, sondern du sagst, du willst zum Blauen Haus. Verstehst du?« Benjamin nickte. Er wusste, was MSF bedeutete. Sein Vater hatte es ihm einmal erklärt. Er stand im Flur. An einer Tür stand groß »Nobody's secret«. Ob das die Toilette war? Und wenn nicht? Dann würde er bei einem wildfremden Menschen, bei irgendeinem Arzt, der seinen Nachtschlaf brauchte, im Zimmer stehen. An allen Türen hingen Schilder. Mal war es ein Computerausdruck, mal ein handgeschriebener Zettel, auf dem »Blue House 4« oder »Blue House 8«, »Orange Base I« oder »Orange Base II« stand. Benjamin ging in sein Zimmer zurück. Er hatte auf einmal eine Idee. Er könnte das Fenster öffnen und sich einfach aufs Fensterbrett stellen. Er hatte das schon einmal gemacht. In einem Ferienhaus in Irland, in den Wicklow Mountains. Seine Eltern hatten sich die ganze Nacht gestritten. Er hatte deshalb nicht zum Bad laufen wollen, und dann hatte er sich ans Fenster gestellt und in irgendeine Schlucht hinuntergepinkelt, die direkt unter dem Fenster steil abfiel. Er hatte fasziniert auf das Geräusch des auf den Felsen auftreffenden Strahls gelauscht, als würde aus seinem Körper ein kleiner Wasserfall fließen. Er ging ans Fenster. Hinter dem Haus gab es einen Abhang, das hatte Emily ihm erklärt. Dort ging es steil hinab. Jetzt hörte er auf einmal ein Geräusch. Das musste das Meer sein. Er war direkt am Meer. Konnte er einfach ins Meer pinkeln? Es würde nicht weiter auffallen. Das Meer musste unmittelbar unter ihm sein. Er versuchte das Fenster zu öffnen, aber es ging nicht. Benjamin konnte kaum mehr an sich halten. Er konnte das Rauschen des Meeres hören, aber das Fenster öffnen konnte er nicht. Es bestand aus mehreren Glaslamellen, die in Metall eingefasst waren, die man zwar öffnen und schließen konnte, aber die entstehenden Spalten waren so schmal, dass man gerade mal eine Hand hinausstrecken konnte. Er musste jetzt sehr dringend. Der Schweiß lief an seinem Körper herunter. Er trug ein viel zu großes T-Shirt, auf dem in roten Großbuchstaben MSF stand. Er wollte seinen Vater anrufen. Er wollte ihn anrufen und ihm alles erzählen. Auch von dem Mantel und dem Geld. Er wollte ihm sagen: Und ich habe den Mantel einfach in einen Baum gehängt. Ich hab mir gedacht, keiner kommt auf die Idee, dass ein Mantel in einem Baum hängt, und in dem Mantel sind 2220 Dollar. So viel Geld war es nämlich gewesen. 2220 Dollar. Genauso hatte Benjamin das Emily auch erklärt. »Eine komische Zahl«, hatte Emily gesagt und ihm das Telefon gegeben, damit er seinen Vater anrufen konnte. Sie hatten es insgesamt fünf Mal probiert. Fünf Mal hatte er dieselbe Stimme gehört, die gesagt hatte: »This phone is either switched off or out of coverage area.« Die Möglichkeit, eine Nachricht auf der Mailbox zu hinterlassen, gab es nicht. »So etwas gibt es hier nicht«, hatte Emily erklärt, und dann hatte sie beschlossen, dass sie es am nächsten Tag noch einmal probieren wollten und dass Benjamin sich jetzt ausruhen und schlafen sollte. »Ich muss mal, und zwar wirklich dringend«, sagte er, während er vor sich an der Wand einen Gecko sah. Ein kleines Reptil, das an der Wand hing und sich nicht rührte. Er starrte das Tier an. Es war ein kleines Tier, aber etwas stimmte mit seinem Schwanz nicht. Er war sehr kurz, vielleicht war das Tier auch tot. Er legte seine Hand neben den Gecko. Aber der rührte sich nicht.

»He«, sagte Benjamin.

Der Gecko antwortete nicht.

»Was soll ich machen?«, fragte Benjamin. Er sprach halb mit sich selbst und halb mit dem Gecko. Der Gecko bewegte sich plötzlich. Er lief einen halben Meter weiter und blieb dann wieder stehen. Er war jetzt direkt vor Benjamin, nur eine Handbreit von seinem Mund entfernt.

»Ich muss wirklich dringend pinkeln«, sagte Benjamin zu dem Gecko. »Mist …« Der Gecko sagte nichts. Obwohl, es schien für einen Moment so, als würde er den Kopf drehen und über seine Reptilienschulter etwas zu Benjamin sagen.

»Wie bitte?«, fragte Benjamin.

Der Gecko nickte. Oder es schien nur so. Benjamin spürte einen schmerzhaften Druck. Er überlegte, ob er nicht einfach ins Bett pinkeln und sich am nächsten Morgen dafür entschuldigen sollte.

»Was soll ich bloß machen?«, flüsterte Benjamin und krümmte sich vor Schmerz. Sah ihn der Gecko? Sein kleiner, aber unglaublich alt aussehender Kopf zitterte leicht. Es war, als würde er grinsen.

»Tja, Kumpel. Pech gehabt«, sagte der Gecko. »Du musst pinkeln. Tja …«

»Was hast du gesagt?«, fragte Benjamin.

»Leg dich doch einfach ins Bett«, sagte der Gecko.

»Ich soll mich wieder hinlegen? Wieso denn?«

»Schlaf«, sagte der Gecko und grinste. »Schlaf einfach.«

Benjamin schaute den Gecko an. »Hast du was gesagt?«

Der Gecko schüttelte den Kopf. Oder vielleicht schien es auch nur so.

»Du hast doch was gesagt, oder?«, fragte Benjamin noch einmal.

Der Gecko schaute ihn an.

»Ich entscheide das«, flüsterte Benjamin. »Ich entscheide, ob ich mich ins Bett lege oder nicht. Ist das klar? Außerdem muss ich ...«

Der Gecko grinste wieder, und dann sah Benjamin die Wasserflasche, die auf dem kleinen, hölzernen Nachttisch stand. Sie hatte vorher noch nicht dagestanden. Neben der Wasserflasche lag, wie er jetzt ganz deutlich sehen konnte, der kleine silberne Metallmond, der von der Hose abgegangen war und den er sicherheitshalber auf den Nachttisch gelegt hatte, bevor er ins Bett gegangen war. Die Wasserflasche war ebenso deutlich zu sehen. Benjamin schaute zum Gecko. Er war nicht mehr da. Er wollte noch Danke sagen, aber er musste einfach zu dringend. Und als er wenig später den Flaschenhals mühsam zwischen zwei Lamellen presste und hörte, wie das Wasser an der Hauswand hinunterlief und irgendwo aufschlug, in der stillen Nacht, irgendwo in Afrika, musste er an seinen Vater denken, und wie der immer gesagt hatte: »Das ist genau der Grund, warum ich diesen Job so liebe. Das ist genau der Grund ...« Ob sein Vater auch in Wasserflaschen pinkelte, wenn er keine Taschenlampe dabeihatte und sich in einem Haus mit schlafenden Ärzten befand? Ob seinem Vater etwas passiert war? Emily hatte gesagt, er solle sich keine Sorgen machen. So sei das eben in Liberia. »Dinge verschwinden und kommen wieder. Es ist wirklich ein komisches Land. Aber das wirst du schon selbst merken.« Benjamin pinkelte in die Wasserflasche, und als er fertig war, stellte er sie wieder auf den Nachttisch zurück. Morgen früh würde sein Vater anrufen. Er würde ihm von dem Gecko erzählen, der eine Wasserflasche herbeigezaubert hatte, und er würde ihm von dem Zimmer erzählen, in dem er geschlafen hatte. Es gehörte einem Arzt, mit dem etwas nicht stimmte. So viel hatte er aus den Andeutungen mitbekommen, die Emily und die anderen gemacht hatten. Barneby ging es offenbar nicht gut. Barneby hatte Liberia verlassen müssen, und Benjamin war jetzt in dessen Zimmer. »Lass uns jetzt nicht über Barneby sprechen«, hatte Emily gesagt. »Nicht im Beisein des Jungen«, und dann hatten sie ihn ins Bett gebracht. Sie hatten *Lost* geschaut, eine Serie, die Benjamin kannte. Es ging um eine Gruppe von Menschen, die mit einem Flugzeug abgestürzt und jetzt alle auf einer Insel waren. Aber er durfte nicht mitschauen, er sollte schlafen gehen. Er war zu müde gewesen, um in dem Zimmer nach Spuren von Barneby zu suchen. Neben dem Bett stand eine große, silberne Kiste. Und obwohl Emily gesagt hatte: »Fass hier besser nichts an«, hatte er sich vorgenommen, diese Kiste am nächsten Morgen ein bisschen zu untersuchen. Er würde das gleich morgen früh machen, bevor sein Vater anrufen und ihn aus diesem komischen Blauen Haus mit den schlafenden Ärzten wieder herausholen würde. »Gute Nacht«, sagte er. »Und vielen Dank!« Aber der Gecko antwortete nicht. Und dann kroch er durch die Öffnung des Moskitonetzes zurück ins Bett und legte sich hin. Das Meer war wieder ganz still. Der große, weiße Knoten über ihm baumelte leicht hin und her. Ob er sich das alles nur eingebildet hatte? Ein Wind kam auf. Der Knoten senkte sich etwas. Benjamin schaute nach oben, er schaute auf das Moskitonetz über ihm und behielt das weiße, spinnennetzartige Gewebe ganz genau im Auge.

2.

Am nächsten Tag durfte er das Haus doch verlassen. Es war Sonntag. Den ganzen Vormittag hatte er in seinem Zimmer verbracht, und dann hieß es plötzlich, der Wagen stünde bereit, und sie würden zum Strand fahren.

»Hast du eine Badehose?«, fragte Emily, als sie schon in dem schaukelnden Land Cruiser saßen und durch die Stadt fuhren. Auf den Rücksitzen saßen sie einander gegenüber, Carlos, Beatrice und Emily. Es war wie zu Hause in der U-Bahn. Benjamin durfte vorne neben dem Fahrer sitzen. Emily befürchtete, ihm würde vielleicht schlecht werden, wenn er hinten säße. Auf den weißen Wagentüren stand ein roter Schriftzug mit einem rot-weißen Männchen, und daneben stand »Médecins Sans Frontières«. Der Land Cruiser schaukelte jedes Mal wie ein Schiff, wenn sie über eines der riesigen Schlaglöcher fuhren. Er hatte keine Badehose dabei. Woher auch?

»Nein«, sagte er.

»Ach«, sagte Emily, »dann gehst du eben ohne rein.« Sie lächelte ihn an.

Sie kamen an einem riesigen, grauschwarzen Palast vorbei, dem Präsidentenpalast, in dem aber, wie Augustine, der Fahrer, ihm erklärte, schon lange keine Gäste mehr empfangen worden sind.

»Der Präsidentin ist er zu groß«, sagte Augustine, »sie hat vielleicht Angst in einem so großen Palast. Er schaute Benjamin an. »Du kannst doch schwimmen, oder?«

»Ich?«, fragte Benjamin. Er schaute auf die Straße. Er hatte Kopfschmerzen, das Licht blendete ihn, und wieder stieß der Vorderreifen des Wagens in eines dieser großen Löcher im Asphalt, die teilweise so groß wie Ententeiche waren. Nur dass keine Enten in ihnen schwammen.

»Das sind die Wunden des Krieges«, erklärte Augustine. Allerdings gab er sich keine große Mühe, langsamer zu fahren, und ein paar Mal wurde der Land Cruiser so hin und her geschüttelt, dass alle plötzlich »Augustine!« riefen, und dann fuhr Augustine ein bisschen langsamer. Er grinste ihm zu, als sie an riesigen, verrußten Häusern vorbeikamen. Häuser, die so aussahen, als wären sie erst vor ein paar Tagen abgebrannt. In einem dieser Häuser sah Benjamin mehrere Leute am Rand des obersten Stockwerks stehen. Es gab keine Fenster, keine Wände, nur den verrußten, grauschwarzen Beton. Er hielt sie für Bauarbeiter, die in dem Haus arbeiteten, aber dann sah er, dass es Bewohner sein mussten. Sie hatten ihre Wäsche dort oben aufgehängt. Das war das Einzige, was in diesem riesigen Haus zu sehen war. Es gab keine Fenster, keine Türen, nur den nackten Beton und eine Wäscheleine unter dem Dach mit bunten, im Wind hin und her flatternden Kleidungsstücken.

»Siehst du?«, sagte Augustine. »Dort, wo wir gerade vorbeigefahren sind ... Das ist das größte Hotel der Stadt. Das Ducor Hotel.«

Benjamin drehte sich um, aber sie waren schon längst vorbei.

»Da oben«, sagte Augustine, »hinter den Bäumen, am Ende der Broad Street ... Aber weißt du was?« Er beugte sich zu ihm, während sie auf ein Schlagloch zusteuerten, das so groß war, dass man darin versinken konnte. »Es wohnt gar keiner darin. Es ist ganz leer.«

»Ja?«, fragte Benjamin.

Augustine riss das Lenkrad herum und wich dem Schlagloch aus.

»Augustine!«, riefen sie hinten im Wagen.

»Na und«, murmelte Augustine. »Was soll ich tun? Euch kann man es ja nie recht machen.« Sein Blick verfinsterte sich, aber er hatte nicht besonders laut gesprochen. »Es ist leer«, sprach er leise weiter. »Das Hotel ist ganz leer, und es ist totenstill darin.«

Benjamin drehte sich noch einmal um.

»Kannst du es sehen? Es ist auf dem Berg, ganz oben.« Augustine schaute kurz durch den Rückspiegel und nickte. Er drehte sich zu Benjamin.

»Woher kommst du?«

»Aus Schweden«, sagte Benjamin.

»Ich komme aus Lofa. Aus Liberia! Schweden ... Mmh ... Ach ich weiß. Ich habe schon mal davon gehört. Scheint dort viel die Sonne?«

»Ja, manchmal«, sagte Benjamin. Aber er wollte sich lieber nicht auf ein Gespräch über Schweden einlassen. Sie sprachen Englisch. Alle sprachen Englisch, obwohl Emily, Beatrice und Carlos manchmal auch Französisch sprachen. Emily war aus England, Carlos kam aus Argentinien. Und woher Beatrice kam, das wusste Benjamin noch nicht.

»Wir lassen die anderen in Ruhe, ja?«, sagte Augustine. »Emily macht das schon. Emily ist der Boss. Sie ist die Chefin ... Magst du sie?«, fragte er. »Du brauchst keine Angst zu haben. Vor Emily braucht man keine Angst zu haben.« Augustine lachte und schob seine Mütze hoch. Es war eine grüne Armeemütze, außerdem trug er zwei verschiedene Armbanduhren, eine links und eine rechts.

»Wir sind gleich am Strand«, rief Carlos plötzlich. Sie waren eine Weile gefahren. Benjamin dachte, Augustine würde sich auf den Verkehr konzentrieren, aber dann sah er, dass er die Augen fast geschlossen hatte. Benjamin überlegte, was passieren würde, wenn er wirklich einschliefe. Sie waren bis an den Stadtrand gefahren, bevor sie schließlich von der Hauptstraße abgebogen und ein paar Meter über eine Sandpiste gerollt waren, bis sie am Rand eines Waldstückes einen Parkplatz erreicht hatten. Es war sehr staubig, vom Meer war nichts zu sehen. Neben ihnen befand sich eine Fabrik, in der aber niemand zu sehen war und offensichtlich nicht gearbeitet wurde. Wahrscheinlich hatten sie Mittagspause. Auf der anderen Seite war ein Fußballplatz. Man sah ein paar Jungs, die aber keinen Ball hatten, und es staubte so sehr, dass sie wie in einer Wolke eingehüllt um das aus Holzstangen zusammengenagelte Tor herumliefen. Benjamin kniff die Augen zusammen. Er hörte, wie Emily zu Augustine sagte, er solle Benjamin heraushelfen. Und dann hob Augustine ihn einfach so aus dem Land Cruiser, als wäre er ein kleines Mädchen. Benjamin war dreizehn. Er war eigentlich so groß, dass man ihn nicht einfach in die Luft halten konnte. Sein Vater hielt ihn niemals einfach so in die Luft. Augustine grinste. Er hob ihn noch etwas höher und setzte ihn auf das Dach des Wagens. Benjamin wurde es schwindelig. Er sah eine Gruppe von liberianischen Kindern, die ein paar Meter entfernt standen und ihn beobachteten. Zwei von ihnen trugen große Schüsseln auf dem Kopf. In der einen waren mit Wasser gefüllte Plastiksäckchen, in der anderen stapelten sich kleine und große Plastikdosen, die so aussahen, als enthielten sie Shampoo oder Rasiercreme. So etwas hatte er schon im Fernsehen gesehen, oder auf den Fotos von seinem Vater. Aber hier sah es ganz anders aus. Diese Kinder waren in seinem Alter, und es waren keine Mädchen, die etwas auf dem Kopf trugen, sondern Jungen. Er hatte noch nie Jungen gesehen, die etwas auf dem Kopf trugen. Augustine winkte einem von ihnen. So als wären sie Freunde, als würde er sie kennen. Der Junge mit den Wassersäckchen kam langsam näher.

»Hast du Durst, Benjamin?«, fragte Augustine. Er holte ein Bündel schmutziger Geldscheine aus der Tasche. Einige waren zusammengeknüllt. Augustine hielt dem Jungen zwei davon entgegen. Es waren liberianische Dollar. Der Junge trat noch einen Schritt an den Land Cruiser heran, und dann war die Schüssel mit den Wassersäckchen genau unter Benjamin.

Der Kopf des Jungen war von dem Dach nicht mehr zu sehen, nur diese honiggelbe, etwas schmuddelige Plastikschüssel. Es war, als würde ein Tisch auf ihn zukommen, ein beweglicher Tisch, auf dem eine Schüssel mit Wassersäckchen stand. Es waren bestimmt zwanzig oder noch mehr.

»Bedien dich«, sagte Augustine. Er drückte dem Jungen die beiden Geldscheine in die Hand. Der Junge nahm sie schnell, so zusammengeknüllt, wie sie waren, und ließ sie in seiner Hosentasche verschwinden. Benjamin schämte sich. Er wollte dem Jungen nicht einfach ein Wassersäckchen vom Kopf nehmen.

»Los«, rief Augustine. »Hast du keinen Durst?« Benjamin bückte sich und griff nach einem der Plastiksäckchen. Dann drehte sich der Junge weg und ging, das Gewicht der Schüssel geschickt auf seinem Kopf balancierend, zu seinen Freunden zurück. Augustine lachte und schlug die Beifahrertür zu, so dass der Wagen für einen Moment schwankte, und Benjamin fürchtete, er könne herunterfallen. Die anderen waren inzwischen auch ausgestiegen und schauten zu ihm hoch. Augustine grinste. Er schien zu verstehen, was das Problem war. Benjamin kam nicht mehr runter. Er saß auf dem Dach des Land Cruisers und wusste nicht, was er tun sollte. In der Ferne sah er das tiefblaue, glitzernde Meer. Es tauchte zwischen Bäumen und ein paar niedrigen, weißen Bungalows auf, genau an der Stelle, wo die Straße endete, auf der die anderen jetzt langsam Richtung Meer liefen. Auch Carlos, Emily und Beatrice hatten sich auf den Weg gemacht.

Benjamin hatte auf dem Hinweg einen kleineren Pick-up gesehen, der so überladen war, dass einige der Mitfahrer gar nicht mehr im Wagen, sondern draußen auf dem Dach gesessen hatten. Der Wagen war in wahnsinniger Geschwindigkeit an ihnen vorbeigerast. Aber er hatte keine Angst gehabt. Es war ein Toyota Pick-up-Truck. Auf der Ladefläche stapelten sich riesige Säcke, und auf den obersten Säcken saßen zwei Männer, die sich an den Säcken festhielten. Ein anderer Mann saß, so wie er jetzt, auf der Fahrerkabine und hielt sich ebenfalls an einem der Säcke fest. Das ganze Gebilde hatte wie ein großer, rollender Turm ausgesehen, der zur einen Hälfte aus Säcken bestand und zur anderen Hälfte aus einem Auto. Der Pick-up hätte nur einmal scharf bremsen müssen, und die Männer wären heruntergefallen und mit den Köpfen auf dem Asphalt aufgeschlagen. Benjamin wurde schlecht. Augustine nickte ihm zu.

»Was ist?«, fragte Augustine.

»Ich ...«

»Komm, spring. Na los.«

»Ich kann nicht«, flüsterte Benjamin.

»Was?«

»Ich kann nicht.«

»Ich versteh dich nicht. Willst du oben sitzen bleiben? Los, komm!«, rief Augustine. »Spring, ich fang dich auf.« Die Jungen mit den Schüsseln waren stehengeblieben und schauten ihn an. Die Jungen auf dem Fußballplatz schauten auch herüber. Die Staubwolke trieb weiter, allein über den Platz, auf das andere Tor zu. Alle schauten zu. Benjamin wurde rot. Aber das konnte man nicht sehen, weil sein Gesicht ohnehin schon gerötet war. Vor Hitze. Am frühen Morgen hatte es geregnet, aber dann war die Sonne herausgekommen. Jetzt schien sie mit einer solchen Wucht, dass er daran denken musste, was seine Mutter wegen seiner empfindlichen Haut gesagt hatte: »Vergiss nicht. Die Sonne ist dein allergrößter Feind.«

»Soll ich dir eine Leiter holen?«, fragte Augustine. Zum Glück sprach er so leise, dass die Jungen ihn nicht hören konnten. Benjamin hielt das Wassersäckchen in der Hand. Emily und Beatrice waren in der Ferne stehengeblieben. Carlos winkte ihm zu. Benjamin musste auf einmal an den Arzt denken, in dessen Zimmer er schlief. Er hatte am Morgen die silberne Kiste untersucht, die in der Ecke stand. Er hatte sie aufgemacht, obwohl Emily ihm das verboten hatte. Zuerst hatte es so ausgesehen, als wäre nichts Besonderes drin. Schmutzige Wäsche, die etwas modrig roch. Ein T-Shirt mit MSF-Logo und eine alte Hose mit Löchern. Weil ihm so langweilig gewesen war, hatte er aber alles genau untersucht, und in einer der Hosentaschen hatte er ein kleines Notizbuch gefunden. Es war vollgeschrieben mit unendlich kleinen Schriftzeichen. Er musste sich erst an die Handschrift gewöhnen, bevor er ein paar Sätze entziffern konnte. Auf einer Seite stand: *Ich halte es nicht mehr aus. Die Arbeit mit den Patienten ermüdet mich immer mehr. Wenn F. nicht wäre, dann* ... Den nächsten Satz hatte er nicht lesen können. Emily hatte ihm erzählt, dass Barneby in einem besonderen Krankenhaus gearbeitet hatte, in dem die Patienten besonders schwierig waren. *Ich halte es nicht mehr aus.* Was er damit wohl meinte? An diesen Satz musste Benjamin jetzt denken. Er sah, wie Augustine seine Arme ausbreitete, wie ein Vater, der seinen Sohn in Empfang nahm. Er sah Carlos winken, er sah die Jungen mit den Schüsseln. Alle warteten auf ihn. Sie warteten darauf, was er als Nächstes tun würde. Er winkte zurück. Dann schloss er die Augen und ließ sich fallen. Er kam neben Augustine auf dem Boden auf. Das Wassersäckchen hatte er festgehalten. Aus so einer Höhe hätte er in Berlin niemals von irgendwo herunterspringen können. Er konnte eigentlich gar nicht springen.

»Nicht schlecht«, sagte Augustine. »Du bist ganz schön sportlich.«

Benjamin lächelte. Er war überhaupt nicht sportlich. Er

hasste Sport. Er hatte so große Angst vor dem Sportunterricht, dass er manchmal, wenn sie in der Umkleidekabine waren, auf die Toilette ging und leise betete, dass irgendetwas passieren würde, dass die Turnhalle unter der Schneelast zusammenbrechen würde, wie er es einmal im Fernsehen gesehen hatte, bei einer Turnhalle in Bayern. Bitte, lieber Gott, betete er dann. Lass die Turnhalle einstürzen. Oder lass sie wenigstens halb einstürzen. Seine Knöchel schmerzten jetzt. Augustine streichelte ihm über den Kopf.

»Viel Spaß«, sagte er und zeigte auf das Meer. Benjamin mochte ihn. Er war schon etwas älter, und seine Haare sahen so aus, als hätte er sich ein paar weiße, nasse Wollfäden auf den Kopf geklebt. Er hatte eine schwarze Plastikbrille, die er aber nur beim Fahren aufsetzte. Benjamin wollte ihm das Wassersäckchen geben. Er wusste sowieso nicht, wie er es aufmachen musste. Er hatte ja kein Messer oder eine Schere. Augustine schüttelte den Kopf.

»Das ist genug Wasser«, sagte er und zeigte aufs Meer.

»Aber das kann man doch nicht trinken«, sagte Benjamin.

Augustine lächelte. »Ich habe Angst vor dem Meer. Aber du ... Du kannst ja schwimmen.«

»Du kannst nicht schwimmen?«, fragte Benjamin erstaunt.

»Nein«, lachte Augustine.

»Du kannst es doch lernen«, sagte Benjamin.

»Nein, nein«, sagte Augustine schnell. »Nein, wirklich nicht. Ich habe Angst vor dem Wasser.« Er streckte den Arm aus und zeigte aufs Meer. »Schau, es kann laufen ... Es bewegt sich. Läuft direkt auf einen zu.«

»Wer?«

»Das Meer. Es will dich umarmen ... Aber ich ... Hehe ...« Er grinste. »Ich lasse mich nicht umarmen. Ich hab schon eine Freundin.«

Benjamin schaute zu den anderen. Sie waren schon weitergegangen. Und die Jungen mit den Schüsseln folgten ihnen.

»Vielen Dank«, sagte Benjamin. Er wusste nicht, was er sonst sagen sollte. Er dachte an die Sonne. »Die Sonne ist dein Feind«, hatte seine Mutter gesagt. »Nimm dich vor der Sonne in Acht. Denk daran, wenn irgend möglich, in den Schatten zu gehen.«

»Es war mir eine Ehre«, sagte Augustine.

Benjamin schaute zum Meer. Es gab nirgendwo Schatten.

»Wir sind jetzt Freunde«, sagte Augustine. »Und vergiss nicht, ich bin seit zehn Jahren Fahrer. Seit zehn Jahren fahre ich für MSF. Ich fahre dich überallhin. Überallhin, wo du willst. Du musst es nur sagen.«

Benjamin nickte. Er überlegte, ob er sich noch einmal bedanken sollte. Aber Augustine war bereits in den Wagen gestiegen und ließ den Motor an.

»Hier«, rief Augustine aus dem Seitenfenster und nahm seine Mütze vom Kopf. »Du bist schon ganz rot im Gesicht.« Er hielt ihm seine Mütze hin. Benjamin zögerte. Aber Augustine grinste ihn verschwörerisch an.

»Pass auf das Meer auf«, sagte Augustine. Er setzte ihm einfach die Mütze auf den Kopf, während er den Wagen schon zurücksetzte. Sie war etwas zu groß, und wenn er nicht aufpasste, rutschte sie ihm vor die Augen.

»Das Meer ist sehr gefährlich. Pass gut auf«, rief Augustine.

Benjamin rückte die Mütze zurecht. Er sah dem Land Cruiser hinterher. In einer großen Staubwolke eingehüllt, verschwand er in Richtung Hauptstraße. Benjamin drehte sich um und lief zum Strand. Er hörte Augustine hupen und merkte auf einmal, dass seine Beine zitterten und sich ganz weich anfühlten. Die Mütze war ihm zu groß. Er musste gut auf sie aufpassen, denn er hatte sie ja nur geliehen bekommen. Carlos, Beatrice und Emily standen am Ende der Straße und warteten auf ihn. Er rannte los. Er freute sich aufs Meer. Er freute sich auf die Wellen. Sie sahen ganz schön groß und bedrohlich aus.

3.

Benjamin behielt die Jungen im Auge. Die Jungen kannten ihn jetzt. Weit und breit war niemand zu sehen, der das tat, was man normalerweise am Strand eben so tut. Und Benjamin brauchte eine Weile, bis er merkte, woran es lag. Es lag an den Jungen. Es war eine Handvoll von ihnen am Strand. Sie liefen an ihnen vorbei, blieben dann irgendwo stehen, um nach einer Weile wieder zurückzukommen. Während Emily schwimmen ging, beobachtete Benjamin die Jungen. Sie beobachteten ihn auch. Aber sie setzten sich nicht hin oder ruhten sich aus. Sie waren die ganze Zeit unterwegs. Nur wenn er lange genug zu ihnen hinschaute, setzten sie sich manchmal kurz, standen dann aber gleich wieder auf. Emily hatte ihm einen Platz unter einer Palme gesucht. »Du bekommst deinen Platz im Schatten«, hatte sie gesagt. Er sah das Meer, den Sandstrand, er sah die Jungen, die vorbeiliefen und ihn anschauten, und er sah, dass sie nicht wussten, was sie von ihm zu halten hatten. Zwei Jungen trugen Plastikschüsseln auf dem Kopf. In der einen Schüssel waren Flaschen mit Haarshampoo, Deodorant oder Babypuder. Der andere Junge trug die Schüssel mit den Wassersäckchen. Es war derselbe Junge, der ihm schon am Auto Wasser verkauft hatte. Benjamin schloss die Augen und lehnte den Kopf an die Palme. Der Palmenstamm bog sich leicht nach vorne, so als würde er sich vor dem Meer verbeugen. Der Schatten, den er warf, war so klein, dass er mit angezogenen Beinen dasitzen und seinen Kopf auf den Knien abstützen musste, um keine Sonne abzubekommen. »Und wenn es doch stimmt, dass es jetzt bergab geht?«, hörte er Beatrice zu Carlos sagen. Sie sprachen in seiner Gegenwart manchmal Französisch. Sie wussten nicht, dass er ein bisschen Französisch konnte.

»Das war doch auch schon so, als er da war. Das hat mit ihm gar nichts zu tun.« Carlos schaute zu Emily, die vom Ufer zu ihnen kam.

»Aber er hat doch behauptet, dass es immer nur um die anderen Krankenhäuser gegangen ist.«

»Ja, vielleicht«, sagte Carlos. »Aber er hat sich nicht besonders viel Mühe gegeben, dass sich daran was ändert.«

Es hatte einen Notfall im Cooper-Krankenhaus gegeben, in dem Krankenhaus mit den besonders schwierigen Patienten, von dem Emily erzählt hatte. Jetzt ging es darum, dass Medikamente fehlten, und Emily sagte kurze Zeit später am Telefon: »Wie viele habt ihr noch? Fünfhundert?« Und dann sagte sie: »Reicht das nicht? Sonst schneidet ihr die Tabletten eben durch.« Benjamin stellte sich vor, wie die Ärzte im Krankenhaus saßen und mit langen Messern Tabletten durchschnitten. Er schaute aufs Meer. Die Jungen liefen vorbei. Er schaute sie an. Sie blieben stehen und setzten sich. Dann standen sie wieder auf. Es war ein Spiel. Solange er sie anschaute, kamen sie nicht näher. Sie waren vielleicht hundert Meter von ihm entfernt. Er streckte die Beine aus, stützte sich mit dem Ellbogen auf der Seite ab. Er versuchte so auszusehen, als wäre er oft hier, als wäre es ganz normal, auf diesem kleinen Schattenstück unter der Palme zu sitzen. Er wollte etwas älter aussehen, und er wollte so aussehen, als würde ihm die Sonne nichts ausmachen. Sie waren schon ein paarmal vorbeigelaufen, aber jetzt hatten sie sich offensichtlich entschieden, zu ihm zu kommen. Ein kleiner, aber kräftig aussehender Junge trug etwas unter dem Arm. Es war ein großer Holzblock. Ob sie mich ausrauben wollen, fragte sich Benjamin.

»Man merkt gar nicht, dass er weg ist, oder?«, fragte Carlos.

»Ja, das ist mir auch schon so gegangen. Die Patienten merken es bestimmt, aber wir ... Vielleicht ist es unfair, das zu sagen.«

»Ich vermisse ihn jedenfalls nicht«, bemerkte Carlos.

»Ich glaube, dass Psychiater immer so sind«, sagte Beatrice. »Das sind halt komische Leute ... aber irgendwie mochte ich ihn.«

»Du mochtest ihn?«

»Ja, wir waren einmal was trinken mit ein paar Leuten. In einem Laden, in den sonst nur Locals gehen. Ich weiß nicht mehr, wie er hieß.«

»Er ist doch sonst nie mitgekommen. Er hat doch immer seine Extratouren gemacht«, sagte Carlos und schaute wieder zu Emily. Benjamin sah noch, wie sie wieder ins Wasser ging, dann lehnte er sich zurück. Er tat so, als würde er nicht zuhören, dabei strengte er sich an, bloß kein Wort zu verpassen. Es ging anscheinend um den Mann, in dessen Zimmer er schlief und der das kleine, schwarze Tagebuch geschrieben hatte. Es ging um Barneby. Sie hatten schon auf der Fahrt über ihn gesprochen.

»Und wie war das?«, fragte Carlos.

»Er hat mir einen ausgegeben.«

»Na und?«

»Ich weiß nicht. Ich fand ... *Wie* er es gemacht hat, also wie er mir was ausgegeben hat. Es war ja nur ein Bier. Aber es war sehr charmant. Er hat gesagt: Entschuldigung, dass ich dich einladen muss.«

»Er wollte was von dir.«

»Nein, wir waren doch gar nicht allein.«

»Weißt du, warum er zurückmusste?«

»Da musst du Emily fragen. Ich glaube, es ist ein ziemlich schwerer Schlag für ihn gewesen, oder?«

Eine Weile schwiegen sie, und Benjamin sah, wie sie aufs Meer schauten und Emily beobachteten. Hatte Emily so viel Macht, dass sie einen Arzt einfach nach Hause schicken konnte?

»Wart ihr wirklich im Exodus?«, fragte Carlos.

»Nein.«

»Ach komm! Ihr wart bestimmt im Exodus.«

»Das Exodus steht doch auf der Liste. Da dürfen wir doch gar nicht hin! Aber es war wirklich ein lustiger Abend. Wir haben uns über Windhundrennen unterhalten. Wusstest du, dass die Hunde gar nicht ...«

»Ich glaube, er ist einfach ein bisschen zu weit gegangen mit seinem Engagement. Er ist sogar nachts ins Krankenhaus gefahren, nur um die Mitarbeiter zu kontrollieren.«

»Glaubst du, dass es stimmt, was Emily gesagt hat?«

»Was hat sie denn gesagt?«

»Dass er *verbuscht* ist.«

»Er ist eben seit zehn Jahren hier. Er hat doch früher einmal für Médicins du Monde gearbeitet.«

»Vielleicht hat er Sehnsucht nach seinem alten Projekt gehabt und hat deswegen diesen komischen Trip gemacht.«

»Glaubst du?«

»Ja, das habe ich auch gehört.«

Sie schwiegen wieder für einen Moment. Benjamin richtete sich auf. Carlos schaute zu ihm und lächelte ihn an.

»Alles okay?«, fragte er auf Englisch.

Benjamin nickte. Dann drehte er Carlos und Beatrice wieder den Rücken zu.

»Wer war denn noch dabei im Exodus?«, fragte Carlos.

»Es war doch nicht das Exodus …«, sagte Beatrice. »Wir waren zu dritt. Ich habe noch gedacht, mit was für Typen sitze ich hier eigentlich zusammen. Erst reden sie die ganze Zeit über Windhundrennen, und dann geben sie damit an, dass sie keine Malaria-Prophylaxe nehmen.«

»Und wer war der andere?«

»Der war von der GTZ. Den kenne ich aus einem ganz anderen Zusammenhang.«

Benjamin horchte auf. Eine Weile hatte er kaum zugehört und war beinahe eingeschlafen, aber jetzt war er wieder hellwach. Könnte es etwa sein, dass Beatrice seinen Vater kannte? Er dachte daran, wie sie versucht hatten, seine Mutter anzurufen. Sie hatten sie einfach nicht erreichen können. Es war etwas peinlich, dass die Stimme auf der Mailbox jedem Anrufer erklärte, er solle nur »im äußersten Notfall« eine Nachricht hinterlassen. Und dann sagte sie noch: »Jede Nachricht auf dieser Mailbox kostet Geld.« Zum Glück konnte Emily kein Deutsch. Er brauchte ihr nicht zu erklären, dass seine Mutter aus Sparsamkeit ihr Handy so gut wie nie benutzte und dass sie in einer Wohnung lebten, die mit Kohle beheizt wurde.

Der Junge mit dem Holzblock schaute zu ihm. Die anderen kamen jetzt auch näher. Sie blieben ein paar Meter von ihm entfernt stehen, dann stellten sie ihre Schüsseln ab. Ihm fiel ein, dass er nichts hatte. Er besaß nichts. Er trug eine Hose, ein T-Shirt und eine Mütze, was ihm aber alles gar nicht gehörte. Das Einzige, was ihm gehörte, war das kleine Säckchen mit Wasser, von dem er nicht wusste, wie er es öffnen und daraus trinken sollte. Er konnte einfach keine Öffnung finden, einen Strohhalm hatte er auch nicht, und so lag es jetzt neben ihm und sah wie ein kleines, durchsichtiges Kissen aus.

»Lass uns schwimmen gehen«, sagte Carlos. Er drehte sich zu Benjamin um. »Kommst du klar?«

Benjamin erschrak.

»Du kannst mitkommen«, sagte Beatrice.

»Aber er hat doch keine Badehose«, sagte Carlos.

»Ich komme schon klar«, sagte Benjamin. Er rutschte aus dem Schatten in die Sonne und streckte die Beine aus. Es war besser, wenn er nicht im Schatten saß. Das sah besser aus. Irgendwie vernünftiger. Er konnte die Jungen auf einmal nicht mehr sehen. Ob sie jetzt hinter ihm waren? Dort verlief eine schmale Schotterstraße, die den Strand von einer Reihe Bungalows abtrennte. »In den Bungalows wohnen die Missionare«, hatte ihm Carlos erzählt, »amerikanische Missionare. Ganz schön mutig, hier direkt am Strand zu wohnen.« Benjamin schaute zu Beatrice. Sie hatte Carlos etwas zugeflüstert, bevor sie ins Wasser gegangen waren. Carlos schwamm geradewegs auf die Jacht zu, die dort draußen im Meer lag. Sie war vielleicht zweihundert Meter vom Ufer entfernt. Ob Carlos das schaffen würde? Carlos war gar kein Arzt, hatte Emily ihm erklärt. Er war Apotheker, und er war dafür zuständig, dass mit den Medikamenten alles in Ordnung war. »He«, rief Emily, die noch im Wasser war, während Carlos untertauchte. »He«, rief sie. Benjamin stand auf. Der Strand war fast leer, bis auf die Jungen, die ihn beobachteten. Und während er jetzt angestrengt Carlos nachschaute, wie der sich ganz langsam der Jacht näherte, dachte er an seinen Vater. Konnte es denn sein, dass Carlos ihn auch kannte? Dass er hier mit Freunden und Bekannten seines Vaters am Strand saß? Oder gab es außer seinem Vater etwa noch jemanden bei der GTZ, der sich für Windhundrennen interessierte? Benjamin ging ein paar Meter in Richtung Wasser, dann blieb er stehen. Ob er auch schwimmen gehen sollte? Ohne Badehose? Er ahnte in diesem Moment nicht, dass er beobachtet wurde. Dass er genau in diesem Moment in dem kreisrunden Sucher eines Fernglases auftauchte.

4.

Das Bild wurde scharfgestellt, noch etwas näher herangeholt, erneut scharfgestellt, und da war er: Benjamin Pingel-Greenhammer. Gut zweihundert Meter weit entfernt.

»He«, rief Brilliant und drehte sich zu ihrem Onkel um, der irgendwo unter Deck war. »Kann man uns hier eigentlich sehen?« Sie lagen schon eine Weile vor Anker, nachdem ihr Onkel es strikt verboten hatte, an Land zu gehen, um den Strand zu erkunden.

»Nein«, hörte sie die Stimme ihres Onkels. »Wir sind viel zu weit weg. Du kannst ganz unbesorgt sein.«

»Mmh.« Brilliant schaute wieder durch das Fernglas. »Jetzt mach schon«, flüsterte sie. »Jetzt mach, du ... geräucherter Schinkenspeck. Nun tauch schon endlich wieder auf.« Sie schwenkte das Fernglas nach links. Vielleicht war sie jetzt doch zu weit gegangen, dachte sie.

»Mist«, flüsterte sie. »Misti, Misti.«

»Was ist denn?«, fragte ihr Onkel aus dem Bauch der Jacht. Er war dabei, das Eis aus der Kühlbox zu holen, das er servieren wollte. Die beiden Snickers, die er Brilliant zuvor angeboten hatte, hatte sie verschmäht.

»Ach nichts«, sagte Brilliant und schwenkte mit dem Fernglas wieder zurück nach rechts. Ihre Hände zitterten jetzt.

Noch vor einer Viertelstunde hatte sie gemütlich, wenn auch zu Tode gelangweilt, den Kopf auf ihrem Kissen abgestützt, an der Reling der Jacht gesessen und dem Treiben dort draußen zugeschaut. Das Treiben bestand aus den verzweifelten Bemühungen des geräucherten Schinkenspecks, den sie sonst eigentlich Edward mit den Scherenhänden nannte und der in Wirklichkeit Eddy hieß, Richtung Strand zu schwimmen. Brilliant legte den Kopf auf das Kissen. Sie spürte das harte Gummi des leuchtenden Balls, der sich noch immer im Inneren des Kissens befand und den sie in der letzten Nacht manchmal hervorgeholt und neben ihrem Bett auf den Boden geworfen hatte. Als der Ball dann mit seinen orangefarbenen, gelben und roten Feuern in seinem Inneren vor ihr hoch- und runtergesprungen war, hatte sie an Benjamin gedacht und daran, dass es doch ganz dumm gewesen war, ihn einfach so laufen zu lassen. Bis vor ein paar Minuten hatte sie noch gedacht, er sei vielleicht bei dem Kampf, den sie am Straßenrand beobachtet hatte, ums Leben gekommen, aber dann war er auf einmal am Strand aufgetaucht. Das Kissen trug sie jetzt immer mit sich herum. Es hatte einen neuen Namen. Das Kissen hieß jetzt »das liberianische Kissen«, obwohl es, wie man am Etikett sehen konnte, von Macy's war und in China hergestellt worden war. »Diesmal habe ich eine große Aufgabe für dich«, hatte sie zu Edward gesagt. Edward mit den Scherenhänden war so etwas wie ihr persönlicher Assistent oder ihr Bodyguard. So hatte das ihr Onkel jedenfalls erklärt, aber Brilliant hatte eine andere Vorstellung von seinem Tätigkeitsbereich. Edward musste ihr helfen, die furchtbare Langeweile loszuwerden, die sie erfasst hatte. Heute war die Langeweile besonders groß, obwohl sie auf dem Meer waren und endlich die neue Jacht ausprobieren konnten. Ihr Onkel tauchte oder telefonierte und kümmerte sich nicht um sie. Und er wollte partout nicht an den Strand gehen. Dass es gefährlich sein könnte, schien ihr nur eine Ausrede zu sein. Er war nur zu faul, das Schlauchboot aufzupumpen.

»Misti, Misti«, murmelte Brilliant und legte das Fernglas wieder hin. »Diesmal ist es eine ganz schön schwierige Aufgabe«, hatte sie noch zu Edward gesagt. Und Edward hatte wie immer nur genickt. Er machte nicht den geringsten Versuch, sich zu wehren. Aber ob er für diese Aufgabe wirklich geeignet war? Ein »hilfreicher Geist«, wie ihr Onkel ihn genannt hatte, der noch nicht einmal zwei Minuten ununterbrochen unter Wasser bleiben konnte. Man konnte nicht gerade behaupten, dass Edward, der zwei Jahre älter war als Brilliant, es besonders leicht gehabt hätte. Er wurde von ihrem Onkel bezahlt, dem Manager von TOTAL, dem Besitzer der großen, rot leuchtenden Tankstellen, dem ganzen Stolz des Landes. Die einzigen Tankstellen, die Benzin von ernstzunehmender Qualität anboten und noch dazu alle möglichen aufregenden, aus Amerika importierten Köstlichkeiten, wie zum Beispiel Snickers. Edward tat alles, was Brilliants Onkel von ihm verlangte. Und jetzt, wo Brilliant, die Prinzessin aus Kalifornien, zu Besuch war, das strahlende Schatzkästchen seines Arbeitgebers, direkt aus den Palästen von Orange nach Liberia eingeflogen, ließ er auch keinen ihrer Wünsche unerfüllt. Und sie äußerte ununterbrochen Wünsche. Sie war eine Wunschmaschine. So jedenfalls erklärte er es seinen Freunden. Ihre Wünsche waren zudem nicht einfach zu erfüllen. Natürlich konnte er zum Strand schwimmen und dem weißen Jungen, der allein unter einer Palme saß, eine Botschaft überliefern, nach seiner Adresse fragen und ihn danach auch noch zu ihrer Geburtstagsparty einladen. Natürlich konnte er das versuchen. Allerdings war das überhaupt nicht so einfach. Es war auch nicht einfach, mit Brilliant das »Geisterspiel« zu spielen. Es war eine Erfindung, die dazu diente, ihre Langeweile zu vertreiben. Denn ihr Onkel war den ganzen Tag unterwegs, und sie durfte das Haus nicht verlassen. Also musste Edward das Haus verlassen. Ihr Onkel besaß mehrere Häuser, und in den ersten Tagen wohnten sie in Monrovia. Danach wollten sie zur Wokie Farm fahren und anschließend noch zu einem anderen Wohnsitz nach Buchanan. Vorher war ihre kleine Geburtstagsparty im Strandhaus geplant, wobei das ziemlich lächerlich aussah, fand jedenfalls Brilliant. Vom Balkon des Hauses in Monrovia aus konnte man die Straße gut sehen. Das Geisterspiel kostete Brilliant erst hundert, dann zweihundert und schließlich dreihundert Dollar. Liberianische Dollar waren nicht viel wert. Brilliant hatte gesagt: »Das Geld stinkt! Das liberianische Geld stinkt, als hätte es sich fünf Tage nicht unter den Achseln gewaschen. Ach was! Als hätte es sich in seinem ganzen Leben noch nicht unter den Achseln gewaschen.« Nach einer Weile sagte Brilliant auch nicht mehr »Geld«, sie sagte »Lappen«. Sie sagte zu Edward mit den Scherenhänden, der übrigens seinen Namen auch dann nicht wieder loswurde, als wenig später ein paar seiner Fingernägel abbrachen: »Willst du noch ein paar Lappen verdienen? Jetzt hab dich nicht so. Edward mit den Scherenhänden! Hundert Dollar!« Er nickte. So fing das Spiel an. Brilliant zog das alte Klapphandy, das sie mitgebracht hatte, aus der Tasche und gab es Edward. »Ich ruf dich an.« Er musste eine Viertelstunde an der Straße stehen und darauf warten, dass die Prinzessin anrief und das Geisterspiel losgehen konnte. Aber an diesem Tag war es anders. Sie waren schließlich am Meer, und das Meer war etwas Besonderes, es war etwas anderes als der Verkehr und etwas anderes als die Straße. »Du kannst doch den Strand sehen, oder?«, hatte Brilliant gesagt. »Du schwimmst einfach immer nur geradeaus!«

Bisher hatte Edward schon fast 1500 liberianische Dollar mit den Geisterspielen verdient. Mit dem gefährlichsten hatte er vierhundert Dollar auf einmal verdient. Es war so abgelaufen: Er stand am Tubman Boulevard, es war schon nach Sonnenuntergang, ihr Onkel war noch immer nicht von der Arbeit zurückgekommen, und Edward hielt das Telefon in der Hand. Brilliant rief ihn genau in dem Moment an, als die Straße frei war oder frei zu sein schien, denn es gab in Liberia viele Motorräder und sogar Lastwagen, die ohne Licht fuhren, und die konnte sie natürlich vom Balkon nicht sehen. Edward mit den Scherenhänden bekam ihren Anruf und sollte dann sofort loslaufen, rüber auf die andere Seite, wo er in der kläglichen Holzhütte eine Packung billiger türkischer Kekse kaufen sollte, deren Inhalt Brilliant danach aus dem Fenster warf, damit die Hühner im Hof auch ein bisschen ihren Spaß hatten. Das Besondere an dem Spiel war: Edward trug eine Augenbinde. Er musste, ohne nach rechts und links zu gucken, über den Tubman Boulevard laufen, um Kekse zu kaufen. »Falls du überhaupt ankommst«, pflegte sie zu ihm zu sagen. Die größte und gefährlichste Straße des ganzen Landes. Brilliant stand auf dem Balkon und hielt die vierzig Zehn-Dollar-Scheine in der Hand und wedelte sich damit Luft zu. Es war auch abends immer noch sehr stickig und heiß. Das Spiel war aufregend. Sie musste aufpassen. Sie konnte ihn natürlich nicht sterben lassen. In Wirklichkeit mochte sie Edward nämlich ganz gerne, und sie hatte vor, mit ihm später noch einen kleinen Computerkurs zu machen und ihm beizubringen, wie man eine E-Mail schrieb, wenn sie irgendwann mal keine Lust mehr auf das Geisterspiel hatte. Er hatte ja noch nicht einmal eine E-Mail-Adresse, und wie sollte sie sonst mit ihm in Kontakt bleiben, wenn sie wieder zu Hause in Orange war?

»Schau ihn dir genau an, präg dir das Gesicht ein«, hatte sie zu ihm gesagt. Sie bückte sich etwas und nahm wieder das Fernglas. Sie suchte den Strand ab, ob er schon wieder aufgetaucht war. Aber Edward ließ auf sich warten. Vielleicht hatte er einen Umweg genommen oder ruhte sich irgendwo im Wasser aus. Er hatte sich die vierhundert Dollar leicht verdient. Er war über den Tubman Boulevard gelaufen und hatte überlebt. Er war unglaublich schnell, wenn er wollte. Sie liebte das. Sie liebte es, ihn laufen zu sehen. Wenn sie ihm nichts gab, schlurfte er langsam, als würde er im Gehen schlafen, durchs Haus, um ihr Tee zu machen, Orangensaft nachzuschenken, nach ihrem Kissen zu suchen oder eine neue DVD der Serie *How I Met Your Mother* einzulegen, für die sie eigentlich, wie ihr Onkel fand, noch zu jung war. Edward schleppte sich so durch den Tag. Aber wie er über den Tubman Boulevard gelaufen war, das war große Klasse gewesen. Er war so schnell wie ein Windhund über die dunkle, vielbefahrene Straße gehuscht. Straßenlaternen oder Ampeln gab es nicht. Sie hatte vom Balkon nach links und nach rechts geschaut, dann hatte sie ihn angerufen. »Es ist an der Zeit«, hatte sie ihm zugeraunt. »Es ist Geisterstunde.« Und dann war er losgelaufen. Allerdings hatte sie die Augenbinde nicht ganz so festgezogen, wie sie es eigentlich vorgehabt hatte. Sie ahnte vielleicht schon, dass Edward mit den Scherenhänden, kurz bevor er sich in einen Geist verwandelte, es doch noch irgendwie hinbekam, kurz nach links und nach rechts zu schauen. Denn der Tubman Boulevard ist die am stärksten befahrene Straße Liberias, und ein Motorrad ohne Licht ist auch ein Geist, und mit so einem Geist wollte Edward nicht zusammenstoßen. Danach schob er sich die Augenbinde wieder zurecht, lief absichtlich mit voller Wucht gegen den Türpfosten und zog sich dabei eine Wunde am Kopf zu. Aber das war es ihm wert gewesen. Brilliant hatte aus vollem Halse gelacht und mit den Geldscheinen gewedelt. So viel Geld hatte Edward in seinem ganzen Leben noch nicht verdient. Aber der Strand war ziemlich weit entfernt, und die Wellen sahen so aus, als könne man schlecht um sie herumschwimmen. Man konnte zum Beispiel nicht einfach stehenbleiben und so tun, als hätte man das Telefonklingeln nicht gehört. Man konnte nichts mit der Augenbinde machen, man konnte sie nicht einfach ein bisschen hochziehen und um die Ecke gucken. »Er soll dir seine Adresse geben«, hatte sie zu ihm gesagt. »Oder besser noch seine Telefonnummer. Sag ihm, er soll sie hier draufschreiben.« Sie zeigte auf seine Hand. Es war der einzige weiße Junge am ganzen Strand. Er würde ihn schon finden. Das Problem war nur das Wasser, dieser große, blaugraugrüne Haufen Wasser, der vor ihm hin- und herwogte. Mit Wasser kannte er sich nicht so gut aus. Edward tauchte unter. Edward, mit den Scherenhänden. Er sank nach unten wie ein Stein. Als Nächstes fiel ihm ein, dass er vergessen hatte, eine höhere Summe auszuhandeln, und sich gleich mit Brilliants Angebot zufriedengegeben hatte. Aber dann hatte er schon Wasser geschluckt und dachte gar nichts mehr.

5.

Benjamin hielt den Kopf in seiner Armbeuge versteckt und blinzelte durch einen schmalen Spalt oberhalb seines Ellbogens. Das war sein Spionenauge. Alle sollten denken, dass er eingeschlafen war, dann würden sie keinen Verdacht schöpfen. Ab und zu öffnete er sein Spionenauge und schaute sich um. Sein Ellbogen ragte über seinen Augen auf wie ein großer, mächtiger Berg. Nur einen schmalen Streifen oberhalb des Berggipfels gab er frei, und dort hindurch konnte er Emily sehen. Sie kam langsam durch den Sand auf den Berggipfel zu. Die anderen waren noch im Wasser. Er hatte nur ein Auge, das andere blieb zu. Emily setzte sich eine weiße Badekappe auf und schaute zu ihm hin. Sofort schloss er sein Auge wieder. Es kam ihm vor, als verschwände er hinter den undurchdringlichen Mauern einer riesigen Burg, hinter der er sich verschanzt hatte.

»Was machst du denn da draußen?«, hörte er die Stimme von Carlos, der noch im Wasser war.

»Ich komme gleich«, rief sie. »Die Strömung ist ganz schön gefährlich, oder?«

Benjamin machte das Auge wieder auf. Er spürte die kleinen, kalten Wassertropfen, die auf seinen Rücken fielen. Mit seinem Spionenauge sah er ihren Bikini. Sie hatte sehr kleine Brüste. Seine Mutter hatte das im Schwimmbad zu ihm gesagt: »Siehst du, manche Frauen haben eben kleine Brüste, und es sieht trotzdem schön aus.« Emily hatte sehr kleine Brüste. Wassertropfen fielen auf ihn herunter, als hätte ein Nieselregen eingesetzt. Sie stupste ihn an. Mit ihrem Fuß oder ihrer Hand. Er schloss das Spionenauge und tat weiter so, als würde er schlafen.

Er dachte an den Gecko. Am Morgen hatte er ihn wiedergesehen. Er hatte keinen Schwanz. Er hatte ihn am frühen Morgen gesehen, auf der glatten, mit Ölfarbe gestrichenen Wand neben dem begehbaren Schrank. Er hing an der Wand. Sein Schwanz war weg. Benjamin wunderte sich, dass er sich nicht ekelte.

»Du bist mein Freund«, flüsterte er ihm zu. »Was ist denn mit dir passiert?« Er schaute ihn besorgt an, als wäre er ein Arzt, in dessen Sprechstunde der Gecko gekommen war. »Warte, ich helfe dir«, flüsterte er ihm zu. Er drehte sich um und suchte im Zimmer nach etwas, das man als Prothese benutzen konnte. Auf dem Schreibtisch lag ein kleiner, elfenbeinfarbener Kugelschreiber. Der Gecko hielt still, als er ihm den Kugelschreiber, der von Barneby stammte, anpassen wollte. Er war zu lang. Außerdem war er viel zu schwer.

»Wo ist Bo?«, fragte der Gecko auf einmal.

Hatte der Gecko das wirklich gefragt? Hatte er das wirklich gesagt? Hatte er wirklich »Wo ist Bo?« gefragt? Benjamin wartete einen Moment und schaute auf die Wand. Der Gecko saß schweigend da und rührte sich nicht. Benjamin nahm den Kugelschreiber von der Wand. Er schaute auf die Stelle, wo der Schwanz des Geckos gewesen war.

»Was?«, fragte Benjamin. »Was meinst du?«

Der Gecko bewegte sein vorderes rechtes Bein, aber weiter rührte er sich nicht.

»Wo ist Bo?«, fragte der Gecko. Er hatte sich dabei nicht bewegt, er hatte ihn aus den Augenwinkeln beobachtet und seinen alten faltigen Mund überhaupt nicht bewegt.

»Sorry«, sagte Benjamin schnell. »Sorry, das kann ich dir nicht sagen.« Er sah sich um. »Wir müssen eine Prothese finden. Warte ...« Der schmale Mund des Geckos verzog sich zu einem Grinsen. »Nur einen Moment noch«, flüsterte Benjamin. Er hatte sich kurz umgedreht, um nach einer anderen Prothese zu suchen, da war der Gecko schon weggelaufen. Lautlos, blitzschnell und ohne sich zu verabschieden. Später sah er ihn kurz wieder. Er saß auf dem Deckel der silbernen Kiste, in der das Tagebuch war. Dann verschwand er wieder. Er hatte wieder das Gesicht eines alten Mannes. Ein Gecko, der sein Großvater hätte sein können. »Wo ist er, wo ist Bo?«, hatte er gefragt. Der Gecko, das war die innere Stimme. Die innere Stimme hatte sich in den Gecko verwandelt. Die innere

Stimme *verwandelt* sich jetzt also. Das ist eine Erkenntnis, dachte Benjamin, während er die Augen schloss. Eine interessante Erkenntnis. Sie verwandelt sich in Gegenstände und Tiere, je nachdem, wie es ihr gerade gefällt. »Was hast du mit ihm gemacht?«, hatte der Gecko gefragt, als er schon auf der silbernen Kiste lag. »Du hast ihn einfach laufenlassen? Ja?« Benjamin hatte die silberne Kiste geöffnet. Das war gegen die Vereinbarung gewesen. »Und, kommst du jetzt?«, hörte er Emily am Telefon sagen. »Ich habe mich den ganzen Tag auf dich gefreut und jetzt ... Was ist jetzt?« Die anderen riefen. Sie waren noch im Wasser. Vielleicht sollte er Beatrice nach seinem Vater fragen, wenn sie wieder herauskamen. Er hörte Stimmen, aber er hörte auch andere Geräusche. Er bildete sich ein, es würde jemand vor ihm stehen. Er wollte die Augen öffnen, aber er war zu müde.

6.

Er dachte an Bo. Bo hatte den Mantel. Das hatte er fast vergessen. Der Gecko hatte ihn wahrscheinlich genau deswegen in die Mangel genommen. Weil Bo den Mantel hatte und weil Benjamin den Eindruck erweckte, ihm wäre das völlig egal. Damit wollte sich der Gecko nicht zufriedengeben. Der Gecko wollte nicht glauben, dass Bo kommen und ihm den Mantel wiederbringen würde. So war es zwar vereinbart. Aber das brauchte er gar nicht zu versuchen, dem Gecko zu erklären, dass es nicht den geringsten Zweifel daran gab, dass auf Bo Verlass war und dass er ihm den Mantel wiederbringen würde. Der Mantel gehörte ihm ja auch gar nicht. Benjamin öffnete sein Spionenauge. Es war nichts zu sehen. Ob sie ihn angreifen würden, die Jungen? Sie waren wieder da. Er wusste es. Sie waren auf der anderen Seite. Dort, wo das Spionenauge nicht hinschauen konnte.

»Hi«, sagte plötzlich einer von ihnen. »Willst du was kaufen?«

Es war der Junge mit dem Holzblock. Er hatte ihn unter dem Arm und trat auf ihn zu. Aber er war nicht allein. Benjamin öffnete die Augen. Er sah ihre Beine. Es waren sechs Beine. Sie standen wenige Meter von ihm entfernt.

»Hi«, sagte der Junge mit dem Holzblock noch einmal. Er grinste ihn an. Er nahm den Holzblock und zeigte ihn Benjamin. Er sah nicht besonders gefährlich aus.

»Ich hab kein Geld«, sagte Benjamin.

»Bist du ein Arzt?«, fragte der Junge. Benjamin richtete sich etwas auf. Der Junge, der Shampoo und Deos verkaufte, kam etwas näher und sagte: »Er ist kein Arzt. Man kann kein Arzt sein, wenn man fünfzehn ist. Bist du fünfzehn?«

»Ich?«, fragte Benjamin.

»*Ich* bin fünfzehn«, sagte der Junge. »Und du?«

»Ich bin vierzehn.« Benjamin dachte, es wäre okay, von jetzt an immer zu sagen, dass er vierzehn sei. Es klang besser. Vierzehn war eine gute Zahl. Es klang besser als dreizehn. Der Junge, der fünfzehn war, grinste.

»Er will dir zwei Hände verkaufen«, sagte er und zeigte auf den Holzblock. Benjamin sah jetzt, dass es eine Art Skulptur war, die einen Händedruck darstellte. Die eine Hand griff in die andere Hand. Es waren zwei Hände, die sich drückten, und der kleinere Junge hob die beiden Hände hoch und hielt sie über seinen Kopf. Der Junge, der fünfzehn war, nickte.

»Sie ist echt«, sagte er.

»Ja?«, fragte Benjamin. Es war also doch keine Waffe. »Was ist es denn?«

»Es sind Hände.«

»Aha.«

»Zwei Hände.«

Der kleinere Junge zeigte auf die Skulptur.

»Sie ist aus einem Stück gemacht«, fügte der Junge, der fünfzehn war, hinzu.

Benjamin nickte.

»Und was machst du hier?«

»Ich bin nur zu Besuch.«

»Ich hab doch gesagt, dass er kein Arzt ist.«

»Die anderen sind Ärzte«, sagte Benjamin schnell. Ein Junge, der die ganze Zeit im Hintergrund gestanden hatte, kam jetzt näher. Im Gegensatz zu den beiden anderen Jungen, die T-Shirts und kurze Hosen trugen, hatte er nur eine Badehose an, und seine Haare waren nass. Er musste gerade aus dem Wasser gekommen sein.

»Sie sind hier, um zu helfen«, sagte er zu den beiden anderen Jungen. Er sah schon etwas älter aus. Benjamin konnte es an seinem Gesicht erkennen. Aber trotzdem wirkte er nervös und unsicher.

»Sie kommen überallhin«, sagte Benjamin. »Jedenfalls dahin, wo gerade ein Arzt benötigt wird. Deswegen heißen sie auch so. Ärzte ohne Grenzen ...«

»Danke«, sagte der Junge, der fünfzehn war. »Ihr seid hier, um uns zu helfen.«

Der Junge mit der Badehose nickte.

»Ich schenke sie dir«, sagte der kleinere Junge. Er hielt ihm die Skulptur mit den beiden Händen entgegen.

Benjamin schüttelte den Kopf.

»Wo ist denn dein Vater?«, fragte der Junge, der fünfzehn war.

Benjamin blinzelte. Er schaute auf die Holzskulptur.

»Er arbeitet«, sagte er.

Die Jungen nickten.

»Willst du die Hände haben?«, fragte der kleinere Junge. »Willst du das Geschenk annehmen?«

Die anderen lachten. Benjamin betrachtete die beiden Hände. Es waren zwei große Hände aus rötlichem, glattgeschliffenem Holz. Der Junge reichte ihm die Skulptur, und Benjamin strich vorsichtig über das glatte, harte Holz. Die Hände griffen ineinander, als wollten sie sich gegenseitig festhalten. Zwei Finger ragten etwas heraus, als befänden sie sich in einem Ringkampf miteinander.

»Ich erklär's dir«, sagte der ältere Junge mit der Badehose und trat auf ihn zu.

»Was willst du mir erklären?«, fragte Benjamin.

»Pass auf«, sagte der Junge mit der Badehose. »Ich bringe es dir bei.« Er streckte ihm seine Hand entgegen. Er hatte auffallend lange Fingernägel. Benjamin wollte ihm gerade die Hand geben, als er Emilys Stimme hörte.

Damit hatte Edward nicht gerechnet. Er hatte überhaupt nicht damit gerechnet, dass so viele Leute am Strand waren, und außerdem fühlte er sich gar nicht wohl in seiner Badehose. Dummerweise dachten die beiden anderen Jungen, er wolle ihnen das Geschäft verderben. Dabei wollte er doch nur eine Nachricht überbringen und den weißen Jungen, auf den Brilliant ein Auge geworfen hatte, um seine Telefonnummer bitten. Es war eigentlich gar nicht so kompliziert. Aber kaum hatte er Benjamin die Hand gegeben, um ihm zu erklären, wie der liberianische Handschlag funktionierte, war der Streit schon losgegangen. Und auf einmal war eine Frau aus dem Wasser gekommen und hatte sich eingemischt.

»Natürlich bin ich kein Bettler«, sagte Edward. Er durfte sich das nicht gefallen lassen.

»Das habe ich nicht gemeint«, sagte Emily. »Niemand ist hier ein Bettler. Diesen Ausdruck dulde ich nicht.« Emily hatte sie die ganze Zeit beobachtet und war schließlich aus dem Wasser gekommen, um nachzusehen, was dort am Strand passierte.

»Er ist ein kleiner, schmuddeliger Bettler«, sagte der kleinere Junge. »Er ist aus dem Meer gekommen.«

»Ja«, riefen die beiden anderen Jungen. »Wir haben gesehen, wie er gekommen ist. Wie eine Schlange aus einem Ölteich ist er auf einmal aufgetaucht.«

»Ich bin getaucht«, sagte Edward.

»Hört auf damit, euch zu beschimpfen«, rief Emily. Aber dann wurde sie durch die Ankunft eines Wagens abgelenkt, der langsam auf dem Schotterweg näher kam.

»Schauen Sie«, sagte der Junge, der fünfzehn war, »ich kenne ihn. Er ist eine glitschige Schlange.«

»Du kennst mich überhaupt nicht«, rief Edward. Er griff nach dem Jungen, der fünfzehn, aber einen Kopf kleiner war und nicht damit rechnete, dass Edward so wütend werden konnte, dass selbst Brilliant manchmal Angst vor ihm bekam. Er packte den Jungen am Arm und hielt ihn fest.

»Wie hast du mich genannt?«

Der Junge, der fünfzehn war, wandte sich an Emily. Er versuchte die schlanke weiße Frau, auf seine Seite zu ziehen.

»Schauen Sie, gnädige Frau«, sagte der Junge, »ich bettle niemals. Ich verkaufe, wir alle verkaufen etwas. Wir verdienen uns etwas dazu.«

Edward drehte sich um. Er suchte den weißen Jungen, dem er eine Nachricht übergeben musste. Aber Benjamin stand jetzt zwei Meter hinter ihm und schaute zu dem weißen Jeep, der jetzt unendlich langsam auf ein Rasenstück rollte. Es war ein UN-Fahrzeug, und Edward hatte so eine Ahnung, dass sich seine Lage noch weiter verschlechtern könnte.

»Ich möchte nicht, dass ihr euch streitet«, sagte Emily wieder. »Hört ihr? Das möchte ich nicht.« Sie schaute alle nacheinander streng an.

»Er bettelt«, sagte der Junge, den Edward noch immer am Arm hielt.

»Lass ihn los«, sagte Emily.

»Er ist ein Betrüger«, sagte Edward. »Sie sind alle beide Betrüger. Der andere auch.« Er zeigte auf den kleineren Jungen, der noch immer die Holzskulptur in der Hand hielt.

»Ich glaube nicht, dass du das einfach so sagen kannst«, erklärte Emily.

Edward schaute zu Benjamin. Schreib dir seine Nummer auf, hatte Brilliant gesagt. Wie dumm war das! Wie dämlich! Wie hatte er sich darauf nur einlassen können! Kein Weißer würde ihm jemals seine Nummer geben. Alle Weißen, die in Liberia arbeiteten, hatten Telefone, zwei, manchmal drei. Sie hatten Nummern in Liberia, Nummern in Europa, manche hatten sogar vier oder fünf Nummern, das wusste Edward von Brilliants Onkel. Brilliants Onkel, der oft in Amerika war, hatte fünf Telefone und sogar sieben Nummern. Er hatte verschiedene SIM-Karten, und manchmal musste Edward die SIM-Karten in den Telefonen vertauschen, aber das war eine Sache, die Brilliants Onkel meist lieber selbst übernahm. So viele Telefonnummern hatten diese Leute, und trotzdem würden sie niemals und unter keinen Umständen auch nur eine davon einem Liberianer geben. Das hatte ihm Brilliants Onkel schon ein paarmal erklärt. Das taten sie nicht. Und warum? Sie wollten nicht, dass die Liberianer sie anriefen. Sie wurden von überall her angerufen, aber von Liberianern wollten sie lieber nicht angerufen werden. Edward hätte das wissen müssen.

Um Gottes willen, dachte er, der Junge wird mir seine Nummer niemals geben. Er überlegte, was er tun sollte. Er hielt noch immer den Jungen, der fünfzehn war und den er für einen Betrüger hielt, am Arm fest.

»Wir sind keine Betrüger«, sagte der Junge zu Emily. Emily schaute zu dem weißen Jeep, der in diesem Moment anhielt und einen kleinen Ruck machte. Dann stellte der Fahrer den Motor aus und die Tür ging auf.

»Wir arbeiten drüben in der Fabrik bei den Chinesen«, sagte der Junge.

»Aha«, sagte Edward. »Aha.« Er musste Zeit gewinnen. Er musste sich etwas ausdenken. »Aha ... jetzt kommt es also raus. Und was macht ihr dann hier?«

»Wir haben Mittagspause, du Schlange!«, fauchte ihn der Junge an.

»Ihr betrügt.«

»Wir haben Mittagspause, und wir verdienen uns was dazu«, erwiderte der Junge.

»Betrüger seid ihr«, sagte Edward wieder, der merkte, dass der Junge sich nicht traute, seinen Arm wegzuziehen. Er hatte wohl für sich entschieden, dass Edward stärker war. Edward war aber gar nicht so stark. In seiner Familie war niemand wirklich stark. Auch sein Vater nicht. Sein Vater trank Milch. Sein Vater saß die meiste Zeit vor der baufälligen Hütte mit kaputtem Wellblechdach in der 24. Straße, wo sie wohnten, und wartete darauf, dass sein Sohn nach Hause kam und etwas Geld mitbrachte, um einzukaufen. Reis, Kassawa, Fisch und natürlich Milch. Sein Vater trank Milch. Dabei musste dringend das Wellblechdach repariert werden. Edward schämte sich, denn natürlich war jemand, der Milch trank, ein Schwächling. Das tat sonst niemand in Liberia. Nur sein Vater. Trotzdem hielt Edward den Jungen weiter fest. Er hatte selbst eine Nummer.

Und seine einzige Chance war, dass er diese Nummer jetzt irgendwie diesem weißen Jungen, der zwei Meter von ihm entfernt im Schatten unter der Palme stand, geben würde. Aber wie? Wie konnte er das tun?

»Das machen wir, weil die Chinesen uns nicht genug bezahlen«, sagte der Junge. »Verstehen Sie?« Er schaute wieder zu Emily.

»Ich möchte nicht, dass jemand hier bettelt. Niemand muss ... Und außerdem ...« Aber Emily kam nicht weiter. Sie hatte auf einmal nur noch Augen für den Mann, der jetzt aus dem Jeep stieg und auf sie zukam.

»Der große Italiener«, flüsterte der Junge, der neben Edward stand.

»Halt den Mund«, sagte Edward. Er hatte keinen Stift. Er konnte seine Nummer dem weißen Jungen gar nicht aufschreiben. Das war das Schlimmste.

»Ich sage es dir nur, damit du Bescheid weißt«, sagte der Junge und schaute Edward an, als würde er überlegen, ob er sich nicht doch losreißen sollte. Edward verstärkte den Griff. Der Junge zuckte zusammen. Der große Italiener kam auf sie zu. Er war wirklich sehr groß. Selbst sein Auto, das im Schatten auf dem Rasen stand, wirkte im Vergleich etwas zu klein für ihn. Edward hatte ihn schon mal gesehen. Wahrscheinlich war es beim Tanken gewesen. Er hatte schon viele dieser Leute gesehen, von denen Brilliants Onkel dann immer sagte, dass man sie auf keinen Fall ansprechen dürfte. Dass man ihnen auf keinen Fall auf die Nerven gehen und sie natürlich niemals nach ihren Telefonnummern fragen dürfte. Er sagte das zu seinen Mitarbeitern an den Tankstellen. Und er sagte das auch zu Edward

»Was ist denn hier los?«, fragte der große Italiener fröhlich.

»Wir sind hier und warten auf dich«, sagte Emily und ging

auf ihn zu. Edward hatte ein gutes Auge. Er wusste gleich, dass die schlanke Frau den großen Italiener am liebsten umarmt hätte, aber sich nicht traute und stattdessen darauf hoffte, der große Italiener würde sie umarmen.

»Hi«, sagte der Junge, dessen Arm er festhielt. Er tat etwas, was man auf keinen Fall tun durfte. Einen Weißen ansprechen, und erst recht nicht jemanden von der UN. »Hast du einen Job für uns?«

»Bist du verrückt?«, flüsterte Edward.

»Du hast doch gesagt, du hast einen Job für uns«, sagte der Junge.

»Hab ich das gesagt?«, fragte der große Italiener. Er legte jetzt leicht seinen Arm um Emily und schaute sie alle an. Er lächelte. Er trug ein dunkelblaues kurzärmeliges Hemd und eine weiße kurze Hose.

»Das ist Benjamin«, sagte Emily und zeigte auf den weißen Jungen. Er stand ein paar Meter von dem Jeep des großen Italieners entfernt und hob die Hand. Edward beobachtete ihn. Ob er zu ihm hinübergehen sollte?

»Das hast du gesagt«, fuhr der Junge, der fünfzehn war, jetzt fort und zeigte auf seinen Freund, der noch immer die Skulptur festhielt. »Das hast du uns versprochen. Großer Italiener ... Du weißt doch, wir arbeiten bei den Chinesen, sie bezahlen uns so schlecht. Verstehst du?«

»Hab ich das gesagt?«, fragte der große Italiener wieder und lachte. Er drehte sich zu seinem Wagen um und überlegte. »Ihr könnt den Wagen waschen.« Er grinste.

»Aber ...«

»Sie sind Betrüger«, sagte Edward. »Die Chinesen haben sie rausgeschmissen.« Er musste zu Benjamin, er musste zu dem weißen Jungen und sich seine zweihundert Dollar verdienen, die Brilliant ihm in Aussicht gestellt hatte. Damit könnten sie endlich das Wellblechdach reparieren. Die Regenzeit hatte angefangen.

»Großer Italiener, wir haben kein Wasser.«

»Tja«, der große Italiener drehte sich wieder um. »Dann weiß ich auch nicht.«

»Die Chinesen sind die Betrüger«, sagte der Junge. »Sie geben uns zu wenig Geld.«

»Wir bekommen nur vierzig Dollar im Monat«, sagte jetzt der kleinere Junge mit der Holzskulptur.

»Halt den Mund«, sagte der Junge, der fünfzehn war. »Lüg nicht ...« Er drehte sich zum Italiener. »Er ist mein Bruder, er arbeitet gar nicht. Aber ich arbeite wirklich für den Chinesen, das stimmt.«

Der große Italiener nickte.

»Vielleicht ein anderes Mal«, sagte er. Er drehte sich um und wandte sich mit Emily zu den anderen beiden Weißen. Der Mann und die Frau waren gerade aus dem Wasser gekommen und trockneten sich ein paar Meter weit entfernt ab.

»Großer Italiener«, rief der Junge noch einmal. In diesem Moment trat Benjamin näher, und Edward ließ den Arm des Jungen, der fünfzehn war, los.

Aber es war schon zu spät. Es funktionierte nicht. Edward schaffte es nicht. Wenn man ehrlich war, war es nicht seine Schuld. Es war Schicksal. Er sagte sich das selbst, als er zurückschwamm und überlegte, was ihn am Hintern so kratzte und ob ihn irgendein Meerestier gebissen hatte. Er hatte ja nicht ahnen können, was da am Strand los war. Es ist nicht so schlimm, dachte Edward, während er sich das Snickers-Papier aus der Badehose zog. Er hatte das Snickers gegessen, das Brilliant ihm gegeben hatte. Es hatte nicht besonders gut geschmeckt. Vielleicht hatte das Meer ein bisschen an der Schokolade genascht.

Genau genommen hatte es grauenvoll geschmeckt. Aber er hatte es gegessen. Er war tapfer. Er hielt durch. Er würde sich anhören müssen, was Brilliant ihm sagen würde. Wahrscheinlich hatte sie ihn durch das Fernglas beobachtet und gesehen, was passiert war. Er war zwar auf Benjamin zugegangen, als sich Emily umgedreht hatte, doch da hatte ihn der Mut verlassen. Mein Gott. Ob er die zweihundert Dollar Belohnung trotzdem bekommen würde? Und jetzt hatte er auch noch das Snickers gegessen, das er eigentlich für seine Geschwister aufbewahren wollte. Und es hatte so grauenvoll geschmeckt, dass Edward dachte, es sei die gerechte Strafe. Und Gott habe selbst, in aller Eile noch schnell das Snickers vergiftet, als er beobachtete, wie Edward es gierig in sich hineingestopft hatte, bevor er seine Badehose zurechtgerückt hatte und wieder ins Wasser gesprungen war. »Wenn ich dich einmal dabei erwische …«, hatte Brilliants Onkel zu ihm gesagt. »Wenn ich einmal sehe, wie du dich zum Affen machst und um irgendeine Telefonnummer bettelst …« Er hatte gar nicht weitersprechen müssen. Edward wusste ohnehin, was dann passieren würde. Aber warum hatte der Herrgott, der liebe, gute Herrgott ihm das auch noch angetan und das Snickers vergiftet? Er drehte sich noch einmal zum Strand um. Da stand der weiße Junge ganz allein neben dem großen Italiener und der mageren Frau mit den eckigen Knochen und schaute ihm nach. Edward tauchte, und dann spuckte er den letzten Bissen Snickers, den er noch im Mund hatte, unter Wasser einfach aus.

Benjamin wunderte sich noch, wo er wohl hinschwimmen wollte. Ob er tatsächlich in Richtung Jacht schwimmen würde? Was er da wohl zu suchen hatte? Die Jacht war größer, als er zuerst gedacht hatte. Er kniff die Augen zusammen. Auf dem Bug stand in großer roter Schrift »Sunflower«. Aber das konnte Benjamin beim besten Willen nicht erkennen. Dafür war die Jacht viel zu weit weg. Emily legte den Arm um ihn.

»Du musst ein bisschen aufpassen mit diesen Jungen«, sagte sie. »Die meisten sind schon okay. Aber einige sind ganz schön gefährlich.«

»Was wollte er mir denn beibringen?«, fragte Benjamin.

»Ach das«, sagte der große Italiener. »Das ist ganz schön kompliziert. Das ist der liberianische Handschlag. So begrüßen sich die Leute hier. Das wirst du schon noch lernen. Soll ich es dir zeigen?«

»Nein«, sagte Emily, »nicht jetzt.«

Sie setzten sich. Benjamin musste sich neben sie in die Sonne setzen.

»Ich würde gerne wissen, wie dieser Handschlag geht«, sagte Benjamin noch.

»Er zeigt es dir«, sagte Emily, und dann legte sie den Arm um den großen Italiener. Benjamin schaute aufs Meer. Der Junge mit der Badehose war nicht mehr zu sehen. Er dachte an die Sonne. »Die Sonne ist dein Feind«, hatte seine Mutter gesagt. »Nimm dich vor der Sonne in Acht.« Er schaute zu Beatrice. Sie schlief. Emily kicherte und lehnte sich an den großen Italiener. Sie trug einen goldenen Bikini und hatte eine große Sonnenbrille auf. Ihre Haut war schneeweiß, viel Sonne hatte sie noch nicht abgekommen. Aber sie war schön. Sie hatte die Farbe von Elfenbein.

»Was schaust du denn so?«, fragte der große Italiener, als er kurz zu Benjamin herüberschaute. »Hast du noch nie eine Göttin gesehen?«

Emily lachte.

7.

Brilliant schüttelte den Kopf. Sie beobachtete die düsteren Wolken, die mit grauen, schweren Bäuchen am Himmel hingen und bestimmt bald Regen bringen würden. Er war den ganzen Weg vom Strand zur Jacht geschwommen und kauerte jetzt nach Luft japsend auf dem Holzrost in der sogenannten Lounge auf dem Unterdeck der Jacht. Sie hatte beschlossen, ihn zu ignorieren. Er musste bestraft werden. Aber wie, das wusste sie noch nicht.

»Ich …«, murmelte Edward. »Ich *wollte* es ihm sagen.«

Das Boot schaukelte leicht hin und her. Sie sah, wie stark er atmete. Er war vollkommen erschöpft. Aber er hatte sich nicht getraut. Er hatte ihren Auftrag nicht ausgeführt. Sie schaute auf ihn herunter. Ein kleines Häuflein Elend. Seine Badehose war verrutscht und ließ einen Blick auf seine Hüftknochen zu. Er war sehr mager, eigentlich sah er ziemlich schwächlich aus. Brilliant legte sich das Kissen auf den Schoß. Jetzt war sie wirklich schlechter Laune. Die Freude darüber, dass sie Benjamin dort am Strand entdeckt hatte, war jetzt ganz verpufft. Sie hatte einen Bodyguard, der zu nichts zu gebrauchen war.

»Und warum *hast* du es ihm nicht gesagt?«, fragte sie. Auf dem Meer konnte man einfach keine Geisterspiele spielen. Dabei hatte sich Brilliant schon darauf gefreut, diesen komischen Jungen mit den roten Haaren wiederzusehen.

»Ich … wusste nicht, *wie* ich es ihm sagen soll.« Brilliant stützte ihren Ellbogen auf dem Kissen ab. Sie hob das Fernglas an ihre Augen und sah Benjamin. Er unterhielt sich mit einer Frau, die aussah wie ein Model. Benjamin lag auf einem Handtuch, die Frau stand neben dem Handtuch und redete irgendwas. So ging es natürlich nicht. So konnte man nicht mit ihr umspringen. Edward musste noch einmal schwimmen. Das stand außer Frage.

»Denkst du, du bekommst dafür irgendwelche Lappen von mir?«, fragte sie unwirsch.

»Du hast gesagt: Zweihundert ... dafür, dass ich rüberschwimme und ihn nach seiner Telefonnummer frage.«

»Ja. Und hast du sie?«

»Was?«

»Seine Adresse? Oder die Telefonnummer?«

»Nein.«

»Dann hast du deine Arbeit nicht richtig gemacht, oder?« Sie schaute ihn streng an. Er sah nicht besonders gut aus. Er sah so aus, als könnte er eine Pause vertragen. »*Hast* du deine Arbeit richtig gemacht oder nicht? Mmh ... Du Schlauberger. Was würdest du sagen? Hast du deine Arbeit gemacht?« Sie senkte etwas die Stimme, sie imitierte ihren Onkel, sie sprach genau dieselben Worte, die er am Vormittag an eine Mitarbeiterin in einer der TOTAL-Tankstellen gerichtet hatte, die die Tiefkühltruhe im Lagerraum versehentlich ausgeschaltet hatte, so dass mehrere Packungen Hershey's, Snickers und Butterfinger in der glühenden tropischen Hitze, die am Wochenende geherrscht hatte, geschmolzen waren und jetzt so aussahen wie verkrüppelte Finger, die in schmuckes, strahlendes Glanzpapier eingewickelt waren. »Guck dir mal deine Arbeit an«, hatte ihr Onkel zu der Mitarbeiterin gesagt. Sie hatte ein schläfriges Gesicht gemacht und mit den Schultern gezuckt. Sie kannte sich mit Tiefkühltruhen nicht so gut aus. Zu Hause hatte sie noch nicht einmal Strom, geschweige denn einen Kühlschrank. Brilliant hatte genau zugeschaut, wie ihr Onkel das gemacht hatte. Edward schaute sie an.

»Du sollst nicht mich anschauen«, entgegnete sie. »Schau dir deine Arbeit an.«

Edward schaute sie irritiert an. »Wo ist sie denn?«

»Mmh …« Brilliant musste jetzt improvisieren. Sie stützte sich auf ihrem Kissen ab und legte den Kopf schief.

»Da«, sie holte mühsam mit ihrem linken Arm aus, die goldenen Armreifen klingelten leise, und dann richtete sie ihren Zeigefinger aufs Meer.

»Wo?«

»Da«, sagte sie.

»Meine Arbeit?«, fragte Edward.

»Hör mal«, Brilliant schloss für einen Moment bedeutungsvoll die Augen, auch das hatte sie bei ihrem Onkel gesehen, wenn er besonders verärgert war. Sie schloss die Augen und sprach sehr langsam.

»Du bist doch auch ein Kind von einem … also, ich habe das in der Schule gelernt, dass hier nämlich früher alle Sklaven gewesen sind. Ich meine unsere Vorfahren. Die Sklaven sind befreit worden, und dann sind sie hierhergekommen und haben ihre Freiheit gleich mitgebracht …«

»Meine Vorfahren sind keine Sklaven gewesen.«

»Halt die Klappe«, sagte sie und öffnete kurz die Augen. »Du bist genauso ein Sklave gewesen wie alle anderen auch. Ich natürlich … Also ich bin ausgenommen. Meine Mutter und die Mutter meiner Mutter, die sind vielleicht …« Aber dann wusste sie nicht weiter. Und das ging Edward mit den Scherenhänden auch nichts an.

»Ein Sklave?«, fragte Edward. Weiter sagte er nichts. Er war zu erschöpft, um ihr zu erklären, dass seine Eltern immer stolz darauf gewesen waren, dass ihre Vorfahren keine Einwanderer aus Amerika und deswegen natürlich auch keine Sklaven gewesen waren.

»Edward! Halt die Klappe, ja?« Das sagte sie besonders gerne. Ihre Großmutter in Orange, die Professorin für Orthopädie war, sagte das manchmal zu ihrem Mann, der Psychiater war, und hier passte es eigentlich auch ganz gut, fand Brilliant.

»Die Sklaven haben dieses Land gegründet, ja?«, sie schloss wieder die Augen und ließ eine lange Pause, dann öffnete sie sie und schaute aufs Meer. Auf einmal fiel ihr etwas ein. »Jedenfalls ... Ich hab keine Zeit, dir das jetzt alles zu erklären. Wenn du ein guter Sklave sein willst, hörst du mir besser zu und sagst gar nichts und *machst* einfach, was ich dir sage! Und außerdem ...« Sie drehte den Kopf langsam zur Kajüte und zum Salon, in dem ihr Onkel hoffentlich die nächste halbe Stunde, die sie für das nächste Spiel brauchte, weiterschlafen würde. »Außerdem bezahle ich dich ja auch dafür.«

Brilliants Onkel hatte eigens einen Schwimmlehrer aus Holland engagiert, den er bei einem Empfang in der amerikanischen Botschaft kennengelernt hatte, damit er Edward das Schwimmen beibringen konnte. Schließlich sollte er ihn und Brilliant bei ihren Ausfahrten auf der neuen Jacht begleiten. Aber Edward hatte in einem kleinen Pool in der Wohnanlage gelernt, wo der holländische Schwimmlehrer wohnte, der in Wirklichkeit natürlich gar kein Schwimmlehrer war, sondern Polizist und in Liberia damit beschäftigt, die liberianischen Polizisten auszubilden und ihnen beizubringen, wie man den Verkehr regelte. In einem Pool konnte man so oft hin- und herschwimmen, wie man wollte. Wenn man erschöpft war und eine Pause machen musste, kletterte man einfach raus und ruhte sich aus. Brilliant hatte ihm schließlich zweihundert Dollar gegeben. Er hatte sie genommen und wollte nun schwimmen, solange er durchhalten würde. Und wenn er nicht mehr konnte, würde er wieder zur Jacht umkehren und ihr die zweihundert Dollar wieder zurückgeben. Es war nicht weit bis zum Strand, aber die Strömung war sehr stark. Mister Keupers, der holländische Schwimmlehrer, hatte ihm gesagt, und dabei hatte das Goldkettchen mit dem Kruzifix, das er um den Hals trug, geglitzert: »Im Meer schwimmst du besser gar nicht. Und wenn, dann nur im Notfall, verstehst du? Wenn du jemanden retten musst.« Edward tauchte auf den ersten Metern, er bildete sich ein, es würde so schneller gehen. Er tauchte einen Meter tief und schwamm mit aller Kraft vorwärts. Vielleicht konnte er dann, überlegte er, die gefährlichen Strömungen umgehen. Brilliant hatte ihm am Anfang, noch bevor sie das Geisterspiel erfunden hatte, immer nur Fünf-Dollar-Scheine gegeben. Fünf liberianische Dollar dafür, dass er das Fenster aufmachte und wieder zumachte. Oder dafür, dass er ihr das Kissen holte und wieder wegtrug oder dass er einfach auf einem Stuhl im Hof saß und die Hühner von der Terrasse vertrieb, während Brilliant so tat, als würde sie einen Mittagsschlaf halten, obwohl sie in Wirklichkeit die zweite Staffel von *How I Met Your Mother* anschaute. Manchmal schaute sie auch Horrorfilme, aber das wusste natürlich niemand. Edward tauchte. Seine Kraft kehrte zurück. Einer seiner Freunde hatte zu ihm gesagt, als er von Brilliant erzählt hatte: »Sie ist ja wie meine Großmutter. Oder noch schlimmer. Sie ist wie Chuckie Taylor.« Sein Freund hieß Sisso und hatte eine Werkstatt, nicht weit vom Tubman Boulevard. Er verkaufte Holzskulpturen und Masken, an denen er so lange herumbastelte, bis sie so aussahen, als seien sie über hundert Jahre alt. Die Werkstatt war nicht weit vom Charles-Taylor-Haus entfernt. So nannten sie Brilliant jetzt: Chuckie Taylor oder Chuckies Schwester. Natürlich durfte sie das nicht wissen. Chuckie Taylor war auch aus Amerika gekommen. Sein Vater, der Präsident, hatte Chuckie zu sich geholt, und er war über Liberia gekommen wie ein Hurrikan, wie eine leibhaftige Katastrophe. Wer in seine

Hände gefallen war, konnte das nie mehr vergessen, wenn er es überhaupt überlebt hatte. Und manche seiner Opfer hatte er so grausam gefoltert, dass man in Liberia sagte, er sei noch grausamer als sein Vater. Edward war stolz darauf, dass er für »Chuckies Schwester« arbeitete. Er wollte jetzt wieder auftauchen, weil er sehen wollte, wie weit er schon gekommen war. Brilliant hatte mit fünf Dollar angefangen, und dann hatte sie Edward das erste Mal zehn Dollar gegeben, als er vor ihren Augen ein Huhn hochgehoben und dem Huhn einen Kuss auf den Kopf gegeben hatte. »Das ist ja gar nichts«, hatte er zu seinen Freunden gesagt. Er sagte seinen Freunden jedoch nicht, wie Brilliant ihn nannte. Es war ihm peinlich. Jedes Mal, wenn er seinen Arbeitstag um halb sieben im Haus von Brilliants Onkel begann, schaute er sich seine Fingernägel an. Sie waren doch eigentlich schön. Er mochte seine Fingernägel. Sie waren länger als alle, die er jemals gesehen hatte. Sie sahen wie gebogene Schwerter aus, die aus seiner Haut herauswuchsen, und sie schimmerten im Dunkeln leicht. Alle redeten auf ihn ein, sie abzuschneiden, und schon ein paarmal hatte Brilliants Onkel ihm gedroht, er würde ihn wegen der Fingernägel entlassen. Aber Brilliant mochte sie. Und ihr hatte er es jetzt zu verdanken, dass er sie weiterwachsen lassen durfte und dass sie immer länger wurden. So lang wie noch niemals zuvor. Er wollte erst kurz, bevor er den Strand erreichen würde, wieder auftauchen. Er konnte sehr lange die Luft anhalten, das hatte selbst den holländischen Schwimmlehrer überrascht, der ihm gesagt hatte, er könne ihm vielleicht einen Job bei der Polizei besorgen, wenn er volljährig sei. »Nimm dich vor dem Meer in Acht«, hatte Mister Keupers gesagt. Er war zwar UN-Polizist, aber er hatte noch nicht einmal eine Waffe. Er war Ausbilder. Er brachte anderen Leuten bei, wie man ein guter Polizist wurde, und er brachte

Edward bei, wie man ein guter Schwimmer wurde. Edward tauchte auf. Er hatte keine Luft mehr, es war höchste Zeit. Zweihundert Dollar war eine Menge Geld für die paar Meter bis zum Strand, bis zu dem weißen Jungen mit den roten Haaren und den Sommersprossen, den Brilliant unbedingt zu ihrer Geburtstagsparty einladen wollte.

»Und sag ihm«, hatte sie ihm eingeschärft, »er soll allein kommen. Allein!«

Edward ruderte mit den Armen. Er war an der Oberfläche. Er war aufgetaucht. Er hatte den Filzstift in der Hand. Er überlegte, ob er ihn fallen lassen sollte. Es war vielleicht einfacher ohne Filzstift. Brilliant hatte darauf bestanden, dass er ihn mitnahm. Ohne Filzstift würden sich seine Arme vielleicht nicht wie Blei anfühlen. Ohne Filzstift würde er vielleicht nicht diesen brennenden Schmerz in der Brust haben. Er hatte zu viel Wasser geschluckt. Brilliant war kein schlechter Mensch. Er verteidigte sie vor seinen Freunden und er willigte nur zum Spaß ein, sie Chuckie zu nennen. Im Grunde genommen hatte sie eine gute Seele. Sie hatte ihm ein Snickers gegeben. Sie hatte gesagt: »Das ist Proviant. Für unterwegs.« Er überlegte, ob er den Filzstift in die Badehose stecken sollte, wie er das schon mit dem Snickers gemacht hatte. Aber dazu kam es nicht mehr. Als er auftauchte, sah er erst die Wolken. Große schwarze Wolken, die aussahen, als würde unter ihnen ein gigantisches Feuer brennen. Rauchwolken, dachte er, während er hustete. Aber das stimmte nicht. Er sah sonst nichts. Er sah den Strand nicht. Er sah die Jacht nicht. Die Sunflower war weder vor ihm noch war sie hinter ihm. Er schaute sich um. Er ließ den Filzstift fallen. Aber das half nichts. Es wurde sogar noch schlimmer. Der Strand war nirgendwo zu sehen. Wo ist der Strand?, fragte er sich. Er sagte es erst leise, dann lauter. »Wo ist der Strand?«, schrie er. So würde es nicht gehen. Ich brauche die zweihundert Dollar nicht, dachte er. Aber er wusste nicht, in welche Richtung er schwimmen sollte. »Brilliant meint es nicht so«, hatte er seinen Freunden erzählt. Er schwamm weiter. Er kam kaum einen Meter vorwärts. Das lag an der Strömung. »Wenn so etwas passiert«, hatte ihm Mister Keupers gesagt, »machst du gar nichts, hörst du? Gar nichts!« Er wusste nicht, wie das ging. Also schwamm er doch weiter, gegen die Strömung. Aber er wusste, dass das ein Fehler war. Brilliant hatte ihn komisch angesehen, als er eingewilligt hatte. Es schien so, als wäre sie überrascht gewesen. Dabei konnte sie den Jungen am Strand, dessen Namen sie noch nicht einmal wusste, doch auch ein anderes Mal einladen. Wieso musste er jetzt noch einmal ins Meer und wieder zurück an den Strand schwimmen? Aber daran dachte er schon bald nicht mehr. Er versuchte nur noch, den Kopf über Wasser zu halten. Ihm fiel ein, dass Brilliant ja das Fernglas hatte, und er dachte: Brilliant, die Prinzessin, lässt mich nicht im Stich. Er hielt den Kopf hoch, noch ein letztes Mal. Er hielt ihn so hoch wie möglich. Aber Brilliant legte in diesem Moment das Fernglas auf dem Vordeck der Jacht ab. Sie hatte kein gutes Gefühl. Sie fühlte sich schlecht.

»Ich habe eine Migräne«, sagte sie, als ihr Onkel aufgewacht war und das Birneneis servierte, das er ihr schon den ganzen Vormittag versprochen hatte. Das Eis war schon halb geschmolzen. Ihr Onkel wunderte sich, dass sie sich nicht beschwerte. Sie rührte etwas lustlos mit ihrem Löffel in dem grünlichen Birneneis herum, während sie immer wieder aufs Meer schaute. Die Wellen waren größer geworden, der Wind hatte zugenommen.

»Wir fahren zurück«, sagte ihr Onkel fröhlich. »Ich muss noch was für deine Party vorbereiten. Ich schaue mir mal diesen Koffer mit der Solaranlage an. Hast du den übrigens irgendwo gesehen? Wenn es nämlich dunkel wird ... Aber ob das Ding überhaupt funktioniert?«

Brilliant sagte nichts. Sie schaute aufs Meer.

»Wo ist denn Eddy?«, fragte ihr Onkel.

Brilliant kniff die Augen zusammen, und dann fiel ihr der Löffel aus der Hand.

8.

Zur gleichen Zeit versuchte Benjamins Mutter, eine liberianische Telefonnummer in ihr Handy einzugeben. 00231, tippte sie immer wieder. 00231. Sie fragte sich, ob eine so harmlos aussehende Vorwahl sie wirklich nach Liberia bringen würde. Als sie die Stimme der Frau auf ihrer Mailbox gehört hatte, hatte sie sich sofort entschieden. Sie stand noch im Keller, neben ihr die gerade angelieferte Kohle. Die Männer, die die Kohle in den Keller getragen hatten, hatten schwarz verschmierte Gesichter, und die Fingerkuppen des Mannes, dem sie das Geld gegeben hatte, waren so schwarz, als hätte er sie in ein Tintenfass getunkt. Sie konnte ausgerechnet in diesem Moment nicht ans Telefon gehen, obwohl sie die ganze Zeit darauf gewartet hatte, dass sich Benjamin endlich bei ihr melden würde.

»Weißt du, was du machst, wenn du angekommen bist?«, hatte sie ihn gefragt.

»Ja«, hatte Benjamin gesagt. »Wir rufen dich an.«

»Nein«, hatte sie geantwortet. »*Du* rufst mich an. Du kannst dir von deinem Vater das Telefon geben lassen, und dann meldest *du* dich bei mir. Mit deinem Vater spreche ich ein anderes Mal.«

Aber Benjamin hatte sich nicht gemeldet. Fast zwei Tage

lang hatte sie jetzt nichts von ihm gehört. Am Abend hatte sie die Nummer ihres Mannes gewählt. Und am Morgen gleich wieder. »Ich habe mir geschworen, ihn nicht anzurufen«, sagte sie, als kurze Zeit später die Kohlenmänner geklingelt hatten. Ihre Wohnung gehörte zu den wenigen in Berlin, die noch immer mit Kohle geheizt wurden, und Benjamins Vater pflegte zu sagen, sie würde mit ihrem Sohn in einer Traumwelt leben, auf einem alten Dampfer, den sie mühevoll mit Kohle heizen würde, um dann den ganzen Winter vor Anker zu liegen. »Mein Sohn ist ein Aschenjunge geworden«, sagte er. »Du schickst ihn mit dem Ascheimer runter, und dann muss er wieder mit dem Kohleneimer hochkommen.« »Auf diese Weise«, pflegte sie zu antworten, »lernt der Junge wenigstens etwas.« Als ihr Telefon geklingelt hatte, überreichte sie dem Kohlenmann gerade die 280 Euro, die es kostete, durch den Winter zu kommen und nicht zu frieren. Sie stand im Keller, das schwarze Gold um sie herum aufgeschichtet. Schwarze Barren, die fast bis zur Decke des niedrigen Kellerverschlags reichten. Sie hatte selbst Kohlenstaub an den Fingern, als sie die Nummer eintippte. Eine Engländerin war es also. Ihr Mann war mit einer Engländerin liiert. Das erschien ihr äußerst geschmacklos. Auf der Mailbox hatte die Stimme harmlos und fast neutral geklungen. Und das machte sie noch wütender. Die Geliebte ihres Mannes erdreistete sich, bei ihr anzurufen, sie im Kohlenkeller aufzustöbern und sie dazu zu zwingen, in dem niedrigen Verschlag unter der hin und her pendelnden Glühbirne darum zu betteln, dass irgendeine obskure Telefongesellschaft, die den Telefonverkehr zwischen Liberia und dem Rest der Welt organisierte, sie ausgerechnet mit dieser Frau verband. Das Licht der Glühbirne blendete sie. »Es tut mir leid, dass ich Sie behellige, aber ich möchte Sie bitten, mich so schnell wie möglich zurückzurufen.« Das hatte die Stimme mit einem englischen Akzent so selbstbewusst verkündet, als wäre Benjamins Mutter eine Angestellte, die sich hatte etwas zuschulden kommen lassen. Sie musste sich eine Strategie zurechtlegen. Sie hatte sich das schon ausgemalt, während sie etwas halbherzig die schwarzen Barren nachzählte, um zu überprüfen, ob die Männer mit den schwarz verschmierten Gesichtern sie nicht betrogen hatten.

»Meinen Sie, dass wir einen harten Winter bekommen?«, hatte sie den Mann mit der Mütze gefragt, der es schaffte, vierzig Briketts auf einmal mit einem Holzträger in den Keller zu wuchten.

»Wir?«, fragte er.

»Ja, hier in Berlin. Meinen Sie, es wird so schlimm wie im letzten Jahr?« Sie wollte ein bisschen Konversation machen. Die Männer waren am Anfang sehr mürrisch gewesen, und sie brauchte ihr Einverständnis dafür, dass sie warteten, bis sie alles durchgezählt hatte. Durchzählen musste sie die Lieferung auf jeden Fall. Es gab nirgendwo mehr Betrug als bei der Kohlelieferung. Das war ja allgemein bekannt.

»Wenn es noch mal so kalt wird, wandere ich aus«, sagte sie zu dem jüngeren Kohlenträger, der etwas weniger mürrisch wirkte.

»Ja, das machen Sie mal lieber«, murmelte er, während er die Briketts aufeinandertürmte und feinen schwarzen Staub aufwirbelte, der sich wie ein Nebel um die Glühbirne legte.

»Also *dieses* Jahr wird es nicht so kalt?«, versuchte sie es noch einmal.

Er schaute sie kurz an und gab einen komischen Laut von sich.

»Versprochen?«

»Wir sind doch hier nicht auf Haiti«, sagte er, während er sich aufrichtete. Seine Knochen knackten, und der Geruch von Schweiß wehte ihr entgegen. »Ein bisschen frische Luft tut doch nicht weh, sonst müssen sie eben nach Haiti«, sagte er, während er wieder nach oben ging, um die nächste Ladung zu holen. »Oder gleich nach Afrika.«

Sie fing an zu zählen, heimlich, während sie darauf wartete, dass der andere Träger wieder zurückkam. Sie war bei Brikett Nummer 88, als das Telefon klingelte. Sie dachte erst gar nicht an Liberia, aber als es dann noch einmal klingelte, wusste sie es: Es war ein Anruf aus Liberia. Aber es war nicht die Nummer von Benjamins Vater.

Sie schaute auf den sorgfältig aufgetürmten Vorrat. Wärme und Geborgenheit für einen ganzen Winter. Benjamin hatte Angst, in den Keller zu gehen, aber das wollte er nicht zugeben. Er sagte immer: »Ich habe keine Angst, in den Keller zu gehen, ich habe nur keine Lust.« Manchmal, das hatte sie beobachtet, nahm er das lange Brotmesser aus der Küche mit. Er steckte es sich unter den Gürtel seiner Hose, und sie malte sich immer aus, er würde auf der Treppe stolpern, sich das Messer in den Oberschenkel rammen und würde dann noch im Keller, bei dem Versuch, den Eimer mit der Kohle hochzuschleppen, verbluten.

»Ich zähle es trotzdem«, sagte sie. Aber dann hatte das Telefon zum zweiten Mal geklingelt. Dieses Mal hatte sie eine Nachricht auf der Mailbox. Jetzt ist es also so weit, dachte Benjamins Mutter. Im Kohlenkeller bekomme ich die Nachricht, dass es vorbei ist. Wahrscheinlich hatte ihr Mann den Abschiedsbrief gelesen, der eigentlich nur zur Hälfte ein Abschiedsbrief war und zur anderen Hälfte vielleicht doch nicht. Aber das war schwer zu sagen. Sie hatte den Brief geschrieben, nachdem sie ein bisschen zu viel getrunken hatte. Sie hätte ihn sich besser noch einmal in Ruhe durchlesen sollen. Und jetzt war ihr Mann sogar zu feige, es ihr selbst zu sagen, und ließ stattdessen seine Freundin, eine Frau mit selbstbewusster, fast herrischer Stimme und englischem Akzent, anrufen. »Es tut mir leid, dass ich Sie behellige ...« Sie wartete auf die Ansage mit der Nummer, schrieb sich die Nummer auf einen Zettel und tippte sie dann in ihr Telefon. 00231 ... Sie war entschlossen, der Frau alles Mögliche an den Kopf zu werfen. Ausgerechnet eine Engländerin. Sie hatte immer gedacht, ihr Mann hätte eine liberianische Freundin. »Warum habe ich bloß diesen bescheuerten Abschiedsbrief geschrieben?«, fragte sie sich, während sie die Nummer eintippte. Unter ihren Füßen knirschten Kohlenbruchstücke. Es glitzerte an den Kanten der Briketts. Damit, dachte sie, kommt man also durch den ganzen Winter. Aber vielleicht war das alles umsonst. Die Frau mit dem englischen Akzent würde ihr mitteilen, dass Benjamins Vater und sie sich entschlossen hätten, mit Benjamin nach England zu ziehen, er könne dort auf eine weiterführende Schule gehen, denn schließlich, und darauf habe ja vor allem sie so viel Wert gelegt, sei er ja zweisprachig aufgewachsen.

»Wollen Sie meinen Sohn entführen?«, würde sie ins Telefon brüllen. Sie würde dieser Frau nicht die Genugtuung geben, auf diese herablassende Art und Weise mit ihr umzuspringen. »Das werde ich nicht zulassen, darauf können Sie Gift nehmen!«, würde sie sagen. Sie stützte sich auf dem Kohlenberg ab. Es war allerdings weniger ein Berg als vielmehr eine Kohlenmauer. Sie hatte nicht nachgezählt. Die Engländerin auf der Mailbox hatte sie aus dem Konzept gebracht. Das Freizeichen erklang. Es hörte sich noch komischer an als sonst. Immer, wenn sie in Liberia anrief, klang das Freizeichen so, als wäre es betrunken. Es leierte ein bisschen, es hörte sich wie ein Seemann an, der betrunken über Deck lief und irgendein Lied zu pfeifen versuchte. Sie hatte das ihrem Mann erzählt, als sie das letzte Mal miteinander gesprochen hatten. »Das bildest du dir nur ein«, hatte er gesagt, »weil du auf deinem riesigen Dampfer sitzt und nicht von der Stelle kommst.« Das waren also seine Phantasien von ihrem Leben hier. Sie ließ das Telefon klingeln. Sie malte sich alles Mögliche aus, wo sich die Engländerin und ihr Mann jetzt befinden könnten. Sie malte sich aus, dass die Engländerin zu Hause auf ihn wartete, so wie sie es selbst im Kongo getan hatte. Damals, als sie ihn dort besucht hatte, kurz nachdem sie ihre gemeinsame Wohnung in Berlin aufgegeben hatten. Die Hoffnung, nach Irland zurückzukehren, wo Benjamin aufgewachsen war, hatte sie da schon aufgegeben. Und dann war der Besuch im Kongo furchtbar langweilig gewesen. Man saß in einer schlecht eingerichteten Wohnung in einem Land, in dem es unerträglich heiß war, und wartete darauf, dass jemand zurückkam, der so wichtige Dinge zu tun hatte, dass er eigentlich gar keine Zeit hatte. Schon gar nicht für seine Frau. Schließlich ging es um Menschenleben, die gerettet werden mussten. Die Engländerin wartete vielleicht auch auf ihn. Aber vielleicht war die Engländerin ja auch bei der GTZ und er konnte mit ihr über alles sprechen. Vielleicht war das ja auch der Grund. »Manchmal tut es mir richtig weh, dass ich es dir nicht richtig erklären kann«, hatte er einmal zu ihr gesagt. »Aber du willst es ja auch nicht verstehen.« Sie überlegte sich eine andere Strategie. Sie ließ es weiterklingeln. Sie würde mit der Engländerin nicht sprechen. Sie würde so tun, als existierte sie gar nicht. Plötzlich hörte sie etwas. Jemand hatte abgenommen, aber es war nichts weiter zu hören als ein entferntes Rauschen. Sie sind am Meer. Sie sind baden gegangen. Und während sie angestrengt das Telefon gegen das Ohr presste und auf die gleißend helle Glühbirne starrte, sagte sie sich: »Das kann doch nicht wahr sein. Sie vergnügen sich am Strand. Sie sind am Meer.« Und damit hatte sie in diesem Moment nicht ganz unrecht, auch wenn es nicht stimmte, dass irgendjemand am Strand in Monrovia, zu dem Benjamins Mutter jetzt endlich eine Verbindung hergestellt hatte, sich vergnügte. Im Gegenteil. Während Benjamin das Telefon aus der Tasche holte, geschah etwas so Schreckliches, dass er für einen Moment sogar vergaß, »Hallo« zu sagen.

9.

Benjamin wollte unbedingt Deutsch mit seiner Mutter sprechen. Doch immer wenn sie aufgeregt war, wechselte sie ins Englische. So war es auch in der Zeit nach ihrer Rückkehr aus Irland gewesen, und er hatte es nicht ertragen können, wenn seine Mutter Englisch mit ihm sprach, während alle anderen Menschen um ihn herum doch Deutsch sprachen, und dass er auf alles, was seine Mutter sagte, in einer anderen Sprache antworten musste. Sie fragte ihn etwas auf Englisch, und er antwortete auf Deutsch. Emily stand neben ihm und hörte zu. Er sah aber an ihrem Gesichtsausdruck, dass sie nichts verstand.

»Was fällt der ein! Was denkt die sich dabei?«, fragte seine Mutter am Telefon. Auch Benjamin verstand erst nichts. Emily hatte sich ein Handtuch über die Schultern gelegt. Die anderen waren im Wasser. Benjamin hörte sie rufen. Irgendetwas musste passiert sein.

»Was ist denn bei dir los?«, fragte seine Mutter. »Was ist da los?«

»Nichts«, sagte Benjamin. Emily drehte sich zu ihm um.

»Glaubt sie, dass sie so mit mir umspringen kann?«, fragte seine Mutter.

Benjamin sagte nichts.

»Hörst du mich?«, schrie sie.

»Ja, ich höre dich«, sagte er leise. »Aber ich kann dich kaum verstehen, das Meer ist so laut.« Das Meer ist gefährlich, wollte er sagen, aber er sagte es lieber nicht. Beatrice, die am Ufer gestanden hatte, war jetzt auch ins Wasser gegangen, um den anderen zu helfen. Er sah das Auto des großen Italieners, den weißen Jeep, der unter der Palme stand.

»Warum keine Liberianerin?«, hörte er jetzt die Stimme seine Mutter. Sie weinte. Das Meer rauschte, und seine Mutter weinte.

»Sie ist nicht seine Freundin«, sagte er nach einer Pause.

»Was?«

»Emily.«

»Heißt sie Emily? Ja?« Seine Mutter schluchzte. »O Gott. Was für ein ... Scheißname.«

Benjamin schaute aufs Meer. Die Köpfe im Wasser bewegten sich. Er konnte den großen Italiener aber nicht sehen.

»Warum nur ... eine Emily?«

»Mama, sie ist es nicht. *Sie ist nicht seine Freundin.*«

»Du brauchst ihn nicht zu verteidigen.« Sie machte eine Pause und dann sagte sie leiser, es klang fast zärtlich. »Das brauchst du nicht.«

»Ich tue es ja auch nicht.«

»Hat er dir gesagt, dass du mir nichts sagen sollst?«

»Nein, ich ...«

»Warum lügst du mich an?«, fragte seine Mutter. Sie hatte aufgehört zu weinen, und Benjamin wusste, dass das Gespräch jetzt noch schwieriger werden würde.

»Ich lüge dich nicht an«, sagte er. Emily drehte sich nach ihm um. Er schaute ihr direkt in die Augen. Er schaute sie so lange an, bis sie den Blick von ihm abwandte.

»Ich weiß es ganz genau«, sagte Benjamin langsam. Er sagte es auf Englisch. Vielleicht würde seine Mutter es ihm dann glauben.

»Mama«, sagte er, und dann sprach er wieder Deutsch. »Wieso sollte ich dich denn anlügen?«

»Ach was«, sagte seine Mutter. »Du hältst zu ihm. Du bist in einem Loyalitätskonflikt.«

»Du kannst doch mit Emily sprechen«, sagte er. Er war froh, dass ihm das jetzt eingefallen war. »Sprich doch mit ihr.«

Er schaute aufs Meer. Er sah Carlos und Beatrice, und er sah den großen Italiener im Wasser. Emily ging jetzt schnell in Richtung des Ufers.

»Ich werde in meinem ganzen Leben kein Wort mit dieser Frau sprechen. Verstehst du das?« Der große Italiener war ein sehr guter Schwimmer, er kraulte, er schwamm schneller als die beiden anderen. Benjamin drehte sich vom Meer weg und sah auf einmal die Jungen, wie sie jetzt direkt am Wagen des Italieners standen und durch die Seitenfenster in den Wagen hineinschauten.

»Er ist hier«, hörte er jemanden vom Meer rufen. »Hier.« Carlos winkte aus dem Wasser. Emily winkte auch.

»Was ist los bei dir?«, fragte seine Mutter.

Benjamin sagte nichts. Er schaute aufs Meer.

»Hier ist ne ganze Menge ... Hier sind viele Leute, wir sind am Strand.«

»So viel habe ich mittlerweile auch schon mitbekommen. Wo ist dein Vater?«

»Wo er ist?«, fragte er. Seine Mutter wusste ja nicht, dass sein Vater nicht zum Flughafen gekommen war. Emily hatte ihr zwar auf die Mailbox gesprochen, aber seinen Vater hatte sie nicht erwähnt.

»Hörst du mich noch?«, rief seine Mutter.

»Ich verstehe dich nicht. Es ist so laut hier.« Benjamin hörte lautes Rufen vom Wasser. Er hörte jemanden laut schreien. Emily lief jetzt aufs Meer zu. In diesem Moment öffnete einer der Jungen blitzschnell die hintere Wagentür und verschwand im Wagen.

»Alles okay«, schrie Carlos. »Alles okay. »

»Was ist los?«, rief Emily.

Benjamin wusste nicht, was er machen sollte. Er hatte seine Mutter am Telefon, die wissen wollte, wo sein Vater war, im Wasser gab es eine große Aufregung, und die Jungen machten dort irgendetwas an dem Jeep. Einer von ihnen war vor dem Wagen stehengeblieben und beobachtete ihn. Benjamin lief, das Telefon am Ohr haltend, auf ihn zu.

»Dein Vater«, fragte seine Mutter, »wo ist er? Ich will ihn sprechen.«

»Du willst wissen, wo er ist?«

»Ja!«

Benjamin drehte sich zum Meer um. Emily stand jetzt bis zu den Knien im Wasser.

»Er schwimmt.«

»Was?«

»Er schwimmt.« Er wechselte wieder ins Englische.

»Mit ihr?«

Er hatte fast den Wagen erreicht. Der Junge, der Wache hielt, schaute ihn neugierig an.

»Was machst du?«, fragte seine Mutter.

»Ich muss zum Wagen.«

»Was ist mit dem Wagen?«

»Jemand ... ich muss ...«

Wieder waren Schreie vom Meer zu hören. Wieder rief Carlos etwas, wieder schrie Emily etwas. Aber es hörte sich jetzt nicht mehr so bedrohlich an, es klang so, als würde alles gut werden. Der große Italiener schwamm in Richtung Jacht.

»Ich muss aufhören«, sagte Benjamin.

»Warum gehst du nicht auch schwimmen, warum gehst du nicht zu ihm ins Wasser?«, fragte seine Mutter. Er hörte an ihrer Stimme, dass sie ihm glaubte. Er hatte zum ersten Mal in seinem Leben so gut gelogen, dass seine Mutter ihm glaubte. Das hatte er noch nie geschafft.

»Glaubst du mir jetzt?«, fragte er. Er hatte den Wagen erreicht. Der Junge, der Wache hielt, stellte sich ihm in den Weg. Doch Benjamin ging mit dem Telefon in der Hand einfach an ihm vorbei zur Beifahrertür und öffnete sie. Er hörte die Stimme seiner Mutter. Sie fragte ihn etwas, aber er musste sich darauf konzentrieren, was im Wagen geschah. Als er die Tür öffnete, sah er, dass einer der Jungen am Handschuhfach zugange war. Er hatte es geöffnet und etwas herausgezogen. Es sah wie eine Mappe aus. Oder ein Lederetui. Einen Moment schauten sie sich an. Benjamin hatte keine Angst. Ob das daran lag, dass seine Mutter am Telefon war? Er belog seine Mutter so gut, dass sie ihm alles glaubte. Ein anderer Junge, der auf der Rückbank saß, sagte leise: »I am sleeping.«

»I am sleeping, too«, sagte der Junge auf dem Beifahrersitz, während er sich weiter am Handschuhfach zu schaffen machte. »We are sleeping.«

»Er schwimmt«, sagte Benjamin jetzt noch einmal.

»Er soll aufpassen«, sagte seine Mutter. »Die Strömung ist doch so gefährlich.« Benjamin erinnerte sich, dass sein Vater immer gesagt hatte, er würde selbst niemals schwimmen gehen, weil so viele Leute in Liberia ertrunken seien. Und er hatte seinem Vater versprechen müssen, dass er niemals ins Meer gehen würde.

»Er taucht nur kurz unter«, sagte Benjamin jetzt. »Er erfrischt sich.« Im nächsten Moment sah er die Angst in den Augen der Jungen. Er sah, wie sie erstarrten. Und mit einem Mal rissen sie die Türen auf und liefen weg. Er hörte, wie seine Mutter sagte: »Richte ihm aus, dass er dir sagen soll, *du* sollst auf *keinen Fall* schwimmen gehen, ja?« Währenddessen kamen Carlos, Beatrice, Emily und der große Italiener aus dem Wasser. Sie trugen etwas. Es war ein Junge. Sie trugen ihn zu viert. Sein linker Arm hing leblos herunter, und als sie den Strand erreicht hatten, schleifte er über den Sandboden. Emily hielt sich eine Hand vor den Mund. Auf einmal war es ganz still.

»Sagst du es ihm?«, hörte er die Stimme seine Mutter.

»Ja«, antwortete Benjamin mechanisch.

Es sah so aus, als hätten sie es nicht geschafft. War der Junge tot?

»Und sonst?« Ihre Stimme hatte plötzlich einen ganz anderen Tonfall angenommen. »Sonst geht es euch gut da unten? Ja?«

Benjamin nickte.

»Benjamin?«

»Ja, es geht mir gut.«

»Und deinem Vater?«

»Er kommt gerade aus dem Wasser.«

»Gib ihn mir doch mal kurz«, sagte seine Mutter. Benjamin schaute in Richtung des Ufers. Sie legten den Jungen auf den Sand. Emily winkte ihm zu. Er hörte, wie sie rief. »Eine Decke! Bring eine Decke!«

»Es geht ihm gut, ja? Gibst du ihn mir?«

»Ja, er ist da unten ... Er kommt gerade ...«

Emily winkte wieder.

»Willst du ihn wirklich sprechen?«, fragte er. »Ich kann ihm was ausrichten.«

Eine Weile hörte er das Rauschen in der Leitung. Es war ein anderes Rauschen als das des Meeres. Carlos und der große Italiener hatten mit Wiederbelebungsversuchen begonnen. Das Rauschen hielt an. Benjamin dachte daran, dass sie einmal, es war schon Jahre her, an der irischen See gewesen waren, und an einem der wenigen Tage, an dem es nicht geregnet hatte, waren sie nach Bull Island gefahren und hatten Ertrinken gespielt. Seine Eltern trugen ihn immer wieder aus dem Wasser ans Land und taten so, als müssten sie ihn wiederbeleben. Einmal hatte er seinem Vater aus Spaß Salzwasser ins Gesicht gespuckt, und sein Vater hatte ihn über den halben Strand von Bull Island verfolgt, worüber die Iren, die am Strand saßen, gelacht hatten.

»Du hast recht«, sagte seine Mutter jetzt. »Mmh ... Es ist vielleicht besser so. Sag ihm ...« Benjamin griff nach der Decke, die auf dem Rücksitz lag. »Sag ihm, es tut mir leid ... Aber eigentlich. Warum soll ich mich auch noch entschuldigen? Warum hat sie mich eigentlich angerufen? Was wollte sie von mir?«

Benjamin winkte Emily zu. Der Junge, der auf dem Strand lag, rührte sich nicht.

Benjamin blieb stehen. »Er liebt dich«, sagte er leise.

»Wie bitte?«, fragte seine Mutter.

Benjamin drehte sich um. Er schaute in den Jeep. Auf dem Beifahrersitz lag die Holzskulptur. Die beiden ineinandergreifenden Hände. Er hörte, wie seine Mutter atmete, aber es kam ihm vor, als wäre sie glücklich, als würde sie erleichtert ein- und ausatmen.

»Ich muss jetzt aufhören«, sagte er. Er schlug die Autotür zu.

»Ihr fahrt jetzt bestimmt zurück ins Haus, oder?«, sagte sie. »Es ist doch schon sechs.«

»Ja.« Benjamin hörte, wie jemand hustete. Es war ein lautes, fast tierisches Husten. Es kam vom Ufer. Der gerettete Junge bewegte sich. War es etwa der Junge mit der Badehose? Aber ganz sicher war er nicht. Seine Mutter schluchzte kurz auf.

»Ist alles okay?«, fragte Benjamin.

»Es ist alles okay. Sag ihm, es tut mir leid. Und sag der Frau, es war ein Missverständnis. Ich habe …«

»Es ist schon okay«, sagte Benjamin. »Ich muss jetzt aufhören, aber ich rufe dich wieder an.« Er legte auf. Er sah Emily kommen. Sie kam sehr schnell auf ihn zugelaufen und streckte die Hand nach dem Telefon aus.

10.

Die Sonne war schon fast untergegangen, als Benjamin neben dem großen Italiener im Auto saß und sie zurückfuhren. Er war so müde, dass er kaum die Augen aufhalten konnte. Der große Italiener hatte ihn einfach gefragt, ob er mitfahren wolle. Er fuhr sehr schnell, viel schneller als Augustine. Den Wagen von MSF, mit dem sie gekommen waren, hatten sie bald aus den Augen verloren. Der große Italiener war sehr schweigsam. Benjamin wagte nicht zu fragen, was genau im Wasser passiert war und warum Emily den Jungen beinahe geschlagen hatte. Er wollte fragen, was mit dem Jungen passieren würde, aber das traute er sich jetzt nicht, denn sie fuhren so schnell und überholten ständig die langsameren Autos, so dass Benjamin dachte, er dürfe den großen Italiener nicht in seiner Konzentration stören. Der große Italiener trug kurze weiße Hosen und fuhr mit nackten Füßen. So etwas hatte Benjamin noch nie gesehen. Ein Mitarbeiter der United Nations, der mit nackten Füßen Auto fuhr, laut Musik hörte und so viel Müll im Auto liegen hatte, dass kaum noch Platz war. Eine Weile rasten sie so dahin. Sie überholten die langsamen Lastwagen, die etwas schnelleren Taxis und selbst die schnellsten Motorräder. Ein Motorradfahrer, hinter dem sich zwei Frauen auf den Sitz quetschten, drehte sich nach ihnen um und ballte die Faust. Aber er lachte dabei. Benjamin winkte ihm zu. Die beiden Frauen winkten zurück, obwohl sie sich doch eigentlich festhalten mussten. Benjamin beobachtete den großen Italiener, ob er etwas bemerkt hatte, aber der starrte nur geradeaus und klopfte mit einer Hand den Takt zur Musik. Der Jeep gefiel Benjamin besser als der etwas ältere, schon klapprige Land Cruiser, in dem die anderen saßen und der ihnen jetzt folgte. Er war noch ziemlich neu und hatte auf der Motorhaube eine riesige, schwarze Antenne, die nicht wie eine normale Antenne aussah, sondern wie ein großer, schwarzer Riesenkugelschreiber, den jemand einfach so zwischen Motor und Kühlergrill in den Wagen gerammt hatte. Sie ragte so weit nach oben, dass Benjamin die Spitze von seinem Platz aus gar nicht sehen konnte. Er hätte gerne gefragt, was es mit dieser Antenne auf sich habe, aber der große Italiener schien an einem Gespräch nicht besonders interessiert zu sein. Er starrte auf die Straße und überholte alles, was ihm in die Quere kam. Sie überholten einen Lastwagen, der eine riesige Ladung Kohle mit sich herumschleppte. Die Türen des Anhängers standen offen. Zwei Männer saßen zwischen den Säcken und ließen sich den Wind um die Ohren wehen. Der Anhänger hing dabei so schief zur Seite, dass Benjamin schon dachte, er würde umkippen und sie beide erschlagen.

»Warum machen sie denn die Türen nicht zu?«, fragte Benjamin. Er war einfach zu neugierig. Er konnte nicht verstehen, wie ein Lastwagen mit offenstehenden Türen fahren konnte.

»Ist ihnen wohl zu heiß«, sagte der große Italiener. Weiter sagte er nichts. Aber er hatte immerhin eine Antwort gegeben. Sein Englisch klang sehr holprig und fremd. Vor ihnen fuhren zwei langsamere Jeeps. Sie blockierten beide Fahrspuren, und als Benjamin dachte, sie würden jetzt auch etwas langsamer fahren, entschied sich der große Italiener, nach links auszuscheren und direkt in den Gegenverkehr hineinzufahren, um die beiden zu überholen. Vielleicht, dachte Benjamin, darf man das als UN-Auto. Die Verkehrsregeln missachten und einfach in den Gegenverkehr hineinfahren. Ein Taxi wich ihnen elegant aus. Niemand hupte. Eine Weile fuhr der große Italiener auf der Gegenfahrbahn und überholte eine ganze Reihe von langsameren Autos. Er schien nicht im Geringsten erschöpft oder müde. Er hatte den Jungen mit der Badehose ein paar Meter getragen, bevor Carlos, Beatrice und Emily ihm zu Hilfe gekommen waren. Er hatte nichts gesagt, als Emily, die furchtbar aufgeregt gewesen war, wütend auf den Jungen eingeredet hatte. Dass er den großen Italiener in Gefahr gebracht habe und dass er beinahe auch ertrunken wäre. Aber das war viel später gewesen. Da hatten sie ihn schon wiederbelebt, und er hatte Unmengen von Wasser gespuckt und sie alle mit glasigen Augen angestarrt, während Emily und Carlos ihn mit Handtüchern abrubbelten.

»Hast du eine Ahnung, was dieser Mann alles getan hat, was er für dich auf sich genommen hat?«, hatte Emily ihn angeschrien. »Weißt du das? Weißt du, was für ein besonderer Mensch er ist?«

Carlos hatte den Wagen vorgefahren, damit sie den Jungen ins Krankenhaus bringen konnten, aber es war dann doch nicht mehr nötig gewesen. Sie hatten ihn auf eine Decke in den Jeep gelegt, damit er sich ausruhen konnte.

»Bitte bringt mich nicht ins Krankenhaus«, hatte der Junge

leise gesagt. Es war tatsächlich derselbe Junge gewesen, der in der Badehose zu ihm gekommen war und ihm seine Hand gegeben hatte. Der Junge, der so lange Fingernägel hatte. Er hatte immer wieder aufs Meer geschaut. Als wollte er gleich wieder zurück ins Wasser. Die Jacht hatte sich entfernt. Sie hatte in dem Moment den Anker gelichtet, als sie den Jungen an Land gebracht hatten. Das drohende Unwetter hatte die Besatzung wahrscheinlich dazu gezwungen. Aber selbst jetzt, als Benjamin neben dem großen Italiener saß, hatte das Unwetter das Festland noch nicht erreicht. Der große Italiener schaltete das Warnblinklicht an. Er musste etwas langsamer fahren, weil der entgegenkommende Verkehr ihn behinderte. Wie ein Krankenwagen fuhren sie weiter auf der Gegenspur, auf der Hauptstraße von Monrovia. Das ist ja Wahnsinn, dachte Benjamin. Er schaute auf die entgegenkommenden Autos. Er hatte keine Angst. Der große Italiener hatte auch keine. Wahrscheinlich *musste* er so schnell fahren. Es war sein Auftrag. Sein Vater hatte Benjamin einmal erklärt, dass die UN-Mitarbeiter, wenn sie in einem Land wie Liberia arbeiteten, gewissermaßen über dem Gesetz standen und Dinge tun durften, die anderen verboten waren. Der große Italiener überholte eine ganze Kolonne von Autos. Aber der Verkehr wurde immer dichter, es konnte nicht länger gutgehen. Neben ihnen fuhr ein großer kastenförmiger Lastwagen, auf dem in großer Schrift »Sportpferde« stand. Sportpferde, dachte Benjamin, das muss ein Lastwagen sein, der vorher in Deutschland unterwegs gewesen ist und wirklich Pferde transportiert hat. Jetzt war er leer. Der große Italiener passte sich der Geschwindigkeit der vor ihm fahrenden Wagen an. Warum tat er das jetzt? Hatte er keine Lust mehr, über dem Gesetz zu stehen? Oder hatte ihm irgendjemand ein Signal gegeben? Der Funkapparat, den er im Wagen hatte, war ausgestellt. Der große Italiener schaute ihn an. Es schien so, als hätte er ihn erst jetzt richtig bemerkt.

»He«, sagte er in seinem komischen Englisch. »Du bist ja gar nicht angeschnallt.«

Er würde das alles seinem Vater erzählen. Sein Vater konnte gut zuhören. Er hatte sich oft vorgestellt, wie er mit seinem Vater durch den liberianischen Regenwald spazieren gehen würde. Sein Vater würde ihm die Bäume erklären. Baumriesen, in denen Tiere versteckt waren, und Benjamin würde seinem Vater von E erzählen, seinem Feind, von dem sein Vater noch nichts wusste. E, der ihn den ganzen Winter über verfolgt und keine Ruhe gegeben hatte. Wenn sein Vater in der richtigen Stimmung wäre, würden sie sich auf eine Lichtung hinsetzen. Und sein Vater würde ihm zuhören, und Benjamin würde ihm alles erzählen. Sein Vater würde ihm den ganzen Wald erklären. Über die Tiere, die Geister, die Gefahren und die Geheimnisse des Waldes würden sie sich untereinander austauschen wie alte Gefährten, die sich trafen, um sich zu berichten, was in der Welt passierte. Benjamin würde seinen Vater »Kumpel« nennen, so wie sie es manchmal getan hatten. Sein Vater hatte zu ihm »Kumpel« gesagt, und Benjamin dann geantwortet: »He, alter Kumpel.« Sein Vater würde zuhören, so wie die Bäume zuhören und alles bezeugen würden. Den Bäumen in diesem Wald würden sie sich anvertrauen, auch wenn sie sie mit ihren Macheten vielleicht umhauen und aus dem Weg räumen müssten. »Entschuldigung, sorry«, würden sie sagen, wenn ein Baum einknicken würde unter ihren Schlägen. Und dann würde der Baum mit einem Ächzen umfallen und in dem dichten Sumpf aus verrottenden Schlingpflanzen verschwinden. Sie würden eine Lichtung finden, und dann würden sie einander zuhören. Ob der große Italiener auch ein guter Zuhörer war? Benjamin wusste es nicht, aber es konnte schon sein. Sein Vater war manchmal wie der große Italiener. Schweigsam, fast abwehrend, beinahe feindselig, und dann, wenn man schon gar nicht mehr damit rechnete, sagte er etwas so Schönes, etwas so Wunderbares, dass man wusste, dass er der beste und großartigste Vater war, den es geben konnte. Beatrice kannte ihn vielleicht. Es war unwahrscheinlich, dass es zwei Mitarbeiter bei der GTZ gab, die sich für Windhundrennen interessierten. »Wir werden ihn schon finden«, hatte Beatrice gesagt. »Aber alle Leute bei der GTZ kenne ich natürlich auch nicht.« Und dann war sie in den Land Cruiser gestiegen. Er würde seinem Vater davon erzählen, dass er vielleicht einen Doppelgänger hatte und dass es ihn zweimal in Liberia gab. Sie würden im Wald zusammen spazieren gehen und über ihnen würde die Sonne scheinen, aber so weit über ihnen, über diesem dichten undurchdringlichen Grün, dass sie gar nicht wüssten, ob es Tag war oder Nacht.

Der große Italiener bückte sich. Er wischte sich Sand von den Füßen. Mit der linken Hand wischte er sich über den linken Fuß, mit dem er eigentlich die Kupplung bedienen musste.

»Wegen mir musst du dich nicht anschnallen«, sagte er.

»Doch«, antwortete Benjamin. »Ich schnalle mich an.« Er hatte vor sich hingeträumt. Er hoffte, sie würden noch eine Weile weiter so durch die Stadt fahren. Der Lastwagen mit der Aufschrift Sportpferde hatte sie überholt, und auch einige andere Wagen, an denen sie zuvor vorbeigerauscht waren. Benjamin fragte, ob es nicht gefährlich sei, in Liberia Auto zu fahren. Und dann unterhielten sie sich sogar eine Weile. Der große Italiener erzählte, dass man aufpassen müsse und dass man zum Beispiel nicht anhalten dürfe, wenn ein Unfall passierte. Es würde sich vielleicht komisch anhören, erklärte er, aber es könne dann leicht passieren, dass von überall her Menschen zusammenliefen. Und dann müsse man sich in Sicherheit bringen, sonst wäre man am Ende selbst in Gefahr. Bei dem großen Italiener konnte man sich nicht vorstellen, dass er sich vor irgendetwas fürchtete. Er hatte um das Leben des Jungen mit der Badehose gekämpft, und der hatte ihnen noch nicht einmal seinen Namen sagen wollen.

»Kennst du diesen Jungen?«, hatte Emily ihn gefragt.

»Nein«, hatte er geantwortet. Er war erleichtert, dass der Junge mit der Badehose nicht ertrunken war. Der große Italiener hatte ihn festgehalten und beruhigend auf den Jungen eingeredet, als der unbedingt wieder ins Wasser wollte. Seine Unterlippe war aufgeplatzt. Und noch eine halbe Stunde später hatte er sich erbrochen, und es war Salzwasser aus seinem Bauch gekommen. »Und du kennst ihn ganz bestimmt nicht?«, hatte Emily noch einmal gefragt. Sie hatte wieder eine scharfe, steil aufragende Falte zwischen den Augen gehabt. Sie hatte auf einmal gar nicht mehr so schön ausgesehen. Benjamin hatte den Kopf geschüttelt. Und er hatte sie angeschaut. Er konnte sie auf einmal einfach so anschauen, ohne verlegen zu werden oder sich komisch zu fühlen.

»Ich habe das Gefühl, du bist schon mal hier gewesen«, hatte sie plötzlich gesagt. »Du kennst das hier alles schon ... Du bist nicht zum ersten Mal hier. Stimmt das?«

Benjamin konnte sich nicht erklären, wie sie auf einen solchen Gedanken gekommen war. Als sie zum Jeep zurückgelaufen waren, war er zu Beatrice gegangen. Sie hielt eines der Handtücher in der Hand und sah erschöpft aus. Er ging eine Weile neben ihr und fragte sie dann, ob sie seinen Vater kenne. Er wollte ihr erst nicht sagen, dass er ihr Gespräch mit Carlos belauscht hatte, aber dann hatte er es doch getan. Sie fragte, ob er sich denn sicher sei, dass sein Vater bei der GTZ arbeiten würde, oder nicht doch woanders. Und dann, als sie die Wagen fast erreicht hatten, sagte sie noch: »Aber wir werden deinen Vater bestimmt finden. Ich kenne nur bei denen niemand, der Kinder hat. Und deinen Vater leider auch nicht ... Es tut mir leid.« Benjamin hatte zuerst gedacht, er würde wieder mit ihr im MSF-Wagen fahren, aber dann war der große Italiener gekommen und hatte ihn aufgefordert, bei ihm mitzufahren.

»Bei uns im Projekt hat niemand Kinder. Und bei der GTZ bestimmt auch nicht. Bei diesem Job noch Kinder zu haben«, hatte Beatrice gesagt, »das ist einfach ein Ding der Unmöglichkeit. Für Kinder ist dieses Land einfach zu gefährlich.« Emily hatte Beatrice die Tür aufgehalten und ihn angelächelt.

»Aber irgendjemand hier *muss* doch ein Kind haben«, hatte Emily gesagt. »Oder hast du uns allen eine Märchengeschichte erzählt?«

Auf den letzten Metern ihrer Fahrt stieg die Straße steil an. Sie waren durch die Innenstadt gefahren, die ganz verlassen war. Überall gab es Eisentore und Eisengitter. Nicht ein einziges Schaufenster war zu sehen. Die Stadt sah aus, als würde ein Krieg bevorstehen. Große Schlaglöcher waren in der Straße. Noch größere, als Benjamin auf dem Hinweg gesehen hatte. Der große Italiener rollte im Schritttempo über sie hinweg. Sie wurden furchtbar durchgeschüttelt, und als Benjamin nicht aufpasste, schlug er mit dem Kopf gegen das Seitenfenster. Erst als sie die Anhöhe erreicht hatten und die Straße so steil geworden war, dass selbst der Jeep Schwierigkeiten hatte, voranzukommen, wurde der Straßenbelag besser. Die Häuser waren jetzt sehr klein und baufällig. Sie waren in mehreren Stufen auf den Felsen gebaut, und kleine Treppen führten zwischen den Häusern hindurch weiter nach oben. Es war niemand hier. Die Straße wurde wieder breiter, und dann sahen sie auf einmal wieder das Meer. Es war direkt hinter dem Blauen Haus. Jetzt erst sah Benjamin, wie nahe das Haus tatsächlich am Meer lag. Der große Italiener ließ den Wagen auf das Tor zurollen. Es war ein blaues Tor, und daher hatte das Haus, das ansonsten ganz weiß war, wohl seinen Namen. Der große Italiener hupte. Sie warteten darauf, dass die Wachleute das Tor öffneten. »Bleibst du nachher noch bei uns?«, hatte Emily den großen Italiener auf Französisch gefragt. Benjamin hatte auf dem Beifahrersitz gesessen. Der große Italiener hatte nur gelächelt. »Klar, habe ich doch gesagt. Ich halte meine Versprechen ...« Emily hatte sich durch das Seitenfenster in den Wagen hineingebeugt, aber Benjamin war im Weg gewesen. Sie hatte den großen Italiener angelächelt. Ihr Gesicht hatte auf einmal ganz anders gewirkt. Er hatte sie kaum wiedererkannt, und jetzt, als sie vor dem blauen Tor darauf warteten, hineingelassen zu werden, fragte sich Benjamin, ob der große Italiener sein Versprechen wirklich einhalten würde.

»Raus mit dir«, sagte er plötzlich, als sich das Tor öffnete.

»Ich soll aussteigen?«, fragte Benjamin unsicher. Er dachte, er würde seinen Wagen jetzt zu den anderen stellen. Zwei Land Cruiser mit rotem MSF-Logo standen schon auf dem schmalen Parkplatz neben dem Haus. Aber der große Italiener machte keine Anstalten, auf das Grundstück zu fahren.

»Ja.« Der große Italiener lachte. Benjamin löste seinen Gurt. »Wir sehen uns vielleicht nächste Woche wieder, am Strand.«

Bis zum Schluss hatte der Junge mit der Badehose geschwiegen und Benjamin angeschaut. In seinem Blick war ein Ausdruck gewesen, den Benjamin nicht hatte deuten können. Vielleicht wollte er wirklich etwas von ihm? Vielleicht brauchte er seine Hilfe? Was konnte er schon für diesen Jungen tun? »Lasst ihn laufen«, hatte der große Italiener zu Emily gesagt. »Er braucht keine Therapie.« Sie hatten dem Jungen ein

Handtuch gegeben und ihn laufenlassen. Benjamin hatte beobachtet, wie er vom Strand weggelaufen war, und als er den Weg erreicht hatte, der zur Hauptstraße führte, war er weitergelaufen, als würden die scharfen kleinen Steine, die dort lagen, gar nicht existieren. Er hatte sich nicht mehr umgedreht. Als sie alles zusammengepackt hatten und aufgebrochen waren, konnte man die Jacht schon nicht mehr sehen. Die Sunflower war weggefahren. »Aber ich hoffe, dass ich deinen Vater bald kennenlerne«, hatte Beatrice noch gesagt, und dann hatte sie das nasse Handtuch neben sich auf den Sitz gelegt.

Benjamin hatte schon die Beifahrertür geöffnet und stand draußen, als sein Blick wieder auf die Skulptur mit den Händen fiel. Der große Italiener lächelte.

»Nimm sie dir«, sagte er. »Ich hab schon genug davon.« Er beugte sich nach hinten und holte sie vom Rücksitz. Sie lag auf einem der Handtücher, mit denen sie den Jungen mit der Badehose warm gehalten hatten.

»Hier«, der große Italiener streckte sie ihm durch die Tür entgegen. Benjamin war so verwirrt, dass er sich nicht bedankte. Er sah zu, wie der große Italiener zurücksetzte. Er hatte jetzt die Scheinwerfer eingeschaltet, die Benjamin für einen kurzen Moment blendeten. Die große Antenne, die wie ein Riesenkugelschreiber aussah, pendelte hin und her. Der große Italiener verschwand. Die Wachleute schlossen das Tor. Als Benjamin sich umdrehte, stand Augustine vor ihm. Er hatte einen schmutzigen Lappen mit Ölflecken in der Hand. Sein Gesicht war voller Schweißtropfen, und er grinste, während er den Lappen hochhielt.

»He«, flüsterte er, »mein Freund ...« Er nahm den Lappen in die andere Hand und kam auf Benjamin zu.

»Hallo«, sagte Benjamin mit schwacher Stimme. Das Haus

war dunkel. Die anderen waren noch nicht da, aber sie mussten jeden Moment kommen. Augustine war nicht als Fahrer eingeteilt worden, um sie am Strand abzuholen, sondern hatte im Blauen Haus bleiben müssen. Benjamin hatte ein komisches Gefühl, weil der große Italiener einfach weggefahren und nicht wie versprochen noch geblieben war.

»Mein Freund«, wiederholte Augustine.

Benjamin streckte ihm die Mütze entgegen, die Augustine ihm gegeben hatte und die die heiße Nachmittagssonne von ihm abgehalten hatte. Augustine lächelte, nahm sie und setzte sie sich auf den Kopf. Wie konnte Augustine mit seinem großen kantigen Schädel diese Mütze überhaupt tragen? Sie war doch viel zu klein für ihn. Benjamin schaute wieder zum Haus. Alle Fenster waren dunkel.

»Verstehst du ... Du musst ein bisschen nett zu ihr sein. Das ist alles sehr schwer für sie. Und wir müssen jetzt gut auf sie aufpassen«, sagte Augustine.

Benjamin schaute ihn an. »Was ist denn passiert?«, fragte er.

»Mein Freund«, sagte Augustine in dramatischem Tonfall. »Das darf ich nicht sagen ... Aber du weißt doch, was ich meine. Sie ist auch meine Freundin, so wie du mein Freund bist. Das weißt du doch ...«

Benjamin starrte Augustine nur an, er verstand nicht, was er ihm sagen wollte.

»Jetzt, wo er weg ist«, flüsterte Augustine. Er kam etwas näher. Mit einem Mal ging er in die Hocke und zog Benjamin zu sich. Benjamin war jetzt ganz nah vor seinem verschwitzten schwarzen Gesicht. Er schaute auf sein fleckiges weißes T-Shirt, auf dem groß »Rio Bravo« stand.

»Sie sind alle verrückt, und sie ist es auch. Sie ist verrückt nach ihm«, flüsterte Augustine. »Du musst dich ein bisschen um sie kümmern. Sag ihr, sie soll nicht traurig sein. Sie soll nicht länger an ihn denken. Immer, immer denkt sie an ihn. Er ist doch bald wieder weg, und dann kommen andere. Der eine geht, und dann kommt ein neuer. Verstehst du?« Er packte ihn an den Schultern. Von der Straße kam ein Motorengeräusch näher, dann hörte Benjamin jemanden hupen.

»Ich bin froh, dass du mein Freund bist«, sagte Augustine und richtete sich wieder auf. Er nahm die Mütze vom Kopf und setzte sie Benjamin auf. Sie passte. Sie passte plötzlich wie angegossen. Benjamin starrte verwundert auf den großen, massigen Schädel des Fahrers, der jetzt langsam und in aller Gemütlichkeit zum Tor schlenderte, um den Wachleuten zu helfen, das Tor zu öffnen. Benjamin fuhr mit der Hand über seinen Kopf. Er tastete langsam seinen Kopf ab. Er bewegte sich nicht von der Stelle, während er darauf wartete, dass die anderen aus dem Wagen stiegen. Unter dem Arm hielt er die hölzernen Hände. Das Handtuch war noch ein bisschen feucht, so als wäre es nicht der Junge, sondern als wären es die Hände gewesen, die sie aus dem Meer geborgen hatten.

II.

Nachts weckte ihn ein Geräusch, danach konnte er nicht mehr einschlafen. Es war nicht so heiß wie in der Nacht zuvor. Er stand auf und suchte nach Streichhölzern. Obwohl Emily es ihm verboten hatte, nahm er die Kerze, die auf einem kleinen Unterteller stand, setzte sich unter das Moskitonetz und las weiter im Tagebuch von Barneby. Er hatte sich an die Handschrift gewöhnt. Er konnte jetzt fast jedes Wort entziffern, auch wenn er noch immer nicht alles verstand. Er wollte das Tagebuch lesen, bevor Emily es ihm wegnehmen würde. »Wenn wir deinen Vater nicht finden«, hatte sie gesagt, »dann fahren wir zur Botschaft. Aber erst warten wir mal ab, was Beatrice herausfindet. Morgen ist Montag, und dann ist das Büro der GTZ wieder besetzt, vielleicht wissen die ja was.« Sie hatte ihm übers Haar gestrichen. Vorsichtig, als fürchtete sie, er könnte zurückschrecken. Es war das erste Mal, dass sie ihn angefasst hatte. Über den großen Italiener hatten sie nicht gesprochen. Emily war guter Laune gewesen, Carlos hatte ihm ein Glas Wein angeboten, und sie hatten zugeschaut, wie er einen Schluck daraus trank, und dann hatten sie alle ganz furchtbar gelacht. »Oho«, machte Carlos, »guck dir seine rote Zunge an. Mister Rote Zunge.« Benjamin musste seine Zunge rausstrecken, und alle lachten. Aber das war schon später gewesen, als sie ein bisschen betrunken waren. »Träum was Schönes«, hatte Emily gesagt, während sie ihm über die Haare gestrichen hatte. Er schob die Kerze in die Mitte seines Bettes und legte das Tagebuch daneben. Er musste es ganz nah an die Kerze legen, sonst erreichte ihr Lichtschein das Tagebuch nicht. *Sie ist die ganze Nacht gelaufen. Die ganze Nacht von Gbarnga nach Monrovia, was nicht stimmen kann, also in diesem Punkt, sagt sie die Unwahrheit. Man schafft es nicht in einer Nacht. Jedenfalls sagen das alle. Sie läuft von Gbarnga ... und dann hört sie plötzlich auf zu erzählen und fragt mich, ob ich schon einmal über einen Wasserfall balanciert bin, und ich sage, ich weiß es nicht. Und sie sagt, sie kann mir den Wasserfall zeigen, es wäre dort, wo ...* Den nächsten Satz konnte Benjamin nicht lesen. Zwei Zeilen weiter stand: *Und es ist genau das passiert, was ich befürchtet habe. Sie zieht sich von mir zurück und unterbricht das Gespräch und sagt, sie möchte lieber allein sein ... Bedeutet das, dass ihr Zustand wieder schlechter geworden ist?* Benjamin blätterte eine Seite weiter, um zu erfahren, was mit der Patientin passiert war, aber am nächsten Tag schrieb Barneby nichts mehr über sie, und auch die darauffolgenden Tage erwähnte er sie nicht. Benjamin blätterte bis zum Ende des Tagebuches. Der letzte Eintrag stammte vom 7. Juni, das war sechs Wochen her. Benjamin brauchte lange, um herauszufinden, worum es ging. *Es war ein langer, trauriger Tag,* schrieb Barneby. *Gestern war F. in meinem Büro. Sie stand erst an der Tür, aber dann kam sie auf mich zu. Und plötzlich kniete sie sich vor mir hin und flehte mich an ... Und was sollte ich da sagen? Sollte ich sie einfach laufenlassen? Sie ist doch nur bei uns im Krankenhaus sicher. Es bricht mir das Herz, wenn ich daran denke, was mit ihr alles passieren könnte, wenn sie wieder da draußen ist.* Benjamin schaute über die Kerze zum Fußende des Betts. Aber das Licht der Kerze blendete ihn, so dass er es nicht richtig sehen konnte. Er tastete mit seinen Füßen die Matratze ab. Er blätterte wieder zurück, um einen anderen Eintrag zu finden, wo ihr Name erwähnt wurde, aber er fand nichts. Barnebys Schrift wurde immer ungenauer, es wurde immer schwerer, etwas zu entziffern. Einmal schrieb er, er könne es nicht akzeptieren, wenn ihr irgendetwas zustoßen würde. *Manchmal sitze ich jetzt auf ihrem Bett und frage mich, wie das passieren konnte. So etwas ist mir noch nie passiert. Dass es mich emotional so mitnimmt. Es kommt mir vor, als wäre es ein Akt der Regression. Sie ist meine Patientin und ich vermisse sie.* Benjamin hielt inne und überlegte, was wohl damit gemeint sein könnte. Ein Akt der Regression. *Wenn ich daran denke,* schrieb Barneby weiter, *wie glücklich sie war. Und es ging ihr ja auch besser. Aber warum ist sie dann weggelaufen? Weil sie Angst vor ihrer Familie gehabt hat? Vor ihrem Vater? Warum geben die Menschen hier immer den Weg des geringsten Widerstands? Warum lehnen sie sich nicht auf und setzen sich zu Wehr?* Die nächsten Sätze waren durchgestrichen, dann schrieb Barneby: *Gestern bin ich zu Milly gegangen und habe gesagt, dass ihr Bett nicht angerührt werden darf. Das Bett muss so bleiben, wie F. es verlassen hat. Nichts darf verändert werden. Und dann habe ich, aber das hat zum Glück niemand gesehen, diese kleine Figur aus Holz, die sie geschnitzt hat, unter die Bettdecke gelegt. Sie kommt sicher zurück, habe ich mir gesagt. Und am nächsten Tag war die kleine Figur weg.* Benjamin stand auf. Er öffnete die Tür einen Spalt weit. Er ging ans Fenster, schaute hinaus auf den schmalen Gang, der um das Haus herumführte und auf dem die Wachmänner nachts mit ihren Taschenlampen Patrouille gingen. Der Stacheldraht lag in großen Schlaufen auf der Mauer. Zwischen den Schlaufen steckten Glassplitter auf der Mauerkrone. Alles war angestrahlt von Lampen, die am Haus befestigt waren. Benjamin schaute auf die spiralförmigen Stacheldrahtschlaufen. Es kam ihm vor, als wäre das Haus in Geschenkpapier eingepackt worden und jemand hätte eine Schleife gemacht. Und als würden alle jetzt warten, dass jemand käme, um das Geschenk zu öffnen und in das Haus hineinzuschauen. Benjamin dachte an seinen Vater. Morgen würden sie ihn bestimmt finden, hatte Emily gesagt. Er ging zum Tagebuch zurück. Der letzte Eintrag endete mit den Sätzen: *Es ist doch wirklich kindisch, wie ich mich aufführe. Ich habe mich nicht professionell verhalten. Ich habe nicht genug Abstand gewahrt. Ich kann mich nicht erinnern, dass mir so etwas jemals passiert ist.* Benjamin klappte das Tagebuch zu und blies die Kerze aus. Er tastete vorsichtig den noch weichen Rand der Kerze ab und wartete, bis das Wachs ganz erkaltet war. Dann schob er die Kerze vorsichtig an den Rand des Betts. Am nächsten Morgen, als es hell geworden war, las er weiter. Er suchte den Namen der Patientin. Es dauerte eine Weile, bis er ihn gefunden hatte. Meistens kürzte Barneby ihren Namen ab und schrieb *F.* oder *Pt.* Aber an zwei Stellen hatte er ihn ausgeschrieben: *Flower.* Sie hieß Flower. Es war ein besonderer Name, und vielleicht wollte Barneby nicht, dass jemand anders davon erfuhr. Die nächsten Sätze waren mit einem dicken Filzstift durchgestrichen. Es folgte eine Zeichnung, und auf den nächsten Seiten tauchte Flower nicht mehr auf. Benjamin stand auf, ging zum Kleiderschrank und nahm eines der T-Shirts heraus, die Emily am Abend zuvor für ihn gewaschen hatte. Es hing auf einem Bügel, damit es schneller trocknete. Er streifte sich das T-Shirt über und ging zur Zimmertür. Die Tür war zu. Jemand musste sie geschlossen haben. Benjamin überlegte, ob er schon ins Wohnzimmer gehen sollte. Es war noch sehr früh. Die anderen schliefen bestimmt noch. Er wollte unbedingt seinen Vater sehen, er war auf einmal sehr ungeduldig, er hielt den Türgriff in der Hand und dachte, er würde die Tür jetzt einfach aufmachen, rausgehen und aus dem Haus laufen. Und dann würde er ihn schon sehen. Er würde da draußen irgendwo stehen, und Benjamin würde auf ihn zulaufen und, obwohl das sein Vater nicht besonders mochte, er würde ihn umarmen. Er drückte die Türklinke herunter, aber die Tür ließ sich nicht öffnen, jemand hatte sie über Nacht abgeschlossen. »Macht nichts«, sagte sich Benjamin. Er legte sich wieder ins Bett. Er schloss die Augen und dachte an seinen Vater. Auf einmal war er so glücklich, dass er sich an der Matratze festhalten wollte. »Nicht weinen!«, flüsterte er sich zu. »Jetzt fang bloß nicht an zu weinen, alter Kumpel. Fang bloß nicht damit an.«

IV. Eine flüchtende Seele

I.

Die Stimme fühlte sich komisch an. Er fühlte sie an seinem Ohr und an seiner Wange. Sie war dunkel und schwer, und sie erinnerte ihn an die Radiosendungen, die er gehört hatte. Dort gab es so eine ähnliche Stimme, von einer Nachrichtensprecherin. Er hielt sich das Radio dann immer ganz nah ans Ohr. Das Kopfhörerkabel war verschwunden. Irgendjemand hatte es sich ums Handgelenk gebunden und die beiden Ohrstöpsel einfach abgeschnitten, jedenfalls hatte das Okogo behauptet, aber Max hatte gesagt, so etwas würde doch niemand tun. Jedenfalls war das Kabel nicht mehr aufzutreiben. Es blieb verschwunden. Die Stimme aus dem Radio war jetzt nur noch an einem Ohr. Und sie klang so eigentlich noch viel schöner als aus den Ohrstöpseln. Als hätte sich jemand einen Stuhl genommen und sich zu ihm in sein Zimmer gesetzt. In den Ohrstöpseln klang die Stimme so, als wäre sie in seinem Kopf. »Hello«, sagte die Stimme. »This is BBC World Service. It's seven o'clock pm. These are the news.« Emily hatte auch so eine Stimme gehabt. Aber ihre Stimme war noch etwas tiefer. Sie fühlte sich anders an. Sie fühlte sich so an, als würde er den Kopf auf die Erde legen, und zwar am Abend, nachdem die Sonne untergegangen, die Erde aber immer noch warm war. Sie kitzelte auch ein bisschen, aber nicht so stark, dass man lachen musste. Erst hatte Bo die Stimme gemocht. Ob Emily diese Stimme aus dem Radio war, hatte er kurz überlegt, als sie ihn gefragt hatte, wie er denn heiße. »Und wie heißt du?«, hatte sie ihn gefragt. »Verrätst du mir das auch?« Er hatte nichts gesagt. Er hatte nur den Kopf geschüttelt und den Mantel fester um sich gezogen. »Willst du nicht mitkommen?«, hatte sie gefragt, als sie das Geld eingesammelt und beschlossen hatten, dass sie jetzt alle zurück in die Stadt fahren würden. Und dann hatte sie gesagt: »Zeig mal her. Was ist denn mit deinen Augen?« Dabei hatte sich ihre Stimme plötzlich verändert.

Bo zögerte. Der Mantel roch komisch. Er roch nach einem Tier, das sehr groß und sehr ängstlich war. Ein Tier, das sich vor einer großen Gefahr in letzter Sekunde aus seinem Pelz herausgewunden hatte und dann seinen Feinden gerade noch entkommen war. Ein großes nacktes Tier, das in den undurchdringlichen liberianischen Wald hineingerannt war und sich jetzt irgendwo verkrochen. Der Mantel roch nach Angst und Gefahr. Er roch nach etwas, das hier nichts zu suchen hatte. Bloß weg, dachte Bo. Bloß weg von hier. Weg von diesen Leuten. Er verkroch sich in den Mantel und wartete, bis alle eingestiegen waren und Emily etwas abgelenkt war. Sie unterhielt sich mit Benjamin, und sie überlegten, wo sie ihn hinbringen sollten. »Wir müssen dich irgendwo hinbringen, wo du sicher bist«, hörte er sie sagen. Er hörte, wie der Fahrer sich zurücklehnte und die Augen schloss. Er hörte, wie die Wimpern langsam heruntersanken, sich die Augenlider über die Pupillen legten, wie ein Besen, der das Licht wegkehren sollte. Er hörte, wie der Mann tief einatmete. Und dann sprang er aus dem Wagen und lief los, bis die Stimmen leiser und immer undeutlicher wurden. »Und ihr seid Freunde?«, hörte er Emily Benjamin noch fragen. Das war das Letzte, was er noch verstehen konnte, und schon war er in dem Dickicht rechts der

Straße verschwunden und lief einfach stur geradeaus, stolperte, fiel hin und lief weiter. Er lief sehr schnell. Er kannte diese Art von Landschaft. Wiese mit Bäumen und Sträuchern. Damit kam er ganz gut zurecht. Er hörte die Bäume in der Ferne, die großen Bäume, die ihn aufhalten und ihm das Leben schwermachen würden, aber bis es so weit sein würde, wäre er schon außer Sichtweite. Er ließ seine Geschwister im Stich, er ließ Precious und die kleine Spinne zurück, und er ließ Benjamin zurück. Er lief einfach davon. Er nahm den Mantel mit, der sehr schwer war, ihn aber vor den peitschenden Schlägen der Sträucher und Äste schützte. Er hörte Precious, wie sie seinen Namen rief. Precious wusste, warum er weglief. Precious hatte die Stimme auch gehört. Bo lief. Er lief so schnell, wie er noch nie gelaufen war. Einmal schlug er mit dem Kopf ungebremst gegen einen Baum, aber er stand gleich wieder auf. Er hatte die Orientierung verloren. Er wusste auf einmal nicht mehr, wo er war. Links von der Straße? Oder rechts von der Straße? Er hatte sich vorgenommen, in Hörweite der Straße zu bleiben. Aber jetzt war die Straße stumm, war in ein großes Schweigen verfallen. Er legte sich hin, um sich auszuruhen. Er war auf einmal furchtbar müde und wollte eine Weile schlafen, bevor er weiterlief. Nach einiger Zeit wachte er wieder auf. Er hatte Hunger. Sehr großen Hunger. Er überlegte, was er mit dem Mantel machen sollte. Wohl oder übel würde er jetzt jemanden nach dem Weg fragen müssen. Er blieb stehen, drehte sich nach allen Seiten um. Er hörte etwas. Es klang, als würde jemand husten. War er in der Nähe eines Dorfes? Wenn, dann musste es abseits der Straße liegen, und die Bewohner bekamen wahrscheinlich nur selten Besuch. Bo hielt den Mantel fest und verschränkte die Arme. Er strengte sich an, lauschte auf Stimmen und Menschen, die ihm vielleicht entgegenkommen würden. Es kam aber niemand. Es war schon spät. Bo überlegte, ob es nicht sein könnte, dass er wirklich unsichtbar war, und bekam auf einmal, was wirklich ungewöhnlich für ihn war, Angst. Er zog sofort den Mantel aus. Die Stimme von Emily hallte in seinem Kopf. Es waren viele Stimmen in dem Wagen gewesen. Am Anfang hatte er nur Emilys Stimme gehört, als sie ihm von den Krankenhäusern erzählt hatte. »Wir haben mehrere, eins in Bushrod Island, eins in Congo Town und eins in Paynesville«, hatte sie gesagt. »Willst du dir mal eins anschauen?« Bo wusste, was das bedeutete. Von einer Operation war schon öfter die Rede gewesen. Und so eine Operation wurde natürlich in einem Krankenhaus durchgeführt. Seine große Schwester, die seit einigen Jahren in Ghana studierte und nur ganz selten zu Hause war, hatte davon gesprochen. Jemand hatte ihr von dieser Operation erzählt. Und dass man sie in Liberia noch nicht durchführen könne, weshalb man dafür nach Ghana fahren müsse. Er duckte sich. Er hörte ein Geräusch. Der Boden vor ihm war hart und festgetreten. Ob er doch schon in einem Dorf war? Es fühlte sich nicht so an, er war sicher, dass es noch weiter weg sein musste. Jemand näherte sich ihm, jemand, der ihn schon eine ganze Weile beobachtet hatte. Bo nahm alle Kraft zusammen. Er durfte jetzt nicht schwach werden.

»Frierst du?«, fragte plötzlich jemand in die Stille hinein. Jemand stand vor ihm. »Der ist schön warm, was?«, fragte die Stimme. Bo hielt den Mantel vor seinem Bauch. Er wischte sich den Schweiß von der Stirn und lächelte.

2.

Es waren mehrere. Er brauchte nicht lange, um das herauszufinden. Sie hatten ihn schon eine ganze Weile beobachtet. Waren sie ihm gefolgt? Oder hatten sie sich hier auch versteckt, und er war ganz zufällig auf sie getroffen? Er hätte gerne die Umgebung erforscht. Waren Hütten in der Nähe? Wie viele Bäume? Er hatte das Gefühl, dass links von ihm ein Waldstück war, und hinter der Stimme, die ihn gefragt hatte, ob er friere, auch.

»Jetzt hast du deine Schuldigkeit getan und läufst hier herum«, sagte die Stimme. »Sie waren sehr schlecht zu dir, oder?«

Bo nickte. Aber er wusste nicht genau, was die Stimme meinte.

»Du weißt nicht zufällig, wo sie hingefahren sind? Nein?«

»Wer?«, fragte Bo.

»Die ... Du weißt schon.« Die Stimme lachte.

»Was trägst du denn da Komisches mit dir herum?«

»Einen Mantel.«

»Was? Dieses alte, dreckige Ding?«

Bo nickte. Er hob kurz den Kopf, hielt die Augen geschlossen und wartete auf den Wind. Er versuchte, das richtige Gefühl zu bekommen.

»Und was machst du jetzt?«, fragte die Stimme.

»Nichts.« Mit den Füßen tastete er vorsichtig den Boden ab. Er musste unbedingt wissen, wo er war, ob vielleicht noch jemand hier war, jemand, der ihm helfen konnte. Die Bewohner des Dorfes, die Leute, die irgendwo in der Nähe wohnen mussten.

»Warum schaust du so nach oben?«, fragte die Stimme.

»Ich schaue hoch.«

»In den Himmel?«

»Ja, ich schaue die Wolken an.«

»Aber man sieht sie doch gar nicht mehr. Es ist doch gleich dunkel.«

Bo erschrak. Er machte einen Schritt zurück, vielleicht stand er zu nah an diesem Mann.

»Ich kann die Umrisse sehen.«

»Die Umrisse? Du musst dir vielleicht eine Brille kaufen. Du kannst ja den Mantel hier gegen eine Brille tauschen.« Die Stimme lachte.

Bo hielt sich die Hand vor die Augen. Er spürte eine Bewegung. Etwas veränderte sich. »Du willst mir den Mantel einfach so wegnehmen?«, flüsterte Bo jetzt und machte einen Schritt zurück. »Du willst ein Kind bestehlen?«

»Was für einen Unsinn redest du denn da«, sagte die Stimme. Aber sie klang jetzt anders. Auf einmal merkte Bo, dass er sich täuschte und dass die Stimme und die Bewegungen vor ihm nicht zusammengehörten, sondern sich ein zweiter oder vielleicht ein dritter Mann vor ihm befinden musste. Die Stimme passte einfach nicht zu den Bewegungen. Und die Schritte, die näher kamen, passten nicht zu der Stimme. Es klang so, als würde der Kopf des Mannes, der auf ihn zukam, vor ihm auf dem Boden liegen, so als hätte man ihn abgeschlagen. Er hatte das einmal im Radio gehört. Sie hatten es in der BBC gebracht, ein Mann, der auf dem Meer Raubzüge unternommen hatte. Sie hatten ihn erwischt, hatten ihm den Kopf abgeschlagen, aber der Mann hatte noch immer gelebt und war einfach weitergegangen. Er hatte einen Beruf gehabt, den Bo faszinierend fand, aber er hatte den Namen dieses Berufs vergessen.

»Bleib stehen«, sagte er. Bo wollte abwarten, was passierte. Die Bewegung hörte auf, jemand blieb stehen. Ein Mann, jemand der näher gekommen war.

»Was für Wolken siehst du da oben?«, hörte er die Stimme fragen. Er hörte, wie sie lächelte, und er hörte, dass die Stimme nicht zu dem Körper gehörte. Es war ganz sicher. Die Stimme war hinter dem Körper. Aber was ihn besonders irritierte, war, dass er sich sicher war, dass sie auf dem Boden oder allenfalls eine Handbreit über dem Boden sein musste.

»Einige sind groß, einige sind klein«, sagte er und senkte den Kopf. Konnte es sein, dass jemand flach auf dem Boden lag und mit ihm sprach, während ein anderer sich ihm langsam näherte?

»Aha«, hörte er die Stimme sagen.

»Die Wolken sind unterschiedlich groß«, sagte Bo mit matter Stimme. »Eine Wolke kann so groß sein wie der ganze Himmel.« Er hielt den Kopf gesenkt.

»Aha«, machte die Stimme wieder.

Er hörte ein Geräusch. Etwas schabte über den Boden.

»Und was ist das für ein Mantel?«, fragte die Stimme.

»Er gehört einer Frau, die sehr mächtig ist. Einer Botschafterin …« Bo hob wieder den Kopf und lächelte.

»Warum lächelst du?«, fragte die Stimme. Es hörte sich an, als würde der Kopf über den Boden auf ihn zurollen. Das war natürlich nicht möglich. Gab es eine andere Erklärung dafür?

»Ich hab keine Angst vor euch«, sagte Bo leise.

Der Mann und die Stimme sagten nichts. Bo ging in die Hocke und legte seine Hand auf den Boden, er wollte spüren, wie sich der Boden anfühlte. Vielleicht würde er dann verstehen, was hier passierte. Er merkte, wie erschöpft er war, wie viel Kraft ihn die Flucht gekostet hatte. Er tastete über den Boden. Der Boden war kühl. Die Sonne war also schon lange untergegangen. Er hatte nicht aufgepasst. Er schwitzte. Seine Hand war feucht, der Boden war hartgetreten, fast wie ein Steinboden. Er musste also mitten in einem Dorf sein.

»Was machst du?«, hörte er die Stimme fragen. Sie wussten nichts. Sie ahnten noch nichts. Sie fanden ihn vielleicht sonderbar. Er war gut darin, Menschen zu täuschen. Er ließ nicht zu, dass sie ihm in die Augen schauten, außerdem war es schon dunkel. Sie sahen nur den Mantel. Im Dunkel sah der Mantel sicher schwer und wertvoll aus.

»Ich muss weiter.«

»Wie bitte?« Das war eine zweite Stimme, das war eine dritte Person, es war eine Stimme, die gar nicht so weit von ihm entfernt war. Er ließ sich nichts anmerken. Er richtete sich wieder auf, hob den Mantel, den er auf seine Knie gelegt hatte, hoch und hielt ihn mit ausgestreckten Armen vor sich.

»Wie bitte?«, wiederholte die Stimme. Es war eine alte Stimme, eine knarzende, rauchige alte Stimme. Eine Stimme wie ein hohler, steiniger Turm, aus dem unablässig Rauch aufstieg. Ein Turm, ein langer, schmaler, grauer Turm. Innen war er schwarz wie die Nacht. Der Turm hustete.

»Ich muss los, ich muss nach Hause.«

»Er soll uns nicht sagen, dass er nach Hause muss, das soll er uns nicht sagen«, sagte die alte Stimme. »Er soll uns sagen, wo sie hingefahren sind.«

»Psst«, sagte die Stimme, die irgendwo am Boden war.

»Wer?«, fragte Bo. Auf einmal wusste er: Sie hatten ihn beobachtet. Sie wussten, woher er gekommen war.

»Lass mich deinen Mantel mal anschauen«, sagte die alte Stimme. Bo ließ den Mantel etwas nach unten sinken. Der Mann, der nie etwas sagte, kam näher.

»Bleib stehen.«

»Was?«

»Bleib stehen«, sagte Bo.

»Er ist verrückt.«

»Der Junge ist verrückt«, sagte die Stimme aus dem Turm.

Sie hustete, und Bo hörte den Mann, zu dem sie gehörte, schwer und mühsam atmen. Luft, die durch den Turm zog, die durch den Turm wehte, die auf Widerstand stieß. Etwas war von oben in den Turm hereingefallen und nicht mehr herausgekommen.

»Es ist besser, wenn ihr nicht näher kommt«, sagte Bo. Auf einmal wusste er, dass er in Gefahr war, dass sie ihm den Mantel vielleicht abnehmen würden und das Ganze kein Spiel war. Er musste weg. Vielleicht konnte er jetzt einfach so gehen und zurücklaufen. Vielleicht reichte der Vorsprung aus. Er hatte jetzt wieder etwas mehr Kraft.

»Was ist in diesem Mantel? Was hast du da drin?«, fragte die Stimme, die auf dem Boden lag.

»Vielleicht hat er ein Messer da drin«, sagte die Stimme aus dem Turm.

Bo überlegte. »Er bringt Unglück.«

»Was?«

»Es ist ein Mantel, der Unglück bringt«, sagte Bo.

»Was fällt dir ein! Auf den Arm nehmen kann ich mich selbst.«

»Aber wenn ich es dir sage.«

»Wir wissen, wo das Geld ist.« Die Stimme, die auf dem Boden lag, lachte. »Aber wir wissen nicht, wo *er* ist. Also wo sind sie hingefahren? Du hast sie doch noch gesehen, oder?

»So ein Quatsch. Ein Schlangenquatsch. Kommt hier so eine Schlange an und quatscht uns voll.« Es war die Stimme aus dem Turm, die Stimme des anderen Mannes, der jetzt offenbar die Geduld verlor.

»Er hat schon anderen Unglück gebracht, großes Unglück«, sagte Bo jetzt. Etwas sprach aus ihm heraus, über das er keine Gewalt mehr hatte. Etwas hatte sich seiner bemächtigt, was er nicht kannte. Ein Geist?

»Schaut, wie er aussieht.« Er zog langsam und etwas umständlich den Mantel an. »Er ist grau. Wie Asche. Und er riecht. Als wäre er unter der Erde gewesen.« Er knöpfte den obersten Knopf zu.

»Lass ihn auf«, sagte die Stimme auf dem Boden.

»Das ist ein Schlangenquatsch. Der macht sich über uns lustig«, sagte der Turm.

»Wie alt bist du?« Die Stimme vom Boden klang kalt und metallisch.

»Ich?«

»Ja, du ... Du mit dem Mantel. Genau *du.*« Jetzt hörte es sich so an, als würde die Stimme zu einem Körper gehören, der im Boden feststeckte, dessen Arme und Beine unter der Erde und dessen Füße noch weiter unten in einem länglich ovalförmigen Loch waren, aus dem kein Herauskommen möglich war.

»Ich sage euch nicht, wie alt ich bin. Und meinen Namen auch nicht. Das geht nicht.«

»Aha.«

»Ein Schlangenspinner«, sagte der Turm. »Er hat den Mantel geklaut. Hat dieser weiße Junge nicht auch so einen gehabt?«

»Der Mantel gehört der Botschafterin«, sagte Bo langsam, und noch während er sprach, dachte er fieberhaft über das Ende seines Satzes nach, aber er spürte jetzt, dass seine Kräfte gewachsen waren. Außerdem hatte er eine Idee. »Und die Botschafterin«, setzte er fort, »und das sage ich euch, obwohl es euch gar nichts angeht. Die Botschafterin ist nämlich ...« Er machte eine Pause, wie er es von Okogo gelernt hatte. »Sie ist ...«

»Was?«

»Ja, deswegen bin ich hier. Deswegen muss ich auf den Mantel aufpassen.«

»Uns ist egal, was mit der Botschafterin ist, wir wollen ...«

»Sie ist gestorben.«

»Was?«

»Sie ist tot.«

Einen Moment sagte niemand etwas, dann hörte er, wie sich der Turm räusperte.

»Tot?«, fragte die Stimme, die aus dem Boden kam. Sie schien jetzt noch etwas tiefer in den Boden zu sinken, und Bo fragte sich, was das um Gottes willen für ein Dorf sein musste. Oder ob es überhaupt ein Dorf war, denn da war er sich auf einmal nicht mehr sicher.

»Warum sollen wir das glauben? Du erzählst Geschichten.«

»Er täuscht uns. Er lügt!«

»Woher sollen wir wissen, dass du die Wahrheit sagst?«

»Warte«, sagte Bo, »ich habe hier etwas.« Er griff in die linke Manteltasche, in der er zuvor etwas ertastet hatte. Seine Hand zitterte plötzlich. In der rechten Innentasche war das Geld, das vom Baum gefallen war. Und in der linken Tasche war ein kleines Buch. Er zog schnell das Buch heraus und hielt es hoch.

»Hier«, sagte er.

»Hier?«, machte der Turm. »Was ist das jetzt?« Er hustete, und die letzten Worte gingen in ein lautes Fauchen und Röcheln über. »Hören wir auf mit dem Schlangenquatsch.«

Bo lächelte.

»Was ist es?«, fragte die Stimme aus dem Boden. Sie klang kalt und fern.

»Das ist ein kleines ...« Bo zögerte. Er wusste nicht genau, was er in den Händen hielt. Es war ein kleines Buch mit nur wenigen, aber kräftigen Zeichen. Beim Durchblättern hatte er erst gedacht, einige Seiten seien in Braille geschrieben, in der Blindenschrift. Eine der Seiten war wiederum so glatt und dick wie ein Stück Plastik, und auf diesem Plastik konnte er gar nichts ertasten. Das Buch hatte vielleicht zehn oder zwölf Seiten. Instinktiv wollte er das Buch aber lieber nicht Buch nennen. Er hielt es hoch, während er einen Schritt zurück machte.

»Es bringt Glück«, sagte er. »Ihr seid unentschlossen. Und ihr habt vor dem Mantel Angst. Aber dieses kleine Buch, das kann euch helfen. Ich schenke es euch.«

»Aha«, sagte die Stimme aus dem Boden. Der Mann, der nichts sagte, war stehengeblieben. Bo glaubte zu wissen, dass der Mann, der keine Stimme hatte, auf die Anweisungen der Stimme aus dem Boden wartete und in diesem Moment nicht wusste, was er tun sollte.

»Wir können alles haben«, sagte der Turm. »Wir können dir die Haare vom Kopf runterkaufen, wenn uns danach ist.«

»Es kostet nichts, wie gesagt. Ich gebe es euch einfach.« Er schwenkte das Buch, das vielleicht gar kein Buch war, hin und her. »Das hier ... Das schenke ich euch.« Er machte eine Pause. »Seht her.«

Er dachte, es wäre am besten, wenn er jetzt so schnell wie möglich verschwinden würde. Er würde ihnen das Buch geben. Aber dann musste er weg. Sonst würden sie Verdacht schöpfen.

»Wie bitte?«, krächzte der Turm. Und fing wieder an zu husten.

»Sei doch still«, sagte die Stimme aus dem Boden. Der Mann, der nichts sagte, machte jetzt eine Bewegung nach rechts, dorthin, wo der Turm stand. Bo machte einen Schritt zurück.

»Ich traue euch nicht«, sagte er. »Aber ich will euch einen Gefallen tun. Nehmt mein Geschenk an. Ihr habt mir meine Zeit geraubt. Aber das Geschenk könnt ihr behalten und meinetwegen auch später bezahlen.«

»Was? Wieso?«, sagte der Turm.

»Sei ruhig«, sagte die Stimme aus dem Boden.

»Er ist nicht von hier«, sagte der Turm. »Siehst du das nicht? Er hat überhaupt keine Ahnung. Er ist der falsche Junge.«

»Schau, was er in der Hand hat«, sagte die Stimme aus dem Boden.

»Ich lege es euch da hin«, sagte Bo und machte noch einen Schritt zurück.

»Was sollen wir damit?«, krächzte der Turm. Bo hörte, wie der Mann, der keine Stimme hatte, jetzt bei dem Mann, der wie ein qualmender Turm sprach, angekommen war.

»Hilf ihm«, sagte die Stimme aus dem Boden.

»Nein«, sagte Bo. »Ihr bleibt stehen. Bleibt stehen!«

Er hatte sehr laut gesprochen.

»Ihr wisst es nun genauso gut wie ich. Die Frau, die den Mantel getragen hat, ist tot. Ich trage sie mit mir. Es ist besser, wenn ich mit euch nicht zu viel Zeit verbringe. Ihr habt Angst. Ihr habt furchtbare Angst ... Und ich kann euch nicht helfen, das würde nur Unglück bringen. Aber ich gebe euch ...« Er unterbrach sich. Er hörte, wie der Turm stöhnte. Auf einmal bewegte sich die Stimme, die aus dem Boden sprach. Sie sagte nichts, aber er hörte, wie sie näher kam. »Ich lege das Buch dahin, und dann gehe ich«, sagte Bo.

»Verrückt«, sagte der Turm. »Verrückter Schlangenquatsch.«

Bo machte einen weiteren Schritt zurück. Was auch immer dort vor ihm passierte, er wollte es nicht aus der Nähe betrachten, er wollte nicht mit irgendeiner dieser Stimmen in Berührung kommen. Für einen Moment war es vollkommen still. Bo dachte an den Heimweg. Er dachte an Precious, die ihm vielleicht Jollof-Reis machen würde, wenn sie sah, wie erschöpft er war. Er dachte an die kleine Spinne, an die Wohnung und das warme, flirrende Licht, das die Wohnung erfüllte, wenn

Max manchmal abends zu ihnen nach Hause kam und den Generator anschaltete. Aber das war alles weit weg. Es war unendlich weit entfernt. Es war stockdunkel. Er spürte die Dunkelheit in seinem Kopf. Wann immer es so dunkel war, dass auch die Sehenden um ihn herum nichts mehr sehen konnten, glühte es in ihm. Dann erstrahlte sein eigener Kopf, und es wurde ihm ganz warm. Diese Männer hatten kein Licht. Er war ihnen begegnet, als es gerade dunkel geworden war, und sie waren von der Dunkelheit genauso überrascht worden wie er. Möglicherweise gehörten sie gar nicht in dieses Dorf. Oder es gab dieses Dorf nicht, und diese Männer waren selbst vor etwas auf der Flucht. Der Turm räusperte sich wieder.

»Lass ihn«, hörte Bo die Stimme aus dem Boden sagen.

»Was ist das?«, fragte der Turm.

»Es ist ... ein Pass!«, sagte die Stimme aus dem Boden.

»Es ist nicht gut, wenn ich in eurer Nähe bin«, sagte Bo. »Es ist *für euch* nicht gut. Außerdem ... muss ich los. Ich muss wirklich gehen.«

»Es ist die tote Frau. Ja? Es riecht nach der toten Frau. Ja?« Der Turm hustete.

»Es ist ein Pass«, wiederholte die Stimme aus dem Boden.

Bo wusste nicht, was er als Nächstes tun sollte, wusste nicht, ob er noch einen Moment warten sollte. Es war vielleicht nicht gut, wenn er einfach aufspringen und loslaufen würde.

»Was für ein Pass?«, fragte der Turm. »Zeigt ihn mir.«

»Bleib da. Das geht dich nichts an.« Anscheinend konnte sich die Stimme nicht bewegen und lag deswegen auf dem Boden. Die Stimme blätterte in dem Buch herum. »Es ist wahr ... Es ist eine sehr alte Frau.« Die Stimme auf dem Boden machte eine Pause. »Und jetzt ist sie tot? Wie ist sie gestorben?«

»Sie ist vom Blitz getroffen worden.«

»Aha«, machte die Stimme. »Aber du ... bist noch am Leben?« Die Stimme klang jetzt merkwürdig kalt und hell. Sie klang auf einmal sehr bedrohlich, und jetzt merkte Bo auch, warum sie so klang. Die Stimme hatte sich aufgerichtet. Die Stimme hatte sich aufgestellt und stand jetzt vor ihm. Sie war kurz davor, auf ihn zuzukommen.

»Ganz plötzlich«, sagte Bo. »Ganz plötzlich war sie tot, einfach so.« Er hatte laut und klar gesprochen. Er hatte allen Mut zusammengenommen. »Aber jetzt muss ich wirklich ... Ich muss los.«

»Wie bitte?«, fragte der Turm.

»Lass«, sagte die Stimme aus dem Boden, die jetzt vor ihm stand. Es war ein großer, kräftiger Mann, der einen eigenartigen Geruch verbreitete. Bo spürte auf einmal, dass er nicht mehr lange durchhalten würde und dass er nur hoffen konnte, der Mann, der da vor ihm stand, würde aus irgendeinem Grund nicht näher kommen. Er hoffte, irgendetwas würde ihn davon abhalten.

»Mach einen Schritt zurück«, sagte Bo mit fester Stimme, während ihm die Knie schlotterten. Er hörte, wie die Stimme, die aus dem Boden gekommen war und jetzt vor ihm stand, sich bückte. Er hörte ein Knistern und ein leichtes, fast unmerkliches Knacken, als stammte es von einem Gelenk oder einem Knochen.

»So ein Quatsch, so ein verdammter Schlangenquatsch«, murmelte der Turm.

»Halt die Schnauze«, sagt die Stimme aus dem Boden, die sich gebückt hatte. Sie klang auf einmal so scharf und brutal, dass Bo mit einem Mal, in einer einzigen blitzartigen Sekunde wusste, mit wem er es zu tun hatte. Er wusste, wer dieser Mann, wer diese Stimme war. Er kannte sie. Aber er rannte nicht weg. Er blieb stehen. Er hörte wieder das Knistern, dann hörte er, wie die Stimme sich entfernte. Auch der Mann, der nichts sagte, entfernte sich.

»Hau ab«, sagte die Stimme, die aus dem Boden kam. »Du kannst gehen.«

»Ich wusste es«, sagte die Stimme aus dem Boden. »Ich habe es gleich gewusst.«

Bo ging rückwärts. Er machte vorsichtige, tastende Bewegungen. Die Männer folgten ihm nicht. Doch er hörte Geräusche, er hörte einen hohen, gefährlichen Gesang aus Stein und Metall. Er hörte das schwere Atmen des Mannes, der wohl noch rechts von ihm stand und ihm jetzt am nächsten war.

»Lass ihn«, sagte die Stimme aus dem Boden. »Lass ihn gehen.«

Die letzten Worte kamen wie ein Zischen aus ihm heraus. Bo ging weiter. Er betete, dass er nicht irgendwo gegen stieß. Er wusste, er durfte keinen Fehler machen. Ein einziger Fehler würde das ganze wacklige Gebäude, das er hier mitten in der Dunkelheit und in der Nacht vor diesen schaurigen Männern aufgebaut hatte, in sich zusammenbrechen lassen.

»Lass ihn«, hörte er wieder das Zischen. Es kam jetzt schon aus einigen Metern Entfernung. Er ging weiter rückwärts, und als er sicher war, dass die Männer ihm nicht folgten, machte er einen großen Bogen um sie herum, bis er die Straße erreicht hatte. Er hatte sie schon gehört. Er hörte das beruhigende Dröhnen eines LKWs und dann, wenige Momente später, das Rauschen eines schnellen und modernen Wagens. Das Rauschen beruhigte ihn so sehr, dass er stehenblieb und den Mantel auszog. Er stellte sich, während er dem Wind den Rücken zuwandte, neben einen niedrigen Busch vor einen Baum und pinkelte. Er würde jetzt auf dem schnellsten Weg nach Hause gehen, er würde zur Straße laufen und einen Wagen anhalten. Aber dann ebbten die Geräusche ab. Und er hörte nichts mehr.

Bo verlor die Orientierung. Er hatte keine Vorstellung davon, wie groß das Waldstück war, in dem er sich befand. Er ärgerte sich, dass es immer so lange dauerte, bis er seine Umgebung untersucht hatte und wusste, wo er sich genau befand. Andere Jungen in seinem Alter erzählten immer von den Geheimgesellschaften, an denen ihre Väter teilnahmen und an denen sie selbst später auch teilnehmen würden. Man verbrachte eine lange Zeit im Wald, und dann lernte man Dinge, die sonst niemand wusste und von denen man auch niemandem etwas erzählen durfte. Zum Beispiel, wie man in einem Wald überlebte und wie man sich die Geheimnisse des Waldes zunutze machen konnte. Ich werde es Okogo erklären, dachte Bo, und dass es nicht meine Schuld ist, die Orientierung verloren zu haben. Es hatte damit angefangen, dass er den Baum nicht mehr wiederfinden konnte, an dem er gestanden hatte. »Wen von euch habe ich jetzt angepinkelt?«, fragte er die Bäume, die um ihn herumstanden, und lief von Baum zu Baum, ohne aber den richtigen wiederzufinden. Viel später, als er es schon fast aufgegeben hätte, aus dem Wald wieder herauszufinden, fand er den Baum doch wieder. Er erkannte ihn an seinem Geruch. Ich habe es versucht, würde er zu Okogo sagen, aber dann ist die Zeit mir entwischt. Man kann sie eben doch nicht einfach so anhalten. Man muss schon Geduld haben und es immer wieder probieren, bis es irgendwann funktioniert. »Vielen Dank«, sagte er zu dem Baum. Dann ging er weiter. Die Straße war jetzt ganz nah. Ein Wind kam auf. Und Bo merkte, wie er auf einmal wieder müde wurde. Wie lange kann man es hier wohl aushalten? Wie lange kann man einen solchen Wald ertragen? Der Wald war in Liberia das Wichtigste, alle Leute sprachen immerzu davon. Bo war froh, wenn er ihm fernbleiben konnte. Er wollte auch in keine Geheimgesellschaft eintreten. Er ging weiter. Die Bäume waren weg. Es waren nur

Büsche und Gräser um ihn herum. Er würde jetzt endlich nach Hause gehen. Vielleicht würde er später noch ein Taxi finden, und alles würde gut werden. Es begann wieder zu regnen und kurze Zeit später wurden alle Geräusche, die er zuvor gehört hatte, von einem lauten, gleichmäßigen Rauschen abgelöst. Es regnete so stark, dass er seinen eigenen Atem nicht mehr hören konnte. Er setzte sich, erschöpft und so müde, dass er kaum die Augen aufhalten konnte, mitten im Regen in eine Mulde, nicht unweit der Straße, und schlief ein.

3.

Der Regen kam über ihn wie eine große Flut. Das Wasser stürzte aus dem Himmel auf ihn herunter, so dass sich bald die ganze Mulde mit Wasser angefüllt hatte. Von überall her kam Wasser, von oben, von der Seite, und bald schien es, als käme es auch von unten. Bo schlief. Er spürte den Regen nicht. Und er spürte das Wasser nicht, das unaufhaltsam anstieg. Bo hörte auch die vorbeifahrenden Autos nicht mehr. Es war jetzt tiefe Nacht, nur noch alle paar Minuten und bald nur noch alle halbe Stunde kam ein Wagen vorbei, ohne dass die Fahrer Bo in seiner Mulde gesehen hätten. Das Unwetter verlangte die ganze Aufmerksamkeit und kaum einer hatte Zeit, einen Blick nach links oder rechts zu werfen, wo vielleicht ein kleiner Junge in einer Mulde lag, die sich langsam mit Wasser füllte. Ein Wagen verlangsamte seine Fahrt, und für einen Augenblick schien es so, als würde er anhalten und Bo entdecken. Es war ein klappriges Taxi, die Scheinwerfer flackerten unruhig, und durch die undichten Gummieinfassungen der Fenster tropfte das Wasser hinein. Der Fahrer wischte schnell mit einem kleinen Handtuch über das Armaturenbrett, auf dem ein dunkelbraunes, dichtes Fell aufgeklebt war. Es war Max. Er kniff die Augen zusammen. Jetzt hatte sich auch noch der linke Scheibenwischer verhakt. Er ruderte nur noch hilflos in der Luft herum, Max konnte plötzlich auf der Fahrerseite gar nichts mehr sehen. Den ganzen Abend hatte er jetzt schon gearbeitet, aber es war noch immer nicht genug. Es fehlte noch immer ein großer Betrag. Es war Sonntagabend. Da war überhaupt nichts los. Vor einer Stunde war ihm auch noch das Benzin ausgegangen, und er hatte erst wieder einen Fahrgast finden müssen, um an der Tankstelle ein Einmachglas mit Benzin zu kaufen, mit dem er es schließlich bis zum Flughafen geschafft hatte. »Was ist das eigentlich für eine Zeit, die Ewigkeit?«, hatte der Priester im letzten Gottesdienst gefragt. Max ging jeden Sonntag in die Kirche, und oft auch an Samstagen. Aber die Frage, wie er mehr Geld verdienen konnte, hatten sie ihm in der Kirche auch noch nicht beantworten können. Stattdessen war es die ganze Zeit um die Ewigkeit gegangen. Der Regen wurde immer heftiger. Max sah nichts mehr. Aber es war egal. Um den Regen kümmerte er sich nicht. Auch nicht um den verrückt gewordenen linken Scheibenwischer, der jetzt Pirouetten drehend durch die Luft fuchtelte. Er griff nach dem Telefon. Er wollte Bos älteste Schwester in Accra anrufen, irgendwann musste er es ihr ja sagen. Der Regen donnerte auf das Autodach, schlug rhythmisch gegen die Windschutzscheibe. »Hallo«, sagte er ins Telefon. »Hallo, ist da …? Hallo …« Im nächsten Moment war die Verbindung unterbrochen. Er wählte die Nummer noch einmal, aber die Verbindung kam nicht mehr zustande. »Die Ewigkeit ist doch nichts anderes als Zeit«, hatte der Priester gesagt. »Ewige Zeit … Eine Zeit, die *unsere* Zeit erst noch durchlaufen muss, bevor sie zur ewigen Zeit werden kann. Und was heißt das? Ist sie etwas Großes, Totes, Kaltes und Ohnmächtiges? Nein.

Die Ewigkeit muss in unserer Zeit erst ihr Zuhause finden. Sie muss bei uns und mit uns sein. Und wir brauchen keine Angst zu haben, müssen uns vor ihr nicht fürchten.« Aber Mrs. Grant wollte damit nichts zu tun haben. Mrs. Grant hatte kein Vertrauen in Gott, und kein Vertrauen in die Zahlungsmoral und die Zuverlässigkeit ihres Mieters. Max öffnete das Handschuhfach, in dem er normalerweise sein Telefon untergebracht hatte, als er plötzlich ein Klopfen hörte. War der Regen jetzt schon so stark geworden? Ein Blitz zuckte in der Ferne durch den Himmel, mit einem Mal war es taghell. Max drehte sich um. Aber er sah nichts. Die Straße zum Flughafen lag hinter ihm, ohne dass man etwas erkennen konnte. Es war zu dunkel. Der Regen trommelte auf das Dach. Wieder klopfte es. »Dann komm doch einfach rein«, sagte Max halblaut. Er konnte den Wagen nicht abschließen, und bei den hinteren Türen waren auch die Knöpfe kaputt, mit denen man den Wagen von innen verriegeln konnte. Es klopfte schon wieder. »Mein Gott. Um Himmels willen!« Er wollte aussteigen und sehen, wer draußen war, aber im nächsten Moment ging die hintere Tür auf. Ein feuchter Atem drang in den Wagen. Spritzer aus der mächtigen, donnernden Regenwand, die um den Wagen herumtobte, schlugen ihm in den Nacken. Er hielt die Luft an.

»Ist dieses Taxi frei?«, hörte er eine Stimme fragen.

Er hätte sich vielleicht wundern sollen über diese komische Reisegruppe. Zwei durchnässte Gestalten und eine dritte, ein Mann, der in einem Rollstuhl saß. Max wollte schon anbieten, ihn in den Wagen zu heben, aber so schlecht ging es ihm doch nicht. Der Mann humpelte, er hatte sich nur den Fuß verknackst. Er hatte einen komischen Hut auf und sah wie eine Vogelscheuche aus. Es dauerte lange, bis sie den Rollstuhl auf dem Rücksitz verstaut hatten. Die beiden Männer, die hinten saßen, fluchten still vor sich hin, bis sie das dreckige Metallgestell untergebracht hatten. Aber der Mann, der sich den Fuß verknackst hatte, bestand darauf, dass sie den Rollstuhl mitnahmen. Max machte sich weiter keine Gedanken über diese Männer. Wenn er sich umgedreht hätte, hätte er vielleicht gesehen, wie einer von ihnen, den die anderen immer nur den Milchmann nannten, sich eine Wollmütze aufsetzte und düster vor sich hinstarrte. Auch Harris, der direkt neben ihm saß, hätte er eigentlich erkennen können. Aber Max achtete nicht auf ihn. Er dachte an den Grundriss, seine Zeichnung. An das neue Haus, das er für Bo und seine Geschwister plante. Der Bauplan, den er sich aufgemalt hatte, war immer komplizierter und schwieriger geworden, so dass er ihn schließlich zusammengefaltet und ins Handschuhfach gesteckt hatte. Er dachte daran, dass er den Anruf bei Bos ältester Schwester auch noch ein paar Tage verschieben konnte. Er würde noch abwarten, bis vielleicht irgendetwas geschah und von irgendwoher Rettung kam. Das war ja möglich. Das konnte ja jederzeit passieren, dachte Max und träumte vor sich hin, während er den Wagen durch den nachlassenden Regen Richtung Monrovia steuerte.

»Wir hätten ihm den Mantel doch abnehmen sollen«, sagte der Milchmann nach einer Weile.

»Mir ist so kalt«, sagte der Mann neben ihm, der seinen Platz mit dem Rollstuhl teilen musste.

»Den Mantel einer Toten?«, fragte der Mann vorne, der wie eine Vogelscheuche aussah.

»Er stank wirklich furchtbar, oder?«, sagte der Milchmann. »Aber ich habe mich die ganze Zeit gefragt, ob ...«

»Halt den Mund«, sagte der Mann, der vorne saß, und drehte sich um. »Und du hörst jetzt endlich auf zu husten.« Dann sagte niemand mehr etwas, bis sie die Stadt erreicht hatten. Das Licht flackerte immer wieder ein bisschen, und Max, der glaubte, dass irgendetwas mit der Lichtmaschine nicht stimmte, schaltete es nach einer Weile lieber aus. Er machte einen Umweg, weil es ihm auf der Hauptstraße, wo die Autos sehr schnell fuhren, ohne Licht doch zu gefährlich war. Er glaubte nicht an Geister, aber er glaubte an das, was Okogo ihm einmal erzählt hatte: »Wenn du das Licht ausschaltest, dann denkt der Geist, das Auto ist verschwunden.« Es war schwer zu sagen, ob er es ernst gemeint oder nur einen Witz gemacht hatte. Okogo konnte zwar Schreibmaschine schreiben, aber Autofahren konnte er nicht. Max schaltete das Licht trotzdem aus.

4.

Am nächsten Morgen regnete es immer noch. Es regnete in einem fort. Es hörte gar nicht mehr auf. Brilliant schaute aus dem Fenster und wartete darauf, dass ihr Onkel kam. Vielleicht konnte er ja irgendetwas gegen diesen Regen unternehmen. Ihn abschalten, diesem ganzen Spuk ein Ende bereiten. Aber sie war nicht besonders optimistisch. An diesem Morgen war sie überhaupt nicht gut gelaunt. Ob der Regen schuld war? Es war noch sehr früh. Brilliant hatte eine Weile aus dem Fenster geschaut und darauf gewartet, dass es aufhören würde. Ein paar Mal hatte sie in die Hände geklatscht, oder sie hatte es mit einem wirklich bösen Blick probiert. Aber diese grauweiße Regenwand wollte sich einfach nicht verziehen. Es wäre am besten gewesen, man hätte sich ins Auto gesetzt und wäre irgendwo hingefahren, wo es nicht regnete. Aber ihr Onkel kam nicht. Sie wusste auch, warum er nicht kam. Pelzköfferchen war sauer. »Pelzköfferchen ist sauer«, sagte sie.

Aber das hellte ihre Stimmung auch nicht wieder auf. Pelzköfferchen hätte sie beinahe geschlagen. Oder besser gesagt, die Haushälterin von Pelzköfferchen. Aber das war ja mehr oder weniger dasselbe. Es hatte nicht viel gefehlt. Und jetzt regnete es. Irgendwo waren die froschgrünen Gummistiefel mit den violettfarbenen Schuhsohlen, die sie bei »Hunderttausendstiefel« bestellt hatte und die tatsächlich am Tag ihrer Abreise noch eingetroffen waren. Die Gummistiefel hätte sie natürlich jetzt mal ausprobieren können, aber Brilliant hatte auch dazu keine Lust mehr. Dass die Haushälterin ihres Onkels sie beinahe geschlagen hatte, hatte mit Edward zu tun, und Edward hatte sie es letztlich auch zu verdanken, dass die Haushälterin sie dann doch nicht geschlagen hatte. Tja, dachte Brilliant, das hat schon mal nicht funktioniert. Das ist schon mal schiefgegangen. Sie stand auf, ging durch ihr Zimmer zu ihren beiden Koffern. Einer war grün und hatte einen Reißverschluss, und der andere war alt und schmuddelig. Er gehörte dem Jungen, den sie im Flugzeug kennengelernt hatte. Und eigentlich war er ja an allem schuld. Sie hatte seinen Koffer schon durchsucht. Außer dem Fernglas und ein paar T-Shirts hatte sie nichts Brauchbares gefunden. Sie öffnete ihren eigenen Koffer und holte die Gummistiefel heraus. Sie war kaum in sie hineingeschlüpft, da hörte sie, wie ihr Onkel die Treppe hochkam. Pelzköfferchen kam die Treppe hoch. Und gleich, dachte Brilliant, klopft er an die Tür. Ob er sich was Neues ausgedacht hat? Ob der Krieg, den sie angefangen hatte, jetzt erst richtig losging? Der Onkel blieb draußen vor der geschlossenen Tür stehen.

»Bist du wach?«, fragte er.

»Nein«, sagte Brilliant.

»Es regnet«, sagte ihr Onkel. »Deswegen müssen wir unsere Pläne jetzt ändern.«

»Ich habe keine Pläne«, sagte Brilliant und schaute auf ihre Stiefel. Hunderttausendstiefel hatte irgendwie gelogen. Auf der Website war am rechten unteren Rand ihres Stiefels ein kleiner, schwarzer Frosch zu sehen gewesen, der einen ziemlich frech angrinste, und deswegen hatte sie die Stiefel auch bestellt. Aber der Frosch war nirgendwo zu sehen. Er war nicht mehr da.

»Ich bleibe hier«, murmelte Brilliant, während sie ihre Stiefel untersuchte. »Scheiße.«

»Solche Worte sagst du von jetzt an nicht mehr in meinem Haus. Hörst du?«

Sie schaute auf ihre Stiefel. Wo war der gottverdammte kleine, schwarze Frosch am rechten unteren Stiefelrand? Sie stampfte kurz mit dem Fuß auf, aber nicht zu laut.

»Wir fahren zur Filiale an der nigerianischen Botschaft. Frühstücken tun wir dann später.«

»Nein«, sagte Brilliant. »Ich mache das nicht. Ich werde das auf gar keinen Fall tun.«

»Du kommst jetzt raus und wir fahren los. Es interessiert mich nicht, was du willst und was du nicht willst.«

»Kann ich ins Internet?«

Ihr Onkel klopfte an die Tür.

»Mach die Tür auf«, sagte er.

»Nein«, sagte sie. Sie biss die Zähne zusammen. Sie hatte ihren Onkel falsch eingeschätzt. Sie hatte Pelzköfferchen unterschätzt. Das war schon mal klar. Pelzköfferchen, dem sie in Orange im Haus ihrer Großmutter stundenlang in den Haaren hatte herumspielen und herumkraulen dürfen, hatte sich hier von einer ganz anderen Seite gezeigt. So war das. Er hatte sich verwandelt. Pelzköfferchen war aufgegangen. Und was war drin? Ein anderes Pelzköfferchen. Ein großer, dicker Mann, der auf einmal keine eleganten Anzüge und Lederslipper mehr trug, sondern T-Shirts und Flipflops. Jemand, der sie bestrafen wollte, der eine furchtbare, ekelhafte und hässliche Haushälterin hatte, mit zerknitterter Haut und einer Lesebrille, die ihr immer um den Hals hing. Und das alles, weil der Ausflug mit der Jacht schiefgegangen war. Er redete auch anders. Er brüllte sie an. Er packte sie am Handgelenk und zog sie hinter sich her. Er hatte auch das Internet abgestellt und ihr das Telefon weggenommen, und das Allerschlimmste war: Er hatte Edward entlassen.

»Die Konsequenzen wirst du schon noch zu spüren bekommen«, hatte er gesagt, als sie beim Abendessen in seiner Küche saßen und seine Haushälterin mit einem süffisanten Grinsen kalten Reis auf ihren Teller häufte. Prudence wusste, dass sie kalten Reis nicht mochte. Brilliant ekelte sich davor, umso mehr, wenn der Reis klumpig war und nach nichts schmeckte. Sie hatte den Teller hochgehoben. »Ketchup?«, hatte sie gefragt. Aber Prudence mit ihrer altertümlichen Lesebrille, mit ihrer Gelehrsamkeit und ihren hässlichen Haaren, mit denen sie übrigens wie ein gerupftes Huhn aussah, diese ganze Prudence hatte nur den Kopf geschüttelt und sich wieder hingesetzt. Kalter Reis und ein Löffel, der noch kälter war als der Reis, weil ihr Onkel aus irgendeinem Grund das Besteck im Eisschrank aufbewahrte.

»Sitz gerade«, hatte ihr Onkel befohlen. Brilliant hatte sich nicht anlehnen dürfen. Sie musste auf einem dieser hässlichen Metallstühle an diesem hässlichen Metalltisch sitzen, und ihre nackten Füße berührten gerade so den kalten Marmorfußboden, der noch kälter war als der Reis, der Löffel und die Luft, die so kalt war, dass sie schon Schnupfen hatte. Aber Prudence hatte ihr auch verboten, ein Paar von ihren regenbogenfarbenen Socken anzuziehen. Socken, hatte sie gesagt, zieht man in Liberia nicht an. Und tatsächlich war sie in ihr Zimmer gekommen und hatte sich von ihr alle ihre Socken geben lassen, und das war auch der Moment gewesen, in dem sie sie beinahe geschlagen hätte. Und dann hatte ihr Onkel Edward entlassen. Einfach so, ohne sie zu fragen. Das hatte viele Nachteile, aber letztendlich war Edward ja auch an allem schuld.

»Ich komme jetzt rein«, sagte ihr Onkel. »Wir müssen in fünf Minuten los. Ich will sehen, was du anhast.«

»Ich bin nackt.«

»Du kannst hier nicht rumlaufen, wie du willst. Du wirst den ganzen Tag arbeiten, und ich will, dass du anständige Kleidung trägst. Und nicht irgendwas, was du im Internet bestellt hast.«

Er klopfte noch einmal. Immerhin kam er nicht einfach so rein. So wie Prudence, die manchmal mitten in der Nacht kam, das Moskitonetz überprüfte, das Fenster zumachte und schaute, ob sie auch richtig zugedeckt war. Sie stellte ihre Füße nebeneinander, schaute auf die froschgrünen Gummistiefelspitzen und wollte losheulen. Aber es ging nicht.

»Ich habe mir was anderes überlegt«, sagte er. »Du kannst helfen, die Kühlregale einzuräumen. Dafür brauchst du vier Stunden, in der Zwischenzeit bin ich mit meinem Termin fertig, und dann bekommst du dein Frühstück.«

»Was?«, fragte sie. Es klappte mit dem Losheulen nicht. Und sie wusste auch, woran es lag. Es lag am Regen. Es war zu viel Regen. Zu viel Wasser. Wasser, das Edward geschluckt hatte. Und Wasser, das aus ihm wieder rausgekommen war. Später, als er geheult hatte. Oder besser gesagt, als er *nicht* geheult hatte. Denn das Einzige, was er gemacht hatte, war, mit seinem Kopf gegen das Metalltor zu stoßen, und zwar so lange, bis Brilliant dachte, dass er tot umfallen würde. Schließlich war der Wachmann aufgewacht und gekommen, um ihn festzuhalten.

»Kann ich nicht was anderes machen?«

»Nein«, sagte ihr Onkel, »zieh dich an.«

»Ich ziehe mich nicht an.«

»Dann schicke ich Prudence.«

»Untersteh dich.«

Er wandte sich zu gehen. Er räusperte sich.

»Ich schlag sie ins Gesicht. Ich hau ihr eine runter«, sagte Brilliant.

»Wie bitte?«

»Prudence. Ich …«

Er hüstelte. Das konnte er sich nicht bieten lassen.

»Du wirst Prudence niemals schlagen«, sagte er mit gedämpfter Stimme. »Das werde ich nicht zulassen!«

Brilliant schwieg.

»Und jetzt ziehst du dich an.« Er räusperte sich wieder, und dann ging er langsam die Treppe hinunter.

Der Rock lag ausgebreitet auf dem Tisch, wo vorher ihr Computer gestanden hatte. Gestern hatte ihr Prudence den Rock gebracht, damit sie ihn heute anziehen konnte. Der Rock war auch aus dem Koffer. Aus dem Pelzköfferchen, in dem ihr Onkel die Überraschungen versteckt hatte. Zum Beispiel, dass er seine Geduld mit ihr verloren hatte. Und dass von jetzt an jemand anders über ihr Leben bestimmte: Der General Manager von TOTAL, der zum Hafen musste, um die Beladung der Tanklastwagen zu beaufsichtigen, und der am Abend ihre Großmutter anrufen und seinen Bericht abgeben würde. Eine Frage würde ganz besonders zur Sprache kommen: Warum sieht meine kleine Nichte tatenlos zu, wenn einer meiner Angestellten ins Meer springt, um zum Strand zu schwimmen? Dabei war das ja noch das Harmloseste an der ganzen Sache. Und was musste Brilliant zur Strafe machen? Kühlregale einräumen. Nachdem sie die Gummistiefel wieder ausgezogen, den Rock angezogen und auch die entsetzlichen schwarzen, mit aufgenähten Rosenmustern verzierten Flipflops über ihre Füße gestreift hatte, besserte sich ihre Laune wieder.

Kurze Zeit später hatte sie mehr oder weniger alles vergessen. Später, als sie mit July die Kühlregale einräumte und schließlich July, die sich nicht so ohne weiteres herumkommandieren ließ, immerhin dazu überreden konnte, ihr ihr Telefon auszuleihen, ging es Brilliant schon wieder ganz gut. Pelzköfferchen hing am Hafen fest. Pelzköfferchen hatte übersehen, dass sie unter dem traditionellen afrikanischen Lappa heimlich ihre GAP-Jeans trug, er hatte übersehen, dass sie 50 US-Dollar in der Hosentasche hatte, und er hatte nicht daran gedacht, dass sie ein irrsinnig gutes Gedächtnis hatte und sich beliebig viele Telefonnummern merken konnte. July sah sie erstaunt an, als sie fünf Telefonnummern herunterrasselte und gleichzeitig mit dem Fuß die auf den Boden gefallenen Butterfinger unter die Kühltheke trat, weil sie zu faul war, sie aufzuheben.

»Und wo lernt man das?«, fragte July.

»In den USA. In der Schule ... Oder man hat eben Talent«, murmelte Brilliant, während sie auf Julys Billigtelefon eine Nummer eintippte.

»Musst du nicht auf deinen Onkel warten?«, fragte July vorsichtig.

Sie schwitzte. Der Schweiß lief über ihren Hals und ihre Arme, und Brilliant fiel auf, dass die Farbe von Julys Haut unterhalb ihrer Ohren etwas dunkler war als im Gesicht. July benutzte eine Creme, die in Liberia sehr beliebt war. Die Haut hellte sich unter dem Einfluss der Creme etwas auf. Brilliant hielt, während sie darauf wartete, dass die Verbindung hergestellt wurde, ihre Arme hoch. Ihre Haut war heller. Viel heller. Tja, Pech gehabt. July schaute sie an. Natürlich bewunderte July sie. July war doppelt so alt, aber nicht besonders intelligent. Das konnte man schon allein daran erkennen, dass sie bei dem Versuch, die 120 Butterfinger, die sie aus den Kartons herausgenommen und ins Kühlregal gelegt hatte, nie weiter kam als bis 20. Sie hatte sechs Butterfinger-Häufchen gebildet und nebeneinandergelegt. Es hatte eine Ewigkeit gedauert. Brilliant hatte sich einen Stuhl aus dem Lager geholt und sich neben sie gesetzt.

»Und jetzt noch mal. 21, 22, 23«, sagte sie lustlos.

»Es sind sechs Haufen«, erwiderte July. »Fertig.«

»Aber es sind nicht 120«, erklärte Brilliant. Schließlich waren fünf der Schokoriegel runtergefallen, und zwei hatte sie heimlich gegessen. July war wirklich zu dumm.

»Kannst du mir einen Gefallen tun?«, fragte Brilliant, während sie ungeduldig mit den Rosenmuster-Flipflops gegen den Boden tippte. »Kannst du rausgehen, während ich telefoniere?«

»Aber ...«

»Du kannst dein Gesicht in der Sonne trocknen. Du schwitzt.« Und dann erklärte sie ihr noch etwas, sie gab ihr einen Auftrag. Sie wollte sie für eine Weile los sein. »Wirklich?«, hatte July gefragt. »Aber ...« Das ging ihr jetzt doch ein bisschen zu weit. Brilliant sah July mit hochgezogenen Augenbrauen an. Es war der Hallo-Blick, der Hallo-wir-verstehen-uns-Blick. Einen Blick, den sie mit ihren Freundinnen in Orange perfektioniert hatte, wenn Klassenkameraden vorsichtige Annäherungsversuche machten und man ihnen zu verstehen gab: Hallo? Bist du noch bei Verstand? Du willst *mich*? Du denkst, du hast *bei mir* eine Chance? Hallo? Natürlich kannte July den Blick nicht, aber July war schlau genug, mit diesem Mädchen kein Risiko einzugehen. Außerdem kannte sie die Geschichte über Edward. Die hatten sie in der Filiale schon herumerzählt. Einer der Wachleute im Haus von Brilliants Onkel war nämlich der Schwager einer der Tankwarte. Und das Gerücht, dass Brilliant, die schöne Prinzessin aus Kalifornien, ihrem Hausboy so übel mitgespielt hatte, dass er mit einer Gehirnerschütterung ins Krankenhaus gebracht werden musste, hatte sich wie ein Lauffeuer in der Filiale bei der nigerianischen Botschaft verbreitet. Und sie verbreitete sich gerade auch in den anderen Filialen und stand kurz davor, den Weg über den Tubman Boulevard zur nigerianischen Botschaft anzutreten, wenn nicht July in diesem Moment aus dem Tankstellenshop herausgetreten und in den strömenden Regen gegangen wäre. Einer der Tankwarte sprach gerade mit einem Angestellten der Botschaft, als July ihm zurief:

»He, Kamu, das Mädchen ...«

»Was ist?«, rief Kamu und ließ den Kunden und sein Motorrad einfach stehen.

»Sie ist verrückt. Erst sagt sie zu mir, ich soll rausgehen und mich in die Sonne stellen.«

»Was?«

»Hallo! In die Sonne, und wo soll die jetzt bitte sein? Wo es doch in Strömen gießt.«

»Natürlich«, sagte Kamu und hielt sich den Quittungsblock schützend über den Kopf. »Es gießt in Strömen.«

»Und dann schickt sie mich noch zu sich nach Hause, damit ich ihr was holen kann.«

»Was denn?«

»Sie ist wirklich verrückt ...«

»Und? Machst du es?« Kamu grinste. July hatte natürlich keine andere Wahl, wenn die Nichte des Chefs etwas wollte und der Chef, der es verhindern könnte, sich gerade am Hafen um die Diesellieferung kümmern musste, auf die alle so sehnsüchtig warteten. Zehn Fahrzeuge standen schon hinter dem Motorrad des Hilfssekretärs der nigerianischen Botschaft, der gerade einen Zehn-Dollar-Schein hochhielt, ohne dass sich dafür jemand groß interessierte.

»Ich weiß nicht«, sagte July und schaute auf die Schlange mit den Jeeps und Land Cruisern, die auf den Diesel warteten. »Ich weiß nicht, ob ich mir das gefallen lassen soll.«

»Sie hat diesen Jungen verprügelt ... oder? Hat ihm den Schädel eingeschlagen. Obwohl ... Gerade hat mir jemand erzählt, er wäre ertrunken.«

»Das war vorher.«

»Man traut es ihr gar nicht zu«, sagte Kamu, während er seinen Block auf den Kopf drückte, ohne dass das irgendetwas geholfen hätte. »Dabei sieht sie eigentlich ganz hübsch aus.« Kamu starrte durch den Regen in Richtung Tankstellenshop. »Aber natürlich nicht so hübsch wie du«, setzte er schnell hinzu.

5.

Benjamin, der in einem der wartenden Wagen saß, schaute interessiert zu. Sie hatten sogar den Motor ausgeschaltet, weil es so lange dauerte. Er beobachtete die Tankstellenmitarbeiterin. Er fühlte sich daran erinnert, wie er einmal im strömenden Regen zur Schule gegangen war und seinen Plastikordner mit den Arbeitszetteln für den Ethikunterricht als Regenschirm benutzt hatte. Das Wasser hatte es geschafft, in den Ordner einzudringen und die mit Füllfederhalter geschriebenen Antworten innerhalb weniger Sekunden in ein einziges hellblaues Chaos zu verwandeln. Er grinste in sich hinein, während er daran denken musste. July leckte sich über die Lippen. Der Regen spülte den Schweiß weg. Sie hatte die ganze Arbeit allein gemacht. Sollte sie sich das gefallen lassen von einem Mädchen, das halb so alt war wie sie?

»Was will sie denn überhaupt?«, fragte Kamu, den durchweichten Quittungsblock auf dem Kopf.

»Kümmer dich um die Kunden«, erwiderte July. »Sag ihnen, dass der Diesel heute Morgen nicht kommt. Die sollen sehen, wie sie klarkommen.« Dann ging sie wieder zurück in den Tankstellenshop. Sie wollte nicht zulassen, dass das verrückte Mädchen aus Amerika jetzt auch noch ihr ganzes Guthaben vertelefonierte. Es reichte schon, wenn sie sie durch den Regen schickte, um ihr Gummistiefel zu holen. Das war wirklich genug fürs Erste, dachte July. Sie streifte die Sandalen ab und lief die letzten Meter barfuß.

Benjamin schaute ihr nach, obwohl die Fensterscheiben des Land Cruisers immer mehr beschlugen. Sie sah sehr schön aus. Sie erinnerte ihn an eine Klassenkameradin, deren Eltern aus Kanada stammten. Sie war sehr groß, größer als alle Jungen in der Klasse, und es schien, als würde sie sich für die aber nicht weiter interessieren. Ihre Beine hatte noch niemand zu Gesicht bekommen. Selbst im Sommer nicht. Und jetzt sah er sie hier. Ihre Beine waren sehr kräftig. Sie sahen aus wie die Beine einer Sprinterin, einer 100-Meter-Läuferin. Er sah, wie sie mit ein, zwei Sprüngen einer Pfütze auswich und ihr Ziel erreichte. Dann war sie verschwunden. Benjamin schaute neugierig in den Tankstellenshop, aber jetzt beschlug die Fensterscheibe des Land Cruisers immer mehr, und bald war gar nichts mehr zu sehen. Emily räusperte sich. Sie hielt ihr Telefon in der Hand. Sie wartete auf einen Rückruf aus einem Krankenhaus, aus dem Cooper-Krankenhaus, und Augustine schüttelte immer wieder den Kopf.

»Also Miss Emily ... Ich würde sagen, wir tanken woanders. Oder?«

»Wir können nicht woanders tanken, das ist nicht sicher. Und dass der Wagen vollgetankt ist, ist übrigens dein Job. Ich lasse mir nicht irgendeinen Dreck in den Wagen tanken. Und nachher bleiben wir dann irgendwo hängen.«

»Aber die Termine«, sagte Augustine.

Emily drehte sich zu Benjamin um. Er war gerade damit beschäftigt, ein kleines Guckloch in das beschlagene Glas des Seitenfensters zu wischen. Er dachte an Beatrice und daran, dass Emily gesagt hatte, Beatrice würde zur GTZ fahren, während Emily und er sich bei der Botschaft erkundigten. Er verstand nicht, warum er nicht mit Beatrice hatte fahren dürfen, aber vielleicht hatte Beatrice ja zu viel zu tun. »Sie kümmert sich schon darum«, hatte Emily gesagt. »Vielleicht gibt es ja doch jemanden bei der GTZ, der einen Sohn hat. Sobald sie was weiß, ruft sie mich an. Wir versuchen es derweil mal bei der Botschaft ...« Benjamin hatte jetzt mit der linken Hand ein kreisrundes Guckloch freigewischt. Er konnte sehen, was in der Tankstelle passierte. Er konnte eine junge Frau erkennen, die wild herumgestikulierte und auf die Mitarbeiterin der Tankstelle mit den kräftigen Beinen, die ein rotes TOTAL-T-Shirt trug, einredete und dabei wild in der Luft herumgestikulierte. Es war Brilliant. Augustine ließ den Motor wieder an und legte den Rückwärtsgang ein.

»Warte«, rief Benjamin. »Da ist jemand ...«

»Wir haben keine Zeit«, sagte Emily.

»Aber da ist jemand, den ich unbedingt ...«

»Wir müssen zur Botschaft. Ich habe irrsinnig viele Termine.«

»Aber es ist wichtig.« Benjamin sah Brilliant, die eigenartigerweise hinter der Kasse stand, als sei *sie* die Verkäuferin, und nicht die Frau mit dem roten T-Shirt, auf die sie einredete. Er konnte jetzt sehen, wie Brilliant sich bückte, ihre Flipflops auszog und sie der Tankstellenmitarbeiterin entgegenhielt. Sie tauschen ihre Flipflops aus, dachte Benjamin. Komisch. Das machen sie in den Tankstellen in Afrika vielleicht, ihre Sandalen austauschen. Er überlegte, ob er vielleicht einfach aussteigen sollte. Brilliant hatte den Koffer mit seinen Sachen, und sie hatte den leuchtenden Gummiball, der der alten Frau gehörte und vielleicht noch immer in diesem silbernen Samtkissen steckte. Seine eigenen Sachen vermisste Benjamin gar nicht mal so sehr. Er mochte die T-Shirts mit dem roten MSF-Logo, die alle viel zu groß waren. Er hoffte, vielleicht ein paar davon behalten zu können, wenn er wieder nach Hause zurückkehren würde. Die deutsche Botschaft war gleich in der Nähe. Ein paar Häuser entfernt von der nigerianischen Botschaft. Sie hätten eigentlich rüberlaufen können, aber bei diesem Regen war das nicht möglich. Brilliant gestikulierte und ruderte mit den Armen in der Luft herum. Benjamin dachte an seinen Koffer. Er dachte an die fein säuberlich gefalteten, beigefarbenen, kurzärmeligen Hemden und die dunkelblauen T-Shirts, die seine Mutter irgendwann einmal von Humana mitgebracht hatte. »Du kannst sie ja dann jemandem schenken, wenn du abreist«, hatte seine Mutter gesagt. »Jemandem, der sie nötiger braucht als du.« Augustine steuerte den Wagen langsam Richtung Straße. Auch die anderen Wagen begannen jetzt, die Tankstelle zu verlassen. Die Schlange hatte sich schon halb aufgelöst.

»Kann ich aussteigen und zu diesem Mädchen gehen? Sie hat meinen Koffer.«

Emily drehte sich um.

»Was?«

»Es ist das Mädchen, das meinen Koffer hat.«

»Bist du sicher? Ich kenne das, das geht mir manchmal auch so«, erklärte Emily, während ihr Telefon klingelte. »Am Anfang denkt man, man erkennt jemanden wieder, und dann ist es doch jemand anderes. Du musst dich erst an die Gesichter gewöhnen. Ich habe am Anfang auch ständig alle Leute miteinander verwechselt.« Sie nahm das Telefon ab. Benjamin drehte sich um. Das kleine Guckloch war wieder verschwunden. Benjamin musste jetzt warten, bis Emily mit ihrem Telefongespräch fertig war. Aber als sie sich schließlich zu ihm umdrehte und fragte, was denn eigentlich gewesen sei, waren sie schon weit weg.

»Weißt du was? Mach dir darüber jetzt keine Gedanken. Wenn sie Mitarbeiterin der Tankstelle ist, dann ...«

»Aber sie ist nicht die Mitarbeiterin«, beharrte Benjamin. »Ihr Onkel ...«

»Pass mal auf«, sagte Emily und beugte sich noch weiter zu ihm nach hinten. Der Regen war jetzt so stark, dass manche Autos einfach am Straßenrand anhielten, während Augustine im Schritttempo auf die Einfahrt zur deutschen Botschaft zufuhr. »Es passieren gerade komische Dinge hier ... Und ich bin wirklich ganz schön im Stress. Ich muss zu diesem Krankenhaus nach Paynesville. Der Arzt, in dessen Zimmer du schläfst, der hat dort gearbeitet ... Und jetzt ist da die Hölle los. Wir setzen dich an der Botschaft ab. Es ist besser, wenn die auch Bescheid wissen, dass du hier bist. Vielleicht hat dein Vater ja eine Nachricht hinterlassen, und dann ...«

»Aber Sister Emily«, fing Augustine an. Doch dann sah er ihren Blick und schwieg. Benjamin drehte sich um. Nur wenige Fahrzeuge fuhren jetzt bei diesem sintflutartigen Regen den Tubman Boulevard hinunter. Wenn man sie denn überhaupt erkennen konnte. Es war für die MSF-Leute nicht schwer gewesen, herauszufinden, dass er aus Deutschland war. Aber dann hatte Beatrice gesagt, sie würde auch immer verheimlichen, dass sie aus England komme, und alle hatten gelacht. »Ich frage mal bei der GTZ nach«, hatte Beatrice gesagt und sich noch über seinen komplizierten Nachnamen gewundert. Er hatte sie noch zwei Mal korrigieren müssen, weil sie den Namen falsch aufgeschrieben hatte. Zu diesem Zeitpunkt hatte sich Emily schon zurückgezogen. Sie hatte sich in ihrem Zimmer eingesperrt und wollte mit niemandem mehr reden.

»Wir können ihn nicht einfach aussteigen lassen, Sister Emily.« Sister Emily, dachte Benjamin. Sister Emily. Das klang so, als ob sie eine Nonne wäre, die vom Glauben abgefallen ist. Oder nannte sie Augustine etwa so, weil er sich über sie lustig machte? Weil sie ununterbrochen telefonierte, ihren Terminkalender umblätterte und ständig ihre Pläne änderte?

»Also gut«, sagte sie, »dann ...« Sie griff zum Telefon. »Wir funken die Base an und lassen einen anderen Wagen kommen. Sie sollen mich abholen und ... Mein Gott.«

»Sie lassen ihn nicht rein. Du musst schon mitgehen.«

»Dann fahr zurück und setz uns irgendwo ab. Ich muss unbedingt in Ruhe telefonieren.«

Und so ging es hin und her. Schließlich musste Augustine aussteigen und im strömenden Regen zu den Wachposten an der Botschaft laufen und fragen, ob sie mit dem Wagen auf das Gelände fahren durften. Als er zurückkam, hatte Emily ihre Pläne schon wieder geändert.

»Wir fahren zum UN-Drive-Supermarkt«, sagte sie.

»Sie haben gesagt, wir können reinfahren, wenn ...« Augustine war etwas verärgert.

»Wir warten auf den anderen Wagen. In dem anderen Wagen ist Beatrice. Und sie macht das dann. Sie kümmert sich um dich.« Sie drehte sich zu Benjamin um. »Ich habe einfach zu viel zu tun.«

Augustine schüttelte den Kopf.

»Also zum UN Drive ... Nicht zum Exclusive?«

Emily schüttelte den Kopf. »Im Krankenhaus brauchen sie Pappteller und Plastikgabeln, und die sind im UN Drive billiger.« Sie nahm wieder das Telefon in die Hand. »Es ist wie beim Kindergeburtstag. Als Barneby noch da war, ist das nicht passiert. Dass die Patienten das ganze Besteck mitgehen lassen.«

»UN Drive«, wiederholte Augustine mit ernster Miene. Er war klatschnass. Er war bis zu dem Wachmann, der die deutsche Botschaft bewachte, gelaufen und hatte mit ihm im strömenden Regen verhandelt, und jetzt wurden die Pläne wieder geändert.

»Das ist Liberia«, sagte Emily, während sie sich das Telefon ans Ohr hielt. »In Liberia passiert jeden Moment was anderes, jeden Moment kann sich alles ändern. Von einer Sekunde auf die andere, und du musst aufpassen, dass du nicht den Überblick verlierst.« Sie neigte den Kopf über die Schulter zu Benjamin. »Aber das wirst du auch noch lernen.« Sie lächelte ihn an. Augustine hüstelte, dann wendete er. Benjamin wunderte sich, wie sie das sagen konnte, wo doch noch gar nicht sicher war, ob er schon in den nächsten Tagen wieder zurückfliegen musste. Er war für einen Moment sehr traurig. Er dachte an Bo. Bo würde ihn nicht finden, und er wusste nicht, ob er noch eine Gelegenheit bekommen würde, selbst nach ihm zu suchen, um sich wenigstens von ihm zu verabschieden. »Und dabei hast du doch so großes Vertrauen zu ihm«, hatte der Gecko gesagt und war über die glänzende, mit Ölfarbe gestrichene Wand im Morgenlicht davongehuscht. »Aber ist Vertrauen denn so eine gute Sache?«, hatte der Gecko gefragt, sein Gesicht zu einer Altmänner-Maske verzogen und dabei hämisch gegrinst. Der Regen hatte fast aufgehört, als sie den Parkplatz des Supermarkts erreicht hatten.

»Und du machst niemandem die Tür auf«, sagte Emily. »Augustine muss mir beim Tragen helfen. Du wartest hier im Wagen.« Sie ließ ihren Blick kurz über den Vorplatz des Supermarkts schweifen. »Am besten schließen wir dich ein«, murmelte sie, und wenig später wusste Benjamin auch, warum.

July war bereits im Supermarkt. Sie hatte abgewartet, bis der Regen nachgelassen hatte, dann hatte sie ein Motorrad-Taxi genommen und war innerhalb von wenigen Minuten am Supermarkt. Natürlich war sie nicht zum Exclusive-Supermarkt gefahren, sondern zum UN Drive. Brilliant hatte sogar zuerst verlangt, sie solle zu dem besonders teuren libanesischen Supermarkt in der Innenstadt fahren, aber July hatte ihr erklärt, dass es dann bestimmt eine Stunde länger dauern würde, bis sie zurück wäre. Im UN Drive, wo es billiger war, konnte sie leichter etwas Wechselgeld für sich abzweigen. Ein bisschen Schmerzensgeld dafür, dass sie sich durch den Regen kämpfen musste.

»Niemand, der nicht total verrückt ist, kann solche Flipflops tragen«, hatte Brilliant erklärt. »Mit schwarzen Rosenmustern.«

»Ich kann dir die Gummistiefel holen«, schlug July vor, die mittlerweile Gefallen daran gefunden hatte, ihren Arbeitsplatz für eine Weile zu verlassen.

»Nein, ich will jetzt keine Gummistiefel mehr. Ich will ja nicht, dass meine Füße ersticken. Ich möchte so welche haben wie du.«

July hatte feine Ledersandalen mit bunten Perlen, die sie auf dem großen Markt in Waterside gekauft hatte, und sie versuchte Brilliant zu erklären, dass es so etwas im Supermarkt nicht gab.

»Sie sind aus Nigeria«, sagte July. »So etwas gibt es in Monrovia eigentlich gar nicht.« Sie sagte das, um zu verhindern, dass Brilliant sie am Ende zwingen würde, nach Waterside zu fahren, zu diesem riesigen Markt, der sich durch die halbe Innenstadt erstreckte und auf dem man gut und gerne Stunden verbringen konnte, um auf Hunderten von Holztischen und Schubkarren, die die Händler am Straßenrand aufgestellt hatten, nach perlenbestickten Ledersandalen suchen zu müssen.

»Zieh sie aus«, hatte Brilliant befohlen. Sie wollte sie anprobieren. Aber sie waren ihr viel zu groß. July beschloss, so lange wie möglich im UN Drive zu bleiben und am Ende, wenn sie Glück hatte, irgendeinen fliegenden Händler zu erwischen, der zufällig Sandalen auf seinem Kopf herumtrug, die keine schwarzen Rosen hatten, sondern vielleicht Puscheln oder Papierblumen.

»Du kannst dir gar nicht vorstellen«, sagte Brilliant zu ihrer Freundin Mo Sparsky in Orange am Telefon, »was hier los ist. Das ist hier der absolute Wahnsinn ... Es hört einfach nicht mehr auf zu regnen. Es ist, als würde gleich die Welt untergehen.«

»Stimmt es, dass dein Onkel dich *verheiraten* will?«, fragte Mo, die aus einer ganz normalen kalifornischen Familie stammte und sich nicht vorstellen konnte, wie es in Liberia zuging.

»Wer hat das gesagt?«, fragte Brilliant.

»Na ja, meine Mutter. Dass sie dich deswegen dahinschicken, weil du ...«

»Quatsch mit Cookies«, unterbrach Brilliant sie. »Echt Sahnequatsch mit Cookies. Ich bin hier ...«, und sie überlegte, was sie am besten zu Mo Sparsky, dem bohnendürren Cheerleader-Girl aus der Nachbarschaft, sagen sollte. Mo Sparsky würde alles brühwarm in der ganzen Schule rumerzählen und alle wären bestens informiert, als hätte Brilliant eine Presseerklärung abgegeben. »Na ja, du weißt schon.«

»Was?«, fragte Mo ungeduldig.

»Ich bin hier. Wegen dem … Krieg.«

»Es ist noch Krieg? O Gott!«

»Na ja«, Brilliant schaute aus dem Fenster. Brilliant log nicht gerne. Eigentlich log sie nie. Sie fand es nicht besonders elegant, zu lügen. Sie gab lieber Anweisungen und Befehle, und am liebsten überließ sie das Lügen anderen, zum Beispiel Edward, den sie beauftragt hatte, eine geradezu abenteuerliche Geschichte zu erfinden, weswegen er unbedingt an Land hatte schwimmen müssen, weil er eben nicht anders konnte und ihr unbedingt imponieren wollte. »Denk dir irgendetwas aus. Du musstest es eben tun. Einfach so.«

»Der Krieg …«, sagte Brilliant zu Mo. »Du kannst ihn eben nicht sehen, den Krieg … Ja, er *ist noch da*.« Sie senkte etwas die Stimme und versuchte, die Frau zu überhören, die das baldige Ende des Guthabens ankündigte, das auf Julys Telefon noch zur Verfügung stand. »Es ist einfach … irre gefährlich hier. Weißt du?« Sie schaute auf ihre Füße. Sie hatte die schwarzen Sandalen mit den Rosenmustern einfach in die Mülltonne geworfen und stand jetzt, wie vorher July, mit nackten Füßen hinter der Kasse.

»Ich habe zum Beispiel keine Schuhe mehr. Sie haben mir meine …«

»Um Gottes willen«, rief Mo. »Was ist denn passiert? Bist du … Haben sie dir …« Mo hoffte, etwas wirklich Schlimmes sei passiert, und sie schreckte in ihren Phantasien dabei vor nichts zurück. Brilliant wusste das, und sie stand kurz davor, eine weitere Andeutung zu machen, als die Frauenstimme aus dem Telefon in ihr Ohr säuselte, dass jetzt die letzte Gesprächsminute anbrach.

»Ich kann nicht weitersprechen … Gerade … Und jetzt ist auch noch das Benzin ausgegangen und wir …«

»Ihr steckt fest?! Oh mein Gott. In der Stadt?« Mo schluckte. »Werdet ihr angegriffen?«

»*Noch* nicht«, sagte Brilliant, was ja der Wahrheit entsprach. Sie senkte ihre Stimme. »Ich muss aufhören … Ich rufe dich an, sobald ich frei sprechen kann.« Auch das entsprach der Wahrheit, denn in diesem Moment kam Edward herein. Sie hatte ihn vor einer halben Stunde, kurz bevor July aufgebrochen war, angerufen.

»Eddie … Eddie mit den Scherenhänden … Kleines Messerchen, komm …«, rief sie und drückte Mo weg. »Komm in meine Fangarme … Ich hab dich vermisst.« Sie breitete ihre Arme aus, um Edward zu umarmen. Sie konnte ziemlich charmant sein, wenn sie wollte. Und daran lag es vielleicht auch, dass Edward sich hatte überreden lassen, zu ihr in die Tankstelle zu kommen. »Na, worauf wartest du denn noch, Messerchen? Komm …« Sie breitete wieder die Arme aus. Aber um sie umarmen zu können, hätte er schon über die Kassentheke der Tankstelle klettern müssen, denn Brilliant machte keine Anstalten, auf ihn zuzukommen. Deswegen blieb er, so zerzaust und durchnässt wie er war, einfach vor ihr stehen. Sie ließ die Arme sinken. Das Strahlen aus ihrem Gesicht verschwand.

»Hast du dein Telefon dabei?«, fragte sie.

Er nickte.

»Gut«, sagte sie. »Gib es mir.« Sie streckte die Hand aus. »Du kannst es mir ja mal kurz leihen. Und danach erzählst du mir, was eigentlich passiert ist. Ja?«

Er gab ihr das Telefon. Irgendwie hatte er die Hoffnung, dass das alles nur ein böser Traum war und dass Brilliant gleich in die Hände klatschen würde, und dann wäre alles wieder gut. Er würde seinen Job zurückbekommen, und er könnte am Abend wieder beruhigt nach Hause gehen zu seinen vier Brüdern, seinen drei Schwestern, seiner Mutter und seinem Vater, die alle ausnahmslos schon seit drei Jahren von dem Geld lebten, das er bei Brilliants Onkel verdiente. Einen Job, den er jetzt verloren hatte. Einfach so. Weil er sich im Meer verirrt hatte? Zwei der Fingernägel seiner linken Hand waren abgebrochen, und er hatte das Gefühl, dass er einen Krieg überlebt hatte und jetzt, nachdem er beinahe gestorben war, schon wieder in den nächsten hineingeriet.

»Nimm dir ein Snickers«, sagte Brilliant tonlos, während sie sich mit seinem Telefon beschäftigte. »Such dir irgendeins aus.«

6.

Als Brilliant das sagte, hatte Bo noch immer nichts gegessen und schon fast wieder vergessen, dass er Hunger hatte. Er hatte es schon ein paarmal vergessen. Einmal, nachdem er in seiner Mulde nicht unweit der Straße aufgewacht war, ein zweites Mal von dem irrsinnigen Lärm, den die beiden Lastwagen gemacht hatten, mit den kilometerlangen Baumstämmen, die sie geladen hatten. Und, als er endlich wieder in der Stadt war. Der Hunger kam und ging. Und Bo lief immer weiter. Er lief und vergaß, als er am UN-Drive-Supermarkt vorbeikam, wo eine Gruppe aufgeregter Bettler um einen Wagen herumstand, den Hunger zum dritten Mal. Der Mantel hatte ihm geholfen. Der Mantel hatte den Regen abgehalten. Aber es regnete weiter. Er war eine Stunde gelaufen, als jemand anhielt, ein überfüllter Kleinbus, dessen Fahrer Bo flüchtig kannte. Obwohl kein einziger Platz in dem Wagen mehr frei war, nahm ihn der Fahrer mit. Und er nahm noch nicht einmal Geld von ihm. Eine Frau in einem kanariengelben Kostüm, die furchtbar schwitzte, musste sogar aussteigen, um sich neben zwei Männer auf die Rückbank zu quetschen, wo eigentlich kein Platz mehr war. Bo durfte vorne sitzen, neben einem älteren Schüler mit einem langen Regenschirm in den liberianischen Landesfarben. Der Kleinbusfahrer, der Morris hieß, erklärte den schimpfenden Fahrgästen, dass er sie alle rausschmeißen würde, wenn auch nur ein Einziger es wagen würde, das Wort gegen Bo zu erheben.

»Er ist ja blind«, murmelte eine Frau, die einen Sack auf ihrem Schoß hatte.

»Blind«, rief Morris. »Unsinn ... Dieser Junge sieht mehr als wir alle.« Er streckte die Hand aus und drehte das Kassettengerät lauter, der leierte und die Musik von Lucky Dube etwas langsamer abspielte als sonst, was aber niemand bemerkte. Bo war glücklich und hatte den Hunger schon wieder vergessen.

»Und warum riecht er so komisch?«, rief eine Frau in grünem Kostüm, die auf dem Weg zur Universität war.

»Er ist eben blind«, sagte die Frau mit dem Sack auf dem Schoß.

Der Mantel war nass und er roch. Bo hatte ihn wieder angezogen. Und jetzt rochen Bo und der Mantel wie ein großer Elefant, der sich eine Woche nicht gewaschen hatte und dann zu einer Gruppe von Frühaufstehern in einen Kleinbus geklettert war, um schnell in die Stadt zu fahren.

»Das ist der Duft der weiten Welt«, rief Morris. »Mein Freund kommt von einer Reise.« Er drehte Lucky Dube noch lauter. »Wo bist du denn gewesen?«, fragte er Bo.

»Ich habe mir den Wald angeschaut«, sagte Bo.

»Hast du das?« Morris lachte.

Der Mantel roch wirklich nicht gut. Bo lächelte. Er war in einem anderen Land gewesen, in einem Dorf mit Stimmen, und er hatte dort den Mann wiedergetroffen, der schon einmal bei ihm zu Hause gewesen war und nach Benjamin gefragt hatte. Es war ihm erst später eingefallen, kurz bevor er in der Mulde eingeschlafen war. Den kennst du doch, diesen Mann, hatte er gedacht. Die Stimme, die auf dem Boden gelegen hatte. Es war der Mann mit dem eigenartigen Schirm gewesen, der Mann mit dem rosafarbenen Regenschirm.

»Ich muss zur Schule«, sagte er nur. Er wollte wissen, wie spät es war. Er hatte den Überblick verloren. Wie viele Stunden hatte er wohl in diesem Wald verbracht? Würde Okogo das von ihm wissen wollen? Würde er ihn danach fragen? Bo gab es nicht gerne zu, wenn er sich verlaufen hatte. Selbst Okogo erzählte er es nicht. Er hatte ein kleines Stöckchen in der Hand gehalten, das er im Gras gefunden hatte. Und erst hatte er nicht gewusst, was er mit ihm machen sollte. Zähneputzen, das war normalerweise kurz vor sechs, und danach duschte er immer. Wobei die Dusche daraus bestand, dass er mit einer großen Plastiktasse Wasser aus einem Eimer herausschöpfte und es sich über den Kopf laufen ließ, und zwar so laut wie möglich, damit Precious und die anderen hören konnten, dass er duschte. Falls sie nicht noch schliefen. Ein paar Minuten später machte er immer Feuer, draußen auf der Terrasse, nachdem er Holzkohle geholt hatte. Manchmal musste er noch seine Schuluniform bügeln. An diesem Morgen war alles anders gelaufen. Die Lastwagen mit den riesigen Holzstämmen waren vorbeigefahren und hatten ihn geweckt. Kurz danach hatte er sich die Zähne geputzt, und er hatte das kleine Holzstück genommen, das er im Gras gefunden und das ein bisschen nach Zimt geschmeckt hatte. Danach hatte er es in die Tasche gesteckt. Er wollte es behalten, er hatte es dem

Wald entrissen. Er würde es Okogo zeigen, es könnte vielleicht als Beweisstück dafür dienen, dass er dem Wald tatsächlich entkommen war. Er könnte es auch dem Außerirdischen geben und ihm erklären, dass man sich damit die Zähne putzen konnte, wenn man gerade nichts anderes hatte. Er war schon an der Straße gewesen und hatte sein Gesicht in den Regen gehalten, um zu duschen, als ihm der Mantel eingefallen war. Zum Glück hatte er die Mulde gleich wiedergefunden, und dort hatte der Mantel gelegen, der ihm die Nacht über so gute Dienste getan hatte. Der Mantel war nass. Sein T-Shirt war nass. Seine Haare waren nass und sogar in seinen Ohren hatte sich Wasser gesammelt, und er konnte nicht so gut hören wie sonst.

»Ich bring dich zur Schule«, sagte Morris, aber dann fiel ihnen ein, dass Bo ja zuerst nach Hause musste, um seine Schuluniform anzuziehen. Als sie in der Stadt ankamen, hatte der Regen noch immer nicht aufgehört. Bo kletterte aus dem Bus. Die Frau mit dem Sack auf dem Schoß, die noch bis Capitol Hill weiterfahren musste, sagte: »Wasch dich das nächste Mal, Junge.«

Bo hielt den Kopf hoch, legte ihn ein bisschen schief und schaute die Frau an. Sie musterte ihn von oben bis unten.

»Ich bin übrigens ein Elefant«, sagte Bo.

»Aha.«

»Genau, ein Elefant.«

»Und?«

»Die brauchen sich nicht zu waschen. Die werden vom Himmel gewaschen.« Er hob seinen Kopf noch weiter hoch. Die Frau mit dem Sack auf dem Schoß schüttelte den Kopf und schaute zu Morris. Der wartete geduldig, bis Bo nichts mehr einfiel, dann schloss er die Tür, schaltete in den ersten Gang und fuhr los. Der Elefant lief weiter. Der Mantel war nass und schwer. Bo überlegte, ob er ihn nicht besser tragen sollte. Was würde man wohl zu dem Mantel sagen, wenn er zu Hause wäre? Er war kaum zehn Meter gelaufen und wollte gerade vom Tubman Boulevard in die 23. Straße einbiegen, als sich ihm jemand in den Weg stellte.

»Bo«, rief George, sein Klassenkamerad. »Du bist viel zu spät, ich habe auf dich gewartet.«

»Bleib stehen«, sagte Bo. George war sein Freund. Er konnte sehr gut Fußball spielen, obwohl er so dünn war, dass man immer dachte, er würde über seine eigenen Beine stolpern, wenn er einem Ball hinterherjagte. George holte ihn jeden Morgen ab und ging mit ihm zur Schule. Sie saßen auch während des Unterrichts zusammen, und George las ihm alles vor, was auf der Tafel stand. Bo ritzte dann mit einem Nadelstift und einer Schablone die Punkte der Brailleschrift in in dickes Papier, und zu Hause tippte er dann seine Aufgaben auf Okogos Schreibmaschine. So konnte Bo in eine normale Schule gehen und am ganz normalen Unterricht teilnehmen. Und weil ihm das einen wahnsinnigen Spaß machte, wollte er auf keinen Fall irgendetwas verpassen.

»Hast du meine Uniform?«, fragte er George.

»Wieso soll ich deine Uniform haben?«

»Ich hab sie doch nicht dabei.«

»Ja, aber ich habe gewartet, und Precious hat gesagt, du bist bei deiner Großmutter.«

»Ja?« Bo überlegte, ob er ihm erzählen sollte, dass er im Wald geschlafen habe und dass es sogar fast noch ein bisschen bequemer gewesen sei als bei seiner Großmutter. Die war sehr arm. Ihre Hütte, die in der Nähe des alten Verteidigungsministeriums in einer etwas abgelegenen Siedlung stand, war sehr einfach und hatte noch nicht einmal einen richtigen Fußboden. Meistens schlief er dort auf einer dünnen Matte auf der nackten, festgeklopften Erde. Und manchmal schlief noch ein anderer Junge direkt neben ihm.

»Ich war nicht bei meiner Großmutter«, sagte Bo. Er wollte lieber von seinen Abenteuern erzählen, aber George hatte keine Zeit.

»Ich muss los.«

»Ich brauch meine Uniform. Ohne Uniform kann ich nicht gehen.«

»Was ist denn das für ein Mantel?«

»Er gehört dem Außerirdischen«, sagte Bo.

»Er riecht so wie ...«

»Wie Elefant«, sagte Bo. »Ich muss die Uniform bügeln, ich habe sie gestern Abend nicht gebügelt.«

»Precious hat sie gebügelt. Ich sage der Lehrerin, dass du kommst.«

»Ich komme«, sagte Bo. Er wollte weitergehen, aber George blieb noch stehen.

»Wirst du jetzt immer bei deiner Großmutter wohnen?«, fragte er.

»Wieso denn? Ich war nur kurz auf einer Reise«, erklärte Bo. »Ist der Außerirdische gekommen?«

»Aber ihr müsst doch ausziehen.«

Bo runzelte die Stirn. »Was müssen wir?«

»Weißt du das noch nicht?« George schaute Bo an. Er sah irgendwie komisch aus. Er sah so aus, als wäre er zu spät aufgewacht und als hätte er in einem Swimmingpool geschlafen.

»Wir ziehen um?«, fragte Bo.

»Ja, Okogo ist sehr schlechter Laune.«

»Zieht Okogo auch um?«

»Nein. Max packt gerade schon ein paar Sachen in den Wagen.«

»Es ist bestimmt nur ein Ausflug«, sagte Bo leichthin.

George kratzte an einem seiner langen, mageren Beine. »Weißt du es denn wirklich noch nicht?«, fragte er. Jemand stieß ihn an, beinahe wäre er gefallen. Sie standen direkt an der Kreuzung. Ständig kamen Leute vorbei, die es eilig hatten, sich an die Straße zu stellen, um den Kampf um eines der wenigen Taxis aufzunehmen, die bei diesem Wetter noch verfügbar waren.

»Natürlich weiß ich es«, sagte Bo. Er konnte es nicht leiden, wenn er etwas nicht wusste.

»Ich weiß nicht«, sagte George. George war sehr mitfühlend. Er ließ Bo immer ausreden und wagte es nie, ihn zu unterbrechen und widersprach ihm auch niemals. »Ich dachte nur ...«

»Und Okogo ist schlechter Laune?«

»Da ist noch diese Frau, die ...«

»Ich gehe hin«, unterbrach ihn Bo. Es musste wirklich etwas passiert sein, wovon er nichts wusste. Er hatte eine düstere Vorahnung, und es war jetzt besser, wenn er den Mantel nicht mitnehmen würde.

»Warte«, sagte er. »Zieh ihn an.«

»Aber ...«

»Dreh dich um, streck die Arme aus.«

»Warte, aber ich ...«

»Er riecht nach Elefant, aber ich kann ihn jetzt nicht mitnehmen. Zieh ihn an, stell dich da vorne unter, da wo das Vordach von Paul's ist.« Paul's war ein Restaurant, wo man gegrillten Fisch essen, sich bei Regen aber auch gut unterstellen konnte.

»Aber Bo, ich muss doch zur Schule.«

»Und dann wartest du auf mich.«

»Und wo gehst du hin?« George zwängte sich umständlich in den stinkenden, nassen Mantel, der mittlerweile so schwer war, als würde man einen Sack Kohle mit sich herumschleppen.

»Ich bin gleich wieder da«, sagte Bo. Er tastete George ab, ob er den Mantel auch richtig angezogen hatte.

»Mach die Knöpfe zu.«

»Es ist zu heiß.«

»Und außerdem ... Du darfst mit den Händen nicht in die Manteltaschen greifen. Verstehst du?«

»Ja«, sagte George.

»Und mach den obersten Knopf nicht zu. Sonst verschwindest du.« Bo strich vorsichtig mit der linken Hand über das kurzgeschnittene Haar von George, als wollte er überprüfen, ob er noch nicht verschwunden war.

»Kann ich jetzt gehen? Es regnet.«

»Geh zu Paul's und stell dich unter ... Und halt dir die Nase zu.« Dann lief Bo schnell die Straße hinunter. Obwohl man es nicht laufen nennen konnte. Dafür waren zu viele Leute unterwegs. Er wurde zu oft aufgehalten, weil immer wieder jemand mit ihm zusammenstieß, der noch nicht wusste, wer er war. »Macht nichts«, sagte Bo dann jedes Mal, wenn er wieder einen Stoß oder einen Schlag abbekommen hatte. Aber der größte Schlag stand noch bevor, und je näher Bo dem Haus kam und je deutlicher er die Stimme von Okogo hören konnte, desto besser wusste er, was passiert war. Es ist also so weit, dachte er. Er war etwas enttäuscht. Max hatte es also nicht verhindern können. Er strich sich schnell durch die Haare, damit niemand sehen konnte, dass er in einer Mulde geschlafen hatte. Ein paar Gräser und Erdkrumen hatte Morris schon von seinem Kopf gezupft, aber alle hatte er nicht gefunden, und schließlich hatte Morris auch nicht so viel Zeit. Er war Busfahrer, wenn auch Kleinbusfahrer, und er musste seine Fahrgäste abliefern. Kurz nachdem Bo ausgestiegen war und der Elefantengeruch sich zu verflüchtigen begonnen hatte, war er in einen Stau geraten. Und jetzt stand Morris schon seit zehn Minuten nur ein paar Meter von

Bos Haus entfernt und steckte fest. Nach dem Unwetter war alles durcheinander geraten. Die Präsidentin musste zum Flughafen, eine Umgehungsstraße war überschwemmt. Es war ein furchtbarer Morgen. Als Bo später wieder zurück Richtung Innenstadt lief, war der Bus von Morris gerade mal hundert Meter weitergekommen. Später, als Bo sein Haus wieder verlassen und sich die Laune von Okogo noch weiter verschlechtert hatte. Weder Bo, noch die Insassen und schon mal gar nicht Morris wussten, was auf dem weißen, alten Bus stand, und was diese fröhlichen roten Schriftzeichen genau bedeuteten. Vielleicht hätte es Bo etwas aufgeheitert. Denn an diesem Morgen war Bo nicht nur furchtbar nass geworden und hatte sich nicht nur eine schlimme Erkältung geholt, er hatte auch sein Haus, seine Wohnung und seine Heimat verloren. Die roten Schriftzeichen, die jemand irgendwo in einem anderen, fernen Land gut gelaunt auf den Bus gemalt hatte, konnte niemand entziffern. Komischerweise hatte sich auch Morris noch nie gefragt, wie es eigentlich sein konnte, dass er in einem Bus herumfuhr, auf dem Käpt'n Glück stand.

Bo überholte den Bus kurz vor der Einfahrt zum Golden Beach, gleich neben dem Hauptquartier der UN. Er hatte den Mantel an. George hatte auf ihn gewartet. Aber heute würde er nicht zur Schule gehen können. »Schreib alles auf«, hatte Bo gesagt. »Und gib mir den Mantel, ich muss etwas erledigen.« Er musste zum Blauen Haus. Er musste Benjamin finden und den Mantel abgeben. Er musste diesen Mantel so schnell wie möglich loswerden, sonst würde wirklich noch ein Unglück geschehen. Zum Glück hatte es geregnet, und niemand konnte sehen, dass Bo zwischen der 22. und der 10. Straße weinte. Er hatte beschlossen, an der Kreuzung zur 9. Straße aufzuhören. Und das tat er dann auch. Okogo hatte gesagt: »Also gut. Dann sehen wir uns unter dem Baum wieder.« Er hatte seine linke Schlappe hochgehoben und damit Mrs. Grant, der Frau vom MOH, drohend hinterhergewinkt. Sie war die Hausbesitzerin und war auf dem Weg zur Arbeit, zum Ministry of Health, vorbeigekommen und hatte Bo und seinen Geschwistern gekündigt. Sie hatte die Geduld verloren. Seit vier Monaten hatten sie die Miete nicht mehr gezahlt. Als Bo das Haus erreicht hatte, fuhr sie gerade ab. Okogo hatte seinen linken Schlappen ausgezogen, hätte beinahe das Gleichgewicht verloren und konnte sich gerade noch an Bo festhalten, um dann mit dem Schlappen der Frau vom Gesundheitsministerium zu drohen.

»Na gut«, hatte Okogo gesagt. »Was ist schon dabei, an so einem Haus? Eh?« Er legte den Arm um Bo. Max stand vor dem geöffneten Kofferraum des Taxis. Precious und die kleine Spinne standen vollgepackt im Regen. »Das ist die zu Stein gewordene Zivilisation. Und die Steine können einem schwer im Magen liegen. Deswegen ist es vielleicht besser so.«

»Wo ist sie?«, fragte Bo. Er hatte gehofft, die Vermieterin noch umstimmen zu können.

»Wie oft habe ich dir das schon gesagt ... Das kann man schon bei Tacitus lesen, nicht wahr, Bo? Man sperrt die Götter besser nicht ein, sie brauchen frische Luft, um ihren Geist zu verströmen.«

»Aber wir sind doch keine Götter«, maulte Precious. »Ich will nicht zu meiner Tante.«

»Es ist nicht gut, sie in die Gemäuer zu sperren«, fuhr Okogo unbeirrt fort. »Wenn man sie auch unter freiem Himmel verehren kann. Nicht wahr, Bo? Habe ich dir das gesagt?«

»Warum habt ihr sie nicht festgehalten?«

»Wieso hast du nicht deinen tollen Freund geholt?«, maulte Precious. »Deinen tollen Freund aus Schwedianien.« Bo ahnte, was Precious damit meinte.

»Der Außerirdische fliegt ... Er fliegt über uns hinweg.« Okogo, der vielleicht gestern Nacht etwas zu viel Palmwein getrunken hatte, ahmte mit seiner Hand ein Flugzeug nach, das im Begriff war, in den Himmel aufzusteigen. »Und fort ist er.«

»Er ist nicht fort«, sagte Bo.

»Aber er ist nicht hier«, erwiderte Precious.

»Er ist zu Stein geworden«, sagte Okogo, und in diesem Moment merkte Bo, dass Okogo ein halbes gekochtes Ei in der Hand hielt, und sein Hunger kam wieder zurück. »Wenn man es genau betrachtet, muss man sagen, die Zivilisation ist nicht die Krone der Schöpfung. Sie ist zu Stein geworden, erstarrt und erkaltet, und die Götter sind eingesperrt.«

»Aber wir sind keine Götter, wie oft soll ich das denn noch sagen«, maulte Precious und stellte die beiden Taschen mit den Plastikdosen ab. Im Wagen war kein Platz mehr. Was sollte sie jetzt mit den praktischen Plastikdosen machen, die die älteste Schwester von Bo bei einem ihrer seltenen Besuche, der sie aus Accra nach Monrovia geführt hatte, im Exclusive für die Familie gekauft hatte und die Precious auf keinen Fall hergeben wollte. »Wir *sind* keine Götter.«

»Frische Luft tut euch trotzdem gut«, sagte Okogo, der natürlich gut reden hatte, schließlich hatte er seinen Schlafplatz in der Wellblechhütte nebenan nicht verloren. Allerdings musste er seinen Mittagsschlaf jetzt woanders halten. Und das war auch ein großer Verlust. Und das Einzige, was er an diesem Morgen tat, war, die bösen Geister zu vertreiben und sie Mrs. Grant, der Frau vom MOH, auf den Hals zu wünschen, die aber in ihrem neuen, vom Ministerium zur Verfügung gestellten Dienstwagen mit dem Nummernschild MOH 4689 schon so weit entfernt war, dass es gar keinen Sinn mehr ergab, ihr irgendetwas hinterherzurufen und ihr etwas Schlechtes an den Hals zu wünschen. Okogo konnte natürlich nicht wissen, dass sie nur zweihundert Meter entfernt im Stau stecken geblieben war.

»Lasst uns Pfeffersuppe kochen«, sagt Okogo. Bo schaute auf seine Hand. Bo schaute auf das halbe Ei. Er hatte irrsinnigen Hunger. Aber er konnte nicht warten, bis irgendjemand Pfeffersuppe gekocht hatte. Es musste alles sehr schnell gehen, sonst würde ein Unglück auf das andere folgen, und dann würde es irgendwann mit den Unglücken gar nicht mehr aufhören. Er musste los. Er musste zu George, zum Mantel, der nach Elefant roch, und er musste zum Blauen Haus, zum Außerirdischen. Nur für einen kurzen Moment hatte Bo überlegt, ob er Okogo nicht nach dem halben Ei fragen sollte. Doch im nächsten Moment hatte sich der Mund des alten, weisen Mannes, der so gerne unter dem Baum saß und mit seiner Schreibmaschine Beschwerdebriefe für die Nachbarn schrieb, geöffnet und das halbe Ei war darin verschwunden.

7.

Der Regen hüllte Bo ein, in ein graues, flatterndes Gewand, unter dem jeder andere in ein Wehklagen und Jammern verfallen wäre, aber nicht Bo. Bo mochte den Regen. Er lief manchmal aus dem Haus, wenn es regnete, und hielt dabei die Hände hoch, um die Tropfen nacheinander an seinen Fingern abzuzählen. Manchmal waren es so viele, dass er auch seine Zehen mit zu Hilfe nehmen musste. Er stand dann einfach da, vollkommen durchnässt, und versuchte »Wasser zu zählen«, wie Okogo zu sagen pflegte. Bo zählte das Wasser, und dann lachten alle. »Hast du wieder das Wasser gezählt?«, riefen sie dann. Aber jetzt hatte er dafür natürlich keine Zeit. Er musste sich beeilen. Der Außerirdische saß vielleicht schon beim Frühstück, und bis zum Blauen Haus war es noch ein weiter Weg. Er überlegte, ob er nicht unter diesen Umständen doch ein Taxi nehmen sollte, aber noch immer waren die Leute wie verrückt und stritten sich um jeden freien Wagen. Außerdem durfte er natürlich das Geld nicht anrühren. Einmal stand ein Taxi direkt neben ihm.

»Nein, ich bin voll«, rief der Taxifahrer mit dem Telefon am Ohr. Er sprach mit jemandem, der ihm einen Auftrag geben wollte, während er die Leute abzuwimmeln versuchte, die sich an seinen Wagen drängten. »Haut endlich ab! Ich hab keinen Platz mehr. Könnt ihr das nicht sehen?«, rief er. »Nein ... Ich meine nicht Sie. Ich meine die Leute hier.«

»Dann kommen Sie endlich, verplempern Sie keine Zeit«, sagte die Stimme am anderen Ende. Brilliant war ungeduldig. Sie war einen anderen Service gewohnt. In Orange rief man ein Taxi, und es kam. Man musste nicht zwei oder drei Telefonnummern anrufen und den Fahrer überreden, seine Fahrgäste aus dem Auto zu schmeißen, und ihn dann auch noch bitten, keinen Umweg zu machen und auf dem schnellsten Weg zu kommen.

»Man bekommt jetzt kein Taxi«, hatte Edward noch gesagt, aber Brilliant ließ sich davon nicht abschrecken. Der Fahrer des uralten, kanariengelben Nissan hatte noch eine Stunde später Ohrenschmerzen, so sehr hatte Brilliant ihm zugesetzt. Er witterte ein Geschäft. Eine Frau, die schon am Telefon so redete, musste aus gutem Hause stammen und wollte wahrscheinlich einen kleinen Einkaufstrip machen, der gut und gerne einen ganzen Tag in Anspruch nehmen würde. DR. ROMEO EMERGENCY CALL stand auf der Windschutzscheibe.

»Ich bin voll«, sagte Romeo, beugte sich vor und zog die Beifahrertür seines Taxis zu.

Bo war schon weitergelaufen. Er hörte nicht zu, er konzentrierte sich auf den Weg und überlegte, ob er nicht einen von den Motorradfahrern an der nächsten Straßenecke um einen kleinen Gefallen bitten sollte. Der Außerirdische trank vielleicht gerade seinen Tee, jemand servierte ihm einen Teller mit Rührei, jemand bot ihm ein Glas Orangensaft an. Bo lief bei dieser Vorstellung das Wasser im Mund zusammen, obwohl er morgens eigentlich lieber Reis oder gekochte Eier aß. Aber an diesem Tag würde er eine Ausnahme machen. Er dachte an die Frau aus Schweden, die ihn und Max einmal zum Frühstück mitgenommen hatte, in eins der großen Hotels. »Das Essen war furchtbar«, hatte Max danach gesagt. Es war das erste Mal gewesen, dass sie in so einem Hotel gegessen hatten. Und vielleicht würde der Außerirdische ihn auch ins Hotel einladen, wenn er seinen Mantel und sein Geld zurückbekäme. Bo würde darauf bestehen, dass er jeden einzelnen Schein noch einmal durchzählte. Banknote für Banknote, wie die Regentropfen, die ihm auf den Kopf fielen und die er eigentlich gerne gezählt hätte. Plötzlich prallte er mit voller Wucht gegen einen Verkehrspolizisten, der gelangweilt am Straßenrand stand und es aufgegeben hatte, den Verkehr zu regeln. Denn es hörte sowieso niemand auf ihn. Die neuen Trillerpfeifen, die sie von der dänischen Polizei geschenkt bekommen hatten, funktionierten bei diesem Wetter sowieso nicht.

»Siehst du«, sagte Brilliant zu Edward. »Er kommt.«

»Aber wann? Er wird bestimmt lange brauchen.«

»Er kommt sofort«, erklärte Brilliant.

»Aber ich kann das nicht machen«, sagte Edward, »ich bin doch entlassen worden.«

»Ich habe dich aber wieder eingestellt«, sagte Brilliant, während sie sich den dritten Butterfinger in den Mund steckte. »Mir ist schlecht.«

»Ich mache es nicht.«

»Jetzt hör auf. Du bist mein Freund. Und ich bin ... Na ja. Ich bin Brilliant Hope Gwenigale-Johnson und ...« Sie schob den angebissenen dritten Butterfinger zur Seite. »Willst du zu meiner Geburtstagsfeier kommen?«

»Ich denke, sie fällt aus ...«

»Mein Onkel wird sich das gut überlegen ... Ich rufe mal zu Hause an, um denen zu sagen, was hier passiert.« Sie nahm wieder das Telefon.

»Willst du nicht lieber auf das Taxi warten?«

»Man muss seine Zeit nutzen«, erklärte Brilliant feierlich. »Ich werde dir das noch erklären. Wenn du zum Beispiel berühmt bist und dich alle kennen, dann hast du eine Assistentin, eine persönliche Assistentin, die macht dann alles für dich. Ruft da und ruft dort an ... Aber bis dahin musst du auch was machen. Du kannst ja nicht deine Zeit vertrödeln. So ist das in Amerika. Das ist Zeitmanagement. Weißt du, was das ist?«

»Nein.«

»Das ist, wenn deine Assistentin etwas macht, und du machst in der Zwischenzeit auch etwas. Meine Großmutter hat fünfzehn Assistenten, und ein paar sind Studenten, das sind besonders gute Assistenten.« Brilliant schaute auf den Butterfinger. Irgendwas stimmte damit nicht.

»Ich fahre auf keinen Fall zum Geisterhaus«, sagte Edward noch mal. Aber Brilliant hörte ihm nicht zu. Ihr war auf einmal so schlecht, dass sie befürchtete, sich übergeben zu müssen. Und für einen Moment vergaß sie sogar ihren Plan, den wundervollen Plan, den rothaarigen Jungen aus dem Geisterhaus, in dem er sich versteckt hatte, zu entführen. Brilliant hielt die Luft an. Edward hatte es ihr erzählt. Es hatte wie immer ewig lange gedauert, bis es ihm eingefallen war. Die Leute am Strand, die Frau im goldenen Bikini, der im Fernglas gar nicht so schlecht ausgesehen hatte, arbeiteten dort. Im Geisterhaus, wie Edward erklärt hatte. Brilliant konnte ihn nicht davon abbringen, es so zu nennen, obwohl es doch ein ganz normales Krankenhaus war. Edward war es eingefallen. Oder anders gesagt: Er hatte es herausgefunden. Er hatte mit einem Weißen gesprochen, der an einem Verkaufsstand Geld wechselte. Der Weiße, ein kleiner, magerer älterer Mann mit einen silbergrauen Haarkranz auf dem Kopf, hatte es ihm erzählt.

»Ist es so schlimm mit deiner Tante«, hatte er gefragt, »dass du sie dort hinbringen willst?«

»Ja«, hatte Edward gelogen. »Schon seit Tagen. Wissen Sie die Adresse?«

»Nicht genau«, hatte der Weiße mit dem Haarkranz geantwortet, dem kleine silberne Fäden aus dem Ohr wuchsen, von denen einige im Sonnenlicht hell aufleuchteten. Das war am Tag zuvor gewesen, am späten Nachmittag, kurz nachdem Brilliants Onkel ihm gekündigt hatte. Er war so verzweifelt gewesen, dass er all seinen Mut zusammengenommen und den Mann angesprochen hatte.

»Ich dachte schon, du wolltest einen Job«, hatte der Mann mit dem Haarkranz gesagt. »Na ja, wenn deine Tante verrückt geworden ist ... Aber wenn du mal einen Job brauchst, du weißt ja, wo du mich findest.« Der Mann mit dem Haarkranz war wieder in seinen Wagen gestiegen, und Edward hatte ihm entgeistert hinterhergeschaut. Er hatte den Mann noch nie zuvor gesehen. Kaum war ihm klargeworden, was er gesagt und was er ihm da gerade angeboten hatte, da war er mitsamt seinen silbrig schimmernden Haaren, die wie Gräser aus den Ohren herauswuchsen, verschwunden. »Es ist in Paynesville, glaube ich«, hatte er gesagt. »Einige Leute nennen es das Geisterhaus. Aber sag deiner Tante lieber nichts davon. Sag ihr am besten, es wäre ein ... Sanatorium.«

Der Weg war weit. Bei dichtem Verkehr benötigte man gut und gerne eine ganze Stunde. Aber obwohl Augustine ganz gut vorankam, dauerte die Fahrt über eine halbe Stunde. Der Land Cruiser wackelte so sehr, dass Benjamin ein paarmal mit dem Kopf beinahe gegen die Karosserie geschlagen wäre, denn er war eingeschlafen. Sie hatten die Hauptstraße verlassen, und der Wagen schaukelte wie eine Kutsche, während er langsam über einen tief vom Regen in die Erde hineingewaschenen schmalen Weg rollte. Die letzten Meter führte der Weg an einer Reihe von Häusern vorbei, deren Einfahrten mittlerweile unerreichbar geworden waren, so tief hatte der Regen über die Jahre den Weg ausgespült. Als Benjamin aufwachte, sah er die untere Hälfte eines alten rostigen Tores, das offenstehend fast zwei Meter über dem Weg in die Luft hineinragte. Das Haus selbst stand noch. Es sah ganz normal aus. Nur wenn man näher hingeschaut hätte, hätte man gesehen, dass es nur noch aus seiner Fassade bestand und einem Flachdach, dessen hintere Hälfte aber in Trümmern auf der Rückseite des Grundstücks lag. Ein schmaler Fußweg hinter der Ruine führte zu einem freien Platz, der sich direkt neben ihrem Ziel, dem Krankenhaus, befand, und dort versammelten sich jetzt gut ein Dutzend Kinder, als der Wagen mit Augustine, Benjamin und Emily, die noch immer das Telefon am Ohr hatte, stehenblieb. Sie waren angekommen. Am äußersten Stadtrand. Fast schon außerhalb Monrovias, aber noch hatte Benjamin Liberia nicht verlassen. Es hatte keine Neuigkeiten gegeben. In der Botschaft wusste niemand etwas von seinem Vater. »Bist du traurig?«, hatte Augustine gefragt. Wagen Nr. 5, der Augustine ablösen sollte, war nicht gekommen, er steckte irgendwo fest, und Emily hatte sich von Augustine überreden lassen, gegen alle Regeln Diesel von einer illegalen Tankstelle zu kaufen. Dann hatten sie sich auf dem Weg zum Krankenhaus gemacht. Aus irgendeinem Grund hatte Benjamin erwartet, seinen Vater in der Botschaft zu treffen. Er hatte gedacht, sein Vater würde dort zusammen mit der Botschafterin an einem Tisch sitzen, sie würden zusammen einen heißen Kakao trinken und sein Vater würde sagen: »Mensch, mein alter Kumpel. Wo hast du denn die ganze Zeit gesteckt?« Und dann hätte die Botschafterin laut gelacht, das Lachen wäre in der ganzen Stadt zu hören gewesen.

Während Emily zur Botschaft gelaufen war, hatte er mit Augustine draußen im Wagen gewartet. Augustine hatte ihm von der Botschaft erzählt.

»Die deutsche Botschaft«, sagte Augustine. »Die ist sehr modern ... Habe ich gehört. Sie haben einen Pool, einen Tennisplatz. Ja ... Und einen riesigen, verwilderten Garten.« Auch Augustine war ein bisschen traurig, als sie das Gelände gar nicht betreten durften. »Da drinnen«, sagte Augustine, »soll es aussehen wie in einem Zoo ... Habe ich gehört. Manchmal müssen die Soldaten auf wilde Tiere schießen, wenn wieder jemand nicht aufgepasst hat.«

»Wieso die Soldaten?«, fragte Benjamin. »Sind es deutsche Soldaten?«

»Wer weiß. Es sind die UN-Soldaten ... Ach, ich glaube, es sind die pakistanischen ... oder die aus Bangladesch. Wir fragen Emily, wenn sie wieder zurückkommt.« Emily hatte eine Viertelstunde gebraucht. Es war nur die Sekretärin im Büro gewesen, und als Emily wieder zurück war, hatte Benjamin vergessen, sie nach den Tieren und den Soldaten zu fragen.

»Wenn mich nicht alles täuscht«, sagte Augustine nach einer Weile, »mussten sie einmal auf ein Krokodil schießen. Ja …«

»Wirklich?«, fragte Benjamin.

»Es ist aus dem Wasser geklettert. Aus einem Teich.«

»Aus dem Swimmingpool?«

»Wer weiß? Ich habe es nur von Barkon gehört, der war schon mal da. Der hat für die GTZ gearbeitet.«

»Für die GTZ?«, fragte Benjamin. Benjamin überlegte einen Moment. Vielleicht konnte ihm ja dieser Barkon helfen, seinen Vater zu finden. Er kannte sich bei der GTZ bestimmt besser aus als Beatrice.

»Und dann kam dieses Viech da raus, und peng … Dann haben sie geschossen.«

»Aber sie dürfen doch gar nicht schießen«, sagte Benjamin. »Die UN-Soldaten dürfen nicht schießen, das weiß ich.«

»Tatsächlich?«, fragte Augustine. »Das Krokodil, das haben sie jedenfalls erschossen. Das hat Barkon gesagt.«

In diesem Moment kam Emily zurück. Sie zwängte sich zwischen den Wachleuten am Eingang und den schweren Betonblockaden auf der Ausfahrt hindurch und lief auf den Wagen zu.

»Kann ich Barkon mal sprechen?«, fragte Benjamin, während er zuschaute, wie Emily mit einem großen Schirm über dem Kopf, sich um mehrere Pfützen herumschlängelnd, zu ihnen zurückkehrte.

»Barkon?«, fragte Augustine. »Du willst mit Barkon sprechen?«

»Arbeitet er noch für die GTZ?«

Augustine schüttelte den Kopf.

»Barkon ist tot.« Und dann war die Tür aufgegangen und Emily war eingestiegen. Sie waren zum Krankenhaus gefahren. Emily telefonierte, aber ein paarmal hielt sie das Telefon fest in der Hand und schaute ernst aus dem Fenster. Die Fahrt schien eine Ewigkeit zu dauern, und jetzt, als sie auf einem freien Platz irgendwo am äußersten Rand der Stadt angekommen waren, irgendwo auf dem Land, wie es ihm vorkam, fühlte sich Benjamin krank. Er war nass geschwitzt. Der Regen hatte aufgehört. Augustine kletterte aus dem Wagen und lief zu einem großen, eisernen Tor, das in eine hohe Mauer eingelassen war. Emily drehte sich zu ihm um.

»Bist du schon mal in so einem Krankenhaus gewesen?«

»Ich?«

Sie schaute ihn einen Moment prüfend an.

»Ist alles okay?«

Er nickte.

»Es ist alles ein bisschen viel für dich. Es tut mir leid, dass du noch hierbleiben musst.«

Er wusste nicht, was er sagen sollte. Er war plötzlich wütend auf seinen Vater. Er wollte seinen Vater auf einmal gar nicht mehr sehen.

»Noch nie«, sagte er.

»Du weißt also nichts darüber?«

Er schüttelte den Kopf.

»Du brauchst keine Angst vor ihnen zu haben, es sind alles furchtbar liebe Menschen. Einige bekommen Medikamente. Dir wird vielleicht auffallen, dass ...« Sie schaute zu Augustine, der an das Tor klopfte. »Na ja ... dass alles etwas langsamer zugeht. Manchmal kommt es mir vor, wenn ich da drin bin, als liefe alles in Zeitlupe ab. Barneby hat mir immer gesagt, ich soll mich auf kein Gespräch einlassen. Und das machen wir besser auch so. Wir beide ... Ja?« Benjamin schaute sie an.

»Wieso denn?«, fragte er. Augustine klopfte wieder. Offensichtlich wollte man sie nicht reinlassen.

»Weil sie ... also die Menschen da drin ... Sie haben eigentlich noch viel mehr Angst. Mehr Angst als wir. Sie wollen ja raus. Verstehst du? Aber wir können ihnen nicht helfen.«

Benjamin dachte an das Tagebuch von Barneby. Und er dachte an Flower. Hier hatte sie also gelebt. Barneby hatte an einer Stelle auch etwas über Emily geschrieben. Etwas, das sich sehr komisch gelesen hatte. Etwas, von dem Emily nicht wusste, dass er, Benjamin, es jetzt wusste.

»Wir gehen rein, wir gehen in unser Büro. Ich muss mit ein paar Leuten sprechen. Es hat jede Menge Ärger gegeben gestern Nacht. Außerdem ist ein Patient weggelaufen.« Emily schüttelte den Kopf. Augustine drehte sich zu ihnen um und zuckte mit den Schultern.

»Was ist denn los?«, rief Emily aus dem Fenster.

»Ich muss hupen«, rief Augustine.

»Nein, klopf noch mal. Das kann doch nicht sein.« Sie drehte sich wieder um. »Wir bleiben eine Stunde, höchstens. Ja? Ist das okay?«

Benjamin nickte. Er dachte an das Mädchen, er dachte an das, was er über sie in dem Buch von Barneby gelesen hatte. Er schwitzte so stark, dass er spürte, wie der Schweiß über seine Wangen und seinen Hals hinunterlief.

»Hast du Angst?«, fragte Emily und schaute ihn an.

»Ich?«, sagte er. Er schüttelte den Kopf. »Ich habe keine Angst. Wieso denn?« Aber das stimmte nicht. Es war eine Lüge. Die wievielte Lüge das wohl ist, fragte er sich und schaute aus dem Fenster. Draußen standen Kinder. Er hatte sie noch gar nicht bemerkt. Es waren vielleicht zehn oder fünfzehn Kinder. Sie sahen sehr arm und dünn aus. Sie standen barfuß auf dem über und über mit Pfützen bedeckten Boden. Der Platz vor dem Tor zog sich fast hundert Meter hin. Links und rechts standen Büsche und Palmen, und in der Ferne sah er ein paar Hütten, die zwischen den Palmen kaum zu erkennen waren. Benjamin schaute weg. Die Kinder waren jünger als er. Es waren auch kleine Kinder dabei. Ein Mädchen fiel ihm auf. Es trat ganz nahe an den Land Cruiser heran. Es schaute ihn so an, dass er sofort wegschauen musste. Es war der Blick von E. Der Blick, den E ihm zuwarf, bevor sich der Kreis um ihn herum schloss. Wenn E und seine Freunde sich um ihn »kümmerten«. Das Mädchen hatte den gleichen Blick. Benjamin schwitzte. Er schaute noch einmal hin. Es ist nicht E, dachte er sich. Es ist ein Mädchen. Ich bin in Liberia. Es ist nur ein kleines Kind, das vielleicht Hunger hat. Emily hatte im UN-Drive-Supermarkt etwas zu Essen gekauft. Sie hatte Benjamin schließlich doch mit hineingenommen. Die Bettler, die sich um den Wagen gesammelt hatten, waren auch ihr nicht ganz geheuer gewesen. Sie hatten ein paar Gurken, Brot und Käse gekauft. Einen Käse, den er kannte und schon als kleines Kind manchmal gegessen hatte. Der Käse hieß Kiri. Er wollte dem Mädchen etwas abgeben. Es stand noch immer da und schaute ihn an.

»Du brauchst wirklich keine Angst zu haben«, sagte Emily.

In diesem Moment wurde das Tor geöffnet. Zwei Männer in grünen Hosen und weißen Hemden schoben es langsam zur Seite. In Zeitlupe, so wie es Emily gesagt hatte. E und seine Freunde bildeten immer einen Kreis um ihn. Manchmal in der Pause oder im Park, wie einmal im letzten Winter. Aber es war nicht E, der so schaute. Es waren die Blicke der anderen. Die anderen, die auch mitmachten bei dem Kreis. Die anderen, die alles taten, was E ihnen befahl. So blickte das Mädchen, das neben dem Wagen von Augustine stand. Es schaute wie die Klassenkameraden und Freunde von E, im letzten Winter im Park, bevor es losgegangen war. Und während Augustine sich wieder ans Steuer setzte und den Wagen auf das Gelände des Cooper Mental Health Hospital steuerte, wusste Benjamin auch, warum sie so geschaut hatten: Sie hatten Mitleid mit ihm. So wie die Klassenkameraden und die Freunde von E. Jedenfalls einige von ihnen. Sie hatten Mitleid mit ihm gehabt, während sich der Kreis um ihn herum immer enger zog.

»Wir gehen direkt ins Büro«, sagte Emily zu Augustine. »Park dort vorne ... Und am besten wendest du auch gleich.« Benjamin schloss die Augen. Nicht so schlimm, dachte er, es ist alles ein bisschen viel für mich. Aber im nächsten Moment, als sich der Wagen in Bewegung setzte, spürte er etwas anderes. Er dachte an Bo. Und er dachte, dass er Bo davon erzählen würde, und dann würde Bo furchtbar lachen. »Die Kinder da draußen«, würde Benjamin sagen, »die dachten, ich wäre verrückt. Die dachten, ich würde *eingeliefert* werden. Kannst du dir das vorstellen?«

Augustine hupte. Die beiden Männer in den grünen Hosen und weißen Hemden hielten ihre Handkanten an die Stirn. Es war ein militärischer Gruß. Sie nickten ihnen zu. Es sah alles ganz friedlich aus. Mehrere Gebäude waren zu erkennen, und eine große freie Wiese mit einem Baum. Patienten waren keine zu sehen.

»In einer Stunde sind wir hier wieder draußen«, sagte Emily, und ihre Hand berührte dabei leicht seine Wange.

8.

Sie blieben fast den ganzen Tag. Emily musste sogar später ihr Telefon jemandem geben, damit der das Krankenhaus verlassen und zu einem Geschäft gehen konnte, wo es wieder aufgeladen wurde. Im Krankenhaus gab es keinen Strom. Es war ein Krankenhaus ohne Strom. Ohne Licht. Ohne Fensterscheiben. Die Lamellenfenster, die Benjamin schon von seinem Zimmer im Blauen Haus kannte, gab es hier auch in den Zimmern und im Büro. Aber überall fehlte das Glas, selbst im Büro, in dem immerhin ein kleiner Schreibtisch und ein paar Regale standen.

»Und wieso gibt es kein Glas?«, fragte Benjamin.

»Es ist zu gefährlich«, sagte Emily. Es schien überhaupt ein gefährliches Krankenhaus zu sein. Von außen sah es wie ein Gefängnis aus. Wie ein Hochsicherheitsgefängnis, dachte Benjamin und hatte Filme vor Augen, in denen die Verbrecher von Überwachungskameras und Stacheldraht umgeben waren und sich kaum einen halben Meter bewegen konnten, ohne dass sie beobachtet wurden. Aber sobald man durch das Tor in das Innere des Krankenhauses kam, sah es wieder ganz anders aus. Freundlich, grün, mit Bäumen und blau-weiß gestrichenen, kleinen, flachen Gebäuden. Es erinnerte ihn an seine alte Schule in Donnybrook in Irland, wo er seine ersten Schuljahre verbracht hatte. Die Sonne kam raus, und auf der Wiese lagen bunte Kleidungsstücke und Tücher zum Trocknen. Ganz plötzlich hatte es aufgehört zu regnen. Es dampfte und tropfte, aber eine Stunde später konnte man sich gar nicht mehr daran erinnern, dass es so stark geregnet hatte. Das Krankenhaus war außerdem ziemlich groß. Es wäre bestimmt interessant, die verschiedenen Räume und Gebäude zu erkunden, aber Emily hielt ihn die ganze Zeit auf dem Weg ins Büro am Arm fest und ließ ihn nicht los. Dabei war niemand zu sehen. Die Patienten mussten irgendwo in den Gebäuden sein. Vielleicht schliefen sie und waren auch so krank, dass sie nicht mehr laufen konnten.

»Was haben sie denn?«, fragte Benjamin, während sie ins Büro gingen.

»Das weißt du doch, das habe ich dir doch gesagt.« Sie zeigte auf einen Stuhl. »Setz dich. Willst du was lesen?« Sie schaute sich um. »Hier gibt es allerdings nur Akten.«

»Ich würde gern eine Akte lesen«, sagte Benjamin.

»Wie bitte?«

»Ich finde es interessant.«

»Ich rufe Mister Grimms. Der kümmert sich darum.«

»Muss ich die ganze Zeit hier warten?«, fragte er.

»Ich weiß nicht«, sagte Emily. »Keine Ahnung, was heute noch alles passiert. Gestern Nacht hat ein Mann zwei Pfleger angegriffen und mit einem Stein nach ihnen geworfen.«

»Und warum?«

»Ich hole dir Mister Grimms. Der besorgt dir was zu lesen ... Die Nachtschicht ist immer nur hier, um ... Ich glaube, jemand ist verletzt worden, und der Patient ist über die Mauer geklettert und weggelaufen. Jetzt wollen sie natürlich ...« Emily unterbrach sich. Sie schaute durch die Fensteröffnung nach draußen. Es war auf einmal sehr laut. Dadurch, dass die Fenster kein Glas hatten, konnte man jedes Geräusch hören, und jetzt begann ein lautes Klatschen. Leute klatschten in die Hände, und im nächsten Moment hörte Benjamin Gesang.

»Mister Grimms«, rief Emily. »Mister Grimms!« Sie schwitzte etwas. Sie griff nach einer Rolle Toilettenpapier, riss ein paar Streifen ab und wischte sich über das Gesicht.

»Was guckst du denn so?«

»Nichts.«

»Es ist komisch, wie du immer so guckst. Da denkt man immer ...«

Benjamin schaute weg. E sagte zu ihm jedes Mal: »Schau mal her. Schau mich mal an.« Und das war immer das Erste, was er sagte, bevor sich der Kreis um Benjamin herum schloss. Aber Benjamin wollte nicht mehr daran denken. Er wusste, er würde Bo wiedersehen. Die Botschafterin war zwar nicht da gewesen, aber bestimmt würde sich bald alles aufklären. Emily stellte die Klopapierrolle wieder auf den Schreibtisch. Überall war Staub und Schmutz. Das Büro sah aus, als wäre ein Sandsturm hindurchgefegt, und es wirkte so, als wäre hier seit ein paar Jahren niemand mehr gewesen. Schmuddelige, zerfledderte Akten stapelten sich in einem der Regale, die an der Wand lehnten, und neben der Tür stand ein Eimer mit einer Säge und einer leeren Wasserflasche, und über dem Rand des Eimers hing der Ärmel eines Hemdes. Das Klatschen wurde jetzt lauter und der Gesang auch. Es erinnerte eher an eine Kirche als an ein Krankenhaus. Nach ein paar Minuten kam Mister Grimms. Mister Grimms war so groß, dass er kaum durch die Tür passte. Dabei war er sehr dünn, fast mager. Er trug ein dunkelgrünes kurzärmeliges Hemd und Gummistiefel.

»Ich muss mich entschuldigen, heute haben wir unseren großen Putztag«, sagte er.

Sie lächelte.

»Das ist Benjamin. Er ...«

»Benjamin!« Mister Grimms kam auf ihn zu und verbeugte sich. »Ich bin Grimms. Herr Grimms. Ich sprechen die Sprache vom Gast. Zu deinen Ehren, von denen mir versprochen worden ist.«

»Wusstet ihr, dass er kommt?«

»Aber Doktor Emily ...«

Emily lächelte. »Nenn mich nicht Doktor Emily. Ich bin ja keine Ärztin.«

»Doktor Emily. Die Meldung hat sich kundgemacht und kundgetan, und der Schall kam bis herüber ins Herz.« Er zeigte auf sich. »Ich bin das Herz.« Er ging zu Benjamin und streckte ihm feierlich die Hand entgegen. »Der Deutsche. Es ist gehört worden, dass er daraus kommt. Wissen Sie ...« Er unterbrach sich und überlegte. »Möchtest du was trinken?« Er verbeugte sich wieder. »Ich werde servieren Ihnen einen Tee. Möchten Sie?«

»Ich ...« Benjamin überlegte, ob er ihm sagen sollte, dass er ihn nicht zu siezen brauche.

»Keine Geheimsprache«, rief Emily. »Außerdem haben wir keine Zeit. Du kannst ihm das Lagerhaus zeigen und vielleicht ...«

»Ich finde das Buch, das zärtlich zu den Augen ist. Das umspielt.«

»Wie bitte?«

»Ich soll doch ein Buch holen für den Sohn der Doktorin.«

»Er ist der Sohn von jemand anderem. Ich ...«

»Oh, Verzeihung. Entschuldige.« Mister Grimms beugte sich zu Benjamin hinunter. »Liest du gerne? Wir haben viele Bücher im Lagerhaus. Ich bringe dir Bücher. Wir haben ein Buch über einen Jungen aus Holz. Willst du es?«

Mister Grimms grinste. Er hatte einige Jahre in Deutschland verbracht und sprach leidenschaftlich gerne Deutsch. Wann immer jemand zu Besuch ins Krankenhaus kam, der Deutsch sprechen konnte, wechselte er zwischen den beiden Sprachen hin und her, und zwar so schnell, dass ihm selbst der Kopf dröhnte. Aber das ließ er sich natürlich nicht anmerken. »Also Lektüre«, rief er, »Lesestunde und Termin ... dem Vorlesen. Aber ich bin nicht mächtig der Worte in der ganzen Reihe. Dafür nehmen wir einen anderen.«

Emily stand auf. »Also ich kümmere mich jetzt um den geflohenen Patienten. Wie heißt er?«

»Wir haben seine Akte drüben.« Mr. Grimms streckte seine Hand wieder nach Benjamin aus. »Große Meister im Aufspüren der Flucht. Wissen Sie ... Hier müssen Tunnel und Gänge und Höhlenschächte sein im Haus und unter dem Gebilde ...«

»Mister Grimms.«

»Wir sind im Wunder darüber, wie die Geister klettern und hüpfen.« Er hob die Hand, um die Höhe einer Mauer anzudeuten, über die man eigentlich gar nicht herüberkommen könnte. »Und sind weg. Schon ist die Überlegung gewandert. Große Drähte aufzuhängen und dann ...«

»Sprich Englisch mit ihm. Ich glaube er versteht dich nicht.«

»Doktor Emily ... Der Junge ist ein Geistermensch, oder?« Er beugte sich zu Benjamin. Benjamin nickte.

»Ich verstehe ihn schon«, sagte Benjamin.

»Ich gehe jetzt zum Patiententrakt rüber. Sind Williams und Jolanda drüben?«

»Ja«, sagte Mister Grimms, »sie warten schon.«

Emily nickte ihm zu und verließ das Büro. Jetzt endlich bemerkte Benjamin seine ausgestreckte, magere Hand und schlug ein. Augenblicklich zog ihn Mister Grimms von seinem Stuhl hoch und lachte ihn an. »Die Reise ausgestanden und gut gemeistert. Frisch gewonnen und wieder gewaschen?«

»Ja, ich ...«

»Oder wollen Sie sich stärken und einen fettigen Brotkrümel speisen ... Ich weiß nicht, wie die Sprache richtig ist dafür. Es ist im Grill. Im Feuer gedreht und gebacken und sieht aus wie ein Ball.« Mister Grimms grinste. »Fettiger Ball mit viel Geschmack.«

»Ja ... Darf ich denn überhaupt?«

»Kommen Sie, Professore ... Wir beide gehen im Spaziergang ins Warenhaus und ich zeigen ihn das Herz des Cooper Memorial Hauses für Mental Health. Die Patienten springen weg, aber wir sind hier. In der Stellung ... Kommen Sie.« Er drehte sich um und marschierte zur Tür. Benjamin blieb nichts anderes übrig, als ihm zu folgen. Er konnte sich gar nicht vorstellen, dass er noch vor wenigen Minuten wieder an den Kreis und an E hatte denken müssen. Diese kühl abwartenden, starren blauen Augen, die auf einmal direkt vor ihm aufgetaucht waren.

»Professore!«, rief Mister Grimms. Er hatte das Büro schon verlassen. »Schließen Sie das Tor hinter ihr Haupt. Und gehen sie gebeugt. Es ist niedrig. Hallo?«

»Ja, aber ich ...«

Mister Grimms war schon ein paar Meter entfernt, er war irgendwo in einen Gang abgebogen, und Benjamin stand jetzt auf der Türschwelle, unsicher, in welche Richtung er gehen sollte. Von links hörte er ein leises Schlurfen näher kommen.

»Hallo«, sagte er.

Keine Antwort. Das Schlurfen kam näher. »Und jetzt, mein Lieber. Jetzt machst du mal den Mund auf«, hatte E gesagt. Aber das war schon später. Später, als er das Gefühl in seinen Händen verloren hatte und der Kreis um ihn herumgestanden war und er in den Gesichtern dieses Mitleid hatte sehen können, von dem am Anfang noch nichts zu spüren gewesen war. Schon nach zehn Minuten, während deren er seine Finger in den Schnee hatte halten müssen, um sich abzustützen, waren die Finger so kalt geworden, dass er nichts mehr spürte.

»Hallo Mister ...«

»Der Schlüssel ... Professore! Umgedreht ... Umgedreht«, hörte er die Stimme von Grimms, die jetzt etwas dumpf klang, so als hätte er sich irgendwo in einem Nebenraum versteckt. Das Schlurfen hörte kurz auf, dann wurde es wieder lauter. Das war ein Patient, dachte Benjamin. Ein Patient ist auf dem Weg ins Behandlungszimmer, oder was auch immer dieses mit Sand und Staub bedeckte Zimmer in Wirklichkeit war.

»Ich habe keine Schlüssel«, sagte er.

»Emily, Doktor Emily«, hörte er eine Stimme. Es war die Stimme einer Frau. Benjamin erschrak.

»Mister ...« Er hatte sich den Namen Grimms noch nicht merken können. Er zog vorsichtig die Tür hinter sich zu. Augenblicklich war es stockdunkel in dem Gang.

»Doktor Emily ... Ich bin gekommen, um mit dir zu sprechen.« Das Schlurfen setzte wieder ein, und Benjamin versuchte sich an die Dunkelheit zu gewöhnen. »Doktor Emily ... Du wolltest mich gehen lassen. Du wolltest mich befreien.« Benjamin stützte sich an der Wand ab. Ob er nicht doch lieber zurück ins Büro gehen sollte? Langsam wurde es etwas heller. Seine Augen begannen sich an die Lichtverhältnisse zu gewöhnen. Er stand in einem schmalen Gang, der nach links und rechts wegführte. Eine andere Tür war nicht zu sehen.

»Doktor Emily«, hörte er jetzt auf einmal die Stimme ganz in der Nähe. »Du hast versprochen ... Versprochen hast du es!«

Auf einmal spürte Benjamin eine Hand, dann griff jemand nach ihm und zog ihn zur Seite.

»Gar nichts hat sie versprochen«, hörte er Mister Grimms sagen. »Geh wieder ... Geh zurück zu den anderen.« Mister Grimms Stimme klang jetzt ziemlich grob und hatte den schönen Singsang, der sie zuvor ausmachte, ganz verloren.

»Kommen Sie hier lang«, sagte Mister Grimms. »Es ist alles vorbereitet.« Er führte ihn ein paar Meter weiter den Gang hinunter. »Können wir weiter in der deutschen Kunst ... In der Sprache des Deutschen weiter praktizieren? Würden das Ihnen nichts ausmachen, ja?«

»Ja, natürlich«, antwortete Benjamin.

»Kommen Sie, Professore«, sagte Mister Grimms, sprach dann jedoch auf Englisch weiter. »Wir werden uns stärken und die Liste durchgehen. Ich habe einige, die ich dir zeigen wollte. Die Listen sind nicht ganz korrekt. Vieles fehlt ... Und wir bekommen jetzt bald eine neue Lieferung.« Er machte einen Schritt zur Seite und ließ Benjamin vorausgehen. Listen. Benjamin liebte es, Listen zu machen oder sich Listen anzuschauen. Etwas unsicher tastete er sich durch den halbleeren Gang. Sie bogen um die Ecke, und dann wurde es etwas heller. Am Ende des Gangs sah er eine Wand, in die ein kreuzförmiges Gitter eingelassen war, durch das etwas Licht in einen kleinen Raum fiel, in dem nichts anderes zu sehen war als zwei große türkisfarbene Sessel, über denen lautlos einige Moskitos herumkreisten. Benjamin schreckte leicht zurück, aber Mister Grimms schob ihn sanft weiter.

Benjamin dachte, sie würden sich setzen, aber Mister Grimms blieb nur einen Moment in dem Raum stehen, um einen langen, schwer verständlichen Vortrag über das Krankenhaus zu halten, bei dem er so schnell zwischen Deutsch und Englisch hin- und herwechselte, dass Benjamin fast gar nichts mehr verstand. Er hörte nur, wie er sagte: »Täglich viele Pfund Haferflocken. Eine Spende aus Schleswigholsteinland ... Milch, Gemüse und Obst. Aber sie mögen es nicht. Obst, oho ... Gemüse, aha ... Gegessen wird nur Reis. Viel Reis.« Mister Grimms lachte, woran man erkennen konnte, dass er selbst auch am liebsten Reis aß. Die Moskitos flogen um seinen Kopf herum, und manchmal schlug er nach ihnen, wie nach alten Freunden, die sich einen Spaß mit ihm erlaubten. Benjamin wunderte sich, dass es tagsüber, während es noch hell war, überhaupt Moskitos gab. Für einen kurzen Moment erinnerte er sich an die mahnenden Worte seines Vaters, seine eindringlichen Erklärungen. Er war seit drei Tagen hier, aber noch niemand hatte mit ihm über die »tödliche Gefahr«, die von den Moskitos ausging, gesprochen.

»Die Patienten essen«, erklärte Mister Grimms. »Dann schlafen sie.«

»Und jetzt?«, wollte Benjamin wissen, aber Mister Grimms war schon beim nächsten Thema. Der Patient, der geflohen war. Mister Grimms erklärte Benjamin jetzt ohne die geringste Vorsicht, die Emily bei so einem Thema hätte walten lassen, wie gefährlich und wie gewalttätig der Patient war, was er schon alles angerichtet hatte und wie oft er schon in seinem eigenen Haus ans Bett gekettet worden war, weil er sonst seine ganze Familie getötet hätte. Mister Grimms sprach aber in aller Ruhe und in einem fröhlichen Ton von diesem Patienten, den er auf Deutsch ein paarmal »eine flüchtende Seele« nannte.

»Die flüchtende Seele«, sagte er, »ist jetzt draußen, und hier sind alle ein bisschen froh.« Er kicherte, als hätte er sich seinen Spaß erlaubt. »Aber Doktor Emily«, sagte er, »will die flüchtende Seele zurückholen. Denn die flüchtende Seele ist krank und muss natürlich Medikamente bekommen.« Dabei führte er feierlich seine Hände an den Mund und machte vor, wie man Medikamente einnahm. »Aber mit Wasser. Verstehen Sie, Professore?« Er schien sich selbst nicht immer ganz sicher zu sein, ob Benjamin ihn überhaupt verstand. Benjamin hätte sich gerne in einen der Sessel gesetzt, am liebsten hätte er sich in einen der Sessel gelegt und geschlafen. Aber Mister Grimms machte keine Anstalten, ihm einen Platz anzubieten. Stattdessen erzählte er, wie die flüchtende Seele entkommen war. »Hier«, sagte er und zeigte auf eine Tür, die Benjamin noch gar nicht gesehen hatte. Sie führte hinaus zu einem winzig kleinen Innenhof. Durch das kreuzförmige Gitter in der Wand konnte er sehen, dass direkt dahinter die Krankenhausmauer anfing. Das Schloss der Tür war aufgebrochen worden, aber mittlerweile hatte man die gesamte Tür mit schweren Brettern vernagelt, so dass jetzt bestimmt kein Entkommen mehr möglich war.

»Und dann die Seele ist hochgesprungen, oder wie sagt man?«

»Sie ist hochgeklettert«, sagte Benjamin.

»Geklettert?«

»Hochgeklettert.«

»Hoch. Ja. Sie musste entkommen beim Licht der Nacht zwischen diesen beiden Löchern.« Er zeigte auf ein Wellblech, das an einer Stelle die Krankenhausmauer und die Wand des Gebäudes, in dem sie sich befanden, überdachte.

»Siehst du, das Blech ist eingedellt.« Tatsächlich konnte man mehrere faustgroße Beulen in dem Dach sehen. »Er ist draufgeklettert und dann über das Dach geflohen«, sagte Mister Grimms. »Aber«, fuhr er auf Deutsch fort, »Miss Emily ... Die Doktore holt ihre langen Finger heraus«, dabei krümmte er die Finger seiner rechten Hand wie eine Vogelkralle zusammen, »und fängt die Seele, die flüchtet, wieder ein. Jede.«

»Kommen denn die Patienten nie von allein zurück?«

»O doch. Manchmal.«

»Aber dieser nicht?«

»Nein«, flüsterte Mister Grimms. »Dieser *will* nicht. Dieser ist gegangen, um dem Leben Auf Wiedersehen zu küssen. Ein Verständnis?«

»Er will jemanden ...«

»Er will niemanden töten, nein.« Mister Grimms lehnte sich etwas zurück und schaute ganz ernst. Dann lachte er auf einmal. »Aber nein«, fuhr er wieder auf Englisch fort, »er ist nicht so ... Aber hier haben wir trotzdem Angst vor ihm und wünschen, er würde ein bisschen länger Urlaub machen. Hast du Hunger?«

Benjamin nickte. Er dachte an die fettigen Brotbällchen, von denen Mister Grimms gesprochen hatte. Augustine hatte auf der Fahrt auch zwei von ihnen gegessen. Sie hatten auf dem Armaturenbrett gelegen, eingewickelt in altes Zeitungspapier. Sie sahen aus wie Quarkbällchen, die etwas zu lange im Fett gelegen hatten. Sie schienen sehr gut zu schmecken, denn Augustine hatte sich befriedigt den Bauch gerieben, nachdem er sie beide verzehrt hatte. Er hatte Benjamin etwas anbieten wollen, aber Emily hatte entschieden, dass das nicht gut für Benjamin sei, und dass sie im Supermarkt etwas Besseres kaufen würden. Sie hatten zwar etwas gekauft, aber keine Gelegenheit gefunden, es zu essen. Das hatte sie vergessen. Ständig vergaß sie etwas. Sie hatten Plastikbesteck für das Krankenhaus gekauft, und sie hatte ihm erklärt, dass sie sich selbst, seitdem sie hier sei, angewöhnt habe, auf alle Luxusgüter wie Schokolade und Coca-Cola zu verzichten. Schließlich seien es Spendengelder, die dabei verschwendet würden, und außerdem sei es billiger, sich auf dem Markt etwas zu kaufen und ein bisschen zu improvisieren.

»Dann gehen wir etwas essen«, sagte Mister Grimms, machte aber keine Anstalten, den Raum mit den gemütlichen, aber etwas komisch riechenden Sesseln und den Moskitos zu verlassen. »Warte«, sagte er. »Da fällt mir ein. Es kommt mir in den Sinn wie ein Geist.« Er lachte. »Ich wollte dir etwas zeigen. Etwas ...« Er nickte wieder ganz ernst. »Etwas ...« Er wiegte den Kopf hin und her. »Komm.« Er nahm ihn jetzt an der Hand, als wäre er ein Kind. Sie gingen durch den Gang zurück, am Büro von Emily vorbei, bis zu dem kleinen Warteraum, hinter dem sich die OPD-Klinik befand, ein kleines Zimmer hinter einer mit vergittertem Fenster ausgestatteten Holztür. Der Gang war dunkel. Benjamin tastete sich an der Wand entlang. Mister Grimms war so groß, dass er mit dem Kopf beinahe gegen die niedrige Decke stieß. Und dann kamen sie wieder in den Warteraum. Vorher war dort niemand gewesen. Aber jetzt lag ein Mann in einem weißen Kittel auf einer der Holzbänke, auf denen während der OPD-Sprechstunden die auswärtigen Patienten saßen. Der Mann schlief. Mister Grimms hielt sich den Zeigefinger vor den Mund.

»Psst«, machte er. »Das ist der Apotheker ... Der Laborant.«

»Wer?«

»Er nimmt den Patienten Blut ab und untersucht sie. Psst.«

Mister Grimms zog Benjamin hinter sich her, nach draußen auf die Veranda. Das Klatschen und Singen hatte aufgehört. Am Tor saß einer der Wachleute auf einem Holzstuhl und schlief ebenfalls. Mister Grimms schenkte ihm aber keine Aufmerksamkeit und ging direkt auf einen großen Container zu, der neben dem Tor an der Wand stand. Im ersten Moment dachte Benjamin, es wäre der Anhänger eines Lastwagens, der dort abgestellt worden war. Aber dann stellte sich heraus, dass es wirklich nur ein Container war, der hier dauerhaft seine Heimat gefunden hatte. Mister Grimms zauberte einen Schlüssel aus der Tasche.

»Wir müssen nach einer ... Patientin schauen«, murmelte er und fingerte an dem Schloss des Containers herum. Benjamin drehte sich um. Er sah eine Frau, die ein weißes Kleid auf der Wiese ausbreitete. Sorgfältig zog sie die Ärmel nach links und rechts und dann den Saum des Kleides gerade, bis es so auf dem Rasen lag, als wäre ein Engel vom Himmel gefallen. Sie schaute auf und entdeckte Benjamin. Im nächsten Moment hob sie den Arm und winkte ihm zu. Benjamin winkte zurück. Sie schaute ihn kurz an, dann schüttelte sie den Kopf und lief zu dem Gebäude zurück, in dem Benjamin die Schlafräume der Patienten vermutete. Ob das eine Patientin war? Oder war es eine Krankenschwester? Mister Grimms werkelte an dem Schloss herum. Als er es endlich aufbekommen hatte, fing das Singen und Klatschen wieder an.

»Kommen Sie«, sagte Grimms leise. Er schlüpfte aus seinen

Stiefeln und betrat den Container. Es gab kein Licht. Grimms drehte sich um und stieß mit Benjamin zusammen. »Bleib hier, ich hole eine Taschenlampe, dann können wir besser in die Dunkelheit hineinblicken ... Sie ist da ... Da vorne. Aber sei vorsichtig.« Mister Grimms verließ den Container. Er ließ die Tür mit den schweren, stählernen Verschlägen einen Spaltbreit offenstehen, so dass etwas Licht in das Innere des Containers drang. Benjamin machte einen Schritt und dann noch einen. Er konnte sich nicht vorstellen, dass hier ein Mensch sein sollte. So etwas würde Emily doch niemals erlauben. Menschen, die in Container gesperrt wurden, das konnte man im Fernsehen sehen. Flüchtlinge, die nach Europa geschmuggelt wurden und in so einem düsteren Gefängnis dann den Tod fanden. Ob Emily davon nichts wusste? Warum tat Mister Grimms so etwas? Benjamin räusperte sich. »Hallo?«, fragte er. Er wartete auf eine Antwort. Langsam gewöhnten sich seine Augen an das Dunkel, und er sah nun überall Regale an den Wänden mit Werkzeugen und Kisten und Eimern. Der Container war über und über mit allen möglichen nützlichen Gegenständen gefüllt. In der Mitte stand auf einer Palette aus Holz eine Tonne. Sie war fast so groß wie Benjamin selbst. Ob die Patientin in der Tonne war? Benjamin schauderte. Er würde das Emily sagen müssen, er würde wohl oder übel das Stillschweigen brechen müssen. »Nicht wahr, wie sagt man ... Im Geiste ... Versprechen wir und das Schweigen bleibt ungebrochen«, hatte Mister Grimms zu ihm gesagt. »Ich zeige es nur dir«, hatte er dann auf Englisch hinzugefügt. »Weil ich weiß, dass dieses kleine Geheimnis bei dir gut aufgehoben ist. Aber sag es nicht der Frau Doktor.« Er hatte zu ihm heruntergeschaut und ernst genickt. Ein Zeichen, dass er es wirklich ernst gemeint hatte. Benjamin näherte sich der Tonne. Er war aufgeregt. Etwas Schlimmes passierte hier. Die Menschenrechte wurden missachtet, oder wie sein Vater zu sagen pflegte: »Mit Füßen getreten! Aber uns ist das sowieso egal, oder? Wir haben es uns ja dabei ganz bequem gemacht.« Benjamin hatte die Tonne erreicht. Das Klatschen und Singen draußen wurde lauter. Etwas berührte ihn am Bein. Er erschrak zu Tode. Er taumelte, konnte sich gerade noch so an der Tonne festhalten. Es stank furchtbar. Es war Diesel. Den kostbaren Diesel hatten sie hier gelagert, und was ihn berührt hatte, war nicht die Patientin gewesen, sondern eine Katze. Er bückte sich. Sie schaute zu ihm auf. Eine kleine grauschwarze Katze. Sie miaute leise, beinahe höflich.

»O Gott, du bist das also gewesen«, flüsterte er. »Du hast mich erschreckt.« Die Katze miaute etwas lauter. Sie war sehr schmutzig und noch jung. Benjamin kniete sich hin und hielt ihr seine Hand hin.

»Bist du krank?«, fragte er. »Bist du eine Patientin?« Die Katze sah ihn an. »Du arme kleine Katze«, sagte er. »Wie heißt du denn?«

Sie gab keinen Ton von sich, kam aber ein bisschen näher.

»Du arme ... Du arme Katze. Hallo.« Er streichelte sie jetzt vorsichtig, während das Klatschen und Singen wieder aufgehört hatte. Er fragte sich, ob Mister Grimms jemals zurückkommen würde. Er dachte an seine kleine LED-Lampe, die in seinem Koffer war, den das liberianische Mädchen und ihr Onkel noch immer hatten. Man konnte sie an den Schlüsselbund machen, und sie spendete einem Licht, wenn man leicht auf ihre Oberfläche drückte, wie auf einen Knopf.

»Bist du eine afrikanische Katze?«, fragte Benjamin.

»Du musst eine Katze in Afrika nicht fragen, ob sie eine afrikanische Katze ist«, sagte plötzlich seine innere Stimme.

»Sie kann doch auch von irgendwo anders hergekommen sein«, sagte er. »Oder? Wo kommst du her?« Die Katze rieb ihren Kopf an seinem Knie. Sein Magen knurrte, und er hüstelte leicht. Es war ihm peinlich, selbst vor der Katze. Emily hatte im UN-Drive-Supermarkt auf das Gemüse gezeigt: »Du kannst genauso gut Gift essen. Aber ich zeige dir morgen mal einen Markt in der Old Road. Da gibt es Papayas und Mangos. Ich werde dir beibringen, wie man die isst.« Und dann waren sie zur Kasse gegangen. Vor ihnen hatte auf einmal die Frau von der Tankstelle gestanden, die Frau mit den sportlichen Beinen, und sie hatte verschiedene Sandalen anprobiert. Schließlich hatte sie sich für goldene Sandalen entschieden, die sie vor die Kassiererin auf das Laufband gelegt hatte, das aber gar nicht laufen konnte. Das Laufband war ein langes Holzbrett, von dem die Kassiererin die Sandalen herunternahm, an einen Jungen weiterreichte, der hinter ihr stand und der die Sandalen dann umständlich in einer Plastiktüte verstaute. Er machte einen Knoten, und dann war die Tüte luftdicht verschlossen. Und die goldenen Sandalen waren nicht mehr zu sehen.

»Schokolade kann ich in London so viel essen, wie ich will«, hatte Emily gesagt. »Hier kostet sie das Doppelte, wenn es überhaupt welche gibt.« Und tatsächlich hatte Benjamin, während sie durch den Supermarkt gegangen waren, nirgendwo Schokolade gesehen.

»Hast du Hunger?«, fragte Benjamin die Katze.

»Natürlich hat sie Hunger«, unterbrach ihn die innere Stimme. »Genauso großen Hunger wie du. Was für eine bescheuerte Frage!«

»Katze«, unterbrach Benjamin seine innere Stimme, »warum bist du denn hier in diesem dunklen Container?« Er hatte sich jetzt noch besser an die Dunkelheit gewöhnt und sah, dass die Katze am ganzen Leib zitterte.

»Sie hat Angst«, sagte seine innere Stimme. »Ganz einfach. Sie ist ein kleiner, bemitleidenswerter Feigling.«

Benjamin nahm die Katze und hob sie hoch. Sie war größer, als er gedacht hatte, aber sie schien sehr jung zu sein.

»Sie hat keine Angst. Und ich habe noch nie eine Katze gesehen, die ein Feigling ist.« Er dachte auf einmal an seinen Vater. Er dachte an seinen Vater, und er dachte daran, was Barneby in seinem Tagebuch über Emily geschrieben hatte. Ob Emily davon wusste, dass die Mitarbeiter unter einer Decke steckten und zugelassen hatten, dass Flower weggelaufen war? Dass sie ihr vielleicht sogar geholfen hatten, damit sie sie endlich los waren? Dieser komplizierte Fall, der auch Emily auf die Nerven gegangen war. Das Gutachten von Dr. Dahn, das sie nicht bezahlen wollte, und die ständigen Termine im Ministerium. *»Und dann«*, hatte Barneby geschrieben, *»haben sie einfach das Tor aufgemacht, und sie ist gegangen.«* Die Katze zitterte. Benjamin hob sie jetzt noch ein Stück weiter hoch, so dass er ihr kleines Gesicht direkt vor seinen Augen hatte.

»Hast du Angst?«, fragte er die Katze. Die Katze sagte nichts, zitterte aber so sehr, dass sie ihm fast aus den Händen gerutscht wäre.

»Setz die Katze lieber wieder hin«, sagte die innere Stimme jetzt etwas leiser, als wäre sie ein bisschen nervös geworden.

»Wieso, es ist doch alles gut mit dir, oder?«, fragte Benjamin.

»Setz doch die Katze endlich hin«, sagte die innere Stimme. »Es ist eine afrikanische Katze. Vielleicht beißt sie dich. Vielleicht überträgt sie gefährliche Krankheiten.«

Benjamin hörte ein Geräusch. Mister Grimms kam zurück. Er hörte ihn draußen vor dem Container mit jemandem sprechen. Er sprach ein ganz anderes, nahezu unverständliches Englisch. Das liberianische Englisch, das Benjamin auch schon von dem Mann kannte, der ihn in die Stadt gefahren hatte. Der Motorradfahrer, der Milchmann geheißen hatte.

Auch die Geschwister von Bo hatten so ein ähnliches Englisch gesprochen.

»Nein«, hörte er Mister Grimms vor dem Container sagen. »Die Gummistiefel sind nicht *dafür* da ... Willst du jetzt endlich Williams holen, mein Lieber.« Und dann sagte er noch etwas, aber das konnte Benjamin nicht verstehen.

»Wir müssen aufhören«, sagte er zu der Katze. »Wir können nicht mehr weitersprechen. Was soll ich mit dir machen?«

»Setz sie hin«, sagte die innere Stimme.

»Du zitterst ja so sehr. Brauchst du vielleicht eine Decke? Du Arme ...«

»Setz die Katze hin! Sie hat Angst. Sie wird dich beißen! Wenn nicht jetzt, dann gleich.«

»Armes Tier, du arme, arme Katze.« Die Katze öffnete etwas ihr Maul, ein leiser Ton kam aus ihr heraus, als säße in ihrem Inneren eine andere, noch kleinere Katze, die genauso viel Angst hatte, aber sich immerhin traute, einen Ton von sich zu geben.

»Gummistiefel für die Toiletten«, hörte Benjamin jetzt Mister Grimms sagen. »Deswegen ... Ja ... Aber Williams habe ich schon gerufen, und Miss Emily wartet auch die ganze Zeit auf ihn. Was?«

»Du brauchst keine Angst zu haben, ja?« Die Katze zitterte jetzt so stark, dass Benjamin überlegte, ob er sie auf die Diesel-Tonne setzen sollte. Es gab sonst keinen Ort, wo er sie hätte absetzen können. Auf den Boden wollte er sie nicht setzen. Auf den Boden wollte seine innere Stimme sie setzen. Aber auf den Boden würde er sie auf keinen Fall setzen.

»Setz sie hin«, sagte die innere Stimme. Der Containertür wurde geöffnet und Mister Grimms trat herein.

»Ah«, sagte Mister Grimms. Er hielt seine Taschenlampe auf Benjamin. »Die Katze!«

Benjamin drehte sich um.

»Sie zittert so sehr.«

»Sie friert«, erklärte Mister Grimms und leuchtete das Tier an. »Es ist kalt heute, wirklich lausekalt. Wetter wie in Deutschland, wie?«

Die Taschenlampe erfasste den kleinen Katzenkopf. Im Licht der Taschenlampe von Mister Grimms wurden ihre Züge schärfer und bedrohlicher. Sie sah tatsächlich wie ein Raubtier aus. Im nächsten Moment fauchte sie Mister Grimms an.

»Oho«, machte Mister Grimms.

»Sie hat Hunger«, sagte Benjamin plötzlich. »Sie muss unbedingt etwas essen.«

»Meinen Sie?« Mister Grimms kam einen Schritt näher. Der Lichtstrahl seiner Taschenlampe flackerte wild durch den Container. Aufeinandergestapelte Maschinenteile, verölt und angelaufen, schweres Gerät und zahllose Eisenstangen wurden sichtbar.

»Was sollen wir ihr denn zu essen geben?«

Grimms leuchtete auf das Regal hinter Benjamin. Im Regal lagerten zwei gusseiserne Gebilde, die wie Motorenteile aussahen.

»Unsere alten Generatoren«, erklärte Mister Grimms, »führen hier ihr Dasein. Alte Maschinen in ihrer Heimat. Aber ... Wir müssen Sorgfalt holen und immer die Augen auf ihrem Herz haben, sie ölen und heilen. Wollen Sie ihn sehen? Unseren Generator? Ich kann ihn anschalten.«

Benjamin hielt die Katze an sich gepresst. Während Grimms mit dem Stolz eines Warenhausmanagers seine Taschenlampe auf die Generatorenersatzteile richtete, hatte die Katze zu zittern aufgehört. Benjamin spürte ihre Wärme an seinem Brustkorb.

»Der Generator macht Strom«, sagte Mister Grimms. »Er ist der große Elektrizifikator … Wie sagt man?«

»Was kann man ihr denn geben?«, fragte Benjamin. Er interessierte sich nicht für den Generator.

»Gras vielleicht«, sagte Mister Grimms

»Gras?!«

Mister Grimms kam einen Schritt näher. »Ich lasse sie nachts raus. Heimlich. Wenn niemand da ist … Doktor Emily darf davon aber nichts wissen, und die anderen auch nicht. Sie denken … Aber ich traue es mich nicht. Hier … Ist hier etwas für sie?« Er leuchtete mit der Taschenlampe den Boden ab.

»Sie kann doch kein Gras essen«, sagte Benjamin aufgebracht.

»Sie *sucht* sich was zu essen.«

Mister Grimms hielt seine Taschenlampe auf ein großes, schweres Eisen, das wie eine Fußfessel aussah.

»Sehen Sie?«

»Wir müssen ihr etwas geben«, sagte Benjamin.

»Damit war er angekettet. Das hatten sie ihm um die Füße gelegt.«

»Wem?«

»Dem, der jetzt weggelaufen ist, dessen Seele … Die Seele, die abgehauen ist.« Mister Grimms drehte sich um und leuchtete auf die Katze.

In diesem Moment war ein Geräusch zu hören. Jemand klopfte an die offene Containertür.

»Hallo?« Eine klagende Stimme war zu hören. »Mister Grimms? Du musst kommen. Sie werden bald da sein, und Miss Emily möchte …«

»Aha.« Mister Grimms schaltete schnell die Taschenlampe aus und ging zur Containertür. »Aber was machst du denn da?«, rief er. »Du ziehst meine Gummistiefel ja doch an …«

»Aber, ich …«, sagte die Stimme.

»Zieh sie wieder aus!«

»Miss Emily hat gesagt, alles muss vorbereitet werden. Er kommt … Er kommt zurück. Sie haben ihn, er ist schon unterwegs.«

Mister Grimms drehte sich zu Benjamin um. »Kommen Sie. Er wird bald da sein.«

»Es war schlimm«, sagte die Stimme. »Wirklich schlimm, er hat Polizisten geschlagen und andere, seine Familie, er hat sie alle geschlagen.«

»Wirklich«, sagte Mister Grimms. »Tssk …«

Die Tür wurde geöffnet, und noch mehr Licht fiel in den Container.

»Schnell«, sagte Mister Grimms, »die Katze.«

Benjamin erschrak. Er wusste nicht, wo er die Katze hintun sollte. Wo er sie verstecken konnte. Er schaute sich um. In seiner Not setzt er sie auf die Tonne, aber in dem Moment, als er sie absetzen wollte, merkte er, dass die Tonne gar keinen Deckel hatte. Und dann biss sie ihn. Benjamin erstarrte.

»Die Katze …«

»Wie bitte?«, flüsterte Mister Grimms.

»Sie ist …« Benjamin beugte sich über die Tonne. Es war zu dunkel, er konnte nichts sehen. Er war so erschrocken, als sie ihn gebissen hatte, dass er sie einfach losgelassen hatte. Und dann war sie gefallen. Er hatte sie versehentlich in die Tonne geworfen.

»Schnell, schnell jetzt«, flüsterte Mister Grimms. Er zog Benjamin nach draußen. »Kommen Sie, kommen Sie. Keine Zeit zu verlieren.« Mister Grimms schlug schnell die beiden Containertüren hinter ihnen zu.

»Das ist Pokie«, sagte er.

Vor ihnen stand ein junger Mann mit langen Gummistiefeln, die ihm bis zu den Oberschenkeln reichten, und einer blauen, schmutzigen Regenjacke. Er sah aus, als hätte er noch vor wenigen Augenblicken in einem Fluss gestanden und geangelt. In seiner linken Hand hielt er einen Eimer, und sein Gesicht war über und über mit Öl verschmiert.

»Der Supervisor der Reinigungsabteilung«, verkündete Mister Grimms stolz. »Emanuel Pokie ... Das ist der hohe Besuch aus dem deutschen Land.« Er zeigte auf Benjamin. Benjamin hielt Pokie die Hand hin.

»Freut mich sehr«, sagte Pokie und stellte den Eimer ab.

In diesem Moment setzte das Klatschen und Singen wieder ein, und eine lange Reihe von nur spärlich bekleideten Gestalten trat aus einem Nebengebäude, und laut singend und klatschend bewegten sie sich auf die Wiese zu. Es sah wie eine Prozession aus. Sie wiegten sich hin und her. Ein kleiner Mann in weißem Hemd und mit Brille führte sie an. »O be joyful in the Lord, all ye lands. Serve the Lord with gladness and come before his presence with a song«, sangen sie. Einige von ihnen drehten sich nach Benjamin um. Und dann sangen sie wieder aus voller Kehle und klatschten weiter. Obwohl es nicht alle von ihnen taten. Einige von ihnen hielten sich nur an ihrem Vordermann fest und machten kleine, trippelnde Schritte, ohne auch nur den Mund zu öffnen.

»Die Patienten«, erklärte Pokie und zeigte ganz ungeniert auf sie. Für einen Moment zögerte der kleine Mann, der sie anführte, dann schwenkte er nach rechts, und zwischen den zum Trocknen auf der Wiese ausgelegten Kleidungsstücken hindurch liefen sie auf die Mauer zu, die das Grundstück nach Norden begrenzte. Benjamin nickte und schaute ihnen hinterher.

»Ich habe Hunger«, sagte er plötzlich.

9.

Die nächste halbe Stunde saß er unter einem Baum neben dem Lagerhaus und schaute den Patienten zu. Sie waren schon nach kurzer Zeit zu ihrem Versammlungsort zurückgekehrt. Dort saßen sie auf weißen und blauen Plastikstühlen, nicht ganz unter freiem Himmel, sondern in einem überdachten Raum, der aber zum Innenhof hin offen war. Der kleine Mann mit dem weißen Hemd erklärte ihnen etwas, das auf großen Postern und bemalten Kartons abgebildet war, die hinter ihm an der Wand aufgehängt waren. Sonst hatte der Raum keine Fenster und keine Türen, auch eine Wand fehlte. Während Benjamin unter dem Baum saß, fiel ihm auf, dass es wie ein Puppenhaus aussah. Ein Puppenhaus war auch nie vollständig. Einem Puppenhaus fehlte auch immer eine Wand. Benjamin streckte die Beine aus. Mister Grimms hatte ein paar Mal mit seinen langen, mageren Fingern auf den Platz unter dem Baum gezeigt. Ein gemütliches Plätzchen im Schatten. Dann hatte er nach oben gezeigt, auf die Sonne. »Was hat sie verbrochen wohl, dass sie so brennt?« Er hatte gelacht, auf einen kleinen Hubbel gezeigt, der aus mit Gras bedeckten Wurzeln bestand, und dann geflüstert: »Später kommst du zu mir, und ich gebe dir etwas zu essen.« Dann war er verschwunden und auch nach einer halben Stunde noch nicht wieder aufgetaucht. Der kleine Mann im weißen Hemd lief hin und her. Manchmal lief er zu einem Patienten, stellte sich vor ihn hin und sprach mit ihm. Er hatte einen Stock, mit dem er auf die Abbildungen auf den Postern zeigte. Benjamin konnte nicht verstehen, was er sagte. Er war zu weit weg. Zwischen ihm und dem Mann im weißen Hemd war die Wiese, auf der die Kleidungsstücke trockneten. Rote, grüne und blaue T-Shirts, Lappas und auch ein paar grünliche Betttücher lagen dort. In der Sonne schienen sie im Nu zu trocknen. »Die Sonne brennt«, hatte Mister Grimms gesagt. »Auf Deutsch sagt man ... Eine Feuerkugel. Nicht wahr, wenn ich nicht im falschen Begriff bin ... O weh.« Er hielt sich die Hand über den Kopf, als würde er auch unter der Hitze leiden. Ein paarmal kam Pokie mit einem Eimer vorbei. Er trug nacheinander mehrere Eimer aus dem Patiententrakt, dort wo die Schlafräume waren, und brachte sie zu einem anderen Gebäude. Der Hunger ließ etwas nach. Benjamin schaute zu den Patienten und dem Mann in dem weißen Hemd. Er ließ manche Patienten aufstehen, und dann konnte man sehen, wie klein er war. Ein Patient war tatsächlich doppelt so groß wie er und lief mit dem Zeigestock, den der Mann ihm gab, zu einem Poster an der Wand und tippte mit dem Stock mehrmals auf eine Abbildung, die Benjamin nicht richtig erkennen konnte. Und dann rieb sich der Mann die Hände, als würde er sich die Hände waschen, und alle Patienten, jedenfalls fast alle, taten es ihm nach. Als würden sie sich die Hände waschen, dachte Benjamin, während er seine Zehenspitzen in die Sonne hielt. Mister Grimms hatte ihm Sandalen gegeben. Seine Turnschuhe waren im Regen nass geworden. Mister Grimms hatte sie in einem kleinen Garten neben dem Lagerhaus zwischen zwei niedrige Palmbüsche gestellt und erklärt, das sei der beste »Sonnenplatz« im ganzen Krankenhaus. Dann hatte er selbst seine Sandalen ausgezogen, war in die Gummistiefel geschlüpft und zu dem großen Gebäude gelaufen, in dem auch Pokie und die anderen Männer arbeiteten.

»Wo ist Emily?«, hatte Benjamin gefragt.

»Im anderen Büro.«

»Ja?«

»Hier gibt es viele Büros. Es gibt noch eins und noch eins ... Sie ist in dem von Mister Williams.«

»Wann kommt sie denn wieder?«

Mister Grimms hatte sich am Kopf gekratzt. »Wir warten noch ein bisschen«, sagte er. Dann nickte er Benjamin zu, zeigte auf den Baum und auf den Hubbel, der so schön mit Gras bewachsen war, und hatte im nächsten Moment seine Jacke ausgezogen und auf den Boden gelegt. Er zeigte auf die Jacke und lächelte.

»Der Kopf braucht Ruhe«, hatte er erklärt. Und dann war er er mit seinen großen, dunkelblauen Gummistiefeln davongeschlurft. Das ist ja ganz schön komisch hier, dachte Benjamin. Der kleine Mann mit dem weißen Hemd unterrichtete, zeigte mit seinem Zeigestock auf die Poster und rieb sich die Hände aneinander. Sonst passierte nichts. Die Sonne schien. Die Kleidungsstücke trockneten, und ein Tier lief quer über den Rasen. Es war ein Reh. Kein wirklich großes Reh, aber doch ein Reh. Es lief zu den Patienten, stellte sich neben sie und hörte eine Weile dem Mann im weißen Hemd zu. Dann verschwand die Sonne wieder, und der Himmel begann, sich etwas zu verdüstern. Ein Reh, dachte Benjamin. Ein Reh, das zuschaut, wie die Patienten etwas lernen. Was ist das bloß für ein komisches Krankenhaus? Und er dachte an seinen Vater, wie sein Vater manchmal sagte: »Es gibt ein paar schwarze Schafe in Afrika. Die machen wirklich ... und ich hasse es zu sagen, einen richtigen Unsinn. Natürlich *brauchen* wir Krankenhäuser. Wir können gar nicht genug von ihnen haben.« Benjamin saß jetzt in solch einem Krankenhaus. Unter einem Baum im Schatten. Die Patienten lehnten sich in ihre Plastikstühle zurück. Einige schienen zu schlafen. Ein oder zwei Mal stand einer von ihnen auf und lief über die Wiese zum großen Gebäude, in dem Mister Grimms und Pokie arbeiteten und wo irgendwo auch Emily war. Nach einer Weile kamen sie wieder zurück. Sie waren vielleicht auf die Toilette gegangen oder hatten irgendetwas zu erledigen gehabt. Sie bewegten sich alle sehr langsam. Sie bewegten sich in Zeitlupe, und ihre Gesichter sahen müde und schläfrig aus. Sie sind alle furchtbar krank, dachte Benjamin. Aber man sieht es ihnen nicht an. So hatte es Emily zu ihm gesagt. »Bist du schon mal in so einem Krankenhaus gewesen?«, hatte sie gefragt. Er dachte wieder an E. Das Gesicht von E, seinen breiten, fleischigen Mund und seine Oberlippe, die breiter und fleischiger war als seine Unterlippe. Seine Wangen röteten sich, wenn er sich aufregte oder wenn er beim Sportunterricht vor der Weitsprunggrube stand und Anlauf nahm. Er war sehr athletisch. Er gab nie Ruhe, er blieb nie stehen, ruhte sich nie aus, war immer in Bewegung. Benjamin dachte daran, wie er einmal zu ihm gesagt hatte: »Wenn du das hier überlebst, kannst du in die Klapsmühle gehen. Wenn du das hier überlebst ...« Es war jetzt ein halbes Jahr her. Benjamin betrachtete seine Füße. Ob seine Füße in der Sonne bleiben durften? Seine Zehen sahen schon etwas rot aus. Er schaute auf das Tier, das kleine Reh, das jetzt auf ein etwas erhöht liegendes Podest kletterte, was sich hinter den dem Mann im weißem Hemd zuhörenden Patienten befand. Dort saß niemand. Zumindest schien es so. Aber jetzt, als das Reh über den Boden schnuppernd weiterlief, sah Benjamin, dass auf dem Podest ein Mann saß. Er hatte ihn vorher noch nicht bemerkt. Er saß auf einer hölzernen Bank. Aufrecht, die Schultern durchgedrückt und den Kopf gerade. Er schaute in die Richtung des kleinen Mannes im weißen Hemd, aber er schien ihn nicht zu sehen. Es schien so, als würde er durch ihn hindurchschauen, und auch durch die Poster mit den Bildern, auf die der Mann im weißen Hemd ab und zu mit seinem Zeigestock zeigte. Hinter der Wand war die Küche. Emily hatte sie ihm gezeigt. Ein paar Frauen hatten vor dem Eingang auf dem Boden gesessen. Zwischen ihren weit von sich gestreckten Beinen hielt eine Frau zwei Fische in der Hand und schnitt mit einem Messer die Köpfe ab. Sie lächelte Benjamin zu, und dann warf sie die Köpfe in einem hohen Bogen in eine gelbe Plastikschüssel. Aber der Mann, der auf der Bank saß, schaute auch durch die Küche hindurch, durch diesen kleinen, schmalen Raum, der sich an die Puppenstube anschloss und ganz schwarz war, und schaute durch die Wand weiter bis zum Container, der jetzt verschlossen war. Der Mann, dachte Benjamin, schaute durch drei Wände und eine Stahltür, die den Container vor fremden Blicken schützte, hindurch, bis er schließlich die Tonne, die im Container stand, entdeckt hatte. Er sieht die Katze. Die Katze, die zum Glück noch lebte, weil die Dieseltonne im Container, wie sich herausgestellt hatte, leer gewesen war. »Keine Sorge«, hatte ihm Mister Grimms zugeflüstert, als Benjamin ihn nach der Katze gefragt hatte. »Die Tonne ist ja leer ... Es ist ein gutes Versteck ... Es ist nur nicht gut, wenn irgendjemand davon erfährt. Katzen leben hier nicht lange. Sie sind die bösen Geister, die Dämonen. Wie würde man das in Deutschland sagen? Das Haus, das der Teufel gebaut hat und in dem er herumlaufen kann.«

»Es gibt ganz viele Katzen in Deutschland«, hatte Benjamin gesagt. »Die Leute in Deutschland lieben Katzen.«

»Mister Barneby ...«, hatte Mister Grimms angesetzt, aber dann bloß den Kopf geschüttelt. Er hatte nichts über Barneby sagen wollen.

»Ich möchte nicht, dass der Katze etwas passiert«, hatte Benjamin gesagt.

»Die Tonne ist leer«, hatte Mister Grimms geflüstert. »Die Tonne atmet Duft und ...« Er hatte selbst tief dabei eingeatmet. »Versteckt dem Teufel sein Haus in seiner Höhle tief unten. Ein paar Tage lassen wir sie noch.« Er hatte genickt. »Ich sehe Mister Williams winken. Wir besprechen das Geheimnis ein anderes Mal.« Und dann war Mister Grimms wieder weggegangen. Der Mann hatte die Katze gesehen. Und jetzt saß er dort, am Ende des Puppenhauses auf einer Bank. Er saß ganz starr und unbewegt da, als wäre er eine Statue. Benjamin fiel noch etwas anderes auf. Etwas, das ihn darin bestätigte, dass er unmöglich zu den Patienten gehören konnte. Er unterschied sich von ihnen. Nicht nur, wie er da saß, aufrecht mit den Händen auf seinen Knien und den Oberkörper in einem graublauen Unterhemd, sondern auch wie sein Körper aussah. Er war nicht besonders groß, er war gar nicht viel größer als der Mann im weißen Hemd. Aber was besonders auffiel an ihm, war, wie stark und muskulös er war. Es wirkte so, als könnte er die Bank, auf der er saß, mit einem beiläufigen Fingerschnippen wegschleudern. Als könnte er mit einem einzigen kurzen, energischen Griff dem Reh, das sich ihm jetzt näherte, den Hals umdrehen. Und als könnte er mit einem einzigen Blick durch drei Wände und eine Stahltür hindurch in den Container schauen. »Wie schrecklich ist das denn«, flüsterte Benjamin. »Wie furchtbar …« Er zog schnell seine Füße aus der Sonne. »Siehst du«, sagte die innere Stimme, »ich habe es ja gleich gesagt.« Dann erklang ein greller und lauter Pfiff. Der Mann im weißen Hemd hielt die Pfeife, die er um den Hals getragen hatte, noch am Mund, da setzte sich das ganze Krankenhaus auch schon in Bewegung. Benjamin wollte aufstehen, er wollte nach Emily suchen. Er richtete sich langsam auf, fühlte sich aber etwas schwach, er wollte sich kurz am Baum abstützen, drehte sich um, aber der Baum war nicht mehr da. Er dachte noch: Wo ist denn jetzt der Baum geblieben? Ich sitze doch die ganze Zeit unter ihm. Er spendet mir doch die ganze Zeit Schatten. Wo ist er denn? Und dann wurde ihm schwarz vor Augen.

10.

In diesem Moment war Bo einige Kilometer weit entfernt. Genauer gesagt: sechs Kilometer und vielleicht noch einen halben oder viertel Kilometer. Bo lief. Er lief erst durch den Regen und dann, als es zu regnen aufhörte, weiter durch die Sonne. Den Unterschied merkte er sofort. Er wusste, wie sich die Sonne anfühlte. Die Sonne war sehr laut und dröhnte. Aber der wichtigste Unterschied war: Seine Haare waren wieder trocken, und sein Kopf fühlte sich wieder gut an. Er war nicht mehr ganz so traurig darüber, dass er die Schule verpasst hatte, und er war nicht mehr ganz so traurig, dass Okogo so traurig war. Okogo war todtraurig. Bo hatte es gehört. Er wusste, wann Okogo traurig war. Und das war er meist dann, wenn er etwas besonders Schlaues sagte. Etwas, was Bo nicht so ganz verstand. »Die Götter brauchen frische Luft«, sagte er. »Die Götter gehören nicht eingesperrt. Also los, raus mit euch. Der große Oba passt schon auf euch auf.« Okogo, das wusste Bo, kam aus Nigeria. Er war kein Liberianer. Allerdings sprach er weder wie ein Liberianer noch wie ein Nigerianer. Wie Nigerianer sprachen, konnte Bo ganz genau sagen. Er kannte sie aus dem BBC-Programm. Da gab es Radiosendungen, in denen Nigerianer vorkamen und von ihren Geschäften berichteten. Nigerianer waren große Geschäftsleute, und außerdem waren sie Soldaten. Aber man konnte beim besten Willen nicht hören, dass Okogo aus Nigeria kam. Er behielt es auch lieber für sich. Bo wusste es zwar, Max wusste es, und Precious wusste es. Aber von den Nachbarn wusste es kaum jemand. »Die Nigerianer ... pfft«, sagten die Leute. »Schickt bloß die Nigerianer weg.« Viele von ihnen waren während des Krieges im Land gewesen. Aber gemocht hatte man sie nicht besonders. »Raus mit euch«, rief Okogo dann mit fester und fröhlicher Stimme, und dennoch wusste Bo, dass er traurig war. Er würde keinen Mittagsschlaf mehr halten können. Bo erinnerte sich daran, wie manchmal Leute zu ihm kamen, wenn er aus der Schule nach Hause gekommen war. Sie fragten ihn: »Mein lieber Junge. Wo ist der große Okogo? Ich muss dringend ein Schreiben aufsetzen für das Ministerium.« Irgendein Schreiben für Mister Soundso oder den ehrwürdigen, hochgeehrten Sowieso, hieß es dann, und zwar mit richtigem Datum und unterschrieben möglichst auch noch. Denn manche bekamen noch nicht mal eine eigene Unterschrift hin. Jedenfalls keine, die gut aussah. Einmal durfte sogar Bo einen Brief unterschreiben. Okogo hatte ihn getippt. Es war der Brief an die ehrwürdige stellvertretende Ministerin des Justizministeriums und Chefin des Gefängnisses. Okogo hatte das schon mal alles korrigiert, denn es war nicht die korrekte Anrede. *Ich flehe Sie an, lassen Sie meinen Bruder wieder frei. Ich bürge für ihn und verspreche an seiner Stelle, dass er niemals mehr die Luft aus dem Reifen des Ehrwürdigen ...* Und so weiter. Der Mann hatte seinen Sonntagsanzug getragen, ein traditionelles giftgrünes Gewand, und schwitzte furchtbar, während er Okogo den Brief diktierte. Gegenüber von dem Haus, in dem er wohnte, befand sich der berühmteste Nachtclub der Stadt, der Embassy hieß, und ein paarmal hatte der Bruder des Mannes einfach die Luft aus den Reifen der Autos gelassen, die die ganze Straße zugeparkt hatten und ihn um den Schlaf brachten, wenn ihre Besitzer am frühen Morgen zu ihnen zurückkehrten und sie mit großem Lärm wieder anließen. Das Embassy war ein paar Häuser weiter. Auch Okogo, der zusammen mit seinen Verwandten in einer winzig kleinen Hütte schlief, konnte den Lärm hören. So hatten sie also den Brief geschrieben. Okogo hatte mit seiner alten Schreibmaschine unter dem Baum gesessen, und der Mann in dem giftgrünen

Gewand hatte ungeduldig darauf gewartet, dass der Bittbrief fertig wurde. Okogo konnte gut Schreibmaschine schreiben. Er hatte es in Nigeria gelernt, in Lagos. Er tippte zwar langsam, aber machte fast keine Fehler.

»Oh«, sagte Bo, wenn die Leute um die Mittagszeit kamen und nach ihm fragten. »Der Herr Okogo, der Ehrwürdige …« Er kratzte sich am Kinn. »Er ist außer Haus.«

»Aha«, sagte dann der Bittsteller, der Beschwerdeführer oder der Verliebte. Denn Liebesbriefe schrieb Okogo auch. Oder er pflegte zu sagen: Er tippte sie ins Reine.

»Und wann kommt er zurück?«

»Er ist an den Fluss gegangen.«

»An den Fluss?« Bo nickte dann und überlegte, warum Okogo an den Fluss gegangen sein könnte. Meist fragten die Leute, die ihre zusammengefalteten Zettel, die ziemlich schmutzig und ausgefranst waren, schon ungeduldig in der Hand hielten, sofort weiter, was er denn am Fluss täte. Was er denn dort zu suchen hätte. »Der große Meister? Der Ehrwürdige?«, fragte Bo.

»Ja, genau der.«

»Ja«, sagte Bo. »Er denkt nach.«

»Ach«, antworteten sie dann. Oder: »Ach, nein.« In Wirklichkeit hielt er natürlich seinen Mittagschlaf, träumte von gekochten Eiern und war immer furchtbar schlechter Laune, wenn er wieder aufwachte. Die nächsten Briefe konnten dann erst am späten Nachmittag getippt oder ins Reine geschrieben werden, je nachdem, wie er sich fühlte. Doch mit seinem Mittagsschlaf war es jetzt vorbei. Ein für alle Mal. Bo blieb stehen. Die Sonne war jetzt sehr heiß. Er rieb sich das Kinn. Er war traurig und er hatte Hunger. Schrecklichen Hunger. Und wo sollte Okogo jetzt bloß mittags schlafen?

Er dachte an Okogo, wie sie sich manchmal im Schatten,

wenn alle Briefe fertig getippt waren, eine Schüssel Fufu teilten. Und dann erzählte Okogo seine Geschichten, wenn er gerade nicht unterbrochen wurde, weil irgendjemand kam. Wie zum Beispiel der Bittsteller mit dem giftgrünen Gewand. »Diesen Brief«, hatte Okogo damals gesagt, als der Mann nicht mehr wiedergekommen war, »darfst du unterschreiben.«

»Kannst du ihn mir vorlesen?«, fragte Bo. Und dann las Okogo ihm den Brief vor. Er hatte alles Mögliche geändert. In dem Brief schrieb der Mann in dem giftgrünen Kostüm plötzlich: *Es stimmt nicht, dass mein Bruder, Ehrwürdiger, die Luft aus dem Mercedes des ehrwürdigen Psychiaters Dr. Dahn gelassen hat. Der ehrwürdige Psychiater Dr. Dahn würde doch niemals nachts im Embassy tanzen. Wenn dem aber doch so wäre, dann wäre mein Bruder über den Schaden betrübt und würde bedauern, was passiert ist, selbst dann, wenn er gar nicht dafür verantwortlich ist.*

»Ist das nicht zu kompliziert?«, fragte Bo.

Aber Okogo schüttelte den Kopf. Bo unterschrieb. Es war eine krakelige, wilde Unterschrift.

»Wunderschön«, sagte Okogo und gab Bo den Brief. Ein paar Tage später gab er ihn dann dem Mann mit dem giftgrünen Kostüm, und wieder ein paar Tage später kehrte dessen Bruder aus dem Gefängnis zurück. Das hat Okogo gemacht, sagte sich Bo. Okogo, der Zauberer, der Zehnfingermann und große Geist. Und warum? Weil er seinen Mittagsschlaf gehalten hatte. »Wenn ich meinen Mittagsschlaf halte«, pflegte Okogo zu sagen, »dann läuft alles von ganz allein. Und gut ist es auch, wenn ich mich vorher noch gestärkt habe. Dann kann ich der Menschheit helfen und den Armen und den Geknechteten Beistand leisten.« Was sollte bloß werden? Was sollte geschehen? Sollte Precious wirklich zu ihrer Tante, und sollten die kleine Spinne und er wirklich zu ihrer Großmutter, in diese kleine Hütte mit der festgetretenen Erde? In diesen Stadtteil, wo sie ihm einmal seinen Kassettenrekorder gestohlen hatten, mit dem er seine Schulaufgaben aufnehmen konnte? Bo blieb stehen. Er war müde. Müde und traurig.

»Weißt du?«, hatte Okogo ihm einmal erzählt. »In Lagos kann man gar nicht schlafen. Lagos ist etwas ganz anderes.«

»Wirklich?«, hatte Bo gefragt. »Wieso denn?«

»Lagos ist keine Stadt. Lagos ist ein Riese. Mmh.« Er hatte seine Hand auf den Kopf von Bo gelegt. Bo liebte es, wenn Okogo seine Hand auf seinen Kopf legte. Er tat es allerdings oft, wenn er nicht mehr weiterwusste oder überlegte, was er als Nächstes sagen sollte. Dann schnaufte er ein bisschen oder gab komische Geräusche von sich, die aus seinen alten Organen kamen, die, wie er behauptete, nicht mehr die Jüngsten seien und alle eine Pause verdient hätten. Er legte die Hand auf Bos Kopf. Und Bo wartete. Er erzählte von Lagos und von Nigeria. Er erzählte von Reisen, die er gemacht hatte. Bo konnte sich gut an seine Geschichten erinnern. Zum Beispiel an die Geschichte von dem Riesen. Damals, als es Lagos noch gar nicht gegeben hatte. »Lagos«, hatte Okogo gesagt, »war damals ja nur eine Idee. Ein Hirngespinst von jemandem, der wohl zu viel Palmwein getrunken hatte.« Der Riese sollte das Volk der Yoruba beschützen, und wann immer das Volk seine Hilfe benötigte, sollte es ihn rufen. So ging die Geschichte. Der Riese kam dann und half dem Volk, einen Krieg zu gewinnen oder was auch immer getan werden musste, weil das Volk es allein nicht tun konnte. »Aber einmal wurde der Riese zu einer falschen Zeit gerufen. Im falschen Moment.« Okogo hatte die Hand auf den Kopf von Bo gelegt, und Bo hatte genickt. »Hör auf zu nicken«, hatte Okogo gesagt. »Das bringt mich durcheinander.« Und Bo hatte aufgehört, zu nicken. Bo erinnerte sich noch gut an das Ende der Geschichte. Es war ein grausames und trauriges Ende gewesen. Und genau dieses Ende fiel Bo nun ein, als er schon eine halbe Stunde gelaufen war, die Sonne immer heißer brannte und er sich ein bisschen nach Schatten sehnte.

»Dann kam der Riese«, hatte Okogo erzählt. »Er kam ... Weil ihn jemand gerufen hatte, der ihn gar nicht hätte rufen dürfen.«

»Ja? Wieso das denn?«

»Es war ein Junge wie du, der dumme Fragen stellt und seinen Mund nicht halten kann.« Er hatte die Hand von Bos Kopf genommen und mit den Fingern geschnippt. Er freute sich darauf, die Geschichte weiterzuerzählen. Er wusste, wie grausam sie nun werden würde, so dass die meisten Kinder sich schon bald furchtbar erschreckten. Er hätte wissen müssen, dass das bei Bo anders war.

»Ja und dann?«, hatte Bo gefragt.

»Nun, der Riese hatte kräftige Gelenke, kräftige Arme ... Und ...«

»Was hat er denn gemacht?«

»Jetzt warte doch.«

»Aber er *hat* was gemacht.«

»Er hat jemandem den Kopf abgerissen. Und er lief durch das Volk und riss einem nach dem anderen den Kopf ab. Nicht allen, aber allen, die im Weg standen, und das waren einige. So riss er also die Köpfe ab, und dann kam eine Frau, sie trat auf ihn zu und rief: Was machst du denn da? Du tötest ja dein eigenes Volk.«

»War das ein liberianischer Riese?«, hatte Bo dazwischengefragt.

»Psst«, hatte Okogo gemacht, obwohl in diesem Moment ein altes Taxi vorbeigefahren war und einen Riesenlärm verursacht hatte. »Jetzt warte doch ...« Okogo hatte verärgert den Kopf geschüttelt. »Solche Geschichten gibt es in Liberia gar nicht.« Er hatte vor sich hingemurmelt, und Bo hatte gewusst, dass er ihn unterbrechen musste, sonst würde Okogo schlechte Laune bekommen.

»Also war es ein nigerianischer Riese?«

»Ach Quatsch«, hatte Okogo gerufen. »Nigeria gab es damals doch noch nicht. Damals gab es auch noch keine Engländer, und die haben ja Nigeria ... Aber lass mich jetzt endlich weitererzählen. Denn die Frau stand vor ihm und stellte ihn zur Rede. Warum tust du das deinem eigenen Volk an, rief sie. Und der Riese hielt inne und schaute sich einen der Köpfe an, den er gerade in der Hand hielt.«

»Einen?«

»Nein, natürlich hatte er viele in der Hand. Zwei oder drei, oder auch vier. Den einen schaute er sich jedenfalls an, und er erkannte, dass es der Kopf seines Bruders war, und er erschrak furchtbar. Er haderte, er verzweifelte.«

»Was heißt *haderte*?«

»Sei still.« Okogo hatte seine Hand auf Bos Kopf gelegt. »Als ihm nun klargeworden war, dass er einen großen Fehler gemacht hatte, ließ er alle Waffen fallen und lief weg. Er verschwand, er kam nie wieder. Niemals mehr wurde er auf der Erde gesehen. Aber seine Waffen ließ er da.«

»Und wo sind sie?«

»Sie sind irgendwo ... In der Nähe von Lagos vielleicht. Sie haben sich verwandelt, und über all die Jahre sind sie zu Stein geworden.«

»Die Waffen?«

»Ja, aber der Riese kehrte nicht mehr zurück.«

»Und was ist mit der Frau?«, hatte Bo gefragt. Aber das konnte ihm Okogo beim besten Willen nicht sagen. Bo stellte sich immer vor, dass die Frau ungefähr wie seine Schwester war, die jetzt in Accra lebte und die ihnen immer ein bisschen Geld schickte. Aber jetzt schickte sie nichts mehr. Und deshalb mussten sie das Haus verlassen, sie würden in alle Himmelsrichtungen verteilt werden.

Bo war am Berg angekommen. Am Capitol Hill. So hieß auch der ganze Stadtteil. Die Straße stieg hier leicht an, und Bo kam ein bisschen außer Atem. Er lief durch Capitol Hill. Hier arbeiteten die Präsidentin und ihre Minister. Die Präsidentin, für die er eine Rede halten sollte. Aber daran dachte er jetzt nicht. Er dachte an saftiges Kassawa, und er dachte an Pfeffersuppe. Warum war er nicht noch geblieben und hatte mitgegessen? Er hatte so furchtbaren Hunger, dass er kurz stehenblieb und sich den Bauch hielt. Jemand hupte. Fahr weiter, du hupender Mensch, dachte Bo bei sich. Aber es war Max. Es war eine gefährliche Ecke, an der man besser nicht stehenblieb. Max beugte sich vor, holte die Kurbel unter seinem Sitz hervor und ließ das Fenster herunter. Bo stand da, hielt sich den Bauch und schluckte. Pfeffersuppe und dann noch ein paar Planties, mmh ... schön in Öl gebratene und knusprige Kochbananen.

»Bo«, rief Max. »Komm, steig ein.«

Bo kletterte zu Max in den Wagen. Max fragte, wohin er denn unterwegs sei um diese Zeit und warum er nicht in der Schule war.

»Ich bin traurig«, sagte Bo. »Es ist ein trauriger Tag.«

»Ja«, sagte Max. »Wir fahren jetzt in ein Restaurant ... Wir fahren zu Mama Sou ... Die gibt uns ein Essen ganz umsonst. Ich kenne sie gut. Und dann musst du mir noch sagen, wo dieser Junge ist. Du weißt schon, der Außerirdische.«

»Der Außerirdische?«, fragte Bo. »Was willst du denn von ihm?«

»Weißt du, wie er heißt? Ich meine, wie sein richtiger Name ist?«

»Nein«, sagte Bo. Er log Max nicht gerne an, aber er hatte das Gefühl, dass das jetzt besser war. Er wusste, dass der Außerirdische Benjamin hieß, und vielleicht hätte er sogar einen Teil seines Nachnamens zusammenbekommen. Bo hatte ein ziemlich gutes Gedächtnis. Obwohl dieser Nachname furchtbar kompliziert gewesen war.

»Wirklich nicht?«, fragte Max.

»Aber was willst du denn von ihm?« Bo erzählte Max lieber nichts davon, dass er gerade auf dem Weg zum Blauen Haus war, wo der Außerirdische sich jetzt wahrscheinlich aufhielt.

»Weißt du«, erklärte Max. Er machte eine Pause. »Das ist ein Thema für Erwachsene ... Das ist nicht so einfach zu erklären.«

»Aber er ist doch auch kein Erwachsener«, warf Bo ein. Er hatte eine Ahnung, worum es ging.

»Wer?«

»Der Außerirdische. Er ist kein Erwachsener.«

»Er hat doch einen Namen, Bo. Wir können ihn doch nicht immer so nennen.« Max drehte sich zu ihm. Bo hatte ihn noch nie so erlebt. Seine Stimme klang, als hätte ihn ein Riese in der Hand gehabt und ihn ganz kurz, aber mit aller Kraft zusammengedrückt. »Und zieh doch mal endlich diesen Mantel aus. Er stinkt!«

Bo verschränkte die Arme. Er schwitzte und der Mantel stank. Aber er konnte ihn unmöglich ausziehen. Max schaute ihn von der Seite an.

»Er gehört doch auch ... ihm, oder?«, fragte er leise.

»Der Mantel?«, fragte Bo. »Ja schon, aber er hat ihn mir geschenkt ... Geliehen.«

Max schüttelte den Kopf und schaltete einen Gang herunter. Sie rollten den Berg wieder hinab und näherten sich dem Gesundheitsministerium. Früher hatte Bos Schwester dort gearbeitet. Früher, als sie noch in Monrovia gewesen war und sie alle zusammengelebt hatten. Früher, als Okogo seine Geschichten erzählt hatte.

»Weißt du«, sagte Max nach einer Weile. »Ich kann es dir ja sagen. Ich muss mit diesem Jungen mal sprechen. Es fällt mir nicht leicht. Aber er ist ein guter Junge, und ich habe gedacht ...«

»Was hast du gedacht?«, unterbrach Bo ihn schnell. Er wollte ihn von diesem Gedanken wieder abbringen. Vielleicht würde Max dann aus dem Konzept kommen, den Gedanken vergessen und einen anderen Gedanken finden. Max bremste ab. Sie hatten die vielbefahrene Kreuzung am Gesundheitsministerium erreicht. Das Gebäude war weiß, und die Fenster hatten blaue Rahmen. Sie hatten es erst vor ein paar Monaten neu gestrichen.

»Ich habe gedacht, dass wir ... Dass ich ihn einfach um Hilfe bitte. Ich habe ihm ja auch geholfen, und ich dachte, in unserer Situation. Ich meine ... In der Lage, in der wir uns befinden. Da müssen wir jede Möglichkeit in Betracht ziehen.« Sie blieben stehen. Der Motor starb ab. Max stöhnte. Während er den Wagen wieder zu starten versuchte und die Autos vor ihm sich schon wieder in Bewegung setzten, schaukelte der kleine Patronenengel, der am Rückspiegel hing, hin und her. Bo hörte ihn. Er hörte den Engel schaukeln, dessen goldene Metalloberfläche verräterisch glänzte. Am liebsten wollte Bo den Engel einfach herunterreißen. Den Engel, der in seinem früheren Leben eine Patrone gewesen war. Er wog nicht besonders viel. Er konnte ihn einfach so herunterreißen. Bo war wütend. Und ein bisschen lag das auch daran, dass er so großen Hunger hatte. Wenn er Hunger hatte, wurde er schnell wütend, und er konnte so wütend werden, dass selbst ein Engel nicht sicher vor ihm war.

»Warum sollen wir ihn um Hilfe bitten?«, fragte er. »Ich möchte nicht, dass wir ihn um Hilfe bitten. Wie soll er uns denn helfen? Er ist doch ein Kind. Was soll er denn tun?«

Max legte den ersten Gang ein und fuhr über die Kreuzung. Das weiß glänzende Gesundheitsministerium, in dem Bos Schwester gearbeitet hatte, verschwand aus ihrem Blickfeld.

»Er hat Geld«, sagte Max. Er sprach sehr leise, so leise, dass Bo ihn fast nicht richtig hören konnte. »Der Außerirdische hat Geld. Viel Geld.« Und dann fuhren sie weiter, und die nächste halbe Stunde sagte Bo nichts mehr. So lange hatte er noch nie geschwiegen. Und selbst Max, der schon alles Mögliche mit Bo erlebt hatte, hatte ihn noch nie so erlebt. Sie schwiegen selbst dann noch, als ihnen Mama Sou in ihrem Restaurant ein köstliches Mal servierte. Sie sprachen kein Wort. Die einzigen Geräusche kamen aus ihren Mägen. Sie kamen aus der Tiefe ihrer Körper, wo sie zum Glück niemand hören konnte, auch sie selbst nicht.

II.

Benjamin kam schnell wieder zu sich. Er war noch nicht einmal umgefallen. Er war gegen den Baum gestoßen, und dann war er auf einmal wieder ganz klar im Kopf. Ob ich bewusstlos gewesen bin, fragte er sich. Er schaute sich um. Es war Mittagessenszeit, aus allen Gebäuden waren Menschen herausgelaufen und versammelten sich jetzt dort, wo der Mann im weißen Hemd gepfiffen hatte.

»Kommst du mit?«, fragte plötzlich jemand. Es war Emily. Sie stand direkt neben ihm. »Oder willst du hier etwas essen?«

»Ich würde schon gerne etwas essen«, antwortete Benjamin.

»Das Essen hier ist sehr einfach. Nicht, dass du krank wirst. Man wird schnell krank, wenn man hier etwas isst.« Sie schaute zur Küche hinüber. Die Frauen, die dort zuvor gesessen hatten, waren nicht mehr da. Zwischen der Küche und dem Saal, in dem der Mann mit dem weißen Hemd gestanden hatte, öffnete sich eine große hölzerne Klappe, und die Wartenden drängten jetzt an die Essensausgabe heran. Manche hatten einen Löffel in der Hand, andere eine Plastikschüssel. Manche standen einfach so da.

»Ich frage mich, wo unser Plastikbesteck ist. Oder hat sich das schon jemand unter den Nagel gerissen?«

Der Mann, der am hinteren Ende des Raums gesessen und der Benjamin so aufgefallen war, weil er so kräftig und gesund ausgesehen hatte, war nicht mehr da. Wahrscheinlich war er nur ein Besucher, ein Angehöriger gewesen.

»Ich fahre mit Williams zur Kreuzung. Da gibt es eine kleine Bude, da kann man Spaghetti essen. Hast du Lust?«

Sie schaute Benjamin von der Seite an.

»Hier isst normalerweise eigentlich niemand Spaghetti. Sie schmecken aber gar nicht so schlecht. Ich lade dich ein. Du kannst auch eine Cola haben.«

»Ich will lieber hier essen«, sagte Benjamin leise. Der Mann im weißen Hemd stand jetzt auf der Wiese und sprach mit einem Patienten. Er war ein kleiner, fröhlicher Mann. Sein Hemd war gebügelt, und auch seine graue Leinenhose sah sehr ordentlich aus. Sein Kopf lag schief, seine Hände hielten sich an seinem Unterhemd fest. Der Mann in dem weißen Hemd schüttelte den Kopf. Dann lächelte er und zeigte auf die Schlange mit den anderen Patienten. Er ging weg und verschwand in einem der Gebäude auf der gegenüberliegenden Seite. Er würde also nichts essen. Vielleicht hatte er keinen Hunger.

»Darf ich hierbleiben?«, fragte Benjamin.

Emily schaute zur Essensausgabe. Die ersten Patienten kamen mit einer Schüssel Reis zurück und setzten sich an einen der Tische oder ganz allein auf einen der Plastikstühle.

»Barneby wollte ihnen beibringen, dass sie alle zusammen an einem Tisch sitzen und gemeinsam essen. Einer seiner hochfliegenden Pläne, die nicht aufgegangen sind ... Also gut«, sagte sie. In diesem Moment kam Grimms aus dem Lagerhaus. Er trug keine Stiefel mehr, er hatte jetzt wieder Sandalen an.

»Benjamin möchte hier essen«, sagte Emily. »Kannst du ein bisschen auf ihn aufpassen?«

»Doktor Emily«, erwiderte Grimms. »Er ist mein Augapfel.« Er lächelte Benjamin an. »Ich bringe ihm etwas.«

»Also gut. Ich bin in einer halben Stunde wieder da. Wo ist Williams?« Emily wandte sich zum Patiententrakt und rief seinen Namen. »Williams!« Ihre Stimme war jetzt sehr laut. Ihr Gesicht verdunkelte sich und auf ihrer Oberlippe glänzte ein feiner Streifen Schweiß. »Grimms, sag Augustine Bescheid. Wo ist der denn jetzt wieder?«

»Im Banana Bush«, sagte Grimms förmlich, als wäre der Banana Bush ein Büro. »Kommt der Patient bald wieder?«

»Oh ... der...« Emily grinste. »Ich habe die ganze Zeit mit Williams besprochen, was wir jetzt tun können. Wir müssen ihn natürlich wieder aufnehmen. Wir können ihn nicht einfach wegschicken. Und wenn er die ganze Stadt verprügelt hat und ihr alle noch so große Angst vor ihm habt.«

»Ich habe keine Angst, Doktor Emily.«

»Doktor Emily. Doktor Emily.« Sie schüttelte den Kopf. »Ich könnte noch nicht mal einen Erste-Hilfe-Kurs machen. Ich kümmere mich …« Sie winkte ab. »Sag Augustine, er soll kommen.«

»Soll ich in den Banana Bush gehen?«

»Schick irgendjemanden. Du musst doch nicht selbst gehen. Schick Pokie oder Pokies Bruder. Wie heißt der noch mal?«

»Er heißt Jackson.« Mister Grimms hob die Hand. Er trug ein weinrotes Polo-Shirt, auf dem eine Sieben aufgestickt war. Benjamin bemerkte jetzt, dass es nicht ganz sauber war. »Doktor Emily, ich habe keine Angst. Der Patient wird aufgenommen. Wir sind ein Krankenhaus.«

»So ist es«, sagte Emily. »Ich frage mich nur, wo Williams ist.«

»Vielleicht kann man ihn aber etwas später aufnehmen. Doktor Barneby hat immer …«

»Hör mir bloß mit Barneby auf.« Sie drehte sich wieder um. »Williams«, rief sie wieder, »Williams! Gib ihm etwas zu essen.« Sie zeigte auf Benjamin.

Mister Grimms nickte. Aber er schien nicht zufrieden zu sein mit dem Gespräch.

»Ob wir die Polizei holen sollen?«, fragte er vorsichtig.

»Wie bitte? Die Polizei?«

»Der Patient … Er hat Jackson das T-Shirt zerrissen und sein Telefon kaputt gemacht.«

»Das bezahlen wir schon.«

»Er ist … Er hat es auf den Boden gelegt und ist draufgetreten. Jackson hat keine Angst vor ihm, Pokie auch nicht. Ich auch nicht, aber …«

»Dass Jackson und Pokie keine Angst vor ihm haben, kann

ich mir denken. Sie sind die Einzigen, die keine Angst haben.« Sie wandte sich wieder an Benjamin. »Pokie und Jackson sind unsere ... Reinigungskräfte. Aber jetzt muss ich los. Was macht Williams am Ausgang? Was steht er am Ausgang, wenn ich die ganze Zeit nach ihm suche?« Sie ging fort. »Iss nicht zu viel«, rief sie Benjamin noch über die Schulter zu. »Und wasch dir vorher die Hände.«

»Ja«, sagte Benjamin.

»Wir waschen die Hände zusammen«, erklärte Grimms feierlich, und dann machte er dieselbe Bewegung, die zuvor der Mann mit dem weißen Hemd gemacht hatte. Er rieb seine Hände aneinander, verbeugte sich und zeigte auf eine Schüssel mit Wasser, die auf einem kleinen Holztisch vor dem Eingang des Lagerhauses in der Sonne stand. »Ich werde es dir erklären«, sagte er. »Ich habe mir angewöhnt, immer die Hände zu waschen. Aber manchmal«, er zwinkerte Benjamin zu, »vergesse ich es auch.«

Sich die Hände zu waschen, war kompliziert. Zuerst goss Grimms das Wasser aus der Schüssel auf den Boden und erklärte, es sei dreckig. Dann ging er, um neues Wasser zu holen. Dafür musste er quer über die Wiese laufen zu einem Wasserhahn, der sich dort befand. Benjamin schaute auf seine Schuhe. Sie standen noch immer in dem kleinen Beet neben dem Lagerhaus. Aber sie waren noch nicht getrocknet. Ein paar Meter weiter entfernt kniete jemand in der Erde und zog Unkraut aus dem Boden. Er schien etwas anzupflanzen, und Benjamin überlegte, ob das nicht der Mann war, der noch vorhin auf der Bank gesessen hatte, als Mister Grimms zurückkam.

»Warte«, sagte er, als Benjamin seine Hände in die Schüssel tauchen wollte. »Hier.« Er griff nach einer kleinen Plastikkanne und tauchte sie in die Schüssel ein. Benjamin musste die Hände über die Schüssel halten, und dann goss Mister Grimms vorsichtig Wasser über Benjamins Hände.

»Oh, die Seife«, murmelte Mister Grimms. »Warte.« Er lief ins Lagerhaus und holte ein Stück Seife. Der Mann, der im Beet kniete, fuhr mit einer kleinen Schaufel durch das Erdreich, vielleicht einen halben Meter neben den Schuhen. »Er nimmt meine Schuhe und vergräbt sie«, fuhr es Benjamin durch den Kopf. »So ein Unsinn«, sagte seine innere Stimme. »Du siehst Gespenster.« Er hielt die Hände über die Schüssel und wartete, bis Mister Grimms zurück war. Jetzt musste er die Hände einseifen. Abermals goss Mister Grimms Wasser aus der roten Plastikkanne über seine Hände, und dann reichte er ihm ein Tuch, das er unter den Arm geklemmt hatte.

»Es ist gut so?«, fragte er.

Benjamin nickte. Er überlegte, ob er Grimms nach der Katze fragen sollte, aber dann war der Mann, der im Beet kniete, so nah und konnte vielleicht alles mithören, und er hatte ja Grimms versprochen, niemandem von der Katze zu erzählen.

»Fühlt es sich gut an?«, fragte Mister Grimms.

»Danke«, sagte Benjamin.

»Die Patienten waschen sich nicht gerne die Hände. Dabei muss man das machen. Und zwar so gründlich wie möglich. Die meisten wissen gar nicht wie das geht ... Deswegen hat Christopherus es ihnen ja auch heute Morgen erklärt.«

»Ist das der Mann mit dem weißen Hemd?«, fragte Benjamin.

Mister Grimms nickte und wusch sich jetzt auch selbst die Hände. Dann trug er die Schüssel ins Lagerhaus, und Benjamin wartete. Er wartete eine Minute, zwei Minuten. Mister Grimms kam nicht. Der Mann, der im Beet kniete, schien sich auszuruhen. Er hatte die Schaufel neben sich gelegt und hielt jetzt einen kleinen Stock in der Hand, mit dem er sorgfältig mehrere Linien zog. Benjamin konnte sich nicht erklären, was das zu bedeuten hatte. Nachdem er eine Weile zugeschaut hatte, entschied er sich, nach Grimms zu suchen. Er war ins Lagerhaus gegangen, vielleicht war er ja dort aufgehalten worden. Die Tür stand offen, und da ihn niemand beobachtete, ging er einfach hinein. Der vordere Raum war leer. Überall standen Kisten und Plastikwannen, und es lagen Säcke herum. Am Fenster stand ein kleiner Tisch, daneben ein Bücherregal. Mister Grimms war nirgendwo zu sehen. Benjamin ging weiter und trat an das Regal heran. Er wollte sich gerade die Bücher anschauen, als er Stimmen hörte. Sie kamen von nebenan. Hinter einer niedrigen Mauer befand sich eine Tür. Sie war angelehnt, und Benjamin näherte sich ihr vorsichtig, während er über die Reissäcke stieg, die vor der Tür auf dem Boden lagen.

»Und warum bist du überhaupt mitgefahren? Das war doch gegen die Regeln«, beschwerte sich jemand.

»Weil ich ihm helfen wollte«, sagte ein anderer. »Sonst hilft er uns immer und diesmal wollte ich ihm helfen.«

»Aber er hat den Wagen einfach so genommen, ohne Erlaubnis.«

»Du tust so, als wärst du gegen ihn. Als wärst du auf der Seite von Williams.« Dann begann ein leichtes Hämmern und Klackern. Ein Geräusch, das sich Benjamin nicht erklären konnte. Er stieg auf einen der Reissäcke und versuchte, durch den Spalt der Tür in den anderen Raum zu schauen.

»Du wolltest auch mitfahren, stimmt's? Du hast gehofft, er gibt dir Geld. Deswegen sagst du jetzt so etwas.«

Das Hämmern und Klackern wurde lauter. Es klang so, als würden sie wie verrückt mit Stöcken auf etwas einhämmern.

Trotzdem klang das Geräusch irgendwie vertraut. Benjamin beugte sich vor.

»Ihr seid für die Reinigung zuständig«, hörte er auf einmal die Stimme von Mister Grimms. »Ist das so, he? Ihr seid dafür verantwortlich, dass das Krankenhaus sauber und ordentlich ist. Und sonst nichts.«

Es kam keine Antwort. Das Hämmern und Klackern wurde auf einmal unterbrochen.

»Ist es so?«, fragte Grimms.

»Ist so«, sagte die andere Stimme.

»Fein«, sagte Grimms.

»Aber trotzdem. Barneby ist ein guter Arzt. Er hilft den Patienten. Und warum soll er nicht mit dem Wagen irgendwo hinfahren?«

»Du hast nichts damit zu tun«, sagte die andere Stimme. »MSF hat es ihm verboten. Er *darf* nicht irgendwo allein hinfahren.«

»Jetzt hört mal auf«, fing Grimms an. Jemand räusperte sich.

»Williams will wissen, warum das passiert ist, warum Pokie das getan hat.«

»Ich bin mit ihm gefahren. Er hat mir gesagt, wir fahren einen Tag raus. Er hat gesagt, dass er seine Gedanken ordnen muss. Es war für sein Seelenheil, hat er gesagt. Es war nichts Schlimmes.«

»Mein eigener Bruder ...«, sagte die andere Stimme. »Du verstößt gegen die Regeln, und dann verlierst du deine Arbeit und ich meine vielleicht auch.«

»Nein, nein«, beschwichtigte ihn Grimms »Das wird nicht passieren. Das werden wir verhindern. Wir werden mit Williams sprechen und mit Emily. Ich werde mit ihr sprechen.«

Benjamin balancierte über den Reissack herüber bis zu dem

Spalt. Er versuchte, in den anderen Raum zu schauen, aber es war nicht möglich. Der Spalt war zu schmal. Doch er wusste nun, dass es Pokie und sein Bruder Jackson waren, die sich unterhielten und diese merkwürdigen Geräusche machten.

»Ich bin mit ihm im Schlamm steckengeblieben«, sagte Pokie. »Wir sind hängengeblieben, auf der Rückfahrt. Wir haben zwei Stunden gebraucht, um den Wagen aus dem Schlamm rauszukriegen. Er ist mit ausgestiegen. Er sitzt nicht am Steuer und wartet ab ... Er hilft.«

»Also ist *er* gefahren.«

»Wir haben bis zum Bauchnabel im Matsch gestanden, um den Wagen rauszuholen.«

»Ist er wirklich selbst gefahren, ohne Fahrer?«, fragte Grimms.

»Ja«, sagte Pokie. Das Hämmern und Klackern ging wieder los, brach dann aber wieder ab.

»Das ist gut«, sagte Grimms. »Du kannst Williams sagen, dass du gezwungen worden bist. Dass Barneby dich gezwungen hat, mitzufahren. War es nicht so?«

»Wie steht's?«, fragte Jackson.

»Er musste sowieso zurück«, sagte Grimms, »sie haben es ohne uns herausgefunden und ihn zurückgeschickt.«

»Ich halte ihm die Treue«, sagte Pokie.

»Denk an Williams«, sagte Grimms. »Du musst Williams die Treue halten. Nicht einem Mann aus Australien, der einfach kommt und wieder geht.«

»Hör doch, was Grimms sagt. Grimms hat recht«, sagte Jackson. »Warum hat er das überhaupt gemacht?«

»Er hat gesagt, er hält es hier nicht mehr aus. Er möchte mal einen Tag in der Natur sein«, sagte Pokie. »Er war immer auf der Seite der Mitarbeiter oder der Patienten und hat sich wirklich eingesetzt. Er arbeitet nicht für sich. Er arbeitet für uns.«

»Du bist dumm.«

»Ich muss los«, sagte Grimms. »Vergesst nicht, dass ihr den Raum abschließen müsst. Mrs. Cooper hat mir gesagt, er muss jetzt immer abgeschlossen bleiben. Dieser Raum darf jetzt nicht mehr benutzt werden. Hört ihr? Es gibt keine Ausnahme mehr.«

Jemand kam zu der Tür, an der Benjamin lehnte und zog sie zu. Benjamin konnte nur noch Grimms Stimme hören. Er lehnte seinen Kopf an die Tür, und versuchte, das Gespräch weiterzuverfolgen, aber es war nicht mehr deutlich zu verstehen, was gesprochen wurde. Benjamin erinnerte sich auf einmal, dass er hatte Essen gehen wollen. Er überlegte, ob er einfach zur Essensausgabe gehen solle. Aber dann hatte er Angst, man würde ihm dort vielleicht gar nichts geben. Er klopfte gegen die Tür. Niemand reagierte, er öffnete sie. Sie ließ sich nur einen Spalt öffnen. Als er sich hindurchgezwängt hatte, stand er auf einmal in einem halbdunklen, mit Teppich ausgelegten Raum. Die Fenster waren mit schweren Vorhängen verdeckt, und in der Mitte stand ein Tischfussball, an dem sich Pokie und Jackson gegenüberstanden. Grimms war nicht mehr zu sehen. Einen kurzen Moment schauten sie ihn erstaunt an.

»Oh«, sagte Pokie und lächelte. Jackson dagegen schaute etwas feindselig.

»Entschuldigung«, sagte Benjamin. »Ich suche ...«

»Grimms ist weg. Er ist bestimmt draußen«, sagte Jackson.

»Willst du mitspielen?«, fragte Pokie. »Zwei gegen eins.« Er grinste.

»Wie soll das gehen, wenn der Torwart fehlt?«, sagte Jackson. »Wie soll das gehen?«

»Ich wollte nur …«

»Ist doch so, oder?«, sagte Jackson schnell. »Das geht nicht. Dann verliert er doch, das ist unfair.«

»Es macht nichts«, sagte Benjamin. »Vielleicht können wir ja später spielen, nach dem Essen.«

»Ja«, sagte Pokie fröhlich. Jackson beugte sich über den Tisch und drehte langsam an der Metallstange mit seiner Abwehrreihe herum. Benjamin lächelte Pokie an, und dann ging er rückwärts zur Tür zurück, zwängte sich durch den Spalt und ging durch den Lagerraum wieder nach draußen. Er konnte hören, wie die Tür hinter ihm verschlossen wurde. Und dann fing das Hämmern und Klackern wieder an.

Nachdem er eine Weile vor dem Lagerhaus stehengeblieben war, entschied er sich, nicht länger auf Mister Grimms zu warten. Er lief nahe an den Gebäuden entlang, einer Schattenlinie folgend, bis zur Küche. Während er sich die Hände gewaschen hatte, hatte er die ganze Zeit in der Sonne gestanden. Zwei, drei Minuten in der Sonne, dachte er. Das war zu viel. Die Mütze, die ihm Augustine gegeben hatte, war im Wagen. Aber gerade in diesem Moment verließ der Wagen zusammen mit Emily, Williams und Augustine das Krankenhaus. Benjamin ging zur Essenausgabe. Einige Patienten schauten auf, aber die meisten waren zu sehr mit ihrem Essen beschäftigt. Zwei Patienten mit Löffeln und Plastikschüsseln standen vor der Ausgabe und warteten. Benjamin stellte sich zu ihnen. Er hatte kein Besteck. Er dachte an das Gespräch, das er gerade in dem Zimmer von Mrs. Cooper belauscht hatte. Es war so gewesen, als hätten sie über seinen Vater gesprochen. Sein Vater nahm auch keine Rücksicht auf Hierarchien und arbeitete ununterbrochen. Deswegen hatte er ihn wahrscheinlich auch nicht abgeholt, er hatte einfach zu viel zu tun.

»Komm«, rief eine Frau. Sie saß auf dem Boden. Ihr Mund war mit Essensresten beschmiert, sie nickte ihm eifrig zu. »Komm, setz dich zu mir.«

»Du tust dir weh«, rief jetzt eine Krankenschwester. »Du tust dir weh.« Sie lief zur der Frau. »Was hast du in der Hand?«

Die Frau schüttelte den Kopf. Sie hatte die linke Hand zu einer Faust geballt und hielt in der anderen Hand ihren Löffel. Ihre Schüssel war noch halbvoll.

»Bring ihm eine Schüssel.« Die Krankenschwester nickte Benjamin zu. »Der kleine Junge von Doktor Emily ... Er soll etwas bekommen. Jetzt beeil dich.«

Sie glauben also, dass ich der Sohn von Emily bin, dachte Benjamin. Er lächelte der Frau zu.

»Komm, setz dich zu mir«, sagte sie und zeigte auf ihre Schüssel.

»Milly!« Jemand rief nach der Krankenschwester. »Milly ...«

»Sie bringen dir etwas«, sagte Milly, und dann lief sie davon, in das Gebäude, in dem Emily wahrscheinlich die ganze Zeit gewesen war. Benjamin stand zwischen den Patienten. Einige saßen auf Stühlen und hatten sich ihre Schüsseln in den Schoß gelegt, andere kauerten auf dem Boden und aßen zusammen, die Schüsseln zwischen den Beinen. Nur zwei Patienten saßen an dem langen Holztisch, an dem links und rechts Bänke aufgestellt waren.

»Komm«, sagte die Frau wieder, und Benjamin ging jetzt zu ihr und setzte sich neben sie. Sie zeigte freundlich auf ihre Schüssel.

»Iss mit mir.« Sie strahlte ihn an.

Sie legte den Löffel neben sich, dann griff sie in die Schüssel, nahm ein bisschen Reis und führte ihn zum Mund. Die andere Hand hielt sie nach wie vor zu einer Faust geschlossen.

Benjamin wusste nicht, was er machen sollte. Sollte er auch mit den Fingern essen? Er hatte sich noch nicht einmal richtig hingesetzt. Plötzlich dachte er an E. Er dachte an den Kreis in dem winterlich verschneiten Park zwischen dem John-Lennon-Gymnasium und ihrer Wohnung in Lichtenberg. Wie er im Schnee gesessen hatte. Wie er die Kälte gespürt hatte und wie E, nachdem sich der Kreis geschlossen hatte, zu ihm gekommen war und leise geflüstert hatte: »Und jetzt machst du ganz langsam den Mund auf.« Benjamin zog die Knie an. Er nickte der Frau zu, die jetzt auffordernd auf die Schüssel zeigte. Dann lachte sie, griff nach dem Löffel und streckte ihn Benjamin entgegen. »Er ist ein Tier, das sich im Park verirrt hat«, hatte E erklärt, und dann hatten alle, jedenfalls die, die Handschuhe getragen hatten, Schnee aufgehoben und ihm auf ihrer flachen Hand entgegengestreckt. Er hätte schreien, er hätte um Hilfe rufen können, aber stattdessen gehorchte er und ließ es geschehen. Es waren fünf oder sechs Hände. Der Schnee schmeckte nach nichts. Aber das war nicht das Problem gewesen.

»Iss«, sagte die Frau und zeigte auf den Reis. Sie wischte sich die Hand an ihrem Rock ab. Benjamin drehte sich um und schaute, ob vielleicht doch irgendjemand kam, um ihm eine Schüssel zu bringen oder einen Löffel. Er hielt den Löffel, den die Frau ihm gegeben hatte, in der Hand, aber er wollte ihn nicht benutzen. Es war ein großer Blechlöffel. Er war nicht ganz sauber, und er fühlte sich komisch an. Aber er hatte Hunger. Er hatte so großen Hunger, dass sein Kopf schmerzte und ihm das Wasser ihm Mund zusammenlief. Vorsichtig streckte er seine Hand aus, dann griff er einfach in die Schüssel und nahm eine Handvoll Reis.

Die Frau nickte und lachte.

»Ja«, rief sie. »So ist es gut ... Mmh.« Sie hielt sich die Hand vor den Bauch und schaute zu, wie Benjamin sich den Reis vorsichtig in den Mund steckte. Das Schlimme an diesem Nachmittag im Park war, dass nicht alle mitgemacht hatten. Und die, die nicht mitgemacht hatten, hatten zugeschaut. Er hatte sie nicht gesehen, er hatte nicht auf sie geachtet. Er wusste aber, dass sie dagewesen waren und beobachtet hatten, wie er das tat, was E von ihm verlangt hatte. Er hatte das alles ausgehalten. Er hatte den Schnee gegessen. Er hatte den Schnee herunterschlucken müssen, und dann hatte er neuen Schnee bekommen. »Gut machst du das«, hatte E gesagt. »Guter Junge.« Der Schnee hatte nicht so schlecht geschmeckt. Es war ja nur Wasser, wie er sich gesagt hatte. Und es schmeckte nach gar nichts. Aber die anderen hatten zugeschaut. Das war das Furchtbare gewesen. Wie sie zugeschaut hatten und wie er in ihren Augen das Mitleid gesehen hatte, als der Kreis aufgelöst worden war. Diesmal hatten E und seine Freunde ihn danach nicht verprügelt. Sie hatten ihn im Schnee knien lassen. »Bleib sitzen«, hatte E noch gesagt. »Ruh dich aus.« Und dann waren sie gegangen. Benjamin hatte kurz aufgeschaut. Niemals hätte er das tun sollen. Niemals. Die beiden Rechtsanwaltssöhne, die Königswieser Zwillinge, waren noch stehengeblieben. Sie hatten beide keine Handschuhe gehabt und nicht mitgemacht. Ihre Hände hatten sie der Kälte wegen tief in ihren Hosentaschen vergraben. Sie hatten ihn angesehen. Er hatte irgendetwas sagen wollen, irgendetwas, das man nach so einer Geschichte am besten sagen konnte, etwas, das in einem Film jemand sagte, dem so etwas geschehen war, aber so einen Film hatte Benjamin noch nie in seinem Leben gesehen. Und die Königswieser Zwillinge hatten auch nicht gewusst, was sie sagen sollten. Sie hatten ihn einfach nur angeschaut, und dann waren sie gegangen. Sie drehten sich noch einmal um, während Benjamin im Schnee gekniet und nach seinen Handschuhen gesucht hatte, die ihm sein Vater aus Amerika mitgebracht hatte. Obwohl er schon gewusst hatte, dass er sie nicht anziehen konnte. Seine Hände waren so kalt gewesen, dass er sie vor Schmerzen gar nicht mehr bewegen konnte.

»Schmeckt es?«, fragte die Frau. Ihre Augen leuchteten. Sie hatte noch immer ihre Faust geballt, aber sie hielt sie jetzt etwas höher an ihre Brust. Irgendetwas hatte sie dort, was sehr wertvoll sein musste.

»Ja, gut«, sagte Benjamin, und tatsächlich schmeckte ihm der Reis. Er war etwas ölig. Von dem grünen Gemüse, das so aussah wie Spinat, hatte er nur ein bisschen gegessen.

»Ist das Spinat?«, fragte er. Er zeigte auf das grüne Gemüse, das neben dem Reis in ihrer Schüssel lag.

»Ah«, rief sie und lachte. »Potato Greens!« Sie forderte ihn auf, noch mehr zu essen. Er griff noch einmal in die Schüssel und schließlich ein zweites und ein drittes Mal.

»Gut, nicht wahr?«, hörte er plötzlich Milly hinter sich, die zurückgekommen war.

»Princess, bist du fertig?«, fragte sie die Frau, die Benjamin gegenübersaß. Aber dann gab sie einen Ton der Entrüstung von sich.

»Da steht ja dein Essen noch«, rief sie. »Wieso kümmert sich denn niemand darum?« Sie lief zur Essenausgabe, holte eine zweite Schüssel mit Reis und Potato Greens und stelle sie vor Benjamin.

»Danke«, sagte er. Milly schaute zu ihm herunter. Sie schien es nicht weiter komisch zu finden, dass er neben der Patientin, die Princess hieß, auf dem Boden saß. Milly war sehr dick. Allerdings war sie, wie Benjamin fand, trotzdem schön. Sie trug einen goldenen Armreif und hatte mehrere goldene Ringe an den Fingern. Aber das Auffallendste waren ihre Haare.

Er konnte kaum glauben, dass man so schöne Haare haben konnte. Sie waren blauschwarz und fielen glatt und ebenmäßig auf ihre Schultern.

»Lass es dir schmecken«, sagte sie und grinste. Dann griff sie in ihren blauen Kittel und holte ein Bündel verpackter Plastiklöffel heraus. Sie versuchte die Packung aufzureißen, und als das nicht ging, nahm sie einfach ihre Zähne zur Hilfe. Im Nu war die Packung geöffnet. Sie bückte sich zu Benjamin und hielt ihm die offene Packung entgegen. Zögernd nahm Benjamin einen Plastiklöffel heraus. Princess streckte ihre Hand aus, aber Milly schüttelte den Kopf und verstaute die restlichen Löffel wieder in ihrer Tasche.

»Wenn du noch mehr haben willst, sagst du mir Bescheid.« Und dann lachte sie. Princess lachte auch. »Wir bringen dich hier schon auf Vordermann, was? Du bist ja so mager wie ein Hund.« Sie streichelte ihm über den Kopf. Dann zeigte sie auf die Schüssel, die sie ihm gebracht hatte. Sie hatte dabei einen Ausdruck im Gesicht, zu dem man nicht nein sagen konnte. Benjamin nahm den Löffel und fing an zu essen. Milly klatschte kurz in die Hände, ihre Armreifen und Ringe klimperten, und dann lief sie wieder über die Wiese zurück zu den anderen Patienten. Benjamin konnte ihr Parfüm riechen, es war ein schweres, süßes Parfüm. Aber schon im nächsten Moment war der Duft verflogen. Ihm machte es nichts aus, dass Princess und auch noch zwei andere Patienten, die fertig gegessen hatten, zuschauten. Er aß mit einer solchen Begeisterung, wie er noch nie in seinem Leben gegessen hatte. Nach einer Weile legte er den Plastiklöffel neben die Schüssel auf den Boden, hob die Schüssel hoch und aß mit den Fingern weiter. Princess gab einen Ton des Einverständnisses von sich. Sie nickte und schaute konzentriert zu, wie er aß. Es schien fast so, als würde sie ihn anfeuern und ihm alles Gute wünschen, als hätte sie selbst den größten Spaß dabei, zuzuschauen, wie er seinen Hunger stillte.

»Und du heißt Princess?«, fragte Benjamin mit vollem Mund.

12.

Die anderen Patienten waren jetzt aufgestanden. Die meisten gingen in die Schlafräume, um sich hinzulegen. Vorher bekamen sie aber noch ihre Medikamente, und dazu standen sie wieder in einer Schlange vor einem Holztisch, hinter dem Milly saß. Milly achtete darauf, dass jeder die richtige Dosis bekam, und bei manchen achtete sie auch darauf, dass sie das Medikament einnahmen. Denn jedes Mal gab es vielleicht ein oder zwei Patienten, die nur so taten, als würden sie die Medikamente einnehmen. Sie fürchteten sich vor den Medikamenten und vor deren Wirkung. Aber es war nicht leicht, Milly zu hintergehen. Milly arbeitete schon seit zehn Jahren im Cooper-Krankenhaus, sie kannte die Tricks und wusste, wie sie damit umzugehen hatte. An diesem Tag war zum Beispiel ein Patient gar nicht gekommen, um seine Medikamente zu nehmen. Er war beim Mittagessen nicht dabei gewesen, und die Therapie am Vormittag hatte er auch nicht mitgemacht. Milly kannte ihn gut. Sie wusste, dass sie ihn früher oder später erwischen würde. Jetzt hatte er sich zum Beispiel in dem kleinen Garten neben dem Lagerhaus versteckt und tat so, als würde er die Erde umgraben. Und irgendwie stimmte es auch. Er grub wirklich die Erde um. Allerdings tat er dies so langsam und so gewissenhaft, als müsste er sich jeden einzelnen Erdkrumen und jeden noch so kleinen Stein genau anschauen, bevor er weiterarbeiten konnte. Ein paarmal hielt er inne und drehte sich nach dem weißen Jungen um. Der weiße Junge aß immer noch, oder zumindest sah es so aus. Er saß im Speisesaal auf dem Fußboden, hatte zwei Plastikschalen vor sich, und wenn sich Paul anstrengte und ihn sich lange genug anschaute, glaubte er zu erkennen, dass sich der Mund des Jungen bewegte. Also sprach er. Er erzählte etwas. Princess hörte ihm zu. Paul strich die Erde glatt und stand auf. Er hatte ein kleines Stück Erde bearbeitet, einen halben Meter von den Schuhen des Jungen entfernt, die in der Sonne trockneten. Aber er kam nicht weiter mit seinem Blumenbeet. Er wollte nämlich ein Blumenbeet anlegen und zwei Blumensamen einpflanzen, die ihm der japanische Doktor geschenkt hatte, der vor einiger Zeit im Krankenhaus zu Besuch gewesen war. Ein japanischer Doktor, vielleicht sogar ein Professor. Ein Wissenschaftler, der das liberianische Gesundheitswesen erforschte und einen ganzen Nachmittag mit Williams und Barneby gesprochen hatte. Paul hatte gesehen, wie der japanische Doktor Barneby einen kleinen roten Stick geschenkt hatte, und Paul wusste, dass das ein Memory Stick war, auf dem man etwas speichern konnte, was man vorher geschrieben hatte. Paul hatte zugeschaut und wollte mit dem japanischen Doktor, der ihn lange interviewt hatte, noch einmal sprechen. Er wollte noch etwas richtigstellen. Denn jetzt würde der japanische Doktor zurückfahren in die Heimat, und Paul hatte ihm zwar seine Geschichte erzählt, aber ein paar Dinge stimmten noch nicht, ein paar Dinge hätte er ihm noch gerne erzählt. Aber der japanische Doktor, der sehr klein war und dessen Frau immerfort lächelte, während sie erstaunlicherweise nie schwitzte, hatte keine Zeit mehr gehabt. Er hatte ihm die Hand gehalten, sehr lange, hatte sein Handgelenk hin- und herbewegt, als wäre seine Hand ein Gelenk, und dann hatten sich seine Gesichtszüge plötzlich aufgehellt, er hatte ja noch ein Geschenk für ihn. Er holte das kleine Papiertütchen aus der Tasche, in dem die Blumensamen waren. »In Japan nennen wir das die Kirschblüte«, sagte der japanische Doktor. »Ich kann Ihnen aber nicht versprechen, dass es hier bei Ihnen auch blühen wird. Aber probieren Sie es doch aus.« Und das tat Paul jetzt. Beziehungsweise er stand kurz davor. Aber dann war der weiße Junge aufgetaucht. Er hatte zwar weitergegraben, er hatte das winzig kleine Blumenbeet, das Mister Grimms ihm zur Verfügung gestellt hatte, gesäubert, es von allen kleinen Steinen und Metallstücken befreit und hätte jetzt eigentlich die Samen in die Erde drücken können, aber irgendetwas stimmte nicht. Ich warte lieber noch, sagte sich Paul. Der weiße Junge ist hier. Er schaute herüber zum Speisesaal. Die Essenausgabe hatte geschlossen. Der weiße Junge und Princess saßen immer noch in der Nähe des großen Holztisches. Ein Patient hatte sich auf den Boden gelegt und schlief, und an der hinteren Wand, wo Paul vorher gesessen und bei der Therapie zugeschaut hatte, stand das red deer, das kleine hungrige Reh, und schnupperte in die Luft. Paul klopfte sich die Erde von den Kleidern. Er hatte seine Medikamente noch nicht genommen. Aber das hatte jetzt Zeit. Er hatte hier noch nie einen weißen Jungen gesehen. Überhaupt hatte er noch nie einen weißen Jungen in Monrovia gesehen. Er hatte viele weiße Männer und Frauen gesehen. Einen weißen Jungen aber noch nie. Paul hatte drei Fragen, die er nicht beantworten konnte: War der Junge, der jetzt hier war, krank? War er der Sohn von Dr. Emily? Und wie lange würde er bleiben? Und eigentlich hatte er noch eine vierte Frage: Kümmerte sich niemand um diesen Jungen, der vielleicht krank war? Oder musste er das tun? Musste er, Paul, sich um diesen Jungen kümmern? Er steckte die Kirschblütensamen in seine Tasche. Er klopfte den Eisenschaft der Schaufel an dem kleinen

Mäuerchen ab, das das Blumenbeet einrahmte und lehnte die Schaufel dann an die Wand des Lagerhauses. Mister Grimms war sehr ordentlich. Bei Grimms musste man sehr vorsichtig sein, sonst hatte man bei ihm verspielt. Paul fiel noch eine weitere Frage ein, eine schwierige Frage, eine komplizierte Frage. Sie lautete: War der Junge in Gefahr? Paul lief langsam in Richtung Speisesaal. Um diese Zeit war es sehr ruhig im Krankenhaus. Milly war mit der Medikamentenausgabe beschäftigt, die meisten Mitarbeiter machten eine Pause, aßen etwas und hatten sich in ihren Büros auf die faule Haut gelegt. Keiner achtete darauf, was mit dem weißen Jungen passierte. Er saß dort, seine dünnen Beine zusammengefaltet und den Kopf aufrecht. Die leuchtenden roten Haare standen von seinem bleichen Kopf ab. Als wäre er eine Blüte. Eine Blüte, die aufgegangen ist, dachte Paul. Immerhin saß er im Schatten. Aber bei Princess musste man vorsichtig sein. Princess war ernstlich erkrankt. Milly hätte diesen Jungen, dieses empfindliche Wesen dort nicht allein mit ihr lassen dürfen. Erst ging Paul ganz langsam, aber dann erkannte er plötzlich die Gefahr. Princess hatte etwas in der Hand. Princess' linke Hand war zu einer Faust zusammengeballt. Paul lief schneller, die letzten Meter legte er mit ein, zwei raumgreifenden Schritten zurück, als würde er sein Training beginnen. Er pflegte nämlich sein Training mit einem längeren Lauf zu beginnen, um sich aufzuwärmen. Aber das Training ruhte. Er machte drei, vier große Sprünge. Erreichte den Speisesaal und war noch nicht mal außer Atem. Er war noch ganz gut in Schuss. Und er kam gerade noch rechtzeitig. Keine Sekunde zu spät.

»Siehst du«, sagte Princess. Benjamin beugte sich etwas vor. »Du willst mir ja nicht glauben.« Sie öffnete langsam ihre Hand. Die linke Hand, die sie die ganze Zeit geschlossen hatte. Benjamin schaute auf ihre Hand, aber in diesem Moment kam ein Mann herangesprungen und umschloss mit einem energischen Griff Princess' Hand.

»He«, rief Princess. »He!«

Paul hielt ihre Hand fest.

»Ich hab's mir schon gedacht.« Er war nun doch ein bisschen außer Atem. Er drehte sich zu Benjamin.

»Du darfst nicht vergessen: Du bist hier in einem Krankenhaus.«

»Wir unterhalten uns«, beklagte sich Princess. Benjamin wich etwas zurück.

»Es ist okay«, murmelte Paul. »Die Gefahr ist gebannt.« Er zeigte auf die beiden Schüsseln, die umgefallen waren. »Ich bring das wieder in Ordnung.«

Benjamin sah ihn an. Er nickte. Er schaute auf die Schüsseln, deren Inhalt sich auf dem Steinboden verteilt hatte.

»Das kann er doch nicht mehr essen«, sagte Princess.

»Ich esse es dann«, sagte Paul.

»Das hast du absichtlich getan«, rief Princess. »Und jetzt lass mich los.«

»Es tut mir leid«, sagte Paul zu Benjamin. »Ich musste hier eingreifen. Sie hat etwas in der Hand.« Er griff mit der freien Hand nach Princess' Arm und drückte ihn. »Mach deine Faust auf.«

Benjamin war ganz rot im Gesicht. Er sah älter aus, als Paul gedacht hatte. Wahrscheinlich ist er alt genug, um nach der Schule im Geschäft seines Vaters auszuhelfen. Er übernimmt selbst Verantwortung und kümmert sich um seine jüngeren Geschwister. Obwohl Paul sich daran erinnern konnte, wie einer der amerikanischen Supervisoren in der Botschaft ihm einmal erklärt hatte, die Menschen in Europa seien so reich, dass ihre Kinder nicht arbeiten müssten und deswegen Zeit für alles Mögliche hatten, zum Beispiel um ein Instrument zu lernen oder Reisen zu unternehmen. Und dieser Junge hier, der gerade damit beschäftigt war, mit seinem Löffel jedes einzelne Reiskorn von dem schmutzigen Fußboden in seine Schüssel zu kratzen, war vielleicht gar nicht krank. Er machte nur eine Reise. Er unterhielt sich mit den Afrikanern, und er unterhielt sich mit Menschen, die mit ihrem Leben nicht klarkamen und einen guten Rat gebrauchen konnten.

»Willst du sehen, was sie in der Hand hat?«, fragte Paul.

»Es ist schon okay«, sagte Benjamin. »Wir haben uns nur unterhalten.«

»Ich zeige es dir besser«, sagte Paul. »Damit du deine Schlussfolgerungen ziehen kannst.« Er versuchte, Princess' Faust zu öffnen. Aber das war nicht so einfach. Princess wehrte sich, und es kostete Paul alle Kraft, und er musste sogar ihren Arm verdrehen, bis sich ihre Faust endlich öffnete.

»Tu ihr nicht weh«, rief Benjamin. »Du darfst ihr nicht wehtun.«

Aber Paul hatte es schon geschafft. Princess jammerte und rieb sich den Unterarm.

»Siehst du«, sagte Paul. Er schaute Benjamin in die Augen. Er tat etwas, was er damals in seiner Ausbildung gelernt hatte. Er hielt seinen Blick unter Kontrolle, er fixierte Benjamin, er taxierte seine Augen, er hielt seinen Blick gefangen.

»Was denn?«, fragte Benjamin, der seinem Blick standhielt. Der Junge sprach perfekt Englisch. Aber es klang nicht wie das Englisch der Amerikaner, und schon gar nicht wie das Englisch der Engländer. Es war ein anderes Englisch. Ein Englisch, das Paul nicht so geläufig war, und das er nicht kannte.

»Da«, sagte Paul, ohne seinen Blick von Benjamin abzuwenden. Paul lächelte. Der Junge war schwierig. Es war ein Junge, der sich nicht alles sagen ließ. Ein Junge, den man nicht unterschätzen durfte, obwohl er auf den ersten Blick so ängstlich und schutzbedürftig gewirkt hatte.

»Aber ich brauche das zum Haareschneiden«, jammerte Princess. Sie wischte sich über den Mund. Ihr war schwindelig. Ihr Arm tat weh, und sie schaute jetzt zwischen Benjamin und Paul auf den Fußboden. Sie hätte diesen Moment nutzen können, in dem keiner von beiden etwas tat, in dem sie sich nur anschauten und Benjamin die ganze Zeit wiederholte: »Aber es tut mir leid, ich kann gar nichts sehen«, und Paul immer wieder antwortete: »Du musst genau hinschauen. Schau genau hin.« Und sie dachte schon, sie könnte es doch versuchen, obwohl ihr klar war, dass es mit den bloßen Händen nicht zu machen, und dass die Gefahr zu groß war, dass sie sich schneiden würde. Die Rasierklinge lag flach auf dem Steinboden und Princess' Hände zitterten so sehr, dass es vollkommen hoffnungslos war.

»Siehst du sie«, hörte sie Paul jetzt wieder sagen. »Das sind die Gefahren, die hier lauern. Das ist es, was man nicht *sehen* kann, wenn man nicht genau schaut.«

»Wir haben uns nur unterhalten«, wiederholte Benjamin.

Paul schüttelte den Kopf. »Ich arbeite in der Sicherheitsbranche, jetzt im Moment nicht, aber ... Ich kann dir sagen, der Schein trügt. Und das hier ist ein Ort, an dem der Schein doppelt trügt.« Er drehte sich zu Princess. »Heb sie auf!«

Sie schüttelte den Kopf.

»Los«, befahl er.

»Aber was soll sie denn aufheben?«, fragte Benjamin, der die Rasierklinge auf dem schmutzigen Steinboden noch immer nicht ausfindig gemacht hatte.

»Los«, sagte Paul.

»Nein«, wiederholte Princess. »Nein, ich tue mir weh. Nein.« Sie fing an zu weinen. Paul legte den Arm um sie.

»Siehst du«, sagte er zu Benjamin, »sie *weiß* um die Gefahr. Und sie schreckt davor zurück … Es ist schon in Ordnung«, sagte er zu Princess und streichelte sie über den Kopf. »Ist schon in Ordnung.« Er streckte seinen linken Fuß aus und schob die Rasierklinge weg.

»Du darfst dich hier nicht zu sicher fühlen«, sagte er zu Benjamin. Er wandte den Kopf und schaute ihn an, aber Benjamin erwiderte seinen Blick nicht. Er suchte den Steinfußboden ab. Er kniff die Augen zusammen und ließ seinen Blick von Steinquader zu Steinquader wandern. Er fühlte sich, als hätte er ein langes Fieber hinter sich. Vielleicht lag es daran, dass er gerade so schlecht sehen und nichts entdecken konnte.

»Aber es ist nur zum Haareschneiden«, flüsterte Princess. »Wirklich …«

»Lüg mich nicht an«, sagte Paul, während er ihr weiter über die Haare strich.

13.

Im nächsten Moment klopfte es am Tor. Es klopfte so laut, wie es wohl selten zuvor geklopft hatte. Jemand war fest davon überzeugt, eingelassen werden zu müssen. Und so etwas kam im Cooper-Krankenhaus ganz selten vor. Selbst die Polizei klopfte nicht so laut. Eigentlich klopfte die Polizei gar nicht, allenfalls hupten sie. Sie fürchteten sich vor dem Krankenhaus und seinen Patienten und waren froh, wenn sie jemanden, den sie irgendwo aufgegabelt hatten, einfach so am Tor abgeben konnten. Der Einzige, der sehr laut geklopft hatte, war Dr. Barneby. Dr. Barneby pflegte manchmal in der Gegend spazieren zu gehen, vor allem in der Regenzeit. Er ging in den Banana Bush und unterhielt sich mit den Nachbarn, erkundigte sich nach den Kindern und half manchmal bei einem kleineren medizinischen Problem. Und wenn er dann zurückkam, klopfte er an das Tor. So laut, dass jeder dachte: Das kann nur Dr. Barneby sein. Aber Dr. Barneby war nicht mehr da. Er hatte das Land verlassen, und niemand wusste, ob er jemals zurückkehren würde.

»Doktor Barneby«, flüsterte Princess, und ihr Gesicht strahlte.

Paul schüttelte den Kopf. »Doktor Barneby ist fort«, sagte er leise.

»Er kommt zurück«, erwiderte Princess.

»Nicht, solange *sie* da ist«, sagte Paul.

»Wer?«, fragte Benjamin. Aber er bekam keine Antwort.

Das Klopfen wurde jetzt so laut, dass Paul aufstand und zum Tor lief. »Macht denn hier niemand auf?«, fragte er. Benjamin schaute ihm hinterher. Er fragte sich, wer dieser Mann war. Er war sehr eigenartig, und er konnte sich keinen richtigen Reim auf ihn machen. Es sah nicht so aus, als würde er hier arbeiten, aber wie ein Patient wirkte er auch nicht. Princess, die kurz aufgestanden war, setzte sich wieder hin. Sie hatte die Rasierklinge gefunden und schob sie unter ihren Rock. Irgendwo musste sie dort einen sicheren Platz dafür haben, eine kleine Innentasche vielleicht, irgendetwas, worin sie sie unterbringen konnte. Aber es ging so schnell, dass Benjamin es gar nicht richtig mitbekommen hatte. Das Klopfen hörte auf. Paul kam wieder zurück. »Falsche Adresse«, murmelte Paul, während er auf Benjamin zutrat. »Wollen wir uns unterhalten?« Er hob seinen Arm, als wolle er Benjamin berühren, hielt ihn dann aber nur in der Luft und zeigte zum Lagerhaus. Benjamin schaute zum Tor. Einer der Wachmänner kam durch eine kleine Tür von draußen wieder herein. Er wischte sich den Schweiß von der Stirn. Er war erschöpft. Zum Glück hatte Paul ihm geholfen. Pauls Anblick hatte ausgereicht, dass diese hartnäckige Besucherin dort draußen sich wieder zurückgezogen hatte. Die hartnäckige Besucherin aber war niemand anderes gewesen als Brilliant Hope Gwenigale-Johnson, die Enkelin der berühmten Orthopädie-Professorin Marleen T. S. Gwenigale-Johnson, verheiratet mit dem berühmten Psychiater Prof. Dr. Phillip Johnson, wohnhaft in der Ocean Avenue 15c, in Orange, Kalifornien. Das war ungefähr das, was Brilliant dem armen Wachmann zu erklären versucht hatte. Der Wachmann hatte sie einfach wegschicken wollen. Er hatte ihr gesagt, sie sei hier falsch. Es sei ein Gebäude, das niemand betreten wolle. Jedenfalls nicht freiwillig. Es sei das Mental Home. Mental Home war der Ausdruck, den alle Leute benutzten, die mit dem Cooper-Krankenhaus etwas zu tun hatten und nicht so genau wussten, was wirklich in diesem Krankenhaus passierte. »Es ist das Mental Home«, hatte der Wachmann zu Brilliant gesagt. »Verstehst du? Mental Home.« Brilliant hatte erst erklärt, sie wolle das Krankenhaus besichtigen. Aber der Wachmann antwortete, man könne es nicht besichtigen. Vorher hatte Brilliants Onkel mit dem Wachmann gesprochen. Er hatte ihn schon so weit, dass er ihn hereinlassen wollte. Brilliants Onkel wusste, wie man so ein Problem lösen konnte. Er hatte ihm unauffällig zwei Dollar in die Hand gedrückt, und dann war das Tor schon halb aufgegangen, jedenfalls die kleine Extratür hatte sich geöffnet, durch die Fußgänger das Krankenhaus für gewöhnlich betraten: die Angehörigen, die Besucher oder die Händler, die mittags mit großen Schüsseln mit Planties und Hühnerfleisch hereinkamen. Sie versorgten diejenigen, die es sich leisten konnten und von dem Krankenhausessen die Nase voll hatten. Aber dann war Brilliant aus dem Auto gestiegen, obwohl ihr Onkel gesagt hatte, sie solle sich raushalten und alles ihm überlassen. Sie war nicht zu kontrollieren. Beim besten Willen nicht. Was immer man auch tat, man bekam sie nicht in den Griff.

»Ist das hier etwa ein Gefängnis?«, rief sie. Und dann wollte der Wachmann auf einmal vier Dollar haben. Brilliant rief: »Du sollst froh sein, dass ich mir dieses blöde Krankenhaus überhaupt anschauen will.«

»Wir haben einen Koffer«, sagte Brilliants Onkel ganz ruhig. »Wir wollen ihn eigentlich nur abgeben. Vielleicht ...«

»Ich will mit ihm sprechen«, unterbrach ihn Brilliant. »Er ist mir zu Dank verpflichtet.«

»Vielleicht lässt du mich das hier besser regeln«, sagte ihr Onkel.

Der Wachmann hielt die beiden Dollarscheine umklammert und nickte bestätigend.

»Setz du dich wieder ins Auto«, sagte Brilliant. »Ich regele das schon allein.«

Und tatsächlich setzte sich Brilliants Onkel wieder ins Auto. Aber nicht, weil er sich entschlossen hatte, nachzugeben, sondern weil ihm eingefallen war, dass er ein wichtiges Telefonat erledigen musste. Er konnte seine Zeit nicht länger mit den Sonderwünschen seiner Nichte vergeuden. In diesem Moment überlegte er, am nächsten Tag jemanden einzustellen, dessen einziger Job es sein würde, sich rund um die Uhr um dieses Ungeheuer zu kümmern, wie er sie jetzt für sich nannte. Oder er würde sie einsperren müssen. Er würde am nächsten Morgen zu einer Geschäftsreise aufbrechen und den ganzen Tag unterwegs sein, und bei einer solchen Gelegenheit musste unbedingt jemand im Haus sein, der auf das Ungeheuer Acht gab. Seine Haushälterin war damit überfordert. Am besten wäre es, er würde sie den ganzen Tag im Zimmer einsperren. Er öffnete die Wagentür, nickte dem Fahrer zu und nahm das Telefon zur Hand. »Mach den Motor an«, murmelte er, während er die Nummer eingab. »Es ist viel zu heiß hier drin. Warum hast du ihn überhaupt ausgeschaltet?« Er hielt das Telefon ans Ohr, wartete darauf, dass die Verbindung hergestellt wurde, und beobachtete, wie Brilliant auf den Wachmann einredete und wie der Wachmann ein Taschentuch hervorholte und sich über die Stirn wischte. Armer Mann, dachte Brilliants Onkel bei sich, ließ sich zurückfallen und genoss die kalte Luft, die aus der Klimaanlage kam.

»Und wer von euch Idioten hatte eigentlich die Idee, eine ganze Filiale einfach zuzuschließen? Am helllichten Tag. Wessen Idee war das eigentlich?«, rief er ins Telefon und fing an, die Filialleiterin der TOTAL-Tankstelle, die sich in der Nähe der nigerianischen Botschaft befand, ins Gebet zu nehmen. Würde er noch jemanden entlassen müssen? Es wäre schon die zweite Entlassung, seitdem Brilliant in Liberia eingetroffen war. Und dabei war das erst der dritte Tag.

»Und was ist, wenn *ich selbst verrückt* bin?«, hörte er jetzt Brilliant rufen. »Was ist dann?! Dann *müsst* ihr mich wohl oder übel aufnehmen, oder?«

Benjamin schaute zum Tor. Es war jetzt bestimmt schon eine Stunde her, dass Emily und Williams zum Mittagessen gefahren waren. Und dabei hatten sie nach einer halben Stunde wieder zurückkommen wollen.

»Vielleicht ist es der Patient«, sagte Benjamin. »Emily hat gesagt, der Patient wird heute zurückgebracht.« Paul schüttelte den Kopf und zeigte auf das Blumenbeet neben dem Lagerhaus.

»Wir haben schon genug Patienten. Komm hierher«, sagte Paul. »Es ist gleich da vorne.« Er griff jetzt Benjamins Arm und zog ihn sanft mit sich. Benjamin folgte ihm. Er war neugierig, was ihm dieser komische Mann wohl zeigen wollte. Er war sehr kräftig. Er hatte riesige Muskeln an den Armen, und auch wenn seine Beine spindeldürr waren und er ein bisschen hinkte, wirkte er doch so, als wäre er ungeheuer stark und eigentlich unbesiegbar. Als er ihn am Morgen gesehen hatte, wie er auf der Bank saß, hatte er noch gedacht: Dieser Mann kann ja gar nicht krank sein. Und auch während er ihn jetzt zum Lagerhaus und zu dem kleinen Garten führte, dachte Benjamin, er wäre vielleicht ein Therapeut, ein Sportlehrer oder jemand, der mit den Patienten Beschäftigungstherapie machte. Paul erzählte ihm jetzt von Barneby. Er sagte, Barneby sei ein guter Freund, und fragte, ob er ihn mal kennengelernt hätte. »Nein«, sagte Benjamin. Er überlegte, ob er von dem Zimmer erzählen sollte, in dem er schlief, aber dann hatte Paul schon weitergesprochen. Benjamin stellte die Schüssel mit dem Reis, die er mitgenommen hatte, neben sich auf den Boden. »Doktor Barneby hat mir viel beigebracht, weißt du«, sagte Paul. »Er hat mir Techniken beigebracht, Verfahren, Methoden. Ich würde sie gerne weitervermitteln. Hier in Liberia«, fuhr Paul fort, »müssen wir etwas lernen, und jemand soll uns etwas beibringen, dann können wir es anderen beibringen, unseren Landsleuten, und die können es wieder anderen beibringen. Weißt du?« Er zeigte auf die niedrige Mauer, die den kleinen Garten abgrenzte, der sich neben dem Lagerhaus befand. »Diese Mauer habe ich gebaut, daran war ich maßgeblich beteiligt.« Und dann erzählte er alles Mögliche. Er erzählte davon, was Barneby ihm alles beigebracht hatte. Zum Beispiel konnte Paul sich jetzt aus Papiertaschentüchern, die er in Wasser getaucht hatte, kleine Fetzen abreißen und daraus kleine Papierkügelchen formen, um sie sich in die Ohren zu stecken. »Wenn es zu laut wird. Wenn die Kranken zu viel reden. Es ist eine ganz einfache Methode, aber sehr effektiv. Doktor Barneby ist ein guter Mensch. Er hat mir schon oft geholfen.« Paul erzählte von dem Dorf, aus dem er kam. Die Leute vermissten ihn jetzt dort, sagte er. Aber er könne eben nicht überall gleichzeitig sein. Das letzte halbe Jahr habe er damit verbracht, seine Lebensgeschichte in den Sand zu malen. Auch das sei eine Idee von Barneby gewesen. Eine seiner Techniken. Er habe das ausprobiert. Er hatte damit an der Lagune am Strand in der Nähe des Dorfes begonnen und für jeden Tag seines Lebens eine kleine Geschichte in den Sand gemalt. »Ich war Boxer, und ich sollte der größte und berühmteste Boxer des Landes werden«, erklärte er Benjamin. »Und das war mein erstes Bild: Ein großer Sandsack und ein Paar Boxhandschuhe, und da drunter habe ich meinen Namen geschrieben.« Er schrieb mit einem langen, dünnen Bambusstock, und bevor er anfange, erzählte er, wässere er den Sand etwas, wozu er eine große Plastikflasche mit sich herumtrage, in deren Flaschenboden sich kleine Löcher befänden, so dass er sie wie eine Gießkanne über das Stück Sand halten könne, das er beschriften wollte. Paul hatte die Geschichten nicht für sich selbst geschrieben. Es seien Briefe gewesen, die er an den Himmel geschrieben habe, sagte er. Eine Art Gebet, so wie Barneby es ihm geraten habe. Man konnte sie von oben, wenn man auf den Sandstrand, der von der Lagune bis zum Dorf führte, herunterschaute, gut lesen, wenn es nicht gerade regnete und das, was er geschrieben hatte, im Sand versickerte. Die meisten Geschichten waren auf diese Weise schon verschwunden. Er hatte auch eine Geschichte, einen Brief an Mike Tyson geschrieben, den berühmten amerikanischen Boxer, der einmal einem Kontrahenten ein Stück Ohr abgebissen hatte. *Lieber Mike,* hatte er geschrieben. *Du brauchst keine Angst vor mir zu haben. Ich habe keine Schneidezähne mehr, und ich verspreche dir, ich werde dich nicht beißen. Ich werde dich nur niederschlagen.* Paul hatte tatsächlich keine Schneidezähne mehr, die hatte er im Krieg verloren. Es war der Tag, an dem ihm der Rebellenführer, den er bewachen sollte, gekündigt hatte. Ein Mann war auf ihn zugekommen und hatte ihm einfach so ins Gesicht geschlagen, und Paul hatte sich nicht gewehrt. Er hatte die ausgeschlagenen Zähne aufgehoben und in die Hosentasche gesteckt. »Das war kurz vor World War III«, sagte er. In seiner 144. Geschichte hieß es: *Lieber Gott. Was mach ich mit den Zähnen? Ich habe zwei Zähne in der Tasche. Aber sie gehören doch in den Mund. Kannst du mir einen Rat geben? Kannst du eine Taube herunterschicken?* Vielleicht aber hatten diese beiden Zähne ihm das Leben gerettet, denn kurze Zeit später wurde der Rebellenführer aus einem Hinterhalt angegriffen, und zwei seiner Bodyguards wurden erschossen. Und wenn er Paul nicht gekündigt hätte, dann wäre es vielleicht mit ihm auch aus gewesen. Paul konnte gut erzählen, und er erzählte so gut, dass Benjamin das Klopfen am Tor gar nicht mehr hörte und zunächst gar nicht mitbekam, wie sich auf einmal das Tor öffnete und ein Pick-up hereinfuhr. Paul hob die Hand. »Ich erzähle es dir zu Ende«, sagte er feierlich. Benjamin sah, wie Mister Grimms aus dem Lagerhaus kam. Er lief sofort zu dem Pick-up hinüber, der zu Benjamins Erstaunen einfach so hereingefahren kam und dann ganz schnell durch den Innenhof zu dem Gebäude fuhr, wo die Patienten schliefen. Es war nicht der Wagen von MSF. Emily und Williams waren also noch immer nicht zurückgekehrt. »Siehst du? Ich habe es mir aufgeschrieben. Doktor Barneby hat es mir geraten«, sagte Paul. Er zeigte Benjamin den Zettel. Aber die Handschrift von Paul war vollkommen unleserlich, eigentlich musste man daran zweifeln, dass es überhaupt eine Handschrift war. Benjamin fragte sich, wie wohl jemand Pauls Briefe im Sand hatte lesen können. Paul war mit der 153. Geschichte am Dorfrand angekommen. Als er das

Schilf erreicht hatte, konnte er nicht weiterschreiben und er hatte überlegt, ob er durch das Dorf laufen und auf der anderen Seite des Dorfes, wo der Sandstrand weiterging, sein Leben zu Ende erzählen sollte. Es würde mit seiner Geburt enden, denn er hatte ja rückwärts erzählt. Es würden noch einige Geschichten werden, und die letzten, so hatte Paul sich ausgerechnet, würde er nur noch in Bildern erzählen. Die Geschichten aus seiner Kindheit würden nur noch kleine Zeichnungen sein, vielleicht nur noch kleine Punkte oder Gesichter. Aber so weit hatte er es nicht geschafft. Die Dorfältesten waren gekommen und hatten seine Geschichten gelesen. Einige von ihnen waren so wütend gewesen, dass sie sie mit den Füßen zerstörten.

»Aber warum ... bist du denn hier?«, fragte Benjamin.

»Weil ich Kopfschmerzen habe«, antwortete Paul. »Und außerdem ist es gut für mich. Und ich werde danach wieder mit dem Training anfangen ... Ich muss mich wieder mehr auf das Boxen konzentrieren. Hier ruhe ich mich aus, und die Kopfschmerzen hören nach einer Weile wieder auf.« In der 147. Geschichte hatte er geschrieben: *Lieber Mike. Ich habe meine Zähne jetzt vergraben. Ich könnte dir zeigen, wo sie sind. Aber dann müsstest du hierherkommen und mit mir kämpfen. Ich bin bereit. Ich trainiere jeden Tag. Ich kämpfe mit dem Wind, und ich kämpfe mit meinen Feinden, die überall sind.* Die Dorfältesten wollten nicht, dass er seine Geschichten in den Sand schrieb, schon gar nicht in der Nähe des Dorfes.

»Und du musst über jeden Tag etwas schreiben?«, fragte Benjamin.

»Ja«, erklärte Paul. »Hier kann ich natürlich nicht schreiben. Hier ist nicht genug Platz ... Und dann wäre das auch nicht gut.«

»Nicht gut?«

»Für die Patienten. Für die, die wirklich krank sind, wie Princess ... Princess ist sehr komisch in der letzten Zeit. Sie ist wirklich sehr krank. Sie hat das nicht verkraftet mit Flower. Was mit Flower passiert ist, damit ist sie nicht klargekommen.«

Benjamin stellte die Plastikschüssel mit dem Reis ab.

»Flower?«, fragte er.

Doch dann tauchte auf einmal Emily auf. Wie aus dem Nichts. Wo war sie bloß die ganze Zeit gewesen? Der Patient war gebracht worden. Alle liefen aufgeregt durcheinander. Die meisten standen um den Pick-up herum, der ihn gebracht hatte. Der Pick-up stand vor dem Eingang zu den Schlafsälen. Emily lief hin und her. »Geht zu Mister Grimms«, sagte sie zu Benjamin. Aber Mister Grimms war selbst zu sehr damit beschäftigt, zuzuschauen, was mit dem Patienten passierte.

»Was soll das?«, rief Emily. »Warum ...« Sie lief eilig an dem Wagen vorbei ins Haus. Paul und Benjamin liefen jetzt auch zum Pick-up. Paul schien auf einmal das Interesse an dem Gespräch, das sie geführt hatten, verloren zu haben.

»Geht zurück«, rief ein Pfleger. »Geht zurück.« Aber niemand rührte sich.

»Wer ist Flower?«, fragte Benjamin nach einer Weile.

Paul antwortete zuerst nicht. Er starrte auf die Ladefläche des Pick-ups. Dann drehte er sich um. Er schaute Benjamin an, als sähe er ihn zum ersten Mal. »Sie ist etwas sehr Besonderes ... Was willst du von ihr? Hat *er* dir von ihr erzählt?«

»Wer?«

»Doktor Barneby. Sie war seine Lieblingspatientin.« Er wandte sich wieder dem Geschehen am Pick-up zu.

»Er hat zwei von ihnen blutig geschlagen«, rief eine Krankenschwester.

»Zwei?«

»Die Firestone-Arbeiter«, sagte ein kleiner, bulliger Pfleger, der sich an der Ladeklappe des Pick-ups festhielt.

»Sie haben ihn nach Firestone gebracht? Warum?«

»Sie waren auf dem Weg zum Heiler. Natürlich konnte das nicht gutgehen. Er *wusste* das ja. Er hat gegen die Windschutzscheibe geschlagen. Er hat mit der Faust die Scheibe kaputt gemacht. Von innen. Vorne, er saß neben seinem Bruder.«

»Ist der Bruder tot?«

»Keiner ist tot.«

»Was ist mit den Firestone-Arbeitern?«

»Sie haben fünf Arbeiter gebraucht. Sie waren ja mitten in der Plantage. Niemand weiß, warum sie da langgefahren sind.«

»Wegen dem Heiler, dem traditionellen Heiler.«

»Nach Kakata?«

»Macht Platz«, rief Milly. »Alle Patienten müssen hier weg.«

»Lass sie doch.«

»Lasst ihn noch liegen. Er soll seine Lektion lernen.«

»Wir sind ein Krankenhaus«, sagte Milly. »Macht Platz.«

»Und die beiden Firestone-Arbeiter?«

»Die anderen fünf haben ihn überwältigt. Aber er hat keine Schramme abbekommen. Die anderen hat er blutig geschlagen, aber er selbst …«

»Und was ist das?«, rief der hagere, große Patient, der mit dem Oberkörper halb im Pick-up hing. »Was ist das, bitte schön?«

Benjamin trat etwas näher. Aber er konnte nichts sehen.

»Soll ich dich hochheben?«, fragte Paul.

Benjamin schüttelte den Kopf.

»Warum hast du mich nach Flower gefragt?«

»Ich ... Ich habe von ihr gehört. Ich habe gehört ...«

»Bringt den Jungen weg. Bringt den weißen Jungen weg. Wo ist Doktor Emily?«, rief Milly.

Paul drehte sich zu ihm. »Was willst du denn wissen?«

Benjamin sagte nichts.

»Ich glaube nicht, dass sie ihn nach Kakata bringen wollten. Sie wollten ihn nicht zum Heiler bringen«, sagte einer der Patienten.

»Aber das hat doch sein Bruder gesagt. Wenn er noch mal abhaut, dann bringen sie ihn hin«, sagte ein anderer Patient.

»Macht Platz!«, sagte Milly.

»Wo ist Williams?«, rief Emily. »Holt Williams. Ich möchte, dass das jetzt alles der Reihe nach abläuft, alles so, wie wir es normalerweise immer machen.«

Ein paar Patienten kamen auf sie zugelaufen.

»Lasst ihn doch einfach da liegen.«

»Das geht nicht«, erwiderte Emily. Sie trat etwas näher an den Pick-up heran.

»O Gott«, sagte sie.

Benjamin sah, wie Mister Grimms zum Lagerhaus ging.

»Komm«, sagte Paul, »ich hebe dich hoch.«

Benjamin schüttelte den Kopf. »Nein, es ist schon gut.«

»Hast du Angst?« Paul lächelte.

»Nein«, sagte Benjamin. Und tatsächlich hatte er keine Angst. Aber aus irgendeinem Grund wollte er den Patienten nicht sehen. Er wusste schon, wer es war. Es war jemand, den er kannte. Jemand, den er selbst hierhergebracht hatte und dem jetzt etwas Schlimmes passiert war. Etwas sehr Schlimmes. Tut mir leid, dachte Benjamin. »Tut mir echt leid.« Es war E, E war dieser Patient. Er war gefesselt. Er war so sehr gefesselt, dass er noch nicht einmal sprechen konnte. E war zu einem Paket zusammengeschnürt, und die Fesseln waren so festgezogen, dass er gerade noch atmen, aber nicht mehr sprechen konnte. Der Pick-up stand ein paar Meter von dem Baum entfernt, unter dem Benjamin gesessen hatte. Es schien wie eine Ewigkeit her. Jetzt war der Schatten weitergewandert, und wo Benjamin vorher noch gesessen hatte, brannte jetzt die Sonne. Auch auf den Pick-up brannte sie. Sie brennt ihm das Gehirn aus dem Kopf, dachte Benjamin. Die Sonne verbrennt E. Sie bohrt ihre Strahlen in seine Augen, seinen Mund, in seine Ohren, und dann ist ein leises Zischen zu hören, wie wenn man Wassertropfen in eine heiße Bratpfanne fallen lässt. Es war E. Dort lag E. Hilflos, zusammengeschnürt, dass ihm fast die Luft ausging. Benjamin hätte zu ihm gehen und ihn anspucken können.

»Also, du willst nicht?«, fragte Paul.

»Nein«, sagte Benjamin. Er hatte Mitleid. Das Mitleid war grausamer und brutaler als alles andere.

»Willst du in den Schatten?«, fragte Paul. Er drehte sich jetzt wieder ganz zu ihm um. Benjamin nickte.

»Ich bringe dich in den Schatten«, sagte Paul. Aber auch dazu kam es nicht. Emily lief aus dem Gebäude heraus, nahm Benjamin am Arm und führte ihn ein paar Meter Richtung Lagerhaus.

»Verdammt noch mal«, sagte sie. »Wo ist Grimms? Mister Grimms!«, rief sie.

»Doktor Emily«, hörte man seine Stimme aus dem Lagerhaus, »ich komme sofort.«

Sie legte ihre Hand auf Benjamins Stirn. »Du hast Fieber«, sagte sie, dann ließ sie ihn stehen und lief ins Lagerhaus.

»Willst du sie kennenlernen?«, fragte Paul, der ihm hinterhergelaufen war.

»Flower?«

»Ja«, sagte Paul, »interessierst du dich für sie?«

»Mister Grimms«, war Emilys Stimme zu hören.

»Lass die Ladeklappe herunter«, rief der bullige Pfleger hinter ihnen.

»Aber hast du nicht gehört, was wir machen sollen? Wir sollen erst *planen*, was wir machen.«

»Ist das Bett bereit?«, fragte Milly.

»Wir brauchen Williams, Pokie und Jackson.«

»Wo ist Pokie?«

»Wir machen es nicht ohne Pokie und Jackson. Es ist zu gefährlich.«

»Ich finde, wir sollten gar nichts machen. Wir lassen ihn hier liegen und warten ab.«

»Ich kann das für dich arrangieren«, sagte Paul leise. »Ich kann dich zu ihr bringen.«

»Ich habe nur gedacht ... Weil sie weggelaufen ist ...«

»Sie ist nicht weggelaufen.« Er schaute Benjamin streng an, musterte ihn eine Weile. »Sie muss nur etwas erledigen.«

»Ich habe meine Schüssel vergessen«, sagte Benjamin. Sie stand noch immer auf dem kleinen Mäuerchen neben dem Lagerhaus, wo auch seine Schuhe waren.

»Lass.« Paul hielt ihn am Arm. »Es ist zu spät ... Warte hier. Ich hole dir deine Schuhe. Stell dich da hin.« Er zeigte auf ein flaches Gebäude neben dem Schlafsaal. Benjamin wollte hinübergehen, aber Paul hielt ihn wieder fest. »Nicht dorthin«, sagte er. »Hier, geh hierhin, geh auf die Veranda.« Er zeigte zu den Schlafsälen. Eine kleine Treppe führte zur Veranda, die überdacht war und im Schatten lag. Benjamin war schlecht. Er hatte plötzlich das Gefühl, er würde es nicht bis zur Veranda schaffen, und es würde ihm wieder schwarz vor Augen werden. Paul hielt ihn fest, und geleitete ihn zur Treppe, führte ihn die Treppe hoch und zur Veranda. »Da vorne ist ein Stuhl. Setz dich einfach. Ich hole dir deine Schuhe ...« Benjamin schaute auf den Stuhl.

»Da sind Pokie und Jackson«, rief einer der Pfleger. »Pokie ... Komm, wirf den Stock weg.«

»Ihr sollt den Stock wegwerfen. Doktor Emily ist da.«

»Ich benutze den Stock nicht«, rief Pokie.

»Ist das Bett fertig? Wo sind die Gurte? Holt erst die Gurte.«

»Ich hole die Gurte«, sagte Milly.

»Leg die Gurte aufs Bett und ...«

Paul stützte Benjamin. »Du bist müde«, sagte er. »Ich bin manchmal auch müde ... Oft bin ich müde, wenn ich hier bin. Das ist ein Ort der Müdigkeit. Willst du Flower kennenlernen? Du willst ihr helfen?«

»Ich weiß nicht«, sagte Benjamin. Ihm war schwindelig und sein Kopf dröhnte. Vielleicht hatte er wirklich Fieber.

»Wenn sie einen Freund hätte, jemanden wie dich ... Doktor Barneby war ihr Freund, aber Doktor Barneby ist fort.«

»Aber sie ist doch fortgelaufen, als sie noch hier war.«

»Hat Doktor Barneby dir das erzählt?«

»Ich habe es gehört.«

»Sie wäre doch niemals fortgelaufen, wenn Doktor Barneby nicht ... Ich würde dir sehr gerne zeigen, wie sie aussieht, damit du sie erkennst.« Paul zeigte auf seine Augen.

»Benjamin«, rief Emily. »Benjamin.«

»Bleib hier«, sagte Paul. »Ich sage ihr schon, wo du bist.«

Paul drehte ihn zum Stuhl und zeigte auf den Stuhl, dann lief er von der Veranda hinunter. Benjamin griff nach der Stuhllehne, er wollte sich setzen. Dann sah er den Patienten. Er lag auf der Ladefläche des Pick-ups. Er sah furchtbar aus. Er war über und über mit Wunden bedeckt, und man hatte ihn mit so vielen Schnüren und Seilen zusammengebunden, als müsste man befürchten, dass er auseinanderfiel. Pokie und Jackson sprangen auf den Pick-up und schoben ihn langsam von der Ladefläche. Er wehrte sich nicht, er konnte sich gar nicht wehren. Auch sein Gesicht war voller Wunden. Seine Augen waren so zugequollen, dass er wahrscheinlich nichts mehr sehen konnte. Es musste einen furchtbaren Kampf gegeben haben, und den hatte er verloren. Benjamin wandte sich ab und wollte sich hinsetzen. Aber als er sich umdrehte und nach dem Stuhl greifen wollte, saß dort schon Princess und schaute ihn ausdruckslos an.

»Es ist zum Haareschneiden«, sagte sie und öffnete ihre Hand. Auf der Hand lag eine alte, rostige Rasierklinge. Und dann rief jemand seinen Namen. Aber es war nicht die Stimme von Emily oder Paul, die seinen Namen riefen, sondern es war eine andere Stimme. Es war seine innere Stimme. Sie schrie ihn an. »Weg«, rief sie. »Du musst hier weg! Kannst du nicht hören? Warum bist du noch hier? Lauf! Lauf los! Lauf, so schnell du kannst!«

14.

»Geht es dir besser?«, fragte Emily, als er neben ihr im Land Cruiser saß und sie nach Hause fuhren. Zurück zum Blauen Haus. Es war fünf Uhr. Der Arbeitstag im Krankenhaus war für sie zu Ende. Die Tagschicht war durch die Nachtschicht ersetzt worden.

»Ich glaube, es lag daran, dass du nichts getrunken hast«, sagte Emily. Sie hatten an einem kleinen Supermarkt gehalten, und sie hatte für ihn und Augustine Softdrinks gekauft. Augustine bekam ein Malzbier und Benjamin eine Cola. Emily hatte sich sogar dazu durchgerungen, für sich selbst eine Fanta zu kaufen.

»Das ist ja eine komische Fanta«, sagte Benjamin.

»Fanta Grape ... Das ist Traubengeschmack. Nach so einem Tag leiste ich mir das manchmal.«

»Oh, Miss Emily. Sie ist so streng zu sich selbst«, sagte Augustine und grinste Benjamin an.

»Pass auf die Straße auf«, sagte Emily und trank einen Schluck von ihrer Fanta. Sie hatten den Patienten in den Schlafsaal gebracht und seine Fesseln gelöst. Er war ganz ruhig gewesen, und kurze Zeit später hatte Emily beschlossen, dass sie fahren sollten. Im Nachmittagslicht sah Monrovia sehr friedlich aus. Es war nicht mehr so windig, und nur ab und zu zog eine Staubfontäne über den roten, sandigen Boden neben der Straße. Meist war es ein Auto, das rechts überholte oder in eine Straße, zu einer der Siedlungen abbog. Benjamin sah einen Mann, der ganz allein einen Anhänger vor sich her schob, auf dem er Rohre geladen hatte, die drei- oder viermal so lang waren wie er selbst. Ein paar Meter weiter stand ein Strommast. Er stand ganz allein an der Straße, und von den Leitungen waren nur noch ein paar Enden übrig geblieben, die von dem Mast herunterhingen wie Lametta von einem Christbaum.

»Es ist besser so«, sagte Emily.

»Was ist besser?«, fragte Benjamin.

»Mit dem Patienten ... Dass sie ihn wiedergebracht haben. Es ist für seine Familie besser.«

Augustine nahm einen Schluck von seinem Malzbier. Er schien nicht zuzuhören. Benjamin hätte gern gewusst, was Emily damit meinte, es sei besser für seine Familie. Es war niemand von seiner Familie mitgekommen. Er hatte auf dem Pick-up gelegen, als würde er zu niemandem gehören. Als hätte man ihn angeliefert, und jetzt wollte ihn niemand haben.

»Weißt du, was das ist, die Firestone-Plantage?«

»Habe ich schon mal gehört.«

»Vielleicht fahren wir mal hin. Es ist ein riesiges Areal. Tausende von Bäumen stehen da, und die schneiden sie an. Das nennt man Tapping. Hast du das schon mal gesehen?«

»Nein.«

»Das Gummi läuft aus dem Baum raus. Und wenn die Bäume leer sind ... Ich weiß nicht, wie man das nennt. Ich meine, wenn sie alt geworden sind und kein Gummi mehr produzieren, dann stehen sie so da. Ich glaube, sie werden irgendwann gefällt. Es sieht traurig aus, aber auch schön. Sie sind grau und alt.« Sie lachte plötzlich. »Und wir haben das Gummi unter unserem Hintern.«

»Es sind Reifen, oder?«, sagte Benjamin. »Firestone ist ein Reifenhersteller.«

Sie nickte. »Woher kennst du sie? Ich meine das Mädchen.«

»Welches Mädchen?«

»Na, die am Krankenhaus war. Sie wollte dich unbedingt sprechen. Ihr Onkel hat gesagt, sie bringen ihn morgen vorbei ... Irgendwann im Laufe des Tages.«

»Was bringen sie vorbei?«

»Deinen Koffer ... Du hattest recht heute morgen an der Tankstelle. Tut mir leid.«

»Macht nichts«, sagte er. Er erwiderte ihren Blick nicht. Er dachte daran, was in dem Tagebuch gestanden hatte. *Wenn man alles zusammenrechnet, wenn man das alles bedenkt,* hatte Barneby geschrieben, *dann ist es Emilys Schuld. Dann trägt sie die Verantwortung. Sie hat Williams von den zu langen Liegezeiten erzählt, dass die Patienten zu lange im Krankenhaus blieben. Das hat die ganze Sache in Bewegung gebracht. Ohne sie wäre Flower vielleicht noch da.* Aber dieser Eintrag war schon ein paar Wochen alt. Alles, was Barneby geschrieben und was er gelesen hatte, lag schon eine Weile zurück. Und Benjamin fragte sich, was in der Zwischenzeit wohl passiert war.

»Beatrice hat gesagt, es ist alles okay mit deinem Vater. Die bei der GTZ glauben, dass er bestimmt schon auf dem Weg ist. Es ist unterwegs vielleicht irgendwas schiefgelaufen, und deswegen hat es so lange gedauert, und er konnte nicht zum Flughafen kommen.«

»Kommt er denn morgen?«

»Ich weiß nicht. Aber Beatrice ist mit der GTZ in Kontakt. Sie hat sich morgen den Nachmittag freigenommen. Ihr könntet vielleicht zu dem Pool in die Coconut Plantation fahren, das ist ganz schön. Da veranstalten sie oft große Pool-Partys. Aber nachmittags ist es immer ruhig, und du kannst schwimmen und in der Sonne liegen.« Sie lachte. »Und es ist nicht so gefährlich wie am Meer. Kennst du das Royal Hotel?«

»Nein.«

»Augustine bringt dich hin. Ihr trefft euch da, und dann könnt ihr ja sehen, ob ihr zur Coconut Plantation fahren wollt.«

Benjamin sagte nichts. Er schaute auf den Boden des Land Cruisers. Die Rillen im Metall waren voller Dreck und kleiner Erdklumpen. Sie saßen sich gegenüber. Augustine saß alleine vorne und trank sein Malzbier.

»Warte«, sagte Emily plötzlich. »Augustine?« Augustine drehte sich zu ihr. Sie hatten gerade eine Kreuzung hinter sich gelassen. »Mir ist noch etwas eingefallen. Wir müssen nachher noch mal kurz anhalten, ja?«

Benjamin dachte an Barneby. Er hatte sich einfach ans Steuer gesetzt. Es war verboten. Kein MSF-Mitarbeiter durfte einen Wagen selbst fahren. So etwas würde Emily nie tun. Hatten sie ihn deswegen nach Hause geschickt? Oder gab es noch einen anderen Grund?

»Fahr bis zum Charles-Taylor-Haus«, sagte Emily zu Augustine. »Davor ist der Laden, wo ich noch was kaufen will ...« Benjamin schaute nach vorne. Ihm wurde schlecht. Warum verließ Barneby das Krankenhaus einfach, wenn ihm doch die Patienten so viel bedeuteten?

Augustine schaute geradeaus und konzentrierte sich auf den Verkehr. Emily sagte nichts mehr. Vielleicht dachte sie an den großen Italiener oder an den Patienten. Erst am nächsten Morgen erfuhr Benjamin, dass Emily bald zurück nach England gehen würde und dass ihr Vertrag auslief. Augustine fuhr sehr vorsichtig. Benjamin fand, dass er noch vorsichtiger fuhr als sonst. Als es den Berg hochging, ein paar Kilometer vor dem Charles-Taylor-Haus, fuhr er den Wagen an die Seite und ließ Emily aussteigen. Sie verschwand in einem kleinen Weg, der von der Hauptstraße abzweigte, und ging zu dem Laden. Nach ein paar Minuten kam sie wieder zurück. Der Laden hatte geschlossen. Man konnte sehen, dass sie enttäuscht war. Sie brauchten fast eine Stunde, bis sie am Blauen Haus ankamen. Benjamin hatte zwar noch leichte Kopfschmerzen, aber er fühlte sich wieder etwas besser. Nachdem er den Wagen im Innenhof geparkt hatte, kam Augustine zu ihm.

»Das soll ich dir geben.«, sagte er und hielt ihm ein Plastiksäckchen hin.

»Was ist das denn?«, fragte Benjamin. Emily war schon ins Haus gegangen, sie wollte schnell unter die Dusche.

»Es ist Sand.«

»Sand?«

»Ja, es ist von Paul.« Augustine verzog etwas das Gesicht. »Es ist ... ein Bild. Er hat es für dich gemalt, hat er gesagt. Er sagt, du wüsstest schon, was es ist, und dass du es dir genau anschauen sollst.« Augustine zuckte mit den Schultern.

»Er hat es für mich gemalt?«

»Ja.« Augustine schüttelte den Kopf. »Die Leute aus dem Mental Home eben. Sie denken, sie malen ein Bild, aber dann ist es gar kein Bild. Es ist besser, wenn du da nicht mehr hinfährst. Und nimm wenigstens die Mütze mit, die ich dir gegeben habe. Du hast sie im Auto vergessen.«

»Oh«, sagte Benjamin. Er schaute auf das Säckchen. Es war nicht besonders schwer. Es war sorgfältig zugeknotet. Durch die Plastiktüte schimmerte der Sand. Er wusste, was es war. Er wusste, wen Paul für ihn gemalt hatte, und er fragte sich, ob etwas von ihr jetzt in dem Sand zu sehen war. Er umschloss die Tüte mit seinen Händen. Der Sand war kühl und fühlte sich gut an.

»Ich nehme es mit«, sagte Benjamin.

Augustine sah ihn etwas komisch an.

»Warte«, sagte er. »Ich bringe dir noch deine Mütze. Du hast dir einen ganz schönen Sonnenbrand geholt.« Er lief zum Wagen, holte die Mütze und setzte sie ihm auf den Kopf. »Die lässt du besser auf. Damit es Emily nicht sehen kann. Ja? Sonst macht sie sich wieder so viele Sorgen.«

15.

Es war schon spät am Abend, als Bo endlich aufbrach. »Ich dachte, du weißt vielleicht, wo er wohnt«, hatte Max zu ihm gesagt. »Das war einfach meine letzte Hoffnung.« Aber Bo hatte es ihm nicht gesagt. »Woher soll ich wissen, wo dieser verrückte Außerirdische wohnt?« Dabei waren sie schon ganz in der Nähe gewesen. Max war mit ihm eine Weile durch die Innenstadt gefahren, und er hatte immer wieder gesagt: »Wenn ich bloß wüsste, wo dieser Junge wohnt. Er könnte uns wenigstens etwas *leihen.*« Bo steckte die Hände in die Taschen des Mantels und sagte nichts. Er dachte an Precious und daran, dass sie besonders darunter leiden würde, wenn sie zu ihrer Tante ziehen musste. Die Tante wohnte in einem Dorf weit außerhalb von Monrovia. Sie wohnte im Landesinneren, mitten im Wald, im Busch, wie es hieß, weitab von der Zivilisation. Precious würde nicht weiter zur Schule gehen können. Sie musste in den Wald zurück, und weil Bo selbst nicht gerne im Wald war, hatte er eine Ahnung, was das bedeutete. »Vielleicht kann ich es noch eine Weile versuchen«, hatte Max gesagt. »Vielleicht noch ein oder zwei Tage. Aber dann muss ich für das neue Schuljahr bezahlen, und dann muss sie spätestens zurück.« Zurück in den Wald. Zurück in die Wildnis, wie Max sagte. Precious ging nicht gerade gerne zur Schule, aber Bo wusste, wie einsam sie sich dort draußen fühlen würde, wie furchtbar das für sie wäre. Auf dem Weg zum Blauen Haus hatte er ein paarmal an das Geld im Mantel gedacht. Aber als es dunkel geworden war und er gerade mal die Hälfte des Weges geschafft hatte, wusste er, dass das Geld gar nicht da war. Es existierte nicht. Wenn er danach greifen würde, würde er ins Leere greifen. Dann wäre es nicht da. Es war nicht dafür da, um Precious zu helfen und das Schulgeld damit zu zahlen, und schon mal gar nicht für die fehlende Miete.

Als Bo schließlich das Blaue Haus erreichte, war es schon zehn Uhr. Er würde jetzt bald zu seiner Großmutter ziehen. Aber den Mantel konnte er nicht mitnehmen, nicht in die Siedlung, in der seine Großmutter wohnte. Er musste ihn vorher zurückgeben, koste es, was es wolle. Die Leute in der Siedlung, in der seine Großmutter wohnte, waren sehr arm. In dieser Siedlung, in der er jetzt leben würde, waren die Bewohner so arm, dass niemand einen Generator hatte, und die meisten hatten auch keine richtigen Türen, nicht so wie in der 22. Straße, wo sie zwei Stahltüren hatten, die sie aber nie richtig zumachten, weil sie sich auch so sicher genug fühlten. In der Siedlung von seiner Großmutter würde der Mantel auffallen, und die Leute würden Verdacht schöpfen. Bo war sehr müde gewesen, aber er war zu dem Schluss gekommen, dass er keine andere Wahl hatte. Er hatte sich immerhin eine Stunde hingelegt, um sich etwas auszuruhen, bevor er sich auf den Weg machte. »Ich muss mit dir sprechen«, hatte Okogo ihm zugerufen. Okogo war zu ihm gekommen, als Bo gerade ins Schlafzimmer gehen wollte. Es war die letzte Nacht in ihrem Haus. Die meisten Sachen hatte Max schon weggebracht, und es waren nur noch wenige Möbel da, und die würde Max am nächsten Tag alle verkaufen. Okogo stand an der Treppe. Seine Schlappen hatte er ausgezogen und hielt sie in der Hand. Das tat er immer, bevor er das Haus betrat. Aber diesmal kam er nicht rein. Er blieb unten stehen. »Ich tippe dir die Martin-Luther-King-Rede ab«, erklärte er feierlich. »Ich habe das jetzt beschlossen. Ich benutze das Kassettengerät, und dann können wir sie in Braille schreiben, und du ...«

»Ich werde eine eigene Rede schreiben«, sagte Bo.

»Ja, naturlich«, sagte Okogo. »Aber ...«

Okogo wollte, dass Bo die Martin-Luther-King-Rede auswendig lernte, um sie dann ein bisschen zu ändern und das ein oder andere zu ergänzen. Dann hätte er eine gute Rede zusammen, und die Präsidentin würde mit Sicherheit zu Tränen gerührt sein.

»Du musst die Reden der großen Meister studieren, bevor du eine eigene halten kannst.«

»Hat Martin Luther nicht einen Traum erzählt? Ich kann doch der Präsidentin keinen Traum erzählen.«

»Martin Luther *King*, du Dummkopf. Und ein Traum war es schon gar nicht ...« Er zog Bo am Ärmel. Bo wusste, dass Okogo eigentlich nicht mit ihm über die Rede sprechen wollte, sondern dass es um etwas anderes ging. Max hatte bestimmt mit Okogo gesprochen. Sie hatten vielleicht eine Strategie ausgemacht, und Okogo kam jetzt zu ihm, um ihm ins Gewissen zu reden. Bo blieb stehen. Er hatte keine Angst. Und dann wusste er auch, dass Okogo niemals so etwas sagen würde wie Max. Selbst in der größten Verzweiflung, selbst dann, wenn er kurz vor dem Verhungern wäre, würde Okogo so etwas niemals tun. Trotzdem hielt er ihn jetzt am Ärmel fest.

»Ich tippe sie trotzdem für dich ab. Wir übertragen sie in Braille. Du kannst sie auswendig lernen, das tut deinen Gehirnzellen gut.«

»Aber ich halte meine eigene Rede.«

»Du wirst dich um Kopf und Kragen reden, du Dummkopf. Nachher wirft die Präsidentin dich ins Gefängnis.« Aber dann griff er ihn wieder am Arm, drückte ihn und kam etwas näher.

»Ihr werdet alle getrennt sein«, sagte er. »Einer von euch wird da sein, und der andere dort.«

»Ja«, sagte Bo. Er war müde und wollte ins Haus. Er würde sich hinlegen, eine Stunde vielleicht, und dann würde er zum Blauen Haus gehen. Aber in Gegenwart des alten Okogo durfte man nicht ungeduldig sein, niemals durfte man auch nur den leisesten Anschein erwecken, dass man ihm nicht gerne zuhörte und seinen Ratschlägen und Geschichten nicht gerne lauschte.

»Ich spüre deine Ungeduld«, sagte Okogo.

»Nein, nein.«

»O doch, du führst etwas im Schilde.« Er lockerte seinen Griff und stützte sich auf dem wackeligen Geländer ab. Tausendmal waren sie jetzt hier hoch- und runtergelaufen, die elfte Treppenstufe fehlte, und immer dachte man, irgendwann passiert ein Unglück, und jemand stürzt und bricht sich ein Bein. Aber das war nie passiert. Und jetzt mussten sie alle fort.

»Was führst du im Schilde?«, fragte Okogo.

»Ich lege mich hin und schlafe«, sagte Bo.

Okogo sagte nichts.

»Ganz bestimmt«, sagte Bo leise. Es war ja die Wahrheit, er würde sich hinlegen und schlafen, wenn es auch nur für eine Stunde war. Bo konnte das, er konnte schlafen und aufwachen, wenn er wollte oder wenn er musste. Niemand verstand, wie das gehen konnte. Er brauchte keinen Wecker und auch niemanden, der ihn aufrüttelte und aus dem Schlaf riss. Er wachte ganz von allein auf.

»Es ist furchtbar«, sagte Okogo nach einer Weile. So etwas sagte er selten. »Es ist eine Schande. Du musst auf die Mädchen achtgeben. Die Mädchen müssen ...« Aber er sprach nicht weiter und schlug stattdessen mit seinen Schlappen gegen das Geländer. Die ganze Treppe erzitterte plötzlich, und Bo dachte schon, jetzt bricht sie doch noch zusammen, und zwar in dieser letzten Nacht, in der sie hier wohnten. Sie bricht zusammen, und Okogo und ich werden sterben.

»Ich werde die Rede auswendig lernen«, sagte Bo. »Die Rede von Martin Luther.«

»Martin Luther *King*, du Dummkopf. Martin Luther war ein Deutscher ... Ich glaube, und das ist mein Verdacht ...« Er machte eine Pause. »Der Außerirdische ist auch ein Deutscher. Max glaubt das nicht, aber ich glaube das. Ich glaube, dass er ein Deutscher ist.«

»Und wer ist dann Martin Luther?«, fragte Bo. Er überlegte, was Okogo damit gemeint haben könnte, ob das ein Ratschlag war, ein Hinweis auf irgendetwas, was Bo jetzt tun oder nicht tun sollte, aber Okogo würde ihm das niemals sagen.

»Er hat gepredigt«, erklärte Okogo. »Er hat von der Reinheit des Glaubens gepredigt, und geflucht hat er auch.«

»Geflucht?«

»So wie die Deutschen fluchen.«

»Tun sie das?«

»O ja. Hast du noch nie einen von ihnen fluchen hören? Nun ... Du musst noch viel über die Welt lernen.« Er schlug wieder die Schlappen gegen das Geländer und schüttelte den Kopf. »Eine Schande ...« Er hielt kurz inne. »Ich werde noch mehr arbeiten und schreiben. Möge die ganze Welt zu mir kommen und ihre Beschwerden aufgeben, ich tippe es ihnen alles ab, eins nach dem anderen, alles ins Reine, damit wenigstens du ...«

Und dann war er einfach weggegangen, mitten im Satz hatte Okogo sich umgedreht und war verschwunden. Aber das war nichts Ungewöhnliches, das geschah oft. Doch an diesem Abend fühlte es sich nicht gut an, und Bo hatte noch überlegt, ob er nicht einfach in einen tiefen, endlosen Schlaf fallen und alles dem Schicksal überlassen sollte. Aber das hatte er natürlich nicht getan. Nach einer knappen Stunde war er hochgeschreckt und hatte sich auf den Weg zum Blauen Haus gemacht. Es war schon dunkel, und er machte etwas, was strengstens verboten war: einen Spaziergang in der Nacht. Einen Spaziergang durch die dunklen, schlecht beleuchteten Straßen Monrovias, wo selbst die Autofahrer zu Blinden wurden und sich auf gut Glück durch die Stadt tasteten, vor allem diejenigen unter ihnen, die selbst kein Licht hatten und darauf vertrauen mussten, dass die anderen sie schon rechtzeitig sehen würden. Und dann hatte er eine ganze Stunde verloren, weil er ein Stück des Weges wieder zurückgehen musste. Er hatte kaum das John F. Kennedy Memorial Hospital erreicht, da hatte ihn die kleine Spinne eingeholt. Sie war ihm gefolgt, und eine Weile war sie ihm wohl hinterhergelaufen, ohne etwas zu sagen, doch dann hatte sie plötzlich gerufen: »Wo gehst du denn hin?« Und dann: »Ich kann nicht mehr.« Sie hatte Angst. Sie war mit ihm aufgestanden und ihm hinterhergeschlichen, und er hatte es nicht gehört. So sehr war er in seinen Gedanken verloren. So sehr durfte er sich nicht noch einmal in seinen Gedanken verlieren, sagte er sich. Er musste den Mantel loswerden, und dann würde er sich fernhalten von dem Außerirdischen und nicht mehr mit ihm sprechen. Höchstens, um sich von ihm zu verabschieden und Lebewohl zu sagen. »Aber ich kann nicht mehr«, hatte die kleine Spinne gerufen. Sie hatte ihren Spiderman-Schlafanzug und ihre silbernen Turnschuhe angezogen, die ihr eigentlich zu groß waren und die aus dem Paket aus Amerika stammten, das ihnen entfernte Verwandte einmal geschickt hatten.

»Was machst du denn?«, rief Bo. »Du verrücktes Huhn, geh zurück.«

»Wo willst du hin?«, fragte sie.

»Ich muss etwas erledigen.«

»Nimm mich mit.«

»Es ist nichts für kleine Kinder.«

»Ist es gefährlich?«

»Nein, ich bringe dich zurück.«

Aber sie wollte nicht zurückgebracht werden, und deshalb musste er sie sogar ein paar Meter tragen. Er musste mit ihr bis zum Haus zurücklaufen und ihr eine Geschichte erzählen. Und er musste ihr versprechen, dass er zurückkommen, sie aufwecken und ihr dann noch eine Geschichte erzählen würde. Sie hatte furchtbare Angst. Er musste sie im Arm halten und ihr fünfmal versprechen, dass er zurückkommen und sie aufwecken würde. Erst dann hatte er sich wieder auf den Weg machen können. Das Blaue Haus lag in Mamba Point. Er musste den Berg hoch und wieder runter. Einmal stieß er so unglücklich mit einem Mann zusammen, dass dieser wütend hinter ihm herlief, ihm auf den Kopf schlug und sich dann, als Bo nicht reagierte, vor ihn hinstellte, ihm mit seiner Taschenlampe ins Gesicht leuchtete und ihn noch einmal schlagen wollte. Bo stand vor ihm, sagte nichts, hob den Kopf und wartete, bis der Mann erkannte, dass er blind war. Das dauerte eine Weile, vielleicht war der Mann betrunken oder konnte selbst nicht gut sehen. »Du guter Gott«, sagte der Mann. »Du guter Gott.« Und dann drückte er ihm ein paar Geldscheine in die Hand. Bo sagte danke und ging weiter. Er hatte somit Geld für die Rückfahrt, aber da irrte er sich. Denn das Geld sollte ihm schon wenig später wieder verlorengehen. Er musste mehrere Leute fragen, bis ihm jemand erklärte, dass das Blaue Haus gar nicht blau war, sondern nur ein blaues Tor hatte. »Da wohnen Weiße«, sagte die Stimme, die ihm den Weg zeigte. »Die geben dir bestimmt was. Das Problem ist nur, du musst erst an den Wachleuten vorbei. Na, dann viel Glück, du armer Junge.« Bo machte sich keine Sorgen wegen der Wachleute. Er machte sich auch nicht so viel Sorgen wegen Precious, und schon gar nicht wegen Okogo. Er machte sich am meisten Sorgen wegen Max. Max würde den Außerirdischen finden. Früher oder später. Max würde nicht so schnell aufgeben. Bo stand schon am Tor, als er noch überlegte, ob er den Mantel nicht lieber irgendwo hinwerfen sollte, irgendwo die Felsen hinunter ins Meer. Bo schämte sich schon jetzt, wenn er nur daran dachte, dass Max hierherkommen und genauso wie er an das blaue Tor klopfen und auf Antwort warten würde. Bo klopfte zweimal kurz hintereinander, und dann noch einmal. Es war schon spät. Und Bo konnte von Glück reden, dass nach einer Weile Augustine an die Tür kam. Augustines Kollege nahm das Geld von Bo einfach und beschloss, die Sache auf sich beruhen zu lassen.

»Ich gebe dir alles Geld, was ich habe«, sagte Bo. »Du musst ihm nur meinen Namen sagen, und dann kommt er schon.«

»Eh? Das glaubst du«, sagte der Wachmann und grinste. »Wie viel ist es denn?«

Bo streckte ihm das Geld entgegen, das er eigentlich für die Rückfahrt eingeplant hatte, aber daran verschwendete er jetzt keinen Gedanken.

»Pfft«, machte der Wachmann. »Dafür mach ich noch nicht mal die Tür auf.«

»Aber du hast doch die Tür schon aufgemacht.«

»Dafür mache ich sie wieder zu.« Er schüttelte den Kopf. »Warte hier.« Er ging zu Augustine und übergab ihm den ganzen Schlamassel. Sollte doch Augustine diesen Jungen wegschicken, der so hartnäckig darauf bestand, den weißen Jungen zu sprechen, der doch schon längst schlief. Auch Augustine hätte unter normalen Umständen um diese Zeit jeden Besucher wieder weggeschickt. Es war schon eine Dummheit gewesen, überhaupt die Tür aufzumachen. Es war ihm unerklärlich, wie dieser schmächtige Junge, der noch dazu blind war, es fertiggebracht hatte, seinen Kollegen zu überreden, nach draußen zu kommen und mit ihm zu reden. Das Erste, was er tat, war, die Tür zu schließen und mit Bo durch die geschlossene Tür zu sprechen.

»Also gut«, sagte Augustine schließlich. »Du kannst ja den Mantel ausziehen und mir geben, und ich behalte ihn dann die Nacht über hier, und er bekommt ihn morgen früh.«

»Nein«, sagte Bo, »das geht nicht.«

Es war nichts zu machen. Der Junge gab nicht nach. Und

obwohl die Tür geschlossen war, konnte sich Augustine nicht dazu durchringen, einfach wegzugehen und sich nicht weiter um diesen Jungen zu kümmern.

»Er wäre sehr traurig, wirklich furchtbar traurig«, erklärte Bo, »wenn er uns jetzt hören könnte und wenn er wüsste, dass ich morgen wegmuss. Und dass ich dann nie mehr wiederkommen kann. Das würde den Jungen ...«

»Ja, das würde ihn furchtbar traurig machen. Nun gut, aber glaubst du, ich gehe jetzt ins Haus und wecke ihn auf? Ich bin hier angestellt. Seit zehn Jahren ... Ich bin noch nie ins Haus gegangen und habe jemanden geweckt. Verstehst du das?«

Es war nicht einfach mit dem Jungen. Der blinde Junge konnte gut reden. Er redete so gut, dass selbst die schwere, blaue Stahltür, die das Haus vor Eindringlingen beschützte, ihn nicht davon abhalten konnte, mit Engelszungen auf Augustine einzureden.

»Ich kann Emily fragen, ob sie vielleicht ...«

»Nein«, sagte der Junge jetzt. »Es ist doch ein Geheimnis zwischen mir und dir, zwischen ihm und uns. Zwischen uns allen. Du wirst es schon verstehen, wenn er kommt. Er kommt und wird es dir auch erklären.«

»Das wird er?«

»O ja«, flüsterte Bo. »Er wird es dir noch viel besser erklären als ich, und ich *verspreche* dir, er wird dir auf immer dankbar sein und dich auf immer in sein Herz schließen. Und ich kenne doch sein Herz, es ist ein gutes und großes Herz, in dem viel Platz ...«

»Jetzt hör mal zu.«

»Wo ich doch fortmuss. Morgen schon ... Eigentlich schon diese Nacht.«

»Aber du kannst doch den Mantel ...«

»Ich flehe dich an. Ich knie vor dir nieder. Du kannst es nicht sehen, aber ich bin schon auf meinen Knien und flehe dich an. Du überbringst ihm nur eine Botschaft, eine kleine, harmlose Botschaft. Wie ein Vögelchen, das in sein Zimmer geflattert kommt. Ganz leise kommst du hinein, auf Zehenspitzen ...«

Und so ging es weiter, bis Augustine keine Kraft mehr hatte. Er konnte nicht länger zuhören, und er konnte nicht widerstehen. Vielleicht war es am Ende wirklich so wichtig, wie der blinde Junge, der hinter dem Tor stand, gesagt hatte. Ein paarmal hupte jemand, und dann wurde das Gespräch unterbrochen. Es wurde noch mehr gehupt, und Augustine hielt sich schon die Ohren zu, es wurde ihm langsam zu viel. Er konnte Bo nicht wegschicken, traute sich aber auch nicht ins Haus. Als es noch einmal hupte, und dann wieder, merkte er endlich, dass das Hupen ihm galt, dass es noch einen Gast gab, der ins Haus wollte. Und dann löste sich schließlich alles in Wohlgefallen auf. Alle Probleme wurden mit einem Schlag gelöst. Augustine erzählte es später der Nachtschicht, den Wachleuten, mit denen er manchmal, wenn er nicht schlafen konnte, noch eine Weile plauderte, bevor er endlich nach Hause ging. Er erzählte es später auch Bakolou, dem alten, heiseren Wachmann, den er sehr mochte, und blieb noch eine Stunde länger als sonst. Er erzählte Bakolou alles. Bakolou hatte sein Radio, das er sich sonst die ganze Nacht ans Ohr hielt, auf den Boden gestellt, um besser zuhören zu können. Und er nahm sogar die Wollmütze ab, so erstaunt war er über die Geschichte. Augustine war sehr stolz, und er sorgte dafür, dass er selbst der Held dieser Geschichte und es allein ihm zu verdanken war, dass diese komische Nacht noch zu einem guten Ende gebracht wurde. Er erzählte die Geschichte so, dass es mit allen Wiederholungen und kleineren Korrekturen fast eine Stunde dauerte, bis schließlich Bo und Benjamin draußen auf der Straße standen und sich umarmten und Benjamin sagte: »Du Ärmster, der Mantel stinkt doch so furchtbar.« »Er hat sich in einen Elefanten verwandelt, der auch noch Durchfall hat«, sagte Bo. »Um Gottes willen«, erzählte Augustine, »und da war es schon halb zwei!« Vorher hatte es ein riesiges Chaos gegeben. Der oberste Chef von MSF war gekommen, der Head of Mission, wie Augustine mehrmals betonte, und der sei mit Emily mitten in der Nacht ins Krankenhaus gefahren, wo etwas Furchtbares passiert sein musste. Das ganze Haus sei zum Leben erwacht. Alle Ärzte seien aufgestanden, sie hätten alle durcheinandergeredet, und in der Zwischenzeit sei ja noch der blinde Junge da gewesen, vor dem Tor. Der habe einfach nicht weggehen wollen. Bakolou freute sich. Es war eine gute Geschichte. Besser als Star Radio oder BBC, und was er sonst so die Nacht über zu hören bekam. Gerade hatte er eine Diskussion über die unbefleckte Empfängnis gehört und sich schon gefragt, ob er nicht doch zur BBC wechseln sollte, als Augustine von seinem Sondereinsatz zurückgekehrt war. »Das Einzige, was ich für dich tun kann«, hatte Augustine zu Bo gesagt, »aber das kann ich erst später für dich tun, wenn ich zurückgekehrt bin ... Ich kann Emily fragen, ob sie ihn nicht vielleicht wecken kann.« Später, als er den Head of Mission in seinem Appartement abgesetzt und Emily wieder zum Blauen Haus zurückgebracht hatte. Aber in der Zwischenzeit war der blinde Junge schon über die Mauer geklettert, hatte sich ins Haus geschlichen und Benjamin aufgeweckt.

»Kannst du dir das vorstellen?«, fragte Augustine Bakolou. Und das war ungefähr der Moment, als Bakolou seine Wollmütze abgenommen hatte, was Augustine noch nie erlebt hatte, und ihn ganz erstaunt anschaute.

»Aber wie geht denn das?«, fragte er mit seiner heiseren Stimme. Augustine musste diesen Teil der Geschichte erfinden. Er wusste es selbst nicht.

»Und jetzt ist es sogar so weit gekommen, dass Benjamin darauf bestanden hat, dass der blinde Junge in seinem Haus übernachten darf«, sagte er.

»Ach was?«, fragte Bakolou. »Dabei ist er doch ein Einbrecher.«

So viel hatte Augustine Bakolou auch noch nicht reden hören mit seiner heiseren Stimme, die man kaum verstehen konnte.

»Strenggenommen ja«, erwiderte Augustine, »aber das ist ja eine Definitionsfrage. So wie vieles im Leben ... Aber ich habe dir noch gar nicht erzählt, was im Krankenhaus passiert ist. Das ist ja noch eine ganz *andere* Geschichte.« Und dann fing Augustine an, auch noch diesen Teil der Geschichte zu erzählen, der eigentlich noch viel mehr Zeit und Platz beanspruchte als der Teil, in dem Bo und Benjamin sich umarmten und Benjamin rief: »Ich wusste, dass du kommen würdest. Ich habe schon die ganze Zeit darauf gewartet. Du kannst in meinem Bett schlafen, du musst dich ausruhen. Komm!« Aber Bo lehnte das Angebot ab. Bo hatte der kleinen Spinne versprochen, zurückzukommen. Und als Augustine gerade dabei war, den Teil der Geschichte zu erzählen, der im Krankenhaus spielte, war Bo schon längst wieder auf dem Weg nach Hause. Wieder musste er zu Fuß gehen. Er hatte ja kein Geld mehr, und in der ganzen Aufregung hatte niemand daran gedacht, dass das doch ganz schön gefährlich war. Benjamin lag schon im Bett, als es ihm einfiel. Er schlug sich gegen den Kopf vor Ärger. Wie konnte er bloß daran nicht gedacht haben? Schließlich war Bo blind. Wie konnte er es zulassen, dass Bo allein zu Fuß nach Hause ging? Aber Bo machte es nichts aus. Für einen Moment vergaß er alles und das, was ihm am nächsten Tag noch bevorstand. Er war den Mantel losgeworden, und Benjamin und er waren jetzt gute

Freunde. Sie würden für immer Freunde bleiben. Sie würden sich vielleicht noch einmal sehen, am nächsten Tag. »Können wir morgen nicht an der Schule vorbeifahren«, hatte Benjamin Augustine gefragt, »bevor wir zum Royal Hotel fahren und Beatrice treffen?« Augustine hatte den Kopf hin- und hergeneigt, als könne er das allein entscheiden, dabei mussten sie ja schließlich auch noch Emily fragen. Aber dann war es aus Benjamin herausgebrochen: »Er kann doch mitkommen«, hatte er gerufen. »Wir können ihn doch mitnehmen! Natürlich ...« Und dann hatten sie sich umarmt. Der Mantel hatte ganz furchtbar gestunken. Jetzt erst hatte Bo bemerkt, wie schlimm er roch, aber inzwischen hatte er ihn ja nicht mehr selbst an, sondern Benjamin. Sie hatten sich beide die Nase zugehalten und gelacht.

»Sie sind ganz schön verrückt«, sagte Augustine zu Bakolou. »Aber man würde sich fast wünschen, dass sie noch ein bisschen mehr Zeit zusammen verbringen könnten.«

»Ja«, krächzte Bakolou und strich sich über seinen kahlen Kopf, auf dem eine große Narbe war, die noch aus dem Krieg stammte und die er unter seiner Wollmütze vor neugierigen Blicken zu verbergen pflegte. Es sei denn, jemand erzählte ihm eine gute Geschichte. Eine Geschichte, bei der man sich unbedingt den Kopf kratzen musste. Wirklich verrückt, dachte er noch, bevor er das Radio wieder anschaltete und nach der Sendung suchte, in der es um die unbefleckte Empfängnis gegangen war. Was für ein Glück, dass er nicht im Krankenhaus Wache halten musste, dachte er noch. Und dann drückte er sich das Radio ans Ohr.

V.
Flower

I.

Als Bakolou am nächsten Morgen aufwachte, hatte sich die Welt verändert. Das war eine richtige Katastrophe, und Bakolou wehrte sich mit allen Kräften gegen eine Veränderung, die so nicht abgemacht war und die Welt, in der er eigentlich lebte, plötzlich auf den Kopf stellte. Bakolou hatte nämlich zwei Jobs. Er bewachte das Blaue Haus, und danach arbeitete er für eine Firma namens Power Security. Am frühen Morgen war es sehr ruhig im Blauen Haus. Niemand kam, niemand ging, und für zwei Stunden konnten sich die Wachleute noch einmal aufs Ohr legen. Das war gut, denn danach musste Bakolou zu seinem zweiten Job: Er musste ein leerstehendes Hotel bewachen, wohin er laufen musste. Da war es einfacher, wenn er ein paar Stunden geschlafen hatte. An diesem Morgen aber war alles anders: Augustine weckte ihn, um ihm mitzuteilen, dass er zum Cooper-Krankenhaus musste. Ein Wachmann sei dort krank geworden, für den er einspringen musste. Und plötzlich ging alles drunter und drüber. Was sollte Bakolou jetzt tun? Er stand, die Wollmütze auf dem Kopf, vor dem Tor des Blauen Hauses, als Brilliant eintraf. Es war noch früh. Kurz vor neun. Emily, mit der er zum Cooper-Krankenhaus fahren sollte, war noch gar nicht aus ihrem Zimmer gekommen.

»Ist das das Blaue Haus?«, fragte Brilliant. Bakolou sah sie an. Er war ganz mit seinen Gedanken beschäftigt. Wenn er nach links gehen würde, käme er zum Ducor Hotel, und dann würde er seinen Job im Blauen Haus verlieren. Wenn er hier stehenbleiben würde, wäre er wohl seinen Job im Ducor Hotel los.

»Ja«, sagte er. Seine heisere Stimme klang so, als hätte er schon einiges erlebt, was auch stimmte.

»Du hast wohl gefeiert, was?«, fragte Brilliant.

Bakolou schwankte. Aber nicht, weil er betrunken, sondern weil ihm schwindelig war. Die ganze Welt begann sich zu drehen, und obendrein stand da auf einmal ein Mädchen vor ihm, in grünen Gummistiefeln und einigen anderen komischen Kleidungsstücken, die er seiner Tochter bestimmt verboten hätte.

»Machst du bitte das Tor auf?«, fragte Brilliant. Dafür hätte er ihr eine saftige Ohrfeige gegeben, wenn sie seine Tochter gewesen wäre. Und dann hätte sie alles wieder ausziehen müssen, vor allem diese komischen grünen Gummistiefel, in denen sie aussah wie ein Frosch.

»Zu wem willst du denn?«, krächzte Bakolou. Und dann kam ihm plötzlich ein Einfall. Ein Einfall, den er nie gehabt hätte, wenn er Brilliant nicht getroffen hätte. »Findest du, ich höre mich krank an?«, fragte er, während er ihr das Tor öffnete.

»Natürlich«, antwortete Brilliant. »Du hörst dich so an, als hättest du die ganze Nacht durchgesoffen.« Dann lachte sie und betrat, ohne sich weiter um ihn zu kümmern, das Blaue Haus.

Benjamin saß auf seinem Bett und betrachtete den Rucksack, den Carlos ihm geliehen hatte. Er hatte noch ein paar Stunden Zeit. Emily hatte ihm von Shark's erzählt, einem Eisladen, und ihm ein paar Dollar gegeben, damit er Bo einladen konnte. Er wollte Bo von der Schule abholen, und später würden sie dann zusammen ins Royal Hotel fahren, um Beatrice zu treffen. Vielleicht wäre sein Vater ja auch schon da. Und anschließend würden sie zur Coconut Plantation fahren und schwimmen gehen. Er überlegte, ob er eine Badehose mitnehmen sollte, aber dann fiel ihm wieder ein, dass er ja keine hatte. Er wollte Carlos fragen, als plötzlich Brilliant vor ihm stand.

»Hallo«, rief sie.

Benjamin sprang auf. Sie war einfach so reingekommen, ohne anzuklopfen. »Was machst du denn hier?«, fragte Benjamin.

»Schläfst du noch?«

»Nein.« Er stellte den Rucksack auf seinen Schoß. »Ich habe nur das Bett noch nicht gemacht.«

»Machst du dein Bett etwa selbst?«, fragte Brilliant und schaute sich ein bisschen um. Das war also das Zimmer, in dem der Junge mit dem Glitzerball wohnte. Der Junge mit dem Glitzerball war etwas kleiner, als sie ihn in Erinnerung hatte, aber sonst sah er ganz okay aus. Auch Brilliants Welt hatte sich verändert. Ihr Onkel war am frühen Morgen aufgebrochen, um nach Nigeria zu fliegen. Er war mit einem Geschäftsfreund verabredet. Und während ihr Onkel im Flugzeug, in einer Maschine der Virgin Airlines, saß und davon träumte, wie er mit seinem alten Klassenkameraden Igbe Moussa bald die beste, größte und luxuriöseste Immobilie ganz Liberias besitzen würde, hatte Brilliant im Badezimmer gestanden und geheult. Sie heulte ihr Spiegelbild an, und als es zurückheulte, sagte sie leise: »Halt die Klappe!«.

»Aber das Bett ist gut«, sagte sie. »Ganz schön groß.«

»Es ist nicht mein Bett«, sagte Benjamin.

»Und dann musst du das Bett auch noch selbst machen?«

»Das Hausmädchen kommt nur alle zwei Tage.«

»Oh.« Sie machte einen Schritt auf ihn zu. »Wusstet du, dass ich morgen Geburtstag habe?«

»Nein.« Benjamin sah sie nicht an, er schnürte sorgfältig den Rucksack zu. »Hast du den Koffer mitgebracht? Ich brauche nämlich meine Badehose.«

Brilliant schüttelte den Kopf. Der Koffer war bei ihr zu Hause. Er stand unter ihrem Bett. Das ein oder andere hatte sie schon herausgenommen, wie zum Beispiel das Fernglas und ein paar T-Shirts. Vielleicht war auch die Badehose dabei gewesen. Aber in diesem Moment war ihr der Koffer sowieso egal. Die Hauptsache war, dass sie aus dem Gefängnis herausgekommen war, in das ihr Onkel das Haus verwandelt hatte. Sie schaute ihn an. Es war sehr dunkel im Zimmer. Vor den Fenstern hingen Vorhänge, und obwohl es schon lange hell war, waren sie noch immer zugezogen. Sie setzte sich aufs Bett.

»Ich hasse Geburtstage«, sagte Brilliant und spürte plötzlich etwas Hartes und Eckiges. »Was ist das denn?« Sie tastete nach dem Gegenstand unter dem Bettlaken. »Hast du hier was versteckt?«

Benjamin wandte sich ihr nun doch zu.

Sie tastete mit der Hand unter dem Bettlaken entlang. »Da ist ja ein Buch.«

»Es ist ein Tagebuch.«

»Darf ich mal reinschauen?« Und schon hatte sie es aufgeschlagen und blätterte darin herum.

»Es gehört einem Arzt. Er hat es hier vergessen und …«

»Weißt du was?«, sagte sie und blätterte weiter. »Mein Onkel hat gesagt, dass dein Krankenhaus das einzige Krankenhaus in ganz Liberia ist, wo sie diese Leute haben. Also … Die Verrückten.«

»Sie sind nicht verrückt, sie sind nur schwierig.«

»Was ist denn das für eine komische Schrift? Die ist ja total schief.«

»Ja? Handschrift ist doch immer schief.«

»Aber sie ist so schief wie ein Baum im Wind. Guck mal.« Sie hielt das Tagebuch hoch. »Hast du es gelesen?«

»Nein.«

»Ich dachte erst, es wäre deins.«

»Ich schreibe kein Tagebuch.«

»Das solltest du aber.« Sie blätterte eine Seite um. »Guck dir das an!« Einen Moment las sie ganz verzückt in dem Tagebuch von Barneby. Sie hatte sich aufs Bett gelegt, die Ellbogen aufgestützt und hielt sich das Tagebuch vor ihr Gesicht, als wollte sie in ihm verschwinden.

»Was schreibt er denn hier?«

»Wo?«

»Hier steht: *Und was mir auch noch aufgefallen ist ... Und das bestätigt genau das, was wir schon im Bericht erwähnt haben und was ihr Vater erzählt hat, dass ...* Und jetzt kommt's: *Dass sie Zwerge gesehen hat und Menschen, die sich in Zwerge verwandelt haben.*« Brilliant hob den Kopf. »Das ist ja gruselig.«

»Wo steht das denn?«

»Na hier ... *Sie erlebte sowohl akustische als auch visuelle Halluzinationen. Paranoides und ungeordnetes Gedankengut tauchten auf ...* Blabla ... *und zunehmend befand sie sich in einem Zustand der Agitation, was man sich, wenn man sie jetzt so sieht, kaum noch vorstellen kann.* Weißt du, was das ist? Halluzinationen?«

Benjamin nickte. »Wenn man sich etwas vorstellt, was gar nicht da ist, oder?«

»Klar, aber man erklärt es eigentlich anders.« Sie blätterte weiter. »Ich kenne mich damit ein bisschen aus«, sagte sie, lächelte und las weiter. »*Aber am nächsten Tag riefen sie nicht mehr an. Ich habe zurückgerufen, aber keiner ging dran. Ich frage mich, ob es ihre Mutter war oder jemand aus ihrer Verwandtschaft. Jedenfalls habe ich kein Wort verstanden, und es macht mich einfach wahnsinnig, dass sie hier so sprechen, dass man das Englisch kaum versteht.* Hallo! Der gute Mann hat recht. Es ist doch von einem Mann, oder?«

»Ja.«

»Ein guter Psychiater würde hier niemals so etwas herumliegen lassen. Mein Großvater würde so etwas nie tun. Ich darf ja noch nicht mal seine Praxis besichtigen.« Brilliant vertiefte sich wieder in das Tagebuch. »*Sie wich meinem Blick aus, und immer wenn ich zu ihr kam, war eine andere Patientin da und bewachte sie. Sie hatte einen kleinen Stock und schlug sie sogar, damit sie etwas zu mir sagte. Aber sie wollte nicht.*« Brilliant blätterte wieder zurück. Eine Weile las sie im Tagebuch, ohne etwas zu sagen.

»Und was machst du heute so?«, fragte sie auf einmal.

»Ich bin verabredet. Ich hole einen Freund ab. Und später treffe ich mich noch mit einer Frau, die meinen Vater kennt.«

»Warte.« Sie blätterte zurück. »Hier schreibt er etwas von einer Katze.«

»Von einer Katze?«

»*Liebe ehrwürdige Ministerin Fatumata Ninderea ... Mit allem Respekt möchten wir Sie noch einmal darauf hinweisen, dass unsere Patientin jetzt* ... Blabla ... Und dann hört er mittendrin auf. Komisch.«

»Und was schreibt er von einer Katze?«

»Was weiß ich?« Sie las weiter. »*Ich habe die Katze gefüttert, aber es ist besser, wenn das niemand mitbekommt. Sie könnten denken, ich ...*«

»Wo steht das?« Benjamin sah ihr jetzt über die Schulter.

»Na hier, hier steht's: *Sie könnten denken, ich wollte die bö-*

sen Geister und Dämonen rufen ... Was ist das denn für ein Quatsch?«

»Sie versuchen, ihnen wirklich zu helfen«, erklärte Benjamin.

»Klar«, sagte Brilliant und blätterte weiter. »Hier, er hat der Katze sogar einen Namen gegeben. Sie heißt Flower.«

»Nein«, sagte Benjamin etwas ungeduldig. »Das ist der Name von einer Patientin.«

»Wie kann man denn als Patientin Flower heißen?«

»Es ist ein sehr schwieriger Fall. Deswegen schreibt er auch so viel über sie.« Benjamin streckte seine Hand aus. »Gibst du es mir?«, fragte er.

Es gefiel ihr, dass er das Tagebuch zurückhaben wollte. Sie schaute ihn kurz an. Dann schlug sie das Buch zu und gab es ihm.

»Mister Flughafen. Willst du los? Willst du Bier trinken?«

»Jetzt?«

»Natürlich jetzt. Wir fahren zum Golden Beach. Ich habe ein Taxi.«

»Können wir nicht zu dir fahren und den Koffer holen?«

»Das ist etwas schwierig ...« Sie lächelte. »Es wäre nicht gut, wenn ich mich zu Hause blicken lasse. Ich habe nämlich Hausarrest!«

Sie stand auf. Sie hatte Romeo noch einmal zum Haus ihres Onkels geschickt, um mit Edward ein paar Sachen zu holen. Aber vielleicht war er mit seinem Taxi schon wieder da. Sie wollte ihn lieber nicht so lange warten lassen. Sonst würde Romeo womöglich die Geduld verlieren und einfach wegfahren.

»Und warum ist diese Flower so schwierig?«, fragte sie, während sie die Treppe zum Innenhof hinuntergingen.

»Sie ist weggelaufen.«

Brilliant schaute auf ihre Stiefel. »Und warum?«

Benjamin antwortete nicht. Aus dem Schatten trat plötzlich ein großer Mann mit einem Lappen, der irgendetwas bei einem der Land Cruiser gemacht hatte. Brilliant sah ihn, begrüßte ihn aber nicht. Sie begrüßte solche Leute nie. Man dürfe nicht jeden begrüßen, hatte sie von ihrem Onkel gelernt. Das Personal dürfe nie den Eindruck bekommen, dass man auf es angewiesen sei, und deshalb dürfe man keinesfalls zu freundlich zu ihnen sein. Aber zu den Wachleuten ihres Onkels war sie trotzdem freundlich gewesen und hatte ihnen Geld gegeben, damit sie niemandem erzählten, dass sie das Haus verlassen hatte. Sie war über die Mauer geklettert, und beinahe hätte sie sich dabei an den Glasscherben die Hände aufgeschnitten. Aber es war noch einmal gutgegangen. Prudence, die Haushälterin, würde denken, dass sie den ganzen Tag im Bett liege und schlafe.

»Guten Tag«, sagte Augustine.

Brilliant kniff die Augen zusammen. »Wer bist denn du?«, fragte sie und schaute an ihm vorbei zu Benjamin, der jetzt am Tor stand. Sie dachte an die Patientin, die Flower hieß und weggelaufen war. Sie hatte Zwerge gesehen. Menschen, die sich in Zwerge verwandelt hatten. Aber vielleicht hatte sie auch so einen Onkel gehabt, der Pelzköfferchen hieß und eine Parfümwolke hinter sich herzog, wenn er morgens aus dem Badezimmer kam. »Ich rufe Prudence später aus Lagos an«, hatte er gesagt. »Dann schließt sie dir die Zimmertür auf. Aber nur, wenn du dich gut benimmst.« Sie hätte dieses Tagebuch mitnehmen sollen, dachte sie. An einer Stelle stand, dass Flower zu Fuß nach Monrovia gelaufen war. Brilliant stellte sich Flowers Füße vor. Sie war bestimmt barfuß gelaufen. Ihre Hornhaut musste ein Panzer sein. Brilliant versuchte sich vorzustellen, wie sie aussah, aber dann brachte sie der Mann, der sich mit dem Lappen die schmutzigen Hände abwischte, aus dem Konzept. Und sie wollte nicht aus dem Konzept gebracht werden. Sie wollte sich die Stadt anschauen. Die Stadt, von der ihre Großeltern immer sagten, sie sei die schönste der Welt. Nur Edward und dieser Junge mit den komischen roten Haaren und dem Rucksack durften sie begleiten.

2.

Benjamin wunderte sich, dass Bakolou noch da war. Er saß auf einem der wackeligen Holzstühle neben dem Tor und sah furchtbar aus. Er hatte seine Wollmütze vom Kopf gezogen und stützte sich mit den Händen auf den Knien ab. Es sah aus, als hätte er Bauchschmerzen und könnte vor lauter Schmerzen gar nicht mehr aufrecht sitzen.

»Der Taxifahrer fragt, ob er noch warten soll«, sagte Bakolou mit heiserer Stimme. Er sprach so leise, dass Benjamin sich zu ihm hinunterbeugen musste, um ihn zu verstehen.

»Der Taxifahrer?«, fragte er. »Ist es Max?« Benjamin hatte zwar mit Bo vereinbart, dass er ihn später an der Schule abholen würde, aber vielleicht war Bo ja schon früher aus der Schule gekommen. Er öffnete die kleine Tür, die nach draußen führte. Das Taxi stand an einer abschüssigen Seitenstraße, ein paar Meter vom Blauen Haus entfernt. Der Fahrer trug eine Sonnenbrille und hatte sich auf die Motorhaube gesetzt. DR. ROMEO EMERGENCY CALL, stand in großen weißen Buchstaben auf der Windschutzscheibe. Das Auto sah nicht besonders vertrauenerweckend aus. Mit dem Taxi von Max verglichen, sah es so aus wie ein böser, schwarzer Geist, der sich in eine Autokarosserie, Polster und ein Armaturenbrett verwandelt hatte, auf dem überall Aufkleber waren. Aber das eigentliche Problem war der Lärm, den der Wagen von sich gab. Als Romeo sich ans Steuer setzte, dröhnte der Motor so sehr, dass sich Benjamin unwillkürlich duckte. Er befürchtete, dass sie es so nie bis nach Sinkor schaffen würden, den Stadtteil, in dem sie Bo von der Schule abholen sollten.

Er hatte sich den Namen der Schule auf einen Zettel geschrieben: St. Peter's Lutheran High School. Sie lag genau zwischen der 14. und 15. Straße. Benjamin hielt dem Fahrer den Zettel hin.

»Du brauchst ihm den Zettel nicht zu geben«, erklärte Brilliant. »Er kennt sich aus.«

Romeo grinste. »Diese Schule kennt hier jeder.«

Brilliant schaute etwas missmutig. Sie war damit beschäftigt, eine schwarze Tasche zu inspizieren. Sie zog langsam den Reißverschluss der Tasche auf und holte nacheinander einen Plastikbecher und einen Plastikteller heraus.

»Willst du etwa ein Picknick machen?«, fragte Benjamin. Es war vielleicht gar nicht so schlecht, dass sie mit einem Taxi unterwegs waren, dachte er. Sie konnten überall hinfahren und mussten niemanden um Erlaubnis fragen.

Brilliant schüttelte den Kopf, während sie einen weiteren Teller, eine Gabel und ein Messer aus der Tasche herausbeförderte. Es war eine schwarze Umhängetasche mit silbernem Innenfutter, und im Nu hatte Brilliant alle Teller und alles Besteck aus der Tasche herausgeholt.

»Ich hab es der Haushälterin weggenommen. Aber es ist alles aus Plastik.«

»Und warum hast du Hausarrest?«

»Weil ich jemanden umgebracht habe ...«

»Wirklich?«

»Aber es war keine Absicht. Außerdem lebt er noch.« Sie hob die Picknicktasche auf ihren Schoß und schob die Plastikteller und -becher unter ihren Sitz. »Es war der Junge, den ich zum Strand geschickt habe.«

»Ich weiß«, sagte Benjamin. »Ich hab ihn gesehen.«

»Vielleicht treffen wir ihn ja später ... Wenn er noch lebt.« Brilliant grinste.

Benjamin suchte nach einem Gurt, um sich anzuschnallen. Taxifahren sei gefährlich, hatte sein Vater gesagt, und er solle es nur im äußersten Notfall tun. Aber nun saß er schon wieder in einem Taxi, noch dazu mit einem Mädchen, das das Haus nicht verlassen durfte. Davon hatte er Augustine lieber nichts erzählt. Er hatte ihm nur gesagt, dass er in ein paar Stunden wieder zurück wäre.

»Was machst du denn da?«, fragte Brilliant.

»Ich suche einen Gurt.«

»Pfft«, machte Brilliant und betrachtete die Tasche. Sie tastete das silberne Innenfutter ab. Dann zog sie den Reißverschluss wieder zu. »Sieht so aus, als wären wir zum Mond unterwegs.«

Sie hatten jetzt Mamba Point verlassen und fuhren auf dem Tubman Boulevard Richtung Sinkor. Romeo, der Fahrer, fuhr schnell und überholte ständig andere Autos, hupte und überholte sogar manchmal auf der Gegenfahrbahn, obwohl der Tubman Boulevard immerhin vier Spuren hatte. In einiger Entfernung sah Benjamin eine Gruppe von Frauen über die Straße gehen. Romeo fuhr viel zu schnell auf die Frauen zu, die ihre Kinder auf dem Rücken trugen. Eine von ihnen transportierte eine zusammengerollte Matratze. Sie gingen sehr langsam, aber Romeo machte keine Anstalten, abzubremsen oder sogar anzuhalten, stattdessen hupte er nur kurz.

»Bist du aufgeregt?«, fragte Brilliant und wandte sich Benjamin zu.

»Ich?«

»Ja.«

»Ich weiß nicht.«

»Ich bin irre aufgeregt«, murmelte sie. Sie verzog das Gesicht zu einer Grimasse. Benjamin schaute nach vorn auf die Straße. Er schaute auf die Frauen mit den Kindern und der Matratze. Sie hatten den Wagen jetzt entdeckt und versuchten, schneller zu gehen. »Ich bin so aufgeregt, dass ich mir gleich in die Hose mache«, murmelte sie.

Benjamin räusperte sich. Er wollte etwas sagen. Er wollte Romeo auf die Frauen aufmerksam machen. Sah er sie denn nicht? Als Benjamin mit dem großen Italiener unterwegs gewesen war, hatte der immer gebremst, wenn Leute über die Straße liefen. Der große Italiener, der Emily das Herz gebrochen hatte und auf den man im Blauen Haus nicht gut zu sprechen war. Aber Fußgänger hatte er wenigstens nicht überfahren. Wieder hupte Romeo, ohne aber seine Geschwindigkeit zu verringern.

»He!«, rief Benjamin. »Da vorne ...«

Aber Romeo hupte noch einmal, und in letzter Sekunde ließ die alte Frau, die am langsamsten war und die Matratze auf dem Kopf trug, die Matratze los. Die Matratze fiel auf die Straße, und die Frau lief ohne sie weiter. Romeo machte einen Schlenker, kurvte um die Matratze herum und fuhr dann hupend weiter.

»Wir fahren zum Mond«, sagte Brilliant und schob einen Plastikteller, der bei dem Manöver hervorgerutscht war, wieder unter den Sitz. Benjamin schluckte. Die Frau hatte sich gerade so in Sicherheit gebracht, in letzter Sekunde. Aber niemanden im Wagen außer Benjamin schien das groß zu kümmern. Er drehte sich um und sah, wie die Frauen auf der anderen Straßenseite standen und auf die Matratze zeigten. Eine von ihnen hatte ihr Kind hochgehoben und hielt es an ihr Gesicht. Das Kind musste einen Schock bekommen haben, dachte Benjamin. Und was wäre wohl passiert, wenn die Frau gestolpert und hingefallen wäre?

»Und wie gefällt dir Liberia so?«, frage Brilliant.

»Ich weiß nicht … Das Meer und der Strand haben mir schon ganz gut gefallen.«

»Und sonst?«

Benjamin wusste nicht, was er sagen sollte. Sie erreichten die Schule. Es war die St. Peter's Lutheran High School, und Bo stand schon auf der Straße und wartete auf sie.

»Ist er das?«, fragte Brilliant.

Bo machte einen Schritt auf das Taxi zu. »Wo versteckst du dich wieder?«, rief er und stützte sich am Auto ab. »Immer versteckst du dich.« Er beugte sich durch das Seitenfenster herein und lachte.

»Ich bin hier«, sagte Benjamin und wollte die Tür aufmachen.

»Bleib sitzen«, rief Bo. »Ich finde dich auch so.«

»Nein, warte«, sagte Benjamin und stieg aus, um Bo zu helfen.

Bo hatte schon eine Weile gewartet, und außerdem hatte er eine Unterrichtsstunde geschwänzt, damit er rechtzeitig am Treffpunkt sein konnte. Das war ihm nicht leichtgefallen, er schwänzte nicht gerne. Doch heute machte er eine Ausnahme, und er hatte der Lehrerin erklärt, dass er an einer biologischen Forschungsexpedition teilnehmen werde und einem berühmten Biologen helfen müsse, die berühmte Goldkatze und das fast ausgestorbene Pinselohrschwein zu finden. Die Lehrerin glaubte ihm kein Wort, aber sie wusste, dass Bo niemals den Unterricht schwänzen würde, wenn es nicht einen wirklich triftigen Grund dafür gab.

»Der Schwedianer ist von seinem Planeten heruntergestiegen«, sagte Bo, während sie neben dem Wagen standen. »Hat der Schwedianer gut geruht?«

»Ich habe zwölf Stunden geschlafen.«

»Wo werden wir hinfahren?«

»Wir fahren zu einer Bar und trinken Bier.« Benjamin lachte.

Bo tastete Benjamins Arme und seinen Oberkörper ab. »Wo ist der Mantel?«, fragte er leise.

»Er ist im Rucksack. Ich habe ihn über Nacht nach draußen gehängt«, sagte Benjamin, »auf die Veranda. Er riecht jetzt nicht mehr so schlimm. Wie war die Schule?«

»Ich finde, wir sollten eine Weile nicht mehr über den Mantel reden«, sagte Bo leise. »Lass ihn einfach im Rucksack, und dann tust du so, als wäre er gar nicht da.«

»Aber wieso?«, fragte ihn Benjamin.

»Das ist eine Sicherheitsmaßnahme«, sagte Bo. »Und außerdem ... Es ist besser so.«

»Also gut.«

»Abgemacht?«

»Ja.«

»Wir versprechen es uns gegenseitig«, sagte Bo. »Und jetzt fahren wir zu der Bar. Ich habe noch nie Bier getrunken. Du?« Er drehte sich zum Auto und stieg ein.

3.

Edward zweifelte daran, dass es so funktionieren würde. Es war eigentlich eine gute Idee gewesen, sich im Golden Beach zu verabreden. Der Strand war sehr weit von dem Haus ihres Onkels entfernt, und wenn hier irgendetwas passierte, was niemand sehen durfte, war das der beste Ort, den man sich denken konnte. Allerdings waren die innerstädtischen Strände sehr gefährlich, auch tagsüber. Für die Strände interessierten sich die Liberianer eigentlich nicht. Seit seinem Ausflug ins Meer, seiner Begegnung mit dem großen, kalten Wasserberg des Todes, hatte Edward beschlossen, sich niemals mehr in seinem Leben auch nur bis auf Sichtweite dem Meer zu nähern. Und was tat er jetzt? Er spazierte am Strand vor dem Golden Beach und schaute sich um, ob hier irgendwelche Gefahren drohten. Er lief ein paar Meter nach links, ein paar Meter nach rechts und suchte den Strand nach verdächtigen Personen ab. Es durfte jetzt nichts mehr schiefgehen, dann hätte er vielleicht noch eine Chance. Und wie wäre es denn, wenn er Brilliants Onkel schließlich die beruhigende Nachricht überbringen konnte, dass er aufgepasst und alles unter Kontrolle gebracht hatte? Und dass seiner kostbaren Prinzessin nichts passiert und sie wohlbehalten nach Hause zurückgekehrt war? Sie hatte ihn angerufen, als sie schon im Taxi saß, und es erschien ihm höchst verdächtig, dass sie ohne einen Angestellten ihres Onkels in einem ganz normalen Taxi unterwegs war. Er wollte lieber nicht darüber nachdenken, was das bedeutete. Es war seine einzige Chance. Er würde aufpassen, und im Notfall würde er etwas unternehmen. Deswegen ließ er sich auch bereitwillig auf alles ein. Er machte alle Spiele mit, die sich Brilliant ausdachte. Spiele, für die er kein Geld bekam und bei denen er so tun musste, als würden sie wahnsinnigen Spaß machen. Das erste Spiel bestand darin, zum Golden Beach zu fahren und darauf zu warten, dass sie sich irgendwann meldete. Er hatte einen guten Platz gefunden. Ein paar Meter von den Tischen entfernt. Der Golden Beach, nach dem die Bar benannt war, war der sicherste Strand in der Stadt, sofern man sich nicht zu weit von der Bar entfernte. Edward hatte sogar ein Badehandtuch organisiert. Es zahlte sich jetzt aus, dass er so gute Kontakte zu einem der Hausmädchen hatte. Er hatte mit Romeo vor dem Haus gehalten, und das Hausmädchen hatte heimlich alle Sachen, die Brilliant verlangt hatte, nach draußen gebracht. Währenddessen war Brilliant bei dem Jungen im Blauen Haus gewesen. Als Brilliants Onkel am Tag zuvor in der Tankstelle aufgetaucht war, hatte Edward sofort wieder verschwinden müssen, und Brilliant war allein mit ihrem Onkel zum Geisterhaus gefahren. Offensichtlich war die Mission erfolgreich gewesen, sie hatte den weißen Jungen gefunden. Was sie wohl von ihm wollte? Jetzt wartete Edward am Strand darauf, dass sie mit Romeo und dem Jungen kam, um hier den Nachmittag zu verbringen. Ihr Onkel würde davon nichts mitbekommen. Er war in Nigeria, um den Kauf des Ducor Hotels zu besprechen. Das hatten ihm die Wachleute erzählt. Es war eine große Sache. Der Onkel wollte es den Libanesen vor der Nase wegschnappen. Es wäre das erste Mal, dass ein Liberianer ein solch großes Haus besitzen würde. Jedenfalls hatte Edward noch von keinem so großen Geschäft gehört, das von einem Liberianer abgewickelt wurde. Früher, so hieß es, habe das Hotel der Familie von Muammar al-Gaddafi gehört, und vielleicht war es der Ort, wo eines Tages die große panafrikanische Konferenz stattfinden würde. »Von den Libanesen lassen wir uns so behandeln, als wären wir die größten Idioten«, pflegte Edwards Vater zu sagen. »Wir verdienen das Geld, und sie geben es aus.« Aber vielleicht würde Edward ja eines Tages in diesem Hotel arbeiten. Als jemand, der die Gäste begrüßte und die Autotüren aufmachte. Das Ducor Hotel war das größte und luxuriöseste Hotel des ganzen Landes gewesen. In so einem Hotel zu arbeiten, wäre viel besser, als an einem Strand herumzulaufen und nach finsteren Gestalten Ausschau zu halten. Er machte ein paar Schritte Richtung Wasser. Das Schlimmste war das Meer. Das Meer blendete ihn. Edward ging ein paar Meter darauf zu. Die Wellen schlugen laut auf den Sand und rollten dann sanft aus. Er schaute auf das Wasser, es wirkte ganz harmlos und spielte am Ufer zärtlich über den Boden, aber dahinter wuchs es, richtete sich auf, kletterte den Horizont nach oben, und ganz in der Ferne weitete es sich zu diesem endlosen Gebirge aus, das er schon kannte. Kalt, dunkel und furchteinflößend. Er drehte sich um und wartete mit dem Rücken zum Wasser. Er bekam einen Anruf von Romeo, die Pläne hatten sich geändert. Und Edward fragte sich, was sie um Gottes willen im Gesundheitsministerium zu suchen hätten.

4.

Zuerst wollten sie ins Sajj House fahren. Brilliant wollte schnell etwas essen, bevor sie zum Golden Beach fahren würden, wo Edward schon die ganze Zeit auf sie wartete.

»Sonst müssen wir Edward auch noch einladen«, sagte sie und grinste. Das Sajj war ein großes Restaurant. Es lag an der Kreuzung zur 11. Straße. Vom Tubman Boulevard aus konnte man es nicht gut sehen. Man saß draußen, war aber durch ein Dach geschützt. Eine angenehme Brise wehte über den Köpfen der Gäste. Und vom lauten Verkehr bekam man fast nichts mit. Sie hatten sich schon einen Tisch ausgesucht, als ein Kellner zu ihnen kam und zu Benjamin sagte: »Ich nehme an, deine Eltern kommen gleich, oder?« Benjamin schaute ihn fragend an. »Du kannst gerne auf sie warten … Allerdings ohne deine Freunde.« Der Kellner wischte über den Tisch, und eine Weile sagte niemand etwas. Dann fragte Brilliant, ob sie richtig gehört habe und ob das etwa bedeuten solle, dass sie das Restaurant verlassen müsste. Es stellte sich heraus, dass Liberianer im Sajj nicht willkommen waren. Es sei denn, man war ein reicher und berühmter Liberianer wie Brilliants Onkel. Aber wenn man nicht reich und berühmt war, dann war man nicht erwünscht. Brilliant beschimpfte den Kellner so sehr, dass er schließlich drohte, die Polizei zu rufen, woraufhin Brilliant sagte, sie würde ihren Onkel anrufen. Sie hatte kaum seinen Namen genannt, da wischte der Kellner wieder über den Tisch und flüsterte leise: »Ich muss um Entschuldigung bitten.«

Als sie wieder draußen waren, strahlte Bo über das ganze Gesicht.

»Der war blass wie eine Leiche!«, rief er. »Und wie seine Händen gezittert haben.«

»Aber woher willst du denn das wissen?«, fragte Brilliant, die noch immer wütend war.

»Das hat man doch gesehen«, rief Bo und lachte.

Brilliant war vor allem wütend, weil Benjamin hätte sitzenbleiben dürfen. Es hatte ein riesiges Tohuwabohu geherrscht. Brilliant hatte geschimpft und immer wieder gedroht, ihr Onkel werde das Restaurant kaufen und sie alle entlassen. Die Kellner hatten sogar den Besitzer des Sajj angerufen, aber da hatte sich Brilliant bereits entschlossen, das Restaurant zu verlassen. Am Anfang war alles so schnell gegangen, dass Benjamin tatsächlich noch einen Moment sitzengeblieben war. Er hatte gedacht, alles sei ein Witz und Brilliant würde gleich wiederkommen. »Darf ich Ihnen die Speisekarte bringen?«, hatte der Kellner gefragt und ihn angelächelt. Erst dann hatte Benjamin gemerkt, was passiert war.

»Wir essen woanders«, sagte Brilliant, als sie über die Straße gingen.

»Aber sollten wir nicht vielleicht langsam Edward Bescheid sagen?«, fragte Benjamin.

»Ich habe keine Lust mehr, irgendwohin zu fahren. Im Golden Beach ist es wahrscheinlich genauso.«

»Und Edward?«

»Hör doch mal mit Edward auf.« Sie schaute auf die Straße, wo zwei Motorradfahrer wegen einer Kundin in Streit geraten waren. Der eine versuchte, die Frau mit ihrer Tasche von dem Motorrad des anderen herunterzuziehen. Brilliant kniff die Augen zusammen. Sie schien nachzudenken. »Wir müssen irgendwas unternehmen«, sagte sie. »Vielleicht machen wir eine Party und laden alle möglichen Leute ein.«

»Ich denke, du hast Hausarrest«, sagte Benjamin.

»Aber ich kann doch Leute einladen, oder?« Sie schaute ihn feindselig an. »Und diese Patientin, die weggelaufen ist, die laden wir auch ein.«

»Aber wir wissen doch gar nicht, wo sie ist«, bemerkte Benjamin.

Sie waren auf der anderen Straßenseite angekommen und vor Romeos Taxi stehengeblieben.

»Es wird eine illegale Party«, sagte Brilliant. »Edward darf natürlich nichts davon wissen, er ruft sonst gleich meinen Onkel an. Wie findet ihr das?«

»Das ist eine gute Idee«, sagte Bo.

»Und was wird dein Onkel dazu sagen?«, fragte Benjamin.

»Pfft«, machte Brilliant und fuhr mit der Hand über den stumpfen Lack des Autodachs.

»Hast du gesehen, wie er mich angeschaut hat?«, fing sie auf einmal an. »Dieser Kellner … Als wäre ich eine Prostituierte. Was glaubst du, was sie mit so einem Mädchen machen?«

»Mit wem?«

»Dieser Patientin.«

»Flower? … Sie ist ein paar Jahre älter, ich glaube …«

»Na und?! Glaubst du, sie kann in so ein Restaurant gehen? Glaubst du, sie kann hier reingehen und sich etwas zu essen kaufen, wenn sie möchte?«

»Nein«, antwortete Benjamin. »Aber sie hat ja auch kein Geld.«

»Über was redet ihr eigentlich?«, fragte Bo.

»Ich versuche, deinem tollen Freund zu erklären, wie dieses Land hier *funktioniert.*« Brilliant stützte sich auf der Motorhaube ab. »Aber er ist ja zu dumm, um das zu verstehen!«

»Du bist doch mit mir hier angekommen. Du bist doch genauso lange da wie ich.«

Romeo öffnete die Tür und stieg aus dem Taxi. »Und was ist jetzt?«, fragte er.

Brilliant ignorierte ihn. »Mein Großvater ist Psychiater. Seit ich denken kann, muss ich mir den ganzen Tag Geschichten über Liberia anhören … Hallo?! Wenn hier irgendjemand Ahnung von diesem Land hat, dann bin ich das.«

»Natürlich«, rief Bo. »Natürlich.«

»Von mir aus können wir gerne eine Party machen.« Benjamin überlegte einen Moment. »Solange mein Vater noch nicht da ist …«

»Wir laden einfach *alle* ein«, sagte Brilliant. Aber ihre Stimme klang jetzt etwas matter. Vor Wut waren ihr Tränen in die Augen gestiegen. Sie schaute zu dem Restaurant und blies Luft in ihre Backen. »Dann *finden* wir dieses Mädchen eben. Irgendwo muss sie ja sein.«

»Wir können meine Schwestern einladen«, schlug Bo vor. »Und George … George ist kein Rassist. Er ist Fußballspieler.«

»Ich kann nicht verstehen, dass euch das *egal* ist, wie man hier behandelt wird. Wir sind mitten in Monrovia, und diese Typen sagen einem, man darf nicht reingehen, weil man Liberianerin ist!«

»Es tut mir leid«, sagte Bo. »Ich entschuldige mich im Namen der Bürgermeisterin.«

Brilliant sah ihn an, ihr Gesichtsausdruck entspannte sich etwas. Benjamin merkte, dass sie sich zwingen musste, ein Lächeln zu unterdrücken. Sie schüttelte den Kopf und drehte sich weg. Sie mochte Bo also. Benjamin war auf einmal erleichtert.

»Was ist mit diesem Mädchen?«, fragte Brilliant. »Willst du zulassen, dass sie einfach so hier herumirrt? Und keiner hilft ihr?«

»Aber was willst du denn machen?«, fragte Benjamin.

»Was ich machen will? Ist doch sonnenklar. Wir müssen sie suchen.«

»Wir suchen jemanden?«, rief Bo.

»Es ist eine Patientin«, sagte Benjamin.

»Also gut«, sagte Bo. »Wir haben es beschlossen. Und wie finden wir sie?«

»Das ist doch ganz einfach«, begeisterte sich Brilliant auf einmal. »Du findest hier jeden, du musst nur die richtigen Kontakte haben.« Sie gab Romeo ein Zeichen. »Du musst nur wissen, an wen du dich wenden musst.« Und bei diesen Worten schob sie ihre Sonnenbrille hoch und strahlte über das ganze Gesicht. Romeo öffnete ihnen die Tür.

»Aber das geht doch nicht«, warf Benjamin ein, während er um den Wagen herumging. »Wir können doch nicht einfach nach ihr suchen. Wir müssen doch erst im Krankenhaus fragen.«

»Wieso? Willst du ihr helfen oder nicht?«

»Wir helfen ihr«, rief Bo. »Eine gute Idee. Hörst du, Außerirdischer? Ich höre schon ihre Rufe. Die Hilferufe, sie kommen von weit her.« Er lachte.

»Du machst dich lustig«, beschwerte sich Benjamin.

Bo schüttelte den Kopf, nahm ihn an der Hand und zog ihn zum Wagen.

»Mein Großvater kennt sich mit so was aus«, sagte Brilliant, während sie einstiegen. »Er hat seit vielen Jahren Patienten. Manche Patienten hatte er schon, als sie noch Kinder waren.«

»Aber was hat das mit dem Mädchen zu tun?«

»Wie heißt sie denn?«, fragte Bo.

»Sie heißt Flower«, antwortete Benjamin. Sie saßen jetzt alle nebeneinander auf der Rückbank, Bo saß in der Mitte.

»Flower!«, rief Bo.

»Sei doch ruhig«, sagte Benjamin. Aber er musste lachen. Bo hatte den Kopf gehoben und die Augen geschlossen, dann rief er noch einmal: »Flower!«

»Zuerst müssen wir zum Ministerium«, erklärte Brilliant.

»Zum Ministerium?«

»Ja, zum Gesundheitsministerium.«

Dann fuhren sie einfach los. Und die Suche nach Flower begann.

»Ich weiß nicht, ob wir überhaupt das Recht dazu haben«, sagte Benjamin noch. »Wir leben hier doch gar nicht.«

»Ich habe das Recht«, behauptete Brilliant.

»Wieso denn?«

»Weil ich Liberianerin bin. Jedenfalls halb.«

»Eine halbe Liberianerin«, sagte Bo. »Darf ich dich anfassen, halbe Liberianerin? Wie sieht eine halbe Liberianerin denn wohl aus?«

»Immer willst du mich anfassen«, sagte sie. »Ich lasse mich aber nicht anfassen.«

»Er will nur wissen, wie du aussiehst«, erklärte Benjamin. »Das ist ganz normal. Mich hat er auch angefasst.«

»Wer mich kennenlernen will, muss sich von mir anfassen lassen«, sagte Bo und legte feierlich seine Hand auf Benjamins Bein.

»Ich finde, man darf sich nicht überall einmischen«, fing Benjamin wieder an.

»Du willst also dieses Mädchen einfach ihrem Schicksal überlassen? Weißt du überhaupt, was es bedeutet, wenn man in so einem Zustand ist? Wenn man Halluzinationen hat?« Sie drehte sich zu Bo. »Kennst du den Film?«

»Welchen Film?«

Sie hielt inne und überlegte. »Na ja, du kennst ihn wahrscheinlich nicht.«

»Ich kenne *alle* Filme, Prinzessin. Ich gehe ins Entertainment-Center und höre sie mir an. Nachher weiß ich über alles Bescheid.«

»Es ist der Film, wo am Anfang eine Wasserleiche aus dem Kanal gezogen wird. Ich hab ihn mal mit meiner ... Großmutter gesehen. Kennst du ihn?«

»Spielt er in Schwedianien?«

»Quatsch, er spielt in Venedig. Sie ziehen sie aus einem Kanal, und später taucht dieser gruselige Zwerg auf. Aber ich glaube, es ist eine *Zwergin* ... Sie läuft durch die Stadt, durch die Gassen und versteckt sich.«

»Was hat das jetzt mit der Patientin zu tun?«, fragte Benjamin und seufzte.

»Dass sie in Gefahr ist ... Mein Großvater hat mir erzählt, was sie mit diesen Menschen hier machen, mit den Verrückten!« Sie beugte sich vor. »Sie verprügeln sie einfach. Sie schlagen sie in aller Öffentlichkeit, und alle Leute schauen zu.«

»Dann fragen wir im Ministerium um Rat«, sagte Bo. »Wir erkundigen uns, was man in so einem Fall am besten macht.«

»Okay, also meinetwegen«, sagte Benjamin. »Wir können ja ein paar Stunden nach ihr suchen. Aber dann muss ich los. Ich bin verabredet. Und wenn mein Vater kommt, muss ich sowieso aufhören.«

»Wir suchen sie, und dann stellen wir sie deinem Vater vor. Was hältst du davon, Außerirdischer?« Er drehte sich zu Benjamin und dann zu Brilliant. »Und die Prinzessin. Was meint sie?«

»Ich habe Romeo für den ganzen Tag bezahlt«, sagte Brilliant. Und dann nahm sie das Telefon, das sie sich von Romeo geliehen hatte, und rief Edward an.

»Kennst du den Film mit dem Zwerg?«, fragte Bo leise, während sie telefonierte.

»Nein«, sagte Benjamin. »Ich schaue mir keine Kinderfilme an. Das ist bestimmt etwas, das in Amerika im Fernsehen läuft.«

»Bestimmt«, sagte Bo, und dann lehnte er sich zurück und schloss die Augen.

5.

»Zu welchem Ministerium wollt ihr denn jetzt?«, fragte Romeo. Sie waren schon eine Weile unterwegs und fuhren zurück in die Richtung, aus der sie gekommen waren, kamen aber nicht besonders gut voran. Auf dem Tubman Boulevard war wieder ein Stau.

»Alle Ministerien sind in dieser Richtung«, sagte Bo. »Wir können einfach fahren, und dann sucht sich die Prinzessin eins aus.«

»Wir fahren zum Gesundheitsministerium«, sagte Brilliant. »Gib mir noch mal dein Telefon.«

»Aber es ist nichts mehr drauf. Wir brauchen eine Scratchcard«, sagte Romeo.

»Dann halten wir an und kaufen eine. Wo gibt es welche?«

Romeo zuckte mit den Schultern. »Überall.«

»Was heißt überall?«

»Überall sind Händler.« Er zeigte nach links. Unter einem Schirm mit der Aufschrift Lonestar stand ein Mann mit einem Stuhl und einem Holzkasten, der eine vergitterte Öffnung hatte.

»Hier?«, fragte Brilliant.

Romeo fuhr den Wagen etwas zur Seite und hupte. Romeo beugte sich aus dem Fenster, rief etwas zu dem Mann unter dem Schirm, und eine Minute später hatten sie eine Scratchcard. Brilliant rubbelte den Code frei, und während sie die Nummer in Romeos Handy eingab, sagte sie: »Im Ministerium sagen sie dir, welcher Sozialarbeiter für Flower zuständig ist, dann gehst du zu dem Sozialarbeiter, und der kann dir dann sagen, wo sie ist. Also seine Klientin. Es heißt nämlich Klientin.«

»Ach so«, sagte Bo.

»Aber wir wissen doch noch nicht mal ihren Nachnamen«, sagte Benjamin.

»Wenn du keine Lust hast, sie zu finden, dann sag es lieber gleich.«

»Der Außerirdische hat Lust, sogar große Lust! Es ist eine Sache, die ihm sehr am Herzen liegt.«

»Ich verstehe nur nicht, was wir im Ministerium sollen.«

»Im Ministerium«, erklärte Bo, »ist die gesamte Weisheit des Landes versammelt. Vier Stockwerke, oder vielleicht sogar fünf. Die Luft ist gut, und es gibt sogar Toiletten.«

»Aber darum geht es doch gar nicht«, beklagte sich Benjamin.

»Also zu welchem Ministerium soll ich jetzt fahren?«, fragte Romeo.

»Fahr geradeaus«, sagte Bo. »Alle Ministerien sind vor uns. Weißt du das nicht? Du bist doch der Fahrer. Der Fahrer fährt und stellt keine Fragen. Du musst dir vorstellen, dass wir zum Ministerium des Ministeriums fahren. Zum Superministerium, wo die Prinzessinnen empfangen werden, und in allen Zimmern stehen Blumen, die nur darauf warten, dass man an ihnen schnuppert.«

»Seid still.« Brilliant hob die Hand. »Ich telefoniere.«

»Sie telefoniert«, sagte Bo.

»Sie telefoniert mit Amerika«, flüsterte Benjamin.

Bo nickte. Im nächsten Moment aber wandte er sich ihr zu und versuchte, sich bemerkbar zu machen. »Ehrwürdige Prinzessin«, sagte er leise. Aber Brilliant schloss die Augen und wartete auf das Freizeichen. Bo grinste. Es war ihm eingefallen, dass es in Amerika jetzt eine ganz andere Tageszeit war. Es war nicht Nachmittag, und auch nicht Abend. Nach seinen Berechnungen lagen alle Amerikaner in diesem Moment im Bett und befanden sich im Tiefschlaf. Aber Brilliant ließ sich nicht abhalten. Brilliant, dachte Bo, war genauso wie seine Verwandten aus Amerika, die einmal im Jahr anriefen und dann irgendjemanden im Haus sprechen wollten, den Bo gar nicht kannte und der schon seit langem nicht mehr im Haus lebte. Sie riefen immer um dieselbe Zeit an. Mitten in der Nacht oder am frühesten Morgen, lange bevor die Sonne aufging und lange bevor man aus seinen Träumen herausgerissen und aufgeweckt werden wollte.

»Ja«, hörte Bo jetzt Brilliant rufen. »Großmama? Jaaa. Ich bin's doch ... Was? Bist du froh, dass es mir gut geht? Ja ... Es geht mir irre gut.« Bo achtete auf ihre Stimme. Sie war anders als sonst. Sie war so wie eine kleine Tüte mit Margarine drin, die die kleine Spinne in der Sonne liegengelassen hatte und die so weich geworden war wie ein Sack Spucke.

»Nein«, sagte Brilliant. »Mir geht es *wirklich* gut ... Ja. Und ich wollte, dass du Großvater etwas fragst.«

Benjamin schaute aus dem Fenster und achtete nicht darauf, was sie sagte. Er schaute auf die neuen Gebäude, die jetzt die großen Lücken zwischen den Häusern immer mehr ausfüllten. Sie kamen an einem Bankgebäude vorbei. Und es war das erste Mal, dass er ein Gebäude mit einer so großen Glasfassade in Monrovia sah. Zum ersten Mal fiel ihm auf, wie wenig es von solchen Gebäuden in der Stadt gab. Daran, dass es keine Ampeln und Fußgängerüberwege gab, hatte er sich schon gewöhnt. Bo legte ein paarmal seine Hand auf Benjamins Arm und wollte ihn auf Brilliants Telefonat aufmerksam machen. Aber Benjamin wollte nicht hören, wie sie ihrer Großmutter von ihren Plänen vorschwärmte.

»Das machen wir«, sagte sie jetzt. »Genauso, wie du es gesagt hast. Wir *helfen* ihr ... Ja? Was? Du hast geschlafen? ... Wie? Es ist vier Uhr? Oh ...« Sie hielt sich die Hand vor den Mund. Aber schon im nächsten Moment hatte sie die Fassung wiedergewonnen. »Weil es wirklich wichtig ist. Weißt du? Wir *helfen* hier den Menschen, wir fahren jetzt sogar zur Regierung. Ja ... Wir müssen sie unbedingt finden. Du kannst es ihm ja später erzählen. Dass wir uns um jemand kümmern müssen, um ein kleines Mädchen. Sie ist ... Also. Und so weiter ... Jedenfalls wollte ich dich fragen ... Was?«

»Sie ist kein kleines Mädchen«, murmelte Benjamin.

»Nein?«, fragte Bo. Er beugte sich vor. Benjamin sprach so leise, dass er ihn kaum verstehen konnte.

»Ja, es steht im Tagebuch. Sie will die Schule fertig machen, und dann will sie vielleicht studieren. Also muss sie schon älter sein.«

»Seid ruhig«, rief Brilliant dazwischen. »Meine Großmutter erklärt mir gerade das mit dem Ministerium.«

Und dann schwiegen sie und verfolgten das Gespräch mit Amerika. Es dauerte nicht sehr lange. Die Fünf-Dollar-Scratchcard war bald aufgebraucht. »Ja, das wünsche ich dir auch«, sagte sie. »Ja. Wir werden alles Menschenmögliche tun.« Dann war das Gespräch beendet. Brilliant drückte Romeo das Telefon wieder in die Hand. Ihr Gesicht war auf einmal ganz leer. Sie sah aus wie ein Gespenst. Als hätte sie das Gespräch viel Kraft gekostet.

»Wir müssen schnell zum Gesundheitsministerium«, sagte sie.

»Meine Schwester hat dort gearbeitet«, rief Bo. »Es ist das beste Ministerium im ganzen Land.«

»Meine Großmutter hat gesagt, wir sollen den Sozialarbeitern ein bisschen Geld geben. Sie verdienen so wenig.« Sie griff in ihre Tasche und holte ein Bündel mit US-Dollarnoten heraus.

»Aber wir wissen doch noch nicht mal ihren Nachnamen«, sagte Benjamin jetzt noch einmal.

Sie schaute ihn an. Einen Moment schien sie zu zögern, aber dann schüttelte sie den Kopf. »Das finden die schon heraus. Wir müssen ihnen nur genug geben.«

Sie dachte an ihren Großvater. Ihr Großvater hatte viele Patienten gehabt. Jetzt war er pensioniert, und es gab nur noch ein paar, die in seine Praxis nach Orange kamen. Brilliant erinnerte sich, wie ein alter Mann, ein Patient aus Santa Monica, den ganzen Weg im Auto bis zur Praxis ihres Großvaters gekommen war, und dann hatte sein Wagen vor ihrem Haus gestanden und der Patient hatte noch nicht einmal die paar Meter herüber zur Praxis geschafft. Ihr Großvater musste ihm helfen auszusteigen und ihn bis zur Tür bringen. Er stützte den Patienten, während er die Tür öffnete und sie das Haus betraten. Brilliant versuchte, sein Gesicht zu erkennen, aber er ging so gebückt, dass sie es nicht sehen konnte. »Wie lange kommt er denn schon?«, fragte sie später ihren Großvater. »Oh«, sagte er, »schon lange. Schon sehr lange.« Und es klang so, als sei er gar kein Patient, sondern ein Freund. »So lange behandelst du ihn schon?«, fragte sie weiter. »Und er ist immer noch krank?« Ihr Großvater neigte etwas den Kopf und sah sie traurig an. »Er ist ein Freund aus Liberia. Früher war er ein großer Künstler mit der Nähmaschine. In ganz Sinkor war er berühmt, bis sie ihm seine Nähmaschine weggenommen haben.« »Und wer hat sie ihm weggenommen?« Er hatte nur den Kopf geschüttelt. Aber ihre Großmutter hatte ihr später erzählt, dass dieser Mann seine ganze Familie bei dem Massaker in der St. Peter's Lutheran Church verloren habe. Auf dem Foto, das ihr ihre Großmutter gezeigt hatte, sah die Kirche anders aus. Aber sicher war Brilliant nicht. Sie hatte immer auf die Gesichter geschaut und nicht auf das Gebäude. Es war das Gebäude direkt neben der Schule, vor der Bo gewartet hatte. Es war ein unscheinbares Gebäude. Es sah anders aus, als sie es sich vorgestellt hatte. Vor dem Gebäude stand eine kleine Skulptur: Ein Zebra kletterte über eine Mauer. Als sie Bo abgeholt hatten und sie das Zebra gesehen hatte, war ihr plötzlich eingefallen, dass sie ihre Großmutter anrufen sollte. Ihre Großmutter hatte nur wenige alte Fotografien aus Monrovia, und da sie ihr deswegen immer wieder dieselben zeigte, erkannte sie jetzt die kleine Skulptur wieder, die vor der Schule stand.

»Hier muss doch irgendwo diese Kirche sein, oder?«, fragte Brilliant, als sie jetzt im Schritttempo wieder an der St. Peter's Lutheran High School vorbeifuhren.

»Ja, die St. Peter's Lutheran Church«, erklärte Romeo. »Sie ist gleich da vorne. Willst du sie besichtigen?«

Brilliant schaute aus dem Fenster, aber sie konnte das Gebäude nicht entdecken.

»Hier sind meine Eltern erschossen worden«, sagte sie langsam.

Einen Moment lang sagte niemand etwas.

»Hier?«, fragte Benjamin nach einer Weile.

»Ja, genau hier«, sagte Brilliant. Romeo fuhr an den Rand und hielt an.

»Hier sind viele Menschen ums Leben gekommen«, sagte Bo. »Es ist ein berühmter Ort.« Seine Stimme klang fast ein bisschen fröhlich. »Wie viele Menschen sind gestorben, Romeo?«

»Gott sei Dank ist das vorbei«, sagte Romeo und bekreuzigte sich.

Brilliant schaute zur Kirche. Sie versuchte, das Fenster herunterzukurbeln, aber das Fenster klemmte.

»Können wir auf dem Rückweg noch einmal vorbeifahren?«, fragte sie.

»Auf dem Rückweg?«, frage Romeo.

Brilliant dachte an ihren Großvater. Warum hatte ihre Großmutter ihn nicht geweckt, als sie telefonierten? Ihre Großmutter musste immer alles tun, was er wollte. Zum Beispiel wollte er nicht geweckt werden, wenn er schlief. Wenn er einmal aufgewacht war, dann schlief er nämlich nicht mehr ein. Er saß dann die ganze Nacht im Wohnzimmer und starrte vor sich hin. Noch am frühen Morgen saß er im Wohnzimmer, und das Buch, das er gelesen hatte, lag aufgeklappt auf seinem Schoß. Aber Brilliant hatte einmal gesehen, dass in der darauffolgenden Nacht, als er wieder aufgewacht war und nicht einschlafen konnte, dasselbe Buch auf seinem Schoß gelegen hatte. Und es war auf derselben Seite aufgeschlagen gewesen. Er hatte also gar nicht weitergelesen. Der berühmte Psychiater Phillip W. Johnson. Sein Gesicht war dann aschfahl, und seine Hände lagen immer auf dem aufgeschlagenen Buch, als würden sie stellvertretend für ihn schlafen. Ihre Großmutter meinte dann immer: »Er liest nicht. Er denkt an Liberia, weil er so furchtbare Sehnsucht hat.« Und dann standen ihr manchmal sogar Tränen in den Augen. Doch ihr Großvater sprach nie von Liberia. Das einzige Mal, dass er mit Brilliant darüber gesprochen hatte, war kurz vor ihrer Abreise gewesen, als er sie zu einem Buchladen mitnahm, damit sie etwas zu lesen hatte, für den Flug. Manchmal aber fragte er sie morgens, wenn sie aufwachte, was sie geträumt habe, und dann sagte sie immer: »Ich habe wild geträumt«, und er fragte dann: »Ja, aber was denn?« Und sie sagte immer: »Wild, wirklich total wild.« Aber mehr sagte sie nie. Es gefiel ihr, wie seine Augen aufblitzten, wenn sie das sagte, und wie er sie manchmal an sich zog, damit sie sich auf seinen Schoß setzte. »Ich werde es ihm morgen früh erzählen«, hatte ihre Großmutter am Telefon gesagt. »Er wird ganz aus dem Häuschen sein, dass du angerufen hast. Furchtbar freuen wird er sich.«

»Was ist denn jetzt?«, fragte Romeo etwas genervt. Sie standen noch immer am Straßenrand. Er hatte sogar den Motor ausgeschaltet.

»Ich steige nicht aus«, sagte Brilliant. »Ich wollte nur mal schauen.«

»Von mir aus können wir schon aussteigen«, sagte Benjamin. »Wir können ja ein paar Minuten später zum Ministerium fahren.«

»Es sind tausend Menschen gewesen«, sagte Bo. »Stimmt's, Romeo? Tausend, oder vielleicht neunhundert. Und alle sind sie erschossen worden.«

»Wir kommen auf dem Rückweg noch mal vorbei.« Brilliant wandte sich an Romeo. »Fahr weiter.« Romeo ließ den Motor an und fuhr los.

»Und deine Eltern sind beide erschossen worden?«, fragte Benjamin und drehte sich noch einmal nach der Kirche um.

»Ja«, sagte Brilliant. »Mein Vater hat meine Mutter umarmt, und dann sind die Kugeln durch ihn hindurchgegangen und auch durch meine Mutter. Sie hat gesagt, ich liebe dich, und dann ist sie gestorben.«

»Und ... er?«

»Er hat sie im Arm gehalten, bis sie gestorben ist, und dann ist er auch gestorben.«

»Gott sei Dank ist es vorbei«, sagte Romeo und bekreuzigte sich wieder.

6.

Und dann standen sie vor dem Eingang des Ministeriums. Brilliant wiederholte sich: »Nein, das ist unhöflich. Wir können nicht alle auf einmal rein.«

Bo lächelte. »Ich bleibe hier und bewache das Gebäude. Ihr könnt ohne mich gehen.«

»Ich gehe nicht ohne dich«, sagte Benjamin zu Bo.

»Soll ich etwa *allein* gehen?«, fragte Brilliant und schaute zu Edward. Er stand ein paar Meter weiter weg und unterhielt sich mit Romeo, der noch in seinem Taxi saß. Edward hatte am Eingang auf sie gewartet und war dann mit ihnen auf das Gelände des Ministeriums gefahren. Romeo fand keinen Parkplatz. Bo drehte sich um. Es waren viele Autos hier, überall parkten welche. Sobald er einen Schritt machte, stieß er gegen irgendein Auto. Er konnte sich nicht erinnern, dass es hier damals so viele gegeben hatte. Seine älteste Schwester war oft zu Fuß zum Ministerium gegangen, um Geld zu sparen. Er machte einen Schritt nach rechts, schon stieß er gegen einen Wagen, der sich so anfühlte wie ein großer Geländewagen. Ein Land Cruiser. Bo war sich ziemlich sicher, dass es ein Land Cruiser war, weil er mit seinem Fuß unter den Wagen treten konnte, ohne dass da etwas war. Er holte aus, trat unter den Wagen und sein Fuß ging ins Leere. Das waren die Fahrzeuge der Internationalen, der Freunde des Außerirdischen. Die Ärzte fuhren mit ihnen hierhin, um mit dem Minister zu beraten, wie sie das Land retten konnten. Er lauschte. Romeo fuhr auf dem buckeligen Weg hinter dem Eingang des Ministeriums herum, auf der Suche nach einem Parkplatz.

»Ich gehe nicht mit rein«, sagte Benjamin.

»Aber du *musst* gehen«, rief Bo.

Das war typisch für den Außerirdischen. Er kam ins Grübeln und wollte seine Meinung wieder ändern, genau wie an dem Morgen, als sie sich kennengelernt hatten. Erst wollte er die Hose mit den Metallmonden und Metallsternen nicht anziehen, dann zog er sie doch an. Erst wollte er nicht auf den Baum klettern, um den Mantel herunterzuholen, dann kletterte er doch rauf. Erst wollte er nicht ins Ministerium gehen, dann wollte er doch gehen, und nun wollte er auf einmal wieder nicht gehen.

»Außerirdischer!«, rief Bo. »Du *musst* gehen. Du musst mir *berichten.*«

»Ich gehe nicht«, sagte Benjamin. Jetzt war nichts mehr zu machen.

»Du spinnst ja«, sagte Brilliant.

»Es ist besser, wenn du allein gehst«, sagte Benjamin. »Du kannst mit dem Minister sprechen, und wir werden andere Aufgaben übernehmen und uns hier ein bisschen umhören.«

»Es ist kein Minister. Es ist eine Ministerin.«

»Wo ist eigentlich Romeo?«, fragte Benjamin.

»Er parkt unten an der Straße«, sagte Edward.

»Und wie sollen wir ihn dann finden?«

Bo drehte sich etwas zur Seite. Er versuchte herauszufinden, in welcher Richtung der Mesurado River und der Sumpf waren. Es war ganz in der Nähe, hinter dem Gebäude ging es steil bergab. Damals wäre er einmal beinahe gestürzt. Er war durch eine kleine Öffnung in der Mauer gegangen, zu der kleinen Siedlung, die direkt neben dem Ministerium war. Plötzlich ging es steil hinunter. Man konnte den Sumpf riechen. Wenn er jetzt wieder zu seiner Großmutter ziehen würde, wäre er dem Sumpf wieder näher. Sie wohnte in einer ganz armen Siedlung, weitab von der Hauptstraße. Die Hütten hatten noch nicht mal einen richtigen Steinboden, sondern bestanden nur aus festgeklopfter Erde. Nachts konnte man dort oft nicht gut schlafen. Wenn sie seine Großmutter besuchten, wachte vor allem die kleine Spinne immer wieder auf. Und dann fing sie an zu weinen. Ob es vielleicht vor einem Jahr gewesen war, dass er das letzte Mal im Ministerium war? Allerdings hatte seine Schwester letztes Jahr schon nicht mehr im Ministerium gearbeitet. Sie hatte es gemocht, wenn Bo sie abholte, sie stellte ihn dann allen Mitarbeitern vor, die sie kannte. Und erklärte ihnen, wie schlau er war und was er schon alles wusste. Sie hatte ihn immer die lange Rampe hoch bis zu ihrem Büro gebracht, und er hatte Dr. Piwu die Hand geschüttelt. »Setz dich«, sagte Dr. Piwu dann immer, egal ob er Zeit hatte oder nicht. »Du musst später hart für dieses Land arbeiten, mein junger Mann. Versprichst du mir das?« Bo hatte genickt. Einmal wäre er beinahe gestürzt, auf dem rutschigen Boden hinter der Mauer, wo man den Sumpf schon erahnen konnte. Er überlegte, dass er dem Außerirdischen den Sumpf jetzt zeigen könnte, oder die Hütte, in der seine Großmutter wohnte und in der sich die kleine Spinne so fürchtete.

»Wir warten hier«, sagte Benjamin.

»Aber es dauert vielleicht«, sagte Brilliant. »Die Ministerin ist eine Freundin meiner Großmutter. Sie wird mir bestimmt das Ministerium zeigen und mich allen vorstellen. Und vielleicht muss ich auch noch mit ihr essen.«

»Wir warten trotzdem«, sagte Benjamin. Er nahm den Rucksack vom Rücken und stellte ihn vor sich auf den Boden. Nachdem Brilliant in dem Gebäude verschwunden war, standen sie noch für einen Moment unschlüssig vor dem Eingang. Der Außerirdische wusste nicht, was er tun sollte. Er öffnete den Rucksack und holte den Mantel heraus, zog ihn aber nicht an. Er überprüfte nur, ob noch alles in Ordnung war. Bo fühlte sich leicht und atmete tief durch, während er verfolgte, wie der Außerirdische den Mantel sorgfältig abtastete. Bo konnte hören, wie er nachdachte, wie es in seinem Gehirn arbeitete und die Maschinen ratterten und knirschten. Er konnte hören, wie der Außerirdische die Knöpfe der Manteltaschen auf- und zumachte. Dann kam wieder ein Jeep die Auffahrt hochgefahren. Es waren Ärzte, sie sprangen aus ihrem Wagen und federten auf dem Boden wie Tänzer. Der Fahrer fuhr den Wagen wieder hinunter zur Straße, und die Ärzte strichen sich die Hosen glatt.

»Wir sind zu früh«, sagte einer von ihnen.

»Ja, das habe ich auch gedacht ... Aber den Minister wollen wir lieber nicht warten lassen«, sagte ein zweiter, und dann gingen sie an ihnen vorbei. Bo spitzte die Ohren. Er zog Benjamin am Arm und flüsterte: »Sie sprechen deine Sprache. Es sind Schwedianer.« Bo lachte.

»Ja«, sagte Benjamin.

»Sag ihnen doch Guten Tag.«

»Nein.«

»Vielleicht wissen sie ja etwas.«

»Ich will mit niemandem sprechen aus Deutschland«, flüsterte Benjamin. »Ich will mit denen nichts zu tun haben.«

»Hast du verstanden, was sie gesagt haben?«

»Natürlich ...«

»Was haben sie denn gesagt?«

»Ich glaube, der Minister ist gar keine Frau, sondern ein Mann.«

»Aha«, sagte Bo. »Die Prinzessin hat also nicht die Wahrheit gesagt.«

Benjamin nickte nur.

»Soll ich dir den Sumpf zeigen?«, fragte Bo. »Wir müssen durch eine Mauer gehen, und dann müssen wir aufpassen, dass wir nicht fallen, es ist ganz steil und glatt.«

Benjamin zögerte. »Ich weiß nicht.«

»Willst du nicht?«

»Doch schon, aber ...«

»Aha. Ist der Außerirdische etwa unzufrieden? Hat er Pläne und weiß noch nicht genau, was die Pläne ihm sagen?

Und was genau er tun soll? Will er vielleicht doch ins Ministerium?«

Benjamin lachte und schüttelte den Kopf. »Was ist denn das für ein Sumpf?«

»Es ist derselbe Sumpf, der an das Haus meiner Großmutter grenzt. Mein neues Zuhause. Man kann es von hier aus sehen.« Bo grinste. »Wir können auch hinfahren, und ich kann es dir zeigen.«

Edward räusperte sich. Er hatte die ganze Zeit geschwiegen.

»Ich gehe zu Romeo«, sagte er. »Ich gebe ihm Bescheid.«

Bo hatte zuerst gedacht, Edward sei ein Mitarbeiter des Ministeriums, als er am Eingang auf sie gewartet hatte. Aber dann hatte sich herausgestellt, dass er ein Freund von Brilliant sein musste. Er war sehr schweigsam und beobachtete alles. Bo wusste immer genau, wo er stand. Alle paar Minuten räusperte er sich oder hüstelte leicht.

»Sag ihm, er soll hochkommen, mit dem Wagen«, sagte Bo. »Er soll hierherkommen und uns holen.«

»Ja, aber ... Wieso soll er das denn tun?«, fragte Benjamin.

»Der Außerirdische möchte nicht hierbleiben. Und er will auch mein neues Zuhause nicht sehen. Er hat andere Pläne.«

Benjamin lachte. »Woher weißt *du* denn, was ich für Pläne habe?«

»Aha«, rief Bo, »du hast mich durchschaut. Du hast auf den Grund meiner Seele geschaut und gesehen ...« Er grinste. Er wusste nicht, was er weiter sagen sollte, und hob den Kopf.

»Jedenfalls bleiben wir zusammen«, sagte Benjamin. »Ich muss ja schließlich auf dich aufpassen.«

»Das ist *zu* freundlich von dir.« Bo drehte sich zu Edward. »Sag Romeo, er soll kommen, wir warten hier auf ihn.«

»Und wo fahren wir hin?«, fragte Benjamin.

»Wir fahren zu deinem Vater.«

»Nein, er ist doch noch gar nicht da. Es ist noch zu früh. Ich treffe erst nachher die Frau, die ihn kennt. Im Royal Hotel.«

»Machst du dir Sorgen?«, fragte ihn Bo.

»Nein«, sagte Benjamin. »Sie haben gesagt, er ist unterwegs. Vielleicht ist er ja irgendwo hängengeblieben. Aber ein Tag mehr oder weniger ist ja jetzt auch egal.«

Ein leichter Wind kam auf. Es würde wieder regnen, dachte Bo. Vielleicht schon in wenigen Minuten. Der sonnige Vormittag würde bald vorüber sein. Er sog die Luft durch die Nase ein und wartete darauf, dass der Außerirdische eine Entscheidung traf.

»Wir fahren zum Krankenhaus«, sagte Benjamin plötzlich.

»Hmm«, machte Bo. Er nickte. Er wusste nicht, ob das eine gute Idee war. Aber ihm fiel auf die Schnelle nichts ein, was dagegen sprach.

»Das ist doch sonnenklar«, sagte Benjamin. »Im Krankenhaus wissen sie es natürlich. Sie haben ja ihre Akte, und dann haben sie natürlich auch ihre Adresse. Warum mir das nicht gleich eingefallen ist?«

»Ich habe dir ein bisschen auf die Sprünge geholfen«, sagte Bo.

»Ja, wir fahren zum Krankenhaus«, sagte Benjamin. »Edward kann hierbleiben und der Prinzessin Bescheid geben.«

Bo spitzte die Lippen. Er überlegte einen Moment. Aber der Außerirdische hatte einen Vorsprung. Er dachte schneller, wilder und leidenschaftlicher als Bo. Seine Gedanken flogen. Bo konnte sie hören, er spürte, wie der Kopf des Außerirdischen durchgeschüttelt wurde und wie ihm der Kopf vor lauter Denken geradezu von den Schultern gerissen wurde. Bos Kopf dagegen war leer. Für einen Moment dachte er gar nichts mehr. Er tastete nach dem kleinen Holzstück, das er im Wald gefunden hatte. Es hatte glatte und raue Stellen. Die glatten Stellen mochte er besonders gerne, und wenn er eine raue Stelle gefunden hatte, strich er so lange über sie, bis sie sich weicher und glatter anfühlte, und dann tastete er weiter und strich über die Ecken und Kanten, an denen man sich leicht verletzen konnte, und er merkte dabei gar nicht, wie die Zeit verging, sie machte einen kleinen Sprung, und schon im nächsten Moment war es eine Stunde später. Es war nur ein kleines Stück Holz, kaum größer als sein Finger. Es hatte sich beinahe in seinen Körper gebohrt, als er im Wald herumgelaufen war und nicht mehr richtig aufgepasst hatte. Bo hielt es fest. Er konnte die Stelle spüren, an der es abgebrochen war und strich vorsichtig darüber.

»Die Hauptsache ist, wir fahren zusammen«, sagte Bo nach einer Weile. Diese komische Idee würde er dem Außerirdischen schon wieder ausreden, denn das Krankenhaus war furchtbar weit weg. Und was sollten sie denn da? Schließlich war doch das der Ort, von dem Flower geflohen war. Sie war über die Mauer geklettert und weggelaufen. Wieso sollte man an einem Ort suchen, vor dem andere nur Reißaus nahmen? Noch dazu ein Krankenhaus. Aber Bo sagte nichts. Er würde eine Weile schweigen und sich ausruhen. Man brauchte schon besondere Kräfte, um den Außerirdischen von seinem Plan wieder abzubringen. Aber ich werde es schon schaffen, dachte Bo. Ich werde schon dafür sorgen, dass er seinen Plan wieder ändert.

7.

Hinter der Abzweigung wurde die Straße sehr schlecht. Das letzte Stück wollte Romeo deshalb nicht mehr fahren und ließ den Wagen an der Hauptstraße stehen. An der Ecke war eine kleine Hütte, die so aussah wie ein großes, weißes Ei, in dessen Innerem die Bewohner für die Außenwelt unsichtbar waren. Vor diesem eigentümlichen Haus saß ein Mann mit einem halben Fahrrad auf dem Schoß und winkte. Romeo kannte ihn offenbar, er parkte den Wagen, stieg aus und ging zu ihm.

»Ich glaube, das heißt, dass wir zu Fuß weitergehen müssen«, sagte Bo.

»Aber was soll das denn?«, fragte Benjamin. »Warum fährt er denn nicht weiter?« Es sah aus, als würde der Mann ein Fahrrad reparieren. MARLBORO BICYCLE stand in großen Buchstaben an der Wand der weiß gestrichenen Ei-Hütte.

»Lass gut sein, Außerirdischer. Brilliant bezahlt ihn, nicht wir. Ist es noch weit?«

Es regnete zwar nicht mehr, aber der Boden war aufgeweicht. Der Weg zum Krankenhaus führte über ein matschiges Feld, und er schien sich immer tiefer in den Boden hineinzugraben. Als sie das Tor erreicht hatten, waren Benjamins Schuhe über und über mit Schlamm beschmutzt. Bo hatte seine Sandalen ausgezogen und war barfuß gegangen.

»Tut mir leid«, sagte der Wachmann. »Ich kann euch nicht reinlassen.«

»Kann ich Mister Grimms sprechen?«, fragte Benjamin.

»Was willst du von ihm?«

Der Wachmann hatte das Tor gar nicht erst aufgemacht, sondern war nur durch die kleine Tür daneben, wie es sie auch am Blauen Haus gab, herausgekommen, um mit ihnen zu sprechen.

»Seid ihr Angehörige?«

»Nein, ich … bin nur ein Freund.«

»Mister Grimms hat keine Freunde«, sagte der Wachmann mürrisch. Er drehte sich um und ging wieder hinein, ließ aber die Tür offen.

»Er will Geld«, flüsterte Bo.

»Aber wieso? Wieso soll ich ihm etwas geben? Ich will doch nur jemand besuchen«, protestierte Benjamin.

Bo schüttelte den Kopf, sagte aber nichts. Ein paar Minuten später kam der Wachmann wieder zurück und erklärte ihnen, dass Mister Grimms nicht im Krankenhaus sei. Er wohne aber in der Nähe, sie sollten über den Fußballplatz gehen, zum Banana Bush, dort würden sie ihn finden.

»Und wo ist der Fußballplatz?«, fragte Benjamin.

»Na, hier«, sagte der Wachmann und zeigte auf den Platz vor dem Tor, auf dem sie standen. Wieder mussten sie durch den Matsch laufen, und Benjamin überlegte, ob er seine Schuhe ausziehen sollte. Aber dann behielt er sie doch an. Die Kinder, die er beim ersten Mal gesehen hatte, waren nicht hier. Der Platz war von Büschen und niedrigen Palmbäumen umgeben. Ihre Wurzeln kamen aus dem Boden heraus wie Arme und Beine von riesigen Tieren, die irgendwann vor langer Zeit in diesem Schlamm versunken waren. Es regnete ein bisschen, als sie über den Platz liefen. Zwischen den Palmen auf der gegenüberliegenden Seite konnte Benjamin Mister Grimms sehen. Er winkte ihnen zu. Benjamin versuchte den Schlamm von seinen Schuhen abzustreifen.

»Hallo Mister Grimms!«, rief Benjamin.

Mister Grimms winkte und zeigte auf seine Füße. Er hatte nur Schlappen an. Er wollte ihnen damit zu verstehen geben, dass er ihnen nicht entgegenkommen konnte.

»Ich mache Mittagspause«, sagte er, als sie bei ihm angekommen waren. »Ich muss eine Entschuldigung zum Himmel rufen, dass ich nicht den Herrn im Empfang genommen … Oder sagt man … zum Himmel schicken?«

»Das ist Bo«, sagte Benjamin auf Englisch.

»Aha …« Mister Grimms streckte seine Hand aus. Als sie sich die Hände schüttelten, konnte man das Schnippen hören. Ihr liberianischer Handschlag wirkte so eingespielt, als hätten sie sich schon oft begrüßt.

»Ist das der Assistent des Professore?«, fragte Mister Grimms.

»Nein«, rief Benjamin, »er ist mein Freund.« Er wandte sich Bo zu. »Er sagt immer, dass ich Professor bin. Es ist ein Witz.«

»Die Witze sind die großen Meister der Verwirrung … Die Verwirrungsmeister«, rief Mister Grimms. »Im Deutschen kommt mir ein Witz nach dem anderen über die Lippen, fällt mir vor die Füße und …«

»Mister Grimms«, unterbrach Benjamin, »Bo versteht kein Deutsch. Sie müssen Englisch sprechen.«

»Ah, der Assistent beherrscht nur die englische Sprache. Kommt«, sagte er, »ich zeige euch mein Haus. Es ist aber nicht groß. Wir passen gar nicht alle rein.« Er ging vorneweg, Bo und Benjamin folgten ihm.

Die Hütte von Mister Grimms gefiel Benjamin so gut, dass er am liebsten einen ganzen Tag an diesem Ort verbracht hätte, obwohl es eine sehr ärmliche Behausung war. Ein paarmal dachte er: Es sieht hier so aus wie auf einer karibischen Insel, von der meine Mutter mir immer vorgeschwärmt hat. Auch die anderen Hütten in der Umgebung waren ganz aus Naturmaterial, bestanden aus großen Palmblättern und Bastmatten, und die großen, knorrigen Äste der Bäume ragten aus dem Boden, so dass man sich zum Ausruhen draufsetzen konnte. Zwischen den Hütten war nur der nackte Erdboden, und ein paar Kinder spielten dort. Aber sie spielten nur mit ihren Händen, sie hatten noch nicht mal einen Stein, einen Ball oder irgendein anderes Spielzeug. Sie lächelten Mister Grimms an, als er an ihnen vorbeiging. Benjamin hätte gerne gewusst, was für ein Spiel sie da spielten, aber er folgte lieber Mister Grimms. Dessen Hütte war wirklich so klein, dass sie nicht alle drei hineinpassten. Aber sie war viel ordentlicher als jedes Zimmer, das Benjamin jemals zuvor gesehen hatte. Es gab keinen Schrank und keinen Stuhl, sondern nur eine Matratze, die auf dem Boden lag, und ein paar Bücher, die auf einem kleinen Regal standen. Benjamin konnte sich nicht vorstellen, dass Mister Grimms in so einem winzigen Raum lebte.

»Es ist mein kleines Refugium. Hier raste ich ein bisschen in meiner Ruhe. Zwischen den Hohlzeiten, den Durchzeiten, den ... Pausen. Für ein paar Stunden nur ... Wenn die Freiheit der Gesundheit durch die Luft bläst und unsere armen Kranken still und friedlich sind.«

»Aber sind Sie denn sonst immer im Krankenhaus?«, fragte Benjamin.

»O ja. Das Krankenhaus muss gesunden ...«

»Er passt auf das Lagerhaus auf«, sagte Benjamin zu Bo. Er musste das, was Mister Grimms sagte, übersetzen. Mister Grimms wollte lieber weiter Deutsch sprechen. Bo hatte sich auf eine der Baumwurzeln gesetzt und stützte das Kinn auf seinen Händen ab.

»Du musst ein Interview führen«, sagte Bo. »Ich warte hier ...«

Benjamin sah Bo an. Er sah müde aus. Benjamin wollte Mister Grimms endlich nach Flower fragen, aber der zeigte ihm noch immer das Zimmer.

»Es ist klein, aber ... Von eleganter Reinheit und Entzücktheit, in meinen Augen, die es sehen ... Und ich bin schnell, nur in Sekunden, flüchtigen, wieder bei der Stelle.« Er zeigte zum Krankenhaus.

»Wie geht es der Katze?«, fragte Benjamin. Obwohl er weiter Deutsch mit Mister Grimms redete, hatte er etwas leiser gesprochen. Er wollte nicht, dass Bo hörte, wie er sich nach der Katze erkundigte.

»Ah«, machte Mister Grimms. Auf einmal sprach er doch Englisch weiter. »Katzen leben in ständiger Gefahr. Das weiß dein Assistent bestimmt auch, oder?« Er zeigte auf Bo. Bo schaute auf.

»Hast du schon in Monrovia eine Katze *zwei Mal* gesehen?« Mister Grimms lachte. Benjamin schreckte zurück, sagte aber nichts.

»Sie kommen in einen Sack, und dann nimmt man am besten einen Knüppel«, sagte Bo lächelnd. »Aber man muss einen Sack haben, sonst ist es schwierig.«

»Viele Leute ertränken sie.«

»Ja«, sagte Bo. »Dann braucht man aber Wasser.«

Mister Grimms nickte zustimmend. »Viel Wasser.«

»Und ein Gefäß«, erklärte Bo.

»Es muss auch groß genug sein, aber der Vorteil ist, dass man ihnen danach das Fell besser abziehen kann. Sie sind dann so aufgedunsen wie ein Luftballon.«

»Ich für meinen Teil würde sie lieber in einen Sack stecken«, sagte Bo und lächelte. »Aber ich habe noch nie eine gefangen. Hast du schon mal?«

Mister Grimms sah kurz zu Benjamin und lächelte höflich. Es war so, als würden sie sich über ein Buch unterhalten, und jeder wäre darum bemüht, möglichst geistreiche Bemerkungen zu machen.

»Man darf die Sardinen nicht vergessen«, sagte Bo.

»Ah«, rief Mister Grimms. »Die Sardinen ... Mit denen man sie anlocken kann.«

Bo lachte, und Mister Grimms lachte auch. Mister Grimms ging zu seiner Hütte und schloss vorsichtig die Tür. Die bestand, wie auch die Hütte, aus Bastmatten und ein paar alten Kartons. Er schloss sie vorsichtig, als hätte er Angst, die Hütte könnte sonst zusammenfallen.

»Ich mag Katzen«, sagte Benjamin.

»Natürlich«, sagte Mister Grimms.

»Hier gehen die Leute in den Wald und essen die Tiere«, sagte Bo.

»Das tun sie.« Mister Grimms schaute auf seine Hütte. Benjamin überlegte, ob sie nicht lieber wieder gehen sollten. Er hatte auf einmal das Gefühl, er könnte jetzt nicht mehr gut nach Flower fragen. Als Bewacher des Lagerhauses hatte Mister Grimms ja mit den Patienten gar nichts zu tun. Aber sie konnten doch unmöglich wieder fahren, ohne jemanden nach Flower gefragt zu haben.

»Wie geht es Paul?«, fragte Benjamin.

»Dieser Tage pflegt er das Bett zu viel«, sagte Mister Grimms. »Ich spreche in der Sprache des Professore. Weil hier ...« Er machte eine kreisende Bewegung mit dem Kopf. »Hier sind viele Ohren, die Gehöre haben, wo sie nicht hingehören. Und Augen, die alles durchsichtig sehen. Aber Paul ist dem Schlaf verfallen. Den ganzen Tag.« Er nickte. Benjamin schaute zu Bo. Bo hatte wieder sein Kinn auf den Händen abgestützt. Es schien, als würde er darüber nachdenken, wie er eine Katze fangen, sie in einen Sack stecken und töten könnte. Benjamin drehte sich zu Mister Grimms und trat etwas näher an ihn heran.

»Wir sind eigentlich wegen etwas anderem gekommen.« Er

überlegte kurz. »Meinen Sie, ich könnte vielleicht noch mal mit Paul sprechen?«

Mister Grimms legte die Hände ineinander. Er wiegte den Kopf hin und her.

»Das ist schwierig«, sagte er. »Davon würde ich abraten.«

»Wieso?«

»Ich müsste auch Williams fragen, und Williams ist dieser Tage ...« Er fuhr sich mit der Hand über die Stirn. »Es ist ein großer Stein gefallen. Ein sehr großer ... Und Paul ist die Sprache weggegangen wie eine böse Fee ... Oder wie sagt man? Eine Frau in der Ehe, die wütend ist und auftritt ...« Er stampfte kurz mit seinem Fuß auf den Boden auf. »Sie hat die Tür zugemacht und ist weggerannt.«

»Wer?«

»Der Mund von Paul, seine Sprache.« Mister Grimms zeigte auf seinen Mund. Dann lächelte er und fasste Benjamin am Arm. »Aber keine Sorge«, sagte er wieder auf Englisch, »er erholt sich schon wieder. Er nimmt endlich seine Medikamente, das ist gut.« Er nickte. Bo gähnte. Im nächsten Moment kam die Sonne heraus. Dann hörte man ein lautes Rufen. Mister Grimms reckte den Kopf.

»Ich habe noch eine andere Frage.«

»Natürlich, frag nur.« Mister Grimms schaute zwischen den Bäumen hindurch auf den matschigen Platz, den der Wachmann als Fußballplatz bezeichnet hatte. »Was immer du wissen willst. Es ist nur besser«, er unterbrach sich und sprach auf Deutsch weiter, »wenn Sie die Sprache der Profession praktizieren und in Schönheit der Vollendung an mich richten.«

Zwischen den Bäumen tauchte auf einmal ein kleines Mädchen mit einem zerrissenen Kleid auf. Mister Grimms lächelte und winkte sie zu sich heran.

»Komm nur ... Komm«, sagte er.

»Wir suchen nämlich einen Patienten«, fing Benjamin an.

»Welchen Patienten?«, fragte Mister Grimms.

Das Mädchen kam etwas näher. Es war furchtbar dünn. Es lächelte Benjamin an. Die beiden vorderen Schneidezähne fehlten, und in der Hand hatte sie einen kleinen Stock, an dessen Spitze eine kleine Schnur hing.

»Sie heißt Flower. Ich dachte, Sie wissen vielleicht ...«

Mister Grimms schaute auf das Mädchen.

»Ja«, sagte er und nickte. »Mmh.«

»Du sollst rüberkommen«, sagte das Mädchen. »Jackson sagt, du sollst rüberkommen.«

»Hat das Jackson gesagt?«

Das Mädchen nickte.

»Sie ist meine Botin.« Er lächelte. »Lauf zu Jackson und sag ihm, Mister Grimms ist schon auf dem Weg.«

Das Mädchen nickte und schaute zu Benjamin.

»Was hast du denn da?«, fragte Mister Grimms. Er zeigte auf ihren kleinen Stock. »Ist das eine Peitsche?«

Das Mädchen schüttelte den Kopf.

»Nein?«, fragte Mister Grimms.

Das Mädchen schüttelte wieder den Kopf, dann lief es schnell zwischen den Bäumen hindurch in Richtung Krankenhaus. Mit dem Stock wedelte es über seinem Kopf, und Benjamin fiel auf, wie dünn seine Beine waren und wie schnell es trotzdem damit laufen konnte.

»Mmh«, machte Mister Grimms. »Ich muss zurück an die Arbeit ...« Er blieb aber noch für einen Moment stehen und dachte nach. »Diese Patientin«, fuhr er fort. »Dieser Wind von einer ... Diese Streichlerin von einem ... Wie heißt es?«

»Ich weiß nicht. Streichlerin?«

»Über das Land ... wie sagt man, wenn jemand über das Land geht und streicht das Land? Ich meine *streichelt.*«

»Ach so«, sagte Benjamin. »Sie meinen eine Landstreicherin, oder?«

»So heißt es? Mmh ... Nun, es muss ...« Er schüttelte den Kopf und wechselte wieder die Sprache. »Williams wäre der bessere Ansprechpartner. Er hat die Akte. Er weiß alles, was man wissen muss. Ich kann nur sagen: Ihre Familie ist in Chicken Soup Factory. Da wohnen sie. Ihre Schwester wohnt da.«

»Das ist in Redlight«, sagte Bo.

»In Redlight«, stimmte Mister Grimms zu. »Chicken Soup Factory ... Ihre Schwester war immer hier und hat ihr Kassawa gebracht und gekochtes Essen. Auch Geld.«

»Und wo da genau, ich meine ...«, wollte Benjamin fragen.

»Wir finden es schon«, unterbrach Bo ihn. Er stand auf. »Wir finden sie.«

»Siehst du«, sagte Mister Grimms und strahlte. »Dein Assistent ist ein guter Assistent ...« Er klopfte Bo auf die Schulter und legte dann wieder die Hände ineinander. Ein Zeichen, dass er etwas ungeduldig war. Benjamin wollte ihn noch einmal nach der Katze fragen, aber vielleicht war es besser, wenn er nichts weiter über ihr Schicksal erfuhr.

»Ich muss rüber zur Arbeit«, sagte Mister Grimms. »Jackson wartet auf mich. Wir fahren zum Hafen.«

»Oh, zum Hafen«, bemerkte Bo. »Kommen die Patienten vom Meer?«

»Nein.« Mister Grimms lächelte. Er drehte sich zur Hütte und prüfte sorgfältig, ob das kleine Vorhängeschloss an der Tür auch richtig verschlossen war. »Wir müssen etwas abholen.«

Er wandte sich wieder an Benjamin. »Ein Patient aus der Schule ...« Mister Grimms schmunzelte in sich hinein. »Er liest mir immer vor. Die Geschichte von dem Holzjungen. Er liest mir vor, während ich die Haferflocken sortiere und den Reis.

Mmh ... Und wie der Mann dem Esel das Ohr abbeißt, aber der Esel ist gar kein Tier, sondern ... Am Schluss? Wie ist es da?« Er schaute Benjamin erwartungsvoll an.

»Ich weiß nicht. Ich kann mich nicht mehr erinnern.«

»Erst werden die Goldstücke vergraben, oder? Und der Baum, der wächst mit den Armen und wächst. Und ist schlecht erzogen ...«

»Warum liest du denn nicht selbst?«, fragte Bo.

»Ah«, sagte Mister Grimms. »Ich lasse mir gerne vorlesen. Wenn Sie wieder da sein werden«, sagte er auf Deutsch zu Benjamin, »werden Sie mir auf Deutsch lesen. Ich meine ... Ich habe ein Buch auf Deutsch gesehen. Es liegt im Büro. Wenn Sie die Ehre geben und in den Zeilen lesen. Einzeln und dann miteinander.« Sie waren vor dem Tor angekommen. Ein Mann in einem weißen traditionellen Gewand stand neben einem Landrover und schaute finster zu ihnen. Mister Grimms duckte sich etwas und lief schnell nach links um den Wagen herum. Er winkte Benjamin zu.

»Wann kommt er?«, rief der Mann. »Wann? Ich bin nicht hier, um meine Zeit zu verschwenden!« Er schlug wütend mit seinem Autoschlüssel in die offene Hand. Mister Grimms schlüpfte schnell durch die Türöffnung ins Krankenhaus, aber im nächsten Moment tauchte sein Kopf schon wieder auf, und er gab Benjamin noch einmal ein Zeichen. Benjamin zögerte, aber dann lief er schnell zu ihm.

»Wenn ihr sie nicht findet«, sagte er. »Dann geht ihr zu Mark, Mark International ... Er weiß vielleicht etwas.«

Und dann war Mister Grimms plötzlich verschwunden. Er lief mit großen Schritten durch den Innenhof des Krankenhauses zum Lagerhaus hinüber. Benjamin schaute auf den Container. Er stand noch da. Doch er sah nicht so aus, als wäre er in der letzten Zeit noch einmal geöffnet worden. Benjamin überlegte. Sie hatten nicht mehr so viel Zeit. Er war in einer guten Stunde mit Beatrice verabredet, und sie mussten bald los. Er zögerte einen Moment, dann hörte er die Stimme von Bo.

»Da kommt Romeo!«, rief Bo. Und dann war ein lautes Dröhnen zu hören, wie von einem Traktor, der von einem Acker heruntergefahren kam.

8.

Bo war froh, dass sie jetzt wieder im Wagen saßen. Der Mann mit dem geheimnisvollen Lächeln, der so sprach, als hätte er irgendetwas Klebriges im Mund, hatte Benjamin noch einmal zu sich gerufen. Er hatte dem Außerirdischen etwas zugeflüstert. Und dann war er wieder im Krankenhaus verschwunden. Warum hatte er ihnen die Akte nicht gezeigt? Benjamin hätte sie lesen und die Adresse abschreiben können. Aber stattdessen hatte der Mann, selbst wenn er mit seinem Mund, in dem etwas Klebriges stecken musste, redete, immerzu gelächelt. Er hatte mit einem Lächeln geredet. Immerzu hatte er in der Sprache des Außerirdischen gesprochen, und er hatte die Sprache so oft gewechselt, dass selbst der Außerirdische verwirrt zu sein schien. Wenn er Deutsch sprach, wurde die Stimme des Außerirdischen hektisch und wild. Dann rasten seine Worte durch den Banana Bush und verfingen sich in den aufgequollenen Wurzeln und faserigen Ästen, dann purzelten sie durcheinander, an den Blättern der Palmbäume herunter, so dass die Kinder sie unten, eins nach dem anderen, auffingen, wegliefen und sich kaputtlachten. Ein Glück, dass sie nicht ins Krankenhaus gegangen waren, wo die Akte war. »Merk dir das«, hatte Okogo einmal zu ihm gesagt, »die mächtigen Menschen führen Akten und bewahren in den Akten alles auf. Wenn du also mit einem mächtigen Menschen sprichst, kannst du sicher sein, dass du in einer Akte landest. Darüber kannst du einerseits froh sein, denn das bedeutet, der mächtige Mensch nimmt deine Worte ernst. Er legt sie zu den anderen Worten, die er ernst genommen hat, in seine Akte. Aber es heißt auch: Du bist von nun für alle Zeiten mit deinen Worten in dieser Akte. Und aus ihr kommst du nie wieder heraus. Es sei denn, der vierte Weltkrieg bricht über das Land herein, und deine Worte werden zu Asche und verkrümeln im Sand.« Deswegen hatte Bo so wenig wie möglich gesagt und sich unter den Baum auf die Wurzel gesetzt. Er wollte in keine Akte, und er wollte erst recht nicht in eine Akte, die im Krankenhaus im Büro des Mannes mit den klebrigen Worten stand.

»Aber er hat doch gar nichts zu sagen«, erklärte ihm Benjamin. »Er ist nur ... Hausmeister. Na ja, und er ist der Lagerhausleiter.«

»Was macht er am Hafen?«

»Er holt Bücher ab. Die Patienten können sie dann ausleihen, aber vorher müssen sie ihm beweisen, dass sie lesen können. Kannst du dir das vorstellen, er wollte mit mir auch einen Test machen.«

»Einen Test?«

»Ja, ob ich lesen kann.« Benjamin lachte.

»Warum spricht er so gut Schwedianisch?«

»Ich weiß nicht warum. Aber er ist wirklich nett, und ich glaube, er selbst kann gar nicht so gut schreiben. Er hat keine Akten, ganz bestimmt nicht. Ein Hausmeister und Lagerhausleiter hat doch keine Akten.«

Aber Bo glaubte ihm nicht. Der Mann hatte Benjamin mit seinen klebrigen Worten verführt. Und jetzt wollte er, dass sie auch noch zur Chicken Soup Factory fuhren. Brilliant hatte schon zweimal angerufen. Beim zweiten Mal hatte Romeo das Telefon gleich an Benjamin weitergegeben.

»Nein«, hatte Benjamin gesagt, »wir können jetzt nicht kommen. Wir suchen erst hier weiter. Wir wissen jetzt, wo ihre Familie wohnt ... Ja, ihre Schwester ist mit einem Libanesen verheiratet.«

Der Außerirdische ließ sich nicht davon abbringen, nach Redlight und zur Siedlung der Chicken Soup Factory zu fahren, um nach Flowers Verwandten zu suchen.

»Es ist sehr viel Verkehr in Richtung Innenstadt«, sagte Romeo. Er rückte seine Sonnenbrille zurecht.

»Wir werden hier nie wieder herauskommen«, sagte Bo. »Der Verkehr ist der schlimmste Verkehr im ganzen Land. Stimmt's, Romeo?«

»Darauf verwette ich meinen Kopf.«

»Siehst du«, sagte Bo, »es ist, wie ich gesagt habe. Die Autos fahren nach Redlight, dann bleiben sie dort hängen, und während sie noch überlegen, wie sie wieder herauskommen, kommen schon die nächsten Autos herbeigefahren.«

Aber Benjamin ließ sich nicht beirren. Er hatte einen Plan. Bo hatte mit Engelszungen auf ihn eingeredet, aber er musste feststellen, dass es nicht gelungen war, Benjamin von seinem Plan abzubringen. Das merke ich mir, dachte Bo. Wenn der Außerirdische einen Plan gefasst hat, kann man ihn nicht mehr davon abbringen. Also muss man darauf achten, dass er überhaupt erst gar keinen Plan fasst. Man muss ihn also schon vorher genauestens beobachten, ob er vielleicht einen Plan im Kopf haben könnte. Und dann, noch bevor er ihn fassen kann, bringt man ihn davon ab.

»Er ist Fischhändler«, sagte Romeo, nachdem er zum zweiten Mal angehalten und Leute gefragt hatte. Er musste sogar aussteigen und einen Geldwechsler fragen. Der erklärte ihm dann den Weg. Es war ein großes Fischgeschäft. Zumindest für liberianische Verhältnisse. Größere Geschäfte gehörten den Libanesen, jedenfalls die meisten. Als sie ausgestiegen waren, hieß es, der Fischhändler sei irgendwo im Lager, und die Angestellten des Fischhändlers schrien aufgeregt herum, weil gerade ein wichtiger Kunde gekommen war, um unglaubliche Mengen Fisch abzuholen. Es stank furchtbar. Bo mochte Fisch nicht und hielt sich die Nase zu.

»Wir gehen besser wieder.«

»Wieso?«

»Musst du nicht zu deiner Verabredung?«, fragte Bo. »Du wirst deinen Vater sehen.«

»Ja.«

»Sollen wir dann nicht los?«

»Ich habe noch etwas Zeit. Und wenn wir schon mal in der Nähe sind. Wir warten eben, er wird bestimmt bald kommen.« Mister Grimms hatte Benjamin gesagt, dass sie zuerst mit dem Mann von Flowers Schwester sprechen sollten. So sei es in einer Familie üblich. Aber der ließ sich nicht blicken. Benjamins Geduld wurde auf eine harte Probe gestellt, mehrmals lief er zum Wagen zurück und fragte, wie spät es sei und ob Romeo Brilliant anrufen und nachhören könne, ob sie schon etwas herausgefunden hatte.

»Warum rufst du nicht selbst an?«, fragte Romeo. »Du hast doch selbst ein Telefon.«

Aber Benjamin hatte kein Guthaben mehr und, wie sich bald herausstellte, auch kein Geld. Wenn man von dem absah, was sich im Mantel befand. In dem geheimen Versteck in der Innentasche des Mantels.

»Was wollt ihr?«, fragte nach einer halben Stunde ein dicklicher Mann mit Bart. »Wollt ihr etwas kaufen?«

Er war von draußen hereingekommen. Sein Bart war silbern und so fein geschnitten, als hätte er einen Teppich im Gesicht. Er war nicht im Lager gewesen, er lief zwischen den Marktfrauen hindurch, die draußen saßen und die Überreste der Fische verkauften. Die Köpfe, die Schwänze und die Teile, die der Libanese aussortiert hatte. Sie hatten sie auf Pappkartons gelegt und boten sie für einen günstigen Preis an.

»Kommt rein«, sagte der Libanese, nachdem Benjamin gefragt hatte, ob sie ihn kurz sprechen könnten. Er wollte sie aber nur von der Straße wegbekommen. Sobald sie in seinem Geschäft waren, brüllte er seine Angestellten an und scheuchte die liberianischen Jungen, die die Fische hin- und hertragen und Bestellungen annehmen sollten. Bo ahnte schon, dass sie von ihm nichts erfahren würden. Dass sich das Geheimnis um Flower hier nicht lüften würde.

»Nein«, sagte Benjamin. »Wir haben sie nicht am Strand getroffen.«

»Dort ist sie manchmal hingegangen. Ständig kommt jemand, der behauptet, er hätte sie dort gesehen ... Am Strand. Was soll sie denn da?« Der Libanese schüttelte den Kopf. »Hat sie euch angebettelt? Hat sie euch um Geld gebeten?«

»Nein«, sagte Benjamin.

»Bestimmt hat sie das getan. Das ist es, was sie immer getan hat. Jedenfalls am Schluss ... Seit sie zum anderen Teil der Familie zurückgekehrt ist, hat sie sich verändert. Bei uns hat sie sich immer wohlgefühlt. Manchmal hat sie in Redlight gearbeitet und manchmal in der Stadt.«

»Was hat sie denn gearbeitet?«

»Was? Warum wollt ihr das wissen?

»Nur so«, sagte Bo und grinste.

»Meine Frau hat sich gut um Flower gekümmert. Wir haben ihr viel geholfen. Sie stand kurz davor, wieder in die Schule zu gehen. Und dann wollte sie auch immer noch Geschäfte machen. Sie hat so viel auf einmal gemacht. Wir haben sie unterstützt, wo wir konnten, und dann ... ruft die Familie sie auf einmal wieder aufs Land zurück.«

»Warum?«

»Wisst ihr das nicht? Ich dachte, ihr kennt sie ... Später ist sie den ganzen Nachmittag nur noch am Strand spazieren gegangen, und wir wussten nicht, wo sie war. Vielleicht war sie traurig ... Die afrikanische Familie ist wie ein Krake. Man denkt, man weiß, mit wie vielen Armen man es zu tun hat, doch plötzlich taucht wieder ein neuer auf. Damals war alles mit ihr in Ordnung. Aber dann musste sie zu ihrer Mutter zurück. Zu ihrer Familie. Meine Frau, also ihre Schwester, sieht ihr alles nach. Sie ist nicht streng genug ...« Er unterbrach sich.

»Können wir mit ihr sprechen?«, fragte Benjamin.

»Mit meiner Frau?«

»Ja.«

»Ihr?« Er hüstelte leicht. Dann atmete er tief ein. »Meine Frau ist nicht zu sprechen. Außerdem ... Ihr seid *Kinder.* Was habt ihr mit der Sache zu schaffen? Woher kennt ihr sie eigentlich?«

»Wir ...«

»Wir fragen im Auftrag einer Amerikanerin«, fiel Bo Benjamin ins Wort. »Es ist eine sehr reiche ... Frau. Sie will ihr helfen.«

»Mmh«, machte der Libanese. Dann drehte er sich zur Seite und rief etwas auf Arabisch, ging kurz zur Tür und schrie in liberianischem Englisch auf seine Angestellten ein. »Raus! Weg mit euch! Räumt den Müll zusammen ... Was stehen die Leute da rum? Sind es Kunden? Los, geht zu ihnen hin und fragt sie!« Dann rief er wieder etwas auf Arabisch. Schließlich wandte er sich an Benjamin. »Entschuldigung … Diese Amerikanerin, was ist das für eine Frau?«

Bo ärgerte sich, dass er nicht mit ihm sprach, dass er so tat, als wäre er gar nicht da, aber Benjamin fiel keine gute Antwort ein, deswegen durfte er jetzt nicht zögern.

»Oh«, machte Bo. »Sie kann nicht selbst kommen. Sie ist im Ministerium.«

»Mmh.«

»Ja«, sagte Benjamin. »Im Gesundheitsministerium.«

»Sie spricht mit dem Minister«, fuhr Bo fort. »In dieser Sekunde. Alle paar Minuten ruft sie uns an und fragt nach, ob wir weitergekommen sind, ob wir Informationen haben.«

»Aber was will sie denn von ihr?«

»Das können wir Ihnen auch nicht sagen«, erklärte Bo fröhlich. Er breitete die Arme aus. »Wir arbeiten nur für sie. Wir sind selbst ganz im Ungewissen und versuchen nur in aller Bescheidenheit …«

»Ich kenne sie aus dem Krankenhaus«, sagte Benjamin jetzt.

Bo schreckte zurück. Er spitzte die Lippen. Dann sog er die Lippen wieder ein und biss auf sie. So wütend war er. Die falsche Antwort. Eine Antwort, die alles verdirbt. Es war typisch für den Außerirdischen, dass er ständig und immer die Wahrheit sagen musste, anstatt um die Wahrheit herumzulaufen und sie zu umkreisen wie ein Raubtier. Wenn sie Zeit hätten, würde er ihn auf dem Weg in die Stadt noch zu Okogo bringen. Sollte ihm Okogo das mal erklären, damit er es endlich verstehen würde.

»In welchem Krankenhaus?«, fragte der Libanese argwöhnisch.

»Wir müssen nur wissen, wo sie *jetzt* ist«, sagte Bo schnell. »Ich glaube, die Amerikanerin möchte es wissen. Aber so viel können wir Ihnen verraten ... Wir können es Ihnen unter dem Deckmantel der Verschwiegenheit mitteilen: Es ist so, dass sie ihr ein Geschenk machen will.«

»Wer?«

»Die Amerikanerin.«

»Im Cooper Mental Health Hospital«, sagte Benjamin.

»Davon weiß ich nichts«, sagte der Libanese. Er log, Bo wusste es sofort. Es war eine ganz billige und schlechte Lüge. »Sie war in einem anderen Krankenhaus, soweit ich weiß. Aber das ist schon eine Weile her. Das war noch bevor das alles passiert ist. Ich glaube, sie hatte Malaria oder einen kleinen Kreislaufkollaps. Dazu könnte euch meine Frau mehr sagen.«

»Können wir sie denn sprechen?«

»Das ist leider nicht möglich. Ihr müsst entschuldigen, ich muss an meine Arbeit zurück.« Und dann brüllte er etwas auf Arabisch, irgendjemand antwortete etwas, er brüllte noch lauter, und ein kleiner Sprühregen aus Spucke ergoss sich über Bos Gesicht. Er verzog keine Miene. Aber der Außerirdische gab noch nicht auf. Das musste man ihm lassen, er war sehr hartnäckig.

»Aber Sie können uns doch sicher sagen, wo sie ist?«

Der Libanese lachte. »Ha«, machte er, »das ist ja das Problem. Wenn das jemand wüsste. Meine Frau leidet am meisten darunter. Ihr müsst wissen, dass meine Frau Liberianerin ist. Flower ist ... Es ist eine Schande. Sie hört nicht auf ihre eigene Schwester. Und dann kommt der andere Teil der Familie, und zack, schnappt sie weg. Es ist eine traurige Geschichte. Ich habe sie irgendwie gemocht, aber jetzt ... Sie ignoriert sogar ihre eigene Schwester, als wäre sie Luft.« Er streckte den Arm aus und griff nach jemandem, der hinter Bo stand. Bo wurde beinahe umgestoßen, als der Libanese einen Jungen zu sich heranzog, der die ganze Zeit hinter ihnen gestanden hatte.

»Wartet«, sagte der Libanese. Der Junge hatte ein Geldbündel in der Hand und hielt es dem Libanesen hin. Der nahm sich ein paar Scheine, und dann sagte er: »Hier ... Nehmt das. Für eure Unannehmlichkeiten. Es ist eine Kleinigkeit.« Er streckte das Geld Benjamin entgegen, aber Benjamin wollte es nicht haben.

»Nein danke, das ist nicht nötig«, sagte Benjamin. »Wir wollen nur helfen.«

»Kommt ...«, sagte der Libanese, er zog noch ein paar Scheine mehr aus dem Geldbündel und hielt sie ihnen hin.

»Nein, vielen Dank«, sagte Benjamin.

Bo streckte sofort die Hand aus. »Wir leiten es weiter«, sagte er. »An die Organisation ...«

Der Libanese zögerte einen Moment, aber dann, als Benjamin nichts weiter sagte, drückte er Bo das Geld in die Hand. Es war eine glückliche Fügung, dass in diesem Moment Romeo hereinkam.

»Sie hat schon *wieder* angerufen. Wir sollen sofort zum Ministerium kommen.«

»Vielen Dank.« Bo verbeugte sich in Richtung des Libanesen, und dann zog er Benjamin hinter sich her nach draußen. Er wäre beinahe über eine der auf dem Boden hockenden Frauen gestolpert. Der Fischgeruch war draußen noch schlimmer, aber Bo konnte sich nicht die Nase zuhalten. In der einen Hand hatte er das Geld, an der anderen hatte er Benjamin. »Jetzt fahren wir erst mal zum Royal Hotel«, sagte Bo. »Die Prinzessin muss noch ein bisschen warten.«

9.

Brilliant hatte Gefallen daran gefunden, mit den Leuten im Ministerium zu sprechen. Sie war einfach so hineingelaufen. Niemand hatte sie aufgehalten. Einmal hatte ein Mann sie gefragt, was sie hier zu suchen habe. Sie hatte ihn einfach angeschaut und gelächelt: »Das können Sie ja nicht wissen. Ich bin mit der Ministerin verabredet.« Der Mann hatte freundlich genickt und sie zu einem Büro gebracht, in dem angeblich die Ministerin saß und auf sie wartete. Brilliant hatte schon gemerkt, dass es gut war, wenn sie sehr laut und sehr schnell sprach und wenn sie sich keine Mühe gab, ihren amerikanischen Akzent zu verbergen. Sie brauchte nur so zu sprechen wie zu Hause in der Schule, wenn sie mit Mo Sparsky in der großen Pause über den gescheiterten Versuch von James Milner sprach, Mo Sparsky nach ihrem Cheerleader-Training zu küssen, und schon öffneten sich ihr alle Türen. »Meine Großmutter kann selbst nicht kommen, sie ist in Los Angeles«, hatte sie zu dem Mann gesagt, der sich ihr in den Weg gestellt hatte. Und dann hatte er sogar an die Tür geklopft und für sie nachgefragt. Aber es war nur eine stellvertretende Ministerin gewesen, und nach einer Weile hatte Brilliant herausgefunden, dass es eine ganze Menge stellvertretende Minister und Ministerinnen gab und man an ihren Türen einfach so anklopfen und Hallo sagen konnte. »Professorin Gwenigale-Johnson schickt mich«, sagte sie dann jedes Mal in abenteuerlicher Geschwindigkeit. »Ich bin mit meinen Freunden hier, wir suchen Flower, eine Patientin, die in Lebensgefahr ist.« Sie sprach so schnell, dass sie sich selbst manchmal gar nicht verstand. Aber ihre Gesprächspartner und Gesprächspartnerinnen verstanden genug, um ihr sofort einen Sitzplatz anzubieten und sie freundlich anzulächeln. Die meisten von ihnen waren ohnehin irgendwann einmal in Amerika gewesen, und ein paar behaupteten, sie hätten sogar den Namen schon einmal gehört. Aber Brilliant wusste, dass sie das oft nur aus Höflichkeit taten. Liberia war ein kleines Land, es war immer besser, so zu tun, als würde man jemanden kennen, den man in Wirklichkeit doch nicht kannte. Aber weiterhelfen konnte ihr letztlich keiner. »Ah, das Mädchen namens Flower ... Ja«, sagten sie, »da schicke ich dich zu jemandem, der dir bestimmt weiterhelfen kann.« Und so ging es eine Weile, bis sie schließlich auf einen Mann mit taubengrauem Anzug und Glasauge traf: Dr. Piwu. Er saß in einem winzigen Büro und hatte Ärger mit seinem Computer.

»Ja, Flower«, sagte er. »Das ist eine Geschichte.«

»Los. Erzählen Sie sie mir«, befahl Brilliant und suchte nach einem Sitzplatz. Aber es gab keinen. Das Büro war so klein, dass außer der dicken Sekretärin, die direkt neben Dr. Piwu saß, keiner mehr Platz hatte.

»Ja, mein Mädchen ... Das würde ich gerne. Aber ...« Er setzte seine Brille auf, die an einer langen Kordel um seinen Hals hing, und guckte auf seinen Bildschirm.

»Ich habe einen Virus«, sagte er und schüttelte den Kopf.

»Ja?«

»Er ist gerade aufgetaucht.«

»Schalten Sie einfach den Computer aus und warten Sie eine Weile. Manchmal ist er dann weg.«

»Ich kenne mich mit diesen Dingern nicht aus«, sagte Dr. Piwu. »Flower ist eine sehr schwierige Patientin. Ich habe viel zu tun, aber ich werde manchmal bei schwierigen Fällen zu Rate gezogen, und das ist ein schwieriger Fall.«

»Wir sind mit einem Team unterwegs ... Es ist sogar jemand aus Deutschland dabei und ... Und dann ist jemand dabei, der sehr schlau ist.«

»Und deine Großmutter ist wirklich Professor Gwenigale-Johnson?«, fragte er. Er überlegte, ob es tatsächlich nur ein Zufall war, der ihm dieses kleine Mädchen in sein Büro geführt hatte. Ihre Großmutter war die Frau, in die er sich während seines Studiums verliebt und die ihn dann aber schnöde abgewiesen hatte. Damals hatte er ihr auf dem Old Road Market einen teuren Aloe-Saft gekauft, und sie hatte ihn noch nicht mal probiert. Er würde das Mädchen dazu befragen, aber erst würde er ihr die Geschichte von Flower erzählen und sie von der Idee abbringen, nach ihr zu suchen. Daran waren schon ganz andere gescheitert. Koryphäen und Spezialisten hatten sich mit diesem Fall beschäftigt, wie der berühmte Dr. Dahn, der einzige Psychiater des Landes. Er hatte Flower behandelt. Oder anders gesagt: Er hatte es versucht. Ihre Familie hatte es nämlich irgendwie verhindert, und das, nachdem sie so viel für sie getan hatten und ihr sogar, wie Dr. Piwu fand, das Leben gerettet hatten. Aber bei solchen Fällen brauchte man nicht mit Dankbarkeit zu rechnen. Dr. Piwu selbst war kein Psychiater, und er war der festen Überzeugung, dass es besser wäre, Menschen, die schwierig waren, in Ruhe zu lassen und ihnen aus dem Weg zu gehen. Er ging auch dem Cooper Mental Health Hospital aus dem Weg. Und vor allem ging er denjenigen aus dem Weg, die sich für solche Menschen interessierten. Insbesondere dann, wenn sie aus dem Ausland waren. Wie dieses Mädchen hier oder der Arzt aus dem Krankenhaus, der alle paar Tage bei ihm aufgetaucht war, um sich darüber zu beschweren, dass Dr. Dahn ihn bei seinem Gutachten nicht unterstützen wollte und so viel Geld verlangte. Dr. Piwu hatte sich nur den Vornamen gemerkt, weil der Arzt tatsächlich die Unverschämtheit besessen hatte, sich nur mit seinem Vornamen vorzustellen, und ihn so behandelt hatte, als wäre er sein Sekretär.

»Also gut«, sagte er zu Brilliant. »Ich schalte ihn aus. Und dann wollen wir mal sehen.« Er schaute zu seiner Sekretärin. »Wo ist der Ausschaltknopf?« Die Sekretärin drehte sich langsam in seine Richtung. »Es ist ein neues Gerät«, sagte Dr. Piwu erklärend zu Brilliant. »Ich sehe gar nicht ein, warum ich mich damit auch noch beschäftigen soll.« Er wandte sich an Brilliant. Ihn interessierte die Frage, ob ihre Großmutter wirklich seine verflossene Liebe war. Es war schon etliche Jahre her. Sie hatte einen großen, aber eleganten Hintern gehabt. Und sie war damit wie eine Elefantengöttin über den Old Road Market gelaufen, mit ihren riesigen Füßen, mit denen sie aber erstaunlich kleine und präzise Schritte machen konnte. Und sie hatte die Angewohnheit gehabt, kleine Frechheiten von sich zu geben, denen er nicht widerstehen konnte. »Aloe-Saft«, hatte sie gesagt. »Hast du noch was anderes zu bieten?« Dr. Piwu beschloss, Brilliant die Geschichte über Flower so zu erzählen, dass es für dieses kleine, vorlaute Mädchen zu einer Lehrstunde werden würde. Zu einer Unterrichtsstunde in Geschichte, Geographie, Medizin und allgemeiner Lebenskunde.

»Nur jemand, der wirklich zur Schule gegangen ist«, begann er, »kann diese Geschichte verstehen. Und wenn du Flower finden willst, musst du viel Geduld haben, deinen Geist anstrengen und besonders klug und hellsichtig sein.« Er setzte seine Brille ab, schaute zu, wie der Computer herunterfuhr, nachdem seine Sekretärin endlich den Ausschaltknopf gefunden hatte, und dann erzählte er. Eine Weile hörte Brilliant noch geduldig zu, aber dann merkte sie, dass er ihr etwas erzählte, was mit Flower gar nichts zu tun hatte.

»Das habe ich jetzt verstanden. Aber warum ist denn Doktor Dahn nicht ins Krankenhaus gekommen? Warum wollte er denn kein Gutachten schreiben?«

»Du darfst nicht vergessen, Doktor Dahn ist der einzige Psychiater in diesem Land. Wenn man von ihm behandelt wird, ist das eine große Ehre. Er ist aus England zu uns gekommen, zurück in seine alte Heimat. Um zu helfen. Nur weil er sein Land nicht im Stich lassen wollte nach dem Krieg.«

»Und wo ist Flower jetzt? Haben ihre Verwandten sie denn wirklich versteckt?«

Und so ging es eine Weile hin und her. Dr. Piwu musste immer wieder von vorn anfangen. Er kam schließlich immer mehr durcheinander und ärgerte sich, dass er sich auf diese Unterhaltung überhaupt eingelassen hatte. Sie war wie ihre Großmutter. Jetzt erinnerte er sich wieder. Wie sie auf dem Old Road Market plötzlich laut ausrief, als sie gemerkt hatte, dass er gar kein Auto besaß: »Willst du mich etwa zur Broad Street tragen? Willst du etwa zu Fuß mit mir ausgehen?« Und er dachte schließlich, er würde diesem Mädchen eine Botschaft mitgeben, eine Nachricht, die sie mit nach Amerika nehmen konnte. Aber noch hatte er keine Idee, was das für eine Botschaft sein sollte.

»Man kann nicht sagen, dass sie sie versteckt haben. Sie lebt, glaube ich, bei ihrer Schwester.«

»Ja, aber sie ist doch aus dem Krankenhaus abgehauen.«

»Ihre Schwester bringt sie bestimmt wieder zurück. Aber nicht ihre anderen Verwandten. Die würden das nicht tun. Die glauben, dass das Krankenhaus schädlich ist für sie und dass sie besser zu einem Heiler gebracht werden sollte. Aber ehrlich gesagt ... Meine Liebe, ehrlich gesagt, glaube ich, geht es hier um etwas ganz anderes ...«

»Aber das will ich doch gar nicht wissen, Herr Minister ... Ich will wissen, wo sie ist. Damit wir mit ihr ... Damit wir mit ihr ein Interview führen können.«

Dr. Piwu schaute sie an. Jeden Satz, den er anfing, unterbrach sie wieder. Und wenn er irgendeinen Gedanken gefasst hatte, machte sie diesen wieder zunichte.

»Weißt du nicht, was das bedeutet?«, fragte er. »Wenn man die Geduld mit einem Menschen verliert. Ich werde dir ihre Geschichte der Reihe nach erzählen ... Du darfst nicht vergessen, dass wir in einem Land sind, das eine besondere Geschichte hat. Unsere Armut ist so groß ...«

»Und wo halten die Verwandten sie versteckt?«, unterbrach ihn Brilliant. »Vielleicht können wir mit Geld weiterhelfen.«

»Den Verwandten?«

»Ja. Wem sonst?«

»Der Fall ist sehr kompliziert. Er hat selbst Doktor Dahn zur Weißglut getrieben. Plötzlich bin sogar ich eingeschaltet worden. Dabei ist es eine ganz einfache Familie. Aber dieser Arzt aus dem Cooper-Krankenhaus ... Meine Liebe, dieser Fall hat die Gabe, selbst den größten Koryphäen das Leben schwerzumachen. Dabei ist das Mädchen selbst vielleicht sogar unschuldig.«

»Ja?«

»Aber die Familie glaubt, dass das Mädchen große Schuld auf sich geladen hat. Und sie wollen einfach nicht glauben, dass ...«

»Wie kann man schuld daran sein, wenn man krank ist?«

»Doktor Dahn sagt, sie ist gar nicht krank. Der Arzt aus dem Cooper-Krankenhaus sagt, sie ist schon krank. Das Einzige, was ich weiß: Es ist etwas Schlimmes passiert. Etwas ganz Furchtbares.«

»Was denn?«

Dr. Piwu schaute kurz auf und sah Brilliant an. Sie sieht genauso aus wie ihre Großmutter, dachte er, dasselbe Gesicht und dieselben Augen. »Das ist ein ärztliches Geheimnis, dazu kann ich dir nichts sagen.«

»Also fahren wir zu diesem Doktor Dahn.«

»Er ist sehr beschäftigt. Man kann nicht einfach zu ihm fahren. Manchmal ist er hier in einer wichtigen Sitzung und spricht mit dem Minister. Da kann man ihn, wenn man Glück hat, erwischen.«

»Aber *Sie* sind doch der Minister«, sagte Brilliant und lächelte.

»Ja, schon ... Ich bin der stellvertretende Minister für ...«

»Jedenfalls müssen Sie uns weiterhelfen.« Brilliant schaute ihn herausfordernd an. »Schaffen Sie das?«

»Ob ich was ...?« Er hatte damals ihre Großmutter mit dem Fahrrad zur Broad Street fahren wollen, aber sie hatte ihn nur ausgelacht, und dann war sie, wie so oft, einfach davonstolziert. Das hatte ihm den ganzen Tag, ja fast das ganze letzte Jahr seines Studiums ruiniert. »Meine Liebe, für so etwas braucht man Zeit. Wenn man helfen will, braucht man Geduld und ... Demut.« Die Sekretärin schaute kurz herüber und grinste. Sie hatte eine neue Frisur, und sie wartete schon den ganzen Tag darauf, dass Dr. Piwu etwas sagen würde. Und jetzt reckte sie etwas den Kopf, damit er es endlich bemerkte.

»Und es ist besser, wenn ihr nicht mit den Verwandten sprecht. Nicht mit diesen Verwandten jedenfalls. Fahrt zu ihrer Schwester ...« Er überlegte kurz, und dann sagte er: »Ich werde die Adresse für dich nachschauen.«

»Was machen denn die Verwandten mit ihr?«, fragte Brilliant.

»Sie machen das, was viele Leute machen, wenn sie nicht weiterwissen.«

»Was denn?«

»Sie schicken sie zu einem Heiler aufs Land.«

»Aha.«

»Ja. Das ist das Schlimmste, was ihr passieren kann«, sagte

Dr. Piwu und schaute auf seinen Computer. Er hatte auf einmal die Lust verloren, an seine verflossene Liebe zu denken. Der große, elegante Hintern war in der Zwischenzeit bestimmt dick geworden und saß jetzt irgendwo in Amerika herum. Er hatte ihm diesen kleinen vergifteten Pfeil mit den froschgrünen Gummistiefeln geschickt. Ein Zeichen aus der Vergangenheit. Aber wozu? Um ihn an der Nase zu kitzeln?

»Warum ist das das Schlimmste, was ihr passieren kann?«, fragte Brilliant ungeduldig.

»Du darfst nicht immer so schnell reden«, tadelte sie Dr. Piwu. »Das macht mich ganz nervös. Außerdem muss ich jetzt arbeiten.« Er drückte auf eine der Tasten seines Computers.

»Du musst ihn erst anschalten.« Brilliant grinste.

Dr. Piwu setzte seine Brille auf. »Wenn sie sie noch einmal zu diesem Heiler bringen«, sagte er noch, »dann, fürchte ich, wird sie nicht wieder zurückkommen.«

»Ja?«, fragte Brilliant.

»Wir können nur beten, dass das nicht passiert ... Leymah«, sagte er, »du kannst ihn jetzt wieder anschalten.«

Seine Sekretärin stand langsam auf und quetschte sich zwischen den Tischen hindurch zu dem Computer.

Brilliant trat einen Schritt zurück. »Jetzt musst du mir nur noch die Adresse aufschreiben.«

»Welche Adresse?«, fragte Dr. Piwu und schaute auf seinen Computer.

»Von ihrer Schwester natürlich.« Brilliant griff sich einfach einen Briefumschlag, der auf dem Tisch lag, und schrieb Edwards Telefonnummer darauf. Sie erklärte Dr. Piwu, dass er ihr am besten eine SMS schicken sollte. Das wäre am einfachsten. Denn jetzt habe sie keine Zeit mehr zu warten und müsse los.

»Viel Glück mit dem Virus«, sagte sie noch.

»Fahr am besten zum Strand«, sagte Dr. Piwu. »Zu Bernard's Beach. Manchmal ist sie da, habe ich gehört. Sie sitzt dann den ganzen Tag da und schaut aufs Meer.« Dann wandte er sich wieder seinem Computer zu. Er fragte sich, ob der Virus jetzt vielleicht wirklich weg war. Eine SMS würde er allerdings nicht schreiben. Er wollte die Vergangenheit ruhenlassen und nicht mehr in den alten Wunden rühren. Manchmal musste man eben einfach Abschied nehmen.

10.

Aber dann waren sie doch ein paar Minuten zu spät. »Beatrice hat sich extra den Nachmittag freigenommen«, hatte Emily am frühen Morgen gesagt, als Benjamin sie im Blauen Haus in der Küche getroffen hatte. »Vielleicht hat sie dann sogar eine Überraschung für dich.« Wenn sie sich freigenommen hatte, hieß das vielleicht, dass sie ihm wirklich die Stadt zeigen und ein paar Stunden mit ihm verbringen wollte. Doch als Benjamin das Royal Hotel erreicht hatte, sah er, dass Beatrice gar nicht allein war. Sie saß mit zwei Freundinnen im Restaurant und sprang sofort auf, als er hereinkam. Sie saßen an einem kleinen Tisch am Fenster. Das Restaurant war sehr groß. Es war klimatisiert, und während er sich zu Beatrice und ihren Freundinnen an den Tisch setzte, hatte er für einen Moment das Gefühl, er wäre gar nicht mehr in Liberia. Die kalte Luft irritierte ihn. Bo wartete draußen. Er wollte lieber nicht mit reinkommen. Die Frauen aßen Salat und Humus. Sie hielten Gabeln in der Hand und hatten Servietten auf dem Schoß, und die ältere der beiden Freundinnen hatte ihre Haare hochgesteckt. Es war so kalt, dass Benjamin ein bisschen fror.

»Was möchtest du?«, fragte Beatrice. »Du hast bestimmt einen Bärenhunger.«

»Nein«, sagte er. »Ich habe nicht so viel Zeit.«

»Siehst du«, sagte die Frau mit den hochgesteckten Haaren. »Der Junge hat schon was Besseres vor.«

»Ich war so überrascht«, fing Beatrice an. Sie lächelte die Frau mit den hochgesteckten Haaren an. »Ich wusste zuerst gar nicht, dass ich seinen Vater kenne. Franz hat mir gar nichts erzählt. Und dann steht auf einmal dieser bildhübsche junge ... Mann vor mir.«

Die Frau mit den hochgesteckten Haaren legte ihre Gabel auf den Teller und lächelte.

»Wenn ich das vorher gewusst hätte«, wandte sich Beatrice an Benjamin, »dann hätte ich am Strand nicht so komisch reagiert.«

»Also Sie kennen meinen Vater?«

»Aber ja, sogar sehr gut. Es tut mir wirklich leid.«

»Ist schon okay«, sagte Benjamin.

»Eine Cola?«, fragte die Frau mit den hochgesteckten Haaren.

Er schüttelte den Kopf.

»Das hier ist also das Royal, wie du sehen kannst. Mit deinem Vater bin ich hier auch schon mal gewesen ... Mittwochs spielt hier immer die Band der UN-Polizei.« Sie lachte. »Ist bestimmt nicht dein Musikgeschmack. *Sweet Home Alabama* ...«

Benjamin zuckte mit den Schultern. Er wusste nicht, was er sagen sollte. Er schaute auf den Tisch. Zwischen den Tellern lag eine Broschüre, auf der das Wappen und die Nationalflagge von Liberia abgebildet waren. Auf dem Deckblatt stand *Poverty reduction strategy. Part One.* Weiter konnte Benjamin nicht lesen, weil ein Glas mit Mangosaft den Rest der Seite verdeckte.

»Franz ... Also dein Vater, findet es furchtbar.«

Die drei Frauen lachten. Die dritte Frau, eine dünne, kleine Schwarzhaarige, hatte sehr schmale und helle Hände. Sie schaute ihn an, während sie den Deckel eines kleinen Fläschchens mit Desinfektionsmittel zuschraubte.

»Haben Sie schon was gehört?«, fragte Benjamin.

»Von Franz?« Beatrice richtete sich etwas auf und legte die Hände auf den Tisch. »Ja ... Die GTZ versucht, ihn telefonisch zu erreichen. Sie sagen, er ist unterwegs. Es ist ja gerade Regenzeit. Da kann es vielleicht doch noch ein bisschen dauern. Es tut mir leid, aber morgen ist er ganz bestimmt da.«

»Sie haben keinen Empfang da draußen«, erklärte die Frau mit den hochgesteckten Haaren. »Du kannst dir nicht vorstellen, wie schlecht die Straßen hier sind.« Sie lachte. »Es *sind* gar keine Straßen.« Sie griff nach ihrer Gabel und nahm etwas von dem Humus aus der Schüssel.

»Ich wollte nur wissen, ob alles okay ist«, sagte Benjamin. Er schaute die Frau mit den hochgesteckten Haaren an. Sie war etwa so alt wie seine Mutter. Vielleicht sogar ein bisschen älter. Sie hatte feine, winzige Falten um die Augen, und wenn sie lächelte, wirkte sie etwas angestrengt. Seine Mutter mochte *Sweet Home Alabama.* Aber die Frau mit den hochgesteckten Haaren war nicht die Freundin seines Vaters. Die Freundin seines Vaters war Beatrice. Er stand auf.

»Sagen Sie Emily Bescheid, wenn Sie etwas Neues hören?«

»Willst du denn schon gehen?«

»Ich bin mit einem Freund hier. Ich kann ihn nicht so lange warten lassen.«

»Ich dachte ... Wenn du ein bisschen Zeit hast, könnten wir zu Merylin fahren.« Sie zeigte auf die Frau mit den hochgesteckten Haaren. »Merylin wohnt in der Coconut Plantation, und da haben sie einen wunderbaren Pool.«

»Das hat Emily mir schon erzählt.«

»Total dekadent. Da kannst du den ganzen Tag schwimmen, von morgens bis abends.«

»Ich muss los.«

»Ich bringe dich noch zur Tür«, sagte Beatrice.

Er verabschiedete sich von Merylin und der Schwarzhaarigen. Beatrice brachte ihn zum Ausgang. Sie hielt seine Hand noch einen Moment fest und sagte: »Du bist nicht böse auf deinen Vater, oder? Er hat bestimmt alles versucht, um rechtzeitig da zu sein.«

»Hat er Ihnen denn nicht *gesagt*, dass ich komme?«, fragte Benjamin.

Beatrice drehte sich zu ihren beiden Freundinnen um, die am Tisch sitzen geblieben waren. »Also ... Er wollte mich bestimmt ... überraschen«, sagte sie. »Weißt du? Er hat bestimmt gedacht, er sagt es mir erst, wenn du da bist.« Sie lächelte ihn an. Er nickte und wandte sich zur Tür.

»Aber wenn er doch schon heute Abend kommt«, sagte Beatrice auf einmal ganz leise, »dann gehen wir alle zu Merylins Party. Zur Coconut Plantation. Emily braucht davon ja nichts zu erfahren.« Sie zwinkerte ihm verschwörerisch zu.

»Vielen Dank«, sagte Benjamin. Er drehte sich noch einmal um. Das Restaurant war riesig. Er sah die kleine Bühne am Ende des Raums. Eine amerikanische Flagge hing von der Decke. Links neben dem Ausgang war ein Buffet aufgebaut. Benjamin hatte es beim Hereinkommen gar nicht gesehen. Große Torten mit Sahne und Buttercreme, mit Nougat- und Schokoladenverzierungen standen auf weißen Tischdecken. Eine Torte hatte einen turmartigen Aufbau. Ganz oben, auf der Spitze lag eine große, saftige Erdbeere, in der wiederum eine dünne Schokoladenantenne steckte, die mit einem kleinen Orangenstück garniert war, das zu einem Halbmond geschnitten war. Die Torte stand ganz unberührt da. Noch niemand hatte sie angeschnitten. Benjamin hielt schon die Türklinke in der Hand, während er wie gebannt auf das Buffet mit den Torten starrte. Ein Stapel mit Prospekten lag am Rand des Buffets, und darunter standen mehrere Aktenordner auf dem Boden. Vielleicht würde hier später eine Konferenz stattfinden. Jetzt war aber noch niemand da, der diese Torten essen könnte. Die meisten Tische waren leer. Nur ein paar Leute saßen hinter ihren Computern, andere aßen kleine Häppchen wie die drei Frauen, von denen eine die Freundin seines Vaters war. Merylin winkte. Er winkte zurück, dann öffnete er die Tür. Als er draußen war und auf einmal die tropische Hitze spürte, blieb ihm fast die Luft weg.

II.

»Jetzt gehen wir erst mal einkaufen«, rief Brilliant, als sie wieder vor dem Ministerium waren. »Habt ihr Lust?«

»Hast du was herausgefunden?«, fragte Benjamin.

»Ich habe eine richtig heiße Spur«, erklärte sie.

»Wir haben auch etwas herausgefunden.« Bo lächelte. Sie hatten noch eine halbe Stunde warten müssen, bis Brilliant endlich fertig und wieder aus dem Ministerium herausgekommen war.

»Wir sind ein gutes Team, was?«, sagte Brilliant. »Wir fahren zu Bernard's Beach. Dann könnt ihr mir ja von euren Ergebnissen berichten. Aber erst mal schlagen wir uns richtig die Bäuche voll. Wir fahren zum Exclusive. Ich hab totalen Hunger, und ihr?« Sie gingen zum Wagen und suchten nach Romeo. Der Wagen stand ein paar Meter entfernt direkt neben der Mauer. Doch Romeo war nirgendwo zu sehen. Zum

Exclusive-Supermarkt kam man nicht alle Tage. Bo war nur ein Mal dort gewesen, als seine große Schwester aus Accra zu Besuch gekommen war. Aber sie war so in Eile gewesen, dass sie ihn an der Hand genommen hatte und wie eine Wahnsinnige mit ihm durch den Supermarkt gelaufen war, als wäre es das Natürlichste von der Welt, im Exclusive auf dem Tubman Boulevard Zwiebeln, Sardinen und Zucker einzukaufen, obwohl man das anderswo viel billiger bekam. So sehr hatte sich seine Schwester verändert. Romeo hatte sich auf die Rückbank gelegt und schlief. »Ich bezahle dich nicht dafür, dass du schläfst«, beschwerte sich Brilliant. Brilliant bezahlte alles. Sie hatte US-Dollarnoten in ihrer Tasche. Bo konnte sehr gut unterscheiden, wie sich eine US-Dollarnote anhörte und wie sich eine liberianische Dollarnote anhörte. Der liberianische Dollarschein raschelte ganz leise, während der amerikanische Dollarschein knisterte. Wenn man ein Bündel liberianischer Dollar auseinanderfaltete, raschelte es nur ein bisschen, als würde eine Ameise durchs Gras kriechen. Da musste man schon gute Ohren haben. Außerdem rochen sie unterschiedlich. Bo hatte ein paarmal an den Dollarnoten im Mantel der Botschafterin gerochen. Sie rochen nur ganz schwach nach US-Dollarnoten, irgendetwas war auf ihrer langen Reise mit ihnen passiert, und als Bo genauer darüber nachdachte, fiel ihm ein, dass diese Dollarnoten vielleicht niemals in den USA gewesen waren, wenn die Botschafterin sie von einer Bank in Deutschland abgehoben und mit nach Liberia gebracht hatte. Alle anderen US-Dollarscheine in Liberia waren bestimmt irgendwann einmal in Amerika gewesen. Sie reisten wahrscheinlich oft hin und her, je nachdem, wie es gerade kam. Häufiger vielleicht sogar als ihre Besitzer, dachte er. Brilliant hatte neue, gut riechende, glatte Dollarnoten in der Tasche. Sie war schon im Supermarkt verschwunden, als Bo und Benjamin auf der anderen Straßenseite ankamen. Benjamin hatte den Mantel angezogen und den Rucksack dabei, den ihm Carlos geliehen hatte.

»Wir kaufen auch etwas ein«, sagte er.

»Natürlich kaufen wir etwas ein«, erklärte Bo. »Du musst mir nur sagen, was es alles gibt.«

»Ja, das werde ich«, sagte Benjamin. Aber es war gar nicht so einfach. Bo tastete über die Regale und blieb immer wieder stehen, um sich erklären zu lassen, was auf den Packungen oder den Dosen stand. Benjamin musste dann genau beschreiben, wie es aussah und wie es schmeckte.

»Da ist Erdnussbutter«, sagte Benjamin, während sie vor einem der Regale stehengeblieben waren.

»Eine amerikanische Spezialität«, erklärte Bo.

»Ich darf's nicht essen, jedenfalls nicht zu Hause.«

»Wir kaufen es«, sagte Bo, der zwar schon mal Erdnussbutter gegessen, aber nicht besonders gemocht hatte.

»Willst du sie haben?«

»Nein. Du?«

»Wieso sollen wir sie dann kaufen?«

»Zum Spaß, einfach so.«

»Wir kaufen etwas für dich«, sagte Benjamin. »Was wollen wir kaufen?«

Der Außerirdische wirkte etwas abwesend. Manchmal blieb er einfach so stehen und dachte nach. Auch seine Stimme klang anders als sonst. Vielleicht hatte er im Royal unerfreuliche Nachrichten erhalten.

»Reis«, sagte Bo.

»Reis?«

»Oder ein Radio. Ich habe mein Radio nicht dabei.«

»Wir sind in einem Supermarkt«, sagte Benjamin. »Wo soll es denn hier ein Radio geben?«

»Wir sollten ein Radio dabeihaben. Wir müssen die Nachrichten hören, wir müssen wissen, was passiert«, erklärte Bo.

»Findest du?«

»Wir müssen informiert sein, wenn die Präsidentin verreist und wann sie wiederkommt. Oder ob es einen Putsch gegen irgendeine Regierung gibt. Vielleicht gibt es in Amerika einen.«

»Ich weiß nicht.«

»Die Amerikaner sind verrückt, oder? *Sie* ist verrückt.«

»Sie ist total verrückt.« Sie blieben vor einem Regal stehen.

»Was denkst du über sie?«, fragte Bo.

Benjamin schaute auf ein Regal mit Konservendosen. Er wusste nicht, was er sagen sollte.

»Was denkst denn *du* über sie?«

»Aha«, machte Bo, »du willst mich austricksen.«

»Sie sagt, es gibt ein Zimmer für mich auf der Farm. Ein Zimmer ganz für mich allein.«

»Das ist merkwürdig.« Bo strich mit den Fingerspitzen über die Dosen. »Denn wir fahren ja gar nicht zur Farm.« Er stellte die Dose wieder zurück und ging ein paar Meter weiter.

»Gefällt sie dir?«

»Ich weiß nicht.« Benjamin nahm eine andere Dose aus dem Regal. »Besonders viel Auswahl haben sie hier nicht.« Er griff nach einer Dose mit geschälten Tomaten. »Sind das liberianische Preise? In liberianischen Dollars?«

»Gib sie mir.«

Benjamin gab ihm die Dose. Bo hielt sein Ohr an die Dose und schüttelte sie mehrmals hin und her. »Da ist nichts drin. Die würde ich nicht kaufen.«

»Ich habe sie am Strand gesehen, und da habe ich schon gedacht, ich finde sie irgendwie komisch.«

»Wen?«

»Die Freundin meines Vaters.«

»Es macht die Besonderheit einer Frau aus, wenn sie geheimnisvoll ist. Vielleicht hat sie schon viel erlebt.«

»Die Freundin meines Vaters? Sie ist noch ganz jung. Sie könnte meine Schwester sein.«

»Das ist doch gut. Dann hast du jetzt eben auch eine Schwester. Und sie ist auch noch schön. Oder ist sie nicht schön?«

»Was?«

»Ach nichts. Ich hab's nur so gesagt.«

»Du sagst manchmal Sachen.«

»Ich muss eben viele Sachen sagen. Möglichst viele ... Was hast du in der Hand?«

Benjamin hielt ihm die Dose hin. »Hier gibt es Bohnen«, sagte er, »gebackene Bohnen. Wir können irisches Frühstück machen. Ich würde schrecklich gerne ein irisches Frühstück machen.«

Bo nahm die Dose und schüttelte sie.

»Ja, lass uns irisches Frühstück machen«, sagte Bo. Obwohl er nicht die geringste Ahnung hatte, wie irisches Frühstück schmeckte und was es genau war. Er hatte nur seinen Spaß, wenn der Außerirdische sich über etwas freute. Denn das war wirklich lustig. Die Stimme des Außerirdischen bekam dann einen ganz anderen Klang, geradezu leidenschaftlich. Und es hörte sich an, als würde er jeden Moment überschnappen.

»Es ist sehr lecker«, sagte Benjamin. »Man muss die Tomaten grillen und die ...«

»Wirklich?«, fragte Bo.

»Gigantisch«, murmelte Benjamin, während er eine Konservendose in der Hand hin- und herrollte. »Gebackene Bohnen ... Mmh.«

Die Stimme des Außerirdischen klang so, als könnte er unter Umständen noch verrückter sein als Brilliant. Unter ganz bestimmten Umständen würde er vielleicht etwas vollkommen Verrücktes tun, dachte Bo. Und das, dachte er, würde ich gerne mal erleben. Bis dahin war der Außerirdische nämlich immer sehr vernünftig gewesen. Schon ein paarmal hatte er zu Brilliant gesagt: »Willst du nicht doch lieber mal deine Haushälterin anrufen oder wenigstens deinen Onkel? Du kannst doch sagen, dass es ein Notfall ist.« Oder er hatte gesagt: »Lass uns anhalten ... Du kannst auch mein Telefon benutzen. Es ist in meinem Rucksack.« Sie waren illegal unterwegs. Es war gegen die Gesetze, die Brilliants Onkel gemacht hatte. Deshalb hatte der Außerirdische ein schlechtes Gewissen. Vielleicht hatte er selbst auch schon einmal Hausarrest gehabt und war dann geflohen. Sein schlechtes Gewissen war ein großer, fetter Sack, in dem mehrere gerupfte Hühner aufgeregt hin- und hersprangen, und den Sack festzuhalten, kostete ihn alle Kraft. Mehr Kraft, als er eigentlich hatte.

»Lass uns die Bohnen kaufen«, sagte Bo.

»Wir schauen mal, ob es ein Radio gibt«, sagte Benjamin. Sie liefen durch die Regalreihen. Die anderen waren schon an der Kasse. Bo konnte ihre Stimmen hören. Er konnte hören, wie Brilliant zu Edward sagte: »Jetzt hör auf mit deinen blöden Chiclets ... Du wirst von jetzt an *anständigen* Kaugummi kaufen.« Eine Weile später standen Bo und Benjamin vor den Kühlregalen. Bo ging nah an die Regale heran und stellte sich vor, er wäre am Nordpol. Edward kam und hatte den Auftrag von Brilliant, so viel Hershey's-Schokolade mitzubringen wie möglich. Sie standen vor dem Kühlregal und suchten danach.

»Sollen wir wirklich alle Packungen kaufen? Das ist doch Irrsinn.« Benjamin griff nach den drei Packungen, die Bo schon im Arm hielt.

»Sie will alles haben«, flüsterte Bo. »Alle Schokolade der Welt.«

»Außerdem sieht sie so komisch aus. Die Schokolade sieht so *alt* aus«, sagte Benjamin.

»Also was nun?«, fragte Bo. »Was ist nun mit Brilliant? Wie findest du sie?«

Sie blieben vor dem Kühlregal stehen.

»Was denkst du über sie?«

Benjamin griff nach einer Packung Schokolade und gab sie Bo. Er wusste nicht, was er sagen sollte.

»Was denkst *du* denn über sie?«

»Aha«, machte Bo. »Du willst mich austricksen.«

»Sie sagt, sie hat meinen Koffer unter ihrem Bett stehen.«

»Gefällt sie dir?«

»Ich weiß nicht.«

»Nein?«, frage Bo und grinste.

Der Außerirdische verstummte. Seine Stimmung hatte sich verschlechtert. Es war also doch etwas passiert im Hotel. Bo war zu neugierig gewesen. Aber immerhin wusste er jetzt, dass Benjamin durchaus Interesse an Brilliant hatte. Wenn auch kein besonders großes. Oder er versteckte sein Interesse vor ihm. Bo bekam eine neue Packung in die Hand gedrückt.

»Wir nehmen nur eine. Das muss reichen. Magst du Schokolade?«

»Manchmal«, sagte Bo und grinste. Er dachte an Brilliant. Wenn Benjamin Brilliant nicht besonders toll fand, würde es bald ein Problem geben. Dann würde dieses Abenteuer schon bald zu Ende sein. Bo überlegte, während sie mit der Schokolade, den gebackenen Bohnen und ein paar Würstchen, die Benjamin auch noch ausgesucht hatte, auf dem Weg zur Kasse waren, was zu tun wäre. Er erinnerte sich daran, wie Precious ihm einmal erklärt hatte, dass Mädchen unglaublich eifersüchtig seien. Und dass es eine gute Methode sei, ein Mädchen eifersüchtig zu machen, wenn man in Wirklichkeit etwas ganz anderes von ihr wollte. Precious hatte ihm das ganz genau erzählt. Eifersucht war eines ihrer Lieblingsthemen. Sie hatte einmal einen Film in einem Entertainment-Center gesehen, in dem es darum gegangen war. Und sie hatte ihm den ganzen Abend davon erzählt. Eigentlich interessierte sich Bo nicht für Eifersucht, aber jetzt, wo er mit der verrückten Amerikanerin, die vermutlich schokoladensüchtig war, und dem Außerirdischen, der mitten am Tag unbedingt irisches Frühstück essen wollte, zu tun hatte, sollte er es vielleicht mal ausprobieren.

Brilliant hatte den halben Supermarkt leergekauft. Sie hatte Würstchen, deutsche Schokolade, eine Dose Makkaroni und sogar Socken gekauft. Besonders stolz war sie auf das kleine Fläschchen Nagellack, das sie ergattert hatte. An der Kasse war sie allerdings mit einer Kassiererin aneinandergeraten. Niemand war gekommen, um ihre Einkäufe in eine Plastiktüte zu packen. Der Junge, der dafür zuständig war, war nirgendwo zu sehen gewesen, und Brilliant hatte mit ihren Einkäufen dagestanden und mit der Kassiererin geschimpft. Sie hatte eine Sonnenbrille für Bo ausgesucht. Und das brachte Bo schließlich auf eine Idee. Sie kam ihm, als Brilliant ihm die Sonnenbrille aufsetzte und überprüfte, ob sie ihm auch passte, und als Edward von draußen zu ihnen hereinkam und rief: »Soll Romeo den Wagen am Eingang vorfahren? Draußen stehen schon jede Menge Bettler und warten auf euch.« Da hatte er die Idee mit der Eifersucht. Es war ganz einfach. Er würde es so machen wie Precious. Oder genauer gesagt, wie die Leute im Film, von dem ihm Precious erzählt hatte. Denn das Wichtigste war jetzt, dass das Abenteuer weiterging. Es hatte ja gerade erst begonnen. Und Bo würde schon dafür sorgen. Er setzte sich die Sonnenbrille zurecht und tastete mit der Hand seine Umgebung ab.

12.

»He«, rief einer der Bettler, »ihr habt das Brot vergessen.«

Es waren doch nicht so viele, Edward hatte etwas übertrieben. Es hätten auch leicht zehn oder zwanzig sein können. Aber um diese Tageszeit war es noch ruhig.

»Nein, danke«, sagte Benjamin zu dem Bettler, der ihn nach Brot gefragt hatte. »Wir haben schon Brot.«

Romeos Taxi stand auf der anderen Straßenseite. Sie mussten also über den ganzen Platz gehen, auf dem eine Gruppe von jungen Männern zwischen den parkenden Autos stand. Benjamin entschied sich deshalb, am Gebäude entlang bis zur Seitenstraße zu gehen und dort die Straße zu überqueren. Bo war direkt hinter ihm.

»Es ist in der Tüte, oder?« Der Bettler fasste die Tüte an.

Benjamin lächelte. Der Bettler war gar nicht so jung, wie er gedacht hatte. Sein Gesicht war zerfurcht, und auf dem Kopf trug er eine Baseball-Kappe, die er falsch herum aufgesetzt hatte. Auf seinem T-Shirt stand GREAT BRITAIN.

»Ja«, sagte der Bettler, »siehst du? Da ist es ...« Er tastete an der Tüte herum, als wäre er ein Arzt, der eine Wunde untersucht. »Wenn man bedenkt, wie ausgehungert ich bin, wäre ein bisschen Brot nicht schlecht.«

Hinter sich hörte Benjamin Bos Stimme. »Du musst selbst sehen, wie du klarkommst«, sagte Bo zu dem Bettler. Brilliant und Edward waren schon außer Sichtweite. Sie waren einfach geradeaus gelaufen und wahrscheinlich schon beim Taxi.

»Ich gebe dir was«, sagte Benjamin und blieb stehen. Der Bettler schüttelte den Kopf und hob anklagend seine Krücke hoch.

»Nein, ich möchte nicht, dass du mir etwas von deinem Brot gibst!« Er wandte sich ab und winkte den anderen Männern zu, die zwischen den parkenden Autos standen. »Schaut ihn euch an«, rief er. »Er hat es selbst bitter nötig. Schaut, wie mager er ist.« Er zeigte auf Benjamin. Benjamin ging weiter, aber der Mann mit den Krücken folgte ihm.

»Soll ich dir die Tüte mit dem Brot tragen?«, fragte er.

»Nein, danke.«

»Doch, doch ... Ich trage sie dir. Ich übernehme das für dich. Ich kann nicht mit ansehen, wie du dich quälst. Ich heiße Arkoi. Freut mich dich kennenzulernen.« Und dann griff er wieder nach der Tüte und humpelte hinter Benjamin her. Benjamin hörte nicht, wie Bo mit jemandem sprach, und merkte nicht, dass er hinter ihm zurückgeblieben war. Kurze Zeit später war Benjamin allein mit dem Bettler. Er wollte auf die andere Straßenseite, aber Arkoi ließ nicht von ihm ab, und langsam kamen jetzt auch die anderen Männer, die bisher nur zugeschaut hatten, näher.

»Vielen Dank«, sagte Benjamin. »Aber ich schaffe es schon allein.« Er war ein paar Meter weitergegangen, Richtung Straße, hatte Arkoi aber nicht abschütteln können.

»Ich bedanke mich auch«, sagte Arkoi.

»Und du willst wirklich nichts?«

»Ich bin hungrig, aber ich nehme dein Angebot nicht an.«

»Nein?«

»Nein. Und weißt du, warum? Weil ich dir nicht schaden will.«

In diesem Moment kam Bo auf Benjamin zu. Doch es war schon zu spät. Immerhin hatte Benjamin es geschafft, einen einzelnen Dollarschein aus dem Mantel herauszufischen, ohne gleich das ganze Bündel in der Hand zu haben. Kaum aber hatte er das Geld herausgezogen, begann ein furchtbarer Kampf. Brilliant und Edward verfolgten die Szene von der anderen Straßenseite, und Bo eilte sofort zu Benjamin, der kreidebleich neben den kämpfenden und mit ihren Krücken und Holzplatten aufeinander einschlagenden Bettlern stand. Der Kampf dauerte nicht lange, aber er tobte furchtbar. Benjamin rief immer wieder etwas, aber es war vergebens. Bo dagegen wartete nur ab, stand ein paar Meter abseits und hörte sich ungerührt alles an. Schließlich ging Arkoi, der Kräftigste von ihnen, als Sieger hervor, packte den Geldschein und wollte sich davonmachen. Aber er kam nicht weit. Bo stellte sich ihm in den Weg.

»Mein Freund«, sagte Bo leise. »Mein Freund ... Komm für einen Moment zu mir herüber.« Er ging auf Arkoi zu, stellte sich ganz nah an ihn heran und legte seine Hand sanft auf den blutig verschrammten Arm.

»Was willst du?«, brachte Arkoi schwer atmend hervor.

»Du hast Geld an dich genommen«, sagte Bo. »Du hast ein Geschenk bekommen.«

»Na und?«

Bo hob den Kopf. »Es ist ... kein gutes Geschenk.«

»Nein? Ist es nicht?« Arkoi war erschöpft. Er war etwas irritiert. Es lag nicht daran, dass ein Junge mit Sonnenbrille vor ihm stand, der ihm irgendwie bekannt vorkam, sondern es lag daran, wie dieser Junge sprach.

»Die Götter sind aus dem Haus gegangen«, sagte Bo. »Sie schnappen ein bisschen frische Luft ...«

Arkoi hustete und stützte sich auf seinen Krücken ab. »Sollen sie doch.«

»Sie sind herumgelaufen. In der Nachbarschaft. Von Straße zu Straße, von Straßenecke zu Straßenecke. Sie haben geschaut. Wer gibt wem welche Geschenke? Wer nimmt welche Geschenke an? Verstehst du? Sie schauen sich etwas um, sie wollen sehen, wie alles so läuft ...«

»Schön für sie.«

»Sie kommen hierher, besuchen den Vorplatz vor dem ehrwürdigen Exclusive-Supermarkt, schauen sich um. Sie bekommen alles Mögliche zu sehen … Und sie sehen dich.« Bo machte eine Pause. »Einen Kämpfer, der die Wirren des Krieges überlebt hat, der sein Brot hart und mit viel Leidenschaft verdient. Jeden Morgen, jeden Abend, jeden Tag. Wenn die Weißen mit ihren schwangeren Bäuchen kommen und trotz der vielen gekochten Bananen, die sie unterwegs in sich hineingestopft haben, immer noch nicht genug haben und hier …«

»Ja, genau«, sagte Arkoi.

Bo hob etwas den Kopf, neigte ihn und hielt ihn so, dass Arkoi sich in den spiegelnden Gläsern selbst sehen konnte.

»Die Götter sehen etwas. Und was sehen sie?«

Arkoi zuckte mit den Schultern. »Mich? Mmh …«

»Sie sehen *dich. Dich* sehen sie, wie du hergehst und ein armes, krankes Kind ausraubst. Aber das ist noch nicht das Schlimmste …« Bo machte wieder eine Pause. Arkoi hörte ihm nur noch halb zu, er war längst in seinen Bann geraten, starrte mit blutig verschmiertem Knie und aufgeschrammtem Unterarm auf sein eigenes Spiegelbild in Bos Sonnenbrille und bemerkte nicht, wie auf der gegenüberliegenden Straßenseite Edward den Kofferraum von Romeos Taxi öffnete und, von der wild gestikulierenden Brilliant angetrieben, den Wagenheber herausholte. Er merkte nicht, wie Benjamin verzweifelt mit den Armen winkte, als er sah, was als Nächstes passieren würde. Arkoi sah nicht, wie Brilliant, gefolgt von Edward und Romeo, herübergelaufen kam und sich Arkoi unaufhaltsam näherte. Arkoi hatte nur Ohren für Bo. Bo flüsterte jetzt. Arkoi musste sich zu ihm hinabbeugen. Er bekam kaum noch Luft. Jeder Atemzug schmerzte ihn.

»Und was ist das Schlimmste?«, fragte Arkoi.

»Dass es nicht *dein* Geld ist ...«

»Eh ... Aber er hat es mir gegeben. Er ...« Arkoi zeigte auf Benjamin.

Bo lächelte. »Es gehört den höheren Mächten«, sagte er langsam. »Es gehört jemand anderem ... Es gehört Gott.«

»Aber du hast doch gerade noch von mehreren Göttern gesprochen.«

»Jetzt ist es nur noch einer.« Bo lächelte. »Gibst du es ihm zurück?«

»Aber ...« Arkoi schloss die Augen.

»Manchmal«, hob Bo an, »unternehmen wir eine Reise. Wir fahren irgendwohin, um jemand anderes zu werden, und dann kehren wir wieder zurück, und dann ...« Weiter wusste er nicht. Er konnte sich nicht mehr erinnern, wie der Satz von Okogo weiterging.

»Tu mir das nicht an«, flehte Arkoi.

»Und dann ... dann ist man nicht mehr der, der man vorher war«, fuhr Bo fort. »So ist es.«

Und dann griff Arkoi, der noch zuvor bis aufs Blut gekämpft hatte, in seinen Brustbeutel und holte den zerknitterten Geldschein heraus. Erst jetzt sah er zu seinem Schrecken, dass es zwanzig US-Dollar waren und nicht zehn, wie er zuerst gedacht hatte. Er drückte sie Bo in die Hand. Und nicht nur das. Arkoi umarmte ihn. Er legte seinen Arm um Bos Schulter, zog ihn zu sich heran und flüsterte.

»Mein Bruder«, flüsterte er. »Mein Bruder, lass dich umarmen ...« Er küsste Bo auf die Stirn und auf den Kopf, und dann griff er nach seinen Krücken und humpelte die 19. Straße herunter. Genau in diesem Moment hatte Brilliant mit ihrem kriegerischen Gefolge und dem Wagenheber, den Edward auf der Schulter trug, die Straße überquert und wollte den Befehl zum Losschlagen geben. Da drehte sich Bo um und wedelte mit dem Zwanzig-Dollar-Schein in der Luft. Benjamin schaute auf Bo. Bo hatte das Geld wieder zurückbekommen. Er hatte es zurückgeholt, auch wenn es ihnen gar nicht gehörte. Benjamin hätte gerne gewusst, was er dem Bettler gesagt hatte. Auch Brilliant wollte es später unbedingt wissen. Sie wollte wissen, wie die magischen Worte gelautet hatten. Aber Bo verriet es nicht. Er gab sein Geheimnis nicht preis. Er zuckte nur mit den Schultern, sagte allenfalls, dass Arkoi ein guter Mensch sei, im Grunde seines Herzens, und dass er eben auf ihn gehört und genau das Richtige getan habe.

13.

Als sie am Strand angekommen waren und alles ausgepackt hatten, dachte Benjamin noch, sie würden sich jetzt ein bisschen ausruhen. Sie würden essen und vielleicht sogar den Rest des Tages am Strand verbringen. Eine Weile lagen sie auch wirklich nur faul da und taten nichts. Benjamin lag auf dem Bauch und hatte den Kopf so gedreht, dass er Brilliant sehen konnte. Bo saß neben ihr im Schneidersitz. Sie lag mit nackten Beinen auf dem roten Badetuch und wartete darauf, dass Bo wieder damit anfing, ihre Zehen zu zählen. Er hatte bei Nummer 6 aufgehört, denn sie hatte den Fuß zurückgezogen, weil auf einmal Edward aufgetaucht war. Im Ministerium hatten sie gesagt, Flower sei manchmal an diesem Strand gesehen worden. Benjamin stand auf. Vielleicht sollte er Edward helfen. Er ging zu ihm. Die Sonne war wie ein Glutofen. Das Schlimmste war der Sand. Der Sand war noch heißer. Während die Sonne auf den Kopf brannte, brannte der Sand an den Füßen. Als Benjamin näher kam, gab Edward ihm zu verstehen, dass er noch weitergehen sollte. Er wollte außer Hörweite sein. Sie gingen ein paar Meter und waren bald nur noch einen Steinwurf vom Meer entfernt. Die Brandung war jetzt so laut, dass man nichts mehr vom Ufer hören konnte.

Edward lächelte. »Du kommst aus Schweden, oder?«, fragte er.

»Nicht ganz ... Aus der Nähe«, antwortete Benjamin.

»Und warum hat dich dein Vater am Flughafen nicht abgeholt?«

»Mein Vater? Wer hat denn das gesagt?«, fragte Benjamin. Brilliant hatte Edward also davon erzählt. Einen Moment schwieg er, dann sagte er: »Mein Vater hat eben viel zu tun. Er kann sich nicht um alles kümmern. Ich treffe ihn später, wenn er weniger zu tun hat.«

Edward schaute ihn erstaunt an.

»So sind Väter eben«, sagte Benjamin. »Oder?«

»Mein Vater ist den ganzen Tag zu Hause.«

»Ja?«, fragte Benjamin. »Bei mir ist das anders. Ich sehe meinen Vater fast nie. Wir besprechen alles am Telefon.«

»Also ruft er dich jetzt an?«

»Nein, jetzt nicht. Er hat zu viel zu tun, er muss das ganze Projekt koordinieren. Das Projekt ist groß, sehr groß.«

»Und wann siehst du ihn dann?«

Benjamin lächelte. »Irgendwann ... Aber ich bin das gewohnt. Ich komme ganz gut allein klar.« Er grinste. Im nächsten Moment biss er die Zähne zusammen, damit Edward nicht merkte, dass er einen ganz anderen Gedanken hatte. In diesem Moment hatte er nämlich auf einmal die Idee, dass er seine Mutter anrufen und ihr alles erzählen sollte. Und seine Mutter würde sagen, dass er sofort zurückkommen musste. Und zwar auf der Stelle.

»Irgendwann fahre ich auch mal nach Europa«, sagte Edward.

»Ja?«, fragte Benjamin.

»Ja.« Edward nickte, als wäre es schon beschlossene Sache.

»Das ist sehr schwierig«, sagte Benjamin und wollte ansetzen zu erklären, was er darüber wusste. Er wollte von den Flüchtlingen erzählen, die sich im Motorraum eines LKWs versteckten und dann doch entdeckt wurden.

»Wie heißt der Mann, der mich gerettet hat?«, fragte Edward. »Du weißt schon, der mich aus dem Wasser geholt hat.«

»Ach so, ich weiß nicht genau. Er ist Italiener.«

»Ich habe ihn schon mal gesehen. Er spielt Basketball, oder?«

»Keine Ahnung.«

»Ja, er arbeitet für die UN. Er spielt bei einer liberianischen Mannschaft manchmal mit. Ich habe ihn einmal spielen gesehen, im Stadion in der Stadt.«

»Ach so.«

»Ich wollte ihm Danke sagen.«

Benjamin blickte zurück. Brilliant hatte sich auf den Bauch gelegt, Bo saß neben ihr und hatte sich auf dem Ellbogen abgestützt.

»Aber du musst das für dich behalten«, sagte Edward.

»Was?«, fragte Benjamin.

»Dass ich mich bedanken will.«

Benjamin nickte. Er schaute wieder zu den anderen. Brilliant und Bo lagen auf dem großen, knallroten Strandtuch, das Brilliant in ihrer Tasche dabeigehabt hatte. Sie hatte unglaublich viele Sachen dabei. Es war alles im Kofferraum von Romeos Taxi. Benjamins Koffer aber war immer noch im Haus von Brilliants Onkel, und er fragte sich, ob er ihn jemals wiederbekommen würde.

»Vielleicht kann er dir helfen, einen Job zu finden. Ich könnte den großen Italiener fragen.«

Edward grinste. »Vielen Dank.« Er berührte Benjamin kurz an der Schulter.

»Es ist schön hier, oder?«, sagte Edward.

Benjamin nickte. »Ja, es ist nicht ganz so heiß, wenn der Wind geht.«

Sie schauten auf die Wellen. Die Brandung war sehr stark. Die Wellen schlugen mit Wucht auf den Sand, und Benjamin überlegte, ob man wohl schwimmen könnte. Manchmal brachten sie die Patienten aus dem Krankenhaus ans Meer. Das wusste er von Augustine. Sie nannten es dann Rehabilitation. Paul hatte ihm die Tüte mit dem Sand gegeben. Sie war so gut zugeknotet gewesen, dass Benjamin sie noch nicht geöffnet hatte. Aus irgendeinem Grund dachte er, dass Paul etwas in der Tüte versteckt hatte und dass der Sand nur ein Vorwand für etwas war. »Flower ist ganz anders als die anderen Patienten«, hatte Augustine gesagt. Benjamin war schon auf dem Weg zurück ins Haus gewesen, als Augustine das gesagt hatte. Benjamin hatte sich mit ihm über sie unterhalten wollen. In der Nacht, als Bo den Mantel gebracht hatte und als im Krankenhaus etwas passiert war, über das Emily nicht sprechen wollte. Warum hatte Paul ihm die Tüte wohl zukommen lassen? Warum hatte er das getan? Wollte er, dass er Flower fand? »Am Anfang war sie so mager und so still. Aber dann, nach ein paar Wochen, ist sie ein richtig rundes Mädchen geworden. Ich habe sie einmal gesehen, da hat sie getanzt. Einfach so, ohne Musik«, hatte Augustine erzählt. Sie war einmal bei ihm im Wagen gewesen, als er ein paar Patienten zum Strand gefahren hatte. »Ich habe es in ihren Augen gesehen. Sie hat Augen wie sonst kein Mädchen hier ...« Er hatte den Kopf etwas gesenkt, als hätte er nachdenken müssen, wie ihre Augen aussahen. Dann hatte er gesagt: »Wie kein einziges Mädchen, das ich jemals gesehen habe.« Er hatte mit der Zunge geschnalzt, aber es hatte nicht wie ein Mann geklungen, der von einer Frau sprach, die er attraktiv fand. »Sie konnte einen so anschauen, dass man schon guter Laune war, nur weil sie Guten Tag gesagt hatte. Ich bin ja kein Arzt. Aber mir ist es ein Rätsel, warum so jemand in einem Krankenhaus bleiben muss. Ihre Augen und ihr Blick. Sie ist wirklich etwas Besonderes.« Er hatte ungläubig den Kopf geschüttelt. Das Gespräch war Benjamin unangenehm gewesen und Augustine ihm auf einmal nicht mehr ganz geheuer. »Frauen, das sind sehr komplizierte Gebilde«, hatte Augustine gesagt und ihm kurz zugelächelt. In diesem Lächeln hatte eine große Wehmut und Trauer gelegen, und Benjamin war schnell die Treppen hoch ins Haus und in sein Zimmer gerannt.

»Lass uns zurückgehen«, sagte Edward. Er nahm ihn am Arm. Alle fassen mich an, dachte Benjamin, alle nehmen mich am Arm. Nehmen mich irgendwohin mit. Er hatte plötzlich Lust, ins Wasser zu gehen. Er hatte Lust, mit Brilliant und Bo schwimmen zu gehen. Ob Edward dann auch mitkommen würde?

»Kennst du Mark International?«

»Wieso?«, fragte Edward.

»Nur so. Ich dachte ...« Benjamin schüttelte den Kopf. Er blieb stehen.

»Ich komme nach«, sagte er. Er wollte noch für einen Moment allein sein.

»Klar«, sagte Edward und ging weiter. Er strich sich über seinen Kopf. Seine Haare waren ganz kurz, sein Kopf beinahe kahlgeschoren. Er hatte eine Wunde am Kopf, und Benjamin fragte sich, was das wohl für eine Wunde sein könne, als ihm plötzlich Edwards T-Shirt auffiel. Er trug ein hellgrünes T-Shirt mit der Aufschrift Surf Instructions. Es war dasselbe T-Shirt, das Benjamin auch hatte. Es sah genauso verwaschen und schlabberig aus wie sein eigenes. Und es hatte an derselben Stelle am Hals ein kleines Loch. Benjamin kniff die Augen zusammen. Er trägt mein T-Shirt, dachte er. Es gehört mir, und er trägt es hier am Strand spazieren.

Wenig später fing es zu regnen an. Der Regen war nicht besonders stark, und da Benjamin immer noch nicht zurück war, blieb Brilliant noch einen Moment stehen. Der Sprühregen wehte ihr ins Gesicht. Es war wunderschön. Brilliant erinnerte sich daran, wie ihre Großmutter von diesem warmen besonderen Regen erzählt hatte, unter dem man sich manchmal so fühlte, als wäre man im Badezimmer. Es war, wie unter der Dusche zu stehen und noch eine halbe Stunde Zeit zu haben, dann blieb man immer noch einen Moment länger unter der Dusche. Und man duschte immer weiter und konnte gar nicht mehr aufhören. »Das sind die Tropen«, hatte ihre Großmutter gesagt. »Und am Ende, das verspreche ich dir, da willst du gar nicht mehr zurückkommen. Brilliant schloss die Augen. Einen Moment zögerte sie noch, als das Telefon klingelte, aber dann war sie doch zu neugierig. Es war die Sekretärin von Dr. Piwu. Sie wollte eigentlich gar nicht mit ihr sprechen, sondern nur Brilliants Onkel kennenlernen. Sie suchte einen neuen Job. Und während Brilliant mit geschlossenen Augen ihr Gesicht in den warmen und sanften Regen hielt, hörte sie gar nicht richtig zu. Aber dann sagte die Sekretärin doch etwas Interessantes. Sie erzählte etwas, was sie wahrscheinlich gar nicht sagen durfte und was Dr. Piwu Brilliant im Ministerium noch verheimlicht hatte. »Ich habe dafür kein Verständnis«, sagte sie. »Wenn solch eine Person so etwas tut«, sagte die Sekretärin. »Es ist besser, sie bleibt da, wo sie ist. Es ist gut, dass sie wieder in Salt Beach ist. Da gehört doch so jemand hin ... Wollen Sie sich nicht meine Telefonnummer aufschreiben?«, sagte sie noch, aber da hatte Brilliant schon aufgelegt. Salt Beach. Es sei gut, dass sie wieder in Salt Beach ist. Brilliant drehte sich um. Über dem Meer hingen jetzt schwarze dunkle Wolken. »Weißt du, wo Salt Beach ist?«, fragte sie Benjamin, der in diesem Moment auf sie zugelaufen kam.

Sie hatten sich das Schiff angeschaut. Benjamin hatte es entdeckt. Man musste ein paar Meter am Strand weiterlaufen, bis man es sehen konnte. Später dachte Bo, sie waren vielleicht nur deswegen am Strand gewesen, damit sie es sich zusammen anschauen konnten. »Schau dir dieses Schiff an«, hatte Benjamin gesagt, und dann erklärte er ihm in allen Details, was zu sehen war.

»Es ist noch vom Krieg«, sagte Bo. »Es ist vielleicht ein Kriegsschiff.«

»Nein«, sagte Benjamin. »Es sieht wie ein Frachtschiff aus.« Es lag zweihundert Meter entfernt. Benjamin war sehr aufgeregt. Es war riesig, es lag dort verrostet und gefährlich zur Seite geneigt, halb unter und halb über der Wasseroberfläche.

»Ist jemand drauf?«, fragte Bo.

»Nein. Wieso?«

»Manchmal wohnen Leute in einem Wrack. Es kostet nichts, und schön windig ist es auch.«

»Wahnsinn«, sagte Benjamin und erzählte Bo, wie das Schiff aussah. Benjamin war eine Viertelstunde lang verschwunden gewesen, aber dann war er zurückgekommen und hatte es ihm gezeigt. »Es sieht irre aus«, sagte Benjamin immer wieder. Bo mochte es, wenn Benjamin ihm etwas erklärte. Er beschrieb ihm alles so genau und mit so vielen Details, dass er es ganz vor sich sehen konnte. Niemand sonst tat das. Selbst George, der sich wirklich große Mühe gab, alles zu erklären, tat das nicht. Wenn George dabei gewesen wäre, hätte er sich bestimmt verplappert. Er hätte alles über die Wohnung erzählt und, dass Precious den ganzen Vormittag geheult hatte, als Max ihr erzählt hatte, dass er das Schulgeld nicht mehr zahlen konnte. Bo wäre gern noch länger geblieben. Er hätte gern gewusst, wie das Schiff hieß. Aber dann war der Regen immer stärker geworden, und Benjamin wollte wieder zurück.

Es prasselte und donnerte auf das Autodach. Romeo legte die Hände auf das Lenkrad und schüttelte den Kopf.

»Bei dem Wetter fahre ich nicht«, sagte er. Er wollte mehr Geld, aber Brilliant wollte es ihm nicht geben.

»Wenn du nicht willst«, sagte Brilliant, während sie sich mit dem T-Shirt von Edward die Haare abtrocknete, »dann fahren wir eben ohne dich.« Und dann war Romeo doch losgefahren. Edward hatte das T-Shirt ausgezogen und saß jetzt mit nacktem Oberkörper vorne neben Romeo. Es war Benjamins T-Shirt, und Benjamin dachte: Sie trocknet sich mit meinem T-Shirt die Haare ab. Aber dann ließ sie es einfach fallen. Edward musste sich sehr weit zurücklehnen, um es wieder aufzuheben.

»Ich würde da nicht hinfahren«, sagte Bo.

»Was wollt ihr denn in Salt Beach?«, fragte Romeo.

»Es ist jemand weggelaufen, und jetzt müssen wir sie finden«, sagte Bo.

»Aus dem Gefängnis kann man nicht so leicht weglaufen«, sagte Romeo.

»Aus dem Gefängnis?«, fragte Benjamin.

»Salt Beach ist das Zentralgefängnis von Monrovia«, sagte Bo.

»Es geht niemanden was an, wo wir hinfahren«, erklärte Brilliant.

»Aber das macht doch keinen Sinn«, sagte Benjamin. »Sie kann gar nicht im Gefängnis sein. Man kann nicht ins Gefängnis kommen, wenn man psychisch krank ist.«

»Aber vielleicht ist sie ja gar nicht krank«, wandte Brilliant ein.

»Im Tagebuch steht nichts davon, das Gefängnis wird überhaupt nicht erwähnt.«

»Woher willst du das wissen?«

»Wir können es ja holen ... Dann kannst du es ja nachlesen.«

Sie diskutierten hin und her. Sie stritten darüber, ob sie das Tagebuch holen sollten oder nicht. Der Wagen schlingerte durch den Sand. Der Weg zurück zur Hauptstraße war nicht asphaltiert. Jederzeit konnte es passieren, dass man im Sand steckenblieb, und Romeo kurbelte viel am Lenkrad herum, um sie auf Kurs zu halten. Schließlich einigten sie sich. »Du kannst es selbst überprüfen«, sagte Benjamin. »Und außerdem *kann* es gar nicht sein. Es ist gegen die Menschenrechte. Niemand kommt ins Gefängnis, wenn er psychisch krank ist. Schließlich ist die UN im Land, und gegen die Menschenrechte darf nicht verstoßen werden.« Er zog den Kopf ein und hob sein Bein etwas an, damit es Brilliant nicht im Weg war. Dann erreichte Romeo die Hauptstraße, und sie fuhren im Schritttempo durch den strömenden Regen zum Blauen Haus.

14.

Als Benjamin in seinem Zimmer war, setzte er sich für einen Moment aufs Bett. Er war wütend. Er hatte gedacht, sie würden zur Coconut Plantation fahren, und er würde die ganze Zeit mit Bo zusammen sein. Sie würden heimlich Club Beer trinken, am Pool sitzen und auf seinen Vater warten. Er wollte nicht mit ins Gefängnis. Eigentlich wollte er das Gefängnis schon gern sehen, aber er wollte nicht die ganze Zeit mit Brilliant zusammen sein. Er schaute sich um. Das Hausmädchen musste aufgeräumt haben, es war alles so sauber, als wäre er nie in diesem Zimmer gewesen. Es schien sogar so, als hätte sie die Wände saubergewischt. Der Gecko war nicht zu sehen. Vielleicht hat sie den Gecko von der Wand gewischt und ihn im Putzeimer ertränkt, dachte er. Aber dann fiel ihm ein, dass das Hausmädchen ja gar keinen Eimer benutzte. Sie wischte einfach mit den Füßen über den Boden. Sie stellte sich auf den Putzlappen und rutschte mit dem Putzlappen durch das ganze Haus, und es sah aus, als würde sie tanzen. Ich kann Flower genauso gut auch ohne Brilliant finden, dachte er. Ohne ihren tollen Psychiater-Großvater und ohne das blöde Team-Gerede. Er dachte an die Kassiererin im Supermarkt, mit der Brilliant sich gestritten hatte. Brilliant stritt sich ständig mit irgendjemandem. An diesem Tag hatte sie sich schon mindestens dreimal gestritten.

»Und, was jetzt?«, hatte die Kassiererin gefragt. »Willst du eine Tüte oder nicht?« Die Kassiererin hatte auf ihre Kassenschublade geschaut und die Augen verdreht. »Also gut.« Dann hatte sie sich lustlos vorgebeugt und nach der Tüte gegriffen. Auf einmal hatte sich Brilliants Stimmung verändert. Ihre Stimme hatte plötzlich einen ganz anderen Tonfall bekommen, als wäre sie von einem Stromstoß durchfahren worden.

»Lass das! Fass meine Sachen nicht an«, hatte sie gezischt.
»Wie bitte?«, hatte die Kassiererin gefragt.
»Wir brauchen doch gar keine Tüte«, hatte Bo noch gesagt.
Die Kassiererin hatte die Tüte in der Hand gehalten und Brilliant erstaunt angeschaut.

Benjamin schlug die Bettdecke zurück und griff nach dem Tagebuch. Er nahm das T-Shirt, das er am Tag zuvor getragen hatte, und wickelte das Buch sorgfältig darin ein. Er würde nicht mit zum Gefängnis gehen, er würde zu dem Mann gehen, den Mister Grimms ihm empfohlen hatte. Mark International. Mister Grimms war auf seiner Seite. Brilliant dagegen interessierte sich gar nicht für Flower. Für sie war das alles nur ein Abenteuer. »Mach, dass du wegkommst«, hatte die Kassiererin geflüstert. Benjamin hatte noch zu einer anderen Kasse gehen wollen, um schnell eine Tüte zu holen und die Einkäufe selbst einzupacken. Aber die Kassiererin hatte sich in ihrem Drehstuhl aufgerichtet und Brilliant angeschaut. Ihre Augen hatten geglüht und die ganze Lustlosigkeit und Müdigkeit, mit der sie Brilliant die Tüte hingehalten hatte, war verschwunden. »Mach, dass du wegkommst«, hatte sie geflüstert. »Du Kongo-Schnepfe. Verpiss dich.« Und dann hatte sie die Tüte zusammengeknüllt und in die Tasche ihres Kittels gesteckt.

Benjamin verließ das Zimmer. Er würde allein zu Mark International gehen. Ohne Brilliant. Er ging die Treppe herunter und lief zum Innenhof. Bei den Autos stand Augustine, der mit einem seiner vielen Lappen einen Land Cruiser putzte. Benjamin ging auf ihn zu und endeckte dabei Bakolou, der neben dem Tor auf dem Boden lag.
»Psst«, machte Augustine. »Ich glaube, er ist krank.«
»Was hat er denn?« Benjamin blieb einen Moment stehen.

»Ich weiß es nicht.« Augustine hob seinen Lappen und wedelte Bakolou Luft zu. »Er muss aber bald wieder gesund werden, denn er muss ja weiterarbeiten.« Er zeigte hinter sich, wo es den Berg hochging. »Er muss zum Ducor Hotel. In zwei Stunden fängt seine Schicht an.«

Benjamin schaute auf Bakolou. Er lag mit dem Kopf auf seiner Wollmütze und schlief.

»Ich habe ihn völlig durcheinandergebracht heute Morgen«, sagte Augustine, »und dann ist er auf einmal krank geworden.«

15.

Der Laden von Mark International war in der Randall Street, die nicht weit von der Coconut Plantation und dem Gefängnis entfernt war. Edward kannte ihn. Er hatte sich schon mal die Haare bei Mark schneiden lassen, aber nur ein einziges Mal, und er wollte nicht sagen, warum er nicht mehr hingegangen war. »Er ist sehr wortkarg«, sagte Edward. »Es wird schwer, etwas aus ihm herauszubekommen.«

Edward hatte von seiner Geschichte gehört. Mark war fast ein halbes Jahr im Cooper-Krankenhaus gewesen. So erzählten es jedenfalls die Leute. Niemand hatte damit gerechnet, dass er jemals in die Randall Street zurückkehren würde, an die Ecke UN Drive, wo er seinen kleinen Laden hatte. Aber genau dort war er eines schönen Tages wieder aufgetaucht. Als hätte es Schwester Sarah nie gegeben, die damals die Mitarbeiter des Geisterhauses angerufen und dann zugesehen hatte, wie diese Mark mit ihrem Wagen abgeholt und weggebracht hatten. Mark hatte ein paar Nägel in die Mauer der »Sittsamen Töchter der Heiligen Mutter Gottes« geschlagen.

Die Mauer, hinter der sich die berühmte Schule für Sozialarbeiter befand, deren Direktorin Schwester Sarah seit nunmehr 35 Jahren war. Es waren nur ein paar Nägel gewesen, an denen Mark seine Scheren, seine Hemden und seine Handtücher aufhängen wollte. Und was er sonst noch alles zum Haareschneiden brauchte. Es waren nur ein paar Nägel gewesen. Aber Schwester Sarah hatte das nicht gepasst. Hatte sie Angst gehabt, die Mauer der »Töchter der Heiligen Mutter Gottes« oder »Die Schule der Heiligen Mutter der Barmherzigkeit«, oder wie auch immer die Schule nun wirklich hieß, könnte einstürzen? Und jetzt wollte dieser Junge sich von ihm die Haare schneiden lassen. Wozu denn das? Edward würde ein Auge auf ihn haben. »Ich muss jetzt aufpassen, dass die Sache nicht außer Kontrolle gerät. Ich muss jetzt nicht nur auf Briliant aufpassen, sondern auch auf diesen weißen Jungen.« Er hätte sich nicht träumen lassen, dass er einmal zum Aufpasser eines Europäers werden würde. Das ist gar nicht so schlecht, sagte sich Edward. Wer weiß, was am Ende passiert. Es passiert immer irgendwas, wenn man mit Weißen zusammen ist, hatte sein Vater mal gesagt. Meist ist es eine Katastrophe, und dann hatte er gelächelt, was er nur selten tat.

Und so kam es, dass Benjamin kurze Zeit später auf einem wackeligen Holzhocker saß, der früher einmal, viele Jahre vor dem Krieg, ein Barhocker gewesen war. Er hatte neben fünf anderen Barhockern in einer Bar gestanden, die jetzt Red Lion hieß. Aber der Hocker stand nicht mehr im Red Lion, sondern auf der Straße. Direkt neben ihm war ein Stand, an dem man Geld wechseln konnte, und dahinter war eine hohe Lehmmauer, die von einem niedrigen Eisengitter umgeben war.

»Nicht zu kurz«, bat Benjamin. »Vielleicht so viel, ja?« Er zeigte es mit Daumen und Zeigefinger an. Mark nickte. Er griff nach einer Tüte, die an einem kleinen Haken direkt am Hocker hingen und in denen er jetzt alles aufbewahrte, was nicht nass werden durfte, und holte ein Handtuch heraus.

»Ich werde sehr schön schneiden«, sagte er. »Du wirst zufrieden sein.«

»Nicht zu kurz«, wiederholte Benjamin, drehte sich um und zeigte Mark noch einmal, was er genau meinte.

Mark nickte. Er bückte sich wieder und griff in seine Tüte, dann fing er an zu schneiden. Der Hocker war so hoch, dass Benjamins Füße nicht bis zum Boden reichten. Er saß wie in einer Bar am Tresen. Doch es gab keinen Tresen. Er saß draußen, am Rand einer Straßenkreuzung. Hinter sich die Mauer und vor sich die Straße, die an dieser Stelle einen Knick machte. Überall waren Schlaglöcher. Die Autos und Motorräder, die an dieser Stelle nach rechts abbogen, fuhren deswegen sehr langsam. Sie umfuhren alle ein riesiges, mit Wasser gefülltes Loch. Die Motorräder fuhren rechts vorbei, die Autos links. Ein paar Meter weiter endete die Straße und ging in einen Sandweg über, auf dem Felsstücke lagen, so dass nur Motorräder dort fahren konnten. Manchmal sah Benjamin ein Motorradtaxi geradeaus fahren. Vielleicht ließ sich dann irgendjemand zu der Siedlung bringen, die sich hinter dem College von Schwester Sarah befand und aus einfachen Holzhütten bestand. Dort waren irgendwo Bo und Brilliant. Vielleicht waren sie jetzt schon im Gefängnis. Obwohl Edward ihr davon abgeraten hatte, hatte Brilliant nur den Kopf geschüttelt und war gegangen. »Schließlich ist Bo ja bei mir. Er passt schon auf mich auf.« Das war vor einer halben Stunde gewesen. Mark schnitt jetzt sehr langsam und vorsichtig. Manchmal hielt er inne, ging um Benjamin herum, betrachtete seinen Kopf und setzte die Schere dann an einer anderen Stelle an. Benjamin überlegte, wie er das Gespräch anfangen sollte. Er überlegte, Mark zu erzählen, dass er selbst einmal im Cooper-Krankenhaus gewesen war und was er dort erlebt hatte, aber dann dachte er, dass das vielleicht doch keine so gute Idee wäre.

»Kennst du Emily?«, fragte er nach einer Weile.

Mark antwortete nicht. Benjamin hörte nur das Klicken der Schere. Dann sagte Mark etwas, aber in diesem Moment quälte sich ein Lastwagen die Straße hinunter. Der Fahrer machte sich keine Mühe, das Schlagloch zu umfahren, sondern fuhr mitten hindurch. Wasser spritzte auf. Die Leute, die neben ihnen standen, sprangen zurück.

»Emily aus Frankreich?«, fragte Mark. Er nahm das Handtuch und wischte die Wassertropfen von Benjamins Hose.

»Sie ist aus England«, sagte Benjamin. »Sie arbeitet nicht im Krankenhaus, aber sie passt darauf auf.«

»Ja«, sagte Mark.

»Sie hat mir von dir erzählt.«

Mark sagte nichts.

Benjamin wartete einen Moment. Er hatte gelogen, aber es war eine Lüge, bei der man sich nicht schlecht fühlte. Denn er wollte ja etwas herausfinden. Er würde sich die Haare schneiden lassen, und Mark würde ihm von Flower erzählen.

»Sie hat mir gesagt, ich soll dir Grüße ausrichten.«

»Danke«, sagte Mark, »das ist sehr freundlich.«

»Geht es dir jetzt besser?«

»Es geht mir ausgezeichnet.«

»Das freut mich.«

»Ich schneide Leuten die Haare. Heute habe ich schon drei Männern die Haare geschnitten, und zwei Männer habe ich rasiert.«

»Du rasierst auch?«

»Möchtest du rasiert werden?«

Benjamin schüttelte den Kopf. »Nein«, sagte er nur. »Ich habe gehört, sie schneiden im Krankenhaus die Haare mit einer Rasierklinge. Das hat mir jemand ...«

»Ach so«, Mark hielt inne. »Möchtest du, dass ich eine Rasierklinge nehme?«

»Nein, ich dachte nur ...«

»Dann werden die Haare viel kürzer. Sehr kurz.«

Es war schwierig. Benjamin schwieg eine Weile. Er wusste nicht, was er ihn noch fragen konnte. Sollte er ihn etwa ganz direkt fragen? Ihn fragen, ob er verrückt sei? Psychisch krank? Das konnte er natürlich nicht machen. Außerdem hatte ihm Emily gesagt, die meisten Patienten würden niemals zugeben, dass sie krank seien. Die meisten würden sagen, sie hätten Bauchweh oder Kopfschmerzen. Romeos Taxi stand ein paar Meter weiter am Straßenrand. Edward ging auf dem Bürgersteig hin und her und telefonierte. Benjamin hatte ein paar Minuten warten müssen, weil Mark noch einen Kunden gehabt hatte. Er hatte sich gefragt, warum Edward nicht mit Brilliant und Bo gegangen war. »Das Gefängnis kann man nicht einfach so besichtigen«, hatte Edward gesagt. »Früher hatten die Leute sogar Angst, ein Verbrechen zu begehen. Denn das bedeutete, sie würden zur Strafe nach Salt Beach kommen.« Aber sie hatten weniger Angst vor dem Gefängnis als vor dem Essen. Damals hatten die Schiffe, die Fleisch nach Liberia brachten, noch sehr viel Salz geladen, damit das Fleisch nicht verdarb. Und das überschüssige Salz war dann im Gefängnis gelandet. »Die Leute fürchteten sich sehr. Sie haben sich davor gefürchtet, im Gefängnis zu landen und dort etwas essen zu müssen«, hatte Edward erzählt. Es sei eine Art Folter gewesen, hatte er erklärt. Es sei so viel Salz im Essen gewesen, dass manche lieber verhungert wären. Daher komme auch der Name: Salt Beach. Ein Gefängnis, in dem man mit Salz gefoltert wurde.

»Und deswegen hat es früher auch viel weniger Verbrechen gegeben«, hatte Edward erklärt.

»Aber sie hat doch auch ein Verbrechen begangen«, hatte da Benjamin gesagt.

Edward hatte ihn erschrocken angeschaut. »Wer, Brilliant?«

Sie hatten noch ein paar Minuten zusammen an der Straßenecke gestanden, dann war ein Platz frei geworden, und Benjamin hatte sich auf den Stuhl zu Mark International setzen können. Und jetzt stand Edward neben einem Autowrack auf der gegenüberliegenden Straßenseite und telefonierte. Ob er Brilliants Onkel anrief und ihm alles erzählte?

»Vorsicht«, sagte Mark. »Vorsicht mit dem Kopf.« Dann schnitt er weiter.

»Wohnst du hier?«, fragte Benjamin. Es war keine besonders gute Frage, aber ihm fiel einfach nichts Besseres ein.

»Ja«, sagte Mark, »da vorne.«

»Da vorne?«

»Da.« Mark zeigte auf die andere Straßenseite. Zwei große UNICEF-Jeeps fuhren dicht hintereinander um das Schlagloch herum. Als sie vorbei waren, sah Benjamin, was Mark meinte. Mark zeigte auf das kaputte Auto, das Wrack, das an der Straßenecke stand.

»Da?«, fragte Benjamin.

Mark nickte. Mark musste also doch verrückt oder zumindest sehr arm sein.

»Darin kann man wohnen?«, murmelte Benjamin. Dann schwieg er wieder. Er hätte ihn gleich ohne Umschweife nach Flower fragen sollen, gleich am Anfang. Das wäre viel einfacher gewesen.

»Du hast sehr schöne Haare«, sagte Mark.

Benjamin nickte.

»Darf ich sie behalten? Ich kann vielleicht eine Perücke daraus machen.«

»Aber schneidest du denn so viel ab?« Benjamin drehte sich um. Mark legte seine Hand auf Benjamins Schulter.

»Ich sammele sie. Beim nächsten Mal gibst du mir wieder etwas, beim übernächsten Mal noch etwas. Nächstes Jahr haben wir eine Perücke. Ich verkaufe sie. Wir machen einen Vertrag.«

»Einen Vertrag?«

»Du bekommst ein paar Prozent ... Zehn?«

»Zehn?«

»Ja?«

Benjamin zuckte mit den Schultern. Ein großer, weißer Lastwagen umkurvte das Schlagloch, fuhr aber dann weiter geradeaus. Es schien erst so, als hätte er sich verfahren, dann blieb er jedoch vor einem Tor auf der gegenüberliegenden Straßenseite stehen. Auf der Laderampe stand eine Maschine, vielleicht ein Generator oder ein LKW-Motor. Die Bremsen quietschten, und die beiden Männer, die in ihrer Nähe am Straßenrand standen, zwei Geldwechsler, die sich auf ihre vergitterten Holzkästen gelehnt hatten, in denen ihr Wechselgeld war, schreckten zusammen.

»Oh«, sagte Mark und hielt kurz inne. Er schaute auf, dann schnitt er weiter.

»Der weiße Geist holt den alten Baum ab«, sagte einer der Männer. Er grinste herüber. Mark sagte nichts und schnitt weiter.

»Und du bist von hier? Bist du in Liberia geboren?«, fing Benjamin jetzt wieder an. Er hatte noch nichts erfahren, er wusste noch nicht einmal, ob Mark überhaupt im Krankenhaus gewesen war oder nicht.

»Nicht von hier, ja«, sagte Mark.

»Das heißt, du bist ... woanders geboren?«

»Ich bin immer nur hier. Ich gehe nicht zurück ins Krankenhaus.« Er machte ein paar Bewegungen mit der Schere, er schnitt ein paarmal in die Luft, als würde er etwas ausprobieren. Er ist wütend, dachte Benjamin. Er ist beleidigt, ich habe ihn gekränkt. Er holt aus, und dann schneidet er mir mein Ohr ab.

»Gleich kommt der Baum raus«, sagte der Geldwechsler und schnalzte mit der Zunge. »Pass auf.«

Das Tor öffnete sich.

»Ich war sechs Monate im Krankenhaus«, sagte Mark plötzlich, »aber jetzt bin ich zurück und gehe nie wieder dorthin.«

Eine Frau trat aus dem Tor.

»Ist sie das?«, fragte der eine Geldwechsler, er hatte einen Zahnstocher im Mund und bewegte ihn ständig von einem Mundwinkel zum anderen.

»Nein«, sagte der andere. Sie hatten sich beide auf ihre Holzkisten gelehnt und schauten herüber. Die Tür des alten LKWs öffnete sich, und ein alter Mann stieg heraus.

»Das ist *er.*«

»Der weiße Geist?«

»Ja, der weiße Geist, der Generator-Mann.«

Sie grinsten. Benjamin hörte ihnen kaum zu, er überlegte, was er als Nächstes fragen könnte.

»Und warum warst du im Krankenhaus?«, fragte er.

Mark legte die Schere an seine Schläfe und schnitt vorsichtig ein paar Haare über dem Ohr ab.

»Ich musste untersucht werden«, sagte er.

»Da«, sagte einer der Geldwechsler. »Das ist sie.«

Aber Benjamin beachtete die Frau, die die Geldwechsler »den Baum« nannten, nicht. Wenn er vielleicht den Kopf angehoben und aufgepasst hätte, hätte er sie sehen können. Der Tag hätte sich dann vielleicht anders entwickelt, und auch der darauffolgende Tag wäre ganz anders verlaufen. Benjamin hätte den Mantel bestimmt zurückgegeben, und die Suche nach Flower wäre vielleicht zu Ende gewesen. Und er hätte in der Nacht ganz normal in seinem Bett im Blauen Haus gelegen und weiter im Tagebuch von Barneby gelesen. *Sie balanciert über den Wasserfall,* hatte Barneby geschrieben. *Sie hat mir erzählt, sie balanciert über den Wasserfall.* Flower musste also besonders leicht und beweglich sein. Auf einmal fiel Benjamin etwas ein. Er erinnerte sich an eine Stelle im Tagebuch, in der Barneby davon geschrieben hatte, dass sie einen sehr langen Weg zu Fuß zurückgelegt hatte. Dass sie tagelang nur gelaufen war. Wohnte sie vielleicht gar nicht in Monrovia? War es ganz falsch, sie in der Stadt zu suchen? In seinem Tagebuch hatte Barneby nie von einer Suche in der Stadt geschrieben, er hatte überhaupt gar nichts von einer Suche erwähnt ... So als hätte er es nicht für nötig befunden und von vorneherein für aussichtslos gehalten. Benjamin nahm sich vor, das Tagebuch noch einmal ganz genau zu lesen. Mark drückte seinen Kopf nach unten, während er vorsichtig um sein Ohr herum weiter schnitt.

»Es stimmt«, sagte Mark. »Ich bin nicht von hier, ich bin aus Ghana.«

»Mmh«, machte Benjamin.

Mark schnalzte mit der Zunge. Benjamin schaute auf. In diesem Moment aber war die Frau, die die Geldwechsler »den Baum« genannt hatten, schon im Lastwagen verschwunden. Der alte Mann, dem der Lastwagen offenbar gehörte, kam auf sie zu. Er ging zu den beiden Geldwechslern.

»Und wieso bist du jetzt hier?«, fragte Benjamin.

»Es sind viele Leute hier«, sagte Mark langsam. »Einige sind hier, andere schon wieder weg. Viele sind in Ghana. Aber ich nicht.« Seine Hände tasteten Benjamins Kopf ab. Benjamin fühlte sich leicht. Ein kühler Wind wehte über seinen Kopf. Mark musste eine ganze Menge Haare abgeschnitten haben. Ob er wirklich eine Perücke aus seinen Haaren machen wollte?

»Scratchcard«, sagte der alte Mann. Er, den die Geldwechsler den weißen Geist genannt hatten, sprach mit einem starken französischen Akzent.

»Zehn oder fünf Dollar?«, fragte einer der Geldwechsler und bückte sich, um in seinen Kasten zu greifen.

»Gib mir vier. Zu zwanzig.«

Der Geldwechsler nickte. Benjamin schaute kurz zu ihm hinüber. Es war ein sehr alter Mann mit dünnen und krummen Beinen, die stark behaart waren. Er trug eine beigefarbene kurze Hose und ein zerknittertes Hemd. Die Haare standen in einem weißen Kranz von seiner Halbglatze ab. Er schaute über die Schulter zu seinem Lastwagen. In diesem Moment nahm Mark das Handtuch, breitete es über Benjamin aus. Er konnte nichts mehr sehen.

»Mach schnell«, sagte der alte Mann. »Ich stehe im Halteverbot.«

Die beiden Geldwechsler lachten. Der alte Mann lachte auch. Er lachte sogar noch lauter als die anderen. Mark lachte nicht. Er rubbelte vorsichtig über Benjamins Kopf, als müsste er seine Haare abtrocknen. Benjamin konnte sich keinen Reim darauf machen, warum er das tat. Er war am Ende doch verrückt, und zwar verrückter als alle, die er im Krankenhaus getroffen hatte.

»Was macht er da?«, fragte der alte Mann und zeigte auf Mark.

»Schneidet die Haare«, antwortete einer der Geldwechsler.

»Er soll aufpassen, sagt ihm das. Die Schwester hat ihn auf dem Kieker. Beim nächsten Mal …«

»Er passt auf«, sagte einer der Geldwechsler. »Willst du dir nicht die Haare schneiden lassen bei ihm? Er macht es gut.«

»Was?«, fragte der Alte. »Ich?«

»Er macht es kostenlos. Weil du es bist.«

»Ich schneide sehr schön«, sagte Mark.

»Ich lasse mir doch nicht den Schädel aufschneiden«, murmelte der Alte und lachte. »Gib mir das Wechselgeld in liberianischen … Aber bescheiß mich nicht wieder. Sonst sag ich's der Schwester.«

»Nein, nein … Wie viel willst du?«

»Den Rest. Ich sag doch, den Rest.«

»Und du willst wirklich keine schöne neue Frisur?«, fragte der Geldwechsler den alten Mann mit betonter Freundlichkeit. »Er kann auch rasieren.«

»Ich lasse mich von ihm nicht anfassen. Der bringt mich doch um … Wen hast du denn da am Wickel? Jemand mit roten Haaren?«

Benjamin konnte hören, wie der alte Mann mit den Schuhen über den Boden schabte und mit den Füßen seine abgeschnittenen Haare hin und her schob.

»Sie sind rot!«, hörte er den alten Mann sagen. Fass meine Haare nicht an, dachte Benjamin, aber er hielt den Kopf gesenkt. Mark hielt jetzt das Handtuch vor Benjamins Gesicht, als wollte er ihn vor dem alten Mann verbergen. Es war ein sehr großes Handtuch, und selbst Benjamins Arme und Hände waren darunter verborgen.

»Es ist von einer Perücke«, sagte der Geldwechsler. »Mark macht eine …«

»Möchtest du sie haben?«, fragte Mark und presste die Hände auf Benjamins Kopf.

»Pfft«, machte der alte Mann. »Jetzt beeil dich. Du brauchst den Scheiß nicht zu zählen.«

»Aber du wolltest, dass ich dich nicht betrüge.«

»Du betrügst mich ja doch.«

Er trat etwas näher an Mark heran.

»Pass du auf«, flüsterte er auf einmal. »Schwester Sarah lebt in diesem Land seit über dreißig Jahren und hat euch kleinen Fickern schon hundertmal den Arsch gerettet. Und du greifst sie mit einer Schere an ...«

»Es ist ein armer Junge aus Westpoint ... Er ist hier. Er hat bestimmt Angst vor dir. Wir ...«, mischte sich einer der Geldwechsler ein.

»Was?«

»Es ist der Junge unter dem Handtuch.«

»Ich meine Mark«, sagte der Alte. »Ich habe mit *Mark* gesprochen. Mark möchte nicht ins Krankenhaus zurück, oder? Wo sie dir Spritzen in den Körper jagen, was?«

»Ich habe Tabletten genommen«, sagte Mark. »Schwester Sarah hat meine Kleider weggeworfen. Sie hat meine Kleider alle auf einen Haufen geworfen. Sie sind verfault. Sie haben alle im Regen gelegen und sind modrig geworden.«

Benjamin war erstaunt, wie gesprächig Mark auf einmal war.

»Die Schwester ist eine Heilige«, sagte der Alte. »Eine heilige Frau. Sie hat euch im Krieg gefüttert und auf euch aufgepasst, ihr kleinen Ficker. Ihr seid ihr zu ewigem Dank verpflichtet. Auf den Knien müsstet ihr herumrutschen.«

»Wir rutschen auch auf den Knien vor ihr herum«, sagte der Geldwechsler. »Aber es war *sie*, die mit der Schere auf *ihn* losgegangen ist. Das war sie ... Nicht er. Sie war sauer wegen den Nägeln.«

»Sie ist eine heilige Frau! Bist du jetzt fertig?«

»Entschuldigung, aber ich habe mich verzählt.«

»Gib her, ich schenk dir den Rest. Es ist mir egal.«

»Mein Herr, ich *betrüge* Sie nicht«, sagte auf einmal der Geldwechsler ganz laut. »Ich habe Sie noch nie betrogen, und ich werde Sie auch nicht betrügen. Ich zähle es. Sie können zuschauen.«

Einen Moment schwieg der alte Mann, und man hörte den Geldwechsler zählen. Mark hielt noch immer seine Hände vor Benjamins Gesicht. Benjamin öffnete die Augen. Er hoffte, vielleicht etwas durch das Handtuch sehen zu können, aber der Stoff war zu dick. Er fühlte sich wie eine Mumie. Wie eine afrikanische Mumie. Der alte Mann trat jetzt wieder auf Mark zu.

»Was machst du mit dem armen Kerl?«, fragte er.

»Ein wirklich armer Junge«, sagte der Geldwechsler schnell. »Er hat seine Eltern verloren. Er hat Angst.«

»Ich schneide ihm die Haare«, sagte Mark feierlich.

»Sie müssten mal den alten Mantel sehen, den er anhat«, sagte der Geldwechsler. »Es ist das Einzige, was ihm noch geblieben ist.«

Der alte Mann schnalzte mit der Zunge.

»Das arme Schwein.«

»Die Eltern sind erschossen worden, oder?«

»Ja«, sagte der andere Geldwechsler, als wäre es ihm gerade wieder eingefallen. »Am helllichten Tag, als sie einkaufen waren.«

»Im Krieg, was?«, murmelte der Alte. »Ihr könnt froh sein, dass Schwester Sarah eure schwarzen Ärsche bewacht hat. Sie hat euch wie ihre eigenen Augäpfel gehütet. Da ... gebt ihm das! Bestell ihm schöne Grüße vom alten Fourier. Er soll sich was Anständiges zum Anziehen kaufen.« Benjamin spürte auf einmal, wie der Alte ganz nah an ihn herantrat.

»He, du«, rief er.

»Seien Sie vorsichtig«, sagte der Geldwechsler, der sich sofort neben ihn gestellt hatte. »Er ist sehr ... Er ist traumatisiert.«

»Wie heißt du, Bengel?«, rief der Alte.

Benjamin brach der Schweiß aus. Er spürte, wie Mark die Hände gegen seine Schläfen presste und sie leicht massierte. Ich muss was sagen, dachte Benjamin, ich muss ihm einen Namen nennen.

»Er hat seinen Namen vergessen«, sagte der Geldwechsler schnell.

»So ein Stuss. Er soll mir seinen Namen sagen, wenn ich ihm schon was spende. Geht er zu Schule?«

Niemand sagte etwas.

»Gehst du zur Schule?«

Benjamin nickte.

»Aha, Englisch spricht er schon mal. Du brauchst keine Angst zu haben.« Er tätschelte seine Wange, jedenfalls tätschelte er die Stelle unter dem Handtuch, die er für seine Wange hielt.

»Und wie heißt du jetzt?«

Benjamin nickte wieder. Aber das war natürlich keine richtige Antwort. Auf einmal wusste er, wie er hieß, auf einmal wusste er seinen Namen wieder.

»Bo«, sagte er. »Ich heiße Bo.«

»Mmh ...«, machte der alte Mann. »Ich wohne drüben in New Kru Town«, sagte er. »Da habe ich meine Werkstatt. Du kannst vorbeikommen und mir ein bisschen zur Hand gehen.«

»Danke«, sagte Benjamin.

»Ich heiße Charles Fourier, aber du kannst nach Charlie fragen ... So, jetzt muss ich aber los.« Er legte seine Hand auf Benjamins Bein und tätschelte sein Knie.

»Und mach die roten Haare weg. Das sieht ja widerlich aus.«

»Sehr wohl, mein Herr«, sagte Mark.

»Schickt mir den Jungen vorbei ... Ich kann dieses Elend nicht ertragen. Ich kann es nicht ertragen, wenn Kinder misshandelt werden. Bei mir kriegt er wenigstens was zu essen.« Dann ging er wieder zu seinem Lastwagen. Einen Augenblick später hörte Benjamin, wie die Lastwagentür zugeschlagen wurde und der alte Mann den Wagen startete und wegfuhr. Aber noch immer hielt Mark das Handtuch über seinen Kopf. Erst ein paar Sekunden später rissen sie ihm unter Gelächter das Handtuch vom Kopf. Eine kleine Gruppe von Zuschauern hatte sich gebildet. Sie standen in einem Halbkreis um ihn herum.

»Ui ...«

»Iiiih«, kreischte eine Frau. Alle lachten und zeigten mit den Fingern auf ihn. Auch Mark lächelte etwas, als Benjamin sich zu ihm umdrehte. Er wollte vom Hocker herunterspringen, aber der Geldwechsler, der einen Zwanzig-Dollar-Schein in der Hand hielt, trat auf ihn zu und sagte: »Das ist ein sehr gefährlicher Mann.« Er machte dabei ein ganz finsteres Gesicht. »Ab und zu holt er seine Freundin ab, wenn sie bei Schwester Sarah war und gebeichtet hat. Seine Freundin sieht aus wie ein Baum. Sie sind beide schlimm ... Stimmt's?« Er drehte sich zu den Leuten um.

»O ja. Meinen kleinen Jungen würde ich nicht zu ihm schicken«, sagte jemand.

»Die Leute sagen, seine Freundin kocht Hühnersuppe. Und sie nimmt die Knochen der Jungen dafür«, sagte eine Frau.

Alle lachten.

»Aber der Baum unterrichtet sie vorher, in der Schule von Schwester Sarah«, warf jemand ein.

»Ja, das tut sie.«

»Ja. Sie lernen Französisch und machen einen Computerkurs.«

»Aber die Computer sind doch immer kaputt«, sagte die Frau.

»Sie ist eine Deutsche … Oder?«

»Sie ist die Frau des Botschafters, aber der ist schon tot. Jetzt kocht sie Suppe für den alten Franzosen.«

»O ja«, rief jemand. »Damals gab es viele Deutsche hier. In Bong County, wo die Minen waren. Da kommt sie her.«

»Und wisst ihr was?«, sagte jemand. »Die Jungen müssen ihr die Haare kämmen, bevor sie ins Bett geht. Und sie geht früh ins Bett.«

»Iiiih.«

»Der Baum?«

»Ja, die Haare des alten Baums. Sie sind so lang wie eine Straße.«

»Ja«, rief jemand, und dann lachten wieder alle.

»Geh bloß nicht zu dem Alten«, sagte der Geldwechsler, und dann drückte er Benjamin fünf liberianische Dollar in die Hand. »Das ist für dich«, sagte er und nickte ihm zu. »Und viele Grüße von Charlie.«

Die Leute lachten.

»Du musst einen weiten Bogen um ihn machen«, sagte jemand.

Mark reichte ihm einen kleinen Spiegel. Es war weniger ein Spiegel als eine Scherbe. Ein Stück Spiegel, das gerade mal halb so groß war wie seine Hand. Er hielt den Spiegel vor Benjamins Gesicht.

»Bist du mit deinem Haarschnitt zufrieden?«, fragte Mark. Benjamin versuchte, sein Spiegelbild in der Scherbe zu finden, aber es gelang ihm nicht. Er drehte den Kopf hin und her, aber es war unmöglich. Als er wieder aufschaute, standen Brilliant und Bo vor ihm.

»He«, rief Brilliant. »Wie sexy siehst du denn aus?«

Alle lachten. Benjamin versuchte von dem Barhocker herunterzukommen, aber das war nicht so einfach.

»Und, hast du was herausgefunden?«, fragte Brilliant.

Benjamin schüttelte den Kopf.

»Soll ich dir sagen, was wir herausgefunden haben?«

»Ja.«

Sie beugte sich zu ihm. »Du wirst es nicht glauben ... Sie hat jemanden umgebracht! Sie hat jemanden getötet.« Benjamin erschrak.

»Aber das kann doch gar nicht sein.«

»Doch«, flüsterte sie. »Aber ich bin mir sicher, sie ist unschuldig. Sie hat bestimmt aus Notwehr gehandelt.«

Benjamin schaute sie an.

»Jedenfalls müssen wir sie so schnell wie möglich finden und in Sicherheit bringen.«

»Aber was hat sie denn getan?«

»Das wissen wir nicht genau, in Salt Beach ist sie ja nicht mehr. Wahrscheinlich ist sie geflohen. Es war ein Amerikaner da. Von der American Bar Association. Er hat mir seine Visitenkarte gegeben. Wir können ihn anrufen, wenn wir Hilfe brauchen.«

»Und wo ist sie dann?«

»Auf der Flucht. Sie versteckt sich vielleicht irgendwo. Und was hast du gemacht? Du hast dir echt die Haare schneiden lassen.« Sie kniff die Augen zusammen.

»Ich habe recherchiert.«

»Oh, beim Haareschneiden?«

Benjamin drehte sich zu Mark um. Der hatte noch keinen neuen Kunden und stützte sich auf seinem Hocker ab. Erst jetzt sah Benjamin, wie Mark wirklich aussah. Er hatte sehr dichtes und kräftiges Haar und einen kleinen Schnauzer. Benjamin zögerte einen Moment, aber dann ging er zu ihm hinüber.

»Ich wollte dich noch etwas fragen«, sagte er zu Mark.

»Bist du nicht zufrieden?«

»Doch …« Er drehte sich kurz nach den anderen um. »Kennst du ein Mädchen namens Flower?«

Mark sah ihn an.

»Weißt du vielleicht, wo sie ist?«

Mark verbeugte sich leicht. »Flower?«

»Ja.«

Plötzlich strahlte er. »Es ist eine Freundin von mir. Ich kenne sie aus dem Krankenhaus.« Er sah auf einmal ganz freundlich aus und grinste. »Ihr findet sie auf dem Markt in Waterside.«

»Auf dem Markt?«

»Ja, sie verkauft dort etwas.«

»Was denn?«, fragte Benjamin.

»Das weiß ich nicht. Aber sie ist dort. Ihr werdet sie dort finden.«

Benjamin bedankte sich bei ihm. Er frohlockte. Er wusste, wo sie war. Barneby hatte das nicht geschafft. Der hatte immer nur geschrieben, wie sehr er sie vermisste und wie leid es ihm tat, dass sie weggelaufen war, aber auf die Suche hatte er sich nicht gemacht. Vielleicht hatte er dafür auch keine Zeit gehabt. Benjamin ging zu den anderen und erzählte ihnen die Neuigkeit. Sie waren alle begeistert. Nur Brilliant schaute ihn etwas komisch an.

»Am besten fangen wir gleich an«, rief Benjamin.

Bo legte seinen Kopf schief, während er mit den Händen Benjamins Kopf abtastete, und dann sagte er: »Ohne Haare siehst du jetzt wie ein richtiger Außerirdischer aus. Du bist der Präsident von Schwedianien. Herzlich Willkommen in Liberia!« Und dann gab er Benjamin die Hand und schüttelte sie, als hätten sie sich gerade erst kennengelernt.

16.

»Warum schaust du denn die ganze Zeit aus dem Fenster?«, fragte Brilliant Benjamin, als sie wieder im Auto saßen. Bo saß neben ihm und merkte, dass Benjamin nach draußen schaute. Suchte er seine Haare? Er hatte nicht mehr viele. Doch es musste etwas anderes sein, und Bo dachte, er sollte ihn lieber in Ruhe lassen. Vielleicht entwickelte er einen neuen Plan.

»Es ist gleich da drüben«, sagte Romeo. »Ihr könnt auch laufen.« Er schaute geradeaus. Romeo hatte keine Lust mehr. »Gleich kommt man mit dem Wagen nicht mehr weiter.« Aber er brachte sie dann doch bis zur Broad Street. Sie vereinbarten, dass sie ihn später anrufen würden, wenn sie ihn wieder brauchten. Dann würde er kommen und sie abholen.

»Wir teilen uns am besten auf«, sagte Benjamin. »Wir tun einfach so, als wären wir ganz normale Besucher. Das ist die beste Tarnung.«

Aber Brilliant wollte nicht alleine über den Markt gehen.

»Wieso denn nicht?«, fragte Benjamin.

»Du bist sehr mutig«, sagte Bo. »Bist du schon mal auf dem Markt gewesen?« Bo war nicht so gern in Waterside. Nur wenn jemand dabei war, neben ihm herging und ihm erklärte, was es alles zu sehen gab. Dann wiederum war er gerne dort. Er stellte sich immer vor, er würde später, wenn er alle Schulen und Universitäten auf der Welt durchlaufen hätte, in Waterside einkaufen gehen. Seife, Handtücher, Rasierschaum. Was man eben alles so brauchte. Und seine Diener würden neben ihm und vor ihm laufen und nach rechts und links schauen. Sie würden ihm zurufen, was es zu welchem Preis gab. Er würde sich die verschiedenen Seifen unter die Nase halten, sich den Rasierschaum probeweise aufs Kinn schmieren und mit der Hand über die großen Stoffstapel streichen. Die Händler boten alles feil, sie hatten alles auf Lager. Sie sorgten dafür, dass jeder Traum in Erfüllung ging. Einer trug schwarze Anzüge, die an Drahtbügeln hingen, auf seinem Rücken herum, ein Anderer war hinter einem Berg von T-Shirts aus Europa verschwunden, die aus der Altkleidersammlung stammten. Es dauerte eine Ewigkeit, bis sie am Ende des Marktes angekommen waren und feststellen mussten, dass sie Flower nicht gefunden hatten. Bo fehlte sein Stock. Sein Blindenstock. Es war das erste Mal seit langem, dass er ihn vermisste. Er musste sich schließlich damit behelfen, sich an Benjamins T-Shirt festzuhalten, und da er auch sein Radio nicht dabei hatte, lief er hinter den anderen her und stellte sich vor, er müsste eine Rede halten: Könnt ihr das Murmeln hören, das Wispern und Flüstern? Hört ihr das Rascheln der Geldscheine und das Husten der Unzufriedenen, das Räuspern der Geprellten und das Zetern der Gierigen? Könnt ihr es hören? So ging seine Rede. Mmh, dachte Bo. Ob er die Präsidentin mit solch einer Rede beeindrucken könnte? Ob die Präsidentin überhaupt in Waterside einkaufen ging?

»Ich glaube, wir geben es auf«, sagte Brilliant und blieb stehen.

»Was hat die Frau gesagt, die den Ingwer verkauft hat?«, fragte Benjamin.

»Wer hat was gesagt?«, rief Bo.

»Dass wir bis zur Brücke gehen sollen«, sagte Edward.

»Sie hat doch gesagt, sie *heißt* gar nicht Flower.«

»Aber sie wird so genannt. Es ist nur ein Spitzname.«

»Bis zum Ende der Brücke, hat sie gesagt«, beharrte Benjamin. »Und dass sie Kissen verkauft.«

»Sie hat eine Plastikblume im Haar.«

»Die Frau mit dem Ingwer?«

»Aber die Brücke ist doch eingestürzt. Das ist doch die eingestürzte Brücke.«

»So hat sie es jedenfalls gesagt.«

»Aber da hinten gibt es kaum noch Geschäfte.«

»Kissen!«, rief Brilliant. »Wieso ausgerechnet Kissen?«

»Das hat die Frau mit dem Ingwer gesagt.« Benjamin dachte an die Botschafterin. Er dachte an den leuchtenden Ball, den sie ihm gegeben hatte. Er war ihm peinlich gewesen. Als wäre er ein kleines Kind, das man mit einem solchen Ball beeindrucken könnte. Und während ihm Mark, ohne dass er es bemerkt hatte, fast eine Glatze geschnitten hatte, war die Botschafterin nur ein paar Meter von ihm entfernt in einen Lastwagen gestiegen. Die Botschafterin war der »Baum«. Die alte, große, magere Frau, die so lief wie ein Baum, der seine Wurzeln hinter sich herschleifte. So hatten die Geldwechsler sie beschrieben. Aber da war der Lastwagen mit dem alten Franzosen, der ein Geschäft für Generatoren in New Kru Town hatte, schon wieder abgefahren. Komischerweise hatte es Benjamin gar nichts ausgemacht. Er fühlte eine gewisse Erleichterung. Er hätte den Mantel zurückgeben müssen. Oder er hätte erklären müssen, wieso er den Mantel überhaupt besaß.

Sie teilten sich auf. Bo ging zusammen mit Benjamin, und Edward mit Brilliant. Sie gingen zu den Marktleuten, um nach Flower zu fragen. Zwei von ihnen schienen sie wirklich zu kennen, aber dann stimmte das Alter nicht, oder irgendetwas anderes passte nicht. Eine Marktfrau, die Papayas und Kartoffeln verkaufte, hielt Benjamin auf und fragte:

»Ist etwas nicht mit ihr in Ordnung?«

»Wir suchen sie nur«, sagte er.

»Geht es ihr nicht gut?«, fragte sie. Sie trat hinter ihrem Stand hervor und kam zu ihm. »Sie ist ein besonderes Mädchen. Was ist mit ihr passiert? Ist ihr etwas zugestoßen?«

»Nein«, sagte Benjamin. »Ich habe nur so gefragt. Wissen Sie denn, wo sie ist?«

»Oh, es muss ihr schlechtgehen, und dabei ist sie ...«

»Warum sollte es ihr schlechtgehen?«, fragte er.

»Ich habe sie schon lange Zeit nicht mehr hier gesehen. Früher war sie oft ein paar Tage fort, und niemand wusste, wo sie war. Aber wenn sie wiederkam, waren wir glücklich. Sie kam manchmal auch zu Fuß hierher, von weit her, um Geld zu sparen. Sie hat alles gespart und wieder in ihr kleines Geschäft investiert.« Sie trat etwas näher an Benjamin heran. Er hatte ihr zwei große Kartoffeln abgekauft. Er wollte Bo später zeigen, wie man Kartoffeln aß. Bo hatte noch nie Kartoffeln gegessen, und obwohl Benjamin Kartoffeln nicht besonders mochte, dachte er, sie könnten sie vielleicht später kochen und zusammen essen. Die Kartoffeln waren nicht billig gewesen, sogar teurer als in Berlin. Und jetzt steckten sie in den Manteltaschen. Benjamin vermutete, dass das sicher komisch aussah, wie er durch den Markt lief, mit zwei Kartoffeln in der Tasche.

»Hat ihre Familie sie verstoßen?«, fragte die Frau. »Sie hat mal so etwas erzählt. Dass sie sich fürchtet und dass sie am liebsten nie mehr zu ihnen zurückkehren würde. Aber sie hat mir immer geholfen. Sie hat mir gute Laune gebracht. Sie hat meinen Namen gerufen. Joseffa, hat sie gerufen ... Du bist ja so dick wie eine Kuh. Und dann haben wir uns umarmt. Wir waren wie Geschwister. Und du hättest sie mal sehen sollen, wie sie der Susu-Frau hinterhergelaufen ist und sich beschwert hat, wenn die Kasse nicht stimmte. Joseffa, du bist ja so dick wie eine Kuh, hat sie gerufen ...« Die Frau lachte und hörte gar nicht mehr auf zu erzählen. »Wie eine Kuh!«, rief sie immer wieder und lachte.

»Wir werden sie bestimmt finden«, sagte Benjamin. Sie fragte ihn, ob er noch mehr Kartoffeln kaufen wolle, aber er schüttelte den Kopf und wollte weitergehen.

»Ich habe gehört«, sagte die Frau plötzlich mit leiser Stimme, »dass sie mit einem Mann fortgegangen ist. Aber dann haben sie den Mann weggeschickt ...« Sie zog die Augenbrauen hoch und nickte. Benjamin drehte sich wieder zu ihr hin und hörte ihr zu. Der ganze Lärm dröhnte um ihn herum, die anderen waren schon ein Stück weitergegangen und sprachen mit anderen Marktleuten.

»Sie war noch mal hier«, sagte Joseffa leise. »Sie war sehr verzweifelt. Sie brauchte Geld. Und ich wollte ihr auch welches geben. Wir halten ja zusammen. Man kriegt hier niemanden auseinander. Aber dann ... ist sie nicht mehr gekommen.«

Es kam Benjamin so vor, als hätten sie Hunderte von Leuten nach Flower gefragt. Am Anfang hatte Brilliant die Marktfrauen und die Jungen, die Schuhe, Radios oder Socken verkauften, gefragt. Sie hatte nicht auf die Ware geachtet, sondern nur danach geschaut, wer vielleicht so aussah, als könnte er sie kennen. »O ja«, sagte ein alter Mann, als sie wieder alle zusammen waren. Er hatte eine Schubkarre voller Parfüm vor sich aufgestellt, »das Mädchen, das die Kissen verkauft. O ja ...« Er schnalzte mit der Zunge und ließ seinen Kopf in den Nacken fallen. »Sie ist ein Wirbelwind, kaum zu fassen. O ja ... Ich erinnere mich, aber es ist schon eine Weile her. Etwas ist mit ihr gewesen, und sie hatte auch keine Kissen mehr verkauft, sondern etwas anderes.«

»Was hatte sie denn?«, fragte Benjamin.

»Das weiß ich nicht. Ich sehe nicht mehr so gut, ich achte nicht darauf. Schau …« Er zeigte auf eine türkisfarbene Packung mit Herrenparfüm. »Vielleicht etwas für dich. Hm?«

»Und wann war das? Wann haben Sie sie das letzte Mal gesehen?«, fragte Brilliant.

»Ach … Das weiß ich nicht mehr. Es ist schon eine Weile her. Ich habe ihr eine kleine Flasche geschenkt. Eine kleine Flasche Love's Baby Soft. O ja … Mir ist der Geruch nicht ganz geheuer, in meinem Alter. Sie hat mir ins Ohr geflüstert. Und dann ist sie gegangen.«

»Und was hat sie gesagt?«

»Was sie gesagt hat?! Danke … Danke, hat sie gesagt.« Er lachte, und man konnte sehen, dass er kaum noch Zähne hatte. Ein paar seiner Backenzähne waren aus Gold, woraus man schließen konnte, dass er einmal bessere Zeiten erlebt haben musste und sich eine richtige Zahnbehandlung hatte leisten können.

»Ihre Stimme klingt … wie … Rauch«, sagte er. »Wenn sie mir in mein Ohr geflüstert hat … Danke, Saah. Danke, mein lieber Saah … Wie Rauch.«

»Wie Rauch?«, fragte Brilliant und ihr Gesicht verzog sich zu einer Grimasse.

»Genau, wie Rauch«, wiederholte der alte Mann, bückte sich und holte eine Packung Chanel N° 5 aus der Schubkarre. »Weißt du, was das ist?«

»Ja.«

»Ich kann schon sehen, dass es zu dir passt«, sagte er und hielt das Parfüm neben sie. »Willst du es probieren?«

»Ich hasse Parfüm«, sagte Brilliant beiläufig. »Wir suchen Flower. Ich habe morgen Geburtstag. Wir wollen Flower zu meiner Geburtstagsparty einladen.«

»Ach ja«, machte der Alte. Er nickte mehrmals und schaute in seine Schubkarre, als würde er überlegen, welches Parfüm er ihnen noch anbieten könnte. »Sie ist hier herumgelaufen. Ich habe sie oft gesehen. Sie war eine begnadete Verkäuferin. Erst hat sie Wasser verkauft, aber dann hat sie sich hochgearbeitet ... Ein fleißiges Mädchen. Man kauft ihr einfach alles ab, nur weil sie so charmant ist. Ich habe ihr einmal ein Kissen abgekauft, nur weil sie mir erzählt hat, was alles *in* dem Kissen ist. Wie weich es ist und wie gut man darauf schläft. Und wie sie dann den Kopf schief legt ... Als würde man schon mit ihr im Bett liegen.« Er grinste, und seine Zahnlücken kamen zum Vorschein. »Obwohl ich ja gar kein Kopfkissen brauche«, setzte er noch hinzu. »Aber dann ... Das verstehe ich nicht. Etwas war mit ihr ... Aber sie hat es ja niemandem gesagt. Wartet.« Er legte seinen Zeigefinger an den Mundwinkel. »Ich erinnere mich an etwas ...«

»Was?«, fragte Benjamin.

»Sie war einmal auf dem Schiff. Dem Schiff, auf dem die Ärzte und Nonnen waren. Es lag am Ufer.«

»Das Mercy Ship!«, rief Bo, der die ganze Zeit nichts gesagt hatte und jetzt wie aus einem Traum aufgewacht zu sein schien.

»So ist es, mein Sohn ... Da ist sie gewesen. Jemand hat es mir erzählt. Wer war es noch ... Sie war dort. Sie sollte dort geheilt werden. Obwohl sie gar nicht krank war. Doch es hieß, sie wäre auf dem Schiff. Wie heißt es?«

»Das Mercy Ship«, rief Bo, »aus Amerika.«

»Aus Amerika«, sagte Saah und nickte, als wäre es ihm wieder eingefallen. »Ja, Amerika.«

»Und wo ist es?«, fragte Brilliant.

»Amerika«, wiederholte der alte Mann, und seine Züge verdüsterten sich auf einmal. »Dort könnte sie vielleicht sein.« Er schaute auf, sein Mund zitterte etwas. Er wirkte sehr müde und erschöpft. »Hol es der Teufel, das Amerika. Soll es der Teufel holen ...«

»Aber wo finden wir es denn, dieses komische Schiff?«

»Das Mercy Ship?«, fragte Bo.

»Ja. Wo ist es? Das hört sich gut an. Vielleicht ist sie ja dort. Wir fahren hin. Es ist bestimmt am Hafen«, sagte Brilliant.

»Es ist weg«, sagte Bo. »Das Mercy Ship ist weg.«

»Ja«, murmelte der alte Mann und bückte sich wieder über seine Schubkarre, um seine Parfümflaschen und Parfümschachteln zu ordnen. »Sie ist nach Amerika gefahren ... Ja.« Dann richtete er sich mühsam wieder auf. Er hatte ein kleine, rosafarbene Flasche Love's Baby Soft in der Hand. Suchend schaute er sich um, wem er die Flasche nun anbieten sollte. Nach einem Moment des Zögerns gab er sie Benjamin.

»Hier«, murmelte. »Gib sie ihr ... in Amerika haben sie Parfüm. Oh ... Noch und noch. Aber das hier bestimmt nicht. Es ist aus Frankreich, glaube ich ... Fahr zur Park Hill Community, nach New York. Zu African Refuge. Da sind alle Liberianer. Du wirst sie finden.« Er drehte sich um und stellte sich wieder an den Platz hinter seiner Schubkarre.

»Kennst du das? Park Hill Community?«, fragte Benjamin Brilliant.

»Natürlich, aber da leben nur die Versager. Die, die es in New York nicht geschafft haben.« Und dann war sie schon zum nächsten Stand gegangen und hatte einen Jungen, der Schuhe verkaufte, gefragt: »Kennst du dieses Mädchen? Sie verkauft Kissen. Weißt du ... So eine rauchige Stimme. Sieht irre gut aus. Also so, dass es dich richtig umhaut.« Doch sie hatte so schnell gesprochen, dass der Junge sie gar nicht verstand, sondern sie nur ganz irritiert anschaute.

Aber dann hatte Brilliant plötzlich keine Lust mehr.

»Wir können uns ja wieder aufteilen«, sagte Benjamin. »Ihr geht in die eine und wir in die andere Richtung.«

»Der Außerirdische will Flower jetzt doch unbedingt finden«, sagte Bo.

»Wir suchen morgen weiter«, sagte Brilliant. »Ich bin müde.«

Benjamin schüttelte den Kopf. »Der Markt geht noch ein Stück weiter. Ich suche da vorne weiter, ihr könnt ja hier warten.« Er dachte an das Tagebuch. Er musste es noch einmal in Ruhe lesen. Vielleicht hatte Barneby ja doch etwas über Flowers Eltern und ihre Geschwister geschrieben. Seine Eintragungen hatten ganz abrupt aufgehört. Vielleicht hatte er ganz plötzlich abreisen müssen, wie Carlos schon vermutet hatte. Vielleicht war es das gewesen. Er hatte Pokie mitgenommen und hatte eine Reise gemacht, um Flower zu finden.

»Also gut«, sagte Brilliant und zuckte mit den Schultern, »ich warte hier mit Edward.«

Benjamin und Bo gingen alleine weiter. Bo war müde, und während er sich unauffällig an Benjamins T-Shirt festhielt, fragte er sich die ganze Zeit, warum sie nicht am Strand geblieben waren und warum Benjamin auf einmal so ungeduldig geworden war. Er hatte sie doch noch nie gesehen. Und was war sie schon anderes als ein Mädchen, das auf dem Markt Kissen verkaufte und aus dem Krankenhaus weggelaufen war? Bo dachte an das Mercy Ship. Er wäre gern mal auf diesem Schiff gewesen. Es hatte am Hafen in Freeport gelegen. Es hieß, sie hätten die modernsten Computer und sogar einen eigenen Starbucks an Bord, wo der Kaffee so gut sein sollte, dass man mehrere Wochen nicht schlafen konnte. Er hatte seine Schwester in Ghana am Telefon einmal gefragt, ob es dort nicht auch ohne Operation ginge. Einfach so. Alleine dadurch, dass man an Bord war. Und dann würde man wieder von Bord gehen und wäre geheilt.

»Willst du wirklich den ganzen Markt absuchen, Außerirdischer?«, fragte Bo und blieb stehen.

»Aber ...«

»Sollte man nicht das Schicksal entscheiden lassen? Der große Okogo pflegt zu sagen ...«

»Was pflegt er zu sagen?«

»Er pflegt zu sagen, man soll das Leben manchmal dem Schicksal überlassen und zuschauen, was es mit dem Leben anstellt. Sagt der große Okogo.«

»Aber wollen wir sie nicht finden?«

»Brilliant will sie finden.«

»Meinst du?«

»O ja, Außerirdischer ... Hast du das noch nicht gemerkt?«

»Ich glaube, sie langweilt sich, und eigentlich ist es ihr egal, was wir machen. Die Hauptsache ist, wir machen *irgendetwas,* und sie muss nicht im Haus von ihrem Onkel bleiben.«

»Ich glaube, der Außerirdische übersieht da ein Detail.«

Sie waren an einem Stand stehengeblieben, der aus einer Bretterkonstruktion bestand und etwas besser aussah als die anderen Stände. Zwei Liberianer mit Wollmützen sortierten Kassetten. Sie trugen Kopfhörer.

»Welches Detail übersehe ich denn?«, fragte Benjamin lachend.

»Zunächst einmal: Sie hat sich in dich verliebt. Und dann ...« Bo unterbrach sich und tastete sich an den Stand heran. Hunderte von Kassetten lagen sorgfältig geordnet auf der Tischplatte. »Interessant«, sagte Bo und beugte sich über die Kassetten. Auch Benjamin trat an den Stand heran und schaute auf die Kassetten. Bo wühlte in den Kassetten herum, hielt ab und zu eine hoch und zeigte sie dann Benjamin.

»Und das?«, fragte er.

»Grover Washington.«

»Und das?«

»Wu-Tang Clan.«

Bo beugte sich wieder über die Kassetten. »Wenn sie sie nämlich findet ... Dann hat sie etwas ganz Bestimmtes mit ihr vor«, sagte Bo.

»Was denn?« Benjamin schaute sich eine der Kassetten genauer an. Ihm fiel auf, dass die meisten gar keine Originalkassetten waren, sondern kopierte Cover hatten oder nur mit der Hand beschriftet waren.

»Brilliant will dir den Spaß verderben«, sagte Bo. »Sie will Flower *vor dir* finden, als Erste, und dann ... Und wenn sie sie nämlich gefunden hat, dann bekommst du sie nicht mehr.« Bo beugte sich wieder über die Kassetten.

»Weißt du was, Außerirdischer?«, fragte Bo jetzt.

»Ich habe das noch nicht verstanden. Wieso sucht Brilliant sie denn überhaupt?«

»Sie sucht etwas ... anderes. Vielleicht sucht sie etwas, von dem wir gar nichts wissen. Sie kommt schließlich aus einer ganz anderen Welt. Sie sucht die Erlösung oder eine köstliche Pfeffersuppe, die so scharf ist, dass ...« Bo hielt inne und grinste.

»Ich habe eine ganz andere Idee«, sagte er auf einmal. »Wir suchen jetzt Lucky Dube.«

»Lucky Dube?«

»Ja, den Musiker«, Bo griff schnell nach einer Kassette, hielt sie Benjamin vor die Augen und fragte: »Ist es das?«

Benjamin schüttelte den Kopf. »Nein.«

»Oh ... Lucky Dube«, hörte Benjamin plötzlich eine Stimme hinter sich. »Lucky Dube, das ist eine gute Wahl. Wusstet ihr, dass er bei den Mormonen war?« Ein Mann trat auf einmal neben Benjamin. Er war groß und trug ein schwarzes Jackett mit goldenen Knöpfen und eine verspiegelte Sonnenbrille. Benjamin hatte ihn kurz zuvor schon einmal gesehen. Er hatte sehr teuer aussehende Lacklederschuhe anprobiert und dabei die halbe Straße blockiert. »Das ist eine sehr strenge Religion. Sehr streng! Aber sie verdienen gutes Geld. Er fuhr einen Chrysler 300 c, als sie ihn erschossen haben. Einen Chrysler 300 c. Schade ... Er war ein begnadeter Musiker. Oder sage ich da was Falsches?« Er drehte sich zu Bo, und dann wieder zu Benjamin. In der Art, wie Bo jetzt den Kopf anhob und zu ihm herüberschaute, hätte Benjamin erkennen können, dass etwas mit dem Mann nicht stimmte.

»Soll ich euch bei der Suche ein bisschen helfen?«, fragte er und schaute kurz über den Rand seiner Sonnenbrille.

17.

Es dauerte keine Minute, da hatte der Mann eine Lucky-Dube-Kassette in der Hand.

»Hier«, sagte er. »Man muss nur wissen, wo man suchen muss. Das ist einer der wichtigsten Grundsätze in diesem Land. Es gibt *alles*. Du musst nur wissen, wo es zu finden ist.« Sein Anzug war ihm etwas weit, wirkte aber sehr elegant. Vielleicht war er eine Art Marktleiter oder ein Geschäftsmann, der gerade eine Mittagspause machte.

»Vielen Dank«, sagte Bo. Der Mann nickte, aber er gab ihnen die Kassette nicht. Er hielt sie in der Hand. Wahrscheinlich wollte er sie ihnen später geben.

»Lust auf einen kleinen Spaziergang?«, fragte er.

Benjamin nickte. Bo sagte nichts.

»Wir sind mit Freunden verabredet«, erklärte Bo.

»Ich bringe euch zurück zu ihnen … In ein paar Minuten.« Er wandte sich an Benjamin. Er zeigte auf die Straße. Zwei Männer zwängten sich an ihnen vorbei. Jeder von ihnen hatte ein Paar großer, schwarzer Gummistiefel über der Schulter hängen, und Benjamin musste sich ducken, um die Stiefel nicht ins Gesicht zu bekommen.

»Monrovia ist eine Stadt im Wandel«, fuhr der Mann fort. »Jetzt sieht sie vielleicht ein bisschen zerfleddert aus … Ein bisschen schäbig. Wie ein zerfledderter Vogel, dem man die Flügel gestutzt hat. Aber …« Er zeigte über die Häuser hinweg zum Meer, »die Stadt kann jederzeit zum Leben erwachen. Habt ihr die Brücke gesehen?«

»Er kennt sie schon«, sagte Bo schnell.

»Welche Brücke?«, fragte Benjamin.

»Sie symbolisiert den Krieg. Sie ist eingestürzt.«

»Es ist die eingestürzte Brücke«, sagte Bo schnell. »Jeder kennt sie … Du hast sie doch schon gesehen.«

Benjamin drehte sich um. Sie war wirklich eingestürzt. Es war eine große Brücke, die über den Fluss auf die andere Seite führte. Mitten in der Stadt. Im Zentrum von Monrovia. Und da lag sie, abgebrochen, eingeknickt. Im Wasser halb versunken. Es sah aus, als wäre die Brücke erst vor ein paar Tagen gesprengt worden, und jetzt standen sie da, und niemand konnte auf die andere Seite.

»Die Chinesen bekommen die Brücke nie fertig«, sagte Bo und hob den Kopf.

Der Mann beachtete ihn nicht, er wandte sich wieder an Benjamin. »Die Chinesen tun etwas für dieses Land. Es ist ihnen egal, was mit mir passiert. Ob ich heute sterbe oder morgen. Den Chinesen ist das egal … Aber sie *tun* etwas. Sie rauben das Land nicht aus. Sie sind keine Diebe. Keine Diamanträuber, keine Gummiräuber.«

»Kennen Sie die Firestone-Plantage?«, fragte Benjamin.

Der Mann lächelte. »Firestone hat den liberianischen Staat betrogen und betrügt ihn immer noch. Hundert Jahre lang. Hundert Jahre ...« Er schüttelte den Kopf.

»Aber warum tun sie das?«

»Es ist so, als würdest du jemandem erlauben, hundert Jahre lang in deinem Garten Kartoffeln anzubauen.«

Benjamin dachte an den entflohenen Patienten, den sie ins Krankenhaus zurückgebracht hatten, nachdem er die Firestone-Arbeiter angegriffen hatte. So hatten sie es jedenfalls im Krankenhaus erzählt. Er sollte es mit mehreren Arbeitern gleichzeitig aufgenommen haben. Ob er in der Nacht auch jemanden angegriffen hatte? Ob er es war, den Mister Grimms mit dem großen Stein gemeint hatte? Benjamin hatte Augustine gefragt, aber der wollte von nichts wissen.

»Tssk«, machte der Mann. Er ließ die Sonnenbrille etwas von der Nase rutschen, so dass man für einen kurzen Moment seine Augen sehen konnte. »Was glaubst du?«, fragte er. Dann schob er die Brille wieder hoch. Er schaute auf die Kassette. Es schien jetzt der Moment zu kommen, in dem er sie ihnen geben und sich von ihnen verabschieden würde.

»Wie heißt du?«, fragte er Benjamin.

»Wir sind wirklich in Eile«, unterbrach Bo ihn. »Furchtbar in Eile.« Er legte die Hände zusammen. »Außerdem sind wir den ganzen Tag auf den Beinen und brauchen langsam mal eine Pause.«

»Ich heiße Benjamin«, sagte er. Er konnte sich nicht erklären, was Bo hatte. Schließlich stand der Mann kurz davor, ihnen ein Geschenk zu machen. Er wollte ihnen ein bisschen die Stadt zeigen. Solche Leute kannte Benjamin von den Reisen mit seinen Eltern. Leute, die einem unbedingt etwas zeigen wollten, auch wenn es vielleicht gar nichts zu sehen gab.

Einfach nur, weil sie so stolz auf ihr Land und ihre Heimat waren.

»Benjamin«, sagte der Mann und nickte. »Benjamin, wie gefällt dir Monrovia?«

»Es gefällt ihm gut«, sagte Bo schnell.

»Es war mal eine sehr schöne Stadt«, sagte der Mann. »Bis wir sie selbst zerstört haben ... Das haben wir gemacht. Mit vereinten Kräften ... Jeder gegen jeden. Hier auf der Brücke. Sie haben mit ihren bloßen Körpern gekämpft. Ein Liberianer gegen den anderen. Und es ging nur um eine Brücke.«

»Mmh«, machte Benjamin. Er sah, dass Bo sich auf die Lippen biss.

»Nur Turnschuhe hatten sie an, die Kämpfer, sonst nichts. Sie waren nackt ... Sie sind nackt in den Krieg gezogen.«

»Das war General Butt Naked«, sagte Bo. »Die Geschichte kennt er schon.«

Der Mann schüttelte wieder den Kopf. Es interessierte ihn nicht, was Bo sagte. Er trat etwas näher an Benjamin heran.

»Wir Liberianer haben den Krieg in unseren eigenen Köpfen *erfunden. Kreiert* ... Kennst du dieses Wort?«

Benjamin nickte.

»Eine Kreation. Etwas kreieren. Als wäre es eine Kunst. So haben wir den Krieg in uns selbst ausgetragen. In uns selbst.« Er sprach jetzt etwas lauter, mit drängender, ernster Stimme. Vielleicht war er ein Geistlicher, eine Art Priester, dachte Benjamin. Jemand, der es gewohnt war, Reden zu halten und Menschen aus ihrer Umnachtung herauszureißen. »Nackt, so wie Gott sie erschaffen hat, sind sie auf die Brücke gelaufen und haben sich von ihren eigenen Landsleuten, die auf der anderen Seite waren, erschießen lassen.«

»Das war LURD«, unterbrach ihn Bo. »Es war der dritte Weltkrieg.«

Wieder schüttelte der Mann den Kopf. »Nein, das war nicht der dritte Weltkrieg. Das war der 8. April ... Der dritte Weltkrieg war sieben Jahre später.« Er drehte sich zur Brücke um. Er blickte wieder für einen kurzen Moment über seine Sonnenbrille und schaute sie an, als würde er sie zum ersten Mal sehen.

»Keiner hat sie bekommen, keiner hat einen Sieg davongetragen. Aber den Krieg haben wir geführt ... Glaubst du, dass es *unser* Krieg war? Glaubst du das?« Er wandte sich Benjamin zu. Benjamin wusste nicht, was er sagen sollte.

»Weißt du, was das ist, ein Krieg?«, fragte der Mann.

»Ich weiß nicht, ich ...«

»So, wie ich es dir erklärt habe?«, fragte er. Sein Tonfall änderte sich. »Denkst du, dass du es verstanden hast. Ja?« Seine Stimme klang auf einmal hoch und schrill.

Bo schüttelte den Kopf. Ihm lief der Schweiß über die Stirn. Natürlich wusste Bo, worum es ging und was er von ihnen wollte. Nur der Außerirdische hatte nicht die geringste Ahnung. Wie dumm kann man eigentlich sein, wie dämlich und unwissend, dachte Bo. Aber wenn er darüber nachdachte, mochte er den Außerirdischen gerade deswegen so gerne, weil er so unwissend war. Er hatte es noch nie bei irgendeinem Ausländer, einem Besucher des Landes erlebt. Es gefiel ihm, ohne dass er sagen konnte, warum es ihm eigentlich gefiel.

»Wir gehen hier lang«, sagte der Mann, der das Gespräch an einer ruhigen Straßenecke fortsetzen wollte. »In den Schatten.« Bo wusste, warum. Er wollte protestieren, er wollte um Hilfe rufen. Aber Benjamin ließ sich bereitwillig auf alles ein.

»Ja, gerne.«

»Ich sage dir mal was«, sagte der Mann. »Du musst noch einiges lernen. Nun gut, du bist ja jung. Wie alt bist du?«

»Er ist gerade achtzehn geworden«, sagte Bo schnell, während er ihnen widerstrebend in den Schatten folgte. Der Schatten wurde von einem großen Container geworfen, der in einer Seitenstraße stand. Ein paar Meter weiter standen mehrere LKWs, einige hatten keine Anhänger. Einige Männer rollten Stoffballen aus dem Container heraus. Aber so weit ging der Mann nicht. Er wusste, wo er hinwollte.

»Schau dir die Stadt mal an«, sagte er. »Da oben, das Hotel zum Beispiel. Es ist eine Schande.«

»Kann man es von hier sehen?«, fragte Benjamin.

»Das Hotel? Nein ... Du darfst dort auch gar nicht hin. Es ist abgesperrt. Aber wenn du es sehen würdest ... Dann würdest du die Dunkelheit des Krieges, das Verheerende des Krieges besser verstehen.«

»Und es ist wirklich ein Hotel?«

»Ja, das Ducor Hotel«, sagte der Mann, jetzt mit einer finsteren Miene. »Auf dem Berg, dem höchsten Punkt der Stadt. Niemand darf dort mehr hin. Auch du nicht, Benjamin.«

»Und er will auch gar nicht dorthin«, sagte Bo. »Ganz bestimmt nicht.«

Der Mann blieb stehen. Sie waren im Schatten angekommen. Sie standen direkt in einer Ecke zwischen einem Haus und einem verschlossenen Container. Müll lag auf der Straße. Ein Turnschuh, dessen Sohle aufgerissen war, lag dicht neben einem Riss im Asphalt. Der Mann nahm seine Sonnenbrille ab. Nun waren seine Augen deutlich zu sehen.

»Kannst du deinem Freund sagen, er soll sich verpissen?«, sagte er auf einmal zu Benjamin. »Er soll gehen.«

Für einen Moment schaute ihn Benjamin erschrocken an.

Bo grinste. »Ich weiß schon«, lachte er, »ich weiß ...« Er schüttelte den Kopf. »Ich weiß schon«, sagte er leise immer wieder. »Ich weiß schon ...«

»Und jetzt«, sagte der Mann mit einem ernsten Gesicht, während er einen Ausweis aus der Tasche holte und ihn Benjamin vor die Nase hielt, »möchte ich, dass du mir deinen Pass zeigst.«

18.

Max hielt einige Meter Abstand. Die ganze Sache war ihm jetzt nicht ganz geheuer. Wer war er denn, dass er sich so etwas erlaubte und hier am helllichten Tag durch die Stadt lief und jemandem folgte? Es war Zufall gewesen, dass er Bo und Benjamin auf dem Markt gesehen hatte. War Bo denn wirklich in Gefahr? Es sah wie ein ganz normaler Spaziergang aus. Nur der Mann, der bei ihnen war, machte einen etwas komischen Eindruck. Und deshalb hatte Max jetzt seinen Wagen abgestellt. Konnte er sich das denn leisten? Außerdem hatte er sich wieder einen Film gekauft. Er hatte der Verführung nicht widerstehen können. Und jetzt hatte er in seinem Budget ein noch größeres Loch. Er fühlte sich schlecht. Schuldig. Es war eine der chinesischen Kopien, was bedeutete, dass man nicht einen, sondern zehn oder zwanzig Filme kaufte. Jedenfalls sah es auf dem Cover so aus, es konnten dann manchmal auch nur vier oder fünf sein. Und auf den vielen kleinen Bildchen stand dann beispielsweise: Teil 1, Teil 2, Teil 3. Und plötzlich waren aus einem Film fünf Filme geworden. Ihr dürft nicht das Kleine und Niedrige anbeten, hatte der Priester im Gottesdienst gesagt. Ihr dürft nicht dieses kleine tyrannische Etwas in eurer Seele vergöttern, das immer mehr will und immer mehr fordert. Max war sehr stolz auf sich gewesen. Er hatte das Haus geplant. Es wuchs und wuchs und wurde immer größer. Zunächst hatte er das Geld von Bos ältester Schwester gar nicht angerührt. Er hatte das Haus mit seinem eigenen Geld gebaut, aber dann war etwas schiefgelaufen. Er hatte sich überschätzt. Am Anfang war alles noch ganz einfach gewesen. Das Haus war langsam gewachsen, und er hatte nur dann weitergebaut, wenn er es sich auch leisten konnte. Er hatte der Versuchung widerstanden. Aber man soll nicht glauben, hatte es einmal im Gottesdienst geheißen, dass man einer Versuchung widersteht und dann hätte man seine Schuldigkeit getan. Man muss ein Mal, zwei Mal und drei Mal widerstehen. Er spuckte das Chiclet aus und steckte sich ein neues in den Mund. So etwas hatte er auch in den Filmen im Entertainment-Center noch nicht gesehen. Jemand, der bei einer Verfolgungsjagd einen Kaugummi ausspuckte. Aber das spielte jetzt auch keine Rolle mehr. Sein Lieblingsfilm war *French Connection*. Es war eine Weile her, dass er ihn gesehen hatte, damals im Krieg. Jemand hatte einen Stapel Filme organisiert, und sie hatten sich eine Weile jeden Abend drei Filme angeschaut. *French Connection* war auch dabei gewesen. Aber es war zu lange her. Auch wenn er den Film vier- oder fünf Mal gesehen hatte, begann er ihn jetzt langsam zu vergessen. Er fragte immer wieder die DVD-Händler, die illegale Kopien aus China an den Tankstellen und vor den Bars verkauften, wo die Internationalen hingingen. *French Connection* hatten sie nicht. Es war ein alter Film. Einen Film, den in China niemand kopierte, der in keinem Kino mehr lief, und den man von keiner Leinwand hätte abfilmen können. »Nichts zu machen«, sagte der Mann aus Mali, der manchmal vor dem Golden Beach am Strand stand und die beste Sammlung hatte. »Nichts zu machen, mein Freund. Wie heißt das Ding?« Er sollte es ihm aufschreiben, aber Max wollte das nicht. Er wollte keine Spuren hinterlassen, wenn es um seine Sünden und Verfehlungen ging. »Kann Gott etwa nicht lesen?«, hatte es im Gottesdienst geheißen.

»Glaubt ihr, Gott ist blind, dass er das nicht *sieht*?« Max schob den Kaugummi hin und her. Das Chiclet hatte seinen Geschmack schon wieder verloren. Endlich setzten sie sich in Bewegung. Sie hatten vielleicht eine halbe Stunde diskutiert. Jedenfalls kam ihm das so vor. Sie liefen ein ganz schönes Stück. Sie liefen die Mechlin Street entlang, kreuzten King Sao Bosso und Ashmun Street und quälten sich dann den Berg hoch bis zur Broad Street. Broad Street. Was sie wohl da machen würden? Er wusste nur, dass er ihnen folgen musste. Dass etwas nicht stimmte. Dass dieser Mann, der bei ihnen war, etwas im Schilde führte und dass es besser wäre, wenn er in der Nähe bliebe, um einzugreifen. Ich habe einen Fehler gemacht, hätte er zu Bos Schwester sagen können. Es waren die Umstände, die Probleme des Alltags, die Probleme Liberias. Er hätte es ihr erklären können, letzte Woche, vorgestern und gestern. Aber jetzt war es dafür zu spät. Max blieb ihnen auf der Spur. Es war ja nur eine Vorsichtsmaßnahme. Trotzdem war ihm die ganze Sache nicht geheuer. Warum waren sie vom Waterside-Markt den ganzen Weg durch die Hitze zu Fuß zur Broad Street gegangen? Und wer war dieser Mann im Anzug? Er war zu weit weg. Sie hatten ewig lang hin- und herdiskutiert, waren stehengeblieben. Der Mann im Anzug hatte gestikuliert. Benjamin hatte mit den Schultern gezuckt. Bo hatte den Kopf geschüttelt. Erst dachte Max, der Mann mache sich an die Kinder ran und würde sie um Geld anbetteln. Was für ein Abstieg, hatte er gedacht, was für eine bodenlose Demütigung. Ein gutgekleideter Herr, mit Stil und Geschmack, bettelt einen Jungen an, nur weil er weiß ist und so aussieht, als könnte sein Vater irgendein hohes Tier bei einer NGO sein. Dann schien es auf einmal so, aber das war schon zwei oder drei Chiclets später, dass es genau umgekehrt war. Benjamin bettelte den Mann an. Und Bo half ihm dabei. Sie bettelten ihn beide an, und endlich wusste Max auch, warum. Er hatte auf der Leitung gestanden, ausgerechnet ihm war das passiert. Ihm, der sich gut auskannte in der Stadt und schon so viele Menschen herumgefahren hatte. Er war auf einem Auge blind gewesen. Er merkte es erst, als sie die Broad Street erreicht hatten und er auf einmal das Polizeifahrzeug sah. Das war es also. Max wechselte die Straßenseite. Er ging zur Apotheke. Er musste jetzt aufpassen. Er wollte nicht, dass sie ihn sahen. Benjamin schaute schon in seine Richtung. Er wirkte nervös und aufgeregt. Ständig drehte er sich um. Er suchte nach Hilfe, nach einem Ausweg. Ob Benjamin weinte? Max stellte sich vor die Apotheke. Er kannte den Inder, der hier der Chef war. Er würde vielleicht rauskommen, und dann könnten sie ein bisschen miteinander plaudern. Das wäre die perfekte Tarnung, denn es schien so, als würde es jetzt noch eine Weile dauern. Er überlegte, ob er seinen Wagen holen sollte. Er stand in einer Seitenstraße, gar nicht so weit entfernt. Er konnte nur hoffen, dass alles glimpflich ablief. Benjamin war den Tränen nah und sah zugleich aus, als stünde er kurz davor, zu verdursten. Und in diesem Moment griff er in seinen Mantel. O weh, dachte Max. Was tut er denn jetzt? Er schickte ein kurzes Gebet zum Himmel. Er betete für Bo und seine Schwestern. Für eine letzte kleine Hoffnung, die es vielleicht noch gab. Er bemerkte gar nicht, wie die Tür der Apotheke aufging und der indische Apotheker herauskam. Max war viel zu aufgeregt und konzentrierte sich darauf, was dort drüben als Nächstes passierte. Und ob dort drüben jetzt, in der nächsten Sekunde, etwas ganz Furchtbares passierte, wie er es sonst nur aus den Filmen kannte, die er immer wieder sah. Die Filme, die er immer sah in dem Gefühl, sich zu beschmutzen und sein Leben und seinen Glauben zu verraten. Filme, die so ungeheuerlich waren, dass er manchmal danach rausgehen musste, an die frische Luft, um spazieren zu gehen und sich still und heimlich bei Gott dafür zu entschuldigen, dass er sie überhaupt gesehen hatte.

Benjamin zog seine Hand wieder aus der Manteltasche. Bo hatte den Kopf geschüttelt. Merkte er denn alles? Wie konnte Bo bei diesem Lärm, in dieser Straße, der belebtesten und wildesten Straße, die Benjamin jemals gesehen hatte, noch irgendetwas mitbekommen? Hatte er gehört, wie seine Hand an dem Futter des Mantels entlanggetastet und die linke Tasche gesucht hatte?

»Hört mal, ihr beiden«, sagte der Mann im Anzug jetzt, der eigentlich John Phillips hieß. »Ich werde hoffentlich keine Gewalt anwenden müssen, bis deine Erziehungsberechtigen hier sind.« Er presste die Hände gegeneinander. Er hatte die Lust verloren. Vor allem hatte er die Lust an diesen quälenden Verhandlungen verloren. Und schuld daran war allein dieser Junge, dessen Namen er noch nicht mal wusste.

»Sie können *mich* gerne fesseln«, rief Bo. »Fesseln Sie mich doch ... Foltern Sie mich. Mich, einen Jungen aus der Schule, einen blinden, kleinen Krüppel.« Er hob den Kopf.

»Halt endlich den Mund«, sagte John Phillips.

Benjamin fühlte sich schwach. Sein Kopf brannte. Er hatte keine Mütze auf. Für einen Moment dachte er: Sollen sie mich doch ins Gefängnis werfen, dann bin ich wenigstens im Schatten.

»Ich werde dich in der Tat fesseln«, sagte John Phillips zu Bo. »Aber ich werde dich fesseln *lassen.* Fesseln gehört nicht in meinen Zuständigkeitsbereich. Ich arbeite für die Einwanderungsbehörde.« Er holte ein cremefarbenes Taschentuch aus seiner Tasche, faltete es auseinander und wischte sich einmal kurz über das ganze Gesicht.

»Dein Freund ist illegal hier. Er betrügt uns und belügt uns ...« Die meiste Zeit sprach er jetzt mit Bo. Bo gab keine Ruhe. Aber eigentlich ging es ja um Benjamin. »Er ist hergekommen und glaubt jetzt, wir seien kein souveräner Staat, sondern eine Bananenrepublik, wo man ohne Dokumente herumlaufen kann, um sich billige Lucky-Dube-Kassetten zu kaufen.« Er betrachtete Benjamin, dessen Kopf hochrot war und dessen Finger geschwollen zu sein schienen. »Ob ich das in Europa auch tun dürfte? Bei dir zu Hause? Ob *ich* da auch so herumlaufen könnte? Was würden deine Polizisten wohl dazu sagen, was denkst du?«

»Er ist nicht illegal hier«, erklärte Bo. »Sondern er ist mein Freund, der Freund meiner Familie ... Er hilft mir.« Er drehte sich zu Benjamin um. In diesem Moment hatten sich zwei Polizeibeamte zu ihnen gestellt, die vorher im Wagen gesessen und neugierig zugeschaut hatten. Bo erhob deswegen seine Stimme, er hielt jetzt gewissermaßen eine Rede. »Er hilft mir ...« Bo wandte den Kopf, um alle Zuhörer mit einzubeziehen. Benjamin dachte in diesem Moment wieder: Bo ist ein Wunder. Bo ist ein Naturwunder. »Er ist gekommen ... einen langen und weiten Weg, um mir ...«, und er hielt inne, machte eine Pause, so dass sogar John Phillips etwas aufmerksamer wurde, »... um mir, diesem armen, blinden Krüppel, zu helfen. Um mit den Spendengeldern, die er und sein Vater aus ... Schweden mitgebracht haben ... mir zu helfen, damit ich endlich operiert werde. Er ist gekommen ... um mir mein ...« Und in diesem Moment nahm er seine Sonnenbrille ab und hielt John Phillips und den Polizisten sein Gesicht hin: »... mein Augenlicht zurückzugeben.« Bo nickte bedächtig, hüstelte etwas und sagte dann. »Seht ihr? Könnt ihr sehen, wie es um mich steht? Und deswegen ist er hier. Er ist nicht illegal hier, sondern er ist mit einer Delegation der schwedischen Regierung hier, die übrigens gerade in diesem Moment im Mamba Point Hotel sitzt und darüber verhandelt, dass man all diesen blinden Menschen ... ihr Augenlicht wieder zurückgibt.« Und dabei zeigte Bo auf die Broad Street, auf die andere Straßenseite, in Richtung der Apotheke, vor der sich mehrere indische Apothekenmitarbeiter versammelt hatten, und er zeigte weiter zu den Seitenstraßen und Straßenkreuzungen, als wären im Grunde alle davon betroffen, als hätten alle unter demselben Schicksal zu leiden, »... all diesen blinden Menschen in diesem Land ... zu helfen und wenigstens einigen von ihnen die Augen wieder zu öffnen, damit sie die Schönheit unseres Landes, die Schönheit Liberias wieder erblicken können.« Bo nickte. Er wandte sein Gesicht in alle Richtungen, damit alle sehen konnten, dass er nicht gelogen hatte. Die Polizisten nickten. Sie schauten ernst und ergriffen. Einer schien sich sogar eine kleine Träne aus dem Augenwinkel zu wischen. Aber das war nur Benjamins Phantasie. Denn im Grunde waren die Polizisten gar nicht so ergriffen und gerührt, wie Benjamin dachte. Bo wusste das auch. Bo wusste, dass er nur ein bisschen Zeit gewonnen hatte. Benjamin war aber noch ganz im Banne dessen, was Bo gesagt hatte. Es hörte sich einfach zu gut an, so dass er beinahe übersehen hätte, welches Taxi auf der anderen Straßenseite im Schritttempo an ihnen vorbeifuhr und welcher Mann dort am Steuer saß und ihm Zeichen zu geben versuchte: Max. Benjamin sah ihn, als er schon fast an der Apotheke vorbeigefahren und aus seinem Blickfeld verschwunden war. Gerade noch rechtzeitig.

»Ja, das stimmt«, sagte Benjamin. Er hatte jetzt einen Plan. Einen Plan, den nur er ausführen konnte und sonst niemand. »Aber er hat natürlich etwas übertrieben ... Es sind ja nur ein paar Delegierte und mein Vater ...«

»Aber Moment mal«, unterbrach ihn jetzt John Phillips,

nachdem er zum zweiten Mal sein cremefarbenes Taschentuch herausgeholt und sich über das Gesicht gewischt hatte. »Du hast doch eben noch gesagt, dein Vater baut hier Brücken. Du hast doch eben noch behauptet, dein Vater arbeitet bei der GTZ.« Er wandte sich an die Polizeibeamten. »Vielleicht nehmt ihr sie einfach mit. Sie sind kriminelle Elemente, die ...«

Der ältere der Polizeibeamten nickte, aber gleichzeitig verzog er etwas das Gesicht, als wäre er sich noch nicht so ganz sicher.

»Der Wagen«, sagte er, drehte sich um und zeigte auf einen sehr neu aussehenden BMW, der am Straßenrand stand, »ist leider kaputt ... Wir haben ihn hier abgestellt.«

»Aber Officer«, sagte John Phillips. »Das sind doch die neuen Einsatzfahrzeuge von der spanischen Regierung.«

»Ja, ja«, sagte der Polizist. »Es sind tolle Autos. Aber ... Ich weiß auch nicht. Dieser hier ist schon wieder kaputt.«

»Es ist ein BMW«, sagte der andere Polizist.

»Ja, aus Spanien«, ergänzte sein Kollege.

»Ihr fahrt sie alle zu Schrott«, murmelte John Phillips. »Ihr müsst eben vorsichtiger sein.«

Der Polizist nickte, aber dann schüttelte er wieder den Kopf. »Tut mir leid«, sagte er.

In diesem Moment hatte Benjamin eine Idee. Er würde seinen Plan noch etwas ändern. Auf einmal funktionierte sein Kopf wieder, er funktionierte sogar erstaunlich gut.

»Jedenfalls können wir die Delegierten nicht länger warten lassen«, sagte Bo jetzt, aber Benjamin unterbrach ihn sofort.

»Nein, nein«, sagte er. »Das ist hier eine polizeiliche Ermittlung. Der Herr hat vollkommen recht.« Er zeigte auf John Phillips. Dann beugte er sich zu Bo. Es waren nur zwei Sätze, die er zu Bo sagte. Bo rollte seine Augen, hielt den Kopf nach oben und grinste ganz leicht. Damit konnte John Phillips nicht rechnen. Und im nächsten Moment, als Benjamin losrannte, war er geradezu berauscht davon, wie schnell Bo ihn verstanden hatte, obwohl er selbst kaum wusste, was er da eigentlich tat. Er rannte davon. Er flüchtete. Bo war sofort über die Straße zu Max gegangen, und während die Polizisten noch interessiert zuschauten und John Phillips den Fehler machte, Bo hinterherzublicken und sich davon ablenken zu lassen, war Benjamin schon auf und davon.

19.

Langsam wurde Brilliant etwas ungeduldig. Eigentlich konnte es doch nicht so schwer sein. Benjamin fiel doch sofort auf und war leicht zu finden. Irgendwo musste er doch schließlich sein. Sie waren ein Stück Richtung Broad Street hochgelaufen. Es war Edwards Idee gewesen. Edward glaubte zu wissen, dass die anderen gar nicht mehr in Waterside waren. Sie hatten eine halbe Stunde vergeblich am vereinbarten Treffpunkt gewartet. Brilliant war wütend, dass Edward ihr nicht geholfen hatte. Als jemand sie auf dem Markt angesprochen hatte, hatte er nur dabeigestanden und zugeschaut. Er hatte nichts getan. Edward hatte die ganze Zeit gesagt: »Er will doch gar nichts von dir.« Brilliant hatte die Nummer von Benjamin gewählt. Romeo hatte sie auch angerufen, aber Romeo hatte die anderen auch nicht gesehen. Jetzt hatte sie keine Lust mehr. Sie wollte einen Hamburger essen gehen. Einen riesigen Hamburger, in dem das Fleisch in einem großen See aus Ketchup, Mayonnaise und Senf schwamm. Das wäre eine gute Geschichte für Mo Sparsky und ihre Freundinnen. Hamburger in Monrovia. Wo es doch hier noch nicht mal einen McDonald's gab. »Der liberianische Hamburger schmeckte ungefähr so wie ...«, würde sie in ihr Tagebuch schreiben. Aber dann war auf einmal dieses Monster gekommen und hatte sie angesprochen. Vielleicht war es doch am besten, nach Hause zu ihrem Onkel zu fahren, wie Edward es die ganze Zeit vorschlug. »Lass uns doch nach Hause fahren«, sagte er. »Dein Onkel kommt bestimmt bald zurück.« Sie war fast sicher, dass er wieder guter Laune war und ihr von seiner Reise Geschenke mitgebracht hatte. Sollte doch Benjamin den Retter dieses Mädchens spielen. Dem das Schicksal so übel mitgespielt hatte, die so wunderschön war, deren Stimme nach Rauch klang und von der halb Waterside redete, als wäre sie ein Engel, der zu einem Besuch in Monrovia gelandet war. »So eine Frau *kann* gar keinen Mann haben«, hatte jemand auf dem Markt gesagt. »So eine Frau ist viel zu stark für einen Mann.« Doch vielleicht hatte sie sich am Ende in jemanden verliebt, der ihr übel mitgespielt und sie verraten hatte. James Milner, der es auf Mo Sparsky abgesehen hatte, hatte auch einmal einem Jungen so ins Gesicht geschlagen, dass dessen Oberlippe aufgeplatzt war. Aber wie konnte man sich auch nur mit James Milner einlassen, dessen Vater außerhalb von Portland in einem Trailer wohnte? Briliant kniff die Augen zusammen und schaute auf den Verkehr. Eine so chaotische Straße wie die Broad Street hatte sie in ihrem Leben noch nicht gesehen. Flower war kein kleines Mädchen, dachte sie. Kein kleiner Engel, so wie das Mädchen, zu dem sie am Schluss noch der alte Parfümverkäufer geschickt hatte. Das Mädchen hatte einen ganzen Stapel gelber Samtkissen auf ihrem Rücken getragen. Sie war kein Engel. Aber Flower war sie auch nicht. Die einzigen Engel, die man weltweit finden konnte, lebten schließlich ganz woanders, und zwar bei ihr zu Hause, im sonnigen und glücklichen Kalifornien. Und einer von ihnen, das war sie selbst. So sah das nämlich aus. Und Benjamin, dieses sperrige Wesen in diesen komischen Hosen mit den vielen Metallmonden und Metallsternen, würde es auch noch herausfinden.

»Da vorne«, rief Edward plötzlich. »Da vorne ist er. Er kommt direkt auf uns zu.«

Benjamin trug zum Glück seine Turnschuhe, und nicht die Flipflops, die ihm Emily auf dem Rückweg vom Strand gekauft hatte. Mit den Flipflops wäre er nicht weit gekommen.

»Was glotzt ihr denn da?«, hörte er noch die Stimme von John Phillips. »Wollt ihr nicht hinterherlaufen?«

»Wir?«, hörte er einen der Polizisten sagen, aber sie machten keine Anstalten, ihm zu folgen. Benjamin hatte schon einige Meter Vorsprung, als er sich umdrehte. John Phillips stand nur da und starrte ihn an. Er schien noch zu überlegen, aber Benjamin war sicher, dass er ihn nicht einfach so entkommen lassen würde. Er zog sein Jackett aus und legte es zusammen, dadurch hatte Benjamin wieder ein paar wertvolle Sekunden verloren. Er lief weiter. »Lauf«, sagte seine innere Stimme. »Lauf!« Er wunderte sich, dass er überhaupt laufen konnte. Dass er in dieser Hitze und in diesem wilden Chaos aus Autos, Motorrädern und Menschen überhaupt vorankam. Es gab nicht einen einzigen Fleck, auf dem nicht jemand stand oder im nächsten Moment jemand stehen würde. Er lief zuerst auf der Straße, dann lief er wieder auf dem Bürgersteig, dann wieder auf der Straße. Er lief um die Schlaglöcher herum, überholte die Taxis und rannte eine Weile neben einem Motorrad her, bis der Fahrer abbog und sich der Verkehr staute. Er musste auf den Bürgersteig zurück. Ich bin schnell, dachte Benjamin. Sehr schnell. Am gefährlichsten waren die Verkäufer, die etwas auf dem Kopf trugen. Wenn er mit einem von ihnen zusammenstoßen würde, dann wäre seine Flucht wahrscheinlich zu Ende. Er sah ihre konzentrierte Gelassenheit, während sie die kostbare Ware, die sie auf ihren Köpfen balancierten, mit einer Hand sicherten und sich elegant zur Seite bewegten. Benjamin schaute auf den Boden. Überall waren Löcher. Er spürte die Blicke und die Zuschauer. Einige Leute riefen etwas oder sprachen ihn an.

»He, wo ist denn deine Uhr?«, rief ein Uhrenverkäufer, der Dutzende Uhren auf einem langen Holzstab aufgereiht hatte und ihm damit zuwinkte. »Kauf dir lieber eine, du kannst sie gebrauchen.«

Benjamin drehte sich kurz um, lächelte und winkte gleichzeitig ab.

»Wasser, Wasser«, rief ein Junge, der ihm direkt entgegenkam. »Weißer Mann, Wasser.«

Die meisten Leute aber grinsten. Einige staunten. Aber keiner schien sich so recht einen Reim darauf machen zu können, was das zu bedeuten hatte. Niemand schien auf die Idee zu kommen, dass er Reißaus genommen und vor der Einwanderungsbehörde auf der Flucht war. Dass er mit einem Bein im Gefängnis war. Ob sie schießen würden? John Philipps oder die Polizisten? »Ich kann nicht verstehen, dass sie keine scharfen Waffen haben«, hatte sein Vater einmal gesagt. »Dann wären viele Probleme in Liberia gelöst.« Sie hatten über die Überfälle der Armed Robbers gesprochen, als sein Vater das letzte Mal zu Besuch in Berlin gewesen war. Seine Mutter hatte gesagt, sie würde keinen Fuß in dieses Land setzen. Ein Land, in dem Einbrecher bei lebendigem Leib verbrannt wurden. »Aber was sollen sie auch machen«, hatte sein Vater gesagt, »wenn die Polizei nicht kommt. Dann müssen sich die Bewohner eben selbst helfen.« Wenn ein Einbrecher geschnappt wurde, band man ihn an einen Reifen, und dann wurde der Reifen angezündet. So war das. Benjamin lief schneller. Er war überrascht, dass er immer noch so viel Kraft hatte, obwohl er den schweren Mantel trug und ohne ihn viel schneller gewesen wäre. Auf der gegenüberliegenden Straßenseite sah er ein freies Stück auf dem Gehweg. Und im nächsten Moment sah er Brilliant. Zwei Blöcke entfernt stand sie an der Straßenecke. »Lauf!«, schrie Benjamin. »Lauf!« Er wusste nicht, ob sie ihn überhaupt hören konnte. »Lauf«, schrie er noch einmal. Sie schaute ihn an, und dann weiteten sich plötzlich ihre Augen.

John Phillips zögerte noch einen Moment. Er überlege, ob ein Motorrad nicht besser wäre.

»Na, um diese Zeit ein Motorrad zu bekommen ...«, sagte der ältere Polizist und schaute gedankenverloren dem flüchtenden Jungen hinterher.

»Das würde schon an ein Wunder grenzen«, fuhr sein Kollege fort.

»Wir brauchen in diesem Land kein Wunder, sondern Vernunft und Respekt vor den Institutionen«, sagte John Phillips und schaute finster. Benjamin kam nicht besonders schnell voran. Er musste ständig jemandem ausweichen, und als John Phillips die Verfolgung aufgenommen hatte, war er sicher, dass er ihn erwischen würde. Schließlich war er ja noch ein Kind und kannte sich hier gar nicht aus. Der blinde Junge war aus dem Spiel. Er war in ein Taxi gestiegen und hatte sich davongemacht. John Phillips beeilte sich. Er war in guter Form. Er trainierte jeden Morgen, nachdem das Gerücht die Runde gemacht hatte, die internationalen Hilfsorganisationen würden im nächsten Jahr einen Marathonlauf organisieren. Phillips hatte sein ganzes Leben davon geträumt, einmal an einem Marathon teilzunehmen. Und jetzt würde dieser Traum vielleicht in Erfüllung gehen. Benjamin war gar nicht so weit entfernt. Phillips ging jetzt etwas schneller. Trotzdem vergrößerte sich der Abstand. Er hatte gesehen, wie das Taxi mit dem blinden Jungen in einer Nebenstraße verschwunden war. Er hatte nach irgendwelchen besonderen Kennzeichen Ausschau gehalten. Dann konnte man sich den Wagen leichter merken und sich den Fahrer bei Gelegenheit mal vorknöpfen. MAX RAKETE FLIEGT DICH ZU JESUS stand auf der Stoßstange. Und auf der hinteren Scheibe stand: »Lass uns aufbrechen zu Gott«. Er wollte es sich schnell notieren, als er sah, dass Benjamins Vorsprung noch größer geworden war. Es waren gut und gern hundert Meter. Ob er sprinten sollte? Wie würde das aussehen? Er als Beamter, als Mitarbeiter der Einwanderungsbehörde. Es wäre unter seiner Würde. Und seine Würde war nicht ganz unwichtig. Vor allem hier auf der Broad Street, wo an jeder Ecke jemand stand, den er kannte. Sogar Regierungsmitglieder und stellvertretende Minister waren dabei. Wenn er wenigstens ein Motorrad gehabt hätte. Als er den Jungen gesehen hatte und seinen eigentümlich entrückten Gesichtsausdruck, hatte er sich hinreißen lassen. Wie ein kleiner Jesus hatte er die Marktfrauen angestarrt und ihnen zugehört. Bestimmt glaubte er, er wäre etwas ganz Besonderes. Ein kleiner Gott, ein rothaariger Pfau, der durch die Gegend stolzierte und seinen Sonnenbrand spazieren trug. Der Vorsprung war jetzt schon so groß, dass Phillips nervös wurde. Er spuckte aus. Er spuckte zweimal aus, dann wechselte er auf die andere Straßenseite. Ob er vielleicht doch ein Motorrad suchen sollte?

Benjamin hatte Edward noch gar nicht erreicht, da war er bereits losgelaufen. Edward kannte sich aus. »Ja, ich weiß«, rief Edward. »Ich weiß.« Und dann lief er in einem wahnsinnigen Tempo die Broad Street hoch. War John Phillips hinter ihm?

Hatte er die Verfolgung aufgenommen? »Weißer Mann«, riefen ein paar Leute. »Weißer Mann, kauf dir ein schönes Hemd. Dieses T-Shirt ist rot. Manchester United, hörst du? Fünfzig Dollar.« Nur fünfzig liberianische Dollar für ein T-Shirt von Manchester United, wunderte sich Benjamin noch und hätte es am liebsten gekauft. »Lauf!«, rief die innere Stimme. »Lauf! Kannst du nicht schneller?« »Kannst du *noch* schneller laufen?«, hatte seine Mutter einmal gefragt, als sie zusammen in dem Park in Lichtenberg waren, den er nicht mehr betreten wollte. Es war im Sommer gewesen. »Dein Vater läuft nicht so schnell«, hatte sie gesagt. »Du bist ja schneller als er.« Er hatte auf einmal Sehnsucht nach ihr. Wie sie durch die Wohnung lief und darüber phantasierte, Wände einzureißen oder die ganze Wohnung in ein Farbenparadies zu verwandeln. »Sollen wir alles grün streichen?«, hatte sie einmal gefragt. »Ich hab das ganze Wochenende frei.« Er fühlte einen Stich, als er daran dachte, dass er den Kaschmirpullover, den sie bei ZARA gekauft hatte, als sie auf dem Weg zum Flughafen gewesen waren, nicht zurückbringen würde. »Ob ich mir das mal leisten soll?«, hatte sie gefragt. »Ob ich mir das wirklich verdient habe?« Er lief weiter. Er umkurvte einen Lastwagen, lief zwischen zwei Motorrädern hindurch und überholte einen klapprigen Toyota-Bus, auf dessen Dach sich zwei Jungen in seinem Alter am Gepäckträger festhielten. Auf den Seitentüren stand groß Käpt'n Glück. Er überholte den Bus. Er überholte Käpt'n Glück. Edward war vor ihm.

»Bist du verrückt?«, schrie Brilliant. »Was ist denn los?« Sie folgte ihm trotzdem. Sie liefen die Broad Street hoch. Brilliant war schnell. Edward hatte einen Vorsprung, der nicht mehr aufzuholen war, Brilliant war direkt hinter Benjamin. Sie durfte ihn auf keinen Fall überholen.

»Ich bin nicht verrückt«, rief Benjamin atemlos.

»Aber wo willst du denn hin?«

»Mach dir keine Sorgen«, rief er. Links ging es bergab, aber Edward lief geradeaus. Benjamin wagte es nicht, sich umzudrehen, er befürchtete, er würde dann sehen, wie aussichtslos seine Flucht war. Oder wie lächerlich. »Weißer Mann. Wasser, Wasser«, hatte ein Junge gerufen, der mit einem Tablett voller Wassersäckchen eine Weile neben ihm hergelaufen war. Als Benjamin das bemerkte hatte, war er noch schneller gelaufen. Es waren zu viele Menschen. Zu viele Taxis und Motorräder. »Und wenn ich den Pullover nicht kaufe?«, hatte seine Mutter gefragt. »Und du spendest dann das Geld?« Sie hatten vor der Kasse von ZARA gestanden. Ihre Unterhaltung war ihm so peinlich gewesen, dass er gesagt hatte: »Bitte, du kannst ihn ja immer noch umtauschen.« Er hatte sie schließlich überredet, den Pullover zu kaufen. »Du kannst es doch diesen Menschen da unten geben«, hatte sie gesagt, und ihre Augen hatten einen verschwommenen Ausdruck bekommen. Diese Menschen standen ihm jetzt im Weg. Sie sahen nicht besonders bedürftig aus. Die meisten von ihnen waren guter Laune. »Spring«, rief jemand. »Spring! Brauchst du ein Kissen? Brauchst du ein Schlafkissen?«

»Kannst du noch?«, rief Brilliant. Sie war direkt hinter ihm. Es ging jetzt steil den Berg hoch. Die Broad Street endete. Er konnte die Bäume sehen, die am Ende der Straße standen, dort, wo sie einen Bogen machte. Die Bäume überragten die Gebäude, und es wirkte so, als würde dort ein kleiner Wald anfangen. Brilliant schnaufte. Ein paar Meter vor ihnen fuhr ein Jeep rückwärts den Berg hoch. Er hatte ein kleines Logo auf der Tür, das man leicht übersehen konnte. Es war ein Jeep der GTZ. Benjamin spürte plötzlich, wie heiß ihm war. Er wollte stehenbleiben, aber dann würde Brilliant ihn überholen. Für einen Augenblick dröhnte es in seinem Kopf. Er spürte die Hitze und Anstrengung. Dann sah er, dass es eine Frau war, die den Wagen steuerte. Sie hatte dunkelblonde Haare. Ein paar Strähnen fielen ihr ins Gesicht, aber die meisten Haare waren hochgebunden. Er wandte den Blick ab. Edward war schon am Ende der Straße angekommen und wartete auf ihn.

»Ich kann nicht mehr«, rief Brilliant. »Ich *kann* nicht mehr!«

»Gib nicht auf«, rief er. »Nur noch bis zu den Bäumen, bis man uns nicht mehr sehen kann.« Die Steigung nahm zu. Benjamin wurde jetzt langsamer. Seine Beine fühlten sich schwer an. In seinem Brustkorb brannte ein heißes und vollkommen unkontrollierbares Feuer. Gewonnen, dachte er noch, gewonnen. An John Phillips, den Mann von der Einwanderungsbehörde, dachte er schon gar nicht mehr.

»Willst du noch weiter hoch?«, fragte Edward. Benjamin sah, dass seine Hände leicht zitterten. Er drehte sich um. In großer Entfernung sah er John Phillips. Er saß auf einem Motorrad, stieg aber in diesem Moment ab und lief auf einen Mann zu, der vor dem Finanzministerium stand und ihm die Hand entgegenstreckte. Phillips schaute noch einmal hoch, doch er hatte die Verfolgung offenbar aufgegeben.

»Ja«, sagte Benjamin, »bis wir außer Sichtweite sind.« Die Straße machte einen Bogen. Die einstige Prachtstraße, der Vorzeigeboulevard von Monrovia, die schönste Straße des Landes, wie es früher immer geheißen hatte, hörte hier auf. Die Sonne würde bald untergehen.

»Und was sollen wir jetzt machen?«, fragte Brilliant ganz außer Atem.

»Wir müssen uns irgendwo verstecken«, sagte Benjamin.

»Wir könnten doch zurück nach Hause«, schlug Edward

vor. »Ich kenne einen anderen Weg, wir laufen einfach unten am Sumpf entlang.«

»Ich gehe nicht nach Hause«, sagte Brilliant. »Ich habe genug von diesen Monstern.«

»Von welchen Monstern?«, fragte Benjamin und atmete tief ein. Er hatte Seitenstechen, aber sie durften sich jetzt nicht ausruhen.

»Das Monster eben. Das Monster, das wir auf dem Markt gesehen haben. Edward kann dir davon erzählen.«

»Lass uns besser nach Hause gehen«, schlug Edward noch einmal vor.

Brilliant schüttelte den Kopf.

»Hier ist ein Serpentinenweg. Es geht noch ein bisschen weiter ...«, sagte Benjamin.

»Und wo willst du hin?«, fragte Brilliant. »Kannst du mir das mal sagen?«

»Ich weiß, wo wir hingehen«, sagte Benjamin. Er schaute zu Brilliant. Sie war knallrot im Gesicht, obwohl man es bei ihrer Hautfarbe eigentlich nicht sehen konnte. Aber es kam ihm so vor. Ihre Zöpfe waren trotz der Anstrengung noch immer perfekt in einem Halbkreis auf ihrem Kopf zusammengelegt. Nur ihr Lippenstift war etwas verschmiert. Benjamin sah sie weiter an. Sie schaute weg, zurück in Richtung Straße, wo der Mann, von dem sie behauptete, dass er ein Monster sei, in diesem Moment stehenblieb. Er war auf der gegenüberliegenden Straßenseite. Nicht weit von John Phillips entfernt, der gerade das Motorradtaxi bezahlte. Das Monster duckte sich zwar, doch Brilliant hatte es entdeckt. Sie kniff die Augen zusammen. Der Schweiß lief ihr ins Gesicht.

Der Mann stand noch einen Moment da, schaute kurz in ihre Richtung, dann schob er den Rollstuhl in den Schatten des Restaurantvordaches. Er atmete tief durch. »Ist das alles, Booster?«, fragte Harris. »Ist das alles, was du drauf hast?« Booster schaute auf den Grill. Drei Fische lagen fertig gebraten vor ihm, direkt am Eingang. Booster lief das Wasser im Mund zusammen. Aber noch behielt er Brilliant und Benjamin im Auge. »Sie werden doch nicht …«, murmelte er und beobachtete, wie jetzt ein Taxi den Berg hochfuhr und neben ihnen hielt. »Mist«, schimpfte er leise vor sich hin. So leise, dass es Harris nicht hören konnte. Es war besser, dass sie jetzt eine Pause machten. Der blinde Junge, der aus dem Taxi ausstieg, würde Harris bestimmt auf dumme Ideen bringen. »Am schlimmsten ist dieser blinde Junge«, hatte Harris gesagt. »Auf ihn musst du besonders aufpassen. Er hält den Schlüssel zur Lösung unseres Problems in der Hand«, hatte sich Harris etwas kryptisch ausgedrückt. Jetzt umarmten sie sich. Der blinde Junge, der krebsrote Junge und das Mädchen. Booster warf seine Zigarette auf den Boden und zündete sich eine neue an. Er würde jetzt Fisch essen. Aber er würde die drei im Auge behalten. Vor allem dieses Mädchen. Sie war vielleicht noch ein bisschen jung. Es ließ sich schwer sagen, ob sie erst vierzehn oder vielleicht schon siebzehn oder achtzehn war. Aber wenn er ein bisschen Geduld hatte, würde sie noch heranreifen. Zuerst würde er Kontakt mit ihren Eltern aufnehmen, und irgendwann später einmal würde er ihr erklären, wie man sich gegenüber einem Mann richtig verhält. Und dass man einem Mann nicht einfach seine Schuhe und seine Kamera an den Kopf wirft.

»Was ist denn jetzt?«, fragte Harris.

»Nichts«, sagte Booster. »Sie sind noch da oben. Da geht's nicht mehr weiter. Das ist eine Sackgasse. Wir warten einfach hier, bis sie wieder runterkommen.« Und dann beugte er sich über den gegrillten Fisch.

»Lass uns von hier verschwinden«, sagte Brilliant. Sie war wieder zu Kräften gekommen, und jetzt, da Bo wieder bei ihnen war, stand einem Aufbruch nichts mehr im Wege. Es war eine ausgezeichnete Idee. Sie hätte von ihr sein können. Ein stillgelegtes Hotel. Ein geheimer, versteckter Ort, den zu besichtigen außerdem verboten war. Ein Ort, vor dem sich Bo fürchtete und den er, wie er beteuerte, auf keinen Fall betreten würde. Was konnte eigentlich noch Besseres passieren? Sie musste nur noch Edward loswerden. Das würde allerdings nicht so einfach werden. Sie hakte sich bei Benjamin ein, und sie liefen die Serpentinenstraße weiter nach oben.

»Solange wir nicht hinter den Bäumen sind, kann man uns immer noch sehen«, sagte Benjamin.

»Aber wer soll uns denn jetzt noch sehen?« Brilliant lachte. »Du hast doch selbst gesehen, dass dein Verfolger aufgegeben hat.«

»Ich bin mir nicht sicher«, sagte Benjamin und drehte sich noch einmal um.

»Und wie heißt das Hotel, hast du gesagt?«, fragte sie ihn. »Ich hoffe, du hast schon ein Zimmer für mich reserviert.«

»Für dich?«, fragte Benjamin.

»Oder vielleicht für uns beide?« Sie schmiegte sich ein bisschen an seine Schulter. Bo und Edward waren schon vorgelaufen. In einer Stunde würde die Sonne untergehen. Brilliants Laune wurde wieder besser. Sie steigerte sich von Minute zu Minute, je weiter sie den Serpentinenweg nach oben liefen, zu dem geheimnisvollen Hotel, das dort hinter den hochgewachsenen Bäumen auf dem höchsten Berg der Stadt verborgen war.

VI.
Das Hotel

I.

Brilliant hatte ihre eigene Theorie über Monster. Es gab auch Monster, die ungefährlich waren. Monster, die einem den Atem raubten, weil sie so appetitlich waren. Monster, denen man nicht widerstehen konnte. Edward konnte sich noch gut erinnern, wie sie ein gebratenes Hühnchen mit einer scharfen Chili-Sauce übergossen hatte, gleich an ihrem ersten Abend in Monrovia, und dann gerufen hatte: »Und jetzt essen wir dieses Monster. Das essen wir jetzt ratzeputz auf.« Aber niemand hatte das Hühnchen mit ihr essen wollen. Und das, was übrig geblieben war, war draußen im Hof bei den Wachleuten gelandet. Edward wollte zuerst nicht glauben, dass es stimmte, was die Haushälterin über sie erzählt hatte, aber nach diesem Tag hatte er keine Zweifel mehr gehabt. Eben auf dem Markt war er kurz stehengeblieben, als der Mann mit dem Samthemd auf die Straße getaumelt war und sich die Hände vors Gesicht gehalten hatte. Edward dachte daran, wie er die Tüte mit Brilliants Schuhen und der Kamera aufgehoben hatte und dann zu ihm gelaufen war, um ihm zu helfen.

»Lauf ihr hinterher«, rief der Mann, während er sich die Hand gegen seinen Kopf presste. »Sie soll zurückkommen. Sag ihr, dass ich sie sprechen will.«

»Ist alles in Ordnung?«, fragte Edward. Er wollte es sich mit dem Mann nicht verscherzen. Man konnte nie wissen. Der Mann schüttelte den Kopf.

»Blute ich?«, fragte er, während er sich auf einem Auto abstützte.

»Ich kann nichts sehen«, sagte Edward.

»Mein Gott, ich blute«, sagte der Mann.

Edward blieb noch eine Weile bei ihm, aber dann musste er aufpassen, dass Brilliant ihm nicht entwischte. Der Mann schwankte, er stöhnte etwas, schüttelte dann voller Entsetzen den Kopf und setzte sich wieder auf die Straße. Edward hätte ihm vielleicht sagen sollen, dass Brilliant erst vierzehn war und ihm ihre Telefonnummer nicht weiterhelfen würde. Aber dann hatte er gesehen, dass der Mann nicht alleine war und dass auf der gegenüberliegenden Straßenseite ein anderer Mann auf ihn wartete, der in einem Rollstuhl saß.

Brilliant hatte eben ihre eigene Sicht auf die Dinge. Damit musste man sich abfinden. Und die Monster waren nicht alle gleich. Einige konnte man tatsächlich verzehren und sich an ihnen berauschen. Vor anderen musste man Reißaus nehmen. Immerhin hatte Edward die Tüte mit der Kamera und den High Heels, die sie sich auf dem Markt gekauft hatte, gerettet. Vielleicht würde sie ihm die Kamera schenken, wenn sie zurück nach Amerika ging. Er war schon einmal in der Nähe des Ducor Hotels gewesen. Brilliants Onkel war mit einem libanesischen Geschäftspartner zum Hotel gefahren, um es sich anzuschauen. Aber sie waren nicht hineingegangen. Der Onkel hatte dem Geschäftsmann das Gebäude nur zeigen wollen.

»Es ist doch verboten reinzugehen, oder?«, fragte Bo.

»Ich will auch gar nicht rein«, sagte Edward. »Es ist mir nicht geheuer.«

»Es ist mir ganz und gar nicht geheuer«, stimmte Bo zu und machte ein ungewöhnlich ernstes Gesicht. »Warst du schon mal hier?«

»Es war mal das beste Hotel der Stadt«, erklärte Bo. »Selbst Okogo schnalzt mit der Zunge, wenn er davon erzählt. Wenn man ganz oben ist, sieht man das ganze Land vom Mesurado River bis Nimba County.«

»Wirklich?«

»Und natürlich sind überall Kellner. Das hat Okogo erzählt. Es sind in dem Hotel mehr Kellner als Besucher und Zimmer. Und wenn man sich bücken muss, hilft einem jemand, sich zu bücken. Und wenn man sich am Ohr kratzen muss, hilft einem jemand, sich am Ohr zu kratzen.«

»Es ist eben ein Luxushotel«, sagte Edward.

Hinter den Bäumen war ein großer, düsterer Koloss zu sehen. Ein riesiges Gebäude, von dem Edward annahm, dass es das Hotel sein musste. Er hatte es noch nie direkt gesehen. Er konnte sich nur noch daran erinnern, wie der libanesische Geschäftsmann, dem der Exclusive-Supermarkt und noch andere Supermärkte in der Stadt gehörten, gesagt hatte: »Und wenn man sich das mal überlegt ... In Europa springen sie aus diesen Riesenhotels direkt in den Pool, und zwar aus dem zehnten Stock.« Und dann war er in ein meckerndes Lachen verfallen, und Brilliants Onkel hatte auch gelacht. Doch der Libanese hatte das Geschäft nicht abwickeln wollen. Sie hatten sich nicht einigen können. Und deswegen war Brilliants Onkel jetzt nach Nigeria geflogen.

Edward betrachtete das Gebäude. Es war riesig. Niemand war zu sehen, und es fühlte sich so an, als würde man im Wald spazieren und auf einmal tauchte ein riesiger Koloss von einem Baum auf, der einem den Weg versperrte.

»Und was macht der Außerirdische jetzt?«, fragte Bo.

»Ich weiß nicht.«

»Siehst du ihn?«, fragte Bo.

Edward hob den Kopf. Für einen Moment war es totenstill,

obwohl sie mitten in der Stadt waren. Jedenfalls kam es ihm so vor, und er schaute angestrengt auf das Hotel. Es hatte vielleicht fünfzehn oder zwanzig Stockwerke. Eine Verwandte seiner Mutter hatte dort früher einmal als Zimmermädchen gearbeitet, lange vor dem Krieg. Später hatte sie die Stadt dann verlassen und war in einem Flüchtlingslager in Ghana gestorben. Das Schicksal hatte es nicht gut mit ihr gemeint, obwohl sie im Ducor Hotel gearbeitet hatte. Edward dachte, jetzt wäre es an der Zeit, dass sich das änderte, und Brilliants Onkel sollte das Hotel kaufen, damit er, Edward, hier arbeiten und seinen Lebensunterhalt verdienen könnte. Er dachte an seine Familie, an seinen Vater und seine Geschwister. Er dachte sonst selten an sie, aber an diesem Tag, an dem er mit Brilliant und ihren Freunden unterwegs war, dachte er oft an sie. Er dachte daran, wie sein Vater ihn geschlagen hatte. Sein Vater schlug ihn fast täglich, manchmal auch nur jeden zweiten Tag. Er kam zu ihm, beugte sich über sein Bett, rüttelte ihn wach und sagte zu ihm: »Du hast verschlafen. Dein Boss hat angerufen. Er hat mit mir gesprochen. Er fragt, wo du bist ... So einen Mann lässt man nicht warten. Den Geschäftsführer einer großen Benzingesellschaft ...« Dann ließ er ihn aus dem Bett steigen, betrachtete ihn und sagte: »Das ist also mein Sohn!« Und dann schlug er ihn. Er tat dies nicht mehr so wie früher, als er ihn überallhin und zu jeder Zeit geschlagen hatte. Jetzt schlug er ihn nur ein Mal ins Gesicht. Und er schlug ihn nicht besonders fest. Schließlich wusste er, dass ein zweiter Schlag schon zu viel sein konnte. Er war nicht mehr so kräftig wie früher. Und es konnte sein, dass sich Edward vielleicht zur Wehr setzte. Also schlug er ihn nur einmal. Es war zwischen ihnen eine unausgesprochene Abmachung, eine geheime Übereinkunft, dass Edward dann so tat, als hätte er es gar nicht gemerkt. Als wäre gar nichts passiert. Er schaute seinen Vater an, kurz, mit einem neutralen Blick, so als hätte er ihm guten Morgen gesagt. Und dann tat er das, was er sonst auch getan hätte. Er zog seine Hose an und rührte in dem Topf, der auf dem Feuer stand. Er wusch die dünnen Beinchen seines kleinen Bruders, oder er säuberte die Potato Greens auf dem Steinboden vor dem Haus, wo seine Schwester und seine Mutter saßen und ihrerseits auch so taten, als hätte sein Vater ihn nicht geschlagen, sondern nur Guten Morgen gesagt. Doch jetzt hatte er seinen Job verloren. Seine Situation hatte sich verändert. Und jetzt ging es nur darum, was passieren würde, wenn Brilliants Onkel am Abend zurückkam und seine Nichte war nicht da. Davon hing jetzt alles ab. Virgin Nigeria war keine besonders verlässliche Fluglinie. »Virgin Nigeria«, hatte Prudence, die Haushälterin, am Telefon gesagt, »ist wie ein Mädchen, das ständig Komplimente bekommen will, und dann passiert am Ende gar nichts.« Also warteten sie ab. »Wir warten, bis er zurück ist«, hatte Prudence gesagt. Dann solle Edward sich noch einmal melden. Sein Vater schlug zu. Er schlug immer dann, wenn es in seinem Job gut lief. Und das lag daran, dass sein Vater sich schämte. Er schämte sich dafür, dass Edward für einen Mann arbeitete, den er in seinem tiefsten Inneren verachtete. Edward wusste das. Und deswegen war er seinem Vater auch dankbar, dass er ihn schlug und weiter nichts sagte. Edward schwieg. Er erwähnte die Schande mit keinem Wort.

»Es ist niemand mehr da, oder?«, fragte Bo. »Es steht leer. Es gibt keine Kellner mehr.«

Edward drehte sich um. Im nächsten Moment sah er den Wachmann. Er stand unter dem Vordach, neben einem Metallzaun, der das ganze Gebäude umgab, und hatte sie schon entdeckt.

»Wir gehen zu ihm«, sagte Bo. »Und wir erklären ihm, dass es kein guter Ort ist.« Er hob seinen Kopf und ging langsam

Richtung Hotel. »Er wird schon verstehen, dass er sich getäuscht hat und hier gar nichts ist. Komm, wir müssen uns beeilen.« Edward zögerte, aber dann folgte er Bo, und sie gingen langsam weiter zum Hotel. Der Spuk würde gleich ein Ende haben, der Wachmann würde sie von diesem düsteren Ort vertreiben, und sie würden den ganzen Berg wieder hinunterlaufen. Er würde Brilliant nach Hause bringen, und die Haushälterin würde ihrem Onkel erklären, was passiert war. Er hörte auf einmal ein lautes Lachen. Es kam vom Hotel her. Er hörte, wie Brilliant etwas rief und wie dann Benjamin lachte.

»Doch, doch«, sagte Brilliant. »Du ziehst ihn aus ... Außerdem *steht* er dir gar nicht. Ohne siehst du viel besser aus.«

Benjamin blieb stehen. Er hatte einen Ärmel des Mantels schon abgestreift, als er das Gebäude sah. Es war beeindruckend. Es sah aus wie ein Hotel aus einem James-Bond-Film. Wahrscheinlich war es in den sechziger oder siebziger Jahren gebaut worden. Man musste sich nur die entsprechenden Autos und Menschen dazu denken. Er spürte, dass er jetzt etwas tun musste. Dass es jetzt auf ihn ankam.

»Warte«, sagte er zu Brilliant. Er zog den Mantel aus und verstaute ihn in seinem Rucksack, den er von Carlos geliehen bekommen hatte. »Ihr bleibt alle hier. Ich spreche mit dem Wachmann.« Benjamin nickte Edward und Bo zu und ging an Brilliant vorbei auf das Hotel zu. Als er ein paar Meter gegangen war, klingelte plötzlich ein Telefon. Er war schon weitergelaufen, als er merkte, dass es das Telefon im Rucksack sein musste. Vielleicht war es seine Mutter. Aber er wusste nicht, was er ihr hätte sagen sollen. Der Mann in einer dunkelgrünen Uniform mit der Aufschrift Power Security trat unter dem Vordach hervor und verstellte ihm den Weg. Benjamin nahm den Rucksack ab und trat auf ihn zu.

»Guten Tag«, sagte er. Er lächelte den Mann an. In diesem Moment hörte das Telefon zu klingeln auf.

»Wie geht's?«, fragte der Mann.

»Danke, gut«, sagte Benjamin.

»Ah«, sagte der Mann und lachte. »Du bist Amerikaner!«

Benjamin lächelte. Vielleicht ist es gut, wenn ich Amerikaner bin, dachte er. Er lächelte wieder, nahm den Rucksack und stellte ihn vor sich hin.

»Das ist doch ein Hotel hier, oder?«, fragte Benjamin.

»Ja, das stimmt.« Der Mann nickte. »Ich heiße Jacob.« Er drehte sich um und zeigte auf die Auffahrt. Wenn man die Augen zusammenkniff, konnte man fast eine Wasserfontäne sehen, die aus einem künstlich angelegten Teich heraussprudelte. Man konnte fast livrierte Kellner und Hotelpersonal sehen, einen Hotelmanager mit langen, buschigen Koteletten und zwei Hausmädchen in schneeweißen Kostümen, die über einen gepflasterten Weg liefen, auf dem Bastsessel mit schwarzen Sitzkissen standen, und leise kicherten.

»Bist du von der Botschaft?«, fragte Jacob.

Benjamin tastete mit der linken Hand nach dem Telefon, während er mit der rechten Hand den Rucksack durchsuchte. Es war schwer, das zu finden, was er suchte. Er dachte schon, er hätte es gefunden, als er plötzlich die Kamera in der Hand hielt. Brilliant musste sie ihm in den Rucksack gesteckt haben.

»Meinst du, ich könnte mir das Gebäude anschauen?«, fragte er, während er weitersuchte.

»Oh«, sagte Jacob und lächelte. »Du willst ... es dir *anschauen*?«

Seine Uniform sah schäbig aus. Die beiden obersten Hemdknöpfe fehlten, und um das Hemd zusammenzuhalten, hatte er die Knöpfe durch eine Sicherheitsnadel ersetzt.

»Das geht nicht«, sagte Jacob und schüttelte den Kopf.

»Bestimmt nicht?«

Jacob lächelte. »Vielleicht kann man eine Ausnahme machen ...«

Benjamin kniff die Augen zusammen und versuchte zu erkennen, ob das, was neben einem kleinen Zelt auf dem Boden lag, ein Mensch war. Ob es vielleicht Bakolou war, oder ob er sich täuschte? Bakolou schlief. Bakolou konnte ihm nicht helfen.

»Freut mich«, sagte Benjamin und streckte die Hand aus. Er unternahm gar nicht erst den Versuch, einen liberianischen Handschlag zu machen, das wäre mit dem Geldschein, der in seiner Hand versteckt war, auch gar nicht möglich gewesen. »Versprichst du mir, dass du niemals in deinem Leben jemanden bestichst?«, hatte sein Vater einmal zu ihm gesagt, und Benjamin hatte gelacht. Er hätte nie gedacht, dass so etwas jemals passieren könnte. Es war der Zwanzig-Dollar-Schein, den Bo von dem Bettler wieder zurückgeholt hatte. Benjamin hoffte, Jacob wäre schlau genug, den Schein einfach in seine Hosentasche zu stecken. Das tat Jacob dann auch.

»Soll ich euch begleiten?«, fragte er.

Benjamin schüttelte den Kopf.

»Wir finden uns schon allein zurecht.«

Jacob lächelte. »Vielen Dank. Ihr seid willkommen.«

»Danke.« Benjamin lächelte auch und versuchte das Telefon zu überhören, das wieder zu klingeln angefangen hatte.

»Gehst du nicht ran?«, fragte Jacob.

Benjamin erinnerte sich daran, was Emily gesagt hatte. Dass die Telefone hier alle keine Mailbox hatten und dass man keine Nachricht aufsprechen konnte. Und deswegen gingen alle Leute immer ans Telefon, egal ob sie sich gerade mit jemandem unterhielten oder nicht.

»Mein Gott«, rief Brilliant. »Hat das gedauert …« Sie stellte sich neben Benjamin und legte den Arm um ihn. »Es ist bestimmt deine Mutter.«

Jacob sah ihn erstaunt an. Aber er sagte nichts. Benjamin steckte schnell das klingelnde Telefon in die Hosentasche und machte sich aus der Umarmung frei. Dann betraten sie das Hotel.

2.

»Es bringt Unglück, wenn man etwas macht, was man nicht will«, hatte Okogo gesagt. Wenn sie alleine gewesen wären, hätte Bo den Außerirdischen schon davon überzeugen können, dass sie im Hotel nichts zu suchen hatten. Wollten sie nicht das Mädchen finden, Flower? In geschlossenen Räumen fühlte er sich immer ein bisschen unwohl. Er war lieber draußen. Mit Menschen konnte man zusammenstoßen, dann entschuldigten sie sich. Wenn er sehr mutig war, lief er manchmal in eine Menschenmenge hinein und spürte dann, wie die Leute zurückwichen und ihm Platz machten. Aber ein Gebäude tat das nicht. Es legte es darauf an, mit ihm zusammenzustoßen und ihn aufzuhalten. Sie standen jetzt in einem riesigen, leeren Raum, wahrscheinlich war es die Eingangshalle.

»Ich liebe Hotels«, flüsterte Brilliant. »Bevor wir es anschauen, müssen wir unbedingt vereinbaren, was für ein Spiel wir spielen.« Und dann lief sie auch schon los. Bo konnte am Echo ihrer Schritte hören, dass es ein großer Raum war, dass es der größte Raum war, den er jemals in seinem Leben betreten hatte. Größer sogar als die City Hall, in der er einmal mit Max gewesen war. Max war sehr traurig gewesen, als sie mit seinem Taxi die Broad Street hochfuhren. Er hatte den Wagen so geschickt durch den Verkehr gesteuert, dass ihnen die Polizisten nur hinterherschauen konnten. Allerdings hatten sie auch keine Anstalten gemacht, dem Taxi zu folgen. Max hatte ihm von dem Haus erzählt. Bo hatte es schon geahnt. Das Haus war in der Nähe der Siedlung seiner Großmutter, und es stand da, neben den anderen neuen Häusern. Aber das Dach fehlte. »Wir können es doch selbst bauen«, hatte Bo gesagt, aber Max hatte nur müde gelächelt. Bo dachte an die kleine Spinne. Die kleine Spinne verkraftete es nicht, wenn man sie einfach verpflanzte und sie immer wieder woanders wohnen musste. Sie aß dann nichts mehr und magerte immer mehr ab. Bo tastete sich langsam vor. Die anderen waren weitergelaufen. Nur Edward war stehengeblieben.

»Schau dir das an«, hörte Bo Brilliants Stimme. »Es ist eine Tafel.«

Bo fuhr vorsichtig mit dem Fuß über den Boden. Es war nackter Beton. Auf dem Boden lagen kleine Steine und ein bisschen Müll. Es gab keinen Parkettboden, keine Teppiche.

»Bo«, rief Benjamin. »Du musst kommen.«

»Ja, gleich«, antwortete Bo. Seine Stimme hallte in dem Raum, der zwar sehr groß, aber nicht besonders hoch zu sein schien. Es war so, als würde die Stimme wie auf einer schnellen Straße von da nach dort fliegen. Nur in die Höhe aufsteigen und sich in der Höhe verlieren konnte sie nicht. Die Decke war schwer und niedrig. Und darüber begann dieser große, steinerne Riese sich zum Himmel zu strecken.

»Beschreib mir den Raum, schnell«, flüsterte Bo Edward zu, der neben ihm stand. Und dann beschrieb Edward alles, was man sehen konnte: die Eingangshalle, den breiten Eingangsbereich, in dem früher vielleicht einmal Drehtüren gewesen waren, oder sogar elektrische Schiebetüren. Jetzt waren dort nur noch die Reste eines stählernen Rahmens auszumachen. Die große geschwungene Freitreppe, die ein Stockwerk höher führte, zu einem Restaurant oder zu einer Bar. Den Betonboden, die Betonwand, die Tafel, vor der Benjamin und Brilliant standen, und die Fenster, von denen nichts mehr da war, außer den Gerippen der Rahmen. An den meisten Stellen waren sogar die Metalleinfassungen herausgebrochen.

»Gibt es noch einen anderen Eingang?«

»Nein«, sagte Edward. »Aber es gibt keine Fensterscheiben. Man kann einfach so durch die Öffnungen rausklettern.«

»Mmh.« Bo nickte und versuchte, sich die Geräusche einzuprägen. Er lief ein paar Meter, dann kehrte er wieder zurück. Das Gebäude war kompliziert. Er kam mit Monrovia zurecht, aber nicht mit diesem riesigen und ausgeplünderten Gebäude.

»Ich werde nicht weitergehen«, flüsterte Bo. »Ich bleibe hier bei dir stehen. Ich gehe keinen Meter mehr weiter.«

Benjamin nahm das Kreidestück und schrieb weiter. Es hatte auf dem oberen Rand der Tafel gelegen. Irgendjemand musste es dort vergessen haben. Er wischte wieder weg, was er geschrieben hatte, und schrieb es noch einmal auf, nur viel größer.

»Du spinnst«, sagte Brilliant. Sie versuchte das O von KORDEL wegzuwischen, aber Benjamin drängte sie zur Seite.

»Wir müssen zuerst eine Liste machen.«

»Wieso denn?«

»Es muss alles aufgeschrieben und dokumentiert werden.«

»Soso«, sagte Brilliant. »Du bist ja ein richtiger Schlauberger.« Sie fuhr mit ihren Fingern die Kreidelinien entlang und verschmierte sie ein bisschen. Benjamin schaute sich an, was er geschrieben hatte. Er hatte eine Liste gemacht, mit all den Gegenständen, die er im Rucksack von Carlos gefunden hatte:

Kordel
Tabletten CPZ
1 Flasche Wasser
Türkische Plätzchen Tutku
1 Flasche mit Mangosaft
2 LED-Taschenlampen
SIM-Karte von COMIUM
Einladung zu einer Yoga-Session mit Mbulla im Seaside Compound
Kaputter chinesischer Kugelschreiber
Ausgebautes Türschloss
Ein Buch, Titel: Paranoid Park

Benjamin schaute zu Bo hinüber. Er stand immer noch neben Edward und rührte sich nicht von der Stelle.

»Hast du das gesehen?«, rief Benjamin.

»Was?«, rief Bo.

Benjamin legte die Kreide auf die Tafel und lief zu ihm.

»Außerirdischer«, sagte Bo. Er rührte sich noch immer nicht von der Stelle.

»Was ist?«, fragte Benjamin.

»Was hast du an die Tafel geschrieben?«

»Du kannst es sehen«, sagte Benjamin. »Komm.« Er streckte seine Hand aus. Bo grinste und schüttelte den Kopf.

»Wo willst du mich hinführen?«

»Ich hab was aufgeschrieben«, sagte Benjamin. Erst wehrte sich Bo etwas, aber dann folgte er ihm.

Bo lachte. »Der Außerirdische bringt mich zu seinem Raumschiff.«

Sie liefen zur Tafel. Inzwischen hatte Brilliant ein paar Gegenstände, die auf der Liste standen, weggewischt und ein paar neue dazu geschrieben. Unter *Kugelschreiber* stand jetzt: *Und keinen Lappa, keine goldenen Flipflops!*

»Wir fangen mit dem Spiel an«, sagte Brilliant.

»Aha«, sagte Bo.

»Es muss ein schnelles Spiel sein«, sagte Brilliant. »Eins, das gleich anfängt und dann wieder aufhört.«

Bo lauschte. Er versuchte herauszuhören, ob sie allein oder ob noch andere in diesem Hotel waren.

»Welches Spiel wollt ihr denn überhaupt spielen?«, fragte Edward, während er näher herankam.

»Es endet in einem Zimmer. Irgendwo in diesem Gebäude«, sagte Brilliant leise. »Wir haben es uns gerade ausgedacht.«

»Wir können das Spiel auch hier unten spielen«, sagte Benjamin. »Hier in der Eingangshalle.«

»Das ist nur der Raum, in dem es anfängt ...«

»Was für ein Spiel soll das sein?«, fragte Bo.

»Was weiß ich«, sagte Brilliant. »Es fängt an, dann hört es wieder auf. Es kann alles sein. Manchmal ist es ziemlich gefährlich ...« Sie war stehengeblieben.

Bo nickte. »Also, was für ein Spiel will die Prinzessin denn nun spielen?«

»Wir spielen, dass unsere Eltern gestorben und wir alle Flüchtlinge sind.«

»Mmh«, machte Bo.

»Edward, spielst du auch mit?«, fragte Benjamin.

»Natürlich«, sagte Brilliant. Sie schaute zu Edward. In diesem Moment merkte Benjamin, dass Brilliant überhaupt nicht wusste, wie das Spiel gehen sollte. Dass sie es sich in diesem Moment erst auszudenken begann. Benjamin sah die Freitreppe, die am anderen Ende der Empfangshalle nach oben führte. Vielleicht hatten dort die Kinder der Flüchtlinge gesessen und dem Unterricht zugehört, den einer der Flüchtlinge gehalten hatte. Und dazu hatten sie diese Tafel benutzt. Sie hatten alle auf den Treppenstufen gesessen, die so breit waren, dass Benjamin dort leicht würde hochlaufen können. Dabei würde es mit seiner Höhenangst keine Probleme geben. Benjamin war trotzdem der Meinung, dass sie besser hier unten bleiben sollten. Denn wenn sie nach oben, auf das Dach stiegen, würde er vielleicht nicht mehr herunterkommen. Das Treppenhaus, über das man zu den Zimmern kam, hatte er schon gesehen. Es war dunkel, schwarz und gigantisch. Es bestand nur aus Stufen, aus Betonstufen, die nach oben führten, und es gab kein Geländer.

»Wie sind *deine* Eltern gestorben?«, fragte Brilliant.

»Meine Mutter ist tot«, sagte Benjamin tonlos. Er schaute zur Treppe. Edward stand dort und beobachtete sie.

»Wie ist sie gestorben?«

»Mein Vater hat sie ... Er hat sie erwürgt.«

»Oh.«

»Mmh«, machte Bo.

»Es ist doch ein Spiel, oder?«, vergewisserte sich Benjamin. Bo machte ein ernstes Gesicht. Er schien nicht besonders begeistert zu sein von dem Spiel.

»Üble Sache«, sagte Brilliant. »Erwürgt. Und dein Vater?«

Benjamin erschrak. Auf einmal dachte er, er dürfe auf keinen Fall etwas über seinen Vater sagen. Er dürfte noch nicht einmal an ihn denken. Er dachte an E. Er dachte daran, dass sein Vater ihm versprochen hatte, mit ihm über E zu sprechen. Und er wollte seinem Vater erzählen, was in der Zeit passiert war, nachdem er die Sache mit dem Park schon fast wieder vergessen hatte. Er hatte sich für seine Mutter geschämt. Wenn man seine Mutter und die Mutter von E nebeneinander stellte, sah seine Mutter traurig und bedeutungslos aus. Die Mutter von E war sehr erfolgreich. Sie war Richterin. Allerdings hatte sie sehr schlechte Haut und ein vernarbtes Gesicht, was man aber nur richtig erkennen konnte, wenn man ganz nah an sie heranging. Er hatte sie schon ein paarmal gesehen. Sie war eine schöne und große Frau. Sie war immer sehr elegant gekleidet, sie hatte sehr lange Beine und trug hochhackige Schuhe. Aber er hatte sie noch nie in ihrer Wohnung gesehen, in der sie mit E zusammenlebte.

»Du brauchst ja ewig«, sagte Brilliant.

»Er denkt sich etwas aus«, sagte Bo.

»Und *deine* Eltern. Was ist mit denen?«, fragte Brilliant.

»Ich spiele nicht mit.«

»He«, machte Brilliant. »Du spielst nicht mit?«

Bo hob den Kopf und lächelte. »Ich bin der Schiedsrichter.«

Brilliant verstummte. Sie schaute auf die Tafel. Sie schien zu überlegen.

»Ich weiß, was mit meinem Vater ist«, sagte Benjamin plötzlich. »Er lebt noch! Wir müssen nach oben auf das Dach des Hotels und ihn erschießen.«

Bo drehte den Kopf zu ihm. Der Ausdruck in seinem Gesicht veränderte sich. Aber Benjamin hatte keine Zeit, sich darüber Gedanken zu machen.

3.

»Du verrückter Außerirdischer, wie sollen wir denn wieder herunterkommen?«

»Gar nicht, wir bleiben oben.«

»Warum sagst du, dass du deinen Vater erschießen willst? Das ist etwas Schreckliches. So etwas sagt man nicht.«

»Es ist doch nur das Spiel.« Benjamin presste seine linke Hand gegen die Wand. Die Wand war kalt und glatt.

»Der wievielte Stock ist es?«

»Ich weiß es nicht, ich habe nicht gezählt. Ich muss dir doch die Geschichte erzählen.« Benjamin hatte Bo gebeten, ihm etwas zu erzählen, damit er abgelenkt war und nicht hinunterschaute.

»Du darfst so etwas nicht sagen.«

»Was meinst du?« Benjamin blieb kurz stehen. Er durfte vor allem nicht nach rechts schauen. Hinunter in den Schacht, in die Düsternis des Treppenhauses.

»Was du über deinen Vater gesagt hast.«

Sie standen auf einem Treppenabsatz, von hier führte ein Gang mit Zimmern ab. Wenn er in einen solchen Gang schaute, verlor Benjamin für einen Moment seine Angst. Der Gang war endlos. Links und rechts gingen die Zimmer ab, die Türen waren herausgebrochen, und das Licht fiel in den Gang, als würden die Zimmer in ein kleines Waldstück und weiter durch den Wald bis zum Meer hinausführen.

»Wenn wir oben sind«, erklärte Bo, »werden wir deinen Vater sehen.«

»Er arbeitet nicht in der Stadt. Er ist irgendwo im Landesinneren und baut eine Brücke.«

»Ja, und die Brücke ist fertig. Sie verbindet das Landesinnere mit der Stadt. Du wirst sehen, dein Vater kommt über die Brücke, er läuft über die Brücke herüber und ...«

»Das ist eh das Einzige, was ihn interessiert.«

»Was?«

»Ach nichts.«

»Widerrufst du das, was du gesagt hast?«

»Das, was ich über meinen Vater gesagt habe?«

»Ja.«

»Aber was habe ich denn gesagt?«

»Ich will es nicht wiederholen. Es ist zu furchtbar.«

Sie standen jetzt einander gegenüber. Sie waren im vierten oder fünften Stock. Brilliant war noch unten. Benjamin überlegte, ob sie den Gang hinunterlaufen und in eines der Zimmer gehen sollten.

»Aber es war doch ihre Idee ... Vielleicht ist es gut für sie, so etwas zu spielen. Wenn man bedenkt, was sie erlebt hat.«

»Aber sie hat doch gar nichts Schlimmes erlebt«, sagte Bo.

»Wieso?«

»Die Prinzessin lügt.«

»Wie meinst du das?«, fragte Benjamin, aber da war Bo schon weitergelaufen. Er fuhr mit der linken Hand an der Wand entlang und konnte sich so orientieren. Bo lief schnell. Er nahm teilweise zwei Treppenstufen auf einmal. Benjamin spürte, wie seine Kraft nachließ. Auf einmal war all seine Lust verflogen, mit Brilliant alleine in einem dieser Zimmer zu sein, so wie sie es sich ausgemalt hatten, als sie den Serpentinenweg hochgelaufen waren. Benjamin wollte am liebsten umkehren und ins Blaue Haus fahren. Er wollte Emily alles erzählen und sie fragen, wie es sein konnte, dass sein Vater in Beatrice verliebt war. Er hatte Bakolou unten liegen gesehen, auf einem großen Stück Pappe, direkt neben dem Eingang. Er hatte dieselbe Uniform angehabt wie Jacob. Power Security. Ob Bakolou wirklich krank war?

»Es wird bald dunkel«, sagte Bo. »Meinst du nicht auch? Die Sonne geht bald unter, oder?« Er lief weiter. Die Wand war schmutzig und verrußt. Es hatte wahrscheinlich irgendwann ein Feuer gegeben, und das Treppenhaus war ausgebrannt. Deswegen gab es auch keine Möbel und keine Teppiche mehr. Allerdings hatte Jacob erzählt, dass über die Jahre die Leute alles herausgeholt hatten, was man herausholen konnte. Und wenn es gebrannt hätte, wären doch auch die Treppenstufen verrußt.

»Bo!«, rief Benjamin.

»Was ist?«

»Kannst du nicht langsam gehen?«

»Wir gehen bis nach oben«, sagte Bo leise. »Wir halten nach deinem Vater Ausschau, und du kannst mir zeigen, wo Schwedianien liegt. Ich zeige dir, wo ich jetzt wohne. Vielleicht sehen wir auch die kleine Spinne.«

»Aber du wolltest doch gar nicht nach oben. Warum läufst du denn auf einmal so schnell?«

»Ich tue das, was für den Außerirdischen gut ist. Wir machen ein Foto. Wir atmen die Luft ein.«

»Aber die Luft ist oben auch nicht besser.«

Benjamin drehte sich kurz um. Im nächsten Moment sah er in die Tiefe. Er konnte nicht mehr weitergehen.

»Außerirdischer?«, rief Bo.

»Ich habe mich kurz ...«

»Steh auf.«

»Ich habe nur ...«

»Du musst sofort aufstehen und mir folgen. Willst du die kleine Spinne nicht sehen und ihr zuwinken? Außerdem will ich die Luft einatmen.«

»Du willst was?«

»Ja, ich tue dir einen Gefallen, aber ich tue mir selbst auch einen Gefallen.«

»Ich will gar nicht mehr hoch.«

»Außerirdischer, ich rieche etwas.«

»Was riechst du?«

»Die Luft.«

»Welche Luft?«

»Die Luft, die über uns ist.«

»Heißt das, dass wir gleich da sind?«

»Ich glaube, hier ist eine Eisentür. Aber sie hat keinen ...«

Benjamin versuchte aufzuschauen, aber er schaffte es nicht. Er presste sich gegen die Wand. Er wusste, dass der Wind auf dem Dach des Hotels zu viel für ihn wäre. Er war schon oft irgendwo hochgelaufen oder hochgeklettert und hatte immer gedacht, dass er oben bestimmt stark und mutig wäre. Aber jedes Mal war es dann der Wind gewesen, der ihn gestoppt hatte.

»Geht sie auf?«, fragte Benjamin.

»Nein. Sie ist zu.«

»Mist.«

»Vielleicht können wir durch das Schlüsselloch fotografieren«, sagte Bo.

4.

Sie standen eine Weile vor der verschlossenen Tür. Benjamin versuchte, seinen Atem zu kontrollieren. Das riet ihm seine Mutter immer: »Atme tief ein, und atme wieder aus. Und das machst du ein paarmal.« Er atmete tief ein, und er atmete tief aus, wenn er zur ersten Stunde zu spät kam und vor der Klassentür stand. Einmal hatte E ihn gefragt: »Warum kommst du eigentlich immer zu spät? Möchtest du, dass wir dich alle *sehen*?« Wenn er die Tür des Klassenzimmers öffnete, atmete Benjamin gar nicht mehr. Dann hielt er die Luft an.

»Kann man sie nicht eintreten?«, fragte er Bo.

Bo strich vorsichtig mit der Hand über die Tür.

»Was machst du?«

»Ich suche den Türgriff.«

»Aber da ist kein Türgriff.«

Bo ließ seine Hand sinken.

»Ich trete sie ein«, sagte Benjamin. Er dachte an E. »Willst du, dass wir dich alle *sehen?*« Wenn es nur bei der Sache im Park geblieben wäre. Er hatte im Schnee gekniet wie ein Messdiener. Und der Schnee hatte nach nichts geschmeckt. Wenn es dabei geblieben wäre. Er hätte seinem Vater davon erzählen können, und sein Vater hätte ihm wieder einen seiner typischen verrückten Ratschläge gegeben: Such dir einen Gegenstand, der ihm gehört. Und dann *zerstörst* du diesen Gegenstand. Benjamin wollte die Tür eintreten. Aber was wäre, wenn hinter dieser Tür einfach *gar nichts* sein würde? Er hörte Schritte. Jemand kam die Treppe hoch. Aber die Schritte waren noch sehr weit entfernt. Er atmete tief ein und sah Bo an. Bo legte seine Hand wieder auf die Tür.

»Vielleicht muss man nicht drücken, sondern ziehen«, fiel Benjamin auf einmal ein.

»Es kommt jemand«, sagte Bo.

»Wir müssen uns beeilen.«

»Wer ist es?«

»Wir bekommen die Tür auf, bevor wir wissen, wer es ist.«

Seine Mutter hatte schließlich von dem Vorfall im Park erfahren. Irgendjemand hatte es ihr erzählt. Jemand, der Mitleid mit ihm gehabt hatte. Er hatte die Eltern der Königswieser Zwillinge im Verdacht. Die Mutter der Königswieser Zwillinge traf seine Mutter manchmal beim Einkaufen bei Kaiser's. Benjamin konnte sich gut vorstellen, wie das Gespräch abgelaufen war und wie die Mutter der Königswieser Zwillinge erzählt hatte, dass so etwas »entwürdigend« und »menschenverachtend« sei.

»Jetzt!«, sagte Bo. Plötzlich standen sie im Türrahmen. Die Tür war herausgebrochen und vor ihnen auf den Boden gefallen. Der Wind war stark, er schlug ihnen entgegen, und Benjamin musste sich festhalten. Auf dem ganzen Weg zur Wohnung von E hatte er gehofft, dass niemand zu Hause wäre. E's

Mutter war Richterin am Amtsgericht in Moabit. Einen Nachmittagstermin bei Gericht hatte sie extra ausfallen lassen. E's Vater war nicht da. Zuerst hatte Benjamin noch gedacht, dass das ein Vorteil sein würde.

»Wo ist Monrovia?«, fragte Bo. Er machte vorsichtig einen Schritt nach vorne. Vor ihnen war ein Gang, nur ein paar Meter lang, an dessen Ende eine große, helle Wand aus Licht war. Nach wenigen Schritten standen sie auf einer Art Terrasse, die vielleicht früher mal eine Bar unter freiem Himmel gewesen war. Vor langer Zeit hatten hier die Hotelgäste gesessen und auf die Stadt hinuntergeschaut. Das Gebäude war hier nicht mehr düster und verrußt. Es sah nicht mehr aus wie eine Ruine, in der kurz zuvor ein Krieg getobt hatte und in der nichts Lebendiges mehr zu finden war. Um die Ecke, gleich da vorne, hätte gut und gern die Bar sein können, die Eiswürfel hätten in den Gläsern der Gäste geklingelt, die in cremefarbenen Jacketts und Cordhosen ihre Cocktails geschlürft hätten.

»Wow«, sagte Benjamin. Er schaute auf die Stadt. Die Angst war weg. Er konnte sogar bis zum Rand der Mauer gehen.

»Was ist?«, rief Bo aufgeregt. »Was siehst du?«

»Gigantisch.«

»Was ist gigantisch?«, fragte Bo.

Benjamin beugte sich über die Mauer.

»Es ist wunderschön.«

»Ja, aber was kann man sehen?«

»Es ist die schönste Stadt der Welt«, sagte Benjamin leise.

»Aha«, sagte Bo. Damit gab er sich gleich zufrieden. Als wäre damit alles gesagt. In Wirklichkeit war an dem Ausblick nichts Besonderes. Es waren Häuser. Viele Häuser, einige höher, einige niedriger. Es war eine schier endlose Aneinanderreihung von Gebäuden und Straßen, man sah Autos, die sich lautlos und langsam zwischen den Häusern hin- und herbewegten. Man sah die Ruinen, die zerstörten, ausgebrannten und baufälligen Häuser nicht. Man sah den Müll nicht, und man sah keinen einzigen Menschen.

»Und was siehst du jetzt?«, fragte Bo. »Du musst mir alles erklären, was du siehst, was du erkennen kannst. Kannst du die Leute sehen? Kannst du deinen Vater sehen? Kannst du irgendjemanden erkennen?«

Benjamin atmete tief ein.

»Wir müssen ein Foto machen«, sagte er leise. »Wir müssen alles dokumentieren.« Er überlegte, wo sein Rucksack war. Er wollte gerade nach ihm suchen, da bemerkte er plötzlich Edward. Er stand direkt hinter ihnen.

Edward hatte seinen Daumennagel verloren. Zumindest einen Teil. Er war abgebrochen, als er gegen den rauen, scharfkantigen Beton gestoßen war, aus dem die Mauern dieses Gebäudes bestanden. Er hatte schon öfter einen Nagel verloren. Das war an sich nicht so schlimm. Die Nägel wuchsen nach, sehr schnell. Nach ein paar Tagen konnte man schon sehen, wie sie über die Fingerkuppen hinauslugten, und bald hatten sie ihre alte Länge wieder erreicht. Das Schlimmste wäre nur, wenn er sie alle auf einmal verlieren würde. Wenn seine Nägel alle stumpf und verkrüppelt über den weißen, kleinen Halbmonden hingen und er unweigerlich alle Kraft verlieren würde. Dann wäre es zu Ende. Der Nagel war abgebrochen, als er sich durch den Türeingang aufs Dach hinausgekämpft und sich dabei mit der Hand an der Wand abgestützt hatte. Brilliant wollte, dass Edward oben den Rucksack mit der Kamera holte. Sie wollte unbedingt ein Foto machen. Das war Teil des Spiels. »Wenn du schon nicht mitspielst«, hatte Brilliant zu ihm gesagt, »dann musst du wenigstens der Bote sein.« Also war Edward der Bote.

»Warum bleiben wir nicht einfach hier oben?«, fragte Benjamin. »Wenn du magst, kannst du ein bisschen Club Beer besorgen, und wir feiern die Geburtstagsparty einfach hier«, sagte er zu Edward. Club Beer, das war das Bier, das ein Schweizer in Liberia erfunden hatte und das jetzt alle tranken. Eigentlich waren sie dafür noch zu jung.

»Es ist toll hier oben.« Benjamin zeigte über die Dächer der Stadt hinweg bis in den graublau schimmernden Nachmittagshimmel.

»Mach einfach die Augen zu, mein Freund«, sagte Bo. »Mach sie zu und denk an etwas Schönes.« Bo hob den Kopf und hielt ihn in den Wind. Edward zögerte einen Moment. Die wichtigste Nachricht hatte er noch gar nicht überbracht.

»Sie möchte, dass ihr wieder runterkommt«, sagte er leise. »Brilliant hat etwas gefunden. Im Tagebuch ...«

»Im Tagebuch?«, fragte Benjamin etwas lustlos.

»Ist das Teil des Spiels?«, fragte Bo.

Edward schüttelte den Kopf. Die Aussicht war schön, aber er empfand nichts dabei. Schließlich kannte er ja Monrovia. Er kannte die Häuser, und er kannte die Menschen, die in ihnen lebten. Er ärgerte sich über den abgebrochenen Nagel. Der Daumennagel war ein wichtiger Nagel. Er war der größte und stärkste Nagel, und wenn er die Hand zu einer Faust zusammenballte, ragte er wie die Klinge eines Schwertes aus ihr heraus.

»Sag ihr, wir kommen später«, murmelte Benjamin.

»Der Außerirdische hat die Idee, hier oben eine Party zu machen. Willst du mitmachen? Du kannst Brilliant fragen, ob sie vielleicht hier oben Geburtstag feiern will«, sagte Bo. Edward lächelte, aber er sagte nichts. Dann nahm er den Rucksack und ging wieder nach unten. Er steckte seine Hände in die Hosentaschen. Er konnte es sich nicht leisten, noch einen

Nagel zu verlieren. Aber Brilliant war nicht zufrieden mit seiner Botschaft. Sie lief sofort nach oben und kam erst nach einer halben Stunde wieder zurück. Es war etwas passiert, das sah Edward sofort. Er saß mit Jacob und dessen Schwester am Eingang und aß. Er konnte sehen, dass Brilliant geweint hatte. Die Schwester von Jacob hatte Reis, Potato Greens und Pfeffersuppe gebracht. Das Tagebuch lag aufgeschlagen auf einer kleinen Mauer. Edward ließ den Löffel sinken und schaute auf seinen kaputten Nagel.

»Wir fahren. Wir haben jetzt keine Zeit mehr zu verlieren. Hast du Romeo angerufen?«

»Ja«, sagte Edward. »Aber wir müssen doch zurück.«

»Wieso?«

»Willst du nicht nach Hause?«

»Nein.«

»Aber das Hotel gehört euch doch bald.«

»Na und?«

»Dein Onkel will es kaufen.«

»Ja?« Sie schaute auf seine Hand. »Das interessiert mich nicht. Das Hotel ist mir egal. Was hast du denn da?« Ihre Stimme klang brüchig und schwach.

»Er ist abgebrochen«, sagte er tonlos.

»Wieso willst du denn unbedingt zurück?«

»Dein Onkel kommt doch wieder. Wegen ihm. Ich ...«

»Du bist doch gar nicht mehr bei ihm angestellt. Das kann dir doch egal sein.« Sie zeigte auf seinen Nagel.

»Jetzt musst du alle abschneiden.« Sie beugte sich über seine Hand. »Warte, ich habe eine Schere in der Tasche.« Sie lief zu ihrer Tasche und kramte darin herum. Er wehrte sich nicht. Er war wie gelähmt.

Als sie die Treppe hinuntergingen, sagte Bo: »Wusstest du nicht, dass Brilliant die Geschichte mit ihren Eltern erfunden hat?« Sie blieben im neunten Stock stehen. Benjamin trug den Mantel über dem linken Arm.

»Nein.«

»Ich wusste es von Anfang an. Das Jahr des Massakers ist schon lange her. Die Toten sind beerdigt. Es ist lange vor ihrer Geburt passiert, viel zu lange, als dass ihre Eltern unter den Opfern hätten sein können.«

»Aber warum erzählt sie uns das denn, wenn es doch gar nicht passiert ist?«

»Weil vielleicht etwas noch viel Schlimmeres passiert ist.«

»Ich weiß gar nicht, wie wir darauf gekommen sind.«

»Sie hat etwas über deinen Vater gesagt.«

»Ich bin selbst wütend auf meinen Vater. Vorhin, als wir den Weg zum Hotel hochgelaufen sind, da war sie so süß. Sie war ganz anders als sonst. Es wäre doch schön, wenn wir eine Party machen würden.«

»Ja, das ist eine gute Idee«, sagte Bo.

»Willst du jetzt wirklich noch mitkommen?«, fragte Benjamin. »Es ist doch schon so spät.«

Benjamin schaute in den Gang hinein. Überall sahen die Gänge gleich aus. Mit Kreide hatte jemand etwas an die Wand gemalt, was aussah wie eine 9. Benjamin folgte mit seinem Blick dem Gang bis zum Ende.

»Wir haben hier alles gesehen«, sagte Bo. »Lass uns runtergehen. Sie wartet bestimmt schon auf uns.«

»Ich schau hier nur mal kurz«, murmelte Benjamin. Das Stockwerk unterschied sich von den anderen Etagen. Links und rechts gingen Zimmer ab. Alle waren vollkommen verwüstet. Einige waren so in Mitleidenschaft gezogen, dass sogar die Mauer unter der Fenstereinfassung herausgebrochen war und man ohne weiteres aus dem Zimmer fallen konnte, wenn man nicht aufpasste. Jedes Zimmer hatte links neben dem Eingang ein Badezimmer, und oft lag in dem Badezimmer, in dem es keine Badewanne, kein Klo und auch kein Waschbecken mehr gab, ein Berg von Müll. Benjamin wollte nicht so genau hinsehen. Er hatte Angst, dass er etwas finden könnte, was er nicht sehen wollte.

»Ist dieses Haus eigentlich wirklich mal ein Hotel gewesen?«, fragte er, während er in eins der Zimmer ging. Bo antwortete nicht. Benjamin ging an der Wand entlang bis zum Fenster. Jemand hatte hier die Tapete abgerissen. Als er sich umdrehte, sah er neben der Tür, wo noch ein Rest der Tapete klebte, mit Kreide die Zahl 997 aufgemalt. Raum 997, dachte er noch, während er über einen Holzbalken kletterte. In diesem Moment sah er den Gecko.

»Wohin willst du?«, fragte der Gecko. »Warum gehst du nicht ans Telefon?« Benjamin konnte nicht antworten. Er hatte keine Zeit. Trotzdem blieb er stehen. Der Gecko hing an der Wand. Als würde ihn das nicht die geringste Anstrengung kosten. Senkrecht auf allen vieren. Und Benjamin wunderte sich, wie seine innere Stimme es hierhin, in diesen Raum geschafft hatte. Raum 997. »Warum gehst Du nicht ans Telefon?«, fragte der Gecko noch einmal. Es war natürlich nicht derselbe Gecko, mit dem er im Blauen Haus gesprochen hatte. Das war sofort zu sehen. Im Gegensatz zu dem Gecko im Blauen Haus, hatte dieser Gecko noch einen Schwanz. Theoretisch hätte aber der Gecko aus dem Blauen Haus hierhergelaufen sein können. Die Entfernung war nicht so groß. Benjamin wusste nicht, welche Wegstrecken Geckos zurücklegten, ob sie sich überhaupt auf Wanderungen begaben oder ob sie einfach immer am selben Ort blieben und dort lebten und starben. Raum 997. Also musste es der neunte Stock sein. In diesem Raum stand ein Bettgestell aus Metall. Das war das Einzige, was Benjamin aufgefallen war. Ich werde ans Telefon gehen, sagte er sich. Es war eine Antwort, die sich seine innere Stimme gewünscht hatte. *Ich verspreche, dass ich beim nächsten Mal drangehe.*

»Du lügst«, sagte seine innere Stimme auf einmal. »Lüg mich nicht an! Hör endlich damit auf, mich anzulügen.«

»Ich lüge dich nicht an«, sagte Benjamin leise.

»Natürlich lügst du mich an.«

»Soll ich es dir sagen?«

»Was?«

»Warum ich dich anlüge.«

»Also doch. Kein Wunder, dass du ständig Ärger hast. Kein Wunder, dass E ...«

»E gibt es überhaupt gar nicht«, unterbrach Benjamin die innere Stimme. »Übrigens, soll ich dir sagen, warum ich ihn E nenne?«

»Nein.«

»Soll ich es dir sagen?«

»Es ist mir egal.«

»Weil ich seinen richtigen Namen nicht aussprechen will.«

Die innere Stimme war erstaunt. »Wirklich?«, fragte sie.

»Ja. Wenn ich ihm keinen Namen gebe, dann existiert er nicht, dann gibt es ihn gar nicht. Verstehst du?«

»Nein, das verstehe ich nicht. E ist doch auch ein Name.«

»Nein, es ist kein Name. Es ist noch nicht mal ein Buchstabe, sondern einfach nur das Ende von einer Mistgabel.«

»Wie bitte?«, fragte die innere Stimme. »Du lügst doch wieder.«

»Nein. Wenn du den Kopf schief legst, dann kannst du es sehen. Siehst du?«

»Nein, ich sehe nichts.«

»E«

»Aber es fehlt doch der Stiel. Der Griff…«

»Das habe ich absichtlich gemacht. So kann man damit gar nichts anfangen. Es ist nur etwas, das auf der Wiese liegt. Ein kaputter Gegenstand, der zu nichts zu gebrauchen ist.«

Die innere Stimme schwieg. Benjamin ging weiter. Er wollte ans Fenster gehen und hinunterschauen. Und dann hörte er plötzlich einen dumpfen Knall. Und im nächsten Moment ein leises Stöhnen. Er erstarrte. Etwas war passiert. Er lief aus dem Zimmer zurück in den Gang. Es war sehr dunkel im Gang. Er tastete sich langsam vor.

»Bo?«, rief er. »Bo?«

Auf einmal stand Brilliant im Türrahmen. Sie hielt die Kamera in der Hand und fotografierte ihn.

5.

Seine Mutter rief nicht noch einmal an. Jedenfalls nicht an diesem Abend. Sie hatte es den ganzen Tag immer wieder probiert. Die meisten ihrer Anrufe waren gar nicht durchgekommen. Bei den meisten Versuchen hörte sie entweder ein eigentümliches Freizeichen, als würde sie mit einem Spielzeugtelefon telefonieren, oder sie hörte gar nichts. Ein paarmal hörte sie sogar die Ansage, sie sei falsch verbunden, als würde man sich irgendwo in Deutschland über sie amüsieren. Tatsächlich sagte die Stimme vom Band einmal: »Die von Ihnen gewählte Nummer existiert nicht. Bitte rufen Sie Ihre Auskunft an.« Auf Deutsch. Das bedeutete, dass sie aus Berlin gar nicht hinausgekommen war. Es war früher Abend. Sie versuchte, Luft zu holen. Sie versuchte, zu sich zu kommen. Sie saß im Wohnzimmer auf dem Fußboden und schaute auf die linke Seite des Zimmers, die Fensterseite, wo die Hälfte des Laminatbodens schon herausgerissen war. Sie nahm das Telefon und schaute es an. Ich habe ein Sinnbild meiner Ehe geschaffen, dachte sie. Die Hälfte ist herausgerissen. Die andere Hälfte liegt noch da. Am Boden zerstört. Dabei war es eigentlich die Idee gewesen, eine positive Veränderung vorzunehmen. Etwas zu tun, um die Wohnung zu verschönern. Sie hatte die Idee schon vor Benjamins Abreise gehabt. Der Laminatboden, den Benjamins Vater so hasste, hatte verschwinden sollen. Unter dem Laminatboden würden Dielen zum Vorschein kommen. Abgeschliffene Holzdielen, naturbelassen und nur mit einem Holzöl behandelt. Vielleicht würde ihm das gefallen, falls er spontan den Entschluss fassen und einfach mitkommen würde, um seinen Sohn persönlich nach Berlin zurückzubringen. Sie drückte auf die Wahlwiederholungstaste. Das Rauschen schien das ganze Zimmer auszufüllen. An der Wand hing die Karte Afrikas. Es war eine selbstgemachte Karte aus Stoff. Jedes Land hatte seine eigene Farbe, und die Grenzen bestanden aus aufgeklebten Filzstreifen, während die Namen der Länder mit der Hand fein säuberlich auf das Territorium des jeweiligen Landes aufgemalt waren. Jetzt hatte sie die Karte mit einem Tuch abgehängt, damit sie keinen Staub abbekam. Die E-Mail von der GTZ hatte sie ausgedruckt. Sie lag vor ihr, neben dem Aschenbecher und dem Telefon. Als sie die Wahlwiederholungstaste drückte, zitterten ihr die Finger. Es war ihre Schuld, dass sie nicht durchkam. Es war ihre Schuld, dass ihr Sohn, oder wer auch immer das Telefon gerade in der Hand hielt, nicht antwortete. Ihre Schuld. Aber in Wirklichkeit war sie jedes Mal erleichtert, wenn wieder ein Versuch fehlgeschlagen war. Dann schaute sie auf die ordentlich aufeinandergestapelten Laminat-Paneele unter dem Fenster und atmete wieder aus. Sie griff nach ihrem Pullover, obwohl ihr gar nicht kalt war. Es konnten nicht so viele schreckliche Dinge auf einmal passieren, dass ihrem Sohn jetzt auch noch etwas zugestoßen war. Er war an einem sicheren Ort. Er schlief. Er ruhte sich aus. Erschöpft von dem anstrengenden Leben in den Tropen. Wahrscheinlich hatte die Engländerin das Telefon. Und wer weiß, was sie gerade tat. Ob sie mit ihm zusammen war. Sie schaute auf den Ausdruck mit der E-Mail der GTZ. Das Schreiben war zwei Tage alt und zuerst in ihrem Spam-Ordner gelandet. Warum habe ich mir bloß die andere Nummer nicht aufgeschrieben, fragte sie sich. Warum ist das die einzige Telefonnummer, die ich habe? Die einzige Nummer, die mich mit diesem verfluchten, gottverdammten Liberia verbinden kann? Sie stand kurz davor, das Telefon gegen die Wand zu schmeißen und die Nerven zu verlieren.

6.

Bo dröhnte der Kopf. Sein Kopf hatte die Größe eines Hotels angenommen, in dem Leute kamen und gingen. Schlugen die Türen zu, rissen sie wieder auf. Alles dröhnte und lärmte. Jemand schlug gegen die Wand. Jemand trat gegen eine Tür. Bo hatte wirklich schreckliche Kopfschmerzen. Erst hatten sie ihn tragen wollen, aber dann hatte er sich geweigert und darauf bestanden, selbst die Treppe hinunterzulaufen und ins Taxi zu steigen. Jacob hatte den Zaun ein Stück geöffnet, damit Romeo den Wagen ganz nah an das Hotel heranfahren konnte.

»Sollten wir nicht erst mit Bo zu einem Arzt fahren?«, fragte Benjamin.

»Er lebt doch, oder?«, sagte Brilliant. »Es ist doch nur eine kleine Beule.«

»Der Außerirdische macht sich zu viele Gedanken und sorgt sich zu sehr.« Jedes Wort, das Bo sagte, schmerzte ihn, und es war, als würde jedes Wort, das in seinem Kopf ein Zimmer hatte, aufstehen, oder besser gesagt, aus dem Bett fallen und dann wütend gegen die Tür donnern, damit endlich jemand käme und aufsperrte.

»Wir können jetzt nicht ins Krankenhaus«, sagte Brilliant. »Es wird dunkel. Wir müssen weiterfahren …«

Brilliant hatte das Tagebuch gelesen, während Benjamin und Bo auf dem Dach des Hotels gewesen waren, und sie hatte etwas entdeckt. Eine wichtige Information. Deswegen war sie sogar nach oben gekommen, hoch in den neunten Stock, und um ihnen zu sagen, dass Romeo jetzt da sei und sie losfahren könnten.

»Wir sollten fahren … Wir sollten aufbrechen, solange es noch hell ist«, sagte sie und tastete Bos Kopf ab.

»Es ist alles okay, oder?«, flüsterte sie. Bo grinste.

»Bist du denn sicher, dass sie in Gbarnga ist?«, fragte Benjamin.

»Frag Jacob, seine Schwester kennt Gbarnga. Sie hat gesagt, es kann gut sein, dass es außerhalb von Gbarnga einen Heiler gibt, zu dem sie sie gebracht haben.«

»Ich mache mir Sorgen wegen Bo. Er ist gefallen. Außerdem wird es doch bald dunkel.«

»Es steht in *deinem* Buch. Du kannst von Glück reden, dass ich es entdeckt habe. *Wenn sie das nächste Mal nach Gbarnga gebracht wird, dann kommt sie nicht mehr gesund zurück.* Reicht das nicht? Aber was noch viel interessanter ist: Wir wissen jetzt, wo sie aufgewachsen ist, wo ihre Familie lebt, das ist nämlich dort in der Nähe. In einem kleinen Dorf. Aber ich würde sagen, wir fahren zuerst nach Gbarnga.« Brilliant stand vor dem Wagen. Alle vier Türen waren offen. Jacob schaute zu, wie Edward den Rucksack im Kofferraum verstaute und wie ihm Brilliant die Kamera gab.

»Bist du okay?«, fragte Benjamin Bo.

Bo legte die Hand auf seinen Kopf. »Mein Kopf ist noch da. Ich habe ihn gerade entdeckt. Ich kann ihn spüren. Er sitzt da, wo er immer sitzt. Er ist etwas durchgeschüttelt worden.«

»Vielleicht solltest du dich hinlegen«, schlug Benjamin vor. »Ist dir schlecht? Wenn dir nämlich schlecht ist, dann hast du eine Gehirnerschütterung. Dann können wir auf keinen Fall fahren.«

Brilliant schaute auf den Wagen. Romeo saß schon am Steuer. Mitten in der Nacht ins Landesinnere von Liberia. Die Gesichter von Jacob, Bakolou und Jacobs Schwester sahen so aus, als wüssten sie, worauf sie sich da einlassen würden. Als wüssten sie, wie gefährlich das war.

»Das wird teuer«, hatte Romeo gesagt, und Brilliant hatte eine wegwerfende Handbewegung gemacht. Sie hatte zusammen mit Edward alles aufgegessen. Den Reis, das Hühnchen, die Pfeffersuppe und die Potato Greens, die Jacobs Schwester für ihren Bruder gekocht hatte.

»Es ist uns eine Ehre«, hatte Jacob gesagt, während seine Schwester erklärte, wie sie am besten nach Gbarnga kämen.

»Ich habe lange genug auf euch gewartet«, sagte Brilliant. »Und ich hasse es, zu warten. Vielleicht können wir ja unterwegs noch was kaufen. Jetzt haben wir keine Zeit mehr. Wir müssen los. Sonst überlegt es sich Romeo noch anders.« Sie hatte den Mantel angezogen. In der ganzen Hektik hatte Benjamin bisher gar nicht darauf geachtet. Er stand ihr gut. Sie hatte die Ärmel hochgekrempelt und dann den ganzen Mantel mit dem Parfüm, das ihnen der alte Mann auf dem Markt geschenkt hatte, eingesprüht. Love's Baby Soft. Sie roch nach

Love's Baby Soft. Der Mantel hatte sich auf einmal vollkommen verwandelt. Benjamin machte ihr ein Kompliment.

»Du gefällst mir so auch viel besser«, sagte sie. »Willst du neben mir sitzen?« Bos Sturz und der eilige Aufbruch hatten alles vergessen gemacht.

»Wie lange brauchen wir nach Gbarnga?«, fragte Benjamin.

»Vier Stunden«, sagte Romeo. »Wenn alles glatt läuft.« Edward schlug den Kofferraumdeckel zu. Bo stieg in den Wagen. Das Hotel sah jetzt dunkel und bedrohlich aus. Als wäre dort, im Inneren des Gebäudes, die Nacht schon angebrochen. Der Wagen hatte die Einfahrt schon verlassen, als die ersten Fledermäuse aus ihren Schlafstätten in den benachbarten Bäumen herausgekrochen waren. Ihre blassrosa Flügel öffneten sich, und die ersten von ihnen jagten schon mit beängstigendem Tempo durch das leere Hotel. Sie waren jetzt die Bewohner, die Hotelgäste, die sich auf den Weg machten, die Nacht eroberten und sich die Stadt aneigneten. Bakolou war wieder zu sich gekommen. Er hatte das Gefühl, dass er wieder ganz gesund war. Er würde diese Nacht gut arbeiten können. Dann ging er ins Gebäude zurück, um nach seinem Radio zu schauen. Jacob und seine Schwester standen noch einen Moment draußen und sahen den Rücklichtern des Taxis hinterher.

»Amerikaner«, sagte Jacob zu seiner Schwester. »Sie sind Amerikaner.«

»Der blinde Junge auch?«

»Ich weiß nicht ... Aber er redet so wie ein Amerikaner.« Jacob sah, wie das Taxi hinter den Bäumen verschwand. Wenn die Fledermäuse nicht so viel Lärm gemacht hätten, hätte Benjamin vielleicht das Telefon hören können. Es war jetzt im Kofferraum verstaut, und die nächsten Stunden würde mit Sicherheit niemand mehr rangehen. Die erste Fledermaus hatte

Raum 997 erreicht und jagte mit abenteuerlicher Geschwindigkeit durch den Zimmereingang hinein und im nächsten Moment durch das Fenster wieder hinaus. Der Gecko drehte noch nicht einmal den Kopf. Er war zu groß, um als Beute in Frage zu kommen. »Es ist gut, dass der Junge nicht ans Telefon gegangen ist«, flüsterte der Gecko. »Das ist das Beste, was er tun konnte ... Jetzt steht ihm eine Nacht bevor, die er so schnell nicht vergessen wird.« Und sein Mund verzog sich zu einem Grinsen.

VII. Am Wasserfall

I.

»Wisst ihr eigentlich, wo wir hinfahren?«, fragte Brilliant. »Ich meine ... Wo wir wirklich hinfahren?«

»Nach Gbarnga«, sagte Edward.

»Gbarnga«, wiederholte Bo, als wäre es das Selbstverständlichste von der Welt.

»Ich meine, ob das der *richtige* Weg ist?«

»Wir sind noch nicht aus der Stadt raus, wenn du das meinst«, sagte Romeo. Unterwegs hatten sie von einem fliegenden Händler ein kleines Duftbäumchen gekauft. Romeo hatte es am Rückspiegel befestigt, und jetzt erfüllte ein leichter Zitronenduft das Auto. Brilliant schaute aus dem Fenster. Sie schwieg für einen Moment. Sie dachte an Flower. Sie fragte sich, warum Barneby in seinem Tagebuch so viel über sie geschrieben hatte. Hatte er nicht noch andere Patienten? Und warum arbeitete er überhaupt in diesem Krankenhaus? Er nannte es einen *Ort der Erkenntnis*, einen Ort, an dem er sich *verloren hatte*. Seine *kleine Insel*, auf der er gestrandet war. Sie verstand nicht, wie man ein Krankenhaus so nennen konnte. Und sie verstand nicht, was er mit dem Satz meinte, den er unter eine kleine Zeichnung geschrieben hatte, die Flower von ihrem Dorf gemacht hatte. Einen Satz, den sie nicht hatte entziffern können und der mit den Worten endete: *das Geflecht der Straßen wie die Narben, die geblieben sind.*

»Also zwei oder drei Stunden?«, fragte sie Romeo. Romeo

sagte nie die Wahrheit. Bei ihm stimmte die Schätzung so gut wie nie mit der Zeit überein, die man tatsächlich brauchte.

»Vier Stunden«, sagte Edward.

»Aber nur, wenn wir keinen Unfall bauen«, sagte Bo.

Brilliant hatte sich doch nicht neben Benjamin, sondern nach vorne gesetzt. Sie wollte allein sein. Die Schwester von Jacob hatte gesagt, dass Gbarnga viel schöner sei als Monrovia. Brilliant hatte ihr aus dem Tagebuch vorgelesen, eine Passage, in der es um Gbarnga und den Heiler ging, der nicht weit von dem Ort entfernt lebte. »Das G spricht man nicht mit«, hatte die Schwester von Jacob erklärt, »man sagt einfach nur Banga.« Vier Stunden. Mindestens. Sie klappte die Sonnenblende in Romeos Taxi herunter.

»Hast du keinen Spiegel hier?«, fragte sie.

Sie schaute aus dem Fenster, sie wollte unbedingt einen Spiegel haben. Und dann hatte sie schließlich eine Idee. Sie mussten deshalb extra anhalten. Edward stieg aus und brachte ihr die Kamera, die wieder in Benjamins Rucksack war. Sie nahm sie, fotografierte sich und betrachtete sich dann auf dem Bild, das die Kamera auf dem Display anzeigte. Eine ganze Weile starrte sie auf das Bild, während sie sich durch den Abendverkehr von Monrovia quälten. Es dauerte ewig. Sie sah, wie Romeo immer schweigsamer und mürrischer wurde, wie er immer mehr bereute, sich auf dieses Abenteuer eingelassen zu haben. Sie schaute sich ihr Bild auf dem Display an. Dann zog sie die Ärmel des Mantels herunter, wischte sich über ihre Lippen und krempelte die Ärmel wieder hoch. Der Lippenstift war weg. Die Schwester von Jacob hatte auch keinen Lippenstift gehabt. »Du musst das G weglassen«, hatte sie gesagt. »Glaubst du, dass wir sie dort finden können?«, hatte Brilliant gefragt. Die Schwester von Jacob hatte sie angeschaut. »Ich weiß nicht«, hatte sie gesagt, »aber ihr werdet den Heiler finden. Ich glaube, er ist sehr berühmt.« Sie würden den Heiler finden, und danach würden sie ins Dorf fahren. Das Dorf, in dem Flower aufgewachsen war, und von dem sie für Barneby die Zeichnung gemacht hatte. Der Zeichnung konnte man entnehmen, wo es ungefähr lag. Ein Fluss und eine Straße durchzogen das Dorf, und es schien, als würde der Fluss die Straße überfluten. An der Stelle, an der sich Fluss und Straße kreuzten, war ein Gesicht mit geschlossenen Augen aufgezeichnet, von dem Brilliant dachte, es könne vielleicht ein Selbstporträt sein. Daneben stand in Großbuchstaben *U-GOD*, *INSPECTAH DECK* und *GHOSTFACE KILLAH*. Namen, die Brilliant irgendwie bekannt vorkamen und die Barneby mit Kommentaren versehen hatte, die aber so klein geschrieben waren, dass man sie unmöglich lesen konnte. Das Dorf lag auf dem Weg nach Gbarnga. Aber es war schon sehr spät, und deswegen hatten sie beschlossen, erst nach Gbarnga zu fahren und ein Hotel zu suchen.

»Vier Stunden?«, fragte sie. »Und darauf kann ich mich verlassen?«

»Wenn Romeo ein bisschen schneller fährt«, sagte Bo von hinten.

»Woher willst du überhaupt wissen, wie schnell ich fahre? He?«, meckerte Romeo.

Bo sagte nichts. Er grinste. Brilliant schaute Romeo von der Seite an. Sie merkte, dass er sich beobachtet fühlte, und sie schaute ihn deswegen umso eindringlicher an.

»Und? Fährst du jetzt etwas schneller?«, fragte sie. Sie kniff die Augen zusammen. Immer weniger Häuser tauchten am Straßenrand auf, immer grüner und ursprünglicher wurde die Landschaft. Ihre Großeltern waren auch in einem Dorf geboren, in Nimba County, in der Nähe von Sanniquellie. Sie stellte sich immer vor, dass es furchtbar sein musste, in einem Dorf zu leben, in dem man nichts anderes tun konnte, als zuzuschauen, wie alles um einen herum langsam wuchs und gedieh. Sie konnte kaum glauben, dass sie jetzt wirklich hier war und in ein solches Dorf fuhr, während sie noch vor zwei Wochen auf der Third Promenade in Santa Monica vor Barnes & Noble gestanden und ihrem Großvater ins Gesicht gesagt hatte: »Warum fährst *du* denn nicht nach Liberia?« Das Lederimperium hatte unbedingt ein Buch kaufen wollen. Schuhe und Bücher waren seine besonderen Leidenschaften. Er wollte ihr ein Buch über Liberia kaufen, bevor sie zu ihrer Reise aufbrach, aber sie hatte sich geweigert. Sie war auf der Third Promenade stehengeblieben und hatte gesagt: »Warum fährst *du* denn nicht?« Eine eigentlich harmlose Frage, aber natürlich hatte sie gewusst, dass sie nicht harmlos war. Das wandelnde Lederimperium war stehengeblieben. Das Lederimperium war der einzige Mensch, der nicht wusste, dass sie ihm einen Namen gegeben hatte. Er war der Einzige, dem sie seinen Namen vorenthielt. An diesem Tag hatte er bronzefarbene Wildlederschuhe getragen, in die man einfach so hineinschlüpfen konnte. Sie kannte das Gesicht ihres Großvaters zu gut, um nicht zu wissen, was sie in ihm angerichtet hatte. »Warum fährst *du* denn nicht?«, hatte sie wütend gefragt. Er hatte keine Miene verzogen, aber in seinen Augen war etwas zerbrochen. Seine schwarzen, funkelnden Augen. Seine spöttischen, besserwisserischen Psychoanalyse-Augen. Zack, und dann waren sie zerbrochen. Wie die kleinen Glasmurmeln, die sie als Kind von ihrem Onkel bekommen hatte. Sie waren auf der Steintreppe, die zu dem Raum mit den Hometrainern im Keller führte, einem Hammer zum Opfer gefallen.

»Also jetzt noch drei Stunden?«, fragte sie Bo.

Romeo schüttelte den Kopf.

»Ich habe nicht dich gefragt«, sagte sie ganz ruhig. »Ich habe Bo gefragt.«

»Prinzessin«, fing Bo an. Er stöhnte.

»Was ist?«

»Ich fürchte ... Meine ehrwürdige Prinzessin. Ich habe große Kopfschmerzen.«

»Hast du immer noch Kopfschmerzen?«, fragte Benjamin.

»Ich habe Kopfschmerzen, wenn ich daran denke, dass ich die Prinzessin enttäuschen muss. Es ist der Verkehr. Der verrückte Verkehr ... Wir haben viel Zeit verloren. Wir haben fast all unsere Zeit in Monrovia verloren. In der Hauptstadt.« Bo hob die linke Hand und machte eine theatralische Bewegung.

»Also, wie lange noch?«

»Vier. Vier Stunden. Genauso wie eben«, sagte Romeo mürrisch. Seine Laune war inzwischen so schlecht, dass er nicht einmal mehr Lust hatte herumzutricksen und einfach die Wahrheit sagte.

»Vielleicht sollten wir erwägen, die Nacht in der Hauptstadt zu verbringen«, schlug Bo vor.

»Das ist eine gute Idee«, stimmte Benjamin zu.

»Ihr könnt ja aussteigen«, flüsterte Brilliant.

Romeo schaltete einen Gang zurück und ließ zwei Lastwagen und einen kleinen Bus mit der Aufschrift Käpt'n Glück vorbei.

Brilliant erschrak darüber, wie schlecht die Straße allmählich wurde. Immer wieder musste Romeo abbremsen, um vorsichtig durch ein Schlagloch zu fahren, das so groß war, dass sie leicht hätten in ihm versinken können, wenn er nicht aufgepasst hätte.

»Sooo langsam musst du aber auch nicht fahren.«

»Nein?«, fragte Romeo. Er schaute sie böse an.

»Du hast bloß Angst um dein tolles Auto.« Sie sah für einen kurzen Moment auf seine Hand, die zwischen seinen Beinen lag. Es regte sie furchtbar auf, dass er immerzu seine Hand zwischen seine Beine legte. Früher oder später würde sie dazu noch etwas sagen. »Wir können sie jetzt nicht im Stich lassen«, sagte sie leise. »Wer weiß, was jetzt gerade mit ihr passiert. Verstehst du?« Sie drehte sich zu Benjamin um. »Vielleicht erklärst du es ihm. *Du* bist ja im Krankenhaus gewesen.«

»Ich habe Flower nicht gesehen«, sagte Benjamin. »Aber es hat keinen Sinn, wenn wir schneller fahren. Die Schlaglöcher sind einfach zu tief.«

»Zu tief ...«, wiederholte Brilliant. Sie schaute wieder aus dem Fenster. Bald würde sie nichts mehr sehen, und die Nacht würde hereinbrechen. Ob der Heiler auch nachts arbeitete? Ob er sie nachts behandelte? Und wie sah eine solche Behandlung aus? *Die Weihrauchbehandlungen sind noch das Harmloseste,* hatte Barneby geschrieben. *Im schlimmsten Fall gibt es Verbrennungen. Aber diese komischen Cocktails, die sie trinken musste und von denen man nicht weiß, aus welchen Bestandteilen sie zusammengesetzt sind, die sind das eigentlich Gefährliche.* Brilliant dachte an den Heiler. Es war ein Mann, der außerhalb von Gbarnga lebte. Im Wald, an einem schwer zu erreichenden Ort. Baumlandschaften und niedrige grauschwarze Büsche zogen vorbei. Schon lange waren sie an keiner Siedlung mehr vorbeigekommen. Sie näherten sich dem Wald, dem tropischen Regenwald. Romeo fuhr jetzt um die Schlaglöcher herum. Das lag daran, dass sie immer größer und tiefer wurden. Dadurch verloren sie noch mehr Zeit. Der alte, klapprige Wagen rumorte, als würde jemand in seinen Eingeweiden herumschneiden. Was, wenn es nicht ausreichte? Wenn der Heiler mehr Geld forderte? Jacobs Schwester hatte davon gesprochen. Auf keinen Fall solle Brilliant alleine mit ihm sprechen.

Und wenn jemand aus Amerika dabei wäre, werde es noch teurer. Niemand dürfe wissen, dass sie aus Amerika sei. Niemand darf wissen, dass ich aus Amerika bin. Brilliant fasste sich an ihr Ohrläppchen und tastete nach dem Ohrstecker. Er war noch da. Sie sog die Luft ein und dachte an ihre Großmutter. Ihre Großmutter konnte man nicht mit einem einzigen Blick oder einem einzigen Satz aus dem Konzept bringen. Man konnte sie nicht mit einem einzigen Blick zerstören. Ihre Großmutter war unzerstörbar. Ganz entgegen seiner Angewohnheit, hatte sich ihr Großvater vor Barnes & Noble in aller Öffentlichkeit auf eine Bank gesetzt. Mitten auf der Third Promenade. Er hatte auf seine Schuhe geschaut. Auf die Wildlederschuhe, in die man einfach so hineinschlüpfen konnte. Das Lederimperium war erschüttert gewesen. Sie hatte nicht in irgendein Dorf fahren wollen, auf dem Fußboden schlafen und den Kakerlaken zuschauen, wie sie ihre Witterung aufnahmen. Sie hatte nicht bei Barnes & Noble herumstöbern wollen. Sie hatte sich umgedreht und war gegangen. Ihr Großvater war sitzengeblieben. Mitten auf der Third Promenade. Er hatte auf seine Wildlederschuhe geschaut. Vielleicht hatte er sich ja gewundert, dass sie keine Schnürsenkel hatten. Es fiel ihr jetzt auf einmal wieder ein, während sie mit dem Finger den winzig kleinen Ohrstecker abtastete, den ihre Großmutter ihr geschenkt hatte. Sie klickte in der Kamera zu ihrem Bild. Aber man konnte den kleinen Ohrstecker auf dem Bild nicht sehen. Passte er überhaupt zu ihr? Sah er nicht irgendwie albern aus? Sie schloss für einen Moment die Augen. Dann entschied sie, dass sie diesem Heiler keinen einzigen Penny geben und dass sie in seine Hütte gehen und Flower herausholen würde. Einfach so. Und jeder würde wissen, dass sie aus Amerika war, aus den USA, aus Kalifornien, und dass Brilliant Hope Gwenigale-Johnson aus Orange gekommen war, um ihre Mission zu erfüllen und das Mädchen mit dem Namen Flower aus den Klauen der düsteren Mächte zu befreien.

»Hast du das gehört?«, fragte Benjamin.

Romeo schüttelte den Kopf.

»Das musst du doch gehört haben«, sagte Benjamin.

»Ich hab nichts gehört«, sagte Romeo und drückte das Gaspedal herunter. Sie hatten sich zwischen zwei Schlaglöchern hindurchgeschlängelt, und langsam begann Brilliant Romeo wegen seiner Fahrkünste ein bisschen zu bewundern.

»Da ... jetzt«, rief Benjamin. »Da ist es schon wieder.«

»Was meint der Außerirdische denn?«, fragte Bo verschlafen. Er war gerade erst aus einem kleinen Nickerchen aufgewacht.

»Das Geräusch«, sagte Benjamin. »Hast du es nicht gehört?«

Bo zuckte mit den Schultern. »Wir sind in der Natur. Wir sind im Busch.«

»Nein«, sagte Benjamin. »Es kommt vom Wagen, es kommt direkt aus dem Motor.« Und damit hatte er recht. Denn wenige Minuten später wurden sie immer langsamer, und sosehr Romeo auch aufs Gaspedal trat, der Wagen verlor immer mehr an Geschwindigkeit.

»Was ist denn?«, rief Brilliant. »Was hast du denn jetzt schon wieder gemacht?«

Romeo zuckte mit den Schultern. »Kein Problem«, sagte er. »Nur irgendwas mit dem Getriebe.« Sie rumpelten noch ein paar Meter weiter, und dann, es war schon dunkel geworden, fuhren sie rechts ran. Wenige Augenblicke später ging der Motor mit einem kurzen, heftigen Ruck ganz aus.

2.

Romeo wollte nicht weiterfahren, aber Benjamin machte den Vorschlag, sie könnten zumindest so lange fahren, bis sie das Dorf erreicht hatten. Das war der Plan. Jedenfalls war es der Plan des Außerirdischen. Der Wagen fuhr wieder, aber er fuhr nur noch im ersten Gang. Das Dorf, in dem Flower aufgewachsen war, lag ein paar Kilometer entfernt. Benjamin sagte, dass sie das Dorf doch sowieso besuchen wollten. Dann könnten sie also genauso gut die paar Kilometer noch fahren und den Wagen dort reparieren. Romeo murmelte die ganze Zeit etwas vor sich hin, als würde er ein Selbstgespräch führen. Aber er redete so schnell, dass Bo ihn nicht verstand. Es schien aber so, als versuchte er dem Wagen gut zuzureden und gleichzeitig seine Fahrgäste, vor allem den Außerirdischen und die Prinzessin, zu verfluchen. Bo sagte nichts. Er war sehr müde. Der Außerirdische und die Prinzessin arbeiteten jetzt Hand in Hand. Sie hatten eine Mission. Sie wollten das Dorf erreichen. Und dort würden sie dann das Buch, in dem sie gelesen hatten, wieder aus dem Rucksack holen. Es war ein Buch mit vielen Geheimnissen, und sogar mit Bildern. Es war ein Buch, wie es die Schwedin gehabt hatte und ihm beinahe geschenkt hätte. Aber dann war es ihr aus dem Hotel gestohlen worden. Es war ein Pop-up-Buch gewesen. Man konnte es aufschlagen, und dann standen auf einmal die Wörter vor einem. Die Wörter richteten sich auf wie Schlafende, die die ganze Nacht unter der Bettdecke verbracht hatten und dann erwachten. Die Schwedin hatte gedacht, es sei das richtige Buch für Bo, obwohl Bo gedacht hatte, es sei eher das richtige Buch für die kleine Spinne. Man hatte es aufschlagen können, und dann waren die Wörter eines nach dem anderen aus dem Buch herausgekommen. Wenn man das Buch zum Beispiel in der Mitte aufschlug, hatte plötzlich eine Hochzeitstorte vor einem gestanden, aus der ein Mann mit schwarzem Zylinder herausgeklettert kam. Der Zylinder wiederum kam aus dem Kopf des Mannes geklettert und wippte hin und her. In der Hand hatte er ein kleines Taschentuch gehabt. Aber es war nicht aus Stoff, sondern aus Pappe gewesen. Das hatte die kleine Spinne begeistert. Auch Bo war begeistert gewesen, hatte aber der Schwedin nichts davon gesagt. Der Außerirdische und die Prinzessin dachten vermutlich, es wäre mit dem Buch, das sie im Rucksack mit sich herumtrugen, ganz ähnlich. Sie würden es an einer bestimmten Stelle aufklappen, und dann wäre links die eine Hälfte des Dorfes und rechts die andere. Und die Straße würde genau in der Mitte verlaufen. Es war schon spät, als sie das Dorf erreichten. Sie hatten unterwegs noch einmal angehalten und einen Mann, der am Straßenrand vor einer Hütte gesessen hatte, nach dem Weg gefragt und ihm das Buch gezeigt. Eine tragbare Lampe hatte über seinem Kopf gehangen und ein bisschen im Wind gewackelt, während der Mann die Zeichnung studiert hatte, auf der man den Ort sehen konnte, wo Flower zur Welt gekommen war. Von ihrem jetzigen Standpunkt aus war das Dorf nicht gleich zu sehen, es musste sich abseits der Straße im Wald befinden. Eine Weile diskutierten sie darüber, was sie tun sollten. Bo sagte nichts. Er hatte beschlossen, zuzuhören und nur etwas zu sagen, wenn er gefragt wurde.

»Vielleicht sollten wir zuerst das Auto reparieren«, schlug Benjamin schließlich vor. Er wollte nicht im Dunkeln durch das Dorf laufen und die Dorfbewohner aus dem Schlaf reißen.

»Eine ausgezeichnete Idee«, sagte Bo. Er war froh, dass er endlich aussteigen konnte. Sie waren bestimmt zwei oder vielleicht schon drei Stunden gefahren. Er konnte sich nicht erinnern, wann er das letzte Mal so lange in einem Auto gesessen hatte. Aber die Prinzessin wollte nicht warten. Sie hatte sich in den Kopf gesetzt, Flower zu finden.

»Hier steht Libervillage«, sagte sie und schaute auf die Zeichnung im Tagebuch. »Ich gehe mit Edward. Auf der anderen Seite steht nämlich nichts. Da steht nur *Busch.*«

»Damit meint sie den Wald«, erklärte Bo. »Auf der anderen Seite ist Wald.«

»Aber es ist auf beiden Seiten Wald«, bemerkte Benjamin.

Brilliant schüttelte den Kopf. »Vielleicht ist ja jemand da, der sich mit Autos auskennt und diese Schrottkarre endlich repariert.« Sie holte einen kleinen Plastikbeutel aus der Tasche und faltete ihn auseinander. Es war ein Regencape. Sie zog ihre Schuhe aus und das Regencape an. Aber als sie aufbrachen, hatte es schon wieder zu regnen aufgehört. Bo stand neben dem Wagen auf der Wiese und hielt den Kopf in die Luft. Er spürte jedes Mal einen warmen Wind, wenn sich auf der Straße ein Auto näherte und die Luft vor sich hertrieb, wie eine Herde von Elefanten. Aber es kamen immer weniger Autos, ein untrügliches Zeichen, dass es schon sehr spät war.

Er lehnte sich zurück, streckte sich aus und ließ den Kopf vorsichtig ins Gras sinken. Es war kein Stein oder irgendein scharfer Gegenstand im Weg. Was für ein Glück, dachte Bo. Und was für eine Katastrophe. Sie würden hier eine Weile bleiben. Er konnte auf der Wiese liegen und sich ausstrecken und das Zirpen der Grillen hören. Er konnte genau auf diesem gemütlichen kleinen Fleckchen Erde, diesem Stückchen Wiese, einschlafen und davon träumen, was er der kleinen Spinne bei seiner Rückkehr erzählen würde. Er dachte wieder an seine Rede. Vielleicht würden sie am Ende so lange unterwegs sein, dass die Präsidentin zur Schule kommen und es dann heißen würde: »Wo ist Bo?« Und die Direktorin würde sagen: »Mmh. Ja ... Bo, der ist auf einer Expedition mit einer Delegation aus Schweden. Sie erforschen das liberianische Hinterland.« »Oh«, würde dann die Präsidentin sagen. »Was erforschen sie denn?« Und während Benjamin und Romeo darüber diskutierten, wie man am besten den Wagen reparieren könnte, dachte Bo an die Expedition. Er dachte an einen Bericht in der BBC, in Focus Africa, in dem es darum gegangen war, dass eine große Firma in Liberia die alten Bäume kaufen wollte, die auf den Gummi-Plantagen nicht mehr gebraucht wurden. Dorthin würde die Expedition führen, dachte er. Es waren die alten verbrauchten Gummibäume, die eigentlich abgeholzt werden sollten, um neue anzupflanzen, aus denen nach ein paar Jahren wieder die kostbare weiße Flüssigkeit heraustropfen würde, aus der man Gummi herstellen konnte. Eine Firma wollte die alten Bäume kaufen und nach Europa bringen. Dort sollten mit ihnen dann die Häuser und Wohnungen der Schwedianer und der anderen Europäer geheizt werden, und die Liberianer, denen die Bäume gehörten, bekamen auch noch etwas ab. Vielleicht eine kleine Anerkennung. Oder sogar etwas Geld. »Ob das so eine gute Idee ist?«, hatte ein Anrufer aus Buchanan gefragt, wo es auch eine große Gummiplantage gab. »Ich habe nämlich gehört, die Chinesen wollen die Bäume auch kaufen, aber sie würden noch das Land dazu nehmen und viel mehr bezahlen.« »Aha«, würde die Präsidentin da sagen, »das ist ja interessant. Nun gut, wir sind hier alle in Monrovia und ...« Aber dann fiel Bo ein, dass es ja ein Ende haben sollte mit der Bevorzugung der Hauptstadt, und er erinnerte sich daran, wie Okogo immer schimpfte, dass das das ganze Dilemma des Landes sei. Die Sünden der Vergangenheit, als die Gründerväter das Hinterland ausgebeutet und alles heimlich nach Monrovia geschafft hatten. Und jetzt blühte Monrovia, und das

Hinterland, der Wald, lag vergessen und einsam da. Die Menschen in den Dörfern konnten noch nicht einmal lesen und schreiben. »Nein, nein«, sagte Bo in seinem Tagtraum zur Präsidentin. »Ich werde es Ihnen sagen, Sie können das Hinterland mieten, wenn Sie einen anständigen Mietpreis bezahlen, und dann können Sie vielleicht die Bäume geschenkt bekommen.« »Mmh«, sagte die Präsidentin. »Ist das jetzt die Rede, die der blinde Junge für mich halten soll?« Bo streckte sich aus. Seine Arme lagen links und rechts von ihm. Aber seine Ohren, da kitzelte etwas. Es war ein Grashalm oder ein Tier. An seinem anderen Ohr strich ein leiser Wind entlang, und ein Rascheln war zu hören. Und während er daran dachte, welche Geschichte er der kleinen Spinne von dieser Reise wohl erzählen würde, merkte er auf einmal, dass sie nicht allein waren. Sie waren nicht die Einzigen hier draußen. Der Wald war da, das Hinterland, das Landesinnere, die Bäume, die Grashalme und ... noch etwas. »Hast du deine Ohren wieder nicht gewaschen?«, pflegte Okogo zu fragen. »Hast du dir deine Ohren wieder mit irgendwas vollgestopft?« Das tat Bo allerdings wirklich manchmal, wenn er nicht gestört werden wollte. Er hörte jetzt zwischen den aufgeregten Stimmen von Benjamin und Romeo etwas anderes. Es waren keine Stimmen, es waren andere Geräusche. Sie kamen aus dem Wald, und er musste sich jetzt entscheiden, ob er einschlafen oder lieber wach bleiben sollte. »Du musst auf ihn aufpassen«, hatte Max gesagt. Damals in der Nacht, als er angekommen war. »Pass auf diesen Außerirdischen gut auf.« Bo legte die Hände auf die Wiese. Kamen die Geräusche aus dem Boden oder aus der Luft? Er wollte der Sache gerade noch weiter nachgehen, als auf einmal Benjamin vor ihm stand.

»Schläfst du?«, fragte er.

Bo schüttelte den Kopf.

»Wo kriegen wir denn jetzt einen funktionierenden Wagenheber her?«

Bo neigte seinen Kopf etwas nach rechts, damit das Kitzeln der Grashalme aufhörte. Dann richtete er sich auf.

»Habt ihr den Motor schon wieder geheilt?«

»Nein, es ist nicht der Motor. Es ist das Getriebe, und mit dem Reifen ist auch etwas nicht in Ordnung.«

»Der Reifen ist auch kaputt?«

»Ja ... Romeo hat gesagt, wir sollen den Wagen hierlassen und zu Fuß weitergehen.«

Bo lachte. »Ja ... Er ist verrückt geworden.«

Bo stand auf und streckte sich. »Dann gehen wir eben ins Dorf. Vielleicht können wir Hilfe holen.«

»Ins Dorf?«

»Ja.«

»Aber auf dieser Seite hier ist doch kein Dorf.«

»Doch ... Hinter uns. Es ist nur ein paar Meter entfernt. Sag Romeo, dass wir ins Dorf gehen. Und nimm der Prinzessin den Mantel wieder weg, wenn sie zurückkommt. Es ist besser, wenn du ihn wieder anziehst.«

3.

Kurze Zeit später klingelte das Telefon. Es war der letzte Versuch, zu dem Benjamins Mutter die Kraft gefunden hatte. Und diesmal blieb der Anruf nicht unbeantwortet. Diesmal ging jemand dran. Bo und Benjamin aber bekamen von dem Gespräch nichts mit. Bo mochte vielleicht noch das Klingeln gehört haben, aber da waren sie schon fast im Dorf angekommen, und es hätte genauso gut das Telefon eines der Dorfbewohner sein können. Denn Telefone gab es überall. Selbst im tiefsten und entlegensten Wald fanden sich Telefone. Und selbst in der entferntesten Hütte, in der es noch nicht einmal genug Geld für eine Kerze gab, konnte es sein, dass ein Telefon klingelte, auch wenn der Bewohner der Hütte kein Guthaben mehr hatte und darauf hoffen musste, dass sich seine Verwandten erbarmten und ab und zu mal anriefen. Im ersten Moment dachte Benjamin, das Dorf sei verlassen oder die Bewohner schliefen schon.

»Nein«, flüsterte Bo. »Sie sitzen irgendwo. Gleich werden wir sie zu sehen bekommen.« Und tatsächlich waren sie kaum zehn Meter gegangen, da sahen sie auf einer Lichtung einen freien Platz mit ein paar Hütten und das Glimmen eines Feuers, das schon fast heruntergebrannt war. Benjamin fasste Bo am Arm. Es lagen überall Hindernisse auf dem Boden, Stöcke und Hölzer und Steinbrocken, über die man leicht stolpern konnte. Nach ein paar Metern hatten sie die Hütte erreicht. Eine Frau kam heraus und begrüßte sie. Benjamin dachte, sie würde sich erschrecken und vielleicht sogar schreien und um Hilfe rufen. Aber sie war nicht im Mindesten erstaunt.

»Wir sind zwei arme Seelen, die hier gestrandet sind«, fing Bo an. Und dann wechselte er ins liberianische Englisch, an das sich Benjamin noch immer nicht gewöhnt hatte. Bo sprach jetzt so schnell und unverständlich, dass Benjamin kein Wort von dem verstand, was Bo mit der Frau redete. Sie schien die Einzige im Dorf zu sein. Jedenfalls sah Benjamin sonst niemanden. Sie sprachen eine Weile miteinander, und ab und zu machte sie »Tssk«, oder sie sagte »O weh« oder »Du lieber Gott.« Aber viel mehr konnte Benjamin nicht verstehen. Seine Augen begannen sich langsam an die Dunkelheit zu gewöhnen, und dann erkannte er auch, dass es noch mehr Leute in dem Dorf gab. Ein paar Meter weiter saßen mehrere Kinder nebeneinander, und ein Kind schaukelte leicht hin und her. Weiter hinten stand ein alter Mann, der einen Topf in der Hand hielt. Er balancierte den Topf vor sich her, der offensichtlich mit etwas gefüllt war, was er nicht verschütten wollte. Es herrschte eine große Ruhe in dem Dorf. Niemand war aufgeregt, weil Besucher gekommen waren. Wahrscheinlich waren sie Besucher gewohnt, wahrscheinlich blieben oft Autos auf der Straße liegen, und dann kamen die Besitzer und baten die Dorfbewohner um Hilfe.

»Wartet hier«, sagte die Frau. »Wollt ihr essen?«

Bo schüttelte den Kopf. »Nein, nein. Wir müssen zu den anderen zurück.«

Benjamin verstand nicht, warum Bo es so eilig hatte. Vielleicht konnten sie die Frau nach der Familie von Flower fragen. Vielleicht konnten sie die Gelegenheit nutzen. Doch dann fühlte er sich auf einmal furchtbar müde. Sie würden sie an diesem Abend ohnehin nicht mehr finden. Wenn der Wagen repariert war, würden sie vielleicht sogar zurückfahren. Schließlich hatte Brilliant am nächsten Tag Geburtstag. Er konnte sich nicht vorstellen, dass sie ihren Geburtstag in Gbarnga feiern wollte.

»Wir sollen warten«, sagte Bo leise.

»Ich habe verstanden«, flüsterte Benjamin.

»Du brauchst nicht zu flüstern, Außerirdischer. Hier gibt es keine Spione.«

»Hast du ihr wieder irgendeine Geschichte erzählt?«

»Nein.«

»Nein?«

»Ich habe ihr gesagt, wir brauchen einen Wagenheber, unser alter ist kaputt.«

»Das hast du ihr gesagt?« Benjamin überlegte, ob sie im Dorf einen Wagenheber hätten. Aber er konnte sich beim besten Willen nicht vorstellen, dass es hier so etwas gab. Sie hatten ja noch nicht einmal Elektrizität. Jetzt merkte er auch, warum es so still war. Es gab keinen Generator. Das Lärmen der Generatoren, die in Monrovia am Abend die ganze Stadt in ein Tollhaus verwandelten, als würden an jeder Ecke uralte Motorräder und Traktoren im Leerlauf vor sich hin tuckern, das gab es hier nicht. Es war vollkommen still. Ab und zu hörte man ein Rascheln, ein Knistern oder ein Husten. Auch ein Radio glaubte Benjamin zu hören. Die Frau kam wieder zurück. Sie hatte eine Taschenlampe und leuchtete den Boden vor sich ab. In der Hand hielt sie einen riesigen Stein. Als sie ihn Benjamin gab, merkte er, wie schwer er war. Er konnte ihn unmöglich mit einer Hand tragen.

»Ich muss das Telefon wieder ausmachen«, sagte sie in normalem Englisch zu Benjamin. »Ich muss Batterie sparen.« Sie schaltete ihr Telefon aus. Sie hatte eins mit einer eingebauten Taschenlampe. Und als sie die Taschenlampe ausgeschaltet hatte, glaubte Benjamin zu sehen, dass der Stein selbst noch ein wenig weiterleuchtete.

»Sei vorsichtig«, sagte sie. »Er hat am Feuer gelegen.«

»Wir bringen ihn wieder zurück.«

»Später«, sagte die Frau. »Nur keine Eile.«

Benjamin bedankte sich, und Bo legte beide Hände auf ihre Arme, trat näher an sie heran, flüsterte ihr etwas zu, und dann hörte Benjamin, wie sie lachte.

»O ja«, rief sie. »Das habe ich schon gesehen. Das habe ich gesehen.« Und dann sagte sie noch etwas, aber das konnte Benjamin nicht mehr verstehen. Er hatte Mühe, den Stein so zu halten, dass er sich nicht die Finger verbrannte. Der Stein hatte wärmere und weniger warme Stellen. Nach einer Weile fand Benjamin heraus, wie er ihn halten musste, und dann gingen sie langsam wieder zurück.

»Der Stein leuchtet«, sagte Benjamin.

»Unsinn, Außerirdischer ... Er ist nur heiß. Sie hat ihn vom Feuer genommen.«

»Aber ich habe es gesehen«, sagte Benjamin. Allerdings konnte er jetzt, wo er den Stein selbst in der Hand hielt, nichts mehr erkennen.

»Das hast du dir eingebildet. Mit deiner Einbildung, mit der du dir immer alles einbildest, was man sich einbilden kann.«

»Doch«, sagte Benjamin. Er musste aufpassen, dass er nicht stolperte, mit dem Stein wollte er lieber nicht hinfallen.

»Wir können noch mehr Steine haben, hat sie gesagt ...« Bo griff nach Benjamins Arm. Sie gingen wieder durch das Waldstück, wo sie besonders vorsichtig sein mussten. Auf einmal war ein leises Plätschern zu hören, und Bo hielt Benjamin fest.

»Warte«, flüsterte Bo.

Sie blieben stehen. Sie waren nur ein paar Meter vom Dorf entfernt. Benjamin konnte das Plätschern auch hören. Er schloss die Augen. Er versuchte das Geräusch zu identifizieren.

»Was ist das?«, fragte er.

»Psst«, machte Bo.

»Es hörte sich wie eine ... Dusche an.« Benjamin öffnete die Augen. Er konnte nichts sehen. Er presste den warmen Stein an sich und lauschte.

»Da«, flüsterte Bo. »Schau nach da.« Er zog Benjamin am Arm, er war sicher, dass das Geräusch direkt vor ihnen war. Und auf einmal konnte Benjamin sehen, woher es kam. Nur wenige Meter von ihnen entfernt stand eine Frau neben einem Baum und goss Wasser über ihren Körper. Sie hielt einen Plastikbecher in der Hand und ließ das Wasser über ihren Kopf und ihre Schultern an sich hinunterlaufen. Sie war nackt.

»Kannst du was sehen?«, flüsterte Bo. Benjamin nickte. Er

konnte die Frau sehen, er konnte sehen, wie sie sich bückte und mit dem Plastikbecher Wasser aus einem Eimer schöpfte und es sich über den Kopf und die Schultern goss. Er konnte die Frau ganz genau sehen. Sie war noch sehr jung. Obwohl die Sonne lange untergegangen und es eigentlich vollkommen dunkel war, konnte Benjamin sie sehen. Er konnte ihre Haare, ihren Hals und ihre Brüste sehen. Er konnte das Wasser sehen, das schnell über ihren Körper floss und dann im Boden versickerte. Vielleicht war der Mond herausgekommen, oder seine Augen hatten sich jetzt an alles so gut gewöhnt, dass er immer besser sehen konnte. Er spürte die Wärme des Steins an seinem Bauch, während die Frau sich mit beiden Händen über ihr Gesicht und ihren Hals und dann über ihre Brüste fuhr, um das Wasser von ihrem Körper abzustreifen.

»Ist es eine Frau?«

»Ja.«

»Ist sie schön?«, flüsterte Bo.

»Sei still«, sagte Benjamin. Der Stein wurde ihm langsam zu schwer. Er konnte den Blick nicht von ihr lassen. Je länger er sie betrachtete, desto jünger erschien sie ihm. Benjamin spürte, wie Bo seinen Arm umklammerte und darauf wartete, dass er ihm alles genau beschrieb, was er sah. Er wusste, dass Bo das erwartete. Aber er konnte nichts sagen. Und er wollte auch gar nichts sagen. Er dachte nur: So etwas Schönes habe ich in meinem ganzen Leben noch nie gesehen.

»Und?«, fragte Bo. »Was ist? Was kannst du sehen?«

In diesem Moment drehte sich das Mädchen nach ihnen um.

Der Stein war schwer. Bo überlegte, ob er ihn fallen lassen sollte, aber dann würde er ihn vielleicht nicht mehr finden. Außerdem wurde ihm klar, dass er keinen Lärm machen durfte.

Und zweitens: Er durfte sich nicht verlaufen. Das Mädchen hatte ihren Lappa umgebunden und im Nu ein T-Shirt übergezogen. Bo hatte den Außerirdischen stehengelassen. Er war zur Salzsäule erstarrt, den Stein hatte er ihm einfach so aus der Hand nehmen können. »Bleib stehen«, hatte Bo ihm zugeflüstert. Und tatsächlich war der Außerirdische stehengeblieben. Als hätte ihn sein Raumschiff jetzt hier in diesem Waldstück, am Rande dieses Dorfes ausgesetzt. Der Rest der Besatzung musste zurück und konnte nicht länger bleiben. Als Bo schon ein paar Meter weiter war, dachte er: Ich tue dem Außerirdischen einen Gefallen. Ich helfe ihm. Er dachte: Ich habe nur deswegen Reißaus genommen und bin nur deswegen weggelaufen. »Im Grunde deines Herzens bist du ein guter Mensch«, pflegte Okogo zu sagen. »Und das liegt vielleicht daran, dass du die Seelen der Menschen sprechen hörst und ihre Hüllen, ihre Gewänder und Verkleidungen nicht siehst.« Auf keinen Fall wollte Bo, dass das Mädchen ihn sah. »Sie ist wunderschön«, hatte Benjamin geflüstert. »Ich …« Und dann wollte er sie ihm beschreiben. Bo hatte schon gehört, dass sie kommen würde. Er hatte ihr Schnalzen gehört, ihr leises Hüsteln. Er hatte gehört, wie das Wasser plötzlich versiegt war, wie die Grillen auf einmal in seinen Ohren getanzt und wie der Wald zu raunen begonnen hatte. Er musste den Stein zum Wagen bringen. Zum Glück fuhr in diesem Moment ein Lastwagen die Straße entlang, und Bo kam genau an der Stelle raus, wo er zuvor im Gras gelegen hatte und beinahe eingeschlafen war. Bo legte den Stein auf die Wiese und ging langsam zum Wagen.

Hätte Benjamin bessere Ohren gehabt, ein besseres Gehör, er hätte gemerkt, dass Bo weggegangen war. Er begann zu schwitzen. Das Mädchen hatte sich so schnell angezogen, als wäre sie eine Sportlerin. Sportler konnten sich schnell an- und ausziehen. Bei olympischen Wettkämpfen konnte man das gut sehen. Sie konnten sich sehr schnell anziehen, aber auch sehr langsam. Sie konnten für das An- und Ausziehen eine Ewigkeit brauchen, als versuchten sie, den Moment, in dem der Wettkampf begann, noch hinauszuzögern. Je schneller der Wettkampf vorbei war, je schneller sie liefen oder sprangen, desto länger brauchten sie, sich auszuziehen. Genauso gut aber konnten sie im Bruchteil einer Sekunde alles von sich werfen und standen dann plötzlich am Startpunkt und waren bereit. Benjamin hätte beinahe den Kaugummi verschluckt, den ihm Edward vorhin gegeben hatte. Es war das erste Mal, dass er ein Chiclet kaute. Chiclets waren klein, und man konnte nicht sehr lange auf ihnen herumkauen. Und leicht konnte es passieren, dass man sie einfach verschluckte.

»Was machst du hier?«, fragte das Mädchen. Sie stand nur noch fünf Meter von ihm entfernt. Sie trug einen einfachen Rock und ein schwarzes T-Shirt. Auf dem T-Shirt stand in großer, weißer Schrift WICKED PICTURES.

»Wir sind auf dem Rückweg«, sagte Benjamin. »Wir mussten …«

»Wir?«, fragte das Mädchen.

»Ja, Bo ist …« Er drehte sich nach Bo um, konnte ihn aber nirgendwo sehen. »Wir haben uns einen … Stein ausgeliehen.« Er schaute sich um. Bo musste doch irgendwo sein. »Entschuldigung, dass ich hier gestört habe.«

Das Mädchen schaute ihn an. Sie lächelte. Sie schien nicht besonders irritiert zu sein. Niemand in diesem Dorf war irritiert. Niemand ließ sich aus der Ruhe bringen. Es war ein komisches Dorf. Er hatte sich nicht vorgestellt, dass die Dörfer in Liberia so sein würden. Sein Vater hatte ihm einmal erzählt: »Man versteht Afrika erst, wenn man einmal auf dem Land und in einem Dorf gewesen ist.«

»Ja, wir ... haben eine Panne. Der Wagen ...« Benjamin zeigte hinter sich.

»Wie heißt du?«

»Ich? Ich heiße Benjamin.«

»Ich glaube, du bist allein.« Sie lächelte wieder. »Ich heiße Niniplu.«

»Ja«, sagte Benjamin. »Danke.« Er war vollkommen verwirrt. Statt im Dorf, oder in dem nahe gelegenen Waldstück zu verschwinden, war das Mädchen noch näher gekommen. Sie war eindeutig ein Mädchen und keine Frau, jedenfalls noch keine richtige Frau. Trotzdem hatte Benjamin das Gefühl, dass sie älter war. Aber das würde er wahrscheinlich nie erfahren. Er wollte gehen. Er wollte sich noch einmal entschuldigen.

»Du siehst so aus, als hättest du dich verlaufen.«

»Ja?«, fragte er. Er fasste noch einmal Mut, drehte sich nach allen Seiten um, und dann rief er: »Bo? Bo?«

Es kam keine Antwort.

»Wen rufst du denn da?«, fragte das Mädchen und lachte.

»Es ist vielleicht gefährlich, wenn ich ihn allein hier durch den Wald gehen lasse. Er ist ...« Aber er wollte ihr nicht sagen, dass Bo blind war. Er wusste, dass Bo das nicht leiden konnte.

»Dann such mal weiter«, sagte sie, wandte sich ab und ging langsam Richtung Dorf. Benjamin erstarrte. Für eine Sekunde war sein Kopf leer, und ihm wurde gleichzeitig heiß. Sein Herz schlug so heftig, dass er sich räuspern musste. Er fürchtete, sie könne noch im Gehen hören, wie laut sein Herz schlug, und es war ihm peinlich.

»Es tut mir leid«, sagte er. Er versuchte, etwas zu erkennen. Das Dorf war aber zu weit weg. Er sah, dass sie den Eimer stehengelassen hatte.

»Sorry«, sagte er.

»Wieso?« Sie lächelte und blieb stehen.

»Wohnst du hier?«, fragte er.

»Nein.« Sie drehte sich wieder zu ihm um. Aber sie kam nicht mehr auf ihn zu. Sie schien darauf zu warten, dass er zu ihr kam. Das war der Gedanke, der Benjamin in diesem Moment durch den Kopf ging. Er machte einen Schritt auf sie zu.

»Du hast mich nackt gesehen, oder?«

»Ich?«

»Oder dein Freund? Dein Geist ... Der, der eben noch da war. Dein Entschuldigungsgeist.«

»Wir sind ... Ich bin wirklich mit einem Freund hierhergekommen. Es hört sich vielleicht komisch an.«

»Es gibt immer ein Risiko, wenn man im Freien duscht«, sagte sie. Er ging jetzt einfach auf sie zu. Es lag nicht an ihm selbst. Es war nicht wirklich er, der seine Beine in Bewegung setzte. Jemand anders ging für ihn. Und es fühlte sich auch tatsächlich so an, als befände er sich in dem Körper eines anderen. So wie es sich anfühlte, wenn man in einem Zug saß, und auf dem benachbarten Gleis fuhr ein anderer Zug an, während man selbst noch im Bahnhof stand. Oft lehnte man sich dann schon zurück, in dem sicheren Glauben, die Reise habe schon begonnen, dabei trat ein anderer sie an.

»Wir wollen nach Gbarnga«, sagte er.

»Nach Gbarnga? Jetzt noch?«

»Ja, wenn der Wagen wieder ganz ist.«

Sie schaute ihn an. Sie war jetzt vielleicht zwei, drei Meter von ihm entfernt.

»Und was macht ihr da? In Gbarnga?« Sie hatte die Arme verschränkt und schaute ihn an. Er erinnerte sich an eine Klassenkameradin, die er einmal vor dem Kino getroffen hatte. Sie war mit ihrem älteren Bruder im Kino gewesen, und da sie das wahrscheinlich schönste Mädchen in seiner ganzen Stufe, vielleicht sogar auf der ganzen Schule war, hatte er die ganze Zeit vor ihr gestanden und das Gefühl gehabt, er wäre ein Automat. Sie, das schöne Mädchen, hatte ein Geldstück in ihn hineingesteckt, und er seine langweiligen, mechanischen Automaten-Antworten gegeben. Das Mädchen hatte gelacht und war gegangen. Das schönste Mädchen der Schule.

»Wir suchen jemanden«, sagte er. »Eine Patientin ... Also sie ist weggelaufen.«

»Oh. Seid ihr Ärzte?« Sie kicherte ein bisschen.

Benjamin schüttelte den Kopf. Er schaute auf ihr T-Shirt. Unter ihrem T-Shirt waren ihre Brüste, über die sie das Wasser gegossen hatte. Sie lächelte. Ihr Gesicht war schöner als das Wasser, das er vorher von weitem gesehen hatte und dem er mit seinen Blicken gefolgt war, als es über ihren Körper gelaufen war. Und ihr Gesicht wurde noch schöner, wenn sie lächelte. Sie war schöner als die Klassenkameradin, die er vor dem Kino getroffen hatte.

»Nein«, sagte er. »Aber es stimmt wirklich. Wir suchen wirklich jemand. Ich ...« Er räusperte sich schon wieder. »Sie heißt Flower.«

»Flower?«

»Vielleicht hast du ja schon mal von ihr gehört. Wohnst du hier?«

»Ich wohne in Monrovia«, sagte sie. »Ich bin hier nur zu Besuch. Willst du etwas Wasser?«

Er schaute zu dem Eimer und dem Plastikbecher, der am Eimerrand eingehakt war.

Sie lächelte. »Ich bringe dir frisches ... Ich bringe dir eine Flasche. Warte.« Sie hob ihren Rock etwas an und lief weg.

Er stand da. Seine Hände waren schweißnass. Er hielt sie hoch. Dann bückte er sich und wischte sie an einem Grasbüschel ab. Er kniete kurz auf dem Boden. Er atmete tief durch. Warte, hatte sie gesagt. Warte. Er hatte ihren Namen schon wieder vergessen. Er hatte sich ihren Namen nicht merken können. Er richtete sich wieder auf. Es war niemand da. Das Dorf war gut fünfzig Meter weit entfernt. Hinter ihm war das Waldstück, durch das er mit Bo gekommen war. Sollte er nach ihm rufen? Aber was, wenn er dann antwortete oder wenn jemand anders antwortete? War Bo etwas passiert? Aber was sollte ihm schon passieren? Bo, das hatte er gelernt, *konnte* ja gar nichts passieren. Er konnte über ein in der Wand hängendes Kabel im neunten Stock des Ducor Hotels stolpern, und dann fiel er einen halben Meter neben ein riesiges Loch im Boden, durch das er zwei Stockwerke tief bis in den siebten Stock gefallen und vielleicht ums Leben gekommen wäre. »Hör auf, dir Sorgen um mich zu machen«, hatte Bo zu ihm gesagt. »Das ist das Einzige, was ich an dir nicht leiden kann.« Er hatte das Loch noch nicht einmal bemerkt. »Es ist gleich hier«, hatte Benjamin gerufen. »Hier. Und es ist riesig groß.« »Hör auf«, hatte Bo gesagt. »Ich habe es gesehen. Deswegen bin ich ja auch *daneben* gefallen. Warum denn sonst?« Benjamin drehte sich um. Aber von Bo war nichts zu sehen. Ob er hier stehenbleiben konnte? Natürlich würde er jetzt auf sie warten. Sie brachte ihm Wasser. Jetzt konnte er nicht einfach weglaufen. Wie hätte das ausgesehen? Er strich sich über das T-Shirt und die Hose. Die Monde und Sterne aus Metall glänzten ein bisschen. Sie verliefen längs der Naht an seinen Beinen herunter. Er war froh, dass er den Mantel nicht angezogen hatte.

»Willst du dich setzen?«, fragte sie, als sie zurückkam. Sie hatte zwei Flaschen Wasser in der Hand. »Vielleicht da vorne.« Sie zeigte auf einen Baum, nicht weit von der Stelle, wo sie geduscht hatte. Dann schüttelte sie den Kopf. »Nein. Wir gehen lieber noch ein Stück weiter. Da drüben ist eine Wiese.«

Er sagte nichts und folgte ihr. Sie liefen ein paar Meter und hatten die Wiese schon fast erreicht, da fiel ihm ein, dass er ihr das Wasser hätte abnehmen müssen.

»Soll ich es tragen?«, fragte er. Sie schüttelte den Kopf. Ob er sie noch einmal nach Flower fragen sollte? Vielleicht konnte sie ihnen sagen, wo ihre Familie wohnte und ob sie überhaupt im richtigen Dorf waren.

»Wir sind da«, sagte sie und reichte ihm eine Wasserflasche. Sie waren auf einer kleinen Anhöhe. Weiter unten war die Straße zu erkennen. Ganz links konnte er den Schein einer Taschenlampe sehen, der zwischen den Reifen von Romeos Auto hin und her huschte. Sie stand jetzt direkt vor ihm.

»Willst du dich nicht setzen?«, fragte sie und sah ihn an. Ihre Schönheit erschien ihm auf einmal so unglaublich, dass es war, als würde eine Welle auf ihn zurasen. Eine Welle, die immer höher wurde und dann in der Luft vor ihm plötzlich stehenblieb.

»Ja«, sagte er. Er nahm die Flasche. Sie hatte sich schon gesetzt, als er immer noch dastand und versuchte, den Verschluss der Flasche zu öffnen. Erst später erinnerte er sich wieder daran, was sein Vater ihm erklärt hatte. »Erst wenn du in einem Dorf bist, wenn du es wirklich betreten hast«, hatte er gesagt, »weißt du, wie kompliziert diese Gesellschaft ist. Erst dann verstehst du, dass du die ganze Zeit im Dunkeln getappt bist.« Benjamin setzte sich. Er setzte sich neben sie. Sie lächelte wieder, lächelte ihr selbstverständliches Lächeln und schaute ihn an.

»Cheers«, sagte sie und hielt ihm ihre Wasserflasche entgegen. Sie stießen an.

»Cheers«, sagte er. Sie war also nicht aus dem Dorf. Sie war aus der Stadt. Das Wasser war eiskalt, als hätte sie es aus einem Kühlschrank geholt.

»In Berlin gibt es so etwas nicht«, sagte er und trank einen Schluck.

»Was gibt es nicht? Wasser?« Sie lachte.

Er lachte auch und verschluckte sich. Jetzt fühlte er sich endlich befreit. »Das hier«, sagte er und zeigte in die Dunkelheit auf die Wiese und die winzigen tanzenden Lichter, die vor ihnen schwebten und die er in diesem Moment entdeckt hatte.

»Wahnsinn«, flüsterte er und starrte auf die Lichter.

»Ich war noch nie in Berlin. Wo liegt das?«, fragte sie.

Er zuckte die Schultern. Er zeigte in Richtung der Lichter.

»Irgendwo dahinten«, sagte er leise.

»Da?«, fragte sie und zeigte in dieselbe Richtung. Dann schwiegen sie.

»Vielleicht kann ich helfen«, sagte sie nach einer Weile.

»Wobei denn?«

»Bei eurer Suche nach Flower. Ich bin nämlich ihre Schwester.«

4.

Brilliant kümmerte sich nicht darum, was Bo sagte. Im Gegenteil. Sie wollte noch nicht einmal die Taschenlampe mitnehmen. Die Taschenlampe war in Benjamins Rucksack gewesen. Da, wo auch das Telefon war. Die Taschenlampe hatte sie entdeckt, als sie das Telefon wieder in den Rucksack gepackt hatte. Das Gespräch hatte eine ganze Weile gedauert. Ein teures Gespräch, dachte Brilliant. Aber es gab ihr jetzt allen Grund, nach Benjamin zu suchen.

»Es ist besser, wenn du ihn allein lässt«, sagte Bo.

»Und warum ist das besser?«, fragte sie.

»Ja ... Liebe Prinzessin, es gibt im Leben Momente ... Er muss *nachdenken* und die verschiedenen Erlebnisse abwägen und sie ... Mit einem Wort ...« Aber er kam nicht weiter. Teils, weil er selbst ein bisschen eifersüchtig war, und teils, weil ihm einfach nichts einfiel. Es fiel ihm kein Grund ein, warum Benjamin im Wald oder im Dorf bleiben musste.

»Er steht da irgendwo an einem Baum und pinkelt. Damit wird er ja wohl jetzt fertig sein«, bemerkte Brilliant.

Bo war sogar aufgestanden, um sie davon abzuhalten, ihn zu suchen.

»Es ist dunkel. Es ist zu gefährlich, wenn du nach ihm suchst.«

»Das macht mir nichts.«

»Also genauer gesagt«, erklärte Bo auf einmal. »Er *ist* gar nicht allein.«

Brilliant blieb einen Moment stehen. Sie war schon ein paar Meter in Richtung Dorf gegangen. Der Schatten des Waldes hatte sie schon halb verschluckt.

»Er ist nicht allein?«

»Er spricht mit ... dem Dorfältesten«, fing Bo an. Das war ein sehr geschickter Schachzug, wie er fand. Denn ein Gespräch mit einem Dorfältesten durfte man nicht so ohne weiteres unterbrechen.

»Das ist mir doch egal«, sagte Brilliant und ging einfach weiter. Bos einzige Hoffnung war, dass sie ihn ohne Taschenlampe gar nicht finden würde.

»Lass sie«, sagte Bo zu Edward, der ihr hinterherlaufen wollte. »Du musst hierbleiben und uns alle retten. Du musst Romeo helfen, den Wagen zu reparieren. Sonst werden wir Flower niemals finden.«

Edward zögerte einen Moment, und dann richtete er den Strahl der kleinen Taschenlampe, die Brilliant aus Benjamins Rucksack geholt hatte, wieder auf den Wagen. Bo trat etwas näher heran. Er musste jetzt Edward bewachen. Edward durfte nicht auch noch in den Wald gehen und das Dorf suchen. Mit seiner Hilfe würde Brilliant Benjamin bestimmt finden. Irgendwo steht er da, dachte Bo, zur Salzsäule erstarrt, und eine nackte Frau schleicht um ihn herum wie eine Schlange, die Beine und Füße bekommen hat. Bo grinste. Wenn er stehengeblieben wäre, hätte es bestimmt großen Ärger gegeben, so aber hatte er keinen Laut aus dem Wald gehört. Der Stein lag unter dem Wagen. Mit ein paar Stöcken und zwei weiteren Steinen war es ihnen gelungen, den Wagen so aufzubocken, dass die Reparaturarbeiten jetzt endlich beginnen konnten. Allerdings hatte Bo keine große Hoffnung, dass sie zu einem Erfolg führen würden. Der Einzige, der wirklich etwas von Autos verstand, war Max. Romeo konnte ja noch nicht einmal sein Autoradio reparieren. Und bei Edward wusste er nicht, was er überhaupt konnte. Außer eine Prinzessin bewachen und einer Prinzessin das Telefon reichen.

»Wollt ihr meine Rede hören?«, fragte Bo. »Ich muss eine Rede halten. In der Schule ... Und ich habe gedacht, es wäre ganz gut, wenn ich sie mal ausprobieren könnte.«

»Mmh«, machte Romeo, der unter dem Wagen lag und sich mit dem Anblick seines rostigen Gefährts vertraut zu machen versuchte. »Was ist das denn für eine Rede?«

»Hör einfach zu«, sagte Bo. »Du kannst ja einen Moment Pause machen.« Er holte tief Luft und räusperte sich. »I will get straight to the point«, fing er an. »There are many problems in our beloved country. We have been praying and praying. But there are serious problems challenging us. Take our cars for example...«

»Was für ein Englisch sprichst du denn da?«, unterbrach ihn Romeo. »Kannst du nicht normales Englisch sprechen?«

»Wieso?«, sagte Bo. »Ich muss Rücksicht nehmen. Es sind auch andere Gäste dabei. Journalisten zum Beispiel. Vielleicht hört sogar der Außerirdische zu. Ich muss ein anderes Englisch sprechen als sonst.«

»Ich verstehe kein Wort«, sagte Romeo.

»Du musst dich eben mehr anstrengen.« Bo überlegte, wie es weitergehen sollte. »Sehr verehrte, ehrwürdige Präsidentin ... Die Herausforderungen, die uns belasten, die uns alle Kraft abverlangen ... Unser Land, das wir alle so sehr lieben ...«

»Du musst etwas von *dir* erzählen«, schlug Romeo vor. Er klopfte gegen das Auto, und eine Wolke aus Dreck und Rost regnete auf sein Gesicht herunter.

»Mein Lieber, man kann nicht über sich sprechen, wenn die Präsidentin zuhört«, erklärte Bo. »Man muss über das Land, über die Heimat, über die Schönheit von Liberia sprechen.«

Er erinnerte sich daran, was Okogo gesagt hatte. »Langweile sie nicht mit dem Elend dieser Welt. Davon hat sie schon oft genug gehört.« Bo lauschte auf das Klopfen aus dem Inneren des Wagens. Er kannte sich mit Autos nicht aus, aber so würde das Getriebe bestimmt nicht wieder in Ordnung kommen. Edward kniete neben dem Vorderrad und leuchtete unter das Auto. Natürlich hatten er und Brilliant Flower nicht gefunden. Die Leute, mit denen sie gesprochen hatten, hatten ihnen erklärt, dass die Familie auf der anderen Seite der Straße lebte, in dem Teil des Dorfes, in dem Bo den Stein ausgeliehen hatte und in dem Brilliant jetzt nach dem Außerirdischen Ausschau hielt. Der Wald war anders als die Stadt. Schon im Wald, als er zurückgelaufen war, hatte Bo sich komisch gefühlt. Er dachte an die Stimmen, die er gehört hatte, als er vor Emily und ihren

Freunden weggelaufen war. Ihretwegen hatte er die Orientierung verloren und sich nicht mehr zurechtgefunden. Es war ihm so vorgekommen, als wären es nur ein paar Stunden gewesen, aber es hatte länger gedauert. Als er mit seiner Schwester in Ghana war und sich im Wald verirrt hatte, war es ihm so vorgekommen, als wären es Tage oder sogar Wochen gewesen, dabei waren es nur ein paar Stunden. Er holte das Stück Holz aus der Tasche. Er hatte es fast vergessen. »Denk nicht daran«, hatte Okogo gesagt. »Es spielt keine Rolle *wie viel Uhr* es ist.« Wenn es an der Tür klopfte, sagte Okogo immer: »Ich komme.« Und dann blieb er doch noch eine Weile sitzen und streichelte über seinen Bauch. Bo legte das Holzstück neben sich. Vielleicht sollte er es einfach hier am Waldrand liegengelassen. Er brauchte es jetzt nicht mehr. Als er damals mit seiner Schwester in Ghana gewesen war, hatte er sich auf einmal ganz allein in dem Wald wiedergefunden. Es war ein Ort der Dunkelheit und der Finsternis. Die Dunkelheit fing erst im Wald richtig an, wenn man die Stadt und die gewohnte Umgebung verließ. Der Wald in Ghana war besonders düster gewesen. Viele Menschen waren zu dem Heiler gekommen, Menschen mit den unterschiedlichsten Krankheiten. Es war schon ein paar Jahre her. Und weil es so viele gewesen waren, waren die Leute nach Krankheiten gruppiert worden und jeder hatte eine Nummer bekommen. Sie waren in der Nacht dort, einige Kilometer von Accra entfernt, angekommen und hatten irgendwo im Wald auf dem Boden gesessen, so wie Bo jetzt auf der Wiese saß. Stundenlang hatten sie darauf gewartet, dass ihre Nummer aufgerufen wurde. Bo erinnerte sich an die Geräusche. Es waren nicht die Geräusche des Waldes gewesen, das Rauschen der Blätter, die Stimmen der Tiere, das Flüstern der Äste. Es war das Wehklagen und Jammern, das Schreien der Babys, das Weinen der Kinder. Bo hatte sich die anderen Bäume angeschaut, die in der Umgebung waren. Er hatte sie mit den Händen abgetastet und sich dann einen ausgesucht, unter den sie sich schließlich gesetzt hatten. Sie hatten sehr lange warten müssen. Bis zum Morgengrauen, hatten die Leute gesagt, die seiner Schwester die Wartenummer gegeben hatten. Später, als er noch einmal aufgestanden war, waren die Bäume nicht mehr da gewesen. Sie hatten sich in Menschen verwandelt. Überall hatten sie gewartet, unter den Bäumen, gesessen oder sich gegen sie gelehnt. Sie hatten gestöhnt und gejammert. Bo war so lange gelaufen, bis ihre Stimmen leiser und immer schwächer geworden waren, bis er das Jammern und Wehklagen nicht mehr hatte hören können. Bis es ganz still geworden war. Bis er irgendwo im Wald stehengeblieben war und gemerkt hatte, dass er sich verlaufen hatte und nicht mehr zurückfinden würde. Er hatte danach gedacht, seine Schwester würde ihn verstoßen, sie würde ihn verlassen. Er hatte sie enttäuscht. Sie hatte ihn zu dem Heiler gebracht, und kurz bevor ihre Nummer aufgerufen worden war, war er plötzlich verschwunden. »Weißt du noch, damals im Wald«, sagte sie manchmal zu ihm, wenn sie miteinander telefonierten, »wie du so furchtbare Angst gehabt hast?« Und er sagte dann immer: »Aber ich hatte keine Angst. Ich wollte nur im Dunkeln bleiben. Ich wollte tiefer in den Wald hinein, wo keine Menschen mehr waren.« Davon könnte er der Präsidentin vielleicht erzählen. Wie er aus der Finsternis und der Dunkelheit herausgefunden hatte. Er legte das Holzstück auf die Wiese. Er hatte es so oft angefasst und mit der Hand über die rauen Stellen gestrichen, dass es sich jetzt so anfühlte, als würde es zu ihm gehören. Aber er brauchte es nicht mehr. Die Stelle, an der es abgebrochen war, war ganz glatt und er strich ein paarmal darüber, um sich zu vergewissern, dass sie noch da war. »Du musst ihr etwas erzählen, was sie glücklich macht«, hatte Okogo gesagt. Der große Okogo. Sollte Bo die Geschichte erzählen, wie er mit seiner Schwester in Ghana zu dem berühmtesten Heiler des ganzen Landes gefahren war? War das eine Geschichte, mit der man die Präsidentin glücklich machen konnte?

»Was ist denn jetzt mit dieser komischen Rede«, fragte Romeo. Er war unter dem Wagen hervorgekrochen, um eine kleine Pause zu machen. Bo überlegte, ob er aufstehen sollte. Er wollte eigentlich auf der Wiese sitzen bleiben, aber dann war ihm eingefallen, dass man eine Rede besser im Stehen halten sollte.

»Ich fange gleich an«, sagte Bo. »Es geht um die Demokratie und darum, wie alles angefangen hat.« Er stand auf. »Und die Wahrheits- und Versöhnungskommission kommt auch vor«, sagte er. »Kannst du hierher leuchten mit der Lampe?« Er ging auf Romeo zu. »Kannst du mir ins Gesicht leuchten? Wenn die Präsidentin erst am Abend in die Schule kommt, kann es sein, dass wir Scheinwerfer haben ... Und dann wäre das eine gute Übung für mich.«

»Was?«, fragte Romeo. »Wie bitte?«

»Ich sage, du sollst mir in die Augen leuchten. Dass es mich blendet.«

»Dich?«

»Ja, ich merke, wenn das Licht auf mich fällt. Wenn man eine Rede hält, dann steht man doch im Licht. Dann fällt doch Licht auf einen.«

»Aber dann sehen wir hier doch nichts mehr«, wandte Edward ein.

»Nein?«

»Nein.«

»Mmh«, machte Bo. »Meint ihr denn, ihr könnt das Auto reparieren?« Er hob die Hände. »Schauen Sie nur, liebe Präsidentin«, sagte er leise. »Wie hart unsere Brüder und Schwestern arbeiten. Und wie sie an jeder Schraube drehen. Aber die Schrauben stecken fest und rühren sich nicht ... Können Sie das sehen?« Er drehte sich etwas zur Seite. Vielleicht würde die Präsidentin ja neben ihm stehen. »Sehen Sie? Unser Auto ist so *müde* ... Es ist schon so lange unterwegs. Es ist schon so einen weiten Weg gefahren, ehrwürdige Präsidentin ...« Er legte die Hände ineinander, trat noch einen Schritt vor, befeuchtete die Lippen und überlegte, wie es weitergehen sollte. Aber dann setzte ein lautes Klopfen und Hämmern ein, denn Romeo hatte sich wieder unter den Wagen gelegt. Und das Licht, das Edward in den Händen hielt, flackerte aufgeregt vor Bo hin und her.

5.

Es fuhren jetzt nur noch selten Autos. Es kam Benjamin so vor, als würden sie nur kommen, wenn er nicht aufpasste und nicht auf die Straße schaute. Die Taschenlampe war auf einmal ausgegangen. Romeos Taxi war von vollständiger Dunkelheit umgeben. Vielleicht hatten sie es aufgegeben. Benjamin fiel auf, dass er nichts über Romeo wusste. Er sagte kaum etwas, er fuhr den Wagen, aber er beteiligte sich nie an den Gesprächen und sagte nur dann etwas, wenn man ihn fragte. Ob sie dort unten jetzt alle schliefen? Die Straße lag dunkel und unsichtbar zwischen den Sträuchern und Bäumen, die hinter der Anhöhe wieder dichter wurden. Es war immer so, als kämen die Wagen direkt aus dem Wald. Wie angezogen von einer Kraft, die er zu bannen vermochte, wenn er hinschaute. Sie saßen schon zwei oder drei Stunden auf der Anhöhe. Aber es kam ihm noch länger vor. Niniplu hatte den Rock um ihre

Beine gewickelt, und um ihre Füße wickelte sie ein Tuch, das sie um die Hüften gebunden hatte. Sie sagte, ihre Füße seien kalt. Dabei war es so warm, dass Benjamin dachte, es könne unmöglich Nacht sein, sondern höchstens früher Abend. Sie unterhielten sich. Immer wieder gab es Pausen, und sobald ihr Gespräch festgefahren und ihnen nichts mehr eingefallen war, sahen sie sich an. Sie sah ihn so an, als schaute sie auf einen Fluss oder einen Berg. Als schaute sie auf eine Aussicht, eine Sehenswürdigkeit. Sie schaut mich an wie eine Landschaft, dachte Benjamin, eine Landschaft, die man einfach so anschaut und von der man nicht glaubt, dass irgendetwas in ihr passiert. Die Bäume wachsen nicht auf einmal höher, die Gräser gehen nicht auf einmal in Flammen auf, und der Fluss tritt nicht im nächsten Moment über die Ufer. Trotzdem schaut man doch stundenlang auf eine Landschaft und betrachtet sie in der Erwartung, dass eben nichts mit ihr passiert und sich nichts ändert. So sah sie ihn an. Sie lächelte, als hätte sie etwas Schönes entdeckt, dann war ihr Mund wieder ganz regungslos. Er schaute auf ihre Lippen und dachte: Sie muss es doch merken. Es muss ihr doch komisch vorkommen, wenn ich sie dauernd anschaue. Aber er schaute sie trotzdem an. Sie saßen auf dem sanft ansteigenden Hügel, etwas außerhalb des Waldes. Umgeben von dem dichten Gras der Wiese, über dem die Lichter tanzten, die fliegenden Grillen, wie sie ihm erklärt hatte.

»Warum wollt ihr Flower denn finden?«, hatte sie gefragt.

»Warum?«

»Wusstet ihr nicht, dass sie eine Familie hat?«

»Doch, schon ... Aber wir dachten, sie würden sie zu einem Heiler schicken, und das wollten wir unbedingt verhindern.«

»Mmh, das verstehe ich nicht.«

»Aber sie haben sie doch zu einem Heiler geschickt, oder?«

Sie nickte. Mit ihren Händen hatte sie sich auf dem Boden

abgestützt. Seine eigenen Hände waren ständig in Bewegung. Er strich über das Gras, oder er zupfte an den Grashalmen.

»Was ist schlecht daran, dass sie zu einem Heiler geht?«, fragte sie. Er war überrascht, dass sie das fragte. Am Anfang hatte er noch gefürchtet, sie könnte sein Englisch vielleicht gar nicht verstehen. Aber sie ging in Monrovia auf eine Highschool und war fast zwei Jahre älter als er. Sie wohnte bei einer Frau, zu der sie »Tante« sagte, und musste auf die Kinder dieser Frau aufpassen, die den ganzen Tag im Kofi Annan Institute an der Universität arbeitete. Manchmal war sie auf Reisen, fuhr zu Kongressen und Tagungen nach Europa und Amerika, und dann führte Niniplu den Haushalt, passte auf die Kinder auf und ging nebenbei natürlich auch noch zur Schule.

»Aber es ist doch gefährlich, zu einem Heiler zu gehen«, sagte er. Er wollte ihr nicht sagen, dass er heimlich das Tagebuch von Barneby gelesen und dass Brilliant ihren Großvater gefragt hatte. Er erzählte ihr nur die halbe Wahrheit. Aus irgendeinem Grund dachte er, das sei besser so.

»Sie hat einen sehr guten Heiler«, sagte Niniplu. »Er hat ihr sehr geholfen, als sie noch ein Kind war.«

»Aber sie ist doch krank, oder?«

Er sah sie an, sie senkte leicht den Kopf und lächelte.

»Ja. Es kann sein.« Sie nickte. Niemals bewegte sie ihre Hand. Sie bewegte auch ihren Körper nicht. Sie saß einfach nur so da. Nur wenn sie sprach, bewegten sich ihre Lippen und ihr Oberkörper, oder wenn sie ein- oder ausatmete.

»Aber hier machte man das eben so. Man geht natürlich auch ins Krankenhaus. Aber wenn sie einem dort nicht helfen können, geht man zu einem Heiler. Ich gehe auch zu einem …«

»Du?«

»Ja … Ich bin nur einmal da gewesen, mit meinem Bruder. Ich würde aber wieder gehen, wenn ich etwas hätte.«

»Aber …«

Sie lächelte. »Du sagst immer Aber.«

»Ja?« Er beobachtete die Straße. Er wusste nur ungefähr, wo sie verlief. Er wartete darauf, dass ein Wagen kam. Es erinnerte ihn an das Spiel, das er immer spielte, wenn er in Berlin über die Ampel ging. Wenn er nicht alle weißen Balken des Zebrastreifens traf, ohne dabei zu springen oder eine besondere Anstrengung zu unternehmen, um sie treffen, dann würde ein Unglück geschehen. Er würde eine Klassenarbeit nicht bestehen. Seine Mutter würde wieder das Taschengeld kürzen, oder er würde am nächsten Tag aufwachen und Lymphdrüsenkrebs haben. Aber es kam kein Auto.

»Stimmt das?«, fragte er.

»Was?«

»Dass ich so oft Aber sage?«

»Ja.« Sie lachte. »Du sagst dauernd Aber.«

»Wirklich?«

Sie nickte. Sie hatten das Wasser ausgetrunken, und die leeren Flaschen lagen zwischen ihnen. Ab und zu nahm er eine der Flaschen und spielte mit ihr.

»Und du hast dauernd etwas in den Händen.«

»Ja?«, fragte er.

Sie drehte sich auf einmal, und im nächsten Moment lag sie auf dem Bauch und stützte den Kopf auf ihre Hand.

»Leg dich hin«, sagte sie, »du bist müde.«

»Aber …«

»Aber was?«

»Glaubst du, dass sie … Dass es *gut* für sie ist, wenn sie bei diesem Heiler ist?«

»Keine Ahnung.«

»Bo hat gesagt, also mein Freund …«

»Dein unsichtbarer Freund?«

»Ja … Also, er ist … blind.«

»Mmh.«

»Er hat gesagt, Heiler sind wie Götter. Man geht zu ihnen, und man gibt ihnen alles, was man hat, und dann passiert doch nichts.«

»Das sagt Eva, meine Tante, auch. Sie geht dauernd zu einem Heiler. Sie fährt alle zwei Wochen nach Kakata. Sie hat Asthma, und jedes Mal kommt sie zurück, und dann fährt sie wieder hin. Zum Glück ist sie so oft auf Reisen, sonst würde sie noch nach Kakata umziehen.« Sie lachte.

»Und wie hast du sie kennengelernt?«

»Das ist eine lange Geschichte. Willst du sie hören?«

»Ja … Ich dachte nur, weil du gesagt hast, du gehörst gar nicht mehr hierher …«

»Sie ist zu uns gekommen, als ich noch ein Kind war, und hat einen Kurs mit den Frauen im Dorf gemacht. Meine Mutter hat mitgemacht. Es war ein Transformationskurs … Sie sollten lernen, mit der Vergangenheit klarzukommen und alles zu vergessen.«

»Alles zu vergessen?«

»Das, was passiert ist. All diese Dinge … Sie sollten darüber sprechen, und das war dann die Transformation. Weißt du, was das ist?«

»Ich glaub schon.«

»Man muss es machen, als Training, wenn man anderen helfen will, die etwas Schlimmes erlebt haben. Meine Mutter sollte auch eine Trainerin werden, aber dann hat es nicht geklappt. Wenn etwas Schlimmes passiert, dann ist es am besten, wenn du dich mit dem versöhnst, der es getan hat.«

»Aber …«

»Auch wenn er dir etwas Schlimmes angetan hat. Du musst dich mit ihm versöhnen. Meine Mutter hat dann Eva überredet, sich um mich zu kümmern und mit nach Monrovia in ihr Haus zu nehmen.«

»Du bist ganz allein mit ihr nach Monrovia gegangen?«

»Meine große Schwester ist sowieso schon in Monrovia. Sie wohnt in Redlight. Flower sollte auch mit, aber Eva konnte nur ein Kind aufnehmen. Eva sagt, dass Frauen sich organisieren müssen. Dann sind sie stärker und haben mehr Macht.« Er schaute sie an und sagte nichts.

»Hier im Dorf haben sie einen Raum, den dürfen Männer nicht betreten«, fuhr Niniplu fort. »Am Ende des Krieges haben sich die Frauen den Männern verweigert. Eva war mit dabei, sie hat das mitorganisiert. Sie haben den Männern gesagt, sie dürfen nicht in diesen Raum kommen. Und sie dürfen keine Liebe mit ihnen machen.«

»Sie durften nicht in den Raum kommen?«

»Ja, solange sie nicht Frieden geschlossen hatten.«

»Und warum durfte Flower nicht mit?«

»Eva hatte nicht genug Platz. Sie hat schon fünf Kinder, und so viel Geld hat sie auch nicht. Sie kann nicht alle Kinder zur Schule schicken, nur weil sie sie nett findet. Willst du noch was trinken?«

Er hob die leere Wasserflasche und schüttelte den Kopf.

»Und was ist mit ihr passiert?«

»Mit Flower? ... Der Kredit war schon bewilligt, sie hätte das Geld schon benutzen können. Es war ein Mikrokredit. Sie wollte ein richtiges Geschäft eröffnen und Gemüse und Obst aus dem Dorf verkaufen, aber dann ist es mit dem Kind passiert.«

»Sie hatte ein Kind?«

»Ja. Wir haben es alle erst nicht verstanden. Eva auch nicht. Aber sie kannte diesen Arzt, und der hat es ihr erklärt.«

»Barneby. Heißt er Barneby?«

»Ich weiß nicht. Kann sein.«

»Es ist bestimmt Barneby.«

»Mmh.«

»Und das Kind?«

»Es ist gestorben.«

»Da ist ja schrecklich.«

»Wirklich?«

»Ja.«

Für einen Moment schwiegen sie.

»Eva kennt ihn. Eva und meine ältere Schwester, die in Redlight wohnt. Er hat ihnen erklärt, dass es so etwas gibt. Wenn du ein Kind hast und es einfach zu viel für dich ist. Du schaffst es einfach nicht. Dann wird das Kind zu einer Bedrohung.

»Zu einer Bedrohung?«

»Ja.«

»Das verstehe ich nicht.«

»Ich erkläre es dir später. Leg dich hin. Wir versuchen ein bisschen zu schlafen. Ich muss morgen früh aufstehen. Und wenn meine Mutter merkt, dass ich nicht geschlafen habe, dann ruft sie Eva an. Eva ist sehr streng. Wenn Eva wüsste, dass ich mit dir hier bin ... O je ...« Niniplu lachte.

Sie legte das Tuch, das sie um die Füße gebunden hatte, neben sich auf die Wiese und nickte Benjamin zu. »So«, sagte sie. »Hier kannst du dich hinlegen.«

Benjamin überlegte, ob sie ihn überhaupt richtig verstand. Ob sie nicht die ganze Zeit aneinander vorbeiredeten. Aber sie ging ja zur Schule, sie war sogar älter als er. Und die meiste Zeit, dachte er, ist sie einen Schritt voraus, sie weiß immer schon, was ich sagen will oder was ich denke. Sie ist so ähnlich wie Bo. Allerdings hielt sie nicht solche Reden, und sie erfand nicht dauernd irgendwelche Geschichten.

Sie sah ihn an. »Schlaf ein bisschen. Leg dich hin.«

Sie hatte ihre Augen noch geöffnet und schaute ihn an.

»Und warum ist sie so streng?«, fragte er.

»Das ist ganz normal. Ich soll schließlich etwas lernen. Aber sie ist oft unterwegs, und wenn sie nicht da ist, kann sie auch nicht streng sein.«

»Aber warum bist du dann hier? Hier im Dorf?«

»Ja ... Ich muss meiner Mutter helfen. Die meisten im Dorf verstehen nicht, was passiert ist, und es hat auch keinen Sinn, es ihnen zu erklären. Einige von ihnen möchten, dass Flower bestraft wird.«

Sie veränderte etwas die Haltung ihrer Arme.

»Leg dich doch hin, sonst muss ich immer meinen Kopf so verdrehen.«

Er legte sich neben sie. Ihre Stimme klang sanft, aber auch ein bisschen ungeduldig.

»Willst du nicht mal nach Berlin kommen?«, fragte er plötzlich. Er fragte sie das einfach so, ohne zu wissen, warum.

»Ist Berlin schön?«, fragte sie.

Er wusste nicht, was er sagen sollte. Er sagte: »Du musst kommen. Ich lade dich ein.«

Sie lächelte. »Eva sagt immer, wenn sie nach Europa fährt, dass es nicht gut für sie ist.«

»Und warum?«

»Wenn sie zu oft nach Europa fährt, dann wird sie verrückt.« Niniplu richtete sich plötzlich auf. Und er dachte, sie würde jetzt einfach aufstehen und ihn hier liegenlassen. Aber sie öffnete nur ihren Rock, und für den Bruchteil einer Sekunde war sie fast nackt. Er starrte an ihr vorbei in die Dunkelheit. In diesem Moment sah er, dass sich auf der Straße ein Auto näherte. Und es war nicht nur eins, sondern es waren zwei, und er dachte: Sie suchen uns, und jetzt haben sie uns gefunden.

»Es ist nicht gut, nach Europa zu fahren, sagt Eva.«

Sie lehnte sich wieder zurück. Sie hatte sich nicht ausgezogen. Sie hatte nur ihren Rock anders gebunden. Vielleicht war er verrutscht. Als sie wieder neben ihm lag, war der Abstand zwischen ihnen wieder etwas größer geworden.

»Irgendwann fahre ich mal hin, vielleicht«, sagte sie.

»Du kannst mich besuchen.«

Sie lächelte. Aber sie sagte nichts. Eine Weile schwiegen sie.

»Du hast die ganze Zeit deinen Kaugummi im Mund«, sagte sie auf einmal.

»Ja?«, fragte er. Er hörte auf zu kauen. »Ich habe ihn vergessen.«

»Es ist besser, du spuckst ihn aus.«

»Ja?« Er wollte sich umdrehen und ihn ausspucken. Aber sollte er ihn einfach so auf die Wiese spucken? Für einen Moment wusste er nicht, was er tun sollte.

»Gib ihn mir.«

»Was?«

»Den Kaugummi. Du kannst ihn mir geben.«

»Aber …«

Sie lachte. »Was ist das für ein großes Aber? Du solltest zu einem Heiler gehen, der das große Aber behandelt. Du kannst ihn mir geben«, wiederholte sie. Sie streckte ihm ihre Hand entgegen.

»Aber ich kann ihn doch nicht einfach …« Er spürte, wie der Kaugummi sich in seinem Mund bewegte, wie etwas, das sich von ihm abgelöst hatte, in ihm war und jetzt heraus sollte. Aber er wusste nicht, wie.

»Es ist außerdem unhöflich, Kaugummi zu kauen, wenn man sich unterhält.« Sie hielt ihm die Hand entgegen und lächelte. Sollte er den Kaugummi etwa auf ihre Hand spucken?

Ihm brach der Schweiß aus. Auf der Straße hatten die beiden Autos die Stelle, an der Romeo den Wagen abgestellt hatte, jetzt erreicht.

»Willst du ihn so lange kauen, bis du tot bist?«, fragte sie.

»Nein«, sagte er. Er bewegte den Kaugummi vorsichtig über seine Zunge zu seinen Lippen. Ihre Hand war jetzt unter seinem Mund, als erwartete sie, dass der Kaugummi aus seinem Mund auf ihre Hand fallen würde. Er hörte, wie jemand seinen Namen rief. Es war eine entfernte Stimme, die fremd und gleichzeitig vertraut klang. Er nahm sich den Kaugummi aus dem Mund legte ihn auf ihre Hand. Ihre Hand schloss sich. Sie nickte, lächelte aber nicht. »Warum hast du das getan!?«, rief seine innere Stimme. »Du bist vollkommen verrückt geworden!«

»Hast du Durst?«, fragte sie.

»Nein«, sagte er schnell. Er hatte auf einmal Angst, dass sie weggehen könnte. Und er hatte Angst davor, was passieren könnte, wenn sie blieb. Er hatte vor allen möglichen Dingen Angst. Aber es war eine Angst, die ungewöhnlich war und die mit einem Mal, mit einem einzigen Schlag, seine innere Stimme zum Schweigen brachte.

»Ich habe noch nie ein Mädchen geküsst«, sagte er plötzlich. Es war nicht seine innere Stimme, die das sagte. Aber er selbst sagte es auch nicht.

6.

Zwei Stunden später hatte Brilliant ihn immer noch nicht gefunden. Sie war erst zum Dorf gelaufen, wenn auch nur bis auf ein paar Meter an den Wald heran. Dann war sie zum Wagen zurückgegangen und hatte eine Weile zugeschaut, wie

Edward und Romeo das defekte Getriebe zu reparieren versuchten, um dann, als es nicht klappte, den kaputten Reifen zu wechseln. »Was ist denn das für ein Auto?«, fragte sie. Bo lag ausgestreckt auf der Wiese und schlief. Das Licht der Taschenlampe war schwächer geworden. Brilliant ging noch einmal Richtung Dorf, um nach Benjamin zu suchen. Es war das erste Mal, seitdem sie nach Liberia gekommen war, dass sie sich einsam fühlte. Es war dieselbe Einsamkeit, die sie manchmal nach der Schule hatte, wenn sie über die Third Promenade zur Shopping Mall lief, oder wenn sie vor dem Querflötenunterricht eine Weile in einem Café saß und darauf wartete, dass ihr Querflötenlehrer auftauchte. Er war immer zu spät. Dabei verdiente er mit dem Unterricht ein Heidengeld. Manchmal hatte er sich erkältet, und seine Stimme klang am Telefon ganz dumpf. »Bestell dir einen Caramel Latte auf meine Kosten«, sagte er dann. »Ich bin in zwanzig Minuten da.« Er hatte einen kleinen Übungsraum, zu dem sie fuhren. Aus irgendwelchen Gründen wollte er nicht zu ihr ins Haus kommen. Er war mehr oder weniger immer erkältet. In seiner Jutetasche hatte er eine Rolle Toilettenpapier, und wenn er die Nase putzen wollte, griff er in die Jutetasche, zog an der Toilettenpapierrolle und ein paar weiße Papierfetzen kamen heraus, die er sich dann vor die Nase hielt. Sie nannte ihn den Wassertropfen-Nasenzieher-Flöten-Mann. Ihre Großmutter behauptete, er sei ein Genie. Er sei zwar irrsinnig teuer, aber bei ihm würde sie wenigstens etwas lernen. Irgendwann hatte der Wassertropfen-Nasenzieher-Flöten-Mann die Geduld mit ihr verloren und ihr zugeflüstert: »Hast du eigentlich schon jemals in deinem Leben geübt?« Sie fühlte sich einsam wie sonst nie, wenn er anrief und sagte, sie solle auf ihn warten. Es war dieselbe Einsamkeit, die sie jetzt empfand, als sie Benjamin suchte. Sie suchte ihn am Rand des Waldes, wo das Dorf irgendwo anfangen musste, in das sie sich aber nicht zu gehen traute. »Wir bleiben besser in der Nähe des Wagens«, hatte Edward gesagt. »Wir versuchen es so lange, wie die Taschenlampe noch geht, dann kannst du dich in den Wagen legen und schlafen. Wir legen uns auf die Wiese.« Niemals aber würde sie sich in den Wagen legen und schlafen. Sie ging weg, sie unternahm noch einen weiteren Versuch, Benjamin zu finden. Es musste schon halb drei sein, schätzte sie, oder halb vier, als sie im Dunkeln das Mädchen kommen sah. Sie war wie eine Erscheinung. Sie lief langsam, scheinbar mühelos von der Wiese kommend, auf sie zu, während Brilliant mit dem Display der Kamera den Boden ableuchtete, damit sie nicht über irgendeinen Stein stolperte. Für einen Moment dachte sie, das Mädchen würde sie gar nicht sehen. Sie war sehr groß, sie lief mit einer Eleganz über den steinigen Boden jenseits der Wiese, als würde sie auf einem Laufsteg gehen. Sie trug keine Schuhe. Sie musste eine dicke Hornhaut haben, dass ihr die spitzen Steine auf der Erde nichts ausmachten. Auf ihrem T-Shirt stand die Aufschrift WICKED PICTURES. Es waren weiße Großbuchstaben auf schwarzem Grund. Das T-Shirt gefiel Brilliant. Sie musste den Wunsch unterdrücken, das Mädchen zu fragen, wo sie es her habe. Brilliant hatte schon einmal in Monrovia einem Mädchen ihr T-Shirt abgekauft. Die meisten machten sich überhaupt nicht die geringsten Gedanken, was für T-Shirts sie trugen. Sie trugen sie einfach. Egal, was auf ihnen stand. Egal, welche eigenartigen Schriftzeichen auf ihnen prangten. Sie lief auf das Mädchen zu. Sie ärgerte sich, dass sie noch immer den Mantel anhatte. Sie hätte ihn ins Auto legen sollen, aber jetzt war es zu spät. »Entschuldigung«, rief sie. Das Mädchen blieb stehen. »Hast du eine Idee, wo ich mich hier vielleicht hinlegen kann? Wir hatten eine Panne.« Brilliant senkte die Kamera nach unten. Das Mädchen sollte nicht denken, dass sie sie fotografieren wollte. Ihr Onkel hatte sie davor gewarnt. Vor der Angst der Einheimischen, der Bevölkerung auf dem Land, dass man sie fotografieren könnte. Einige fürchteten sich regelrecht davor. »Verstehst du, was ich sage?«, fragte Brilliant. Sie seufzte. Wahrscheinlich verstand sie kein Wort. Wenn sie überhaupt Englisch konnte, dann sprach sie bestimmt nur das verkrüppelte liberianische Englisch, in das ihre Großmutter manchmal verfiel. Sie sprach immer liberianisches Englisch, wenn sie sentimental wurde und an die alten Zeiten dachte, als sie in Liberia eine der begehrtesten und vielversprechendsten Frauen gewesen war. Sie war sogar Mitglied der Sande-Geheimgesellschaft geworden, wo man ihr beigebracht hatte, Schlangenbisse zu heilen. Aber wegen Brilliants Großvater war sie nie mehr in Liberia gewesen. Brilliant hatte den Klang ihres liberianischen Englisch im Ohr. Ihre Großmutter hatte sie oft in den Arm genommen, wenn sie an Liberia dachte und Sehnsucht nach ihrer Heimat bekam. Sie hatte ihr irgendwas ins Ohr geflüstert. Irgendetwas Liberianisches, irgendetwas, was sie überhaupt nicht verstanden hatte. Sie hätte sich am liebsten die Ohren zugehalten, aber jetzt wünschte sie sich nichts mehr, als dass dieses Mädchen mit dem WICKED-PICTURES-T-Shirt wenigstens liberianisches Englisch sprach. Und dass sie ihr helfen würde, irgendwo einen Schlafplatz zu finden.

»Ja«, sagte das Mädchen. »Natürlich verstehe ich dich.«

»Wirklich?« Brilliant war erleichtert. »Wir haben schon das ganze Dorf abgesucht, aber jetzt bin ich todmüde.«

»Ich bringe dich zu meiner Mutter. Da kannst du dich hinlegen.«

»Danke«, sagte Brilliant.

»Du kannst auch meinen Schlafsack benutzen, wenn es dir zu unbequem ist.«

»Vielen Dank.« Brilliant schaltete die Kamera aus und folgte ihr. Später schrieb sie in ihr Tagebuch: *U-God ist gekommen. U-God hat mich an der Hand genommen und mich zu einem Schlafplatz geführt. Endlich mal ist ein Tag in Liberia gut zu Ende gegangen. Soll ich in ein Dorf ziehen? Soll ich mit den Menschen hier leben? Bin ich eine Liberianerin geworden? Und die Frau, bei der ich geschlafen habe, ist Flowers Mutter!!! Sie hat mich gefragt, ob ich Kpelle spreche oder Kissi.* Es war ein besonderer Tag und vielleicht sogar der schönste, seit sie am 22. März des Jahres das Tagebuch in Orange angefangen hatte.

7.

Sie war weg, als Benjamin aufwachte. Er war immer wieder eingeschlafen und dann wieder aufgewacht. Immer war sie noch da gewesen. Einmal hatte auch sie geschlafen, und dann hatte er sie eine Weile betrachtet und gewartet, dass sie wieder aufwachen würde, und war dabei selbst wieder eingeschlafen. Als er das letzte Mal aufgewacht war, dämmerte es schon. Niniplu war nicht mehr da. Sofort wusste er, wo er sich befand, sah, wo die Straße war und dass die anderen schon beim Wagen standen. Brilliant stand neben einem weißen Pick-up und unterhielt sich mit dem Fahrer. Es ging jetzt alles so schnell, dass er gar keine Zeit hatte, nachzudenken. Brilliant hatte einen Wagen angehalten, der sie nach Gbarnga mitnehmen konnte. Als er unten angekommen war, saßen Bo und Edward schon auf der Ladefläche des Jeeps.

»Habt ihr geschlafen?«, fragte Benjamin.

»Ich nicht«, sagte Edward. »Ich habe aufgepasst. Romeo hat im Taxi geschlafen.«

»Setz dich zu uns«, sagte Bo. Seine Stimme klang noch müde.

»Wir brechen sofort auf. Die Prinzessin hat diesen ehrwürdigen Wagen angehalten, und er nimmt uns mit.«

»Fahren wir zurück?«

»Nein, wir fahren nicht zurück«, sagte Edward.

Benjamin schaute auf den Pick-up. Es war ein weißer, relativ neuer Jeep, solche hatte er in Liberia schon oft gesehen. Die Leute saßen immer zu fünft oder sechst hinten auf der Ladefläche, einige Male hatte er auch schon mehr Leute gesehen. Manche hielten sich dann am Fahrerhäuschen fest, während die anderen einfach so dasaßen und sich an der Karosserie festhielten, und dann fuhr so ein Wagen mit wahnsinniger Geschwindigkeit an einem vorbei. Und jetzt sollte Benjamin sich auch so hinsetzen. Für Bo und Edward schien es das Normalste der Welt zu sein. Er dachte für einen Moment, er könne es ja für eine Weile ausprobieren, und er wollte schon auf den Jeep klettern, als er auf einmal den Wald sah. Er war nicht so dicht, wie er gedacht hatte. Ein paar niedrige Büsche und Bäume standen am Straßenrand, und dahinter erhob er sich, wurde dichter, aber nicht so dicht, wie er es sich vorgestellt hatte, als er in der Nacht dort gewesen war. Er wollte noch einmal zurück, er wollte sich von ihr verabschieden. Er schaute hinüber in diesen graugrünen Vorhang, der sich über das Dorf gelegt hatte. Warum war sie in der Nacht plötzlich verschwunden? Hatte es sie abgeschreckt, dass er nach ihrer Adresse gefragt hatte? Nach einem Ort, wo er sie wiederfinden konnte?

»Willst du nach vorne?«, fragte Brilliant. Sie stand noch neben dem Fahrer. Benjamin konnte ihn nicht sehen. Er schaute zum Dorf.

»Ist schon okay«, murmelte er.

»Vorne ist noch Platz.«

»Ja?« Benjamin zögerte. Er war schon halb auf der Ladefäche. Das Dorf entfernte sich auf einmal. Er hätte hinüberlaufen und nach ihr fragen können. Aber es war früher Morgen, wie sollte er das machen?

»Du kannst mir zum Geburtstag gratulieren«, sagte Brilliant. Aber da war er schon auf dem Wagen. Brilliant lief um den Wagen herum und stieg auf der Beifahrerseite ein.

»Herzlichen Glückwunsch«, murmelte er noch. Aber sie hörte ihn nicht mehr. Der Wagen fuhr an. Er beschleunigte so schnell, dass es schwierig war, sich überhaupt festzuhalten. Benjamin hatte das sichere Gefühl, er würde fallen und von dem Wagen hinuntergeschleudert werden. »Dreh dich doch um, dreh dich um«, sagte die innere Stimme. »Sie steht da!« Er hielt sich mit beiden Händen am Wagen fest und suchte nach einer Stelle, wo er Halt finden könnte.

»Vorsichtig«, rief Bo. Edward kam zu Benjamin herüber und half ihm. Der Wagen donnerte durch ein Schlagloch, und sie wurden alle durchgeschüttelt. Er musste sich mit aller Kraft festhalten, so dass ihm das Metall in die Hände schnitt, während er nichts anderes denken konnte als: Sie hat mich geküsst. Sie hat mich mitten in der Nacht geküsst. Und schon wieder raste der Jeep durch ein Schlagloch. Der Fahrer wich ihnen nicht aus, wie Romeo es getan hatte, und fuhr auch nicht langsam durch sie hindurch. Er fuhr einfach weiter. Nach einer Weile konnte Benjamin nur noch eins denken: Wie halte ich mich hier fest, ohne dass mir etwas passiert? Gleichzeitig tat er so, als wäre alles in Ordnung.

»Wenn wir Flower heute nicht finden«, rief Bo, »dann werden wir sie *nie* finden.«

»Wo fahren wir denn jetzt hin?«

»Zum Heiler. Die Prinzessin hat wieder eine heiße Spur.«

»Ach so«, sagte Benjamin, nur um überhaupt etwas zu sagen.

Sie waren eine halbe Stunde gefahren, als die Sonne herauskam. Sie hatten schon zweimal angehalten, um noch andere Leute mitzunehmen. Der Fahrer war offensichtlich ein sehr großzügiger Mensch. Nacheinander stiegen eine Frau und ein Mann dazu. Die Frau hatte ein Kind dabei und ein Huhn, dem sie die Beine zusammenhielt und das die ganze Zeit aufgeregt flatterte. Der Mann, es war ein Nigerianer, hatte zwei Reissäcke zu transportieren und setzte sich neben Edward. Bo rutschte von seinem Platz und kauerte sich neben die Reissäcke. Vielleicht konnte er noch ein bisschen schlafen. In Gbarnga mussten sie den Heiler suchen, und es würde kaum Zeit bleiben, sich auszuruhen. Als er damals aus dem Wald nicht mehr zurückgekommen war, war seine Schwester alleine zu dem Heiler gegangen. Sie hatte ja noch ihre Wartenummer gehabt. Sie hatte nur wissen wollen, wo sie Bo finden konnte. Sie hatte gar nicht mehr gewollt, dass er geheilt wurde. Aber der Heiler hatte sie nicht zu Wort kommen lassen. Als sie gesagt hatte, es ginge um einen kleinen Jungen, der blind sei, hatte er sie sofort unterbrochen, seine Hand gehoben und gesagt, sie solle am nächsten Tag wiederkommen. Aber dann waren sie, als Bo wieder aufgetaucht war, doch in Accra geblieben, und sie hatte ihm die Stadt gezeigt. Bo hatte zum ersten Mal eine Straße mit einer Ampel überquert und gemerkt, dass es wirklich stimmte: Die Autofahrer hielten sich daran und blieben stehen. Es war so, als würden sie sich hinknien und das rote Licht anbeten. Von der Reise hatte er niemandem erzählt. Auch Okogo nicht. Nach Okogos Auffassung brauchte man nur einen starken und gesunden Geist, dann musste man zu niemandem gehen. Aber jetzt fühlte er sich müde und schwach. In der Nacht war er ein paar Mal aufgewacht. Jedes Mal waren es Autos gewesen, die vorbeigefahren waren, und jedes Mal war er aufgeschreckt und hatte sich gefragt, wie viel Uhr es wohl sei. Das passierte ihm sonst nie. Er konnte sich erst nicht erklären, woran es gelegen hatte. Es hatte nichts mit dem Heiler zu tun und den Erinnerungen, die mit dieser Reise verbunden waren. Es war etwas anderes gewesen. Als er das dritte Mal aufwacht war, hatte er gewusst, was es war. Der Außerirdische war immer noch verschwunden. Bo hatte ihm selbst den glühenden Stein abgenommen, der am Morgen dann ganz kalt und staubig gewesen war. Sie hatten es nicht geschafft, den Wagen zu reparieren. Aber die ganze Nacht war Benjamin nicht mehr aufgetaucht. Bo dachte: Es ist gut. Der Außerirdische hat Erkundigungen eingezogen. Er hat an einer Expedition teilgenommen. Und er hatte ihn am Morgen fragen wollen, wie es gewesen war. Aber er war nicht gekommen. Nur Brilliant war gekommen. Sie hatte sich neben ihn gehockt und ihn mit einem Grashalm geweckt. Es war eine andere Brilliant. Sie hatte sich verwandelt. Lag es daran, dass sie ein Jahr älter geworden war? War sie mit ihrem unsteten und launischen Wesen durch den Wald geirrt und hatte das Leben eines ganzen Jahres gelebt? Unter dem schweren, grünen Blätterdach, das keine Sonnenstrahlen hindurchließ? Selbst der Mantel hatte gut gerochen, als er aufgestanden war und Brilliant umarmt hatte. »Herzlichen Glückwunsch, meine liebe Prinzessin«, hatte Bo gesagt. Er hatte just in dem Augenblick, als sie ihn geweckt hatte, von ihr geträumt. Wie sie mit einer riesigen Perücke und weißen Handschuhen aus einem Farmhaus herausgekommen war. Sie sah so aus wie auf den alten Fotografien, von denen die Leute immer erzählten. Die Gründerväter und Siedler trugen damals immer dunkle Anzüge und große Zylinder, und die Frauen schwere Perücken mit Blumengebinden. In seinem Traum hatte Brilliant auch so ausgesehen. Sie trug einen großen, altmodischen Hut mit Blumengesteck, lief durch das Dorf und klatschte in die Hände, um die Bewohner aufzuwecken. Aber weil sie Handschuhe trug, konnte man ihr Klatschen nicht hören. Und alle blieben im Bett liegen und schliefen weiter. Der Mantel roch nach dem Parfüm, das Brilliant über ihm ausgegossen hatte. Die Flasche war leer. Sie hatte sie einem der Kinder gegeben, die sie zum Wagen begleitet hatten.

»Vielen Dank«, hatte sie zu Bo gesagt, »du hast also daran gedacht.«

»Natürlich. Niemals werde ich den besonderen Tag vergessen, an dem du das Licht der Welt erblickt hast.« Und dann hatte sie ihn umarmt. Der Mantel roch auf einmal so gut, dass er dachte, sie könne ihn ruhig noch eine Weile tragen.

»Stell dir vor, ich habe auf dem Fußboden geschlafen«, sagte sie. »Es war sehr interessant. Und ihre Mutter habe ich auch kennengelernt. Es stimmt gar nicht, was die Leute in Monrovia gesagt haben. Sie ist keine Verbrecherin. Es war nur eine Krise. Und die Leute im Dorf waren eifersüchtig auf sie, weil sie als Geschäftsfrau so erfolgreich ist. Wusstest du, dass sie ein eigenes Kino hat?«

»Du meinst ein Entertainment-Center.«

»Ja, so etwas ähnliches. Ihre Mutter ist sehr stolz auf sie. Sie sagt, der Heiler würde jetzt auf sie aufpassen, und bald würde es ihr wieder gutgehen. Wir haben die ganze Nacht geredet. Sie hat eine Kerze vor ihr Gesicht gehalten, dass ich sie besser sehen konnte, und sie wollte, dass ich die Kerze auch vor mein Gesicht halte, dass sie mich auch besser sehen konnte. Weißt du, wie viele Kinder sie hat? Rate mal.«

Bo schüttelte den Kopf.

»Zwölf ... Aber es war nicht Flowers Schuld. Ihr Kind ist einfach so gestorben. Sie ist zu Fuß nach Monrovia gelaufen. Kannst du dir das vorstellen? Um das Entertainment-Center zu retten.«

»Und wo ist Flower jetzt?«

»Das weiß ihre Mutter nicht. Natürlich hat sie kein schlechtes Wort über den Heiler gesagt. Sie hat gesagt, er kann uns helfen, sie zu finden. Er weiß, wo Flower ist. Der Heiler ist ein guter Mensch, hat ihre Mutter gesagt. Ich habe natürlich so getan, als würde ich ihr das glauben.«

Brilliant drehte sich um. »Das ist Niniplu«, sagte sie und ging ein paar Schritte auf die Wiese, um sie zu begrüßen. »Darf ich dir Bo vorstellen? Er ist unsere gute Seele und unser Maskottchen.« Irgendjemand gab ihm die Hand. Bo war zu müde, sich Gedanken darüber zu machen, was Brilliant ihm erzählte. Maskottchen, dachte er noch. Was hat denn das zu bedeuten? Sie hörte gar nicht mehr auf zu reden. Sie redete und redete. »Ich bin euch allen so dankbar«, hörte er sie zu dem Mädchen sagen, das Niniplu hieß. »Ich habe so viel von euch gelernt. Und ich hoffe, ihr habt auch ein bisschen was von mir gelernt. Oder? Sag das deiner Mutter. Ja? Sagst du ihr das?«

»Vielen Dank«, sagte Niniplu mit tonloser Stimme. »Es ist sehr freundlich von dir.«

»Das tue ich doch gern«, rief Brilliant. »Weißt du was? Wenn ich in Amerika bin ... Also das ist jetzt nicht so dahergesagt. Ich werde eine Organisation gründen, und ich werde Geld für euch sammeln. Wir kennen so viele Leute. Meine Großeltern kennen irre viele Leute.« Sie unterbrach sich für einen Moment. »Zum Beispiel könntet ihr hier eine Busstation bauen und ... einen Kiosk, wo man was kaufen kann. Aber jetzt müssen wir weiter. Richte deiner Mutter Grüße von mir aus. Ja? Machst du das? Sie ist eine so tolle Frau.«

»Ich sage es ihr«, sagte Niniplu. Brilliant umarmte sie, und für einen Moment dachte Bo, Brilliant habe sich in eine andere Brilliant verwandelt. Aber dann drehte sie sich um und fragte: »Und Edward? Wo ist denn der eigentlich? Schläft der etwa noch?«

Schon ein paar Minuten später hatte sie den Wagen angehalten. Es war wirklich beeindruckend. Bo wäre am liebsten zu ihr gegangen und hätte ihr die Hände abgetastet, ob sie nicht vielleicht doch weiße Handschuhe trug. Brilliant hatte noch zwei Mangos und drei Papayas gekauft. Noch im Morgengrauen hatte jemand einen alten, wackeligen Holztisch an die Straße gestellt, und Brilliant, oder anders gesagt, die *andere* Brilliant, hatte alles gekauft, was sich auf dem Tisch befunden hatte. Bo wunderte sich jetzt, dass sie den Tisch nicht auch noch gekauft hatte. Benjamin dagegen war stumm wie ein Fisch. Er hatte ihr nicht gratuliert. Nicht einmal ihm hatte er richtig Guten Morgen gesagt, als hätte er ihn und all seine Freunde auf einmal vergessen. Was wohl mit ihm passiert war? Vielleicht hatte er einfach schlecht geschlafen? Aber dann fiel Bo etwas anderes ein. Und dann war er auf einmal hellwach. Es war schon fast eine Stunde vergangen, seit sie von dem Dorf aufgebrochen waren.

»Außerirdischer«, rief er plötzlich. »Hast du deine Mütze auf?«

»Was?«, rief Benjamin. Der Fahrtwind war sehr laut, und der Fahrer fuhr wie der letzte Henker. Immer wieder dröhnte der Wagen, wie eine arme gepeinigte Kreatur. »Meine Mütze?«

»Du hast deine Mütze nicht?«, fragte Bo.

»Nein«, sagte Benjamin.

»Du musst sofort aus der Sonne raus«, rief Bo. »Die Sonne ist zu heiß für dich.« Er tastete mit der Hand über das Fahrerhaus und suchte die Scheibe, durch die man nach hinten auf die Ladefläche schauen konnte. Er klopfte dagegen und gab dem Fahrer ein Zeichen, dass er sofort anhalten solle.

Bei dem Fahrtwind hatte Benjamin gar nicht gemerkt, wie sehr die Sonne auf ihn heruntergebrannt war. Erst, als er vorne im Fahrerhaus neben Brilliant saß, spürte er, wie heiß es ihm war.

»Hättest du das gedacht?«, fragte Brilliant, kaum dass er vorne eingestiegen war. »Diesem Mann gehört eine *Kirche.* Nicht wahr?« Sie wandte sich an den Fahrer. Er nickte Benjamin zu. Er hieß Lawrence. Aber den Namen hatte Benjamin schon bald wieder vergessen. Er nannte ihn in Gedanken nur *den Priester.* Der Priester trug ein weißes Hemd, eine schwarze Hose und Lederschuhe, aber ohne Strümpfe.

»Ist da noch eine verlorene Seele zugestiegen?«, begrüßte er Benjamin.

»Nein, er ist schon die ganze Zeit dabei. Er gehört zu meiner Party. Meiner Geburtstagsparty.«

»Ach so … Er hat hinten gegessen.«

»Gratuliert hat er mir aber noch nicht.«

Benjamin saß direkt an der Tür. Brilliant hatte sich auf dem Beifahrersitz breitgemacht und seinen Rucksack neben sich gestellt. Auf dem Armaturenbrett lagen zwei Telefone. Das Telefon von Edward und jenes, das Benjamin von Emily hatte. Es war dasselbe Modell, der einzige Unterschied bestand darin, dass Edwards Telefon schon ziemlich abgenutzt war und Emilys Telefon noch ganz neu.

»Herzlichen Glückwunsch«, sagte Benjamin. Sein Kopf dröhnte. Jetzt spürte er die Folgen der Sonne immer deutlicher. Er hatte Durst, aber im Wagen gab es nichts zu trinken.

»Wir sind bald da«, erklärte Lawrence. Der Mann, dem eine Kirche gehörte. Aber er sah eigentlich gar nicht aus wie ein Priester. Dafür schien er er auch noch viel zu jung zu sein. Das letzte Mal war Benjamin in Irland in einer Kirche gewesen. Seitdem hatte er weder mit seiner Mutter noch mit seinem Vater jemals wieder an einem Gottesdienst teilgenommen.

»Und er war auch im Wald? Wie du?«, fragte Lawrence.

»Ich weiß nicht. Wo warst du eigentlich heute Nacht?«, fragte Brilliant.

»Ich habe geschlafen.«

»Oh«, rief Brilliant. »Hast du gehört? Er hat geschlafen.«

Benjamin hielt sich am Türgriff fest. Der Priester fuhr tatsächlich wie ein Wahnsinniger. Er jagte durch jedes Schlagloch hindurch und kümmerte sich nicht im Geringsten darum, dass sie dabei durchgeschüttelt wurden. Und das Erstaunliche war, auch Brilliant schien es nicht weiter zu stören. Sie war guter Laune. Vielleicht lag das daran, dass sie Geburtstag hatte. Immer wieder fielen ihr neue Fragen ein, die sie dem Priester stellte, während sie sich um Benjamin überhaupt nicht mehr kümmerte.

»Und du *entschuldigst* dich bei dem Baum?«, fragte sie jetzt. Das war offensichtlich das Gesprächsthema gewesen, bevor sie angehalten hatten, damit Benjamin nach vorne kommen konnte.

»Ich versuche es, Miss ... Ich tue es im Gedenken an Gott. Gott würde auch nicht in den Wald laufen. Sein eingeborener Sohn würde auch nicht die Rinde vom Baum schneiden, ohne sich dafür zu entschuldigen.«

»Ja?«, fragte Brilliant mit einem begeisterten Unterton. »Und das Holz bringst du in deine Kirche?«

»Na ja, das war so ein Beispiel ... Wenn wir Brennholz brauchen und das Holz aus dem Wald holen. Ich spreche mit dem Wald, ich gehe auch in den Wald und erzähle ihm von meinen Problemen.«

»Dem Wald?« Brilliant musste grinsen.

»Natürlich ... Er umgibt uns. Er ist in uns ... In uns allen. Wir nehmen alles von ihm und sind dankbar. Wenn ich einen Ast abbreche, spreche ich vorher mit dem Baum und erkläre es ihm.«

»Mmh.« Brilliant schien über etwas nachzudenken.

»Und in der Kirche macht ihr ein Feuer?«

»Oh. Nein, es ist eine kleine Kirche. Wir sind nur eine kleine Gemeinde. Aber in unseren Herzen sind wir groß und stark.« Er schaute nach rechts, an den Straßenrand, wo mehrere Leute standen und winkten.

»Was ist das denn?«, fragte er auf einmal in einem ganz anderen Tonfall.

»Oh«, rief Brilliant. »Wir nehmen sie mit. Das sind verlorene Seelen.«

Der Priester bremste scharf und hielt an. Er war kein guter Fahrer, das war Benjamin gleich aufgefallen. Er betätigte die Gangschaltung nur ganz selten und schaltete immer zu spät oder zu früh. Benjamin kannte sich ein bisschen damit aus, seitdem sein Vater ihn einmal mit einem Geländewagen hatte fahren lassen, als er in Berlin zu Besuch gewesen war. Sie waren zu einem Händler gefahren, an den Stadtrand, und hatten eine Probefahrt mit einem nagelneuen Land Cruiser gemacht. Sein Vater hatte Benjamin fahren lassen, obwohl er natürlich keinen Führerschein hatte. »Im Kongo«, hatte sein Vater gesagt, er arbeitete damals noch in Kinshasa, »fahren sie Auto, sobald sie mit den Füßen an den Pedale rankommen.«

Der Priester schaltete den Motor ab.

»Ich steige aus«, sagte er. »Bin gleich wieder da.«

Nach ein paar Minuten kam er wieder zurück. Er schüttelte den Kopf, murmelte etwas vor sich hin, und sie fuhren weiter.

»Wollen die Leute nicht mitfahren?«, fragte Brilliant.

»Das ist keine Frage von Wollen oder Nicht-Wollen. Sie können nicht genug zahlen. Ich bin doch kein Busunternehmen.« Er trat aufs Gas, und der Wagen machte einen Satz nach vorne. Das nächste Schlagloch tauchte auf, und Benjamin konnte sich gerade noch am Türgriff festhalten. Eine ganze Weile schwieg Brilliant. Sie schaute auf die Straße und kniff die Augen zusammen. Da war sie wieder. Die alte Brilliant. Sie war also noch nicht verschwunden. Ihr Blick verdüsterte sich, und ihre Lippen verwandelten sich zu einem schmalen Spalt.

»Wo ist denn Ihre Kirche?«, fragte Benjamin, dem das Schweigen zunehmend unangenehmer wurde.

»In Gbarnga«, antwortete der Priester. »Meine kleine, wunderschöne Kirche. Sie ist ganz in der Nähe. Am Samstag halten wir eine kleine Messe. Ihr seid natürlich eingeladen.«

»Danke«, sagte Benjamin. »Aber ...«

»Wir müssen Flower finden«, sagte Brilliant und schaute weiter auf die Straße. »Es ist gut, dass wir endlich wissen, wo sie ist. Ihre Mutter hat es mir gesagt. Wir müssen nur noch mit dem Heiler sprechen, und der wird es uns dann schon erklären.«

»Ihr habt eine anspruchsvolle Mission vor euch«, sagte der Priester und lächelte Benjamin an. Es schien ihn nicht weiter zu stören, dass sich Brilliants Stimmung auf einmal verändert hatte. »Ihr bringt die Ausreißerin wieder zurück nach Monrovia. Das ist gut.«

»Sie ist keine Ausreißerin«, erwiderte Brilliant. »Sie ist dort gegen ihren Willen hingebracht worden.«

»Jedenfalls weiß ich, an wen ihr euch wenden könnt. Ich werde das für euch arrangieren. Wenn man eine Kirche hat, dann hat man Gläubige, und die Gläubigen sind die Bäume des Waldes, und der Wald umgibt uns, wie das Wasser und der Himmel uns umgeben. Ich kenne jemanden, den werden wir fragen.« Er schaltete. Aber statt einen Gang höher zu schalten, schaltete er einen Gang tiefer. Der Wagen heulte auf und bockte wie ein gepeinigter Esel.

»Hoppla«, sagte der Priester.

»Dafür, dass du den Wagen gerade erst gekauft hast, gehst du ja nicht gerade sorgsam mit ihm um«, sagte Brilliant. Sie griff nach den beiden Telefonen und hielt sie fest.

»Er muss erst eingefahren werden«, sagte der Priester fröhlich. »Es ist der Wagen für die Kirche. Für meine Gemeinde. Mit ihm kann ich schneller zwischen meinen Verpflichtungen hin und her wechseln. Ob ich jetzt in Monrovia gebraucht werde oder hier. Je nachdem, welchen Weg Gott mir weist.«

Brilliant grinste. »Er hat in Gbarnga eine Geliebte«, flüsterte sie Benjamin zu.

»Wir sind bald da. Ich werde erst mal ein Hotel für euch suchen«, er wandte sich Benjamin zu. »Deine Freundin hat mir schon gesagt, ihr wollt euch erst mal ein bisschen ausruhen. He?« Er grinste ihm zu. Ohne etwas dagegen tun zu können, wurde Benjamin rot. Er merkte, dass Brilliant ihn von der Seite ansah. Er versuchte tief ein- und auszuatmen, aber er merkte, wie er immer mehr schwitzte, und er überlegte, ob er das Fenster herunterkurbeln sollte, aber als er zur Seite schaute, merkte er, dass es schon heruntergekurbelt war.

»Übrigens hat jemand für dich angerufen, gestern Nacht«, sagte Brilliant plötzlich.

»Für mich?«

»Ja.«

»Wer denn?«

Brilliant grinste. Sie verzog etwas den Mund, aber plötzlich war sie abgelenkt, denn in diesem Moment fuhren sie in einen Ort hinein. Es war ein größerer Ort, und man sah sofort, dass es Gbarnga sein musste.

»Deine Mutter«, sagte Brilliant beiläufig, und dann wandte sie sich wieder an den Priester. Er sollte sie zu einem Hotel bringen, aber es sollte möglichst billig sein. »Hörst du«, sagte sie, »das billigste, was du finden kannst.«

»Aber wir wollen doch nachmittags wieder zurück«, sagte Benjamin.

»Ja, aber ich muss schlafen. Ich habe die ganze Nacht kein Auge zugemacht. Kannst du dir das vorstellen, was diese Menschen hier erlebt haben? Die Mutter von Flower hat den Krieg erlebt. Und wusstest du das mit dem Kind? Flowers Kind? Dieser idiotische Dr. Piwu. Der hat mich angelogen. Denken die Leute, wir sind noch zu jung und können die Wahrheit nicht ertragen?«

»Aber warum ist sie denn eigentlich weggelaufen?«, fragte Benjamin.

»Es ist wahrscheinlich wegen ihrem Vater, ihr Vater steckt dahinter. Es muss schrecklich sein.«

»Ihr Vater?«

»Ich glaube, *er* hat sie ins Gefängnis gebracht. Hier kommt man leicht ins Gefängnis. Wusstest du das?«

»Aber ... vielleicht ist sie ja gar nicht im Gefängnis gewesen?«

»Wenn ich jetzt jemanden anrufe und sage, ich möchte, dass du ins Gefängnis kommst, dann kommst du auch ins Gefängnis. Da kannst du gar nichts gegen machen. Und diese Typen, die ihr den Generator weggenommen haben ... Dabei hat Barcelona gespielt, und das Entertainment-Center war rappelvoll. Sie haben ihn weggetragen, einfach so, und dann war das Spiel vorbei. Plötzlich war es stockdunkel. Ihre Mutter hat gelacht, als sie das erzählt hat. Aber ich finde das überhaupt nicht zum Lachen.«

Sie beugte sich vor, um das erste Hotel in Augenschein zu nehmen, an dem sie vorbeifuhren. Es war weniger ein Hotel als eine einfache Hütte aus unverputzten Steinmauern und mit einem in der Sonne glitzernden Wellblechdach. Benjamin schwitzte. Sein T-Shirt klebte ihm am Oberkörper, und er hatte auf einmal so großen Durst, dass er an nichts anderes mehr denken konnte als daran, Wasser zu trinken.

»Übrigens hat deine Mutter gesagt, dass sie es schon ein paarmal versucht hat. Vielleicht solltest du mal zurückrufen.«

Benjamin erschrak.

»Was?«

»Ich hätte es dir gestern ausrichten sollen. Aber ich habe dich nicht gefunden. Keine Ahnung, wo du überhaupt gewesen bist.«

»Was ist denn mit ihr? Was hat sie denn gesagt?«

»Ach nichts«, sagte Brilliant. »So schlimm ist es auch wieder nicht. Sie ruft später noch mal an.« Benjamin hatte das Gefühl, dass Brilliant ihm etwas verheimlichte. »Und sie hat noch gesagt, du sollst dich mit Anti-Insektenmittel einschmieren. Das sollst du auf keinen Fall vergessen. Ist sie eigentlich Irin? Sie hat so ein komisches Englisch gesprochen.« Brilliant machte sich keine Sorgen wegen Malaria. Es traf ja sowieso immer nur die Weißen, die Europäer und Amerikaner. Und das war am Ende der Grund dafür, dass die meisten von ihnen wieder zurückkehrten. Und die, die blieben, sagte ihr Großvater immer, forderten nur das Schicksal heraus und stopften sich dann aus Angst die ganze Zeit mit Tabletten voll. Dass ein Liberianer an Malaria starb, geschah selten. Solange sie stehenden Gewässern und Sumpfgebieten aus dem Weg gingen, konnte nicht viel passieren. Aber Tabletten hatte Brilliants Großvater ihr trotzdem mitgegeben. Wenn die Weißen Pech hatten und an einer besonders schweren Form der Malaria erkrankten, konnte es sein, dass das Gehirn angegriffen wurde und sie dann den Verstand verloren. Sie werden verrückt, bevor sie sterben, hatte ihr Großvater erklärt.

»Mach dir keine Sorgen«, sagte Brilliant, als sie vor dem Hotel anhielten. »Ich habe lange mit ihr telefoniert. Sie ist ganz okay. Sie hat mir viel von dir erzählt. Und am Schluss hat sie auch nicht mehr geweint. Ich bin ganz gut darin«, sagte sie fröhlich, während Benjamin schweißgebadet vor ihr stand und ihm schwindelig wurde. Sie waren alle ausgestiegen und warteten darauf, dass jemand im Haus auf ihr Klopfen reagierte. »Ich bin ganz gut darin, Mütter wieder zu beruhigen«, sagte Brilliant. »Das ist eine besondere Spezialität von mir«, und während sie sich Benjamins Rucksack umschnallte und durch die sich öffnende Tür in das Haus hineinging, das irgendjemand glaubte Hotel nennen zu müssen, dachte Benjamin nur: Aber was ist denn jetzt mit ihrer Mutter? Er stand in der Sonne vor dem Haus. Auf einmal hatte er furchtbare Sehnsucht nach seiner Mütze. Die Mütze, die ihm Augustine gegeben hatte. Wo war sie? Wo war diese verdammte Mütze? Und dann sagte seine innere Stimme: »Tu mir einen Gefallen und fang jetzt nicht wieder zu weinen an. Reiß dich bloß zusammen.«

8.

Bo war begeistert. Sie würden zwei Stunden schlafen und dann die Suche nach Flower fortsetzen. Der großzügige Mann, der sie nach Gbarnga gebracht hatte und, wie sich jetzt herausstellte, auch wieder mit zurücknehmen würde, würde in der Zwischenzeit jemanden finden, der den Heiler kannte. Lawrence hatte sogar eine Andeutung gemacht, dass ihm der Name Flower schon einmal, wie er sagte, über den Weg gelaufen sei. Nicht dass Bo das alles unbedingt geglaubt hätte. Im Gegenteil, er zweifelte sehr an dem Wahrheitsgehalt dieser rührenden Geschichte. »Ist es nicht das Mädchen, das in Monrovia in der Broad Street Wasser verkauft?«, hatte der Priester gefragt. Aber wie viele verkauften in der Broad Street Wasser, hätte man ihm da entgegnen können. »Das verdanken wir Präsident Doe«, hatte er noch gesagt. »Ihm allein verdanken wir das. Dass nur Liberianer Wasser verkaufen dürfen und sonst niemand.« Damit mochte er vielleicht recht haben, aber dass er den Heiler kannte und sie ohne weiteres zu ihm bringen würde, das wollte Bo nicht glauben. Er war müde, er freute sich auf einen ausgedehnten Mittagsschlaf, wie ihn selbst der große Okogo nicht hinbekommen hätte, und danach würden sie in dem kleinen Restaurant auf der gegenüberliegenden Seite gegrillten Fisch essen. Doch dazu kam es nicht. Kaum waren sie alle ausgestiegen und hatten mit dem Priester, der sich Bo ganz förmlich als Lawrence vorstellte und sie außerdem zu einem Gottesdienst am nächsten Tag einlud, alles vereinbart, kam Benjamin zu ihm.

»Ich kann jetzt nicht schlafen«, sagte er. Er hatte mit Brilliant gesprochen. Benjamin wollte, dass sie die Suche aufgaben. Aber Brilliant wollte nicht. Man konnte nur ahnen, wie unzufrieden der Außerirdische war. Er stand da, schwitzend und mit zitternden Händen, und es nützte nur wenig, dass Bo Edward sofort wegschickte, um etwas Wasser zu holen. Der Außerirdische wollte nicht mehr weitersuchen. Er wollte jetzt unbedingt telefonieren. Noch bevor Edward mit zwei Tüten Wasser zurückgekehrt war, hatte er Bo alles erzählt. Nur was in der Nacht mit dem Mädchen passiert war, davon hatte er nichts gesagt. Aber er wollte nicht ins Hotel, und er wollte sich nicht hinlegen. Der Priester war wieder abgefahren. Brilliant und Edward hatten schon ein Zimmer bezogen, in dem sie sich alle zusammen ausruhen konnten. Es kostete nur fünf Dollar. Denn zum Glück hatte der Inhaber nicht gesehen, dass draußen vor seinem Hotel noch ein weißer Junge stand. Der Preis wäre sonst um vieles höher gewesen.

»Du musst es abbeißen«, sagte Bo zu Benjamin. Der hielt das Wassersäckchen in der Hand und versuchte an ihm herumzuzerren und es irgendwie aufzubekommen. »Steck es in den Mund und beiß es ab.«

»Ich muss zuerst telefonieren. Ich muss meine Mutter anrufen.«

»Du musst es ausspucken. Hast du es ausgespuckt?«

Es war etwas kompliziert. Der Außerirdische hatte, wie sich jetzt herausstellte, noch nie aus einem Wassersäckchen getrunken, und es nahm einige Zeit in Anspruch, bis er es schließlich geschafft hatte, wenigstens den ersten Durst zu stillen. In der Zwischenzeit konnte Bo darüber nachdenken, was zu tun war. Er würde ihm zuerst erklären, dass seine Sorgen unbegründet waren. Sie sollten dem ursprünglichen Plan folgen und zum Wasserfall fahren, so wie es das Mädchen ihm gesagt hatte. Vorher konnte der Außerirdische ja noch telefonieren. Er musste vielleicht sein Gewissen beruhigen. Vielleicht wollte er das Mädchen sogar heiraten und musste seine Mutter jetzt um Erlaubnis bitten. Jedenfalls würde er telefonieren. Das würde ihn beruhigen. Und sie würden mit Gott und der Welt telefonieren, und irgendwo würde sich schon jemand finden, der ihm etwas Erfreuliches mitzuteilen hatte.

»Hast du das Telefon?«, fragte Bo. Benjamin hatte es. Aber er hatte kein Guthaben mehr. »Wir machen eine Ausnahme und holen es aus dem Mantel«, schlug Bo vor.

»Mmh ... Wo ist er eigentlich?«, fragte Benjamin.

»In diesem Fall scheint es mir angemessen«, erklärte Bo. »Es ist ein Notfall. Wir nehmen das Geld aus dem Mantel und telefonieren mit der Mutter des Außeririschen und ...«

»Nenn mich nicht immer Außerirdischer«, rief Benjamin plötzlich. »Ich bin kein Außerirdischer.«

Bo schwieg. Er räusperte sich. Er war nicht wirklich böse. Er war nur etwas überrascht. Es musste die Hitze sein, die Sonne und die Fahrt in dem Höllengefährt des Priesters.

»Das ist doch ein Irrer«, sagte Benjamin. »Hast du gesehen, wie er gefahren ist?«

»Ich habe es gehört«, sagte Bo. »Er ist vom Teufel besessen.«

»Entschuldigung«, sagte Benjamin nach einer Weile. Bo reichte ihm sein Wassersäckchen, Benjamin hatte erst die Hälfte getrunken.

»Der Außerirdische muss sich nicht entschuldigen«, sagte er feierlich. »Er hat allen Grund, wütend und besorgt zu sein ... Ich gehe jetzt den Mantel holen, und dann brechen wir auf.«

»Findest du ihn denn?«, fragte Benjamin.

Bo nickte und ging ohne zu zögern auf das Haus zu. Er war selbst erstaunt, wie er ohne weiteres den Eingang fand. Und wenig später kehrte er mit dem Mantel zurück.

Benjamin war sehr ungeduldig. Aber es war eben einfacher, einen Geldwechsler und einen Telefonkartenverkäufer zu finden, wenn man in Monrovia war. Gbarnga war nicht Monrovia. Das musste Bo ihm erst einmal erklären. Sie brauchten außerdem noch mehr Wasser. Bo kaufte zwei weitere Wassersäckchen, und einige Probleme waren damit gelöst: Die schlimmen Kopfschmerzen und die geschwollenen Finger des Außerirdischen.

»Ich fühle mich wie ein Ballon. Wie jemand, den man mit Luft aufgepumpt hat.«

»Du musst trinken«, sagte Bo. »Trink.« Und er gab ihm auch noch das zweite Wassersäckchen. Sie kamen schließlich an einem Stand vorbei, an dem Scratchcards verkauft wurden, aber Bo sagte, es sei kein guter Stand, und sie gingen weiter. Benjamin fragte nicht weiter nach, warum Bo behauptete, es sei kein guter Stand. Bo merkte, dass es Benjamin jetzt etwas besserging, und er schaffte es auch, ihn etwas zu beruhigen.

»Und der hier ... Der da vorne?«, fragte Benjamin. Er zeigte auf einen Telefonkartenverkäufer, der ihnen entgegenkam. Es war eine sehr ruhige Straße. Einige Leute saßen vor den Häusern auf Stühlen, einige verkauften etwas und hatten kleine Tische oder kleine Kästen auf die Straße gestellt. Es gab kaum Verkehr. Nur ab und zu kam ihnen ein Motorrad entgegen.

»Nein«, sagte Bo. »Wir gehen weiter.«

»Aber wieso denn? Woher willst du denn wissen, dass wir bei ihm besser nichts kaufen sollen?«

»Ich weiß es«, sagte Bo. Er sagte es ganz ruhig, obwohl er keinen Grund hatte, ruhig zu sein. Er musste Zeit gewinnen, er musste den Außerirdischen irgendwo hinbringen, wo man nicht telefonieren konnte, sie mussten immer weiterlaufen, bis schließlich keine Telefonkartenverkäufer mehr kommen würden. Bo wusste, dass das keine besonders gute Lösung war. Aber je mehr Zeit er hatte, umso eher würde ihm vielleicht eine Lösung einfallen. Eine Lösung für das Problem, das auf einmal wie aus dem Nichts aufgetaucht war. Wie ein böser Geist, der ihnen die ganze Zeit hinterhergereist war und sich plötzlich ihrer bemächtigt hatte.

»Wir gehen noch weiter«, sagte Bo fröhlich. »Ich möchte, dass du ausgeruht bist. Schließlich musst du deine Mutter anrufen. Und es ist besser, wenn du dann stark und ruhig bist. Oder?«

»Ja«, sagte Benjamin tonlos.

»Du musst sehr stark sein und sehr ruhig. So ruhig wie ein See, in dem keine Wellen sind. Wie ein Berg, auf dem den ganzen Tag die Sonne scheint. So stark musst du sein.« Bo wünschte sich das in diesem Moment eigentlich für sich selbst. Er musste selbst so stark sein. Und er wusste noch nicht wie. Er griff noch einmal in den Mantel, seine Hand tastete noch einmal in die Innentasche des Mantels. Aber wie er es auch drehte und wendete. Ob er mit der rechten Hand von rechts hineingriff oder mit der linken Hand von links. Es war immer dasselbe: Die linke Innentasche war leer.

»Zuerst kaufen wir dir eine Mütze«, murmelte Bo und lief ein paar Meter die Straße hinunter. Eine Mütze, dachte er. Aber selbst das war eigentlich unmöglich.

Benjamin wusste jetzt, wie man das Wasser aus dem Wassersäckchen trinken musste. Man musste das Säckchen, das wie ein kleines Kissen aussah, an einer Ecke anknabbern, dann den Kopf nach hinten legen und sich das Wasser aus dem angeknabberten Kissen in den Mund gießen. Er hatte drei solcher Kissen getrunken. Es ging ihm etwas besser. Sie liefen eine Straße hinunter, die vom Hotel wegführte. Es war anders als in Monrovia. Es war alles kleiner und ruhiger. Die Straßen waren nicht asphaltiert, und weil es schon seit ein paar Stunden nicht mehr geregnet hatte, waren sie sogar ein bisschen staubig. Die Häuser waren klein, und die meisten Leute saßen draußen. Es schien so, als würden sie gar nicht in ihnen wohnen. Nach der langen Fahrt kam es ihm so vor, als wäre die Stadt langsam aus dem Wald herausgewachsen. Die Bäume waren zu Häusern zusammengeschrumpft, und die Menschen waren aus ihren Autos herausgeklettert und von ihren Motorrädern gestiegen. Er dachte auf einmal, wie schön es wäre, wenn alle Städte so wären. Es gab hier kaum größere Gebäude und kein Haus aus Stahl oder Beton. Man konnte einfach so herumlaufen, niemand kümmerte sich um einen. Auch die

Leute waren anders. In Monrovia, so schien es, waren sie alle zusammengekommen, um an einer großen Schlacht, an einem Kampf teilzunehmen. Hier aber wirkte es so, als ruhten sie sich davon aus. Der Telefonkartenverkäufer, der ihnen entgegenkam, lächelte. Er hatte ein Art Miniatur-Akkordeon in der Hand und hielt es ihnen freundlich entgegen. Es bestand aus vielen Scratchcards, die untereinander gelegt wie ein Akkordeon aussahen, und er hob und senkte sie. Aber er wollte ihnen gar nichts verkaufen, er sagte »Guten Tag« und verbeugte sich leicht, dann ging er weiter. Er wollte sie noch nicht einmal kennenlernen.

»Und was ist mit ihm?«, fragte Benjamin.

Aber Bo antwortete nicht. Er blieb stehen und drehte sich um.

»Was hast du gesagt?«

»Ich meine ihn ... Den da vorne.« Er zeigte auf den Mann, als könnte Bo ihn sehen. Bo schien mit seinen Gedanken woanders zu sein. Vielleicht fühlte er sich verantwortlich dafür, dass sie Flower noch immer nicht gefunden hatten. Es war, wie Niniplu ihm gesagt hatte. Die Mutter von Flower wusste nicht über alles Bescheid. Mütter wussten eben nie genau Bescheid, dachte Benjamin. Immer denkt man, Mütter müssten alles wissen, aber am Ende wussten sie gar nichts. Trotzdem hätte er vielleicht doch das Telefon mitnehmen sollen. Er hatte mit Emily vereinbart, es immer bei sich zu führen. Emily schien eine Ahnung zu haben, wie seine Mutter war. Sie hatte vier- oder fünfmal angerufen. Wer weiß, wie oft es im Kofferraum geklingelt hatte. »Es scheint dir wohl neuerdings egal zu sein, was mit deinen Eltern ist«, sagte seine innere Stimme. »Interessiert es dich überhaupt noch, was mit deinem Vater ist? Denkst du überhaupt noch an ihn?« Seine Mutter sagte manchmal so etwas Ähnliches zu seinem Vater. Sie sagte es zum Beispiel, wenn sein Vater anrief: »Aber dein Sohn, der ist dir wohl vollkommen egal.« Und dann sagte sie zu Benjamin, sie habe seinen Vater mal wieder tagelang nicht erreicht. Und er wusste, was sie damit meinte: Sein Vater musste sich um seine Freundinnen kümmern. Er hatte mehrere, das war die These seiner Mutter. Nicht nur eine, sondern viele. So viele, dass er tagelang nicht ans Telefon ging. Vielleicht machte es sein Vater genauso wie er? Er ließ das Telefon im Rucksack, und dann vergaß er den Rucksack im Wagen, und fand das Telefon nicht. Und am nächsten Morgen fühlte er sich schlecht. »Ich habe drei Wochen für dich reserviert«, hatte er gesagt, das war schon ein paar Monate her. »In den Sommerferien. Ich werde keinen Finger krümmen und nicht arbeiten, und wenn das ganze Land zusammenbricht. Kannst du eigentlich surfen?« Das hatte er ihn auch gefragt, fiel ihm ein. »Hast du Lust, es zu lernen?« Benjamin schaute dem Telefonkartenverkäufer hinterher. Er hielt das Mini-Akkordeon jedem entgegen, der an ihm vorbeikam. »Wir gehen surfen«, hatte sein Vater gesagt. »Ich wollte es immer schon lernen.« Und dann musste Benjamin an das Windhundrennen in Dublin denken. Wie er mit seinem Vater an einem einzigen Abend fünfhundert Euro verloren hatte. Seine Mutter hatte das niemals erfahren. Sie hatten auf die falschen Hunde gesetzt. Aber es war einer der schönsten Abende seines Lebens gewesen. Fünfhundert Euro. »Das ist dieser Scheißhund, der Maggie Thatcher heißt. *Du* hast doch auf ihn gesetzt. Das ist doch deine Schuld«, hatte sein Vater gesagt, und dann hatten sie ein Glas Guinness getrunken. Benjamin hatte das Gefühl gehabt, er müsste kotzen, aber sein Vater hatte seinen Kopf gehalten und gesagt: »Kein Wort an deine Mutter. Und Kotzen kannst du morgen. Wenn sie das rauskriegt, dann bringt sie uns um. Dich auch. Da kannst du Gift drauf nehmen.« Sie liefen weiter die Straße entlang. Vor einem größeren Gebäude, das ausnahmsweise aus Stein gebaut und von einem hohen Metallzaun umgeben war, stand ein Mann und fegte den Staub von einer Steinplatte. Benjamin schaute an dem Mann vorbei auf das Grundstück. Es waren die ersten Weißen, die er sah, seitdem der alte Fourier bei Mark International aufgetaucht war. Einige trugen bunte traditionelle Gewänder. Sie schoben blaue und weiße Stühle zu einem Kreis zusammen, während der Mann weiter den Eingang fegte. Vielleicht war das einer der Kurse über Trauma und Transformation, von denen Niniplu ihm erzählt hatte. Und die etwas dicke weiße Frau in dem gelbgrünen Gewand, die einen Flipchart hin- und hertrug und einen Platz im Schatten suchte, war eine Transformationstrainerin. Eine Frau, die gekommen war, um den anderen Frauen zu helfen. Benjamin blieb stehen und schaute auf das Grundstück. Der Rasen war so ordentlich gemäht und die Steinwege hinter dem Metallgitterzaun waren so gepflegt, wie er es auf seiner ganzen Reise noch nirgendwo gesehen hatte. Ob es so etwas nur in Gbarnga gab? Ein Ort des Friedens und der Transformation? Er drehte sich nach dem Telefonkartenverkäufer um. Er war auch stehengeblieben.

»Warte«, sagte er zu Bo. »Ich kaufe eine Scratchcard.« Der Telefonkartenverkäufer war noch ein paar Meter entfernt. Er unterhielt sich mit einer Frau. Sie hatte ein Huhn in der Hand, und sie hielt es genauso wie die Frau im Jeep. Sie hielt es an den Füßen, und sie kümmerte sich nicht darum, dass das Huhn wegzufliegen versuchte.

»Gib mir etwas von dem Geld«, sagte Benjamin.

Bo schwieg.

»Ich glaube nicht, dass er ein Betrüger ist«, sagte Benjamin.

Bo hob den Kopf. »Außerirdischer«, sagte er langsam. »Ich habe eine ... andere Idee. Möchte der Außerirdische nicht zu seinem *alten* Plan zurückkehren?«

»Mein alter Plan?«

»Ja. Willst du nicht dem alten Plan die Treue halten?«

»Aber wieso ... Du hast doch gesagt, ich soll anrufen.« Benjamin schaute zu dem Telefonkartenverkäufer. Er unterhielt sich noch immer mit der Frau, die jetzt größere Schwierigkeiten hatte, das Huhn festzuhalten, weil es immer heftiger flatterte. »Aber was ist denn der *alte* Plan überhaupt?«, fragte er.

»Hast du es schon wieder vergessen?«

»Willst du damit sagen, ich soll meine Mutter nicht anrufen?«

»Deine Mutter muss sich vielleicht ausruhen. Sie hat so oft deine Nummer gewählt, dass sie erschöpft ist. Sie ruht sich aus. Sie hat all diese Nummern im Kopf. Mit der langen, endlosen Vorwahl. Der Außerirdische hat selbst von der langen Vorwahl gesprochen, die er wählen muss, wenn er zum Beispiel mit seinem Vater sprechen will.«

»Ja, aber das ist von Berlin aus. Wenn ich von Berlin aus anrufe, dann muss ich eine Billigvorwahl wählen. Deswegen ist die Nummer so lang.«

»Wir fahren zum Wasserfall«, sagte Bo plötzlich.

»Jetzt?«

»Ja, wir fahren zum Wasserfall und ruhen uns aus.«

Benjamin schaute auf die gegenüberliegende Straßenseite, zu dem Tor und dem gusseisernen Zaun, hinter dem die kurzgeschorene Rasenfläche zu erkennen war. Die Leute, die an dem Kurs teilnahmen, schoben die Stühle hin und her. Sie bildeten einen Kreis aus blauen und weißen Stühlen. Auf der einen Seite waren die blauen und auf der anderen Seite die weißen Stühle. Bis auf den Mann, der den Eingang sauberfegte, waren es alles Frauen. Sie beschäftigten sich mit den Stühlen. Sie schoben sie hin und her, als suchten sie nach dem richtigen Platz für sie.

»Sie wird noch mal anrufen, deine Mutter«, sagte Bo ganz ruhig. »Ich bin ganz sicher. Ich spüre es. Es ist besser, wenn wir am Wasserfall sind und uns ausruhen können. Es ist wunderschön ... Ich kenne den Ort. Es ist ein guter Ort. Und es ist ein Ort, der uns helfen wird, darüber hinwegzukommen.«

»Hinwegzukommen ... Aber was meinst du denn?«

Bo nahm die Hände aus dem Mantel und öffnete ihn. Er hielt ihm die Innenseiten des Mantels entgegen und sagte mit leicht schiefgelegtem Kopf ganz leise:

»Es ist weg ... Wir sind ausgeraubt worden.«

9.

Sie waren schon auf dem Weg zum Wasserfall, als Benjamin plötzlich ein Gedanke kam: Es war Edward. Obwohl er sich nicht erklären konnte, wie er überhaupt darauf kam. Hatte Edward es denn so nötig, jemand anderem etwas wegzunehmen? Aber das schien Benjamin jetzt die einzige Erklärung. Und dann dachte er noch: Warum ist er dann noch hier? Warum ist er nicht längst abgehauen? Diese beiden Gedanken standen offensichtlich miteinander in Verbindung. Vielleicht dachte er das auch nur, weil er nicht einfach auf dem Motorrad sitzen und nichts denken konnte. Bo saß hinter Benjamin, er hielt ihn umklammert, und Benjamin umklammerte den Jungen, der das Motorrad fuhr. Der Fahrer trug einen silbernen Motorradhelm mit einem Visier aus Plexiglas. Er nahm seinen Helm nicht ab. Weder als sie mit ihm darüber verhandelten, wie sie ihn später bezahlen würden, und auch nicht, als er sie an dem Parkplatz abgesetzt hatte, wo der Weg zum Wasserfall begann. Sein Kopf bewegte sich kaum, während er Ja oder Nein sagte. Warum hatte es Edward getan? Und hatte er es wirklich getan? Benjamin war froh, dass der Weg zum Wasserfall durch den Wald führte und sie die ganze Zeit im Schatten gehen konnten.

»Es tut mir leid«, sagte Bo. »Ich hätte besser aufpassen sollen. Aber letzte Nacht war ich plötzlich müde. Furchtbar müde.«

»Es ist meine Schuld.«

»Was tun wir jetzt bloß?«

Benjamin wusste keine Antwort. Sie liefen auf einem schmalen Pfad durch den Wald. Der Wald war so dicht, dass kaum Sonnenstrahlen hindurchkamen. Das wenige Licht, das es bis zum Boden schaffte, bildete kleine, helle Punkte, wie Regentropfen, die sich in den Boden gebrannt hatten. Trotzdem war es sehr warm. Bo schwitzte. Er trug den Mantel, während sich Benjamin den Rucksack umgeschnallt hatte. Er bekam plötzlich Hunger. Seit dem Aufbruch am Morgen hatten sie nichts mehr gegessen. »Es ist besser, wenn du eine Weile nichts isst«, sagte jetzt die innere Stimme. »Sonst wirst du nur müde und schläfrig ...« Benjamin ging weiter. Der Weg stieg leicht an. Aber es war nicht so steil, dass es anstrengend gewesen wäre. Sie liefen an dem Fluss entlang. Bo hatte gesagt, sie würden den Wasserfall nach einer halben Stunde erreichen.

»Glaubst du, dass er es war?«, fragte Benjamin. Auf einmal war der Pfad unterbrochen. Ein kleiner Seitenarm des Flusses durchschnitt den Weg. Sie mussten über einen Baum balancieren, der mit Moos und Sträuchern bewachsen war.

»Ich glaube nicht«, sagte Bo.

»Warum nicht?«

»Edward würde so etwas nie tun«, antwortete Bo.

Sie standen am Ufer des Flusses. Er war nicht sehr breit. Man hätte beinahe rüberspringen können. Aber Benjamin wusste, dass Bo das nicht schaffen konnte.

»Wieso hat es denn niemand gemerkt ... Wusste Brilliant eigentlich von dem Geld?«

»Brilliant?«

»Hast du es ihr gesagt?«

»Nein.«

»Wir müssen über den Fluss«, sagte Benjamin. »Kannst du über einen Baum balancieren?«

Bo knöpfte den Mantel zu. Dann nickte er. Benjamin schaute auf die andere Seite. Es war eigentlich ganz einfach, aber er wusste nicht, wie Bo hinüberkommen sollte. Nebeneinander konnten sie nicht gehen. Wenn er rückwärts gehen und Bos Hand halten würde, war die Gefahr groß, dass er selbst fallen würde. Der Baum sah sehr glitschig aus. Und wenn er mit dem Telefon in den Fluss fallen würde, dann wäre die einzige Verbindung zur Außenwelt, die er noch hatte, abgeschnitten. Er dachte: Wenn ich ausrutsche und in den Fluss falle und das Telefon kaputt geht, dann bedeutet das Unglück, und es wird etwas ganz Furchtbares passieren.

»Was soll ich mit dem Telefon machen ...«, sagte er zu sich selbst.

»Mach dir keine Sorgen um mich«, sagte Bo.

»Natürlich mache ich mir Sorgen um dich«, sagte Benjamin. »Du bist mein Freund.«

»Oh«, sagte Bo. »Der Außerirdische spricht in einer schönen Sprache. Warum springen wir nicht einfach über den Fluss?«

Einen Moment standen sie da. Es war heiß und sie schwitzten. Obwohl er an nichts anderes denken konnte als daran, was mit dem Geld passiert sein konnte, gab seine innere Stimme keine Ruhe: »Ich weiß ehrlich gesagt nicht, was du bei dem Wasserfall eigentlich willst? Meinst du, du musst dich ein bisschen ausruhen? Wessen Idee war das, hierherzukommen?«

»Ja«, antwortete Benjamin im Stillen. »Ich möchte mich ein bisschen ausruhen.« »Toll«, sagte die innere Stimme. »Toll, dass du dich ausruhen willst.«

Bo stand neben ihm. Benjamin schaute ein paarmal zu ihm. Bo hatte schon eine Weile nichts mehr gesagt. Er wartete einfach darauf, dass Benjamin etwas einfiel. Dass er eine Idee hatte, wie sie über den Fluss hinüberkommen konnten. »Vielleicht bist du daran schuld«, sagte die innere Stimme. »Hast du schon mal *darüber* nachgedacht?«

Benjamin atmete tief ein. Es war sehr warm. Die Blätter im Wald waren grau und staubig. Der Wald, dachte er in diesem Moment, sieht alt und ungepflegt aus, als hätte sich lange niemand um diesen Wald gekümmert. Überall lag etwas herum, was irgendwo abgebrochen und heruntergefallen war. Wie dieser Baum, der halb überwuchert war und vielleicht ganz zufällig an dieser Stelle umgefallen und liegengeblieben war. Sie standen schon ein paar Minuten vor dem Fluss, als Benjamin auf einmal eine Idee kam.

»Zieh den Mantel aus«, sagte er zu Bo.

»Was willst du tun?«

»Du gehst vor. Du nimmst den Rucksack, und ich kann dich am Griff festhalten, wenn du in die falsche Richtung gehst.«

Im Rucksack war das Telefon. Und obwohl die innere Stimme laut aufschrie und Benjamin befahl, das Telefon herauszunehmen und sich in die Hosentasche zu stecken, ignorierte er sie. Er ließ es im Rucksack. Er zog den Mantel an und ließ Bo vorausgehen. Sie kamen ohne Probleme auf der anderen Seite an.

»Phantastisch. Sollen wir noch mal gehen?«

»Noch mal zurück?«

»Wir üben es«, sagte Bo. »Wir üben das Über-den-Baum-Gehen.«

Sie gingen aber doch gleich weiter. Eine Weile schwiegen sie, und Benjamin musste der Versuchung widerstehen, den Mantel zu durchsuchen. Nach ein paar Metern hielt er es nicht mehr aus. Er ließ sich etwas zurückfallen. Dann knöpfte er den Mantel auf und durchsuchte die Innentaschen. Die linke und die rechte. Aber der Mantel war leer. Er blieb stehen.

»Bo«, rief er. »Sollen wir wirklich zu diesem Wasserfall gehen?«

Bo war schon außer Sichtweite und antwortete nicht. Benjamin zog den Mantel aus. Er wollte ihn wegwerfen, einfach so in den Wald werfen, aber dann klemmte er ihn sich unter den Arm und lief weiter. Er dachte an die alte Frau im Flugzeug, die Frau des Botschafters. Er erinnerte sich daran, wie sie zu ihm gesagt hatte, man könne in Liberia gar nicht sterben. Wenn man weiß war, hatte sie gesagt, dann könne das nicht passieren. Als Weißer stirbt man hier nicht. Was sie wohl damit hatte sagen wollen, fragte er sich. Bedeutete das, dass man sich sicher sein konnte, dass man vor nichts Angst zu haben brauchten? Er lief weiter. Der Weg stieg an, es war nur ein schmaler Pfad, der sich durch den Wald schlängelte. Ob sie bald da waren? Von Bo war nichts zu sehen. Und obwohl Benjamin jetzt zu laufen anfing, hatte er nicht die geringste Angst, dass Bo vielleicht weg sein könnte.

Ungefähr zur gleichen Zeit weckte Edward Brilliant wie vereinbart. Edward hatte selbst auch eine Stunde geschlafen. Die übrige Zeit hatte er dafür genutzt, zu Hause anzurufen und seiner Schwester zu sagen, dass er außerhalb von Monrovia sei und wahrscheinlich am Abend zurückkommen werde. »Hast du deinen Job zurück?«, hatte seine Schwester gefragt. »Vielleicht«, hatte er gesagt. »Aber noch weiß ich es nicht. Sag Vater, dass ich alles tue, um ihn wieder zurückzukriegen.« Mehr hatte er seiner Schwester nicht sagen wollen. Sie hatte selbst ihre Arbeit als Friseurin verloren und vermutlich deshalb auch nicht weiter nachgefragt, und er war ihr dankbar dafür. Gegenüber Brilliant verschwieg Edward seinen Eindruck, der Mann, den der Priester ihnen geschickt hatte, wäre ein Betrüger. Wir gehen trotzdem mit ihm, hatte er sich gesagt, er bringt uns zu dem Heiler. Brilliant bezahlt ihn, und dann fahren wir wieder zurück. Sie standen schon vor dem Haus, zu dem sie der Mann gebracht hatte, da dachte Edward, dass es vielleicht doch besser gewesen wäre, er hätte etwas gesagt.

»Was?«, rief Brilliant. »Das soll das Haus des Heilers sein?«

Aber jetzt war es zu spät. Edward hätte sich das früher überlegen müssen. Vielleicht war das das Problem in seiner Familie. Sie waren alle etwas langsam. Sie nutzten ihre Gelegenheiten nicht aus. Sie ergriffen ihre Chancen nicht, wenn sie sich ihnen boten. Hatte nicht der alte Mann mit dem Haarkranz ihm einen Job angeboten? Und hatte er ihn nicht nur angeschaut und nichts gesagt? Sein Vater schlief tagsüber. Sein Vater trank Milch. Seine Schwester, die keinen Job mehr hatte, musste für ihn zu dem kleinen libanesischen Supermarkt an der Ecke gehen und Milch kaufen. Was war das für ein Leben? Das Einzige, was ihnen noch geblieben war, war die Hoffnung, dass Brilliant einen guten Heiler fand. Und dass sie dann endlich Ruhe geben würde und sie nach Monrovia zurückfahren könnten.

»Soll ich ihn anrufen?«, fragte Edward.

»Wen?«

»Den Priester.«

»Ich will keinen Priester«, sagte Brilliant. Sie schaute auf das Haus. Es war ein kleines Steinhaus mit einer Eisentür und einem hellblauen, verwitterten Anstrich. Niemals, dachte sie, ist das das Haus des Heilers. Der Mann, der sie dort hingebracht hatte, war schon verschwunden. Offensichtlich wollte er die Sache so schnell wie möglich erledigt haben.

»Wie viel hast du ihm gegeben?«, fragte sie Edward.

»Zwei Dollar, wie du gesagt hast.«

»Zwei amerikanische Dollar?«

»Ja.«

»Mist ... Misti«, sagte Brilliant und ging auf die Tür zu. »Hab ich dir schon erklärt, dass wir nicht mehr so viel Geld haben? Dass wir ein bisschen haushalten müssen?«

Edward nickte. Er wunderte sich, dass sie von *wir* sprach und so tat, als wäre es ihr gemeinsames Geld und als würde es auch für ihn einen Schaden bedeuten, wenn sie nicht sparsam waren.

»Warte hier«, sagte Brilliant. Sie drückte gegen die Eisentür und trat ein. Sie war nicht abgeschlossen, und das wunderte Edward.

»Aber er hat doch gesagt, wir sollen warten«, rief er noch.

»Ich habe lange genug gewartet«, sagte Brilliant, und dann war sie schon im Haus verschwunden.

Wenn der Heiler im Haus wäre, dann würde sie es schnell hinter sich bringen. Sie hatte genug davon. Sie hatte genug von den Telefongesprächen. Den Verabredungen. Den Vereinbarungen. »Oh«, hatte der Priester gesagt. »Fatah kommt und bringt euch zu Obama, und der vereinbart dann den Termin.« »Obama?«, hatte Brilliant gefragt. Der Priester hatte gelacht. Das sei ein Mittelsmann, der so aussähe wie der amerikanische Präsident. Er heiße zwar ganz anders, aber er würde sich freuen, wenn man ihn Obama nannte. Das sei am besten. Sie sollten Obama zu ihm sagen. Obama hatte aber keine Zeit gehabt und sie warten lassen. Er hatte ihnen einen Termin für den nächsten Tag vorgeschlagen, und dann hatte er

Geld gewollt. Natürlich hatte Brilliant sich so etwas nicht gefallen lassen. Und sie hatte sich deswegen auch nicht mehr damit abspeisen lassen, dass der Heiler den Termin vorbereiten und dass das Haus gereinigt werden müsse. Außerdem müsse der Heiler zuerst essen, hatte Obama erklärt. Es sei ihnen aber zugestanden, ihm dabei Gesellschaft zu leisten. Brilliant hatte genau gewusst, was das hieß, und gesagt, sie habe keinen Hunger. Obama hatte eine Sprite und ein Malzbier getrunken, alles auf ihre Kosten. »Bring mich zu ihm«, hatte Brilliant nach einer Stunde des Wartens gesagt. »Und zwar sofort.« Hier war sie also jetzt. Das Haus war fast leer. Es bestand aus mehreren Zimmern, die alle spärlich eingerichtet waren, nur eines von ihnen war abgeschlossen und mit einem kleinen Vorhängeschloss gesichert. Es ist das falsche Haus, dachte Brilliant. Das ist nicht das Haus, in dem man Flower gefangen hält. Das Haus, in dem sie behandelt wird. Sie dachte an Flowers Mutter. Sie hatte gesagt, es sei ein besonderes Haus. Und man würde es sofort erkennen. Es sei mitten in der Stadt. Aber dieses hier könnte jedermanns Haus sein, und Brilliant war entschlossen, der Sache jetzt endgültig auf den Grund zu gehen. Zu ihrer Überraschung war das Vorhängeschloss gar nicht abgesperrt. Man konnte den Bügel hochziehen und die Tür aufmachen. »Dilettantisch«, murmelte Brilliant. Sie öffnete die Tür und trat ein. Es war niemand da. Sie hatte es sich einfacher vorgestellt. Sie hatte gedacht, sie würden Flower sofort finden, sie würden sie diesen abergläubischen Kurpfuschern aus den Händen entreißen und zurück nach Monrovia bringen. Aber jetzt sah es ganz danach aus, dass sie noch einen Tag länger bleiben müssten. Flowers Mutter hatte gesagt: »Dich hat Gott geschickt. Gott hat dich geschickt, um uns zu helfen.« Und sie hatte gesagt: »Natürlich musst du Flower helfen. Stell dir vor, sie hat sogar ihr eigenes Kino gehabt.«

Wie es wohl wäre, ein eigenes Kino zu haben, dachte Brilliant. Man könnte dann all die Filme zeigen, die man am liebsten mochte. Es wäre hier bestimmt nicht teuer, eins zu kaufen. Und dann stellte sie sich vor, dass ihre Mutter zur Eröffnung nach Liberia kommen würde. Sie würde direkt aus Portland kommen. Und sie würden sich zusammen einen Film anschauen, und danach würde ihr Brilliant das Dorf zeigen. Die Mutter von Flower hatte das Geschenk mit keinem Wort erwähnt. Aber Brilliant wusste, was es ihr bedeutete. So wie sie in den Augen des Lederimperiums das Unglück gesehen hatte, so hatte sie in den Augen der Mutter von Flower das Glück gesehen. Sie hatte versprochen, wiederzukommen, zusammen mit Flower, und dass sie alle ein großes Wiedersehen feiern würden. »Niemand sonst kann das tun«, hatte Flowers Mutter gesagt. »Nur du kannst diesem armen Mädchen noch helfen. Das ist der Weg, den dir Gott vorgegeben hat.« Brilliant schaute sich den Raum an. Er sah schon besser aus. Er sah tatsächlich etwas rätselhaft und eigentümlich aus. Überall standen Geräte, von denen sie beim besten Willen nicht sagen konnte, wozu sie gut waren. Ein großer, senffarbener Kasten stand unter einem Tisch. Er hatte einen Kippschalter, und er sah aus wie eine selbstgebastelte Maschine. An der Wand standen zwei rostige Ventilatoren, und das Fenster war mit einem bunten Tuch abgehängt, so dass nur wenig Licht in den Raum fiel. Er war in ein orangefarbenes Licht gehüllt. Am liebsten hätte sie das Fenster geöffnet, aber sie dachte, es sei vielleicht besser, wenn sie nichts anfasste. Vielleicht war es ja doch das richtige Haus. Das Haus des Heilers. »Der Heiler muss sich erst um das Orakel kümmern«, hatte Obama gesagt. »Das heißt, er muss ein Orakel füttern und sicherstellen, dass es schläft. Wenn es gefüttert ist, dann schläft es. Das andere Orakel muss jetzt noch gefüttert werden. Es war in der Nacht unterwegs und brachte Neuigkeiten. Es kehrte mit Informationen zurück. Aber erst musste der Heiler selbst essen und ausruhen. Er wird am Nachmittag für euch da sein«, hatte Obama gesagt. So war es die ganze Zeit gegangen. Brilliant hatte darauf bestanden, dass sie zu seinem Haus gebracht wurden, um dort auf ihn zu warten. »Sag ihm«, hatte sie zu Obama gesagt, »er soll sich beeilen. Wir haben keine Zeit. Wir müssen nach Monrovia zurück.« Natürlich war sie nicht so dumm gewesen, ihm von Flower zu erzählen. Flower war den Männern hinterhergelaufen, die ihr den Generator weggenommen hatten, aber dann waren sie ihr entwischt. So etwas würde Brilliant nicht passieren. Sie würde ihr Kino lieber mit richtigem Strom betreiben. Den konnte man nämlich jetzt, wie sie von ihrem Onkel wusste, schon vorbestellen. Jedenfalls in Monrovia. Und wenn man den Männern von der Liberia Electricity Corporation genug Geld gab. Auch das Lederimperium würde zur Eröffnung kommen, malte sie sich aus. Ihre Großeltern würden zum ersten Mal seit langer Zeit wieder in ihrer Heimat sein. Wie wäre denn das? Das wäre großartig. Vielleicht würde sie den Film mit den Zwergen zeigen, obwohl das eher ein Film für ihre Mutter wäre. Ihre Mutter liebte Horrorfilme. Aber den Film mit den Zwergen hatten sie nicht zu Ende geschaut, als sie sie das letzte Mal in Portland besucht hatte. Ihre Mutter hatte sogar den Fernseher ausgeschaltet und vorgeschlagen, dass sie doch in die Cafeteria runtergehen und sich ein bisschen unterhalten könnten. Das war sehr ungewöhnlich für sie. Genau an der Stelle, an der es spannend geworden war. Es war zu viel für sie gewesen. Vielleicht lag das an Portland und der neuen Suchtklinik, in der sie untergebracht war. Armes kleines Mutterkind, dachte Brilliant. Armes Mutterdingsbumskind.

Sie stand auf und ging zu einem kleinen, niedrigen Tisch. Ein Schulheft lag aufgeschlagen auf dem Tisch. Sie drehte es um. Es stand etwas darauf, was sie nicht entziffern konnte. Es war furchtbar dreckig. Eine klebrige Schmutzschicht bedeckte die ganze Vorderseite des Heftes. Als hätten schon viele Hände in ihm geblättert und ihre Spuren hinterlassen. Aber es stand kaum etwas drin. Sie legte das Heft wieder zurück. Auf einmal spürte sie einen Luftzug. Es war ein deutlicher Luftzug, der von irgendwoher kam. War das der Heiler? Kam er? Hatte er den Raum schon betreten? Sie drehte sich um, aber es war niemand zu sehen. Auf einmal sah sie, dass über ihr ein Ventilator an der Decke angebracht war. Der Ventilator drehte sich, er war es, der die Luft in Bewegung setzte. Gab es hier Strom? Ein Generator war nicht zu hören. Sie überlegte, ob sie wieder gehen und draußen warten sollte. Zusammen mit Edward. Aber dann wurde sie plötzlich, ohne dass sie sagen konnte, warum, furchtbar wütend. Sie wurde unglaublich wütend. Sie wollte das Heft nehmen und auf den Boden werfen. Sie wollte mit dem Fuß gegen den Ventilator treten. Doch von alledem tat sie nichts. Sie setzte sich auf den Stuhl. Noch niemals in ihrem Leben hatte sie sich mit einer solchen Wut auf einen Stuhl gesetzt. Es war dieselbe Wut, die sie vor ihrer Abreise gehabt hatte. Als sie mit ihrem Großvater zu Barnes & Noble gegangen war. Sie hatten vor dem Buchgeschäft gestanden, und sie hatte sich geweigert, mit ihm in das Geschäft zu gehen. Er wollte ihr ein Buch über Liberia kaufen. »Willst du denn gar nichts wissen über dieses Land?«, hatte er gefragt. »Willst du nichts über deine Mutter wissen? Über das Land, in dem sie aufgewachsen ist?« Sie wollte nicht. Sie hatte sich geweigert. Sie hatte sich sogar geweigert, mit ihrem Großvater nach Hause zu fahren. Er war allein vor Barnes & Noble sitzen geblieben. Brilliant war an den aus Metallgittern zurechtgebogenen Dinosaurierfiguren vorbeigegangen und hatte ihn sitzen lassen. Da hatte er gesessen. Das Lederimperium. Es trug Wildlederschuhe. Und sie war einen Donut essen gegangen. Einen Boston Cream Donut. Etwas, das es in Liberia nicht gab. Das hatte sie gewusst. Dafür brauchte sie nicht extra hinzufahren. »Warum fährst *du* denn nicht nach Liberia?«, hatte sie zu ihrem Großvater gesagt. Das hatte ihn getroffen. Sie hatte es gesehen. Sie wusste, dass sie gut darin war, ihren Großvater, den berühmten Psychiater Phillip W. Johnson, bis ins Mark zu treffen und ihm das Leben zur Hölle zu machen. »Warum hast du das getan?«, hatte ihre Großmutter später gefragt. »Warum hast du ihm das angetan?« Natürlich hatte sich nichts über Liberia gelesen. Wozu auch? Ihre Mutter war ja auch nie zurückgekehrt. Ihre Mutter hatte niemanden verraten, sie hatte an keinem Putsch teilgenommen, sie war noch fast ein Kind, als es für ihre Großeltern zu gefährlich geworden war und sie deshalb geflohen waren. Mit ihrer Mutter war es in Amerika nur noch bergab gegangen. Eine Weile hatte sie noch in einer Band gesungen, aber dann hatte die Band sie rausgeworfen. Sie hatte es überall versucht, und dann war sie schließlich in Portland gelandet. Selbst bei einem so harmlosen Film wie *Wenn die Gondeln Trauer tragen* musste sie sich die Hände vors Gesicht halten. Sie konnte den Anblick der Zwergin nicht ertragen. Donald Sutherland verfolgte sie durch das Labyrinth von Venedig, bis er sie endlich gefunden hatte. Dann drehte sie sich um. Die Zwergin mit der Kapuze. Ihre Mutter hatte es nicht ausgehalten. Aber Brilliant hatte hingeschaut, sie hatte ihren Blick nicht abgewandt. Sie hatte die Zwergin direkt angeschaut, direkt in die Augen. Sie stand wieder auf. Sie musste sich noch einmal hinsetzen. Noch einmal, aber mit noch größerer Wut. Noch einmal, mit aller Kraft, die ihr zur Verfügung stand. »Wenn das

Orakel gefüttert ist, dann wird er zu euch kommen. Nicht alle Orakel können gefüttert werden, aber er wird für euch eine Lösung finden«, hatte Obama gesagt. Sie hatte es eine Weile ganz lustig gefunden. Sie war sogar ein bisschen neugierig darauf gewesen, wie das Orakel wohl aussehen würde. Falls es ihr der Heiler denn zeigen würde. Sie setzte sich wieder hin. Sie würde sitzen bleiben. Sie würde so lange warten, bis er kam. Sie würde in diesem Raum bleiben, bis etwas passieren würde, und wenn es den ganzen Tag und die ganze Nacht dauerte. Sie schloss die Augen. Sie dachte an die Frau aus dem Dorf. Sie dachte an das Mädchen mit dem WICKED-PICTURES-T-Shirt, das sie zu Flowers Mutter geführt hatte. Als alle Kerzen heruntergebrannt waren, hatten sie immer noch weitergesprochen. »Ich muss dir noch etwas erzählen«, hatte Flowers Mutter gesagt. »Du bist gekommen, und ich werde dir alles sagen.« Brilliant war aufgestanden, und dann hatte Flowers Mutter gesagt: »Warte einen Moment. Das, was die Leute sagen ... Das stimmt nicht. Es sind alles nur Lügen. Es sind Lügen, die die Leute sich ausgedacht haben, weil sie die Wirklichkeit nicht ertragen. Das musst du mir glauben, mein Kind.« Und dann hatten sie sich umarmt. Brilliant hatte ihr das Geschenk schon gegeben. Sie hatte extra darauf gewartet, bis die Kerzen heruntergebrannt waren und es ganz dunkel geworden war. Sie hatte eigentlich gewollt, dass Flowers Mutter es erst am nächsten Morgen sehen würde und sich darüber freute, wenn Brilliant schon wieder weg und schon weitergefahren war. Aber dann hatte sie es doch nicht ausgehalten und hatte es ihr einfach so gegeben.

10.

Nach ein paar Metern hatte Benjamin Bo wieder eingeholt. Durch die Blätter der Bäume konnte man den Wasserfall jetzt schon sehen. Bo wollte aber, dass sie noch weitergingen.

»Es gibt einen See«, sagte er. »Du musst darauf achten, ob du einen See entdecken kannst.«

»Einen See, aber wir sind doch an einem Fluss.«

»Ja, aber an einer Stelle gibt es einen See. Da kann man ins Wasser.«

»Bist du sicher?«, fragte Benjamin. »Bist du schon mal drin gewesen?«

»Nein, aber ich weiß, dass es ihn gibt. Du wirst schon sehen. Es ist wunderschön, und es ist wie ein See.«

»Also ist es jetzt ein See oder nicht?«

»Es fühlt sich an wie ein See.«

»Also gut«, sagte Benjamin, und sie gingen weiter. Nach ein paar Minuten hatten sie die Stelle gefunden. Es war eine Lichtung, und hier war tatsächlich eine Art kleiner See. Das Wasser hatte sich zwischen den Felsen gestaut, und man konnte ohne Gefahr schwimmen. Benjamin zog seine Kleider aus und ging sofort ins Wasser. Es war eiskalt.

»Es ist gigantisch«, sagte Benjamin. »Kommst du nicht mit rein?«

»Ich halte Wache. Falls der See wegschwimmt.«

»Aber er schwimmt nicht weg.«

Bo zog den Mantel aus und legte ihn auf die Steine. Er lag jetzt neben Benjamins Hose. Inzwischen waren einige der Metallmonde und -sterne abgefallen. Aber Benjamin hatte sich jetzt an die Hose gewöhnt, es war seine liberianische Hose, und er konnte sich nicht vorstellen, jemals wieder eine andere anzuziehen.

»Soll ich dir von gestern Nacht erzählen?«

»Du musst erst schwimmen«, sagte Bo.

»Man kann hier gar nicht richtig schwimmen. Aber es ist toll.«

»Man kann nicht schwimmen?«

»Nicht richtig ... Willst du nicht wissen, was letzte Nacht passiert ist?«

»Doch«, sagte Bo. Er hatte seine Hände ins Wasser getaucht, und für einen Moment sah es aus, als wollte er einen Kopfsprung machen, aber dann badete er nur seine Fingerspitzen.

»Also ja oder nein? Willst du es nun hören oder nicht?«

»Wenn ich ehrlich bin, ehrwürdiger Außerirdischer ... Ich ziehe vor, es nicht zu hören.«

»Nein? Warum nicht?«

»Ich ziehe es eben einfach vor.«

»Komm rein ... Ich erzähle es dir«, sagte Benjamin und tauchte unter. Das Wasser war so klar, dass man jeden einzelnen Stein sehen konnte. Benjamin versuchte die Steine mit seinen Fußspitzen zu berühren, aber es war schwierig, sie zu treffen. Als er auftauchte, hatte Bo seine Hände wieder aus dem Wasser gezogen.

»Ich habe die ganze Zeit gedacht, ich erzähle es dir dann später. Es ist irre ...«

»Ist es das?«

»Ja.«

»Du erzählst es mir, wenn wir zurück sind. Wenn wir wissen, was mit dem Geld ist.«

»Ach, das ist jetzt egal. Es ist nicht mehr zu ändern.«

Bo schüttelte den Kopf. »Wir fahren lieber zurück und finden es heraus.«

Benjamin tauchte wieder. Wenn er den Kopf unter Wasser hielt, fühlte es sich so an, als würde er unter einem Gletscher tauchen und im Inneren eines gigantischen Hohlraums Luft schöpfen.

»Ich erzähle es dir«, sagte er, als er wieder aufgetaucht war. Er schwamm ein paar Meter zu Bo herüber.

»Schwimmst du?«

»Nur ein bisschen.«

»Also schwimmst du doch.«

»Ja, aber nur ein bisschen ... Das kann man wirklich nicht schwimmen nennen. Dein See ist viel zu klein ... Aber es ist toll. Es ist das Beste, was wir tun konnten.«

»Es freut mich.« Bo richtete sich auf. Er bekam einen ganz feierlichen Gesichtsausdruck und hob den Kopf. Der Himmel hatte sich jetzt zugezogen, und die Sonne war hinter einer dichten Schicht Wolken verborgen.

»Sie hat zuerst gesagt, dass ...«

»Ah, du willst von ihr erzählen. Du willst doch von der Nacht erzählen.«

»Jetzt tu doch nicht so, als würde es dich nicht interessieren.«

»Wir haben das Geld verloren, weil ich nicht aufgepasst habe. Es ist meine Schuld«, sagte Bo auf einmal. »Es ist nicht gut, wenn wir darüber sprechen. Wir schweigen darüber. Wir müssen erst zurück. Du erzählst es mir später.«

Benjamin war erstaunt. »Wirklich?«

Bo nickte.

»Du glaubst, dass es nicht gut ist?«

»Es ist nicht gut«, erwiderte Bo.

Auf einmal wollte Benjamin fragen, was eigentlich mit der Familie von Bo war. Wo sie jetzt war, wo sie jetzt lebte und warum er gar nicht mehr von ihnen sprach. Aber dann sah Benjamin, wie Bo dastand: Wie eine Statue. Wie jemand, der sich in Stein verwandelt hatte. Wie ein Denkmal, dem man

Respekt erweisen musste. Und dann entschied sich Benjamin, ihn nicht zu fragen.

»Es ist schon okay mit dem Geld«, sagte Benjamin. »Es hat uns ja sowieso nicht gehört.«

Bo nickte. Er tauchte wieder seine Hände ins Wasser. Nach einem kurzen Moment holte er sie wieder heraus und roch an ihnen. »Es riecht nach gar nichts.«

»Es ist Wasser, oder?«

»Hast du sie geküsst?«, fragte Bo plötzlich.

»Aber ich soll doch darüber nichts sagen«, rief Benjamin. Er stieß sich von dem Felsen ab, an dem er sich festgehalten hatte, und schwamm ein paar Meter weg.

»Ich bin neugierig. Du kannst mir ja einen Teil erzählen, und ich behalte ihn dann für mich.«

Benjamin lachte.

»Warum lachst du?«

»Komm ins Wasser, dann erzähle ich es dir.«

Bo hob den Kopf. Er blieb aber am Rand stehen und machte keine Anstalten, sich auszuziehen.

»Es war ... Also es war ...« Benjamin balancierte auf einem Stein, der unter der Wasseroberfläche rötlich schimmerte. Ein schmaler, weißer Streifen teilte ihn in zwei Hälften. Er versuchte, ihn mit dem Fuß etwas zu bewegen, aber dann rutschte er ab und tauchte unter. Es war auf einmal gar nicht mehr so kalt. Er hatte sich an die Temperatur gewöhnt. Erst hatte er gedacht, er könne es nur ganz kurz aushalten und müsse gleich wieder raus. Er schwamm ein paar Meter zurück zum Felsen und spritzte Bo nass.

»He«, rief Bo. Er bückte sich vorsichtig, tat aber nichts und grinste nur.

»Schwimmst du?«, fragte er.

»Ja. Ich schwimme.« Benjamin riss wieder die Arme hoch

und spritzte Wasser in Bos Richtung. Da bemerkte er etwas an seinem Arm. Ein Tier oder eine Verletzung. Er suchte nach einem festen Stand, stellte sich auf einen größeren Stein und betrachtete seinen Arm. Auf seinem Arm war etwas. Er brauchte einen Moment, bis er verstand, worum es sich handelte. Auf seinem Arm stand die E-Mail-Adresse von Niniplu. Sie musste sie in der Nacht auf seinen Arm geschrieben haben, und er hatte nichts davon bemerkt. Sie stand auf der Unterseite seines Armes, knapp über dem Ellbogen. Er konnte sich nicht mehr daran erinnern, wann das passiert war. Sie hatte ihm von Flowers Kind erzählt, und er war eingeschlafen, als sie ihm erklärt hatte, wie es passieren konnte, dass das Kind von Flower im Fluss ertrunken war. Es war derselbe Fluss, in dem er jetzt schwamm. Das Kind war nur wenige Wochen alt geworden. Flower hatte es getötet, weil sie es nicht mehr ausgehalten und für den Bruchteil einer Sekunde den Verstand verloren hatte. Eigentlich war es nie richtig zur Welt gekommen.

»Wo schwimmst du hin?«, rief Bo.

Benjamin schaute seinen Arm an.

»Nirgendwohin«, sagte er. Kurze Zeit später kletterte er aus dem Wasser und zog sich an.

Sie blieben noch ein paar Minuten sitzen. Nur der Wasserfall war zu hören. Benjamin fror etwas. Er wartete darauf, dass die Sonne wieder herauskam, aber es zog sich immer mehr zu. Die Wolken schoben sich übereinander, und immer dunklere tauchten auf. Einen so dramatischen und dunklen Himmel hatte er in Liberia noch nie gesehen. Eine Weile lag er auf dem Felsen. Der Stein war sehr warm, und er wäre gern noch länger geblieben, aber dann fing es zu regnen an, und sie brachen auf. Kurz bevor sie die Stelle erreicht hatten, wo sie den Fluss überqueren mussten, blieb Benjamin stehen.

»Wir lassen den Mantel hier. Wir brauchen ihn jetzt nicht mehr.«

»Was willst du mit ihm machen?«, fragte Bo.

»Wir lassen ihn einfach hier im Wald.«

Bo nickte. Sie liefen noch ein paar Meter, dann zog Bo den Mantel aus und legte ihn auf den Boden.

»Hier?«, fragte er.

Benjamin sah sich um. »Glaubst du, dass es eine gute Stelle ist?«

»Jede Stelle ist gut. Wir können überall Abschied von ihm nehmen. Ich gebe ihn dir, und du legst ihn irgendwo hin. Du schenkst ihn dem Wald. Es ist egal, wohin du ihn legst.«

»Aber ich kann ihn doch nicht einfach irgendwohin legen.«

»Doch.«

»Ich lege ihn hierhin.« Benjamin bückte sich und legte den Mantel neben den Weg. Aber da sah er, dass an dieser Stelle unzählige Ameisen über den Weg liefen. Sie liefen von links nach rechts über den Pfad und verschwanden im Dickicht. Er richtete sich auf. Einige der Ameisen liefen jetzt an seinen Beinen hoch. Er spürte, wie sie seine Unterschenkel erreichten und die ersten schon bis zu seinen Knien gekommen waren.

»Beißen sie?«

»Wer?«

»Die Ameisen?« Bo lachte. »Hast du den Mantel hierhin gelegt?«

»Ja.«

»Lass uns gehen.«

»Aber hier sind überall Ameisen.«

»Das ist gut. Dann fressen sie die Hülle der Botschafterin auf. Der Wald hat das Geschenk schon angenommen.«

Benjamin klopfte seine Hosenbeine ab. In der Zwischenzeit waren noch andere Ameisen an ihm hochgelaufen. Es waren sehr große Ameisen. Er hatte noch nie in seinem Leben so große gesehen. Er griff nach einer von ihnen, die über seinen Ellbogen hinunter zu seiner Hand lief. Er konnte sie noch nicht einmal zerdrücken, so robust waren sie.

»Wir müssen weg«, sagte Benjamin.

»Wir können sofort zurückfahren. Auf dem schnellsten Weg«, sagte Bo.

»Aber wie willst du das denn machen? Willst du nicht mit dem Priester zurückfahren? Er fährt doch auch zurück.«

»Es ist besser, wenn wir allein zurückfahren«, sagte Bo. Er ging jetzt sehr schnell. Er tastete sich an den Bäumen vorbei, ein paarmal stieß er gegen einen Baum, aber das irritierte ihn nicht. Er beschleunigte seine Schritte sogar. »Ich werde sie fragen, was mit dem Geld passiert ist.«

»Wen?«

»Brilliant.«

»Brilliant? Glaubst du, *sie* hat das Geld genommen?«

»Ja, es ist mir gerade eingefallen.«

»Aber warum denn?«

»Ich weiß, warum. Wir fahren zurück. Und es ist besser, wenn wir sie nicht mitnehmen und allein fahren.« Bo lief noch schneller. Benjamin hatte Mühe, ihm zu folgen. Als sie den Fluss erreicht hatten, wäre er beinahe hineingefallen, wenn Benjamin ihn nicht gewarnt hätte.

II.

Bo fühlte sich sehr leicht. Er schwebte. Der Außerirdische war eine Feder. Er konnte ihn in die Hand nehmen und tragen. Er schwieg. Er war auf einmal ein nachdenklicher und friedlicher Außerirdischer. Der Ausflug hatte Bo gefallen. Er fühlte diese Leichtigkeit zum ersten Mal, als sie den Parkplatz erreicht hatten. Der Motorradfahrer, dem er so viel Geld versprochen hatte, war weg. Vielleicht waren sie auch zu früh am vereinbarten Treffpunkt angekommen und müssten auf ihn warten. Es war sonst niemand da, außer einem Jeep, der nach ihnen gekommen war. An manchen Tagen saßen hier viele Leute und schauten dem Fluss zu, wie er nach seinem abenteuerlichen Sturz vom Berg hinunter hier unten ankam und friedlich über die niedrigen Felsen floss, auf denen man sitzen und ausruhen konnte.

»Außerirdischer«, sagte Bo. »Geht es dir besser?«

»Ich fühle mich schlecht, weil ich meine Mutter nicht angerufen habe.«

»Du bist in guten Händen. Das ganze Land beschützt dich. Ich habe gestern meine Rede ausprobiert, und ich habe beschlossen, sie damit zu beenden, dass eine große Zeit des Friedens angebrochen ist. Ich werde die Präsidentin daran erinnern, wie die UN gekommen ist und wir unsere Waffen eingetauscht haben, und danach hat niemand mehr gekämpft und niemand mehr geschossen.«

»Und jetzt gibt es keine Waffen mehr?«

»Es war der große Entwaffnungsprozess. Manche haben auch die Waffe ihres Bruders oder die Waffe des Nachbarn abgegeben, um die Entschädigung zu kassieren ... Habe ich dir davon erzählt, dass wir damals Okogo kennengelernt haben?«

»Nein.« Der Außerirdische blieb stehen. Er hatte irgendetwas gesehen, was ihn interessierte. Bo nahm an, dass es der Jeep war. Er war noch warm, und der Motor tickte leise vor sich hin, wie eine teure Armbanduhr, die ihr Besitzer im Gras liegengelassen hatte.

»Okogo war Soldat«, fuhr Bo fort. »Er gehörte auch zu den Friedenstruppen. Aber als wir ihn kennengelernt haben, war er schon kein Soldat mehr. Du darfst ihn aber darauf nicht ansprechen. Er tut immer so, als wäre er nie Soldat gewesen.«

Der Außerirdische hatte sich umgedreht und schaute zum Jeep.

»Ich kenne ihn doch gar nicht.«

»Das stimmt. Ich habe ihn dir noch nicht vorgestellt. Aber ich werde ihn dir noch vorstellen. Ich glaube, er weiß selbst nicht mehr, dass er einmal Soldat war.«

»Ist er ... dein Vater?« Der Außerirdische zog die Nase hoch.

Bo lachte. Immer wieder überraschte ihn der Außerirdische mit seiner Dummheit. Es war eine Dummheit, die vom Himmel gefallen war, und er und Max waren zum Glück gekommen und hatten sie aufgehoben. Jetzt trug er den Außerirdischen mit sich herum. Den Mantel hatten sie schon hinter sich gelassen. Sie würden weiterlaufen und immer weiterlaufen. Der Pen-Pen-Junge, der das Motorradtaxi gefahren hatte, war nirgendwo zu sehen. Im Notfall würden sie zu Fuß weiterlaufen. Und sie würden noch mehr verlieren. Schon auf den letzten Metern hatte der Außerirdische ein kleines Gummistück verloren. Es war ein Stück von seinem Turnschuh. Es war abgebrochen, und der Turnschuh sah jetzt so aus, als hätte ein Tier, während sie durch den Wald gelaufen waren, an ihm seinen Hunger gestillt. Eine Weile war der Außerirdische deswegen schlechter Laune gewesen, aber dann hatte er sich wieder beruhigt.

»Wir könnten Okogo einmal mitnehmen. Er geht gerne spazieren. Wenn man Glück hat, begleitet er einen und zeigt einem die Stadt, und dann kommt er richtig in Fahrt und erzählt einem alles.«

»Mmh«, machte Benjamin. Er ging einen Schritt auf den Jeep zu.

»Ist es weit bis nach Schwedianien?«, fragte Bo. Der Außerirdische zog wieder die Nase hoch. Hatte er Schnupfen? Oder war das ein Zeichen, dass er die Luft genoss und in sich aufsaugte, die hier um den Wasserfall herumwirbelte und wild in den Himmel aufstieg?

»Sehr weit«, sagte Benjamin. »Schau dir den Jeep an. Der ist total mit Matsch bedeckt.«

»Wie weit denn?«

Der Außerirdische ging noch näher an den Jeep heran.

»Ich weiß nicht ... Guck mal. Sogar die Scheiben sind voller Matsch ... Wieso fragst du?«

»Ich finde, wir sollten hinfahren. Wir sollten uns das mal anschauen.«

»Schwedianien?«

»Man kann nur mit dem Raumschiff hin, oder?«

Benjamin zog wieder die Nase hoch.

»Ja«, sagte er und schaute in den Jeep.

Bo dachte an Schwedianien. Nicht dass er eine Vorstellung davon hatte, wo es war und wie es aussehen könnte. Es war bestimmt nicht so wie mit der Schwedin, die ihr Fell, ihre teure Rheuma-Decke, in Liberia bei Max im Taxi zurückgelassen hatte. Sie hatte sich in seine große Schwester verliebt. In Ghana hatte sie ihm das erzählt, und dass die Schwedin jetzt immer bei ihr anrief und mit ihr telefonieren wollte. »Soll ich dir eine Brille kaufen?«, hatte seine Schwester auf dem Markt in Accra gesagt, und dann hatten sie furchtbar gelacht. Die Brille, die ihm Brilliant im Exclusive geschenkt hatte, hatte er im Hotel verloren. Ob er zurückgehen und sie suchen sollte, später, wenn er wieder zurück war? »Sie hat mich eingeladen. Sie will, dass ich zu ihr komme«, hatte seine Schwester gesagt. »Nach Schweden!« Und dann hatten sie noch mehr gelacht. Die Vorstellung, dass seine Schwester die dicke Schwedin in Schweden besuchen und sich ein Fell um den Bauch legen würde, fanden sie einfach zu komisch, und dann hatten sie sich zwei Tüten mit Planties gekauft und sie beide aufgegessen.

»Es dauert ewig«, sagte der Außerirdische jetzt. »Man muss ein besonderes Schiff nehmen. Es heißt Generationenschiff.«

»Aha«, murmelte Bo und trat jetzt auch an den Jeep heran. Er roch nach Öl und Schlamm, als wäre er eine Weile unter der Erde gefahren und jetzt wieder aufgetaucht.

»Und außerdem kannst du nicht alleine fahren. Also ich meine, die Astronauten können nicht ...«

»Sie können nicht alleine fahren?«, fragte Bo. Er verstand nicht, was der Außerirdische damit meinte.

»Er ist von Médecins du Monde.«

»Der Jeep?«

»Ja, Barneby hat auch bei Médecins du Monde gearbeitet. Das steht im Tagebuch. *Was würde ich dafür geben, wenn ich wieder in Gbarnga bei Médecins du Monde arbeiten könnte*, hat er geschrieben. Ich kann mich daran erinnern, weil ich gedacht habe: er arbeitet doch in Monrovia. Aber dann wurde mir klar, dass er von der Zeit *davor* geschrieben hat ...«

»Ist jemand drin?«, fragte Bo.

»Nein.« Benjamin wischte mit der Hand über eines der Seitenfenster, um hineingucken zu können. »Jedenfalls ... Du fährst los, aber du kommst nicht an. Es ist einfach zu ...«

»Und deswegen nimmst du jemanden mit. Sonst wird es zu langweilig. Du brauchst Unterhaltung und Ablenkung, oder?«

»Nein, das ist es nicht. Du musst ... Also, wenn du Astronaut bist ... Du musst Nachkommen zeugen. Verstehst du? Also, du musst zum Beispiel eine Frau mitnehmen, weil ...« Der Außerirdische wischte weiter über die Autoscheibe. Etwas erregte seine Aufmerksamkeit.

»Also ist es sehr weit«, sagte Bo. »Und wir müssen jemanden mitnehmen, wenn ich richtig verstanden habe?«

»Ja«, sagte Benjamin, während er in den Jeep starrte. Bo schwieg einen Moment. Er achtete auf das entfernte Rauschen des Wasserfalls. Es war noch immer zu hören. Okogo hatte ihm gesagt, man dürfe als Mann niemals zugeben, wenn man etwas nicht wüsste. Das sei nicht gut. Es sei besser, eine Frage zu stellen, als zuzugeben, dass man eine andere nicht beantworten konnte oder etwas nicht verstanden hatte. Der Außerirdische zog wieder die Nase hoch. Er hatte jetzt das Interesse an dem Jeep verloren. Er war leer, und die Türen waren verschlossen.

»Wir gehen weiter«, sagte Bo. Sie gingen ein paar Meter zum Eingang des Parkplatzes. Die einzelnen Parkplätze waren mit langen Holzstangen abgetrennt, und am Eingang war ein hölzerner Unterstand, in dem normalerweise der Parkplatzwächter Zuflucht vor dem Regen suchte. Jetzt war der Unterstand leer.

»Ist es kalt?«, fragte Bo.

»Wo?«

»In Schwedianien.«

Benjamin überlegte. Er brauchte sehr lange, bis er eine Antwort gefunden hatte. Er räusperte sich mehrmals, atmete ein und atmete wieder aus.

»Nein«, sagte er. »Nein.«

Bo grinste. Er tastete sich an dem Außerirdischen vorbei zum Unterstand. Er wollte einen Moment dort stehen, wo sonst der Parkplatzwächter immer stand. Als er einmal mit seiner Schwester und ihrer damaligen Freundin hier gewesen war, hatten viele Wagen auf dem Parkplatz gestanden, und viele Leute waren zum Wasserfall gekommen, um ihn sich anzuschauen und sich ein bisschen auszuruhen.

»Warum fragst eigentlich *du* mich die ganze Zeit«, sagte Benjamin, als Bo den Unterstand erreicht hatte. »Das mit Schwedianien kommt doch von dir. *Du* hat es doch erfunden.«

»Das stimmt«, sagte Bo und ging vorsichtig an der Holzwand entlang. Mit dem Fuß stieß er gegen etwas Hartes. Er bückte sich. »Aber du weißt, wie wir hinkommen«, sagte er, während er mit seinen Händen den Boden abtastete. »Du weißt, wo es ist.«

»Mmh«, machte der Außerirdische. Weiter wusste er nichts zu sagen. Bo bückte sich. Er hatte das Hindernis gefunden. Es fühlte sich gut an. Es war glatt und rund. Er hob es vorsichtig hoch. An einer Stelle hatte es eine Öffnung, und da wusste er, was es war.

»Sollen wir los?«, fragte Bo. Er war mit dem Ergebnis seiner Suche zufrieden. Er war vielleicht etwas zu groß, und er musste ihn festhalten, damit er nicht herunterfiel, aber seine Stimme klang genauso, wie er sich immer vorgestellt hatte, dass sie klingen würde, wenn er einen Helm auf dem Kopf hatte.

12.

Edward dachte erst, es sei gut, dass niemand mehr etwas sagte, dass sie endlich schwiegen. Sie hatten die ganze Zeit gestritten, auch dann noch, als der Priester wie verabredet mit seinem Wagen kam. Sie mussten zurück nach Monrovia.

»Macht es dir nichts aus«, fragte Brilliant, »wenn du hierbleibst?«

Was sollte er schon dazu sagen? Natürlich machte es ihm nichts aus, obwohl sie ihm nur 5 Dollar dagelassen hatte. Damit würde er nicht lange durchhalten. Aber Brilliant versprach, dass sie ihn anrufen würde, sobald sie in Monrovia waren. Warum also nicht, dachte er. Entweder sie schafft es, ihren Onkel davon zu überzeugen, dass er mir meinen Job zurückgibt, oder nicht. Da kann ich auch hier vor dem Haus des Heilers warten. Es war schon fast dunkel. Was er auf keinen Fall verstehen wollte, war: Warum fuhr sie überhaupt mit zurück? Warum konnten Benjamin und Bo nicht allein mit dem Priester zurückfahren? Und was war mit dem Geld passiert? Hatte es Brilliant wirklich den Leuten im Dorf gegeben? Später, nachdem er schon eine Stunde lang vor dem Haus des Heilers gewartet hatte, fiel ihm plötzlich ein, dass sie am Ende vielleicht auch ihn verdächtigten. Und dass sie deswegen ohne ihn zurückgefahren waren. Schon zwei Mal hatte seine Schwester angerufen, um ihn zu fragen, ob alles in Ordnung sei. »Wie oft soll ich es denn noch sagen?«, erklärte er. »Ich *arbeite*. Ich kann nichts dafür, dass sie unbedingt nach Gbarnga fahren will.« Der Heiler würde nicht kommen. Er würde ihn noch tagelang hier sitzen lassen. Der Heiler wusste, dass er kein Geld hatte, und am Ende wäre er sogar wütend auf Edward, weil er sich hier vor seinem Haus herumtrieb. »Und wenn ich bis ans Ende meiner Tage hier sitzen bleibe«, sagte er zu seiner Schwester. »Ich habe ja keine Wahl.« Er griff nach der Mango, die ihm eine alte Frau gegeben hatte, weil sie ihn für einen Bettler hielt. Danach war er sofort wieder aufgestanden, hatte seine Haare glattgestrichen und nach Anzeichen gesucht, die jemanden auf die Idee bringen konnten, er sähe bedürftig aus. Aber er konnte nichts finden. Auch seine Schwester machte sich jetzt schon Sorgen um ihn. Seitdem sie ihren Job bei dem Friseur leichtfertig aufs Spiel gesetzt und verloren hatte, war es mit der Familie bergab gegangen. Und das war jetzt das Ergebnis. Eine Mango, die ihm eine alte Frau zugeworfen hatte. Seine Schwester wollte unbedingt wissen, wann er zurückkommen würde, und warum die anderen ohne ihn zurückgefahren waren. Sie schien sich um ihn zu sorgen, aber Edward täuschte sich. Jedes Mal, wenn sie anrief, stand sein Vater neben ihr und verfolgte das Gespräch mit einem düsteren Gesichtsausdruck.

»Es ist gut, dass wir nicht mehr streiten«, sagte Bo.

»Aber es hat nichts genutzt«, bemerkte Benjamin. Sie hatten es sich auf der Ladefläche bequem gemacht. Der Priester hatte eine Unmenge von Stühlen auf seinem Jeep untergebracht. Sie lagen nebeneinander und übereinander, und es war gar nicht einfach gewesen, noch einen Platz finden.

»Ob sie aus seiner Kirche sind?«, fragte Benjamin.

»Solche Stühle benutzt man nicht in einer Kirche«, sagte Bo. »Dafür sind sie viel zu gut.« Es waren Holzstühle, und Bo glaubte, der Priester wolle sie in Monrovia verkaufen. Auch ein paar Reissäcke waren dabei, und mit Hilfe der Säcke hatten sie es sich gemütlich gemacht. Die Papayas, die Brilliant gekauft hatte, lagen unter den Säcken, aber das merkten sie erst später. Eine Weile, als die Straße noch gut war, dachte Benjamin, dass es draußen auf der Ladefläche viel schöner und angenehmer sei als vorne im Fahrerhaus. Im Fahrerhaus saß Brilliant.

»Jetzt kann sie ihm alles gestehen«, sagte Benjamin und lachte hämisch.

»Auch ihm wird sie es nicht sagen, fürchte ich«, erklärte Bo. »Er wird sich vor ihr in Acht nehmen. Bestimmt will er es sowieso nicht hören. Auch ein Priester ist schließlich nur ein Mensch.«

»Und wie sie Edward behandelt ... Sie lässt ihn einfach da zurück.«

»Sie ist wütend«, sagte Bo.

Benjamin schaute nach oben in den Himmel. Es war jetzt schon dunkel. Sie waren eine Stunde gefahren, und man konnte den Sternenhimmel sehen.

»Aber warum ist sie so wütend?«, fragte er.

»Wir haben Flower nicht gefunden.«

»Hast du gedacht, wir würden sie finden?«, fragte Benjamin. Er dachte an Niniplu. Er hatte Flower nicht gefunden, aber er hatte Niniplu gefunden. Ob sie seinen Kaugummi noch hatte? Vielleicht hatte sie ihn irgendwo vergraben. Er konnte sich nicht vorstellen, dass sie ihn einfach so weggeworfen hatte. Doch dann erinnerte er sich daran, wie die Leute in Monrovia alles, was sie nicht mehr brauchten, einfach fallen ließen. Und überall lag etwas herum, was jemand nicht mehr brauchte, und keiner kümmerte sich darum.

»Ich dachte, du würdest sie finden«, sagte Bo und lachte. »Und sie hat auch gedacht, du würdest sie finden.«

»Wer? Flower?«

»Vielleicht ... Wir wissen ja nicht, was sie denkt. Vielleicht wollte sie ja nicht, dass wir sie finden. Aber das hätte sie uns ja auch sagen können, oder?«

Benjamin schüttelte den Kopf. »Ich glaube schon, dass sie das wollte. Sie wollte, dass wir sie finden.«

»Ja?«, fragte Bo.

Benjamin schaute in den Himmel. Die Sterne leuchteten so stark, dass es einem fast so vorkam, als wären sie diesem Teil der Erde viel näher als allen anderen Orten der Welt.

»Wenn wir zurück sind, werde ich deinen Vater kennenlernen«, sagte Bo.

»Vielleicht«, sagte Benjamin. Weiter sagte er nichts. Sie hatten so lange mit Brilliant gestritten, dass er auf einmal sehr müde war. Er wollte jetzt nur hier liegen, neben Bo, und darauf warten, dass ihre Reise zu Ende ging. Er schloss die Augen, er versuchte ein bisschen zu schlafen. Aber der Priester war ein sehr schlechter Fahrer. Immer wieder rumpelte es, und ein paarmal kam es Benjamin so vor, als hätten sie die Straße verlassen und würden neben ihr weiterfahren. In seiner Angst hielt er sich dann an den Stuhlbeinen fest, die mit großen Seilen am Jeep befestigt waren. »Lieber Gott«, flüsterte er. Dann biss er sich auf die Lippen und sagte nichts mehr.

»He«, rief plötzlich der Priester, er hatte das Fenster heruntergekurbelt und den Kopf rausgestreckt. »Wir müssen eine Pause machen, wir haben kein Benzin mehr.« Er lachte, und im nächsten Moment wurden Bo und Benjamin gegen die Rückwand des Fahrerhauses gestoßen. Der Priester hatte wie immer sehr ruppig gebremst.

Sie waren in der Nähe eines Dorfes, aber Benjamin konnte sich nicht vorstellen, wo sie hier Benzin herbekommen sollten. Er richtete sich auf und kletterte von der Ladefläche herunter. Bo blieb liegen. Vielleicht war er eingeschlafen. Brilliant war auch ausgestiegen. Aber sie schauten sich nicht an. Benjamin ging an ihr vorbei die Böschung hinunter, während der Priester in Richtung Dorf lief. Die Böschung fiel steil ab, und im Dunkeln konnte man kaum etwas sehen. Benjamin ging wieder zurück zur Straße. Eine Frau kam mit einer Schüssel voll kleiner Fleischstücke und weißer Früchte, in denen Zahnstocher steckten. Benjamin ging zu ihr. Sie schaltete eine Taschenlampe an und leuchtete in die Schüssel. Er nickte, er hatte großen Hunger, aber er konnte sie nicht bezahlen. Er hatte kein Geld. Er drehte sich um und ging wieder zurück zum Wagen.

»Du musst etwas tun«, sagte Brilliant auf einmal. Sie war neben dem Wagen stehengeblieben.

»Wieso? Wir sind keine Freunde mehr. Unsere Freundschaft ist zu Ende.«

»Aha. Und was kann ich jetzt dafür?«

»Du? Was du dafür kannst?!« Er schaute sie entgeistert an. »Es ist doch alles deine Schuld. Du hast doch das alles hier angerichtet.«

Brilliant verdrehte die Augen. »Ach, du spinnst doch. Aber es ist mir sowieso egal ... Nur er«, sie zeigte auf Lawrence. »Er fährt wie ein Irrer.«

»Wir können nichts dagegen machen.«

Benjamin beobachtete, wie der Priester ein paar Meter entfernt mit zwei Männern sprach. Einer der Männer hatte eine Machete in der Hand. Sie hatte einen hellen Holzgriff, und die Klinge war so dunkel, dass man sie nur erahnen konnte. Die Männer nickten und zeigten aufs Dorf.

»Er hat selbst gesagt, dass er im Dunkeln nichts sieht«, sagte sie. »Deswegen kommt er dauernd von der Straße ab.«

»Was?«, fragte Benjamin. »Er kommt von der Straße ab?«

»Hast du das denn nicht gemerkt?«

Er schaute auf die Schuhe. Sie hatte ihre High Heels an.

»Warum hast du denn die angezogen?«

Sie schwieg. Einen Moment dachte Benjamin, sie würde weinen. Aber das konnte ja nicht gut sein. Brilliant und weinen, das war eigentlich unmöglich.

»Falls etwas passiert«, sagte sie. »Ich möchte wenigstens gute Schuhe anhaben.«

Benjamin schaute sie an. Sie wandte den Blick ab und hielt sich am Seitenspiegel des Jeeps fest. So ganz sicher fühlte sie sich in den High Heels offensichtlich nicht. Sie blieb die ganze Zeit am Wagen stehen, bis der Priester wieder zurückgekommen war.

»Gott hat uns das gebracht«, rief er und hielt ein großes Einmachglas mit Benzin hoch. »Leider war es sehr teuer.« Er ging an Benjamin vorbei, stellte das Glas auf dem Boden ab und versuchte, den Tankdeckel aufzubekommen. Es war eigentlich kein Einmachglas wie Benjamin immer gedacht hatte, sondern ein leeres Mayonnaisenglas. Er konnte es an dem Etikett erkennen. Es dauerte eine Weile, bis Benjamin klarwurde, dass der Priester nicht wusste, was er tun sollte. Er wusste noch nicht einmal, wie er den Tankdeckel aufbekommen sollte.

»Soll ich helfen?«, fragte er. Die Männer, die das Benzin gebracht hatten, waren wieder verschwunden.

»Wir sind mitten in der Pampa«, sagte der Priester. »Und unser einziges Dach ist das Himmelszelt.« Er lachte, als hätte er einen Witz gemacht.

»Haben Sie ein Blatt Papier?«

»Was willst du aufschreiben, mein Sohn? Sollten wir nicht erst die wichtigen Dinge des Lebens klären und den Wagen wieder flottkriegen? Außerdem bekomme ich noch ein bisschen Geld von euch. Das Benzin war sehr teuer. Aber ich bin sicher, dass ihr mir helft und euch meiner erbarmt.«

Niemand sagte etwas. Der Priester fand einen alten Zettel im Wagen. Benjamin faltete das Papier zu einem Trichter und goss das Benzin in den Tank.

»Wunderbar«, sagte der Priester.

»Frag ihn«, sagte Brilliant, als der Priester in den Wagen steigen wollte. »Er hat es selbst vielleicht noch gar nicht gemerkt.«

Benjamin blieb stehen. Brilliant öffnete die Beifahrertür und sagte etwas zu dem Priester, was Benjamin nicht verstand. Kurze Zeit später kam er heraus und ging zu Benjamin.

»Meinst du, dass du das kannst?«, fragte er. Und ohne die Antwort abzuwarten, fügte er hinzu: »Ich traue es dir zu. Wenn dieses entzückende Mädchen es dir zutraut, dann begebe ich mich in deine Hände.«

Benjamin sah ihn an.

»Können Sie wirklich nachts nichts sehen?«, fragte er.

»Wenig«, antwortete der Priester fröhlich. »Die Nacht ist nicht mein Freund. Deswegen habe ich diesen Wagen für meine Kirche gekauft. Für meine Gemeinde ist es wichtig, dass ich bei ihnen bin, wenn Not herrscht und wenn der Gottesdienst gehalten werden muss.«

Benjamin schaute auf den Wagen.

»Bitte«, sagte Brilliant leise.

»Also gut«, sagte Benjamin. Er sagte es einfach so. Sein Vater hatte ihn schon ein paarmal Auto fahren gelassen, auf Parkplätzen oder auf einer einsamen Straße in Irland. Aber einen Geländewagen war er erst ein Mal gefahren, und das auch nur ein kleines Stück zur Probe auf dem leeren Parkplatz hinter einem Holzmarkt in Hellersdorf, nachdem sie beim Autohändler gewesen waren.

»Ich werde für uns beten«, sagte der Priester. Er zeigte auf den Wagen, um anzudeuten, dass er nach Brilliant einsteigen wollte. Benjamin zögerte einen Moment. Er schaute auf die Ladefläche.

»Wir müssen erst Bo wecken«, sagte er.

Bo war in einen tiefen Schlaf gefallen. Seine Fähigkeit, überall und unter noch so widrigen Umständen zu schlafen, hatte ihn nicht im Stich gelassen. Auch jetzt schlief er so tief, dass es schwer war, ihn wach zu bekommen. In seinem Traum hatte er Flower gefunden. Er wunderte sich, dass er sie überhaupt gesucht hatte. Flower war die ganze Zeit, und in seinem Traum sagte er sich, dass sie sich das ja hätten denken können, in dem Schiff gewesen, das sie gesehen hatten. Das verrostete Schiffswrack, das Benjamin am Strand entdeckt hatte. Dort hatte sich Flower versteckt, und in seinem Traum stand er am Strand, und Flower und er riefen sich die ganze Zeit etwas zu. Sie stand irgendwo auf dem Schiff, an der Reling, klammerte sich an einem halb verrosteten Eisengestänge fest und schrie irgendetwas von dort oben herunter. Sie wollte sich verabschieden. Das Schiff würde bald in See stechen. Bo schrie zurück. Sie mussten so laut schreien, dass Bo sich keine Gedanken darüber machen konnte, wie sie vielleicht ausgesehen hatte, denn in seinem Traum konnte er schließlich sehen. Als ihn Benjamin weckte, war er für einen Moment verärgert. Er schimpfte. Er sagte, sie hätten ihn weiterschlafen lassen sollen. Bestimmt hätte er sie dann gesehen und ihnen sagen können, wie sie aussah. Mit Hilfe von Brilliant und Benjamin kletterte er von der Ladefläche herunter und stieg vorne in den Wagen.

»Jetzt sind wir vollzählig«, rief der Priester. Wollte er mit einer Predigt beginnen? Der Priester war ihm nicht geheuer. Bo saß direkt neben ihm. Eine Weile verstand er nicht, warum die Stimme von Benjamin von links kam und nicht von rechts, und er verstand auch nicht, warum der Priester so ruhig dasaß, als sei er in seinem eigenen Auto nur ein Gast.

»Ihr seid wirklich meine Erlöser«, sagte der Priester. »Ich danke euch. Dass ihr mich begleitet, kommt direkt den Gemeindemitgliedern zugute. Ich werde euch in der Predigt erwähnen.«

»Aber für das Benzin zahlen wir nicht«, sagte Benjamin. Er startete den Motor und legte den ersten Gang ein.

»Also gut«, der Priester lachte. »Wo kommst du eigentlich her, aus Europa? Bestimmt ist da der Verkehr viel schwieriger als hier, oder?«

»Er kommt aus Schwedianien«, sagte Bo.

»Da gibt es gar keinen Verkehr«, sagte Benjamin. Der Wagen machte plötzlich einen Ruck, und dann fuhren sie los.

»Fahr vorsichtig, in Gottes Namen«, sagte der Priester noch.

»Meine Freundin erwartet mich in Monrovia. Ich darf auf keinen Fall zu spät kommen, aber wenn ich gar nicht ankomme, ist es auch nicht so gut.«

»Warum lebst du denn an zwei Orten?«, fragte Bo. Er hatte seinen Traum schon fast wieder vergessen und war froh, dass er jetzt wieder bei den anderen war. Er hatte nur noch in Erinnerung, dass der Traum ihn an einen fremden und entfernten Ort geführt hatte, wo er gar nicht hatte sein wollen.

»Das ist eine gute Frage, mein Sohn«, sagte der Priester. »Unter uns ... Es darf niemand sonst wissen. Ich lebe zwischen zwei Göttern.« Er lachte. »Der eine ist in Monrovia, der andere in Gbarnga. Der eine ist der Schöpfergott und der andere der Erlösergott.«

»Interessant.« Bo beugte sich etwas vor und hielt sich am Griff des Handschuhfachs fest. »Ist Brilliant auch hier?«, fragte er. Er hatte ihre Stimme noch nicht gehört.

»Doch«, sagte der Priester. »Sie ist hier.«

Bo beugte sich wieder vor. Benjamin schaute zu ihm herüber. Würde er jetzt mit Brilliant ein Gespräch anfangen? Benjamin hatte die ganze Zeit kein Wort mit ihr gewechselt. Er hatte sich geschworen, nie mehr mit ihr zu reden, außer es handele sich um einen Notfall. Dass sie auf der Straße miteinander geredet hatten, war eine Ausnahme gewesen. Aber daran, wie Bo jetzt nach ihr fragte, merkte er, dass Bo anscheinend gar nicht mehr böse auf sie war, dass Bo offensichtlich alles, was passiert war, schon fast wieder vergessen hatte.

»Bist du hier, Prinzessin?«, fragte Bo.

»Ja«, sagte Brilliant. Ihre Stimme klang matt. Als könnte sie nur noch mit größter Mühe sprechen. Benjamin schaltete in den zweiten und dann in den dritten Gang.

»Der Schöpfergott«, erklärte der Priester, »das ist meine Gemeinde. Meine Kinder und die mir Anvertrauten ...«

»Ist es eine große Gemeinde?«, fragte Benjamin.

»Ach ... Wir sind nicht viele. Eine handverlesene Schar. Deswegen zählt jeder Dollar.«

»Und der Erlösergott?«, fragte Bo. »Das ist deine Freundin, oder?«

Benjamin fand, dass das etwas respektlos war, vor allem gegenüber einem Priester. Aber der Priester beklagte sich nicht im Geringsten.

»Wenn es nur eine wäre, mein Lieber«, sagte er. »Aber in gewisser Hinsicht hast du recht. Denn die Freundin in Gbarnga weiß von der Freundin in Monrovia nichts. Aber umgekehrt ... Oh, mit ihr ist es viel, viel schwieriger.« Und dann hustete er und hielt sich am Armaturenbrett fest. Benjamin hatte vom vierten Gang in den zweiten geschaltet, und für einen Moment sah es fast so aus, als würde sich der Wagen überschlagen.

»Entschuldigung«, sagte er. »Das wird nicht wieder vorkommen.«

»Immerhin fahren wir auf der Straße«, sagte Brilliant. Und dann schwiegen sie eine Weile. Jeder von ihnen starrte angestrengt in die Dunkelheit. Und das war, wie sich später herausstellte, auch gut so. Nach ein paar Minuten wurden sie von einem Motorrad überholt, das mit beachtlicher Geschwindigkeit an ihnen vorbeiraste und ohne Rücklicht vor ihnen in der Nacht verschwand. Aber schon eine gute Stunde später, als sie alle langsam, aber sicher müde wurden und Bo schon längst wieder eingeschlafen war, gerieten sie in eine schwierige Situation. Sie gerieten in eine große Gefahr, die keiner von ihnen sich hätte träumen lassen. Außer der Priester. Der hatte so etwas schon einmal erlebt. Aber in dieser Nacht, dachte er, wäre er davor gefeit. Schließlich war er mit den Kindern der Welt unterwegs, mit einer bunten Schar, die ihm schon fast 25 Dollar eingebracht hatten. Was man nicht unterschätzen durfte. Es sorgte für ein ruhiges Gewissen, und so kam es, dass er in seiner Aufmerksamkeit auch etwas nachließ, und ein paar Minuten später war Benjamin der Einzige, der mit wachen und scharfen Augen in die Nacht schaute. Vor sich nichts als Dunkelheit und eine Stille und Einsamkeit, die ihm unter anderen Umständen furchtbare Angst eingejagt hätte.

13.

Das Motorrad hatte im Nu einen großen Vorsprung. Obwohl es eine ziemlich alte Maschine war. Doch gerade das war einer der Gründe, warum sie dem Milchmann so ans Herz gewachsen war. Sie war ungeheuer zuverlässig. Sie ließ ihn niemals im Stich. Selbst bei strömendem Regen sprang sie sofort an, und man konnte sie, wie auch in dieser Nacht, bis an die Grenze ihrer Leistungskraft herausfordern.

»Gute Maschine«, murmelte Harris, als sie schließlich eine geeignete Stelle gefunden hatten. Der Milchmann schob das Motorrad von der Straße herunter unter einen Strauch, damit sie niemand sehen konnte.

»Halt«, sagte Harris. »Wir brauchen sie noch.«

»Jetzt doch nicht«, sagte der Milchmann.

»O doch«, rief Harris. »Ich habe meinen Plan geändert. Mir ist etwas Besseres eingefallen.«

Der Milchmann hielt inne. Harris hatte seinen Plan geändert. Das war kein gutes Zeichen. Immer, wenn er das sagte, ging etwas schief, und in der letzten Zeit war alles Mögliche schiefgegangen. Sie waren in ein Haus in Paynesville eingebrochen, in dem Glauben, die Bewohner seien auf einer Hochzeitsfeier, doch dann hatten sie es mit zwei Wachmännern zu tun bekommen. Bei einem anderen Einbruchsversuch waren sie gar nicht erst reingekommen. Und von einer weiteren Tour war er mit einem Computer zurückgekommen, der eine deutsche Tastatur hatte und bei dem das Netzteil nicht dabei war. Ein paar kleinere Geschäfte hatten sie erfolgreich abgeschlossen, aber Harris hatte die peinliche Nacht am Flughafen noch nicht vergessen. Seitdem humpelte er noch schlimmer. Er war, als sie im Wald nach dem Versteck des Jungen gesucht hatten, in ein Loch getreten und hatte sich den Knöchel seines gesunden Beins verletzt. Zuerst hatte er überhaupt nicht laufen können oder sich zumindest geweigert, es zu tun, und sie hatten ihn sogar in einem Rollstuhl herumgeschoben. Aber immer dann, wenn es ihm gerade gepasst hatte, war er aus dem Rollstuhl herausgeklettert und scheinbar ohne die geringste Beeinträchtigung gelaufen. Dann wieder klagte er über große Schmerzen und wollte noch nicht mal zum Exodus gefahren werden, um mit den anderen ein Bier zu trinken. »Ich verfluche diesen Mann«, hatte seine Frau gesagt. »Ich verfluche ihn.« Der Milchmann war bekümmert. Er liebte seine Frau. Seine Frau war eine Göttin. Als sie jünger gewesen war, hatte sie als die schönste Frau der 12. Straße gegolten, und in seinen Augen war sie es immer noch. »Wenn unser Sohn davon erfährt, dann werde ich dich verlassen«, hatte sie gesagt. »Dass du mit diesem Verfluchten deine Geschäfte machst ...« Er hatte darauf nichts gesagt. Aber er schuldete Harris viel Geld. Und Harris hörte nicht auf, von dem Jungen mit dem Mantel zu reden. Er hörte nicht auf, davon zu sprechen, dass es für sie alle die Rettung bedeuten würde. Er sagte nie genau, worum es dabei ging, außer dass es um viel, um sehr viel ging. Aber mittlerweile dachte der Milchmann, dass Harris den Verstand verloren hätte. Er trug den kaputten rosafarbenen Schirm, unter dem der Junge sich versteckt und mit dem er sie damals getäuscht hatte, die ganze Zeit mit sich herum. »Wozu brauchst du den Schirm?«, hatte Booster gefragt, als sie ihn am Abend zuvor im Exodus getroffen hatten. »Er ist doch kaputt.« Harris hatte darauf keine Antwort gegeben. Er war nicht gut auf Booster zu sprechen, nachdem der sich auf dem Markt so ungeschickt angestellt hatte. Harris trug den Schirm, der tatsächlich vollständig zerfetzt und dessen metallisches Gerippe an mehreren Stellen gebrochen war, in einer schwarzen Umhängetasche überall mit sich herum. Geld hatten sie auch keins mehr. Sonst hätten sie diese Operation, die die Erlösung bringen sollte, mit drei oder sogar vier Mann und einem Fluchtauto gemacht. Was würde passieren, wenn die Maschine ausgerechnet in dieser Nacht ihren Geist aufgäbe?

»Wozu brauchst du sie denn?«, fragte der Milchmann.

»Das werde ich dir gleich erklären«, sagte Harris. Er hatte den Schirm aus der Tasche geholt und auf die Straße gelegt. Er ist verrückt geworden, dachte der Milchmann. Vollkommen verrückt.

»Wir müssen bedenken, mit wem wir es zu tun haben«, erklärte Harris und stellte sich auf die Straße. Es war jetzt mitten in der Nacht. Der Verkehr hatte stark nachgelassen, und nur noch ganz selten tauchte ein Auto oder Lastwagen auf. »Wir haben es nicht mit Liberianern zu tun. Weißt du ... Wir haben es mit Individuen von einem anderen Kontinent zu tun. Amerika eingeschlossen und ausgeschlossen.« Harris hatte sich seit neuestem in den Ausdruck »Individuen« verliebt. Er hatte, da er nicht so viel laufen konnte, auch wieder mit dem Lesen angefangen. Der Milchmann hatte das beobachtet. Harris las nun nicht nur die Zeitung, er las auch irgendwelche obskuren Bücher, von deren Existenz der Milchmann nichts geahnt hatte, geschweige denn, dass er jemals einen Blick in sie geworfen hätte.

»Auf der einen Seite haben wir die Individuen«, hatte Harris erklärt, »und auf der anderen Seite die Gesellschaft. Und wo sind da wir?« Und dann hatte er ihm irgendwie zu erklären versucht, dass das, was sie taten, andere Menschen zu berauben und sich illegal etwas anzueignen, an sich gar nichts Unrechtes war. Einmal sagte er: »Zum Beispiel diese Kinder. Wo kommen sie her? Aus Europa und aus Amerika. Und um was handelt es sich bei diesen beiden Ländern?« Und dann hatte er ihm von seiner großen Theorie erzählt und davon, dass sie als Individuen nur das täten, was alle anderen auch taten, selbst die großen Länder und Nationen, wie zum Beispiel Europa. Sie versuchten zu überleben wie alle anderen auch. Jetzt standen sie in der Nacht irgendwo zwischen Monrovia und Gbarnga, und Harris zeigte auf die Maschine und sagte: »Leg sie auf die Straße. Und leg sie so hin, als wäre sie kaputt.«

Der Milchmann schaute auf seine Maschine.

»Aber sie ist nicht kaputt.«

»Es ist eine Inszenierung. Verstehst du, was das ist?«

»Nein«, sagte der Milchmann, obwohl er sehr wohl verstand, was Harris vorhatte. Er wich von ihrem Plan ab. Und dass seine Maschine dabei eine Rolle spielen sollte, gefiel dem Milchmann nicht. Er hatte darauf bestanden, dass er bei dieser Geschichte nur für den Transport zuständig war. Er hatte beschlossen, wenn es so weit war, in den Wald zu laufen, sogar seine Maschine am Straßenrand zurückzulassen und abzuwarten, bis alles vorbei war. Wenn er weit genug entfernt war, würde er in nichts verwickelt werden, was er später bereuen und was er vor sich selbst und seiner Frau niemals verantworten könnte. Wenn er irgendwo im Wald war, würde er nichts sehen, nichts bezeugen und nichts tun können. Und jetzt sollte er die Maschine auf die Straße legen?

»Aber du kriegst sie doch gar nicht mehr weg. Das schaffst du doch allein gar nicht.«

»Nein«, sagte Harris und schaute auf die Straße. »Das brauche ich ja auch nicht.« In diesem Moment näherte sich ihnen ein Lastwagen, und der Milchmann trat instinktiv einen Schritt zurück.

»Ich kann dir nicht dabei helfen.«

»Du brauchst gar nichts zu tun«, erklärte Harris. »Du legst dich einfach ein paar Meter weiter hin ...« Er ging ein paar Meter die Straße Richtung Monrovia hinunter und zeigte auf den Asphalt. »Ungefähr hier. So, dass man dich gerade noch sehen kann.« Er tippte mit der Spitze des Regenschirms auf eine Stelle mitten auf die Straße. »Den Rest mache dann ich.«

Der Lastwagen dröhnte an ihnen vorbei. Er hupte laut. Als wollte er sie warnen. Kaum eine Minute später klingelte das Telefon. Der Milchmann schaute auf das Display. Es war sein Sohn. Mein Sohn ruft mich an, dachte der Milchmann. Er ruft mich sonst nie an. Er war kein besonders schreckhafter Mensch, aber in diesem Moment lief es ihm eiskalt über den Rücken. Er drückte den Anruf weg und steckte das Telefon in die Tasche.

»Das mache ich nicht«, sagte er. »Auf keinen Fall.«

Harris lachte. Er lachte laut und fast genüsslich. Dann schrie er. Das war typisch für ihn. Er schrie so laut, als würde die Welt untergehen. Er schrie, brüllte und zeterte. Der Milchmann schwieg. Er ließ es über sich ergehen, wie schon so oft zuvor. Denn danach kam das eigentlich Schlimme, danach fing Harris wieder zu reden an, und davor fürchtete er sich noch viel mehr.

»Sie sind weich«, fing Harris an. »Butterweich ... Wenn sie das Motorrad sehen ... und dich. Du liegst da in deinem Blut. Wenn sie das sehen, dann halten sie an. Ganz bestimmt.«

»Ich mache es nicht.«

»Sie können gar nicht anders. Ich kenne diese Leute. In ihren Adern fließt kein Blut, sondern Sahne und süße Milch. Ihnen werden die Tränen in den Augen stehen. Du wirst sehen.«

»Es ist zu gefährlich.«

»Was heißt, es ist zu gefährlich?« Harris' Stimme war jetzt ganz sanft. Damit war der Tiefpunkt erreicht, und der Milchmann wusste, dass er keine Chance mehr hatte.

»Gefährlich ist es nur für *sie. Sie* sind diejenigen, die berauscht sind ... von ihrem Mitleid. Sie werden anhalten. Du wirst schon sehen ... Und dann kommen sie zu dir und beugen sich über dich ... Und weißt du, was ich dann sagen werde? Weißt du das?«

»Nein«, sagte der Milchmann.

»Ich werde sagen: Es tut mir furchtbar leid. Aber die Hilfe kommt leider zu spät.« Er lachte laut auf und stieß den Milchmann gegen die Brust. Zum Glück war Harris ein Schwächling, sonst wäre der Milchmann noch umgefallen, so wenig Kraft und Gegenwehr hatte er noch zur Verfügung.

»Los«, rief Harris. Seine Stimme wurde wieder lauter. »Wir haben nicht mehr viel Zeit ... Du musst die Grasbüschel verteilen und die Sträucher und Äste. Es muss wie ein richtiger Unfall aussehen.« Und dann griff er nach einem der Grasbüschel, die sie schon vorbereitet hatten, und schleppte es die Straße hoch in die entgegengesetzte Richtung, aus der Richtung, aus der das Verderben auf sie zukommen würde. Der Untergang der Welt, wie der Milchmann jetzt dachte. Der Untergang, den er nicht aufzuhalten versuchte und auch gar nicht aufhalten konnte. Stattdessen bückte er sich, griff sich auch ein Grasbüschel und folgte Harris.

Vielleicht fuhr Benjamin auch ein bisschen zu schnell. Eine Weile hatte er noch seinen Spaß gehabt, den Schlaglöchern auszuweichen und so zu fahren, dass er nicht anhalten oder langsamer werden musste. Einige aber tauchten so plötzlich auf, dass er bremsen musste und keine andere Wahl hatte, als direkt durch sie hindurchzufahren. Auf einmal merkte er, wie schwierig es war. Egal, welche Entscheidung man traf, nie gelang es, ihnen vollständig auszuweichen. Wenn er besonders stark bremsen musste, wunderte er sich immer, dass niemand aufwachte. Sie schliefen alle. Brilliant schlief mit dem Kopf an der Fensterscheibe, Bo schlief mit dem Kopf auf der Schulter von Brilliant. Auch der Priester schlief schuldbewusst, sein Kopf, kippte mal auf seine Brust und dann wieder nach hinten gegen das Rückfenster. Manchmal wachte er auf, schaute auf die Straße, um aber gleich wieder einzuschlafen. Sie lassen mich hier ganz allein, dachte Benjamin. Ich soll das ganz allein machen. Aber bald hatte er sich an den Wagen gewöhnt und dachte: Das ist also noch so ein Abenteuer. Ich erlebe ein Abenteuer nach dem anderen. Und als die Schlaglöcher plötzlich verschwunden waren und die Straße auf einmal ganz glatt und eben war, fuhr er schneller. Er dachte an seinen Vater. Er dachte, er müsste seinem Vater davon erzählen, wie er diesen vollbeladenen weißen Jeep mit den Stühlen aus der Kirche, dem Priester und seinen Freunden durch die Nacht fuhr. Er schaute auf den Tacho. Achtzig Kilometer in der Stunde. Das war gar nicht so schnell. Er drückte aufs Gas. Mit seinem Vater war er noch nie so schnell gefahren. Und seinen Vater vermisste er auf einmal. Es stimmte nicht, dass er unzuverlässig und selbstsüchtig war, wie seine Mutter es immer behauptete. Vielleicht war er ja jetzt da. Er war im Blauen Haus und wartete auf ihn. Ein Schlagloch tauchte auf, ganz plötzlich, er umfuhr es, riss das Steuer nach links, der Wagen schlingerte, und dann ging er wieder ein bisschen vom Gas. Es war so, als wäre er schon immer mit diesem Auto gefahren, als hätte er nicht erst eben damit angefangen. »Zeig ihm dein Zimmer. Los«, hatte die Mutter von E gesagt. »Zeig es ihm.« Das war der Moment gewesen, der düsterste Moment, bevor er nach Liberia gekommen war. Es war schon eine Weile her. Wenn sein Vater dabei gewesen wäre, wäre es niemals passiert. Er spürte noch die Berührung von E's Mutter. Sie war noch sehr jung. Gar nicht so, wie man sich eine Richterin am Amtsgericht vorstellte. Sie hatte helle, ausgewaschene Jeans getragen, mit großen ausgefransten Löchern über den Knien, und sie war barfuß über den maisgelben Teppich gegangen, der in der ganzen Wohnung ausgelegt war. Sie wohnten am Teutoburger Platz. »Ein Glück, dass *wir* da nicht wohnen«, hatte seine Mutter gesagt. Wenn sein Vater dabei gewesen wäre, hätte er das niemals zugelassen. Er hätte das niemals akzeptiert. Ich gehe doch nicht freiwillig in das Haus meines ärgsten Feindes. Ich gehe doch nicht freiwillig zu jemandem, der mir Böses will. Ich lasse mich doch nicht erniedrigen. So etwas hatte sein Vater zum Beispiel gesagt, nachdem er in Dublin bei Care entlassen worden war. Seine Mutter hatte geweint. Seine Mutter hatte unbedingt in Irland bleiben wollen. In das Haus des Feindes. Ich gehe nicht in das Haus des Feindes. Und dann hatte die Richterin ihre Arme um sie gelegt. Einen Arm um ihn, und einen Arm um E. »Zeig es ihm«, hatte sie gesagt. »Zeig ihm dein Zimmer.« Benjamin schaltete in den fünften Gang. Das hatte er bisher noch nicht gewagt. Der fünfte Gang war ihm nicht ganz geheuer. Aber er erinnerte sich, dass sein Vater einmal gesagt hatte, so einen Wagen fahre man bei Tempo hundert besser im fünften Gang. Und hundert fuhr er jetzt. Mit hundert Sachen durch die Nacht im tropischen Regenwald. Hundert Kilometer in der Stunde. Ob sein Vater in Monrovia war? Ob er schon da war? Ob er auf ihn wartete? Das konnte doch sein. In seinem Augenwinkel tauchte das Lager der UNMIL-Soldaten auf. Er hatte es schon auf der Hinfahrt gesehen. Es waren die UN-Soldaten aus Bangladesch, die für diese Region zuständig waren. Ihr Lager befand sich direkt an der Straße. Es war von einem doppelten Stacheldrahtzaun umgeben, und überall waren Sandsäcke. Auf dem Hinweg hatte er gesehen, wie ein Soldat auf dem schmalen Grünstreifen zwischen den Metallzäunen trainiert hatte. Er war gejoggt. Es war so wie beim Blauen Haus. Eine Sicherheitsschleuse umgab das Gebäude, die nur die Wachleute betreten durften und die verhindern sollte, dass jemand von außen hereinkam. Benjamin war überrascht gewesen, dass der Soldat keine Waffe getragen und gar nicht aufgepasst hatte. Er war gejoggt, auf dem schmalen Grünstreifen um sein eigenes Lager herum, und er hatte noch nicht einmal hingeschaut, als sie vorbeigefahren waren. Hundertzehn. Er fuhr jetzt hundertzehn. Die Straße war gut. Es war kein Schlagloch weit und breit zu sehen. Das Einzige, was ihn irritierte, waren die komischen Grasbüschel, die plötzlich am Straßenrand aufgetaucht waren. Alle zehn Meter lag so ein Grasbüschel auf der Straße. Jemand hatte sie auf die Straße geworfen. Vielleicht bedeutete das, dass sie in der Nähe eines Dorfes waren. Vielleicht kamen sie an dem Dorf vorbei, in dem Niniplu wohnte. Benjamin schaltete einen Gang zurück. Noch mehr Grasbüschel tauchten auf. Und auf einmal tauchte ein anderes Fahrzeug auf. Gegenverkehr. »Wow, Gegenverkehr!«, rief Benjamin und nahm den Fuß vom Gas. Die Lichter waren noch ein paar Meter entfernt, aber der Lastwagen, der ihnen entgegenkam, hatte sein Fernlicht an, und Benjamin fluchte leise, während er noch langsamer zu werden versuchte. Aber es war schon zu spät. Es ging irrsinnig schnell. Es ging so schnell, dass Benjamin erst danach Herzklopfen und weiche Knie bekam. »Zeig ihm doch dein Zimmer«, hatte die Richterin gesagt. Und dann war er E in sein Zimmer gefolgt. Die Grasbüschel überfuhr er einfach. Das war kein Problem für den Wagen. Es war ja ein Jeep mit Allradantrieb. Doch dann tauchte ein anderes Hindernis auf. Irgendetwas lag auf der Straße, irgendetwas bewegte sich, aber jetzt blendeten die Lichter des entgegenkommenden Lastwagens so stark, dass er immer weniger sehen konnte. Er wich dem Hindernis aus, in letzter Sekunde. Es lag etwas auf der Straße. Ein Tier? Stöcke, Steine? Hatte es einen Unfall gegeben? Er spürte einen Stoß, aber er hatte keine Zeit, darüber nachzudenken, er riss das Lenkrad nach links und dann wieder nach rechts. Das geschah alles unfassbar schnell. So schnell, dass er den Stoß kaum bemerkte. Verlier nicht die Kontrolle über das Fahrzeug, sagte Benjamin zu sich selbst. Behalte die Kontrolle über das Fahrzeug, sagte auch sein Vater immer. Und auch seine innere Stimme war jetzt ausnahmsweise auf seiner Seite. »Bleib ruhig«, sagte sie. »Ganz ruhig. Halt das Lenkrad fest. Konzentriere dich auf deine Spur. Konzentrier dich nur auf dich.« Das Licht schoss ihm in die Augen, aber er sah es nicht. Und dann war der Lastwagen vorbei.

»Was war das?«, murmelte der Priester. Er war aufgewacht.

»Gegenverkehr«, sagte Benjamin gelassen. Aber so gelassen war er natürlich nicht.

»Gegenverkehr?«

»Ja.« Benjamin schaltete in den dritten Gang herunter. Schlaglöcher tauchten auf, eins nach dem anderen, und er musste bis in den zweiten heruntergehen. Geschickt fuhr er zwischen zwei großen Riesenlöchern hindurch.

»Da waren so komische Grasbüschel.«

»Mmh«, machte der Priester.

»Und dann lag was auf der Straße.«

»Grasbüschel? Das ist ein Zeichen.«

»Ein Zeichen?«

»Die Leute haben hier kein Warndreieck. Das würde ihnen auch sofort geklaut werden. Deswegen nehmen sie eben Grasbüschel und Stöcke. Was immer sie finden. Und manchmal auch kleine Bäume, wenn sie welche finden. Hast du angehalten?«

»Nein.«

»Das war gut. Waren viele Grasbüschel da? Hast du jemanden gesehen?«

»Ja, es waren viele. Ich glaube …« Benjamin kam es jetzt so vor, als hätte er es ganz deutlich gesehen, als würde sich das, was auf dem Boden gelegen hatte, jetzt in seiner Erinnerung plötzlich aufrichten und sich ihm zeigen, sich ihm in aller Deutlichkeit präsentieren. »Es war ein Motorrad.«

»Es lag da?«

»Ja, ich glaub schon. Aber ich konnte noch ausweichen.«

»Ein Motorrad!?«

»Ja.«

»Dann war es ein Unfall. Dann haben sie eine Unfallstelle markiert.«

»Oh …«

»Ganz bestimmt war es das. Hier passieren schlimme Unfälle. Ganz furchtbare Unfälle. Vor allem nachts, wenn die Leute schnell fahren und niemand damit rechnet, dass plötzlich ein Auto kommt.«

»Aber sie haben Grasbüschel aufgestellt.«

»Es war gut, dass du nicht angehalten hast.«

»Ja?«

»Ja. Das war sehr gut …«

»Aber hätten wir denn nicht vielleicht helfen müssen?« Benjamin dachte daran, was ihm der große Italiener gesagt hatte, als sie vom Strand zurückgefahren waren.

»Ach«, sagte der Priester, »ich weiß nicht ... Es ist besser so.« Er nickte, als müsste er sich selbst noch davon überzeugen. »Bestimmt.« Dann nickte er wieder. Der große Italiener hatte gesagt, dass man nicht anhalten dürfe, wenn man in einen Unfall verwickelt wurde. Selbst dann nicht, wenn Menschen zu Schaden gekommen waren. Er hatte es ihm erklärt. Man müsse weiterfahren, und zwar unbedingt. Wenn man bei einem Unfall anhalte, dann würde man sich und andere nur in Gefahr bringen. Und zwar in eine große Gefahr. Also fahre man besser weiter und bringe sich in Sicherheit. Das hatte der große Italiener gesagt. Aber traf das auch auf sie zu? Galt das auch hier draußen, weitab von der Stadt, mitten in der Nacht, wo weit und breit keine Hilfe war? Die anderen beiden wachten auf. Brilliant wachte zuerst auf.

»Wir können von Glück reden, dass wir diesen jungen Mann dabei haben«, sagte der Priester, und dann erzählte er ihr von dem Vorfall, in den leuchtendsten Farben, als wäre er selbst dabei gewesen.

»Und das Schlimme ist«, sagte er noch, »es hätte eine Falle sein können. Das hätte es gut und gerne sein können.«

»Eine Falle?«, fragte Brilliant.

»Ja«, sagte der Priester.

Benjamin brach der Schweiß aus. Seine Füße zitterten, und er hatte Mühe, sie unter Kontrolle zu halten. Auf einmal ergriff ihn ein großes Zittern, als hätte er Schüttelfrost. Im nächsten Moment lief der Schweiß in Strömen an ihm herunter. Das war ungefähr der Moment, als der Milchmann das letzte Mal die Augen öffnete. Er spürte, wie der warme Asphalt unter ihm leicht nachgab, als er das letzte Mal zu seinem Motorrad schaute, das unbeschädigt vor ihm lag und er sich sagte: »Gott sei Dank. Gott sei Dank«, und dann fühlte er sich auf einmal ganz leicht, als schwebte er. Und seine Maschine schwebte auch. Sie schwebte gut einen halben Meter über dem Boden.

»Vorsicht«, flüsterte er. »Vorsicht.«

»Was ist?«, hörte er die Stimme von Harris, und dann sagte er nichts mehr. Dann brauchte er noch zwei Sekunden, vielleicht auch drei, er öffnete die Augen noch einmal, schaute, ob das Motorrad noch da war. Und dann schloss er sie wieder und starb.

14.

Brilliant gähnte. Sie riss die Augen auf und dann gähnte sie nochmal. Sie hielt sich sogar die Hand vor den Mund.

»Eine Falle?«, wiederholte sie. »Aber dann hast du uns ja alle gerettet. Dann bist du ja ein Held!«

»Wir sollten zurückfahren«, sagte Benjamin. Der Priester schüttelte den Kopf. Brilliant gähnte wieder. Sie überlegte, ob sie weiterschlafen sollte, aber dann erinnerte sie sich an den Streit, den sie gehabt hatten. Und sie dachte, dass ihr Geburtstag kein besonders großer Erfolg gewesen war. Sie schaute Benjamin von der Seite an.

»Du schwitzt ja«, sagte sie.

»Ja?«, fragte Benjamin.

»Er hat gut reagiert«, sagte der Priester. »Es ist ein Stressmoment gewesen. Das hat Kraft gekostet. Wir sollten ein Gebet sprechen und Gott danken. Amen.«

»Meinst du, wir sind schon an dem Dorf vorbei?«, fragte Brilliant. Sie schaute aus dem Fenster in die Nacht. Einzelne Sträucher und Bäume wurden von den Scheinwerfern erfasst, aber sonst war nichts zu sehen.

»Ich weiß nicht«, sagte Benjamin.

Brilliant kniff die Augen zusammen. Sie holte tief Luft. Sie schaute zu Benjamin.

»Es tut mir leid«, sagte sie.

»Was tut dir leid?«, fragte er. Er hatte jetzt herausgefunden, wie das Fernlicht funktionierte. Und im nächsten Moment erstrahlte ein langes, dunkles Band Asphalt vor ihren Augen. Er konnte zwei oder drei Schlaglöcher ausmachen, denen er ausweichen musste.

»Ja«, machte der Priester und gab einen zufriedenen Grunzlaut von sich.

»Ich zahle es euch zurück«, sagte Brilliant. »Ist es viel gewesen?«

Benjamin sagte nichts. Er schwitzte so stark, dass der Schweiß wie ein Sturzbach an seinem Körper herunterlief. Er leckte sich über die Lippen, und dann fuhr er mit dem Arm über seinen Kopf, seine Augen und seinen Hals.

»Ist schon okay«, sagte er.

»Doch«, sagte sie. »vielleicht hätte ich euch ja fragen sollen. Es war ... Es war eben ein besonderer Moment.« Dann schwieg sie und schaute auf die Straße. Geschickt umkurvte Benjamin ein Schlagloch. Er spürte, wie Brilliant ihn bewunderte, wie erstaunt sie war, dass er so gut Auto fuhr. Er war selbst erstaunt. Er überlegte, ob sie vielleicht anhalten könnten, wenn sie das Dorf sehen würden. Aber dann wusste er nicht, wie sie es erkennen sollten. Ob Romeos Taxi noch da war? Er wischte sich wieder den Schweiß vom Gesicht. Es war noch einmal gutgegangen. Er hatte Glück gehabt. Er dachte an Niniplu. Er erinnerte sich an ihre Lippen, an ihren Mund, an ihre Haut, die sich wie warmes Wasser angefühlt hatte. Man muss schlafen, wenn man sich das erste Mal küsst, hatte sie gesagt. Und er hatte gefragt, wie das denn bitte gehen solle. Und dann hatte sie gesagt: Du wirst schon sehen, ich werde es dir schon zeigen. Vielleicht kämen sie am Dorf vorbei, dachte Benjamin, vielleicht würden sie es ja sehen. Dann würden sie kurz anhalten. Allerdings war es mitten in der Nacht. Er fühlte einen kleinen Stich, einen Moment der Trauer. Aber dann hob er seinen Arm hoch und schaute ihn an. Im Wagen war es dunkel, aber trotzdem konnte er etwas erkennen.

»Können Sie die Innenbeleuchtung anschalten?«, fragte er den Priester.

»Das Licht?«

»Ja«, sagte Benjamin. Der Priester griff nach oben und tastete nach einem Schalter. Benjamin war überrascht, dass er den Schalter so schnell finden konnte. Er schaute auf seinen Arm. Die E-Mail-Adresse von Niniplu war weg. Nur noch ein schwarzer verwischter Streifen war zu sehen.

VIII. Das Geheimnis

I.

Zwei Wochen später feierte Emily ihren Abschied. Und das war das letzte Mal, dass Benjamin das Blaue Haus betrat. Er hatte gedacht, er käme zurück und es würde so sein wie vorher. Er würde Zeit in dem Zimmer von Barneby verbringen, in dem Tagebuch lesen und morgens mit den Ärzten frühstücken, von denen die meisten, wie er mittlerweile wusste, gar keine Ärzte waren. Sondern Logistiker, Finanzexperten, Krankenschwestern oder Apotheker. »Eigentlich ist es deine Party«, flüsterte ihm Emily zu. Sie war schon betrunken, als er mit seinem Vater angekommen war. »Was du alles erlebt hast …« Sie tanzten. Sie tanzten schon um halb elf. Auch sein Vater tanzte. Aber Benjamin schaute weg, obwohl er natürlich glücklich war, dass sein Vater wieder gesund war. Er hatte eine schwere cerebrale Malaria ganz gut überstanden. Am Morgen nach seiner Rückkehr hatte Benjamin mit seiner Mutter telefoniert, und sie hatte ihm alles erzählt. »Das ist das erste Mal in meinem Leben, dass ich krank gewesen bin«, sagte sein Vater zu ihm, als er ihn später zum Flughafen brachte. Die ersten Tage nach Benjamins Rückkehr hatte er noch im Krankenhaus gelegen. Sein Zustand war sehr bedenklich gewesen. Wenn Benjamin an seine Zeit in Liberia dachte, dachte er kaum an die zwei Wochen, die er mit seinem Vater verbracht hatte. An die Tage bei ihm im Krankenhaus konnte er sich später auch kaum erinnern. »Dein Vater hat sich beschwert«, sagte seine Mutter am Telefon. »Er hat gesagt, du bist so still. Du sprichst gar nicht mit ihm.« Sein Vater und seine Mutter telefonierten miteinander, aber das hatte nicht viel zu sagen. Es wurde Benjamin spätestens auf der Party klar. Er hatte immer gedacht, dass sein Vater nicht zu Partys gehen würde, sondern dass er im Landesinneren wäre, dass er Brücken baute, die Dörfer miteinander verbanden, und Brunnen, damit die Bewohner gutes Trinkwasser hatten. Er hatte sich nicht vorstellen können, dass sein Vater jedes zweite Wochenende in Monrovia bei einer Party war. Was ihm am meisten auffiel, war, wie jung sein Vater aussah. Vielleicht lag es an der Krankheit. Schon als er aus dem Krankenhaus entlassen worden war, kam es Benjamin so vor, als wäre er gar nicht mit seinem Vater zusammen, sondern mit dessen jüngerem Bruder. Einem Bruder, der viel Sport trieb, sich ständig bewegte, und ununterbrochen guter Laune war. Als sie das jordanische UN-Krankenhaus in der Nähe des Hafens verlassen hatten, hob sein Vater einen kleinen Stein vom Boden auf, warf ihn gegen die Hafenmauer und grinste ihn an. Er trug jetzt immer kurze Hosen, die ihm bis zu den Knien reichten, und ein ockergelbes Hemd, bei dem er die obersten Hemdknöpfe offenließ. Ob Beatrice ihm das gekauft hatte? »Der Himmel sieht ja wie ein Seeungeheuer aus«, sagte sein Vater, während sie am Anfang der Party zusammen mit Beatrice auf der Terrasse standen. Er schaute sich immerzu um, als überlegte er, was er als nächstes für einen Witz machen oder ob er sich gleich einen Streich ausdenken sollte.

Beatrice wollte unbedingt mit ihm tanzen. Sie konnte nicht wissen, dass er gar nicht tanzen konnte. Benjamin tanzte trotzdem mit ihr. Er dachte später darüber nach, als er auf seinen Flug wartete und mit seiner inneren Stimme Frieden zu schließen versuchte. Er erzählte der inneren Stimme: »Weißt du, was ich alles erlebt habe? Weißt du das eigentlich? Ich bin Auto gefahren, ich habe getanzt, ich habe ein Mädchen geküsst. Ich habe so viele Freunde, dass ich sie gar nicht zählen kann.« Die innere Stimme sagte nichts. Vielleicht war sie beeindruckt oder einfach müde. Tatsächlich versuchte er später, kurz vor seinem Abflug aus Liberia, seine innere Stimme endgültig zum Schweigen zu bringen oder sie dazu zu überreden, in Liberia zu bleiben. »Bleib hier«, sagte er zu ihr. »Es ist *wunderschön* hier und außerdem: Du kannst die ganze Zeit Englisch sprechen. Das ist doch deine Lieblingssprache.« Auf der Fahrt zum Flughafen in dem schneeweißen Jeep seines Vaters, auf dem ganz klein GTZ stand, so, als wäre die GTZ ein kleiner, bescheidener Verein, der nicht viel Aufhebens machen wollte, war ihm das noch gelungen. Die innere Stimme hatte nichts gesagt. Kein Wort. Aber auf der Party hatte sie nicht geschwiegen. »Und warum ist es meine Party?«, hatte er Emily gefragt. Emily hatte gelächelt. Ihr Atem roch nach Club Beer. An diesem Abend trank er auch welches, sein Vater erlaubte es ihm. Sein Vater erlaubte ihm jetzt sowieso alles. Emily wusste nicht, was sie sagen sollte. »Ich dachte nur«, sagte sie. »Weil niemand eine Party für dich veranstaltet hat. Und dabei hast du doch so große Heldentaten vollbracht.« Am Anfang hatten sie auch auf der Terrasse gesessen, und Benjamin hatte ihr von Gbarnga erzählt. Sie trug einen leuchtend grünen Lappa. Sie hatte ihn von den Mitarbeitern eines Krankenhauses zum Abschied geschenkt bekommen. Aber sie wusste nicht mehr, von welchem Krankenhaus er war. Sie betreute drei Krankenhäuser, und alle hatten ihr einen geschenkt. Als er später draußen bei Augustine und Bakolou war, hörte er, wie es drinnen immer lauter wurde und sie beim Tanzen klatschten.

Wenn Bakolou und Augustine nicht so müde gewesen wären, wäre Benjamin noch viel länger im Hof geblieben. Bakolou war sehr besorgt, ob mit seinem Cousin alles in Ordnung war. In Guinea, wo sein Cousin arbeitete, hatte es einen Militärputsch gegeben. Es lag direkt neben Liberia. Mit seiner heiseren Stimme berichtete Bakolou, was in den Nachrichten über den Putsch gesagt wurde. Er traute sich nicht, das Radio lauter zu stellen. Augustine wickelte das Shortbread aus, das er mitgebracht hatte. Es war in eine dänische Zeitung eingepackt, die schon ein halbes Jahr alt war. »Ist der Vater von diesem Jungen nicht auch in Guinea?«, hatte Augustine gefragt, während Bakolou das Radio ans Ohr hielt. Edward bemühte sich nicht mehr darum, seinen Job bei Brilliants Onkel zurückzubekommen, seit sein Vater spurlos verschwunden war. Das hatte Bo erzählt, als Benjamin ihn das letzte Mal getroffen hatten. Und das Gerücht machte jetzt die Runde, dass Edwards Vater über die Grenze nach Guinea gegangen sei, weil er so hohe Schulden hatte. Immerhin hatte Edward jetzt ein Motorrad. Das war das Einzige, was ihm von seinem Vater geblieben war. »Ich weiß nicht«, sagte Benjamin. Er nahm ein Stück Shortbread, und dann hörten sie weiter Bakolou zu. Er hätte lieber mit Emily getanzt. Aber er konnte natürlich Emily nicht fragen, ob sie mit ihm tanzen würde. Emily war schön. Er wollte das seinem Vater sagen, aber er schaffte es nicht. Ihm fehlte der Mut.

»Und was machst du, wenn du wieder in England bist?«, fragte er Emily.

Sie lächelte und trank einen Schluck von dem Limettensaft, zu dem sie jetzt übergegangen war.

»Total deprimiert sein«, sagte sie und lächelte. Sie schrieb ihm ihre E-Mail-Adresse auf. Sie schrieb sie auf die Rückseite des Briefumschlags, den er ihr gegeben hatte. Er hatte kein Geschenkpapier gehabt, und deswegen hatte er Emily einfach den Briefumschlag gegeben. In dem Briefumschlag war der kleine Patronenengel gewesen. »Warum tust du das?«, fragte die innere Stimme. »Du schenkst ihr etwas, was du von jemand anderem bekommen hast.« Warum? Er wusste es selbst nicht. Er tat Dinge, von denen er nicht wusste, warum er sie tat. Es passierte jetzt immer öfter.

»Und dir gefällt es auf der Party?«, fragte Beatrice. Beatrice sah manchmal ein bisschen so aus wie Emily. Aber Emily war schöner.

»Klasse«, sagte Benjamin, während er zu tanzen versuchte. Er sah, dass sein Vater ihm zuschaute, und wenig später kam sein Vater auch noch auf die Tanzfläche. Das war furchtbar. Sein Vater tanzte ganz wild und ausgelassen, aber vielleicht hatte das auch mit seiner Krankheit zu tun. Benjamin schloss die Augen.

»Ich hätte gerne mehr Zeit mit dir verbracht«, sagte Beatrice. »Dann hätten wir uns besser kennenlernen können.«

»Ja, das wäre schön gewesen«, sagte Benjamin. »Aber mein Vater hat eben so viel zu tun.«

Er wusste, dass das nicht stimmte. Er hatte mitbekommen, dass sie ihn ein paarmal angerufen hatte und sein Vater dann immer eine andere Ausrede vorgeschoben hatte.

»Macht dir die Arbeit im Krankenhaus Spaß?«, fragte Benjamin.

»Ich bin in der Verwaltung. Ich muss auf das Geld aufpassen«, sagte sie. Sie arbeitete nicht im Krankenhaus, sondern im MSF-Büro in Mamba Point. »In der letzten Zeit war es sehr anstrengend. Und dann die Sache mit deinem Vater. Es war so nah dran ... Wir hätten ihn beinahe ausfliegen lassen müssen. So nah dran ...« Und dann hielt sie, während sie weitertanzte, ihre beiden Zeigefinger ganz nah aneinander, um Benjamin anzuzeigen, wie »nah dran« es gewesen war.

»Ja«, sagte Benjamin und versuchte zu tanzen. Aber das war schwierig. Obwohl ihm die Musik gefiel. Er wusste das alles schon. Seine Mutter hatte ihm das am Telefon schon alles erzählt.

»Er ist noch sehr wackelig«, sagte Beatrice und meinte seinen Vater.

»O ja«, sagte er. »Ganz schön wackelig.«

Die Musik war nicht besonders laut. Sie tanzten auf der Terrasse, und sie hatten keine Anlage, sondern einen Computer mit ein paar Lautsprechern. Man konnte die Schritte der Tanzenden hören. Benjamin konnte hören, wie die Sandalen von Beatrice über den Fußboden schabten. Sie hatte hellrot lackierte Fußnägel. Aber ihre Fingernägel waren nicht lackiert.

»Es wäre besser, er würde sich mehr Pausen gönnen«, sagte sie. Sie hielt jetzt ihre Hände wieder hoch. Die beiden Zeigefinger weit auseinander. Sie brauchte ihre Hände und Arme, um zu tanzen. Immerhin konnte sie ganz gut tanzen. Während Emily gar nicht so gut tanzte, aber das lag daran, dass Emily betrunken war.

»Aber er hört nicht auf mich«, sagte Beatrice.

»Das sagt meine Mutter auch immer.«

»Ja?«, fragte Beatrice und sah auf einmal traurig aus. Mit der linken Hand strich sie sich die Haare aus dem Gesicht. Er hoffte, dass der Song bald zu Ende war. Er schaute Beatrice an. Sie hatte sehr helle Haut, eine porzellanfarbene Haut, wie sein Vater es nannte. Eine Haut, unter der man die blauen Adern sehen konnte, wie unterirdische Flussläufe, die etwas transportierten, das nicht an die Oberfläche kommen sollte. Seine innere Stimme wollte etwas sagen, aber er kniff die Augen zusammen und schrie, ohne dass das jemand hören konnte, seine innere Stimme an. Das mit dem Augen-Zusammenkneifen hatte er von Brilliant gelernt. Brilliant hatte die Augen zusammengekniffen an dem Morgen, als sie zurückgeschickt worden war, zurück nach Kalifornien. Direkt an dem Morgen, nachdem sie aus Gbarnga zurückgekommen waren. Sie hatte ihm erklärt, dass sie die Augen zusammenkneife und dass es dann in ihrem Kopf ganz laut werde und alles um sie herum stumm.

»Du tanzt gut«, sagte Benjamin.

»Du auch«, sagte Beatrice und lächelte.

Kurze Zeit später war das Lied zu Ende. Es war Lucky Dube. Er hatte zu einem Song von Lucky Dube mit Beatrice getanzt.

Drei Tage später fuhren sie zum Flughafen. Es war nicht ungewöhnlich, dass der Flug mitten in der Nacht war. Es gab nur wenige Flüge. Entweder man flog am frühen Abend oder ganz spät, hatte sein Vater erklärt. Sie fuhren zeitig los, damit Benjamin auf jeden Fall pünktlich war. Benjamin dachte, dass er mit seinem Vater allein fahren würde, aber dann waren sie gar nicht allein. Er nahm den Wachmann mit, der auf sein Haus aufpasste. Er hieß Joseph. Benjamin brauchte eine Weile, bis er sich daran gewöhnt hatte, dass er mit im Wagen saß. Joseph saß hinten und sagte die ganze Zeit nichts. Er saß ganz aufrecht da, hielt eine Tasche auf seinen Beinen und sah dabei ein bisschen so aus wie eine alte Frau, die zum Einkaufen fuhr. Benjamin fragte sich die ganze Zeit, was wohl in der Tasche war. Beinahe wäre auch Beatrice mitgekommen, aber dann war sein Vater dagegen gewesen. »Es ist gefährlich, nachts zu fahren«, sagte sein Vater. »Und wir wollen lieber kein Risiko eingehen.« Vielleicht lag es an Joseph, dass die Fahrt zum Flughafen so verlief. Benjamin kam es vor, als wäre sein Vater nicht nur jünger geworden, sondern als hätte er sich auch sonst verändert. In der Zeit, als sie zusammen waren, hatte er ihn ständig gefragt, wie es ihm ginge, ob er gut geschlafen oder ob er noch irgendeinen Wunsch hätte.

»Als ich in deinem Alter war, hätte ich das nicht geschafft«, sagte er, als sie schon aus der Stadt herausgefahren waren.

»Was hättest du nicht geschafft?«, fragte Benjamin.

»Was du geschafft hast. Dich allein durchzuschlagen und dabei auch noch Spaß zu haben.«

»Ich war ja nicht allein«, sagte Benjamin und dachte an Bo. Sein Vater hatte Bo gar nicht kennengelernt. Sie waren die meiste Zeit nicht in Monrovia gewesen, und Bo musste in die Schule gehen. Sie hatten sich nur noch ein Mal gesehen. Einen Nachmittag hatten sie zusammen verbracht, weil sein Vater einen Termin im Hauptquartier der GTZ gehabt hatte. Natürlich hatte sein Vater plötzlich doch wieder arbeiten müssen, obwohl er versprochen hatte, er würde, solange Benjamin da war, keinen Finger krümmen. Benjamin hatte Bo geholfen, mehrere riesige Zinkbleche zu transportieren. Sie hatten sie auf einem kleinen Wagen hinter sich hergezogen. Max hatte sie gekauft, aber sie waren zu groß gewesen für das Taxi. Und so war Max mit seinem Taxi im Schritttempo vor ihnen hergefahren, während Bo und Benjamin die Bleche auf einem alten, rostigen Handwagen durch die halbe Stadt gezogen hatten. Sie hatten den Wagen ganze zwei Stunden über den Tubman Boulevard gezogen. Zinkbleche für das neue Haus. Bo und seine Familie waren schon wieder umgezogen. So ganz verstand es Benjamin nicht. Immerzu zogen sie ein, und jetzt bauten sie sich sogar ein Haus. Und sie zogen ein, obwohl das Haus noch gar nicht richtig fertig war. Die Zinkbleche hatten noch gefehlt, und während sie durch die Hitze von Monrovia gelaufen waren, hatte Benjamin gedacht: Ich ziehe mit meinen eigenen Händen ein Dach durch die Stadt. Und alle Wagen hinter mir müssen warten, und die Fahrer bekommen einen Nervenzusammenbruch. Aber es hatte niemand gehupt. Jedenfalls nicht, weil die Fahrer wütend gewesen wären. Wenn einer gehupt hatte, war es nur ein kurzes Warnzeichen gewesen, weil er sie überholte. Es war nichts Ungewöhnliches, dass Zinkbleche auf dem Tubman Boulevard transportiert wurden und dass zwei Jungen ein Dach hinter sich herzogen. Aber danach hatte Benjamin Bo nicht mehr gesehen. Er hatte ihn zur Party eingeladen, aber er war nicht gekommen. Einmal hatte Bo ihn angerufen und gefragt, ob sie nicht zusammen Eisessen gehen wollten, aber da war Benjamin außerhalb von Monrovia bei seinem Vater gewesen.

»Jedenfalls hast du eine gute Zeit gehabt, oder?«, fragte sein Vater.

»Ja, es war sehr interessant.«

»Interessant?«, fragte sein Vater. »Du bist hier in einem Bürgerkriegsland, in einem der ärmsten Länder der Welt. Interessant ist da wohl nicht der richtige Ausdruck.« Er lachte. Er fuhr mit einer Hand. Er fuhr immer mit einer Hand. Mit der anderen Hand stützte er seinen Kopf ab oder zündete sich eine Zigarette an. Oder er telefonierte.

»Und ihr wart in diesem Hotel?«, fragte er. »Da bin selbst ich noch nicht gewesen. War es gut?«

»Es war interessant«, sagte Benjamin.

Sein Vater lachte. »Okay.«

Er schaltete einen Gang höher. Sein Vater fuhr auch im fünften Gang, aber er fuhr nicht so schnell, wie Benjamin gefahren war. »Hast du die Flughunde gesehen?«

»Flughunde?«

»Ja, die Fledermäuse ... Es sollen ganz viele da sein. Es ist ein Paradies für Fledermäuse.«

»Nein.«

»Gut ... Sie sind nicht ganz ungefährlich. Sie übertragen das

Ebolavirus.« Und dann erklärte sein Vater eine ganze Weile, wie gefährlich das Ebolavirus war, und sogar Joseph sagte etwas. Joseph erklärte, er habe gehört, wenn man das Ebolavirus hätte, dann würde man innerlich verbluten, aber von außen würde man das gar nicht sehen.

»So ungefähr«, sagte Benjamins Vater. »Die Organe kollabieren und lösen sich auf.«

Benjamin drehte sich kurz nach Joseph um. Er hatte immer noch seine Tasche auf dem Schoß und schaute mit ausdruckslosem Gesicht nach vorne. Vielleicht hatte er darin das neue Funkgerät, das sein Vater jetzt immer mit sich herumführte. Sie hatten den Flughafen fast erreicht. Sein Vater fuhr ein bisschen langsamer, und es schien so, als wollte er anhalten. Beim Autofahren konnte man sich am besten mit ihm unterhalten. Eigentlich, dachte Benjamin später, kann man sich nur beim Autofahren mit ihm unterhalten. Doch Joseph saß hinter ihnen. Joseph hörte zu. Und sein Vater sprach absichtlich Englisch, weil er es unhöflich fand, im Beisein eines anderen Menschen eine Sprache zu sprechen, die der nicht verstand. Das hatte er Benjamin vorher lang und breit erklärt.

»Hast du deinen Pass?«, fragte er. Benjamin nickte. Er hatte ihn. Die Frau des Botschafters hatte ihm die Tüte mit seinem Pass, dem Pullover und den anderen Sachen bei der Party im Blauen Haus gegeben. Jemand hatte sie eingeladen. Sie stand plötzlich vor ihm und überreichte ihm seine Tüte. Er hatte sie erst gar nicht erkannt. Nur das Geld und der khakifarbene Hut, den er mit seiner Mutter am Flughafen gekauft hatte, fehlten. Die Botschafterin schaute ihm zu, während er alles aus der Tüte herausholte. Sie hatte sie zusammen mit ihrer Tasche bei der Passkontrolle beinahe vergessen, war dann aber noch mal zurückgelaufen, und in der Zwischenzeit hatte wohl jemand etwas herausgenommen.

»Aber warum den Pullover keiner genommen hat. Das ist mir ein Rätsel«, wunderte sich Schwester Sarah.

»Weil sie hier alle zu dick sind«, antwortete die Botschafterin und lachte. »Schwester Sarah hat er aber auch nicht gepasst.« Sie beugte sich mit verschwörerischer Miene zu Benjamin. »Deine Mutter muss ja gertenschlank sein. Oder gehört er gar nicht deiner Mutter?« Sie zwinkerte ihm zu.

»Jetzt hast du aber genug gebeichtet«, rief Schwester Sarah. »Bei mir schweigst du immer wie ein Grab.« Sie lachten. Benjamin lachte nicht. Er dachte an seine Mutter. Er blieb nur ein paar Minuten bei ihnen. Schwester Sarah redete die ganze Zeit vom Präsidentschaftswahlkampf im nächsten Jahr und darüber, dass das die »Nagelprobe« für das Land sein würde. Sie war bleich und sehr dick. Ihre Augenbrauen waren so hell, dass man sie nicht sehen konnte, und sie lachte nach jedem Satz, den sie von sich gab, so laut, dass der ganze Raum zu vibrieren schien. »Hoffentlich bleibt die *Old Ma* an der Macht, dafür beten wir hier.« Damit meinte sie die Präsidentin, die sie persönlich kannte. Benjamin erzählte von Bo und davon, dass er in seiner Schule eine Rede vor der Präsidentin halten würde.

»Das ist ja süß«, sagte Schwester Sarah. Benjamin ärgerte sich darüber. Er wollte etwas sagen, aber Schwester Sarah lachte, und dann hatte er keine Lust mehr. Immerhin hatte er die Tüte zurückbekommen, und er fühlte eine große Erleichterung. Der Kaschmirpullover und der Kassenzettel waren nicht verlorengegangen. Er würde seiner Mutter erzählen, dass er den Hut einem Liberianer geschenkt hatte, der sehr arm war. Er klemmte die Tüte unter den Arm. Auf keinen Fall wollte er sie ein zweites Mal verlieren.

»Ich habe gut darauf aufgepasst«, sagte die Frau des Botschafters. Sie hatte sich die Haare hochgebunden und trug ein schwarzes Samtkleid. Sie sah jetzt viel jünger aus, und Benjamin hätte sie niemals wiedererkannt, wenn sie nicht die Tüte mit der Aufschrift ZARA dabeigehabt hätte.

Sein Vater fuhr jetzt so langsam, dass ein Lastwagen hinter ihm hupte. Er hatte sich das schon im Kongo angewöhnt. Eine Fahrweise, bei der es nur darum ging, anzukommen, und bei der die Geschwindigkeit keine Rolle spielte.

»Ich habe darüber nachgedacht, als ich krank war«, sagte sein Vater. »Wir rackern uns hier ab, wir investieren so viel Energie, und wir machen und machen. Aber bringt das überhaupt was?«

»Mmh«, machte Benjamin.

»Verstehst du, was ich meine?«

»Ja, schon.«

»Manchmal denke ich, sie kommen auch ohne mich klar. Als ich krank war, ist alles so weitergelaufen wie bisher. Die Brücke ist fast fertig. Und dann fragst du dich: Macht es überhaupt einen Unterschied, ob wir hier sind?« Er hatte auf einmal auf Deutsch weitergesprochen, wechselte dann aber wieder ins Englische.

»Aber dann kannst du ja nach Berlin kommen«, sagte Benjamin.

Sein Vater lachte. »Ja, du hast recht ... Aber ich kann das Projekt nicht alleinlassen. Nicht jetzt. Das ist kein guter Zeitpunkt.« Er stützte die linke Hand auf dem Lenkrad ab. »Aber ich spreche die ganze Zeit von mir. Jetzt reden wir doch mal über dich. Du hast mir noch immer nicht erzählt, wie es dir eigentlich gefallen hat.«

»Hier?«

»Ja. Wie fandest du es?«

»Es war gut.«

»Ja? Verschweigst du mir etwas?« Er beugte sich vor und schaute ihn von der Seite an.

»Ich?«

»Ja. Du. Wer sonst?«

»Ich weiß nicht ...«

»Ich frage mich immer: Was ist eigentlich passiert in diesen drei Tagen, als ich nicht da war?«

Benjamin überlegte, was er sagen sollte. War das wirklich sein Vater, mit dem er gerade sprach? Die innere Stimme schwieg. Einen Moment lang schaute er aus dem Fenster. In der Ferne waren ein paar Sträucher und Bäume zu sehen. Auf einmal hatte er eine große Sehnsucht, in diesem Wald zu sein und dort zu verschwinden. Brilliant hatte gesagt, dass ihr Großvater schuld daran sei, dass sie wieder zurückmusste. Es sei ihr Großvater gewesen, der darauf bestanden habe, dass sie das Land sofort verließ, so als hätte sie ein Verbrechen begangen. Dabei hatte er doch damals das Land selbst in einer Nacht-und-Nebel-Aktion verlassen, als der Putsch, an dem er sich beteiligt hatte, gescheitert war. Seitdem war er nicht mehr zurückgekehrt. »Vielleicht ist es ihm hier ja zu unbequem und zu schmutzig«, hatte Brilliant gesagt, »und dabei müsste er doch hier sein, und *er* müsste sich um das Krankenhaus kümmern, und nicht Barneby.« Und dann hatte sie gefragt: »Weißt du eigentlich, dass Barneby immer die Schwester von Flower anruft? Das ist doch komisch, oder? Sie sitzt in diesem Dorf im tiefsten Dschungel, und dauernd ruft jemand aus Australien an.« Benjamin hatte ihr sagen wollen, dass Niniplu gar nicht in dem Dorf wohnte und dass sie den Dschungel nie gesehen hätten. Denn der war noch viel weiter weg. Er fing irgendwo im Landesinneren an, und um dorthin zu kommen, hätten sie noch viel weiter fahren müssen. Sein Vater fuhr jetzt schneller. Auf den letzten Kilometern sprachen sie kaum noch etwas. Sein Vater machte das Radio an, machte es dann aber gleich wieder aus. Die meiste Zeit schwiegen sie. Als sie den Flughafen erreicht hatten, hielt sein Vater den Wagen an. Er zahlte 50 liberianische Dollar, um auf den Parkplatz zu fahren, und sagte Joseph, er solle im Wagen warten. Er parkte den Wagen, aber schaltete den Motor nicht aus.

Er drehte sich zu Benjamin und sagte: »Ich muss dir noch etwas erklären.«

»Was?«, fragte Benjamin. Er dachte plötzlich an den Abschiedsbrief. Er hatte ihn seinem Vater noch nicht gegeben. Und das war eins von den Dingen, die er selbst nicht verstand. Die innere Stimme hatte gefragt: »Warum, um Himmels willen?« Und dann hatte sie gesagt: »Und wie willst du es deiner Mutter erklären?« Aber er hatte es nicht getan. Der Brief war in der Tüte. Er tat Dinge, die er nicht verstand. Er hatte Emily den kleinen Patronenengel geschenkt, den ihm Max gegeben hatte und der ihm sehr viel bedeutete. Er hatte ihn einfach weggeben. Hatte er ihn Emily gegeben, weil er Emily mochte? Weil er sie schöner fand als Beatrice? Emily war auf der Party betrunken gewesen, aber am Tag danach hatte sie Benjamin angerufen und sich bedankt. »Das ist etwas Besonderes«, hatte sie gesagt. Sie würde ihn mitnehmen. Er würde bei ihr zu Hause am Fenster hängen und sie immer an ihn erinnern.

»Hörst du überhaupt zu?«, fragte sein Vater.

»Ich weiß, was du sagen willst«, sagte Benjamin. »Aber es ist besser, wenn du es ihr selbst sagst.«

Sein Vater schaute ihn erstaunt an. Er schaute auf das Lenkrad. Er überlegte, was er sagen sollte.

»Ich muss los«, sagte Benjamin plötzlich. Er löste seinen Gurt. Er wusste, dass sein Vater ihn noch zu dem kleinen Gebäude des Abflugterminals bringen wollte, aber er hatte jemanden gesehen. Er hatte jemanden gesehen, der gekommen war, um Auf Wiedersehen zu sagen. Und er wurde auf einmal von einem großen Glücksgefühl ergriffen.

2.

»Ist er das?«, fragte Bo. Die kleine Spinne nickte. Sie reckte den Kopf und schaute über die Reisenden hinweg zum Parkplatz. Dann setzte Max sie wieder ab.

»Kommt er jetzt zu uns?«, fragte sie.

»Ja«, sagte Bo.

»Dann kann er ja weitererzählen.«

»Der Außerirdische?«

»Ja.«

»Aber du weißt doch gar nicht, ob er überhaupt weiterzählen will«, sagte Bo.

»Dafür reicht die Zeit nicht«, sagte Max.

»Und außerdem«, sagte Bo. »ist er doch gerade erst angekommen. Seine Reise fängt ja gerade erst an ...« Er wusste nicht, wie er jetzt weitererzählen sollte. Er wusste nicht, wie lange es dauern würde, bis Benjamin am Eingang des Gebäudes angekommen sein würde. Max schaute zu dem Wagen mit dem GTZ-Aufkleber. Es dauerte noch eine Weile. Sie mussten das Gepäck herausholen, und Benjamin musste noch mit seinem Vater sprechen. Vielleicht würde sein Vater ihm noch etwas erklären, ihm noch etwas in Erinnerung rufen, eine Weisheit, so wie sie ein Vater seinem Sohn eben mit auf den Weg gibt. Einen wertvollen Schatz, den man immer in Ehren hält. Bo versuchte, so gut es ging, die Geschichte weiterzuerzählen. Er hatte der kleinen Spinne alles Mögliche erzählt. Sie waren schon sehr früh am Flughafen gewesen. Max hatte ihm dazu geraten. Sie konnten ja nicht wissen, wann Benjamin und sein Vater kommen würden. »Europäer sind schon sehr früh hier«, hatte Max erklärt. »Sie haben Angst, dass sie den Flug verpassen.« Okogo hatte widersprochen und gesagt, dass das Gegenteil richtig sei. Vielleicht sei das die Phantasie von Max. Max würde vielleicht ganz früh kommen, aber schließlich sei er ja auch noch nie in seinem Leben geflogen. Bo wusste, dass Okogo auch noch nicht so oft geflogen war, aber er hatte lieber geschwiegen. »Es reicht, wenn ihr zwei Stunden vorher da seid«, hatte Okogo gesagt. »Die Europäer sind ganz anders, als ihr denkt, sie zögern alles bis zum letzten Moment hinaus, und dann muss alles so schnell gehen, als würde die ganze Welt in Flammen stehen. Und dann«, hatte er feierlich gesagt und seine Hand auf Bos Kopf gelegt, »zählt jede Sekunde.« Sie waren dann doch sehr früh gefahren und warteten schon drei Stunden, als Benjamin und sein Vater endlich kamen. Die Geschichte, die Bo der kleinen Spinne erzählte, nahm überhaupt kein Ende mehr. Und die kleine Spinne war sehr verwöhnt. Sie langweilte sich schnell, und Bo musste sich immer wieder etwas Neues ausdenken. Schließlich erzählte er ihr einfach das, was passiert war. Er schmückte es hier und da ein bisschen aus und ließ hier und da etwas weg, aber er erzählte es ihr trotzdem. Sogar Max hörte interessiert zu.

»Und warum habt ihr sie nicht gefunden?«, fragte sie.

»Ja«, sagte Bo. »Der Zauberer hatte beschlossen, dass ... Er *wollte* erst nicht, dass wir sie finden.« Er hatte einen Zauberer in seine Geschichte eingebaut. Das machte die Sache einfacher, und der Zauberer konnte ab und zu auch etwas erfinden. Und außerdem konnte er Max dann beruhigen, es sei ja sowieso alles erfunden und gar nichts Gefährliches passiert.

»Und warum wollte er es nicht?«, fragte die kleine Spinne.

»Er wollte eben seine eigene Geschichte erleben. Und dann

ist er eine Weile in den Wald gegangen, und wir haben ohne ihn weitergemacht.«

»Und was hat er da gemacht?«

»Er hat alles noch mal nachgerechnet und überprüft. So etwas müssen Zauberer manchmal machen. Ob in der Geschichte alles stimmt und ob jeder zu seinem Recht gekommen ist. Und so weiter. Es kann dauern, manchmal sogar Tage, aber der Zauberer kommt immer wieder zurück.«

»Und wo war sie?«

»Das ist es eben«, sagte Bo. »Sie war ja die ganze Zeit im Krankenhaus. Wenn wir das gewusst hätten ...«

»Aber sie *war* doch auch krank.«

»Ja, so ist es. Wir haben gedacht, sie wäre weggelaufen. Aber der Freund des Außerirdischen, du weißt schon, der Mann mit kräftigen Händen, der sie so schön gemalt hat und der so toll boxen konnte ... Ja, also der hat den Außerirdischen ... mmh ... belogen.«

»Wirklich«, fragte Max. »Stimmt das jetzt?«

Bo ignorierte die Frage und sprach weiter. Er musste sehr langsam sprechen, weil er beim Erzählen immer überlegen musste, was er besser weglassen sollte. Wie zum Beispiel die Geschichte mit Brilliant, und wie ihr Onkel eines Tages nach der Schule zu ihm gekommen war. Irgendwann einmal würde er das der kleinen Spinne erzählen, aber nur, wenn Max nicht dabei war. Es war eine andere Geschichte, eine Geschichte, in der er mit dem großen Mann, dem alle TOTAL-Tankstellen in Liberia gehörten, im Royal Hotel gesessen hatte und sie einen Plan gemacht hatten. Es war ein Plan, wie er kaum hätte besser sein können. Und als sie fertig gewesen waren und Bo seine Fanta Grape ausgetrunken hatte, er trank sie zu Ehren des Außerirdischen, war das Haus fertig. Das Haus, das Max zu bauen begonnen hatte und das er nicht mehr hatte weiterbauen können, stand auf einmal vor ihnen. Auch Precious ging wieder in die Schule. Es war eine Geschichte, die er irgendwann vielleicht auch dem Außerirdischen erzählen würde, allerdings wusste er noch nicht, ob er die Gelegenheit dazu haben würde.

»Und warum hat er gelogen?«, fragte die kleine Spinne.

»Ich weiß es nicht ... Vielleicht wollte er es eben so. Vielleicht wollte der Freund des Außerirdischen, dass wir eine Reise machen. Du weißt ja, der Außerirdische macht sehr gerne Reisen.« Er hatte mit Okogo über die Reise nach Schwedianien gesprochen. Bo hatte noch nicht ganz verstanden, was der Außerirdische am Parkplatz bei dem Wasserfall gemeint hatte. Okogo aber hatte gesagt, dass er sich nicht den Kopf zerbrechen solle mit solchen Dingen. Er solle sich lieber um die Schule kümmern. Seine Schwester hatte es ihm am Telefon aber ganz leicht erklären können. Es bedeutete nur, dass die Reise so weit war und so viel Zeit in Anspruch nehmen würde, dass sie die Dauer eines einzelnen Menschenlebens überschritt. »Also kommt man selbst nie an?«, hatte Bo seine Schwester am Telefon gefragt. »Ja«, hatte sie gesagt. »Aber deine Kinder kommen an. Die, die unterwegs im Raumschiff zur Welt gekommen sind. Und so gesehen, kommt ein Teil von dir auch an.« Sie war etwas in Eile gewesen, sie musste zu einer Vorlesung an der Universität. Bo dachte, er könnte das vielleicht Flower erzählen, wenn er sie das nächste Mal zusammen mit Edward besuchen würde. Es würde sie vielleicht trösten. Sie war immer noch traurig wegen ihres Kindes.

»Aber jetzt geht es ihr wieder gut, oder?«, fragte die kleine Spinne.

»Ich hoffe«, sagte Bo. »Ich habe gehört, sie liegt in ihrem Bett und hat gute und vernünftige Träume, wie man sie als Mädchen in ihrem Alter haben sollte.«

»So wie ich«, sagte die kleine Spinne. Sie war durch die ganzen Umzüge etwas abgemagert, und wenn Bo sie anfasste, erschrak er jedes Mal, und dann ging er und kaufte etwas zu essen. Manchmal kaufte er jetzt Kartoffeln. Kartoffeln aß er auch zu Ehren des Außerirdischen. Er trank Fanta Grape und aß Kartoffeln. Sein Leben hatte sich geändert. Und nur, weil er die Kartoffeln aus dem Mantel gerettet und einfach mitgenommen hatte. Okogo hatte ihm einen langen Vortrag gehalten, wie man Kartoffeln so zubereitete, dass sie auch einem Europäer schmeckten, aber dann hatte Benjamin nicht zum Essen kommen können. In der Zwischenzeit hatte Bo Flower ein paarmal besucht. Edward hatte immer draußen vor dem Krankenhaus auf seinem Motorrad gewartet, und Bo ging dann zu ihr, und sie saßen im Zimmer auf ihrem Bett und unterhielten sich. Sie fühlte sich schuldig wegen Barneby, und sie wollte von Bo wissen, wo Barneby jetzt war und wie es ihm ging. Barneby war zu ihrem Dorf gefahren, um sie zu suchen. Er hatte das Dorf aber nie erreicht, denn schon auf dem Weg war er im Schlamm steckengeblieben. Sie hatte Angst vor ihm gehabt, obwohl sie Bo nicht erklären konnte, warum. Auf ihre Bitte hin hatte man sie schließlich in ein anderes Zimmer gebracht. Es war das Zimmer von Mrs. Cooper, der Leiterin des Krankenhauses, worin normalerweise keine Patienten untergebracht waren. Eigentlich nur für eine Nacht, aber dann hatte Williams gesagt, sie solle länger dort bleiben und es sei besser für sie, wenn Barneby sie eine Weile nicht sehe. Es war Williams' Idee gewesen. Williams glaubte, Barneby sei schuld daran, dass Flower Angst hatte. Immerzu hatte er mit ihr geredet. Aber bei ihren Gesprächen mit Barneby war er nie dabei gewesen. Und deswegen konnte Williams doch auch gar nicht wissen, ob Barneby ihr jemals zu nahe getreten war oder nicht. Williams hatte aber darauf bestanden, dass sie heimlich in dem Zimmer von Mrs. Cooper blieb. Flower hatte Bo nichts davon erzählt. Er erfuhr es von den Krankenschwestern und den Pflegern, mit denen er sich manchmal unterhielt. Die anderen Patienten waren meist draußen im Innenhof, wenn Bo sie besuchte, und die leeren Betten erinnerten ihn daran, dass er keine Krankenhäuser mochte. Einmal war er den ganzen Nachmittag geblieben, und Flower hatte ihm erklärt, was man alles beachten musste, wenn man auf dem Markt arbeitete, und wie man am besten etwas verkaufte. »Du musst ihr unbedingt noch ein Gesicht machen«, bat Bo, als sie ihm von der kleinen Figur erzählte, die sie für das Tischfußballspiel geschnitzt hatte. Es war der Torwart, der bei einer Mannschaft fehlte. Der Figur war eigentlich fertig, aber sie wollte sie noch nicht hergeben. Sie zeigte die Figur Bo, und Bo tastete den Kopf des Torwarts ab. Pokie und Jackson behaupteten, der Torwart bräuchte kein Gesicht. Sie wollten das Tischfußballspiel wieder zurück an seinen angestammten Platz stellen, damit die Patienten es wieder benutzen konnten. »Doch«, sagte Bo, »er braucht eins. Natürlich braucht er ein Gesicht. Und du musst ihm eins machen.« Eine Weile hatten sie gemeinsam überlegt, was für ein Gesicht er denn haben sollte. Flower wollte ihm das Gesicht von Barneby geben, aber Bo wusste nicht, ob das eine gute Idee war. Er sagte ihr, dass er noch darüber nachdenken wollte. Er dachte jetzt oft nach. Es war eine Art von Nachdenken, die er vom Außerirdischen gelernt hatte und die manchmal dazu führte, dass er am helllichten Tag stehenblieb, die Augen schloss und laut zu sich selbst sagte: »So ein Quatsch. Das ist doch vollkommener Unsinn.« Dann ging er weiter und schüttelte über sich selbst den Kopf.

»Ist er das?«, fragte die kleine Spinne noch einmal.

»Er kommt gleich«, sagte Max, der immer wieder nach ihm Ausschau hielt.

»Aber wir müssen doch noch zurück nach Hause fahren«, sagte sie auf einmal.

»Natürlich«, sagte Bo.

»Aber was willst du mir denn dann erzählen? Es dauert doch ganz lange. Bestimmt fünf Stunden.«

»Es dauert eine Stunde«, sagte Max. »Wir sind mit dem Taxi da. Und eine neue Windschutzscheibe haben wir auch. Da kann man viel schneller fahren.«

»Also eine Stunde. Und was passiert dann?«

»Wie?«

»In der einen Stunde. Wenn wir zurückfahren.«

»Was soll denn dann passieren?«, fragte Bo.

Max schüttelte den Kopf und lachte.

»Wie geht denn dann die Geschichte weiter?«, fragte sie.

Bo überlegte. Er hob den Kopf. Er war etwas unkonzentriert und hörte nur noch mit halbem Ohr zu. Jeden Moment musste Benjamin da sein. Vielleicht hatten sie nicht mehr viel Zeit. Aber Bo musste ihm noch viel erzählen und viele Geschenke überreichen. Brilliant hatte eine E-Mail geschickt mit einem Foto, das sie gemacht hatte. Man konnte nicht viel sehen, außer einem Mädchen in einem T-Shirt, auf dem WICKED PICTURES stand. Max war extra zur Broad Street gefahren und hatte einen Farbausdruck gemacht, und dann waren da noch die anderen Geschenke, die sie alle in den Rucksack gepackt hatten, der Carlos, dem Apotheker von MSF, gehörte. Benjamin hatte ihn im Auto des Priesters liegengelassen, und der Priester war ein paar Tage später zu ihnen gekommen, nachdem er, wie er behauptet hatte, in ganz Liberia nach ihnen gesucht hätte. Bo lauschte. Er versuchte in dem Stimmengewirr die Stimme des Außerirdischen auszumachen und bereitete in Gedanken eine kleine Willkommensrede vor, die gleichzeitig auch eine Abschiedsrede war.

»Also was ist jetzt?«, fragte die kleine Spinne ungeduldig. Sie war einfach zu verwöhnt, dachte Bo. Sie war wirklich eine schwierige Zuhörerin.

»Ich erzähle später weiter«, sagte er und stand auf.

»Er kommt«, sagte Max.

»Jetzt ist er gleich da«, sagte Bo zur kleinen Spinne.

»Der Außerirdische?«

»Ja.«

»Und ist die Geschichte jetzt zu Ende?«

»Nein.« Bo legte ihr die Hand auf den Kopf. Die kleinen bunten Plastikschnecken in ihren Haaren piekten ihn ein bisschen. Aber es machte ihm nichts. Er holte tief Luft, und er dachte daran, was er sich alles noch vorgenommen hatte in den nächsten Wochen. »Jetzt fängt sie erst richtig an«, sagte er. Und dann hob er sie hoch, damit sie besser sehen konnte.